DE MAN VAN GLAS

W0380189

Eerder verscheen van Anders de la Motte
bij The House of Books:

De bergkoning

Anders de la Motte

De man van glas

Vertaald door Hans Kloos

the house of books

Deze publicatie is tot stand gekomen door bemiddeling van Salomonsson Agency AB, Stockholm.

Oorspronkelijke titel: *Glasmannen*
Oorspronkelijk uitgegeven door: Bokförlaget Forum, Stockholm 2023
© Anders de la Motte, 2023
© Vertaling uit het Zweeds: Hans Kloos, 2025
© Nederlandse uitgave: The House of Books, Amsterdam 2025
© Omslagbeeld: Trevillion en Getty
Omslagontwerp: Simon & Schuster US
Omslagontwerp Nederlandse uitgave: Mark Hesseling
Foto auteur: © Jeff Richt
Typografie: Crius Group, Hulshout

Dit is een fictief verhaal, gebaseerd op werkelijke plaatsen, gebeurtenissen en verschijnselen.

ISBN 978 90 443 6865 9
ISBN 978 90 443 6866 6 (e-book)
NUR 332

www.thehouseofbooks.com
www.overamstel.com

OVERAMSTEL
uitgevers

The House of Books is een imprint van Overamstel uitgevers bv

Alle rechten voorbehouden. Niets uit deze uitgave mag worden verveelvoudigd en/of openbaar gemaakt door middel van druk, fotokopie, microfilm of op welke wijze ook, zonder voorafgaande schriftelijke toestemming van de uitgever. Tekst- en datamining is uitdrukkelijk niet toegestaan, ook niet van fragmenten.

FSC www.fsc.org
MIX
Papier | Ondersteunt verantwoord bosbeheer
FSC® C004472

Winter, 2019

'Wat was dat in godsnaam?'

Iets onheilspellends schraapt langs de bodem van de roeiboot, waardoor Elis begint te plonzen met de riemen.

Hij en Nick roeien nu bijna een halfuur, vrijwel in het pikdonker, en het plotse geluid maakt hem bang,

'Fuck. Hebben we een lek?' hijgt hij wanneer hij in het zwarte water van het meer de roeiboot ongeveer een meter terug heeft weten te manoeuvreren. Zijn adem komt als een stoompluim uit zijn mond voordat die wordt opgeslokt door de koude nachtlucht.

'Nee,' zegt Nick die voorin zit. 'Er komt heel wat bij kijken wil je zo'n plastic tobbe laten zinken.'

Hij brengt de verrekijker weer omhoog en tuurt in het duister voor hen.

Elis is niet tevreden met het antwoord.

'Ik zei toch dat we zwemvesten mee hadden moeten nemen,' bijt hij Nick toe. 'Het is midden in de winter, het water is ijskoud. Terugzwemmen lukt ons nooit.'

Hij maakt een gebaar over zijn schouder. Ver achter hem is in het donker op de oever nog de lamp te zien van de scoutingbarak waar ze de roeiboot hebben gepikt. Een van de weinige lichtpunten op de boshellingen die het meer omgeven.

'Zullen we omkeren? En het maar bij daglicht proberen?'

Op het moment dat Elis zijn zin heeft afgemaakt, breekt het wolkendek open. De vollemaan komt tevoorschijn en verandert het zwarte water in vloeibaar glas.

'Kijk,' zegt Nick opgewonden. 'We zijn er zo. Je kunt de schachtbok en het observatorium duidelijk zien.' Hij wijst naar het eiland dat iets voorbij de steven van het bootje verrijst. Er hangt een mistbank op de oever, maar in het zwakke maanlicht is vlak boven de boomtoppen een toren met een koepelvormig silhouet te zien.

Elis rilt even. Vermoedelijk komt dat door de koude nacht en de vochtige lucht, maar daar is hij niet zeker van. Al sinds ze de roeiboot van de steiger bij de scouting afduwden wordt hij geplaagd door een onbehaaglijk gevoel.

Hij gluurt weer naar de wal.

Dat is een heel eind terug, een veel te groot eind.

Hij trekt zijn muts een stukje omhoog en veegt zijn voorhoofd droog met de mouw van zijn jack. Ze zijn beiden in het zwart, hebben handschoenen en legerkistjes aan en een strak opgerolde commandomuts.

Het urbexuniform, zoals ze het noemen.

Nick laat de verrekijker zakken en kijkt op zijn horloge. 'Het is bijna middernacht. Naar links draaien en langs het eiland roeien, dan kijk ik uit of er meer rotsblokken komen,' commandeert hij. 'De kade moet aan de zuidkant zijn.'

Elis begint met tegenzin weer te roeien. Het geknars van de roeidollen vermengt zich met de zachte plonzen van de riemen. Terwijl ze langs het eiland varen, duiken er meer details op uit de mist. De dwergsparren aan de waterkant balanceren op een stekelige ondergrond van scherpe rotsen die een flink eind het meer in steken, waar de grootste rotsblokken als dreigende roofdiertanden omhoogsteken op slechts een paar meter van de polyester romp van de roeiboot.

Elis roeit voorzichtig, houdt zijn ogen constant op de rotsen gericht, behalve als hij zo nu en dan een blik werpt op de lamp bij de scoutingbarak.

Nick lijkt te begrijpen dat hij de boel wat moet opvrolijken. 'Denk je dat die twee ufo-gekken die ons de kaart gaven, thuis in hun rijtjeshuis naar alienporno zitten te kijken?' zegt hij over zijn schouder. 'Zich verkleden als aliens en lekker gaan roleplayen?'

Elis moet er wel om glimlachen. 'Zeker weten,' zegt hij. 'Ik snap nog steeds niet hoe je ze zover kreeg om ons te helpen.'

'O, dat was heel simpel,' lacht Nick. 'Ik overtuigde ze ervan dat ik dat hele verhaal met Ufo-Gunnar Irving, de vliegende schotel en het ruimtewezen ook geloofde. En ik heb ze Martin Hills boek gegeven en daarin "the truth is out there" geschreven. Ze pisten bijna in hun broek van de opwinding.'

Elis lacht, is weer wat monterder.

'Daar heb je de kade,' wijst Nick. Uit de mist duikt een betonnen steiger vol barsten op. Helemaal aan het eind hangt schuin een bord vol deuken. Het maanlicht maakt het nog net leesbaar.

'Instortingsgevaar. Verboden toegang,' zegt Nick. 'Dan zijn we op de goede plek.'

Ze leggen het bootje vast aan een roestige ladder, doen hun rugzakken om en klimmen de steiger op. Elis kijkt naar de overkant. Ook de zuidkant van het meer is grotendeels bebost en in duister gehuld. Maar op een landtong recht tegenover hen staat een groot op een slot lijkend gebouw met gedempte gevelbelichting.

'Hoe ver is het, denk je, naar Stjärneholm?' vraagt Elis.

'Vijf-, zeshonderd meter misschien,' antwoordt Nick. 'Een stuk korter dan vanaf de scoutingbarak. Maar je hoeft niet ongerust te zijn, de familie Irving kijkt echt niet deze kant op. Die zijn druk bezig met het speuren naar vliegende schotels.' Hij maakt een overdreven gebaar naar de nachthemel voordat hij zich omdraait en naar de oever loopt.

Elis blijft nog een paar tellen staan. Hij rilt weer, of is het een huivering? Het onbehagen wil niet echt wijken.

Waar de steiger overgaat in land, staat een wankel schuurtje zonder deur. Nick blijft er staan, vouwt een met de hand getekende kaart open en probeert zich te oriënteren in de mist en het zwakke licht.

'Hierheen!' zegt hij en loopt nog een meter of tien langs de bosrand. 'Hier is de oude mijnweg.'

Amper zichtbaar loopt tussen sparrenstammen een bijna helemaal overgroeid karrenspoor. Elis en Nick wachten met het aandoen van hun hoofdlampen tot ze vanaf het water niet meer zichtbaar zijn.

De mist is dichter in het bos, maakt het lampschijnsel melkachtig.

De grond is bedekt met mos en dichte varenstruiken. Hier en daar onderbroken door omgewaaide bomen en gaten van verzakkingen. Overal steken schuine steentanden omhoog, net als in het water.

'Macaber,' mompelt Elis in zichzelf, zonder echt te weten waarom. Hij is normaal niet bang in het donker, maar er is iets met het eiland en het bos waarvan hij de kriebels krijgt.

Nick lijkt totaal onaangedaan. Hij houdt halt en schijnt op een groot rotsblok langs de weg. De steen is licht van kleur, fijnkorrelig en glinstert een beetje. 'Ryoliet,' zegt hij tevreden en slaat op het blok. 'Het Blockön is een van de weinige plekken in heel Scandinavië waar je deze steensoort vindt. En moet je daar zien!' Nick wijst naar in de steen gegrifte letters.

'GUG 2009,' leest Elis hardop.

'Göinge Ufo Genootschap,' grijnst Nick. 'Zelfs die naam is sullig. Maar dan weten we in ieder geval dat het klopte wat ze zeiden.'

Nick haalt zijn multitool tevoorschijn en kiest een scherp beiteltje uit.

URBX 2019 grift hij in de steen.

'Zo, nu hebben we vastgelegd dat we minstens even ver zijn gekomen.'

Ze lopen verder langs het karrenspoor. Het bos dringt zo ver op dat ze al meerdere keren takken aan de kant hebben moeten slepen om verder te kunnen komen. Op één plek is de weg ingezakt tot een kuil van bijna een meter diep.

'Ingestorte mijngang,' zegt Nick. 'Het hele eiland is net een gatenkaas. De gangen staan vol water en kunnen elk ogenblik verzakken. En ons laten verdrinken, net als die stakkers in 1965.'

Hij lacht, maar Elis vindt het niet zo grappig. Het idee dat er zwart water onder zijn voeten stroomt, is onbehaaglijk.

Na een paar honderd meter duikt er iets groots op aan de rand van de lichtkegels van hun zaklampen. Een hoog, bruingevlekt stalen hek waar grijze baardmossen als enorme spinnenwebben in de mazen van het hek hangen.

Boven het hek strekt zich een metalen boog met roestige letters uit. STJÄRNGRUVAN. De Sterrengroeve.

Aan beide kanten van de forse ketting die het hek gesloten houdt, hangen iets lager twee borden. Het eerste is identiek aan dat op de steiger.

INSTORTINGSGEVAAR. VERBODEN TOEGANG!

Op het tweede bord staat maar één woord.

GEVAARLIJK!

Nick staat er al bij en voelt aan de ketting. 'Die zit muurvast,' constateert hij. 'En je krijgt niet echt zin om in dat tetanuskluwen te klimmen, of wel soms?' Hij schijnt omhoog met zijn hoofdlamp. Het hek en de afrastering ernaast zijn minstens vier meter hoog. Bovenop zit een Y-vormige overhang vol roestig prikkeldraad.

'Maar dankzij onze ufo-maatjes hebben we een achterdeurtje.' Nick kijkt op de kaart en begint de afrastering links te volgen.

Elis blijft staan, het hoofd onafgebroken op het hek gericht. Hij heeft hiervoor massa's waarschuwingsborden gezien en zich er nooit iets van aangetrokken. Toch is er iets met dit ene dat hem ongerust maakt. De roest, het lettertype, het verbleekte geel. Of misschien is het gewoon de korte boodschap.

GEVAARLIJK!

Onwillekeurig moet hij slikken.

'Waar wacht je nou op?' fluistert Nick over zijn schouder. 'Kom!'

Elis maakt zijn blik met tegenzin los van het bord en loopt achter hem aan.

Al gauw blijft Nick bij een grote struik staan die recht door het hekwerk heen groeit. Hij kijkt een laatste keer op de kaart, bukt dan en dringt zo de struik in.

'Hier is het!' Hij houdt een paar takken opzij waardoor een wildgeul onder het hekwerk zichtbaar wordt. De geul is niet diep en ze moeten eerst hun rugzakken erdoorheen wurmen voor ze er zelf achteraan kunnen.

'Kolere,' puft Nick als ze aan de andere kant uit de struik komen en aarde en dode bladeren van hun broek kloppen. 'Het verbaast me dat dit die twee ufo-dikkerdjes gelukt is. Maar aan de andere kant is dat tien jaar geleden, dus misschien waren ze toen nog wat leniger.'

Elis luistert niet. Hij gaat met zijn hoofdlamp in de rondte en wordt daar volledig door in beslag genomen. Ondanks de spanning laat de onrust hem niet los. Het terrein binnen de afrastering heeft een andere begroeiing. Geen sparrenbos, maar spontaan opgekomen berken waarvan de stammen spookbleek glanzen. In de mist voorbij de berken schemeren de mijngebouwen als grote dreigende schimmen.

'Eindelijk,' zegt Nick opgetogen. 'Ben je klaar voor een reis door de tijd terug naar 1965?'

Elis reageert niet.

Het gras van vorig jaar maakt steeds meer plaats voor kale plekken beton en vergruisde steen hoe dichter bij de gebouwen ze komen, tot het terrein zich opent als een soort erf tussen twee sombere gebouwen. Het rechtse is dubbel zo groot als het linkse. Het puntdak en de muren bestaan uit golfplaten vol roestvlekken. Direct onder het uitstekende dak zit een rij horizontale fabrieksramen.

Nick schijnt erop met zijn zaklantaarn. 'Zie je, de ramen zijn nog heel. En ook geen graffiti.'

Elis weet dat dit goed nieuws is, dat het betekent dat hier al heel lang weinig – of geen – andere mensen zijn geweest. Toch weet hij het juiste niveau van enthousiasme amper op te brengen. Ze bevinden zich op een verlaten eiland, midden in een ijskoud, donker meer zonder dat iemand weet dat ze hier zijn. Bovendien is het hele eiland ondermijnd door mijngangen vol water die op elk moment kunnen instorten. Hij checkt zijn telefoon. Eén flikkerend streepje bereik, dat hem niet vrolijker stemt.

'Beroerd bereik zeker?' vraagt Nick. 'Die ufo-gekken hadden een theorie dat het zou komen doordat de buitenaardsen de radiogolven stoorden. Hun ogen begonnen helemaal te glanzen toen ze erover praatten. Maar ik heb het gevraagd aan een maat bij Telia en volgens hem komt het simpelweg doordat het meer op de bodem van een diepe krater ligt en gsm-signalen maar moeilijk zo diep doordringen. So much for the fucking X-Files.'

Hij begint langs het fabrieksgebouw te lopen. Elis stopt zijn telefoon weg en volgt hem.

De maan komt weer tevoorschijn en uit de mist en het donker aan de andere korte kant van het erf ziet hij een grote sombere betonnen toren omhoogsteken. De toren is zeker vijftien meter hoog. De zijkanten zijn open, je kunt recht door de drie verdiepingen heen kijken.

'De schachtbok,' zegt Nick terwijl hij met zijn lamp door het sombere gebouw schijnt. 'Waar de karretjes uit de mijn kwamen. En daar helemaal bovenop...'

Naast het schachtwiel op het platte dak van de toren het vermoeden van de donkere koepel die ze vanaf het water hebben gezien.

'Bernhard Irvings observatorium,' mompelt Elis. Het juiste gevoel van spanning laat zich eindelijk gelden. Vaagt al het onbehagen weg.

'Precies,' glimlacht Nick. 'De plek waar het reusachtige wezen met de rode ogen is geland.'

Hun voetstappen knarsen als ze dichterbij komen en als Elis op de grond schijnt, ontdekt hij dat er tussen het steen zwart, versplinterd glas ligt.

Nick loopt tot onder de schachtbok om die nader te onderzoeken. 'Solide spul,' zegt hij terwijl hij op de zes betonpijlers schijnt waarop de toren rust. 'Die staat hier over honderd jaar nog wel.'

Hij blijft staan bij een bemoste plaat op de grond. 'En hieronder zit de mijnschacht. Het luik naar de onderwereld.'

'Mm,' humt Elis. Hij is druk een manier aan het zoeken om omhoog te komen in de schachtbok. Het is zeker zeven, acht meter van de grond naar de eerste verdieping. Een stalen trap loopt zigzaggend langs de linkerkant van de bok omhoog, maar het deel van de eerste verdieping naar beneden ontbreekt. 'Er is een stuk trap afgekapt,' zegt hij. 'Net als die ufo-types al zeiden.'

'Gelukkig houdt een afgekapte trap ons niet tegen.' Nick klopt op Elis' rugzak. 'Maar voor we het touw tevoorschijn halen heb ik nog een ander idee. Kijk!' Hij wijst met de straal van zijn lamp. Van de middenverdieping van de bok loopt een aflopend plankier naar het fabrieksgebouw waar het uitkomt bij een dakkoepel met een houten luik.

'Daar moeten de mijnkarretjes naar binnen zijn gerold wanneer ze met de lift omhoogkwamen. De kogelmolen moet daarbinnen staan en misschien ook een trap die helemaal doorloopt. Beduidend makkelijker dan aan zo'n rottouw bungelen, toch?'

Elis kan het er alleen maar mee eens zijn. Hij is zeker vijftien kilo zwaarder dan Nick en gaat het in touwen klauteren liever uit de weg.

De toegangsdeur tot het fabrieksgebouw zit dicht en op slot. Maar als Elis aan het handvat trekt, knarst het behoorlijk bij de deurpost. Ze kijken elkaar aan. Nick doet zijn rugzak af en haalt een koevoet tevoorschijn.

Dat gaat in tegen de regels, weten ze allebei. Urban explorers mogen niet inbreken. Maar dit is een uitzonderingsgeval. *Once in a lifetime.*

De deur geeft bijna meteen mee. Zwaait met een kort knalletje open zodra Nick een beetje met zijn gewicht aan de koevoet gaat hangen.

Binnen wacht hun een grote, donkere industriehal die naar steenstof, olie en duivenstront ruikt. In het midden van de hal staat een grote kogelmolen die bijna helemaal tot het dak komt. Direct ernaast leidt een smalle trap omlaag naar een gesloten deur. Normaliter waren ze daar begonnen. Waren ze zo ver als mogelijk naar beneden in het gebouw gegaan om zich van daaruit methodisch naar boven te werken.

Maar vannacht gelden de gewone regels niet. Ze richten hun lampen naar het dak. Daarboven loopt gestut door houten palen het plankier dat ze van buiten hebben gezien.

'Bingo!' Nick schijnt naar een houten trap bij de toegangsdeur.

Een plotseling geluid doet hen opschrikken. Iets levends schiet omhoog bovenaan de trap, duikt met klapperende vleugels de fabrieksruimte in en verdwijnt in het duister.

'Duiven,' zucht Elis opgelucht. 'Je schrikt je elke keer weer rot.'

'Een van ons in ieder geval,' grijnst Nick. 'Je lijkt vannacht wel heel erg schrikachtig. Ben je bang voor ruimtewezens met lichtgevende ogen?'

'Rot toch op,' pruttelt Elis.

Nick neemt het voortouw op de knarsende trap. Het luik in de dakkoepel blijkt makkelijk te openen. Het plankier naar de schachtbok is ongeveer vijf meter lang en eigenlijk een stuk smalspoor dat behoorlijk sterk naar het fabrieksgebouw helt. Tussen de beide rails lopen metalen dwarsliggers waardoor de hele constructie doet denken aan een groot uitgevallen ladder.

Nick zet testend zijn voet op de eerste dwarsligger voordat hij zich vooroverbuigt, met elke hand een rail vastpakt en omhoog begint te klimmen. Elis kijkt afgunstig naar zijn soepele bewegingen.

'*Easy peasy!*' stelt Nick vast als hij op de bok is beland. 'Nu jij.'

Elis kopieert Nicks klimtechniek. Hij probeert om niet naar beneden te kijken. Niet omdat hij hoogtevrees heeft, maar het gevoel over een zestig jaar oude metaalconstructie te kruipen is onaangenaam genoeg zonder precies te weten hoe diep je riskeert te vallen. Al helemaal als de grond onder hem bestaat uit steen en versplinterd glas. Net als hij bij de bok komt, klinkt er van het metaal een knallende zweepslag die tussen de gebouwen weerkaatst en zijn hart even dubbel zo hard laat slaan.

Elis veegt het zweet weg dat ondanks de kou onder zijn muts vandaan is gekomen. Ze bevinden zich op de tweede, middelste verdieping van de bok. Precies als verwacht lopen de rails door tot aan het grote gat midden in de vloer waar de lift naar boven kwam met de volle karren.

Nick is al om het gat heen gelopen naar de trap aan de buitenkant. Elis volgt hem. Ze zijn nu al behoorlijk hoog, minstens tien meter. Boven hen blijft de trap verder zigzaggen naar het dak. Nicks gretige voetstappen op de stalen roostertreden laten die licht trillen. Elis haast zich om bij hem te komen.

Ze komen boven langs de ene lange kant en lopen naar het midden van het dak. Rechts van hen hangt het roestige oude schachtwiel, links torent de donkere koepel omhoog.

'Bernhards observatorium.' Nicks toon is bijna plechtig.

'Niet moeilijk te begrijpen waarom hij het hierboven bouwde,' zegt Elis en wijst tot over de boomtoppen. 'Je ziet het hele meer hier.'

Ze bevinden zich boven de mistbank die zich over het zwarte water heeft gelegd. Aan de overkant strekken zich de beboste hellingen uit, even hoog en steil in alle richtingen.

'Alsof je midden in een trechter staat. En moet je boven je kijken. Wauw!' Door de gaten in het wolkendek glinsteren de vollemaan en de sterrenhemel. De hemellichamen lijken helderder te zijn, lichtsterker.

'Al het licht wordt gedempt door de randen van de krater,' zegt Nick. 'En zelfs bij Stjärneholm is amper nog licht te zien.'

Elis draait zich om en volgt zijn blik. Het landhuis aan de overkant is duidelijk te zien, maar de belichting buiten is ongewoon spaarzaam voor een gebouw van die omvang. Hij wendt zijn blik weer naar het observatorium.

'Wat een plek, zeg.'

'Ik zei toch dat het de moeite waard zou zijn.' Nick bonkt hem op zijn rug. 'Kom, dan gaan we kijken hoe het er daarbinnen uitziet.' Het onderste deel van het observatorium is van beton, de koepel zelf is bekleed met afbladderende, met roest bedekte platen. Recht voor hen zit een normale deur.

Nick zet de koevoet in de deurspleet, zo dicht bij het slot als mogelijk. De deur kraakt, maar hij geeft niet mee. Hij zet zich schrap met zijn voet tegen de muur en probeert het nog een keer, maar met hetzelfde resultaat.

'Wacht, laat mij eens proberen,' zegt Elis. Hij zet zijn voet precies zo tegen de muur als Nick net heeft gedaan en gaat met zijn volle gewicht aan de koevoet hangen. De deur vliegt met een doffe knal open en hij tuimelt achterover.

Als hij overeind is gekrabbeld, staat Nick al in het observatorium.

'Sodeknetter!' roept hij. 'Moet je komen kijken.'

De binnenkant van de koepel bestaat uit zwartgeschilderd hout. Een platform op de vloer verklapt waar de telescoop ooit heeft gestaan.

Maar het is iets anders daarbinnen wat Nicks aandacht heeft getrokken. Langs de hele omtrek van de koepel loopt een plank die vol staat met allerlei voorwerpen. Boeken, vergeelde tijdschriften, een paar niet bij elkaar horende koffiebekers, donkere glazen potten waarin iets troebels zit. Op een beduidend akeliger stuk van de plank staan een heleboel plastic hoofden van verschillende grootte op een rij. Van speelgoedpoppen, actiefiguurtjes, zelfs het hoofd van een etalagepop.

Hun oogholtes gapen leeg. Staren blind de donkere ruimte in en doen de rillingen over Elis' rug lopen.

'Moet je dit zien!' Nick schijnt naar het dak.

Nu pas ziet Elis dat er dingen aan de binnenkant van de koepel zijn vastgemaakt.

Blauwe, bruine, grote, kleine. Van papier, plastic, glas. Uit kranten en tijdschriften geknipt, uit speelgoed en poppenhoofden gepulkt.

De rillingen gaan over in huiveren.

Het dak zit vol ogen. Honderden ogen.

'Wat is dit in godsnaam...?' zegt Nick.

Elis reageert niet. Een nieuw gevoel is in hem ontstaan. Wordt met elke ademhaling heviger en versterkt door de ogen die hen vanaf het dak gadeslaan.

'Moet je deze zien.' Nick schijnt op een groene speelgoedalien met veren als antennes. Hij tikt ertegen met zijn wijsvinger, wat de antennes laat wiebelen.

'Zullen we deze meenemen voor die ufo-gekken als dank voor hun hulp?'

'Niet aankomen,' zegt Elis.

Nick lacht erom. 'Hoezo niet?'

Elis heeft geen goed antwoord. Het gevoel wordt almaar sterker.

Nick haalt zijn camera uit zijn rugzak en begint in hoog tempo foto's te maken.

Het licht van de sterke flits weerkaatst door de koepel. Wordt gereflecteerd door het glas, metaal en plastic in de ruimte. Door de ogen tegen het dak.

Flits.

Donker.

Flits.

Donker.

Alsof de ogen tegen het dak knipogen.

Bewegen.

Hen gadeslaan.

Elis krijgt het ijskoud.

Het steeds sterkere gevoel is plotseling veranderd in een overtuiging. Dit is geen vergeten plek. Geen verlaten ruïne. Deze plek is van iemand. Iemand die belangrijke voorwerpen heeft verzameld en ze zorgvuldig heeft gerangschikt. In de koepel een klein heiligdom voor zichzelf heeft gebouwd, waarvan de betekenis Elis ontgaat. Maar één ding weet hij zeker.

Op dit moment, op deze plek, zijn hij en Nick geen urban explorers. Ze zijn inbrekers. Hij denkt weer aan het bord op het hek.

GEVAARLIJK!

Dan aan de hoge afrastering waarop het prikkeldraad zowel naar buiten als naar binnen hing. Op het eerste gezicht om onbevoegden buiten te houden. Maar misschien net zo goed om iemand anders binnen te houden.

'We moeten ervandoor,' mompelt hij.

'Niet voor alles op de foto staat.' Nick blijft maar flitsen afvuren. Loopt zo opgewonden rond dat hij tegen de plank stoot, wat een van de donkere glazen potten met een harde knal op de grond kapot doet vallen.

De inhoud, een vloeistof die sterk naar alcohol ruikt, stroomt over de vloer. In de vloeistof zit iets wat eruitziet als kleine witte bollen.

Elis deinst geschrokken achteruit.

Ogen van verschillende grootte rollen over de vloer. Niet van poppen of speelgoed. Deze zijn van wezens die ooit levend zijn geweest. Elis en Nick blijven een paar tellen zo met hun hoofdlampen op de vloer gericht staan.

'Godsamme...' zegt Nick. 'Zijn dat ogen van dieren, denk je?' De opwinding is uit zijn stem verdwenen en vervangen door iets heel anders. Twijfel, angst.

'We moeten hier weg,' zegt Elis. 'Nu meteen.'

Deze keer luistert Nick naar hem.

Buiten is de nachthemel bijna helemaal dichtgetrokken en het maanlicht wordt almaar zwakker. Ze gaan op een drafje naar de trap.

Halverwege klinkt er een bekend geluid uit het duister. Klapperende vleugels die beneden in de fabriekshal weergalmen.

'De duiven,' zegt Nick. 'Iets moet ze hebben opgeschrikt.'

Ze haasten zich naar de kant van de schachtbok. Daarvandaan kunnen ze door het open dakluik kijken. Er is een rood schijnsel in de fabriek te zien. Het beweegt zich snel in hun richting, verdwijnt uit het zicht, om dan te worden vervangen door het geluid van de krakende houten trap.

'Er komt iemand aan,' snerpt Nick.

Ze doen hun hoofdlampen uit en stormen naar de stalen roostertrap.

'Het touw,' zegt Elis. 'We kunnen ons naar beneden laten zakken vanaf waar het stuk weg is.' Hij wacht niet op antwoord maar stort zich naar beneden. Wurmt tegelijk zijn rugzak af om bij zijn touw en enterhaak te kunnen komen. Het maanlicht verdwijnt helemaal en hult de trap in het donker. Elis mist bijna de laatste trede. Op het laatste ogenblik weet hij de leuning vast te grijpen en te voorkomen dat hij de leegte in tuimelt.

Hij vangt Nick op die vlak achter hem aan komt, gebaart hem stil te zijn.

Het geluid van zingend metaal is duidelijk boven hun ademhaling uit te horen. Zweepslagen die tussen de gebouwen weerkaatsen. Iemand komt over het plankier hun kant op. Iemand die beduidend groter en zwaarder is dan zij.

'Schiet op,' snauwt Nick.

Ze maken samen de enterhaak aan de leuning vast en gooien dan hun rugzakken omlaag. Elis grijpt met beide handen het touw beet, glijdt achterover vanaf de laatste traptrede het donker in. Boven zich kan hij Nicks voeten door het rooster van de trede zien.

'Kom op!' bijt hij hem toe, maar Nick verroert zich niet. 'Kom op, Nick,' herhaalt Elis terwijl hij nog een stuk omlaag zakt. Hij voelt een beweging in het touw. Een trilling die sterker wordt. Zware voetstappen komen de trap af.

'Nick!' roept hij, maar zijn vriend lijkt te zijn bevroren. Hij staat naar de trap gekeerd waar de voetstappen steeds dichterbij komen.

Elis glijdt nog wat verder omlaag.

'Nick!'

Hij valt stil als hij door het roosterwerk van de trap zachtjes een reusachtig silhouet ziet naderen. Rond het hoofd zweeft een rood schijnsel. Elis' hart stokt. Een enorm zwart wezen met rode ogen, precies als in de ufo-legende. Hij hapt naar adem.

De voetstappen lopen door.

Bons.

Bons.

Bons.

De schreeuw komt zo onverwacht dat Elis bijna in zijn broek pist, maar hij brengt zijn hart tegelijk weer op gang.

Het is Nick die zo schreeuwt, die het uitbrult van schrik. Die blijft schreeuwen, ook al zou de lucht in zijn longen op moeten raken.

Dan houdt het brullen plots op en komt er een afschuwelijk gekraak voor in de plaats.

Elis kan zien hoe Nicks voeten los van de traptrede komen. De punten van zijn voeten zweven een decimeter omhoog alsof het wezen hem recht omhoog heeft getild.

Iets nats en warms spat door het traprooster omlaag, raakt Elis in zijn gezicht, doet hem zijn ogen dichtknijpen.

Bloed. Nicks bloed.

Als Elis zijn ogen opendoet ziet hij Nicks lichaam voorbijzeilen door de lucht, een paar decimeter van hem af. Een seconde later slaat het met een zware klap op de grond.

Elis wendt zijn blik weer naar boven.

Het wezen tuurt door het traprooster heen naar hem. Het gezicht zit in het donker, waar de ogen zouden moeten zitten zijn alleen twee grote rode bollen te zien.

Elis is verlamd van angst.

Het wezen grijpt de enterhaak beet en haalt het touw los van de leuning, zo te zien zonder enige inspanning. Laat Elis een paar tellen stil in de lucht hangen, met zijn rode ogen op hem gericht.

Dan laat het wezen het touw los. Laat het hem vallen.

Elis komt hard terecht. Zijn borstkas slaat op een rots. Hij krijgt geen lucht, denkt te horen hoe zijn ribben breken. Maar hij is in ieder geval niet tussen het versplinterde glas gevallen.

Nick ligt een meter verderop. Elis krabbelt erheen en doet zijn hoofdlamp aan. Beseft al voor hij het zachte lichaam aanraakt dat zijn vriend dood is.

Nicks gezicht is krijtwit, zijn ogen puilen uit, zijn tong bungelt half afgebeten tussen de krampachtige op elkaar geklemde kaken, zijn kin zit onder het bloed.

Elis' maag trekt zich samen, maar hij heeft geen tijd om te braken. Niet als hij wil overleven.

Hij kan daarboven al voetstappen horen. Hoe het wezen over het plankier sjouwt om weer af te dalen naar de fabriekshal. Om hem te vinden en zijn werk af te maken.

Elis krabbelt overeind en dwingt zijn benen in beweging te komen. Zijn enkels doen pijn, maar tot zijn verbazing kunnen ze hem toch dragen. Met zijn borstkas is het slechter. Elke ademtocht snijdt door zijn longen. Maar zijn hart pompt wild. Stuwt adrenaline in zijn lichaam en laat het ondanks de pijn fungeren.

De lichtkegel van zijn hoofdlamp zwiept door het duister terwijl hij naar de afrastering stormt. Hij hoort de knal als de fabrieksdeur wordt opengerukt. Daarna voetstappen over het gruis.

Hij draait zich niet om. Raast alleen maar zo snel hij kan naar de struik. Werpt zich daarin, kruipt op handen en voeten naar de wildgeul. Scherpe stekels rijten zijn gezicht open, steken hem in zijn knieën en ellebogen.

De lamp vindt de wildgeul. Hij drukt zijn buik op de grond en begint zich onder de afrastering door te wurmen. Achter hem klinkt het geluid van brekende takken met daarboven een laag grommen als van een dier. Elis werkt zich zo snel vooruit als hij maar kan.

De geul is veel te nauw voor het wezen, hij kan het redden.

Hij is er bijna door als een draad van het hek zich vasthaakt in zijn broek. Hij rolt op zijn rug, probeert met zijn handen zijn been los te rukken. De scherpe draad prikt door de stof heen en diep in zijn huid.

Het grommen komt dichterbij, wordt een reusachtig silhouet met rood oplichtende ogen direct aan de andere kant van het hek.

Elis' hart slaat op hol. Hij geeft een laatste ruk aan zijn been. De draad pakt een stukje vlees en huid voordat hij Elis loslaat, maar die voelt het amper. Hij is erdoor, het wezen zit vast aan de andere kant.

Elis draait snel weer op zijn buik en probeert overeind te krabbelen.

Zijn ene voet staat al.

Net als hij wil gaan rennen, grijpt iets zijn andere enkel beet. Trekt het Elis met zo'n geweld omver dat de lamp van zijn hoofd vliegt en op de grond belandt. Hij klauwt zijn vingers wanhopig in de zachte onderlaag om niet terug te glijden, probeert te schoppen met zijn vrije voet. Schreeuwt zo hard dat het door zijn longen snijdt.

Maar het is zinloos.

Het wezen trekt hem terug onder de afrastering door.

Weg van het licht van zijn lamp.

Het duister in.

De man van glas

Hij wordt met tegenzin wakker. Vecht er zo lang mogelijk tegen, om in de afgrond te kunnen blijven.

In het diepe nachtzwarte duister waar hij thuishoort.

Maar zoals altijd is zijn verzet vergeefs.

Hij had deze keer al een voorgevoel van het ontwaken. Had de kleine signalen bespeurd die een weg omlaag zochten. Doffe stemmen, de geluiden van verschillende apparaten. Daarna dat de gewichtsloosheid afnam al naar gelang hij naar de oppervlakte werd geroepen. Terug in zijn lichaam werd gedwongen.

Hij haat niets zo erg als dat gevoel.

Weet wat het inhoudt.

Onbehagen, kwellingen, pijn.

Hij opent langzaam zijn ogen. De ruimte is koel en donker, het enige licht komt van de kleine diodes van de machines rond zijn bed.

Toch is het op de grens van wat zijn ogen aankunnen.

De prijs die hij betaalt voor het heen en weer gaan tussen de werelden.

Dat fluisteren de Dienaren tenminste tegen elkaar wanneer ze denken dat hij niets hoort.

Straks zijn ze hier. Een of meer van die machines heeft vast al verklapt dat hij is teruggekeerd.

Dat hun werk straks opnieuw zal beginnen.

En daarmee ook zijn kwelling.

Hij sluit zijn ogen weer en huivert. Het lichaam is zwak en de koude in hem zal lang blijven hangen. Maar als die dan zwicht, als zijn kracht terug is gekomen, zal hij haar opzoeken. Zij die altijd in zijn gedachten is.

Haar op afstand gadeslaan zoals hij altijd doet, verborgen in de schaduwen.

Ooit zal hij haar vertellen wat hij daar diep in de afgrond heeft aanschouwd. Vertellen over dood en verrotting, over insecten, wormen en naamloze blinde wezens die kruipen, kronkelen, krioelen.

En over het gevoel het eeuwige ijskoude donker in te trekken waaruit niemand ooit terugkeert.

Niemand. Behalve hij.

Maandag

Asker

'Hallo Leo, met je vader.'

Inspecteur Leo Asker houdt de hoorn van de telefoon strak tegen haar oor. Het litteken op haar arm jeukt ontzettend, haar polsslag bonst tegen haar trommelvliezen. Haar kleine kantoor op verdieping min één, de lichtgehavende medewerkers op de Afdeling voor verloren zielen, Jonas Hellman die haar onderzoek kaapte, Martin Hill, Smilla Holst, Julia, de Bergkoning en zijn afgrijselijke berg. Alles is tot ruis geworden aan de randen van haar bewustzijn.

Het enige wat de hersenen duidelijk waarnemen is de krakende, diepe stem aan de andere kant van de lijn. Die heeft ze vijftien jaar lang niet gehoord, toch wordt ze er nog altijd ijskoud van.

'Zo, Leo,' zegt haar vader. 'Ik begrijp dat jij een echte slimme, brave politievrouw bent geworden. Een van de loyale lakeien van de macht. Een simpel rijksambtenaartje. Je moeder is vast even teleurgesteld als ik.'

Asker klemt haar kaken op elkaar.

'W-wat wil je?' weet ze nog net uit te brengen.

Het stottertje stoort haar. Haar toon ook. Ze klinkt als een angstige tiener.

Per merkt dat natuurlijk. Geniet van haar onzekerheid. Haar angst. 'En dat vraag jij je af, na alles wat ik voor jou heb gedaan...' zegt hij. 'En na alles wat jij voor mij hebt gedaan. Zoals me laten opsluiten tussen de gekken en als een verminkte, kwijlende idioot laten volproppen met medicijnen. Ik heb je nooit fatsoenlijk kunnen bedanken voor die ervaring.'

Zijn toon doet de mist in haar hersenen optrekken. Per stuurt dit gesprek, solt met haar, denkt dat hij weet wie zij is.

Ze herstelt zichzelf, vult haar longen met lucht, knijpt haar ogen dicht en ademt langzaam uit door haar neus. Haar polsslag daalt, tiener-Leo trekt zich terug in haar onderbewuste.

'Wat wil je, Per?' zegt ze met haar volwassen stem.

Een korte stilte.

'Ik zal verdacht worden van moord,' zegt hij. 'Er is een lijk opgedoken in het terrein direct naast de Farm. Over een paar dagen komt de politie hierheen om me op te pakken.'

Asker is even perplex. Het gesprek dat op zijn minst gezegd al een beetje onwerkelijk aandeed, heeft nu al het contact met de werkelijkheid verloren.

'Hoezo dan?' Haar stem klinkt verbazingwekkend beheerst.

'Omdat iemand mij erin probeert te luizen,' zegt Per. 'En de staat zit gewoon te wachten op een kans om mij voorgoed op te sluiten.'

Hij zwijgt weer even, maar deze keer kiest Asker ervoor om ook niets te zeggen.

Per Asker, de vader met wie ze vijftien jaar lang geen contact heeft gehad, sinds hij geprobeerd heeft om hen allebei op te blazen, belt plotseling op om te vertellen dat hij van moord zal worden verdacht. Waarom?

'Zoals je natuurlijk begrijpt, heb ik de tijd genomen de situatie van alle kanten te bekijken,' gaat hij verder. 'Om mijn mogelijkheden te overwegen.'

Zijn toon wordt weer bijtend en op dat moment weet ze wat het antwoord is op haar vraag.

'Het blijkt, Leo, dat jij mijn beste kans bent. Jij bent de enige die competent genoeg is om de zaak uit te zoeken.'

Asker knijpt haar ogen weer dicht en herhaalt haar ademhalingsoefening.

'En waarom zou ik dat doen?' zegt ze zo rustig als ze kan.

'Wil je zeggen dat vaderliefde geen reden genoeg is?'

Ze bijt op haar lip, wacht tot hij verdergaat.

'Oké Leo, zonder omwegen,' zegt hij afgemeten. 'Als jij er niet mee instemt om mij te helpen, zal ik mij niet vrijwillig overgeven. Juist jij weet maar al te goed waartoe ik in staat ben, hoe ik mij al die jaren heb voorbereid. Wie naar de Farm komt om mij daar met geweld weg te halen, zal dat bitter spijten.'

Per laat een overduidelijke stilte vallen om de woorden te laten bezinken.

'Je geeft misschien niet om je vader,' gaat hij verder. 'Maar kun je leven met het bloed van je politiecollega's aan je handen? De wetenschap dat je het allemaal had kunnen voorkomen? En wat blijft er over van je eigen carrière bij de politie als er zoiets gebeurt, denk je?'

Een nieuwe stilte, en een tel lang vraagt ze zich af of hij op heeft gehangen. Maar ze kan zijn aanwezigheid nog voelen dwars door de hoorn heen.

'Zorg nu maar dat je snel een besluit neemt, dochterlief, voordat het te laat is.'

Er kraakt iets, dan wordt de verbinding verbroken.

Hill

De taxi stopt recht voor een glazen gebouw midden in de hightech-city die in het oostelijke deel van Lund is opgekomen, en Martin Hill wurmt zich met enige moeite uit de auto. Hij blijft staan op het trottoir, leunend op de kruk die hij uit het ziekenhuis heeft meegekregen.

Natuurlijk had hij nog een paar dagen moeten blijven. De artsen zichzelf én hem ervan moeten laten verzekeren dat de schotwond in zijn dij goed geneest. Dat zich geen complicaties voordoen. Maar hij heeft in zijn leven al veel te veel dagen doorgebracht in ziekenhuizen. Hij heeft een hekel aan de geuren, de geluiden en misschien ook aan de gedachte aan zijn eigen sterfelijkheid.

Dat beweerde Sofie tenminste.

Ze is naar huis gegaan naar haar man in Den Haag. Wellicht is haar echtgenoot gaan vermoeden dat haar trips naar Zweden niet alleen maar met werk te maken hebben. Gaan vermoeden dat zij een ander heeft.

Onder andere omstandigheden zou Hill er niet heel ontevreden mee zijn als het zo zou gaan. Hij mocht Sofie echt, had zich zeker een toekomst met haar kunnen voorstellen.

Maar dat was voordat Leo Asker weer opdook.

Voor zij hem redde uit de berg van de Bergkoning. Voor zij haar geheim aan hem vertelde terwijl hij balanceerde op de rand van de dood. Dat haar vader hen allebei heeft geprobeerd te vermoorden, maar dat zij hem te slim af was en zich wist te bevrijden.

Hij heeft veel aan Leo's verhaal gedacht in die week dat hij in het ziekenhuis lag. Veel aan haar gedacht.

Te veel zelfs.

Maar deze zeer onverwachte uitnodiging heeft hem een kans gegeven zijn zinnen te verzetten.

Hill strekt zich uit. De lucht is vochtig, een dunne miezermist die typerend is voor eind herfst en de winter in Skåne, maar hij maalt er totaal niet om.

ALFACENT INDUSTRIES, CORPORATE HEADQUARTERS staat er op het grote verlichte bord naast de entree. Hill laat zijn blik van het schild omhoog langs de gevel gaan. Het gebouw is werkelijk iets bijzonders. Zwart matglas op veel verdiepingen waar alle vlakken en hoeken naar de hemel reiken. De constructie is beduidend breder onderaan dan boven, wat samen met de futuristische architectuur doet denken aan een ruimteschip. Wat niet heel verbazingwekkend is als je de geschiedenis van het bedrijf kent of die van de eigenaars, de familie Irving. En die kent hij, beter dan de meesten.

Er is een hellingstoegang aan de ene kant, maar Hill besluit toch de trap te nemen. Een dom idee, beseft hij zodra de pijn van de schotwond in zijn dij zich laat gelden.

Hij houdt halt, trekt een grimas.

De deur van de entree gaat open en een man komt naar buiten. Hij is nog net geen vijftig, draagt een zwart, goed zittend pak en een coltrui die zijn brede schouders en gespierde bovenlichaam accentueren. Zijn haar begint net als zijn baardje te grijzen, de blik is vast.

'Welkom, lector Hill,' zegt hij. 'Laat mij u helpen.'

Het volgende ogenblik heeft de man hem de trap op geholpen de lobby in, zonder enig teken van inspanning.

'Ik heet Samuel,' vervolgt hij. 'Ik ben verantwoordelijk voor de beveiliging hier bij Alfacent. De receptie is rechtdoor.'

Hill knikt ten dank voordat hij nieuwsgierig om zich heen kijkt. De lobby is minstens even imponerend als de buitenkant van het gebouw. Lichte stenen vloer, witte wanden, zeker tien meter hoog.

Midden in de lobby staat een sculptuur van een man die ongeveer dubbel levensgroot is. De man lijkt zijn ogen te beschutten met zijn ene hand, met de andere wijst hij naar de hemel. Of beter gezegd misschien:

naar het plafond waar de lampen daar in de hoogte fonkelen als sterren. Hill hinkt dichterbij.

Het standbeeld is pikzwart en ondanks dat de gelaatstrekken slechts net te ontwaren zijn, lijkt de man vol verlangen naar de kunstmatige sterren te kijken.

Hill heeft de sculptuur eerder alleen op foto gezien en pas van dichtbij beseft hij dat hij niet van steen of keramiek is gemaakt, maar van zwart glas.

'Gunnar Irving als jongeling.' Samuel is geluidloos aan Hills zijde verschenen. 'Alfacents oprichter.'

'Mm,' mompelt Hill. Hij wacht op iets meer, een gezichtsuitdrukking of gebaar dat aangeeft dat de devotie in de toon van de man niet gemeend is. In plaats daarvan knikt Samuel alleen maar naar Hill, als om hem aan te sporen verder de lobby in te lopen.

Steunend op zijn kruk strompelt Hill naar de receptie. De vrouw achter de desk heeft soortgelijke zwarte kleren aan als Samuel, lijkt eerder een model dan een receptioniste.

'Lector Hill, welkom,' zegt ze met een tikje te brede glimlach. 'Nova Irving loopt een paar minuten uit, waarvoor wij onze excuses aanbieden. Gaat u zolang zitten, dan haal ik u zodra ze klaar is. Kan ik u iets te drinken aanbieden? Espresso, cappuccino, bronwater misschien?'

'Dank je, ik hoef niks.'

Dit doet ontzettend ouderwets aan, of misschien eerder Amerikaans, om gevousvoyeerd en met titel aangesproken te worden. Hij hinkt naar het wachtameublement van chroom en leer, laat zich in een fauteuil zakken en haalt zijn telefoon tevoorschijn.

Maar in plaats van wat doelloos op internet te surfen zit hij daar te kijken naar de grote sculptuur. De in het licht wisselende schakeringen van het glas laten de gelaatsuitdrukking de hele tijd veranderen. Wisselen tussen fascinatie, verlangen en doelbewustheid.

En nog iets anders, iets onrustbarenders.

Hij neemt een foto van het standbeeld met zijn telefooncamera, wordt onderbroken door een bericht van Leo.

Heb je tijd om te praten? vraagt ze. Hij kijkt op naar de receptioniste.

De vrouw is van haar plek gekomen en loopt op hem af met nog zo'n overdreven glimlach.

Nu even niet, antwoordt hij tegen zijn zin.

Ok, spreek je nog. Er is iets gebeurd waar ik even over moet praten.

'Excuses voor het wachten, lector Hill,' zegt de receptioniste als ze bij hem is. 'Nova Irving kan u nu ontvangen.'

Ze loodst hem door de glazen poortjes en verder naar een lift, haalt een pasje een paar keer langs een lezer en drukt op het bovenste liftknopje voor ze ten afscheid nog een keer naar hem glimlacht.

De lift gaat soepel omhoog en zo snel dat zijn oren ploppen. De hele situatie is licht surrealistisch, maar ook spannend.

Twee uur geleden pas werd hij gebeld door een vrouw die zei dat ze de assistent van Nova Irving was. Ze had hem zonder omhaal gevraagd of hij tijd had om iets te komen bespreken, het liefst vandaag nog. Meer wilde ze niet vertellen. En aangezien hij jarenlang geprobeerd had in contact te komen met Alfacent en de familie Irving, kon hij er moeilijk niet op ingaan.

De lift remt af en de deuren glijden bijna geluidloos open. Er staat een vrouw te wachten van Hills eigen leeftijd. Ook zij is in het zwart, maar draagt anders dan het personeel in de lobby een blouse onder het colbert en geen coltrui. Rond haar nek bungelt een zilveren hangertje aan een kettinkje.

'Welkom, lector Hill. Ik ben Nova Irving, directeur van Alfacent Industries. Fijn dat u op zo'n korte termijn kon komen.'

Haar stem is verbazingwekkend donker, de handdruk stevig. Nova Irvings roodblonde haar zit in een paardenstaart. Haar huid is gebronsd, de lippenstift knalrood, de ogen zo strakblauw dat ze haast onwerkelijk lijken.

'Zeg maar Martin,' zegt Hill. 'En ik moet toegeven dat ik benieuwd ben waar dit om gaat. Je assistent was nogal cryptisch aan de telefoon.'

Ze wijst met haar hand naar een conferentiezaaltje met glazen wanden.

'Ik zal het zo direct uitleggen. We gaan daarbinnen zitten.'

Hill volgt haar, nog steeds steunend op zijn kruk.

De tafel in het zaaltje is ovaal en heeft vijf stoelen aan elke kant staan. Door de ramen heb je uitzicht over heel noordelijk Lund. Aan de korte zijde van het vertrek staat vlak bij de ingang een zwarte buste, ook van zwart glas. Deze is gedetailleerder dan de sculptuur in de lobby en stelt een oudere man voor met scherpe jukbeenderen, hoge haargrens en een vaste blik die Hill onmiddellijk herkent.

'Gunnar Irving. Mijn vader.' Nova's stem heeft nu dezelfde toon als Hill in de lobby bij Samuel hoorde. Respect, ontzag zelfs.

Nova gebaart Hill om plaats te nemen, gaat recht tegenover hem zitten en legt een tablet op tafel, terwijl hij zich in de stoel laat ploffen en de kruk tegen het tafelblad zet. Hij verwacht dat zij gaat uitleggen waarom hij hier zit. Maar er komt een vraag.

'Je hebt een paar jaar geleden contact met ons opgenomen, hè Martin? Met Alfacent en met de familie?'

'Dat klopt,' knikt Hill. 'Dat was in samenhang met het hoofdstuk dat ik over Stjärneholm en Gunnar Irving schreef in mijn boek *Vergeten plekken en wat ze te vertellen hebben*. Maar helaas was er niemand die zich wilde laten interviewen of mij naar het Blockön wilde laten gaan.'

'Nee, mijn zuster Maud was directeur in die tijd. Zij stond voor een andere houding. Terughoudender, zou je kunnen zeggen. Mijn leidinggeven is transparanter.' Nova's glimlach is aantrekkelijk én aanstekelijk. 'Hoeveel weet je nu eigenlijk van Alfacent, Martin?'

Hill kucht even.

'Uh, ik weet dat jullie actief zijn in de medische technologie. Chirurgische instrumenten, operatierobots en dergelijke. Jullie kwamen onder andere al vroeg met DNA-analyses.'

'Klopt helemaal,' zegt Nova. 'Maar wij ontwikkelen ook dingen die in mensen belanden. Pacemakers, implantaten, kunstmatige hartkleppen.'

Een wenkbrauw gaat een halve centimeter omhoog, alsof ze verwacht dat hij iets zal zeggen. Hill is confuus. Weet ze van zijn titanium hartklep? En wat heeft dat dan met zijn bezoek te maken?

'Eric Holst heeft je naam laten vallen,' gaat ze verder. 'Eric is de voorzitter van ons bestuur. Hij heeft verteld dat je met gevaar voor eigen leven zijn kleindochter Smilla van een ontvoerder hebt gered. Eric is echt niet zo snel onder de indruk, dus werd ik nieuwsgierig en heb ik je even na laten trekken.'

Zonder op Hills reactie te wachten zet ze de tablet aan.

'Martin Hill,' leest ze voor. 'Eenendertig, opgegroeid in een hele rij verschillende plaatsen in Zweden, maar tegenwoordig lector aan de universiteit van Lund, waar je de collegereeks "De architectuur van het vervallene" geeft. Zeer gewaardeerd door de studenten en bovendien auteur van een bestseller die een beetje een bijbel is voor mensen die geïnteresseerd zijn in urban exploration, dat wil zeggen het onderzoeken van verlaten gebouwen en plekken.'

Ze trekt haar wenkbrauw weer op. Hill weet nog steeds niet wat hij moet zeggen. De situatie is vreemd en tegelijkertijd... spannend. De geheimzinnigdoenerij, het futuristische kantoorgebouw, de veel te vriendelijke medewerkers. En dan natuurlijk Nova Irving zelf. Ze is mooi, intelligent, charismatisch. De soort mens die overal in een paar seconden het centrum van de aandacht kan zijn. Het contrast met het ziekenhuisbed dat hij nog maar onlangs heeft verlaten, of met de akelige beelden in zijn geheugen van de berg van de Bergkoning kon amper groter zijn.

'Bovendien heb je een hartklep van titanium,' vervolgt ze. 'Eentje van ons zelfs, wat betekent dat je zogezegd een lid van de Alfacent-familie bent.'

'Juist,' weet Hill ten slotte uit te brengen, bij gebrek aan iets beters.

Hij zou natuurlijk moeten vragen hoe zij zulke vertrouwelijke medische informatie kan weten, maar hij is veel te druk met proberen uit te vogelen waar dit gesprek heen gaat.

'Wat weet je nog meer over het bedrijf, Martin?'

Het is iets in Nova's blik en dat glimlachje dat de hele tijd sluimert in haar mondhoek wat hem vertelt dat zij hem op de proef stelt. Dat ze haar kaarten niet op tafel zal leggen voordat hij is goedgekeurd.

'Alfacent is opgericht door je opa Bernhard Irving,' begint hij. 'Toen heette de firma nog All-Konserver en was ze actief in de levensmiddelenindustrie. Bernhard verdiende veel geld tijdens en na de oorlog, maar tegen het eind van de jaren vijftig ging het steeds beroerder met de firma.'

Hij kucht weer, slaat de reden van de neergang over. 'In de jaren zestig nam je vader Gunnar het over. Hij veranderde de bedrijfsnaam in Alfacent, verlegde de activiteiten naar de medische technologie en kwam met enkele baanbrekende uitvindingen die het bedrijf er in een recordtijd bovenop hielpen.'

Daar houdt hij op, puur uit beleefdheid. Maar daar neemt Nova geen genoegen mee.

'En...?' Haar blik glinstert even, alsof juist dit de doorslag zal geven.

Hill kiest zijn woorden met zorg. Maar als haar research zijn kunsthartklep boven water heeft gekregen, weet Nova redelijkerwijs ook precies wat hij in zijn boek over de familie Irving heeft geschreven.

'Gunnar, je vader...' vervolgt hij met een knikje naar de glazen buste, 'beweert dat de ideeën voor zijn uitvindingen zijn voortgekomen uit een ontmoeting met een ruimtewezen die hij als jongeman had, in Bernhards sterrenobservatorium op het Blockön. Het buitenaardse wezen zou uit het sterrenstelstel Alfa Centauri komen, wat ook de reden is dat Gunnar het bedrijf met zijn vaders goedvinden heeft omgedoopt tot Alfacent. Dit verhaal is de voedingsbodem geworden voor een heleboel urban legends over Stjärneholm, het landgoed van jullie familie. Volgens een daarvan ligt Bernhard begraven in een onderaardse grafkamer op het terrein, volgens een ander loopt er een netwerk van mijngangen onder het Miresjön door helemaal tot aan het Blockön.'

Nova Irving neemt hem nauwkeurig een aantal seconden op, zonder iets te zeggen. Haar gebit is recht en wit, contrasteert met haar bloedrode lippenstift.

'Goede samenvatting, Martin.' Ze schuift de tablet aan de kant. 'Vooral dat met die urban legends. Er is in de loop der jaren een hoop onzin verkondigd over de firma en de familie. En dat is eigenlijk ook de reden dat ik je gevraagd heb om hier te komen.'

Hill gaat rechtop zitten.

'Alfacent viert binnenkort zijn honderdste verjaardag en Gunnar tegelijk zijn tachtigste,' vervolgt Nova. 'Met die jubilea als aanleiding vinden het bestuur en ik dat het tijd wordt voor een boek over onze...' Ze is even stil, lijkt naar het juiste woord te zoeken. '... kleurrijke geschiedenis. Om de lucht uit die broodjeaapverhalen te laten lopen en te focussen op onze bijdragen voor de mensheid. En wie is daar meer geschikt voor dan een bestsellerauteur met een van Alfacents hartkleppen in zijn borstkas? Iemand die al het nodige weet over het bedrijf en de familie, die zeer geloofwaardig en bovendien discreet is.'

Ze draait de warmte van haar glimlach nog een paar graden hoger. 'We willen daarvoor graag jou in de arm nemen, Martin.'

'Oké...' Hills hersenen gaan een paar tellen op slot.

'Vanzelfsprekend betalen we je een royaal honorarium,' gaat Nova verder. 'Je krijgt volledige toegang tot het bedrijfs- en familiearchief op Stjärneholm. We stellen ook een woning op het landgoed ter beschikking zodat je in alle rust kunt schrijven.'

'Wacht even.' Hills verstand is er weer bij. 'Om te beginnen heb ik al een baan.'

Nova trekt een geamuseerd gezicht. 'Voor zover ik begrijp, zit je in de ziektewet. In ieder geval tot aan de start van het semester volgend jaar. We hebben met het faculteitsbestuur gesproken en dat heeft er geen probleem mee dat jij je tot dan aan het schrijven wijdt.'

'Aha...' Hills hersenen skippen even dat ze al contact heeft gehad met zijn chef, en spoelen rap door naar zijn volgende tegenwerping. 'Maar zoals je ziet is er een reden dat ik in de ziektewet zit. Mijn bewegingsmogelijkheden zijn beperkt en ik moet regelmatig door artsen worden onderzocht.' Hij tilt zijn kruk op om zijn argument te onderstrepen.

'Stjärneholm heeft een eigen supermodern zorgcomplex,' zegt ze. 'We kunnen je constante monitoring door een arts aanbieden plus revalidatie met de allernieuwste behandelingsmethoden.'

'Uh...' Hill legt een hand in zijn nek.

Het aanbod is complimenteus. Bovendien speelt er nog een factor mee waarvan Nova Irving niet helemaal op de hoogte is. Iets wat het ongelooflijk lastig maakt om te luisteren naar de tegenwerpingen van zijn superego.

Ze leunt voorover. Het hangertje schampt het tafelblad. Het stelt een kikker voor, ziet hij nu. Hill vangt nog een glimp op van haar decolleté voordat hij zijn blik afwendt.

'Bovendien kun je Gunnar natuurlijk in levenden lijve ontmoeten,' zegt ze met zachtere stem. 'En het oude observatorium op Blockön bezoeken, waar je altijd al van gedroomd hebt. Amper een mens is daar nog geweest sinds de jaren zestig. Alles staat er nog onverstoord. Dat zou toch een ware droom voor een urban explorer moeten zijn. Je woonde toch daar in de omgeving als tiener?'

Haar strakblauwe ogen glinsteren weer even.

Hill haalt diep adem terwijl hij op een nieuw protest van zijn superego wacht. Maar zijn verstand erkent eindelijk dat het overwonnen is. Het is vervangen door een heel andere stem die zacht en verleidelijk fluistert in zijn hoofd.

'... het oude observatorium op Blockön bezoeken.'

'Waar je altijd al van gedroomd hebt.'

Zeventien jaar eerder

Hij is veertien. Nog maar een paar maanden geleden is hij weer verhuisd met zijn ouders, deze keer naar de bossen op de grens tussen Småland en Skåne. Hij kent niemand, maar zoals altijd doet hij zijn best om erbij te horen. Probeert hij sociaal en leuk te zijn. Vrienden te maken en te doen alsof sommigen hem niet Neger-Martin noemen.

Sommige dagen zijn beter dan andere.

Hij vindt vast gauw iemand die net zo leuk en slim is als hijzelf. Dat zegt zijn moeder in ieder geval. En omdat hij haar niet verdrietig wil maken, spreekt hij haar niet tegen.

Een meisje is hem opgevallen, met een schoolkluisje naast dat van hem. Ze is lang, heeft brede schouders en de meeste leerlingen lijken een beetje bang voor haar.

Leo Asker heeft iets wat hem aantrekt en hij is gaan nadenken over iets om dichter bij haar in de buurt te komen.

Maar vanavond denkt hij daar allemaal niet aan.

Hij staat op de oever. Voor hem ligt de bijna perfecte cirkel van het Miresjön en een eind verder over het water zijn de stekelige contouren van het Blockön te zien.

Hij heeft een lange bustocht met twee overstappen moeten maken om hier te komen. Daarna een behoorlijk inspannende wandeling naar de scoutingbarak die aan de rand van het Miresjön staat op een van de slechts twee plekken waar de helling zo vlak is dat je tot aan het water kunt lopen.

Hij heeft de plek ontdekt in een chatroom voor urban explorers waar hij gefascineerd raakte door Bernhard Irving en zijn zoon Ufo-Gunnar. Sinds hij die eerste keer op hun familiegeschiedenis stuitte, heeft hij een paar uur in de bibliotheek doorgebracht om alles te lezen wat hij kon vinden over

Stjärneholm, het Blockön, de Stjärngruvan en het observatorium.

Er zijn er meer in de chatroom die dezelfde trip hebben gemaakt. Die naar de oever bij de barak zijn gekomen, om vervolgens te moeten constateren dat je niet dichterbij kunt komen. Er liggen geen boten op het meer en het Blockön ligt op bijna een kilometer van de oever. Het Miresjön is bovendien bijna dertig meter diep en het water is daarom zelfs midden in de zomer ijskoud, wat zwemmen moeilijk maakt.

En zelfs als het je zou lukken om erheen te zwemmen, ligt de eilandoever bezaaid met scherpe rotsblokken en stenen waardoor je niet aan land kunt waden zonder je voeten en knieën compleet open te halen.

Maar hier op de oever staan, door je verrekijker turen en een vermoeden krijgen van, vlak boven de boomtoppen, de koepel van Bernhards observatorium is toch de tocht waard. De plek kunnen zien waar ooit, beweert Gunnar Irving, een ufo aan kwam zweven en is geland. Waar het zwarte wezen met de rood oplichtende ogen naar buiten is gekomen om hem te spreken.

Hij staat nu al ruim twee uur aan de oever. Heeft alleen gepauzeerd om zijn proviand op te eten en ondertussen zijn armen rust te gunnen die de verrekijker omhooghouden. Hij heeft niet één seconde willen missen, ook al komen de enige bewegingen die hij heeft gezien van in de wind waaiende boomtoppen en een enkele vogel.

Het is net gaan schemeren. Het donker komt over het meer aansluipen en doet de sterren opduiken aan de hemel.

Nog een laatste blik, dan moet hij gaan als hij zijn bus nog wil halen. Hij brengt zijn verrekijker omhoog, stelt in op het donkere silhouet van het observatorium.

Langzaam laat hij de verrekijker over het eiland en verder over het water richting Stjärneholm glijden. Volgens het chatforum moet er een geheime tunnel zijn die het eiland verbindt met de overkant, maar niemand heeft die ooit gevonden. Misschien een heel complex van tunnels om te onderzoeken en een onderaardse grafkamer. Van het idee krijgt hij na twee uur speuren nog steeds een beetje hartkloppingen.

Van ver roept een bosuil. Het akelige geluid zweeft over het meer voordat alles weer stil wordt. Hij glijdt opnieuw met de kijker over het eiland en landt weer op het observatorium. Blijft daar nog een minuutje naar kijken als een soort afscheid.

Dan, net als hij de kijker al haast laat zakken, denkt hij iets te zien. Iets wat hem doet bevriezen en zo lang daar laat staan dat hij de bus mist.

In de jaren daarna neigt hij er steeds meer naar dat het zijn verbeelding was die met hem op de loop ging die avond. Dat hij iets zag wat hij wilde zien, omdat het precies daar op dat moment het enige was wat hij had.

En misschien was het ook zo. Puur logisch gezien is het absoluut de beste verklaring. Maar iets in hem blijft vasthouden aan wat hij daar voor slechts een paar tellen hoog aan de hemel boven het Blockön zag, recht boven het observatorium.

Een sterk wit lichtschijnsel dat opblinkt en dan verdwijnt.

Asker

De lucht in het kantoortje lijkt wel stroperig, haast stil te staan. Voor haar ligt op het bureau haar telefoon met Martins antwoordbericht nog zichtbaar. Haar hersenen draaien op volle toeren, maar de enige conclusie waartoe ze in staat lijken is dat ze met Martin Hill wil praten. Hij weet hoe ze is opgegroeid, was degene die haar vader zijn spotnaam gaf.

Prepper-Per.

Haar vader, de gek die bunkers bouwt en wapens, springstoffen en andere benodigdheden verzamelt terwijl hij zich voorbereidt op de apocalyps. De man met wie ze, zo dacht ze een moment terug nog, nooit meer contact zou hebben. En nu probeert hij plotseling terug haar leven in te dringen.

Ze rolt langzaam de mouw van haar overhemd op. Het litteken jeukt nog steeds en ze gaat eroverheen met haar vingertoppen. Volgt de getatoeëerde letters die het bedekken. Tien zijn het er.

VEERKRACHT.

Het ritueel doet na een poosje het jeuken ophouden en haar stressniveau zakken. Ze rolt de hemdsmouw weer omlaag.

Is wat Per beweert überhaupt waar?

Ze haalt de computer uit zijn slaapstand. Wat meestal de database van de politie wordt genoemd, is eigenlijk een reeks verschillende systemen waarvan sommige al antiek zijn en andere een rijpe leeftijd hebben bereikt, en die allemaal gemeen hebben dat ze niet bijzonder goed samenwerken, niet met elkaar en niet met de gebruiker.

Na wat tikken lukt het Asker in ieder geval een lijst van nieuwe aangiftes boven te krijgen. Ze scrolt er snel doorheen. Niks over een lijk in de omgeving van de Farm. Ze ademt uit, probeert haar gedachten te ordenen.

Was het gesprek voor Per alleen maar een manier om te klieren, een poging om haar te manipuleren? Ze onderwerpt de stelling aan haar gangbare proces.

Bewering: Per heeft tegen haar gelogen.

Vraag: waarom?

Antwoord: om haar te stangen.

Vraag: waarom?

Antwoord: omdat hij denkt dat hij daarmee iets te winnen heeft?

Vraag: wat dan?

Wat zou Per te winnen hebben met na vijftien jaar stilte contact opnemen en dan alleen maar om haar te stangen? Waarom zou hij zoiets beweren wat zij simpel kan natrekken? En waarom juist nu?

Ze pakt de hoorn weer en toetst het nummer van de meldkamer in.

'Met Asker, van Zware Criminaliteit,' zegt ze als een van de centralisten opneemt. 'Hebben jullie een wagen naar een melding in de bossen van Göinge gestuurd? Over een dood aangetroffen persoon?'

Ze duimt dat de collega aan het eind van de lijn nog niet weet dat ze helemaal niet meer op de zesde verdieping werkt, maar tegenwoordig chef is van de Afdeling voor verloren zielen, helemaal beneden in de kelder.

'Ogenblikje...'

Ze hoort getik op toetsen.

'Ja, dat klopt,' zegt de centralist. 'Die is nog nieuw, van amper een uur geleden. De patrouillewagen is nog ter plaatse. Ik kan je direct doorverbinden als je wilt.'

'Super, bedankt.'

Asker grijnst. Dus wat Per zei over het lijk klopte. Maar hoe kon hij al weten dat het gevonden was? En dat de vondst hem tot een verdachte zou maken?

De agent ter plaatse antwoordt zo snel dat hij zijn telefoon in de hand moet hebben gehouden.

'Met Asker, Zware Criminaliteit,' stelt ze zich voor. 'Jullie hebben klaarblijkelijk een lijk aangetroffen.'

'Ja, dat klopt.' De stem van de man klinkt vragend. 'Maar ik heb je collega al gesproken. Hij zei dat jullie onderweg waren.'

'Dan hebben we langs elkaar heen gebeld. Kun je het nog even schetsen, alsjeblieft? Jullie bevinden je nu waar ergens?'

'Precies ten noorden van de grens met Småland. Hultet heet het hier. Er waren een paar jongens van de gemeente die belden. Ze zijn bezig een oude stortplaats voor tuinafval op te ruimen en stuitten op een lijk.'

Asker ziet de plek voor zich. Ze is er honderden keren langs gefietst. Het is aan een zijweg op slechts vijfhonderd meter van de toegangshekken van de Farm.

'Zoals ik je collega net heb verteld, is het slachtoffer een volwassen man,' vervolgt de agent aan de lijn. 'We schatten hem ergens rond de vijftig. Hij ligt op zijn buik met zijn gezicht naar de grond. Meer kun je niet zien en we willen niet onnodig aan het lichaam zitten. De technici zijn onderweg.'

'Hoelang ligt hij er al denk je?' vraagt ze.

'Moeilijk te zeggen. Volgens die kerels van de gemeente zijn ze ruim vijftien jaar geleden gestopt met hier tuinafval dumpen, omdat er geen ruimte meer was. Na de laatste storting hebben ze de toegangsweg afgesloten met een slagboom. Maar nu moet er een hoogspanningsleiding over het terrein worden getrokken, dus besloten ze de zooi eens te gaan opruimen. Het slachtoffer lag onder de allereerste hoop waar de graaflepel in ging. Die het dichtst bij de slagboom.'

'Je bedoelt dat de laatste hoop precies op het lichaam is gestort?'

'Ja, precies. Ik zou niet weten hoe het anders zou moeten zijn gegaan. Het is een flinke berg met rotzooi, zeker een paar vrachtwagenladingen, en het lichaam lag er bijna precies middenonder.'

'Dus de dode ligt daar al vijftien jaar of langer?'

'Vermoedelijk,' antwoordt de agent. 'Maar hij ziet er behoorlijk goed geconserveerd uit. Het haar zit er nog aan, de kleren zijn nog heel.'

'Kun je me foto's sturen?'

'Is dat nodig? Die ik net aan de telefoon had, zei dat jullie heel snel iemand ter plaatse zouden hebben...'

'Zou super zijn als je nu direct wat foto's kunt sturen,' breekt ze hem af.

Ze geeft hem haar nummer en zij blijft vervolgens naar haar telefoon zitten staren.

Vijftien jaar geleden woonde ze zelf nog op de Farm met Prepper-Per. Ze herinnert zich de slagboom en de grote bergen rotzooi erachter nog, kwam erlangs op weg naar en van school. Toen lag de dode daar dus waarschijnlijk al.

Na een minuutje begint haar telefoon te zoemen.

Op de eerste foto staat een graafmachine naast een halve meter diep gat in de grond. Rondom het gat en de graafmachine zijn flinke bergen deels vergaan tuinafval te zien. Takken en twijgjes vermengd met aarde, gruis en stenen. In de achtergrond is een open slagboom te bespeuren.

De volgende foto is dichterbij genomen. De dode is helemaal aangekleed. Hij ligt op zijn buik met de armen langs het lichaam, nog steeds voor de helft begraven in de zompige grond. Om de brede rug zit een blauw regenjack. Bij de nek is de kraag van een geruit flannellen overhemd te zien en daarboven een achterhoofd met plakkerige slierten haar.

Ze zoomt een paar keer in en uit. Focust op het zichtbaarste deel van de handpalmen. De huid is vuil, maar vertoont geen verder teken van verrotting.

De agent heeft gelijk: bij eerste aanblik ziet het lijk er veel te goed geconserveerd uit om daar vijftien jaar of langer te hebben gelegen. Al is dat niet zo vreemd als je bedenkt waar het is aangetroffen. Het laaggelegen terrein ten oosten van de Farm bestaat grotendeels uit drassig moerasland. En moerasgrond is zuurstofarm, wat de afbraak van zowel lichaamsweefsel als kleding tegengaat. Het lijk kan dus heel goed zo oud zijn als de agent al had geconcludeerd.

Maar er is iets met de foto's wat haar dwarszit, iets waar ze niet goed de vinger op kan leggen.

Ongedurig komt ze overeind en loopt naar de koffiekamer voor een kop koffie. Virgilsson, Rosen en Zafer zitten aan een van de tafels, verwikkeld in wat een vrolijk gesprek lijkt te zijn, maar vallen stil als zij binnenkomt.

'Ik vertel net het leuke nieuws,' zegt Virgilsson met een van zijn paddenglimlachjes. De spencer die hij over zijn hemd draagt, heeft ruitjes in allerlei kleuren, laat hem eruitzien als een testbeeld op tv. 'Dat jij vanaf heden permanent de chef van de Afdeling Ondersteuning bent.'

'Leuk,' stemt Rosen er zuchtend mee in, wat haar eerder verschrikt laat klinken.

Zafer spreekt daarentegen zoals gewoonlijk vijf decibel te hard.

'Gefeliciteerd,' zegt hij en doet zijn bril goed die achter aan elke poot een gehoorapparaatje heeft vastzitten.

'Dank je,' zegt ze. 'Geen Attila?'

'Nee...' Virgilsson wisselt een blik met de anderen. 'Kent is ziek. Dat is hij altijd rond deze tijd van het jaar.'

'Klopt,' haalt Rosen instemmend adem. En trekt er een verdrietig glimlachje bij.

Asker giet koffie in haar beker. Ze zou een soort vervolgvraag over Attila moeten stellen, maar zorg voor het personeel is op het moment niet haar eerste zorg.

'Zo, wat denken jullie? Is het al tijd om weer in de tredmolen te gaan lopen?'

Virgilsson komt overeind en krijgt de anderen met zich mee, bijna alsof ze bang zijn dat Asker erbij zou komen zitten, wat ze niet van plan was geweest.

'O ja, Rosen,' zegt Asker net als de vrouw bijna de kamer uit is. 'Ik heb je hulp ergens bij nodig.'

Rosen, die eigenlijk Gunilla Rosén heet, plukt zenuwachtig aan de mouw van haar vest terwijl ze Asker naar haar kantoor volgt. Asker ziet dat Virgilsson bij de postvakken is blijven staan en doet alsof hij door wat papieren bladert en tegelijkertijd zijdelingse blikken naar hen werpt. Zodra ze Rosen ook in de kamer heeft, trekt ze de deur goed achter hen dicht.

‘Ik heb een paar registernaslagen nodig.’

‘Aha,’ ademt Rosen uit.

‘Een man van veertig, vijftig of zestig, al vijftien jaar vermist. Relatief krachtig gebouwd, donker halflang haar, droeg werkkleding ten tijde van de verdwijning. Zou mogelijk een connectie kunnen hebben met de grensstreek van Skåne en Småland.’

‘Aha,’ zegt Rosen weer. ‘Dat is niet heel veel om mee te werken.’

‘Nee, weet ik,’ zegt Asker. ‘Maar ik weet ook dat jij mijn steun en toeverlaat bent bij het zoeken in de datasystemen. Eerlijk gezegd ken ik niemand die ook maar bij je in de buurt komt.’

‘Aha.’ Rosen plukt gegeneerd aan een vestpluisje. Ze is het duidelijk niet gewend om geprezen te worden.

‘En laten we dit onder ons houden alsjeblieft. Niemand, hier in het bureau of buiten, heeft hier iets mee te maken. Zelfs Virgilsson niet, zijn we het daarover eens?’ Asker houdt Rosens blik vast.

‘Natuurlijk,’ mompelt de kleine vrouw.

‘Fijn. Met wat mazzel komt er ook nog wat leuks langs voor je vriend, die journalist van de Sydsvenskan.’

Asker houdt er niet van om naar de media te lekken, maar Rosens verliefdheid op een verslaggever die duidelijk gay is, is een van de weinige troefkaarten die ze kan uitspelen.

Rosen begint te stralen. ‘Ik ga meteen aan de slag.’

Zodra Rosen de kamer uit is, opent Asker de foto’s weer. Ze zoomt steeds op één beeldsectie in en speelt dan wat met het contrast en de kleurinstellingen om zo meer aanknopingspunten te kunnen vinden naar wie de dode kan zijn of wat het nu is dat haar het gevoel geeft dat ze iets over het hoofd ziet.

Uit de natte grond tussen de knieën van de man steekt iets hoekigs omhoog. Ze zoomt zo ver in als ze kan en maakt de foto zwart-wit. Wanneer ze heel ingespannen kijkt, denkt ze een hoek van iets te zien wat van leer lijkt.

Ze belt terug naar de agent op de vindplaats.

‘Met Asker weer, van Zware Criminaliteit,’ zegt ze als hij opneemt. ‘Op de foto ziet het eruit alsof er iets tussen de knieën van het slachtoffer begraven ligt. Dat zou een portemonnee kunnen zijn. Kunnen jullie dat checken?'

'Wacht even.'

Zijn stem klinkt opgelatener dan hiervoor. Ze hoort geroezemoes, geschraap en een paar piepjes. Pas als het al te laat is, beseft ze dat hij haar doorverbonden heeft.

'Dag, Leo,' zegt Jonas Hellman aan de andere kant van de lijn. Ze houdt een vloek nog net binnen. 'Zover ik weet ben jij een paar weken geleden van Zware Criminaliteit overgeplaatst naar elders.'

Zijn toon is geamuseerd, alsof hij geniet van de situatie, wat gegarandeerd zo is. 'En nog maar heel kort geleden heb je een terugkeer naar de afdeling bovendien afgewezen,' vervolgt hij. 'Je begrijpt natuurlijk wel dat het me een beetje verbaast als ik hoor dat jij rondbelt en beweert dat je nog steeds bij ons werkt.'

Asker ademt in. Overweegt om de hoorn er simpelweg op te gooien.

'We doen het zo,' gaat Hellman door. 'Ik beschouw dit misstapje als een bedrijfsongeval. Je bent een goede collega, Leo, dat heb ik altijd gevonden. En je hebt je in de zaak van Smilla Holst van je beste kant laten zien.'

De toon slaat om, wordt scherper. 'Maar je was tegelijkertijd dom genoeg om mijn heel genereuze aanbod af te slaan. Je hebt de probleemgevallen en onzinzaken beneden op de afdeling Ondersteuning verkozen boven voor mij werken. Het is lastig om zo'n soort afwijzing niet persoonlijk op te vatten, vooral na...'

Hij houdt zich in en laat de rest van de zin in de lucht hangen, maar die hoort ze toch.

Vooral na ons verleden.

'Dus voortaan, Leo,' zegt Hellman overdreven beheerst. 'Voortaan houd jij je allejezus ver van mijn afdeling en onze zaken. Is dat begrepen?'

Asker opent haar mond om iets te zeggen, maakt niet uit wat, als hij maar niet het laatste woord heeft. Maar hij heeft al opgehangen.

De man van glas

De eerste weken na het ontwaken zijn verschrikkelijk pijnlijk.

Bepaalde vloeistoffen moeten uit zijn lichaam worden getapt, andere moeten erin.

Hij moet worden gemeten, gewogen, gestoken om gaten in hem te maken – worden getraind om zijn kracht te herkrijgen.

Voeding, toediening van medicijnen, training, proefnemingen, onderzoekingen.

Een eindeloze, pijnlijke cyclus die hij moet doorstaan voor hij zijn vrijheid herkrijgt.

Voor de Vader tevreden is met hem.

Dus houdt hij zichzelf in toom. Gehoorzaamt hij, beidt hij zijn tijd.

Hij verlangt terug naar het duister en de onderwereld.

Naar het vocht en de kou. Naar de geheime kamers waarheen het licht niet reikt.

Tegelijk met de toename van zijn kracht begint er iets anders in hem te groeien. Een heel bekend gevoel van onrust.

En van honger.

Hill

Het eerste wat Hill doet als hij weer thuis is, is een exemplaar van *Vergeten plekken* tevoorschijn halen.

Een tijd lang was hij erg geïnteresseerd in de geschiedenis van de familie Irving en was hij van plan om een boek over alleen hen te schrijven. Misschien zelfs een verklaring te vinden voor dat lichtschijnsel dat hij als tiener gezien dacht te hebben.

Hij heeft met het idee gespeeld dat het een meteoriet moet zijn geweest, een weerballon of misschien gewoon het licht van een vliegtuig waar zijn tienerverbeelding iets anders in zag. Wat het nu ook was, hij was bezeten van het idee om het Blockön en het observatorium te bezoeken, om te proberen uit te zoeken of er enige waarheid schuilging in alle geruchten.

Maar toen hij én daar geen toegang toe kreeg én geen kans om familieleden te interviewen, liep het hele project langzaam leeg. Hoewel hij een hele computer vol had staan met research en diverse onbevestigde geruchten zag hij zich gedwongen alles in te dikken tot één miezerig hoofdstukje in *Vergeten plekken*, dat hij uit pure frustratie sindsdien niet meer heeft opengeslagen.

Na de afspraak van vandaag wil hij weer weten wat hij nu eigenlijk heeft geschreven. Stuntelig laat hij zich met moeite op de bank neerzakken en bladert naar het hoofdstuk met de titel 'De Stjärngruvan en het observatorium op het Blockön'.

Het Miresjön is enig in zijn soort. Het ligt precies in de grensstreek van Skåne, Blekinge en Småland, is bijna perfect cirkelvormig en zeer diep. Midden in het meer ligt het Blockön, dat ook uniek is aangezien de grond hoofdzakelijk bestaat uit het ongewone gesteente ryoliet dat slechts bij zeer hoge temperaturen wordt gevormd. Geologen zijn het er daarom in principe over eens dat het meer een krater is die achterbleef na een enorme vulkaanuitbarsting die ongeveer vijftig miljoen jaar geleden heeft plaatsgevonden.

De tekst wordt onderbroken door een dronefoto van een rond, donker meer, omgeven door dicht met sparren begroeide hellingen. Als een groene stip ligt midden in het meer een vlak eiland, dat ook bedekt is met bos.

Maar in de omgeving is nog een andere theorie te horen. Namelijk dat de krater, het meer en het eiland het resultaat zijn van een meteorietinslag. Levensmiddelenfabrikant Bernhard Irving is bezeten geraakt van die theorie, wat hem bijna heeft geruïneerd.

Een nieuwe foto, deze keer zwart-wit, van een man van in de vijftig met dun haar, puntbaard en donkere bril. Zijn blik is naar rechts van de camera gericht, wat hem een dromerige gelaatsuitdrukking geeft.

Bernhard Irving had de legende over de meteoriet van kindsbeen af gehoord. Hij werd gegrepen door het idee dat een ruimterots miljoenen jaren door kou en duister zou hebben gezweefd om zijn reis in juist deze bossen te beëindigen. Met hulp van het vermogen dat hij in de levensmiddelenindustrie had opgebouwd, begon hij zijn tijd steeds meer te wijden aan zijn poging te bewijzen dat de legende klopte.
Hij kocht het Blockön en grote delen van de gronden rondom het meer op en liet een mijnschacht aanleggen op het eiland. De schacht doopte hij tot Stjärngruvan.
Op het dak van de schachtbok liet hij bovendien een observatorium bouwen. Andere bebouwing is er amper in de omgeving en de krater is zo gevormd dat er weinig hinderlijke kunstmatige

lichtbronnen zijn. Dat maakt het terrein zeer geschikt om naar de sterren te kijken.
Het ryoliet dat in de groeve werd gedolven, gebruikte Bernhard Irving voor de bouw van het landhuis Stjärneholm aan de zuidelijke oever van het meer. Maar het eigenlijke doel van de mijn was om resten van de meteoriet te vinden, die volgens Bernhards stellige overtuiging ergens diep onder het meer lagen begraven. Zo'n ontdekking zou hem onsterfelijk maken.

De volgende foto is ook zwart-wit. Een groepsfoto met een tiental mannen, de meeste in overall en met mijnhelm op, opgesteld voor een gevel van staalplaat.

In het midden staat Bernhard Irving. Hij lacht breeduit en heeft zijn arm rond de schouders van de mijningenieur, een kleinere man met een rond brilletje, die een overhemd met stropdas onder zijn overall draagt en een klembord in zijn hand houdt. In de achtergrond zijn de pijlers te zien van een betonnen toren, de schachtbok van de mijnlift.

'Het personeel van de Stjärngruvan, 1956' vertelt het onderschrift.

Hill slaat de bladzijde om en leest verder.

Zowel geologen als astronomen verwierpen Bernhard Irvings theorie volledig. Er ontstonden ook geruchten dat er obsidiaan in de groeve was aangetroffen. Obsidiaan, ook wel vulkanisch glas genoemd, wordt juist bij vulkaanuitbarstingen gevormd en de veronderstelde vondsten waren een duidelijk teken dat Bernhard Irvings meteoriettheorie foutief was en dat hij zijn geld verkwistte aan een project dat was gedoemd te mislukken.
Bernhard Irving luisterde niet naar de waarschuwingen. Zijn fixatie op de ruimte groeide uit tot een manie die tragische gevolgen zou krijgen.
Na een instorting in 1965 die drie mensen het leven kostte, moest de Stjärngruvan wel sluiten. Tegelijkertijd stond zowel het bedrijf als de familie Irving aan de rand van de afgrond. Een

onverwachte wending kwam toen Bernhards zoon Gunnar zijn vader overhaalde om af te treden als directeur om zelf als 22-jarige het roer van het familiebedrijf van hem over te nemen.

Een nieuwe foto, in kleur deze keer, van een jonge Gunnar Irving. Scherpe gelaatstrekken, een intense blik. De tekst gaat verder met een kort stuk over hoe Gunnar de bakens van het bedrijf verzette richting medische technologie.

Gunnars allereerste patent werd aangevraagd op een scalpel die was gemaakt van scherven van juist obsidiaanglas. Hetzelfde glas dat Bernhard bijna had geruïneerd werd als door een speling van het lot ook de redding van de familie en de firma.
Gunnar beweerde dat hij dit en andere baanbrekende ideeën had gekregen na een ontmoeting met een buitenaards wezen bij het observatorium op het Blockön. Een reusachtig zwart wezen met rood oplichtende ogen.

Hill had Gunnar ongelooflijk graag geïnterviewd over die ontmoeting, maar ook daar viste hij achter het net. Gunnar Irving heeft al jaren geen interview meer gegeven.

Het laatste stuk van het hoofdstuk gaat over het landgoed Stjärneholm met een foto van een somber gebouw in een afwijkende bouwstijl, met een groot park eromheen.

Het landgoed Stjärneholm is eigendom van de familie gebleven. De aparte architectuur wordt beschreven als een mengeling van gotiek en futurisme.
Bernhard Irving, die in 1996 overleed, ligt op het terrein begraven. Geruchten doen de ronde dat hij in een zelfontworpen grafkamer rust, maar die geruchten zijn nooit te staven geweest. Dat geldt ook voor de informatie over een systeem van tunnels dat het Blockön met Stjärneholm zou verbinden.

Gunnars verhaal over de ontmoeting met het ruimtewezen heeft met tussenpozen aanleiding gegeven aan golven ufo-toerisme in de omgeving.
De laatste golf kwam in 2001, het jaar dat Bernhard honderd zou zijn geworden. Een lichtverschijnsel aan de hemel werd toen opgetekend, gevolgd door een harde knal, en dat veroorzaakte grote opschudding in de streek. Het fenomeen bleek een zogenaamde bolide, een ongewoon heldere meteoriet die direct boven het meer door de atmosfeer passeerde.

Het hoofdstuk sluit af met een nieuwe luchtfoto, deze keer ingezoomd op het Blockön. Midden op het eiland zijn in een opening in het verder dichte groen twee golfplaatdaken met roestvlekken te zien en daarnaast een enorme schachtbok van beton met open zijkanten. Die doet vagelijk aan een middeleeuwse wachttoren denken. Een donkere koepel tekent zich af boven op de bok.

Op het nabijgelegen Blockön staan nog altijd de mijngebouwen en Bernhards observatorium. De natuurlijke omstandigheden maken het eiland zeer moeilijk toegankelijk en het betreden is verboden op grond van het risico op instortingen en aardverschuivingen veroorzaakt door de oude mijngangen onder het eiland.

Hill vindt het moeilijk om zich los te rukken van de foto. Nova Irving had helemaal gelijk. Hij denkt al aan het Blockön sinds hij tiener was. De beloften om het eiland te mogen bezoeken, op Stjärneholm te kunnen verblijven en bovendien de schuwe Gunnar Irving in hoogsteigen persoon te mogen interviewen, waren meer dan voldoende om het aanbod zonder verdere bedenktijd al tijdens de bespreking aan te nemen.

Een andere reden dat hij het onmiddellijk heeft geaccepteerd is dat hij iets nodig heeft om zich op te richten. Iets wat ertoe leidt dat hij niet aan de afgrijselijke berg van de Bergkoning hoeft te denken of aan hoe weinig het had gescheeld of hij was nu dood geweest.

De geheimen van de familie Irving uitzoeken is precies de remedie die hij nodig heeft. Hill slaat het boek dicht en legt het op de salontafel. Herinnert zich nu pas dat hij Leo heeft beloofd terug te bellen en haalt zijn telefoon tevoorschijn.

Ze neemt direct op.

'Kan ik even op de koffie komen?' vraagt ze zonder zelfs maar hallo te zeggen. 'Er is iets gebeurd.'

Asker

'Dus Prepper-Per laat uit het niets van zich horen en wil dan dat jij hem gaat helpen om niet voor moord te worden opgepakt?'

'Yep.'

Ze zit met Martin in zijn keuken, aan een stijve designtafel die helemaal niet past bij de rest van het meubilair in zijn woning. Zij heeft koffiegezet en broodjes gemaakt en hij heeft haar al kunnen uitleggen dat hij lang niet zo gehandicapt is als hij eruitziet, wat gelogen is. Maar het is in ieder geval mooi om hem op zijn benen te zien staan en niet in een ziekenhuisbed te zien liggen. Bovendien lijkt hij goedgehumeurd te zijn, tenminste totdat zij vertelde over het telefoongesprek met haar vader.

'Kolere, Leo,' zucht hij. 'En ik maar denken dat mijn dag onverwacht spannend was. Gefeliciteerd, jij wint met een straatlengte.'

'Dank je.'

Ondanks het serieuze onderwerp moet ze glimlachen. Dit is de eerste keer dat ze bij hem thuis is. Een nieuwe aarzelende stap in hun verhouding als volwassenen. Als tieners waren ze boezemvrienden. Daarna volgden jaren dat ze elk op een andere plek zaten zonder contact te hebben. Zonder de zaak Holst waren ze elkaar misschien nooit meer tegengekomen. Maar ze is heel blij dat het wel is gebeurd.

Het was Martins verdienste dat ze zich los durfde te maken van Prepper-Per. Daarmee heeft hij ook haar leven gered en misschien gaat ze hem dat een keer vertellen. Maar niet vanavond. Vanavond neemt ze genoegen met het stapje voorwaarts dat ze bij hem thuis mag zijn.

Afgezien van die stijve designtafel is Martins woning behaaglijk gezellig. Doorzakkende planken met boeken, doorgezeten Ikeabanken, een platenspeler model jaren tachtig. Aan de muren hangen oude filmaffiches die origineel lijken te zijn. Ze heeft geprobeerd sporen van zijn vriendin Sofie te vinden, maar tot nu toe niets gevonden. Aan de andere kant, ze heeft de slaap- en badkamer nog niet onderzocht. Moest ze ook maar niet gaan doen, houdt ze zichzelf voor.

'En wat ga je doen?' vraagt hij.

'Ik weet het eigenlijk niet. Per weet wie de dode is, maar wil niet vertellen wie. En hij belde van een anoniem nummer, dus ik kan hem niet te pakken krijgen, als ik tenminste niet naar de Farm ga.'

'Als je dat verdomme maar uit je hoofd laat!' reageert Martin pardoes.

'Nee, was ik niet van plan, hoor.'

Asker duikt snel in haar koffiekopje. Martin maakt zich zorgen om haar, wat ze behoorlijk aantrekkelijk vindt.

'Ik zet natuurlijk geen voet op de Farm,' vervolgt ze. 'Per stelt me op de proef, net zoals hij deed toen ik kind was. En als ik een bloedbad wil voorkomen, moet ik meespelen. Het probleem is dat ik in den blinde rondtast, en Hellman heeft gegarandeerd het hele politiebureau opgedragen om mij op gepaste afstand te houden.'

'En dat mannetje op je afdeling dat je laatst heeft geholpen, je de forensische dienst in heeft gesmokkeld? Kan hij dat nog een keer doen?'

'Virgilsson? Die heeft me aan Hellman verlinkt zodra hij daartoe kans zag. Dankzij hem kon Hellman daar in het bos ter plaatse zijn en zich de eer toe-eigenen de Bergkoning te hebben gevangen en de grote held uit te hangen.'

'Wat op zich wel mazzel was,' werpt Martin tegen. 'Als Hellman daar niet was opgedoken, had Smilla Holst het niet overleefd.'

Asker schudt het hoofd. Ze weet dat Martin een punt heeft, maar dat wil ze liever niet toegeven.

'Hellman is de "golden boy" van de politieleiding,' gaat ze verder. 'In Virgilssons ogen is hij daarom een beduidend betere zakenpartner dan ik, dus is hij niet te vertrouwen. En je moet hem al helemaal niet om gunsten vragen.'

'Ik snap het...'

Het is een paar seconden stil terwijl ze beiden hun koffie drinken.

'En wat gebeurt er nu vervolgens?' vraagt Martin. 'Met de zaak bedoel ik.'

'De technici maken hun werk daar in het bos op de plaats delict af. Het lichaam gaat naar het gerechtelijk lab voor sectie vanavond. Ze vergelijken vingerafdrukken, gebitsgegevens of DNA om de identiteit van de dode te achterhalen. Proberen een doodsoorzaak vast te stellen, als dat nog mogelijk is na zoveel jaar.'

'Naar het gerechtelijk lab hier in Lund?'

'Precies.'

Martin lijkt na te denken. 'Luister, toevallig heb ik een oude urbexmakker die als nachthulp op het gerechtelijk lab werkte. Zou het helpen als je een blik op het lijk kon werpen?'

Asker staat versteld. 'Dat zou schitterend zijn.'

'Mooi. Ik bel hem direct om te kijken of hij daar nog werkt.'

Hij kijkt om zich heen in de keuken op zoek naar zijn telefoon.

'Wacht even,' zegt ze. 'Vanaf dat ik binnenkom hebben we het alleen maar over mij gehad. Je liet vallen dat jouw dag onverwacht spannend was.'

'Ja, dat is zo.' Martins toon wordt geestdriftig. 'Er is mij gevraagd een boek te schrijven. Over Gunnar Irving.'

'Ufo-Gunnar? Die op Stjärneholm?'

'Je weet wie hij is?'

'Natuurlijk. Iedereen daar in de bossen. Het is hooguit een kilometer of vijftig van de Farm naar Stjärneholm. Ik weet nog dat er een sjofel ufo-café in de buurt zat met een vliegende schotel op het dak.'

'Gunnars dochter Nova heeft me in de arm genomen,' zegt Martin. 'Zij is directeur van het familiebedrijf Alfacent. Ze hebben me een exclusief interview met Gunnar beloofd, plus een dienstwoning op het landgoed.'

'Wauw. Dus je gaat dat ufo-verhaal tot op de bodem uitzoeken?'

Martin knikt enthousiast. 'Dat is misschien niet echt waar de opdracht van uitgaat, maar sinds ik me als klein tienertje begon te interesseren voor urban exploration, ben ik al min of meer geobsedeerd door

Stjärneholm, het Blockön en Ufo-Gunnar. Er gaan geruchten over mijngangen tussen het Blockön en de overkant, zelfs over een geheime grafkamer onder het landgoed. Een tijdje was ik van plan om over het hele verhaal een boek te schrijven, maar dat liep dood. Ik moest het indikken tot een hoofdstuk in *Vergeten plekken*.'

Zijn ogen schitteren. Dat vindt ze mooi.

'Ah, ik snap het,' zegt ze. 'Dus nu ben je van plan in opdracht iets over Alfacent te schrijven en tegelijk stiekem het materiaal te verzamelen dat je nodig hebt om je eigen boek te voltooien.'

'Goh, je zou rechercheur moeten worden,' grijnst Martin. 'Maar ja, iets in die richting stel ik me wel voor. Ik heb natuurlijk een geheimhoudingsovereenkomst moeten ondertekenen, maar voor zover ik kan beoordelen, weerhoudt me dat alleen van zaken onthullen die niet zijn goedgekeurd voor publicatie in het boek in opdracht, of die niet al algemeen bekend zijn. Hoe breder ik het verhaal over Alfacent kan maken, hoe meer vrijheid ik later zelf heb. De geschiedenis van het bedrijf is vervlochten met die van de familie Irving, en die is tamelijk fascinerend. De familie is getroffen door een reeks tragedies. Bernhard Irving, Gunnars vader, werd gek en was bezig ze te ruïneren. Zijn mijnproject op het Blockön stortte in en werd de dood van drie mensen. En Gunnars oudste zoon Viggo reed van de weg af, zo het Miresjön in. Zijn toekomstige zwager die meereed, kwam om.'

'Ah,' knikt Asker. 'Ufolegendes, tunnels en familiegeheimen. Ik snap waarom het je zo interesseert.' Ze vindt het fijn om hem zo geestdriftig te zien, dat herinnert haar aan de Martin die ze vroeger kende. De Martin die ze gemist heeft. 'En, wanneer ga je beginnen?'

'Ze sturen morgen al een auto,' antwoordt hij. 'Ik mag op de universiteit toch niet werken voor het volgende semester en over max drie, vier dagen vlieg ik hier thuis tegen de muren op. Een verandering van omgeving zou perfect zijn en dit is echt een project om van te dromen.' Martin zwijgt even, kijkt haar lang aan. 'Je hebt me trouwens niet, zoals de rest wel, op m'n donder gegeven omdat ik me veel te vroeg uit het ziekenhuis heb laten ontslaan.'

Asker staat op het punt hem te vragen of hij met 'de rest' Sofie bedoelt, maar houdt zich in.

'Dacht dat je daar wel je redenen voor zou hebben,' zegt ze in plaats daarvan. 'Bovendien ben je een volwassen man die zelf verantwoordelijk is voor zijn domme besluiten.'

'Yes,' lacht Martin. 'Ik ben expert in de gevolgen dragen van mijn eigen domheden.'

Hij tikt voorzichtig op zijn dij, naast de schotwond.

'Over domheden gesproken, ik heb je nog niet bedankt voor wat je in die berg hebt gedaan. En vervolgens in de helikopter. Je hebt me in leven gehouden...'

Asker probeert hem ook aan te kijken, maar dat is moeilijker dan ze dacht.

'Graag gedaan,' mompelt ze in haar koffiekopje. 'Jij had het vast ook gedaan voor mij.'

Dat ontvalt haar zomaar en ze heeft er meteen spijt van. Martin blijft haar nog een paar tellen aankijken voordat hij zachtjes knikt.

'Nog koffie?' zegt hij dan alsof hij merkt dat de stemming iets te beladen is geworden.

Hij komt moeizaam overeind, wuift haar poging om hem te helpen weg.

'Ik moet in beweging blijven,' gaat hij verder. 'Al helemaal als ik me straks wil redden bij een bezoek aan het Blockön.'

Hij schenkt koffie voor hen in.

'Maar allereerst moet ik proberen jou binnen te smokkelen bij het gerechtelijk lab, zodat je een sneakpeek kunt krijgen van een veenlijk. Je kunt zeggen wat je wil, Leo, maar bevriend zijn met jou is bepaald niet saai.'

Teruglopend naar haar auto merkt Asker dat ze vrolijker is.

Ze is het niet gewend om iemand te hebben om mee te praten. Bovendien biedt Martin aan om haar te helpen, ook al is hij zelf druk bezig met zijn droomproject. Het is bijna alsof hun vriendschap is verdergegaan waar ze ooit is opgehouden. Alsof de onderbreking van zestien jaar van weinig betekenis is. Hij is nog altijd haar bondgenoot, haar tegenwicht voor Prepper-Per.

Dat vindt ze een fijn idee.

Maar parallel daaraan maalt er een andere gedachte door haar achterhoofd. Een beduidend verontrustendere.

Jonas Hellman weet dat ze geïnteresseerd is in het veenlijk, en hij is niet zo dom dat hij er niet achter zal komen waarom. Ze heeft hem nooit over haar vader verteld, zelfs niet tijdens de heftige periode lang geleden toen hun verhouding het spannendst en meest verboden was.

Vijftien jaar heeft ze Prepper-Per in haar hoofd opgesloten gehouden. Haar geestverschijning. Haar spook. Soms haar redder, hoe vreemd dat ook mag lijken.

En tegelijkertijd... haar zwakte.

Iemand hoeft alleen maar de namen op te zoeken van de grondeigenaars rondom de plek waar het lijk is aangetroffen, om Hellman te laten begrijpen waarom ze in deze zaak rondneust.

Jonas leeft met de wetenschap dat hij ondanks zijn reputatie van golden boy en alle hulpmiddelen van Zware Criminaliteit het onderzoek Holst totaal de verkeerde kant op stuurde. Leeft met de schaamte dat zij eigenlijk degene is geweest die met hulp van Martin Hill en een paar probleemgevallen van de Afdeling voor verloren zielen Smilla Holst heeft bevrijd en de Bergkoning een halt heeft toegeroepen. Dat zij hem bovendien zich de eer heeft laten toe-eigenen. Een alfamannetje als Jonas Hellman kan zich een ergere belediging amper voorstellen. Maar haar vader veroordeeld krijgen voor moord zou zeker helpen om zijn eer weer een beetje te herstellen.

Daarom moet zij nu Prepper-Per helpen, een man die ooit geprobeerd heeft haar te doden, om niet in de bak te belanden voor moord – met Hellman en heel haar oude afdeling hijgend in haar nek.

Ze knijpt even in haar neusbrug.

Martin heeft gelijk.

Haar rotdag verslaat zijn dag met een straatlengte.

En toch is dit waarschijnlijk pas het begin.

De man van glas

Hij heeft altijd geweten dat hij bijzonder is, al vanaf zijn geboorte.

Zelfs voordien al.

Zijn moeder verwachtte een tweeling. Castor en Pollux, net als in het sterrenbeeld. Maar zijn broer bleek mismaakt te zijn. Een doof en blind wezentje dat de verlossing niet overleefde.

Hij was het tegendeel. Sterk, levensvatbaar en levend. Alle gezonde DNA-strengen bijeen in één lichaam. Prins Pollux, zo noemde zijn vader hem. De sterke van de tweeling. De onsterfelijke.

Hoe waar zou die voorspelling niet blijken te zijn?

Zijn moeder verafgoodde hem, liet hem alles krijgen waarnaar hij wees. Volgde hem overal heen, prees zijn kleinste stapjes voorwaarts. Zag erop toe dat de wereld waarin hij leefde vlak en zonder enige hindernis was.

Vrij van tegenslagen en teleurstellingen.

Hij was de prins, de erfgenaam, de uitverkorene.

Maar het was niet de verstikkende liefde van de moeder waarnaar hij streefde.

Zijn vader werkte veel. Hij had belángrijke taken waar in het landhuis amper over gesproken mocht worden. En hij mocht al helemaal niet worden gestoord.

Zijn vader was een geniale man. Een groot man.

Een alziend oog dat alles zag en zich nooit sloot.

Iedereen wist dat. Hijzelf, zijn moeder, het dienstvolk.

Toch nam de Vader bijna elke avond de tijd om langs te komen op zijn slaapkamer. Om op zijn bed te komen zitten en hem over het hoofd te aaien.

'Prins Pollux,' zei de Vader altijd. 'Jij en ik zullen de wereld gaan veranderen.'

De woorden deden zijn borst opzwellen, deden hem voelen alsof alles mogelijk was. Dat het ongeluk hem nooit zou kunnen treffen.

Op een keer kwam de Vader na een van zijn lange zakenreizen thuis met een cadeau. Een verzegelde glazen cilinder gevuld met een heldere vloeistof. Binnenin zat, zwevend, bijna gewichtsloos, een amfibie.

'Een glaskikker,' zei de Vader. 'Die wordt zo genoemd omdat zijn buik doorzichtig is. Kijk maar eens goed.'

Toen hij zich dichter over de cilinder boog ontdekte hij dat de Vader gelijk had. Door de huid op de buik van de kikker kon je recht zijn lijf in kijken. De eitjes onderscheiden, de maagzak, het roerloze hart.

'Leeft hij nog?' vroeg hij aandachtig.

De Vader lachte om zijn domme vraag. 'Deze niet meer. Maar er bestaan kikkers van een andere soort die zelfs uit de dood kunnen terugkeren.'

'Hoe dan?'

'Kikkers overwinteren door in winterslaap te gaan, net als beren en egels. Maar deze soort, *rana sylvatica*, gaat nog veel verder. Die kan het aan om helemaal te bevriezen. Totdat zijn hart stilstaat en alle leven ophoudt. Tweehonderd dagen kan die zo liggen, een hele winter lang. Even dood als deze kleine spring-in-'t-veld.' De Vader tikte zachtjes tegen de glazen pot. 'Maar daarna, als de lente en de warmte komen, ontdooit rana sylvatica. Het hartje begint te kloppen en de kikker leeft weer. Als door een wonder. In feite is het wetenschap. Een geavanceerd chemisch proces dat geen enkel ander wezen heeft weten na te bootsen. Fantastisch toch?'

Hij bewaarde de glazen cilinder in zijn boekenkast. Jarenlang liep hij er vlak voor bedtijd naartoe. Ging hij er zo dichtbij staan dat zijn adem zich op het glas zette, tikte hij tegen de pot half en half verwachtend dat het kleine kikkerhartje weer zou gaan kloppen en het lijfje met een schok weer tot leven zou komen.

Maar de kikker bleef roerloos met gesloten ogen.

Geloken, alsof hij alleen maar sliep.

Alsof hij op de lente en warmte wachtte.

Hij vroeg zich altijd af wat hij droomde, daarbeneden in het eeuwige duister.

Nu weet hij dat.

Asker

Het gerechtelijk laboratorium ligt aan de rand van Lunds centrum. Een bakstenen gebouw uit de jaren zestig dat verscholen ligt in de schaduwen van het enorme ziekenhuiscomplex direct ernaast. In de donkere nacht en schaduwen van de straatlantaarns krimpt het nog verder.

Asker rijdt een paar keer langs het adres en parkeert dan iets verderop. Ze blijft nog even zitten om de omgeving te scannen om zich ervan te verzekeren dat Hellman het gebouw niet door iemand in de gaten laat houden.

Wanneer ze geen enkel teken ontdekt dat Jonas zo vooruitziend is geweest, stapt ze uit de auto. Terwijl ze overeind komt, strijkt ze even instinctief langs haar heup om de holster met haar dienstwapen goed te doen. Maar dat ligt na de zaak Holst voor onderzoek op de technische afdeling. Daar houden ze het minstens nog een week, is het laatste dat ze te horen heeft gekregen. Een standaardprocedure als je in diensttijd gericht hebt geschoten, maar evengoed irritant. Door de afwezigheid van het wapen op haar zij voelt ze zich naakt.

Het is drie voor twee 's nachts, de straatlichten zwaaien zachtjes op de wind. Het is een paar graden boven nul, maar door de regenmist en novemberwind voelt het kouder aan. Asker loopt met kalme tred naar het gebouw. Probeert eruit te zien als een normale nachtwandelaar wanneer ze dichterbij komt.

Ze klopt op een van de twee garagedeuren bij de werkingang, precies zoals haar gezegd is. Kijkt nog een keer extra over haar schouder terwijl ze wacht op een reactie.

De deur rammelt langzaam omhoog. Erachter staat een man in witte jas, ergens tussen de vijfendertig en de veertig. Hij is klein van stuk, bleek en graatmager. Op zijn voorhoofd zweeft een eenzame dunne ponyvlek, als een dapper follikeleilandje in een zee van kaalheid. Op de witte jas zitten vlekken waarvan ze hoopt dat het mosterd is. Uit een zak steekt een iPad omhoog.

'Ben jij door Martin Hill gestuurd?' vraagt de man terwijl hij een hap neemt van een Snickers.

De kans dat er iemand anders midden in de nacht op precies de afgesproken tijd op zijn garagedeur klopt, zou nul moeten zijn, maar in plaats van hem daarop te wijzen knikt Asker alleen.

'Sven,' stelt de man zichzelf voor. 'Kom maar mee.'

Hij gebaart haar binnen te komen en doet de deur achter hen dicht. Gaat dan voor door de garage en gebruikt een pasje om een metalen dubbele deur te openen.

Asker ruikt de lucht zodra de deuren openglijden, een ranzige, zeepachtige lucht waar alle mortuaria naar stinken. En dan is dat nog een van de mildere geuren van de dood.

De ruimte is groot en koel en slechts de helft van de tl-buizen in het plafond is aan. Muren en vloer zijn bedekt met witte tegels. Midden in het vertrek staan twee onderzoeksbanken met daartussen een roltafel met verschillende chirurgische instrumenten. De vloer is nog vochtig alsof iemand die pas heeft schoongespoten.

Asker is toen ze nog op Zware Criminaliteit werkte vaker in het gerechtelijk lab geweest. Die bezoekjes waren overdag en met alle lichten aan. Vannacht is het heel anders.

De doodsgeur lijkt geen indruk op Sven te maken. Hij neemt de laatste happen van zijn Snickers en propt de wikkel in de nog lege zak van zijn jas. Likt een paar chocoladeschilfers uit zijn mondhoeken terwijl hij naar de koeldeuren in de verste wand loopt. Bij de rechtse blijft hij staan met zijn hand op het handvat.

'Het lijk kwam rond zeven uur binnen,' zegt hij. 'Ik ben degene die buiten kantoortijd lichamen ontvangt en registreert. Ik heb Martin gebeld zodra het transport weer weg was.'

'Dat zei hij.' Ze wacht tot Sven de deur openmaakt, maar hij heeft duidelijk nog meer te zeggen.

'Zijn jullie goede vrienden, Martin en jij?' vraagt hij.

Asker heeft geen zin in een verhoor, maar ze voelt aan dat Sven niets gaat openen voordat zij een antwoord heeft gegeven.

'We zijn jeugdvrienden.'

'O ja?' Sven klakt met zijn tong. 'Hij heeft 't nooit over je gehad.'

'Aha.'

'Martin en ik hebben samen wat urbexdingen gedaan,' vervolgt hij, ook al heeft ze niets gevraagd. 'Maar de laatste keer is alweer lang geleden...' Zijn stem is een tikkeltje klagerig geworden.

'Martin heeft het druk,' zegt ze. 'Volgens mij moest hij wat minderen met die uitstapjes.'

Svens toon wordt nu nieuwsgieriger. 'Is hij met een nieuw boek bezig?'

Asker denkt aan Martins dubbele boekproject met Ufo-Gunnar en de familie Irving. 'Wie weet,' zegt ze en knipoogt er samenzweerderig bij.

Sven begint te stralen en knipoogt zo overdreven dat het lijkt alsof hij een tic heeft.

'Ik snap 't, ik snap 't. *My lips are sealed.*' Voor de zekerheid doet hij alsof hij zijn mond dichtritst. 'Eens even kijken nu.' Eindelijk opent hij de grote koeldeur en drukt hij op een knop die de tl-buizen knipperend aan de gang krijgt. Deze ruimte is beduidend kouder. De lucht is vettig, haast tastbaar. Heeft zoveel schakeringen van verrotting dat Asker vanzelf door haar mond gaat ademen.

'Hier hebben we hem.'

Sven loopt naar een van de koelvakken in een van de wanden. Hij opent een roestvrij luik en trekt aan een hendel. De lijklade komt zacht kermend naar buiten glijden. Het lichaam zit in een witte lijkzak die gesloten is met een rits.

'Had hij een identiteit?'

Sven haalt de iPad tevoorschijn en zet het scherm aan.

'Yes. Walter Konrad Kurtz.'

Asker proest. Ze was bang dat Hellmans team de dode al met een identiteitsbewijs uit de portefeuille geïdentificeerd zou hebben. Dacht dat ze haar een stap voor zouden zijn. Maar die valse naam is een doodlopend spoor waar ze fijn hun tijd aan kunnen verdoen.

'Had hij nog persoonlijke bezittingen?'

Sven schudt zijn hoofd. 'Nee, alleen de kleren die hij aanheeft.'

Ze had niet anders verwacht. De portemonnee met de valse ID-kaart van de man en eventuele andere voorwerpen zouden bij de technische dienst moeten liggen, waar ze er niet bij kan. Maar dit is zo slecht nog niet.

'Zullen we hem eens bekijken?' Sven trekt de rits omlaag.

De dode ligt nu, anders dan op de foto's, op zijn rug. Zoals ze al eerder heeft geconstateerd, is het lichaam verbazingwekkend goed geconserveerd.

De man is van middelbare leeftijd en relatief krachtig gebouwd. Het flanellen overhemd, het jack en de werkbroek die ze op de beelden al heeft gezien, zijn heel maar vuil en verkleurd na al die jaren in de grond. Eén voorpand van het overhemd hangt uit de broek. Het gezicht is getooid met een baard waar middenin de zwarte mond half openhangt. De ogen zijn gesloten, de neus en de wangen licht misvormd doordat ze neergedrukt in de aarde hebben gelegen.

Asker trekt een paar plastic handschoenen aan, buigt zich over de man heen om zijn zakken te doorzoeken. Die zijn als verwacht allemaal leeg. De kleren hebben geen naamlintjes of andere aanknopingspunten. De handen zijn grof en eeltig, geen trouwring. Van de pink van de rechterhand ontbreekt het bovenste kootje, zo te zien letsel dat ver voor zijn dood is ontstaan.

Askers blik blijft een paar tellen bij het vingerstompje hangen. De verminking heeft iets bekends, wat nog wordt versterkt door dat knagende gevoel dat ze al kreeg toen ze de foto's zag. Het liefst zou ze de man willen uitkleden om het lichaam nauwkeurig te onderzoeken. Maar dat is niet te doen op de smalle koellade.

'Kunnen we hem verplaatsen?'

Sven trekt een gezicht dat 'helaas' uitdrukt. 'Dat is te risky. Ik overtreed nu al een heleboel regels.'

'Oké, ik snap het.'

Asker onderzoekt het bovenlichaam van de dode nog eens, zo goed als het gaat met zijn kleren aan. Geen plekken in zijn nek die op wurging zouden kunnen wijzen, armen noch benen lijken gebroken te zijn. De lippen zitten vol wondjes en als ze de mond openwerkt, ontdekt ze dat die vol gestold bloed zit. Bovendien zijn de voortanden aan stukken.

'Het lijkt alsof hij zwaar op zijn bek is gemept,' zegt Sven.

Asker is daar nog niet van overtuigd. Ze trekt de onderlip omlaag. De afgebroken stompjes tand staan in een hoek naar buiten, alsof ze van binnenuit stuk zijn geslagen.

'Help me even hem te draaien,' zegt ze.

Sven lijkt te weifelen.

'Kom op, trek hem naar je toe. Ik wil het achterhoofd checken.'

Sven gehoorzaamt met tegenzin en na wat gesteun slaagt hij erin het lichaam op zijn zij te krijgen.

Het halflange haar van de dode is kledderig van natte viezigheid. Asker zoekt een punt precies tussen de nek en de schedelbasis dat in hoogte ongeveer overeenkomt met de mond. Daar zit iets, precies zoals ze al had gedacht. De huid is voor een deel opgezwollen, maar als ze die straktrekt wordt het letsel duidelijk. Een cirkelrond gat waar een pink in zou passen.

'Wat is dat?' vraagt Sven nieuwsgierig.

'Een kogelgat.' Asker gaat rechtop staan. 'Iemand heeft hem in zijn nek geschoten. De kogel is er zo door de mond uit gekomen en heeft de voortanden meegenomen. Je kunt hem weer terugdoen nu.'

Sven doet wat hem gezegd wordt en Asker stroopt de plastic handschoenen van haar handen.

Een ongetrouwde man die zwaar werk deed, met een valse ID, die is afgemaakt met een nekschot, zoveel weet ze nu. En die een vingerkootje mist.

Ze doet een stap achteruit en kijkt weer naar de dode en tegelijkertijd is het alsof er iets op zijn plaats valt in haar hoofd. Dat knagende gevoel lost eindelijk op.

'Godsamme, zeg,' mompelt ze in zichzelf. 'Tord.'

Zestien jaar eerder

De zomerwarmte is vroeg gekomen, laat het lijken alsof de gestreepte golfplaten daken van de barakken op de Farm vibreren. Rond de hindernisbaan en op de schietbaan staat het onkruid al kniehoog.

'Leo, dit is Tord. Hij zal zo nu en dan bij ons op bezoek komen.'

De man die haar vader aan haar voorstelt, is een paar jaar ouder dan hijzelf. Hij heeft een grijsgespikkelde baard en een krachtiger bouw dan Prepper-Per.

'Hallo,' zegt ze en perst er een beleefd glimlachje uit en omdat Per dwingend naar haar staart, steekt ze bovendien haar hand uit.

Per zal haar uitentreuren overhoren wanneer hun gast weer vertrokken is. 'Vertel vijf dingen over…' is een van zijn favoriete oefeningen en als ze het er goed afbrengt, krijgt hij meestal een goed humeur. Als ze het echt heel goed doet, geeft hij haar misschien wel toestemming om naar buiten te gaan en met Martin te gaan kamperen dit weekend.

Per vindt het niet fijn dat ze bevriend is geraakt met Martin Hill, vindt het niet fijn dat zij een eigen leven leidt. Maar als hij haar zou verbieden met hem om te gaan, zou hij daarmee toegeven dat Martin een soort bedreiging vormt. Dat een spichtig tienertje zo gevaarlijk is dat Per Asker de situatie niet aankan zonder verboden in te stellen.

Dat geeft Leo een zekere manoeuvreerruimte.

Vijf dingen over Tord dus.

Ze laat haar blik over hem heen glijden. Om te beginnen heeft hij eeltige, grove handen wat betekent dat hij met zijn handen werkt. Van de pink van zijn rechterhand ontbreekt het bovenste kootje, dus heeft hij een keer of pech of iets te veel haast gehad.

Geen trouwring, niet eens een plekje op zijn vinger waar er een gezeten heeft of een ring aan een kettinkje, dus is Tord niet getrouwd of al lang gescheiden.

Hij heeft een jack aan, een werkbroek, een flanellen overhemd en hoge, stevige schoenen. Ziet eruit als een heel gewone werkman die zwaar werk doet. Maar Per zou hem niet uitnodigen als dat alles was.

'Leuk je te ontmoeten, Leo.'

Zijn accent klinkt noordelijk. Heel noordelijk zelfs. Hij heeft wakkere pretoogjes, die op haar tweekleurige ogen blijven rusten.

Hij laat haar hand los.

Ongetrouwde handarbeider, komt uit het noorden, mist een stukje vinger. Dat is niet genoeg voor een campingtripje.

'Kom maar mee, Tord, dan zal ik het je laten zien.'

Per en de nieuwe gast lopen naar een van de barakken. Leo kijkt naar hun ruggen. Tord beweegt zich ontspannen en soepel. Kijkt oplettend om zich heen, maar niet op een nieuwsgierige manier, eerder methodisch. Alsof hij alles beetje bij beetje in zich opneemt, de hele Farm in kaart brengt in zijn hoofd. Vlak voor ze om de hoek verdwijnen, kijkt hij haar aan over zijn schouder. Tilt hij zijn kin op alsof hij wil zeggen dat hij weet dat zij hem observeert.

Welke werkman doet zoiets?

Zodra ze uit zicht zijn loopt ze naar de auto's.

De pick-up van Tord staat naast die van haar vader geparkeerd. Op dezelfde manier: achteruit zodat de neus voor staat. Ready to go, *zoals Prepper-Per het noemt. Hij haalt zijn neus op voor alle stomkoppen die niet snappen dat achteruit moeten rijden wel het laatste is wat je in een noodsituatie wil.*

De wagen heeft vier deuren en een dichte bak achterop in plaats van een open laadvlak. Hij is oud, minstens tien, vijftien jaar en een van de passagiersdeuren heeft een andere kleur lak dan de rest. De laadbak is gesloten met een groot hangslot en er zitten tralies voor het kleine kijkvenster.

Ze legt haar handen op de getinte ruit en probeert in de laadruimte te gluren. Het dichtstbij liggen een paar statieven die haar niet bijzonder veel zeggen. Verder naar binnen schemeren kabelhaspels, bouwlampen en een paar grote gereedschapskisten. Alles ziet er gebutst en veelgebruikt uit.

Ze loopt om de auto heen en tuurt voorin. Daar is nooit schoongemaakt, het dashboard is stoffig en zowel de stoelen voor als achter zijn flink versleten. Op de vloer liggen lege blikjes frisdrank en fastfoodverpakkingen.

Een slordig opgevouwen stuk zeil op de vloer achterin trekt haar aandacht. Waarom ligt dat voorin en niet tussen de andere spullen in de laadbak? Ze gaat er iets beter voor staan. Het lijkt alsof er iets onder het zeil ligt.

Ze probeert de deuren. Op slot, wat misschien vanzelfsprekend kan lijken. Maar wie doet zijn auto hier midden in de rimboe op slot, achter de dubbele prikkeldraadafrastering en met overal bewakingscamera's? Er zijn meerdere antwoorden denkbaar op die vraag.

A) Iemand die gewend is om zijn auto altijd op slot te zetten, ongeacht waar die geparkeerd staat.

B) Iemand die van zichzelf behoedzaam is.

C) Iemand die iets in zijn auto bewaart waar hij erg aan gehecht is.

Of, wat ze nu begint te vermoeden:

D) Iemand op wie al het eerdergenoemde van toepassing is.

Ze tuurt over het dak van de wagen. Tord en haar vader zijn nergens te zien. Maar als ze nog iets wil vinden, iets waar Prepper-Per tevreden mee zal zijn, moet ze snel zijn.

Ze glipt de hoek om haar caravan in. Pakt de stalen liniaal waarin Per aan één kant een inkepinkje heeft gemaakt.

Ze gaat bij het achterportier van de pick-up staan die het dichtst bij het zeil is, kijkt nog een keer extra om zich heen voordat ze de liniaal in de spleet aan de onderkant van het raampje laat glijden. Beweegt de liniaal zijwaarts langs de binnenkant van het portier totdat die tegen de kabel komt die tussen het slot en het binnenhandvat loopt.

Per heeft haar gedwongen om het op elke ouwe sloopauto op de Farm te oefenen. Haar geklokt. Haar zelfs op een avond naar de parkeerplaats bij de megastore gereden zodat ze kon oefenen onder wat hij zo realistisch mogelijke omstandigheden noemde.

Ze manoeuvreert de kabel als vertrouwd in de inkeping in de liniaal en trekt die omhoog. De kabel wordt strakgetrokken waardoor het portier met een zacht klikje opengaat. Ze doet de deur voorzichtig open, gaat op haar hurken voor de opening zitten en tilt het zeil een stukje op.

Er blijkt een zwarte plunjezak onder te liggen.

De zak zit vol rollen bankbiljetten. Strak opgerolde briefjes van honderd kroon met een elastiek erom. Ze steekt haar hand er verder in en wil net een van de rollen pakken als haar vingers tegen iets anders stoten. Iets kouds en welbekends. Metaal met een vettig filmpje olie. Een revolver.

Ze wurmt hem uit de zak. Een .38 met korte loop en zes patronen in de kamers. Ze weegt het wapen in haar hand. Het serienummer ontbreekt, maar Tord heeft niet geprobeerd het weg te vijlen zoals een amateur zou hebben gedaan, maar een zuur gebruikt dat de cijfers gegarandeerd onleesbaar maakt. Prepper-Per zou die methode wel goedkeuren.

Ze is zo gefocust op het wapen dat ze eerst niet reageert op de geluiden. Stemmen die dichterbij komen, voeten die over het gruis schrapen. Haar vader en Tord komen er weer aan.

Ze legt de revolver snel terug, sluit de zak en stouwt hem weer onder het zeil. Sluit het portier zo zacht ze kan en maakt zich klaar om weg te glippen. Maar het is te laat.

Per en Tord zijn al bij de auto's. Ze hoort haar vader afscheid nemen en iets over dat hij het hek zal openen. Het geluid van voetstappen als ze uit elkaar gaan.

Leo drukt zich met haar rug tegen het portier. Voor haar en links en rechts ligt alleen maar open erf. Ze zit gehurkt aan de chauffeurskant en elke seconde kan Tord aan die kant verschijnen en haar ontdekken. Er is maar één manier om te voorkomen dat ze wordt ontdekt.

Ze gaat languit op de grond liggen en rolt onder de pick-up. Ze past er maar net onder, een arm strijkt langs het chassis, maar precies wanneer Tords voeten en de rest van hem aan haar kant verschijnen, slaagt ze erin er helemaal onder te komen. Ze blijft op haar rug liggen met de stalen liniaal tegen haar borst gedrukt. Zijn voeten staan maar een halve meter van haar gezicht. Zwarte legerkistjes, precies dezelfde als Prepper-Per heeft, een detail dat haar eerder had moeten opvallen. Ze houdt haar adem in, wacht totdat Tord achter het stuur gaat zitten zodat zij verder kan rollen tot onder Pers wagen.

Maar hij blijft bij het chauffeursportier staan. Heeft hij door dat er iets niet klopt? Is ze vergeten het portier op slot te doen?

Haar harstslag bonst tegen haar trommelvliezen. Heel haar lijf schreeuwt dat ze onder Pers wagen moet rollen en dan aan de andere kant er weer onderuit. Maar het is muisstil. De minste of geringste beweging en Tord hoort het.

Iets valt rinkelend in het gruis op amper een meter van haar gezicht. Een autosleutel.

Ze kan Tords knieën zien buigen. Zijn bovenlichaam als hij voorover leunt. Ze probeert zich zo ver mogelijk in de schaduw onder de auto te drukken als maar kan. Ze ziet zijn hoofd, zijn gezicht. Hij hoeft alleen maar een decimeter opzij te kijken, dan ziet hij haar zich daar schuilhouden als een bang konijntje.

Een telefoon gaat over. Tords ene hand gaat door zijn jaszak terwijl de andere de autosleutel opveegt, waarna hij overeind komt.

'Ja, ik ben onderweg,' hoort ze hem zeggen. 'Ik ben er over ongeveer een uur. Kalm aan, hoor.'

Leo haalt weer adem. Haar hart bonst zo hard dat ze bang is dat hij het zal horen.

Het portier gaat open, de vering geeft iets mee wanneer hij voorin gaat zitten. En dan start de motor. Leo dwingt zich om te blijven liggen. Als ze te snel wegrolt, riskeert ze dat hij de beweging waarneemt in zijn rechterzijspiegel. Blijft ze aan de andere kant te lang liggen en rijdt de wagen weg, dan zal ze in alle achteruitkijkspiegels volledig zichtbaar zijn.

Ze spant haar lichaam aan, maakt zich klaar.

In de seconde dat ze het geknars van de koppeling hoort, schiet ze weg met haar voeten en ellebogen. Ze rolt twee keer snel om haar as. Voelt meer dan dat ze ziet hoe de wielen vlak langs haar hoofd passeren.

Dan ligt ze onder Pers wagen. Blijft daar liggen wachten op het gepiep van remmen. Op dat Tord zijn auto uit stormt om te zien wat hij daar in zijn achteruitkijkspiegel over de grond zag bewegen.

Het enige wat is te horen, is het geluid van een automotor die in de verte verdwijnt.

'Hoeveel rollen bankbiljetten zaten er in die zak?' vraagt haar vader wanneer ze slechts een paar minuten later hem vertelt wat ze heeft ontdekt.

Zijn blik glinstert van interesse.

'Minstens vijfentwintig,' zegt ze. 'En een .38 met korte loop. Geladen.'

'Vijfentwintig rollen briefjes van honderd.' Hij strijkt over zijn kin alsof hij een som probeert uit te rekenen. 'En je kreeg geen idee wie hij aan de telefoon had?'

'Nee,' zegt Leo. 'Al zei hij dat hij over een uur bij diegene zou zijn. Met zijn gammele wagen en die kleine weggetjes hier heeft hij dan een actieradius van max tachtig kilometer. Vermoedelijk nog minder.'

Per knikt traag.

'Uitstekend,' zegt hij met een tevreden knikje dat haar hart een paar keer juichend dubbel laat slaan. 'Goed gedaan, Leo.'

Hill

Vanaf de eerste nachten in het ziekenhuis heeft hij al problemen met slapen. Wordt hij gekweld door nachtmerries, herinneringen aan duister, bloed en acuut levensgevaar.

Maar vannacht heeft de moeite om in slaap te komen een andere, veel positievere oorzaak. Het idee om het Blockön en de Stjärngruvan te kunnen onderzoeken is zo aantrekkelijk dat het zijn hersenen niet lukt om tot rust te komen. En hij gaat ook nog eens op Stjärneholm verblijven en Ufo-Gunnar in hoogsteigen persoon ontmoeten.

Rond twee uur 's nachts geeft hij het op, klautert uit bed, zet een kop kamillethee en nestelt zich op de bank. Hij weerstaat de impuls om half naar een of andere serie te gaan zitten kijken. In plaats daarvan checkt hij zijn telefoon, maar Leo heeft nog niet laten horen hoe het is gegaan bij het gerechtelijk lab.

De hele geschiedenis met haar vader baart hem zorgen. Prepper-Pers narcisme is zo groot dat hij het gore lef heeft Leo om hulp te vragen, ook al heeft hij ooit geprobeerd haar om te brengen. En zij heeft geen andere keuze dan erin mee te gaan.

Hills geweten plaagt hem omdat hij niet nog meer betrokken is, maar Stjärneholm, Alfacent en de familie Irving hebben het merendeel van zijn gedachten in beslag genomen. Hij troost zich ermee dat hij Leo tenminste heeft kunnen helpen om even naar het lijk te kijken. En hij is van plan telefonisch contact met haar te houden terwijl hij weg is.

Ze komen hem morgen al ophalen. Dat was zijn eigen idee, hij heeft toch niets beters te doen. Nova Irving klonk alleen maar blij met zijn enthousiasme en beloofde dat ze al rond tienen een auto langs zou sturen. Sindsdien is hij druk bezig geweest. De koffer is gepakt, de planten hebben water gehad, de koelkast is leeggemaakt.

Hij neemt een slok thee. Eigenlijk houdt hij niet van kamille. Sofie wil dat hij het in huis heeft. Maar als het hem helpt om te slapen wil hij best een hele teil naar binnen gieten. Hij moet morgen wakker en alert zijn. Klaar om de opdracht met volle energie op zich te nemen.

Terwijl hij wacht totdat de thee begint te werken, googelt hij naar Alfacent. Het is vijf jaar geleden dat hij zijn boek schreef en zijn research is niet helemaal up-to-date, dus voelt dit als welbestede tijd. Hij vindt een paar interviews met Nova Irving rond de laatste investeringen van het bedrijf, waaronder een samenwerking met NASA, wat een humoristische economiejournalist vergelijkt met 'naar huis worden geroepen door het moederschip'.

Daarna zoekt Hill op Miresjön en Blockön, en dan krijgt hij een onverwacht dramatisch resultaat. MAN DOOD AANGETROFFEN IN MIRESJÖN. Het artikel is ruim drie jaar oud en komt uit een van de grote ochtendkranten.

Het lichaam van een 27-jarige inwoner van Malmö die deze winter als vermist is opgegeven, is gisteren aangetroffen op de oever van het Miresjön.
In februari van dit jaar ontdekte de politie een auto die stond geparkeerd achter de scoutingbarak aan de oostkant van het meer. De auto bleek in verband te staan met twee mannen uit Malmö die sinds een paar weken als vermist waren opgegeven. Tevens constateerde men dat de roeiboot van de scouting ontbrak. Aangezien de mannen een aantoonbare interesse hadden voor urban exploration, dat wil zeggen het onderzoeken van verlaten plaatsen en bouwwerken, kwam de politie tot de conclusie dat ze de boot hadden gestolen in een poging naar het Blockön te komen om de verlaten mijn daar te onderzoeken.
Bij een controle van het Blockön werden geen sporen aangetroffen, noch van de mannen noch van de roeiboot, en men vreesde daarom dat ze op het meer waren verongelukt, een conclusie die is bevestigd door de vondst gisteren.

De politie en reddingsdienst hebben opnieuw gedregd naar de tweede vermiste man, maar dat is een moeilijke opgave, aangezien het meer erg diep is en de bodemomstandigheden lastig zijn.

Hill zoekt verder op de gebeurtenis, maar vindt slechts varianten van dezelfde informatie.

Twee urbexers die naar het Blockön probeerden te komen, zijn verdronken. Waarom heeft hij daar niet eerder iets over gehoord? Dat zou op zich kunnen komen doordat hij niet meer rondhangt op de gangbaarste chatforums. Buiten de tochtjes met Sofie, om naar haar vermiste jongere broer te zoeken, is het behoorlijk lang geleden dat hij nog op avontuur is geweest met iemand uit de urbexwereld.

Hij zoekt een van de chatforums op die hij bezocht toen hij heel actief was. Dat blijkt te zijn opgeheven, dus probeert hij een andere site. Het duurt een poosje voor hij zijn gebruikersnaam en wachtwoord weet te herinneren.

'Weet iemand iets over de jongens die drie jaar geleden zijn verdronken in het Miresjön?' schrijft hij en stuurt de vraag cyberspace in.

Zijn brievenbus kleppert even, valt dan stil. Het is nog niet eens drie uur 's nachts, dus is de krantenbezorger wel heel vroeg op pad. Hij komt moeizaam overeind en gaat de krant halen om vervolgens te ontdekken dat er op de mat in zijn halletje helemaal geen krant ligt, maar een lange witte envelop.

AAN MARTIN HILL staat er op de voorkant. Hij opent de envelop. Er zit maar één vel papier in, netjes in drieën gevouwen. Het papier is dik en chic, het handschrift rond en de tekst is geschreven met een viltstift.

Stjärneholm is een spookoord. Een gevaarlijke plek.
Wie daar op jacht gaat naar de geheimen van de familie Irving moet heel voorzichtig zijn.

Groeten,
Een vriend

Dinsdag

Hellman

Zoals altijd is hij als eerste op het werk, een gewoonte die hij al vroeg in zijn politiecarrière heeft aangenomen. Dat de chef als eerste ter plaatse is geeft een signaal af, bepaalt hoe hoog de werklat ligt.

Hij zorgt dat alle lampen op de zesde verdieping aan zijn en de lamellen voor de glazen wand van zijn kantoor aan de kant zijn getrokken. Daarna zet hij de computer aan, werkt hij de mail af en checkt hij het nieuws om helemaal bij te zijn.

Klokslag half acht drukt hij een dubbele espresso uit de dure koffiemachine in de koffiekamer en dan loopt hij een rondje over de afdeling. Hij begroet zijn medewerkers, terwijl hij nauwlettend constateert wie er op zijn plek zit en al hard aan de slag is en wie er gekozen hebben om niet eerder te verschijnen dan vlak voor de ochtendbriefing om acht uur.

Toen hij nog maar een paar dagen geleden het formeel overnam als afdelingschef, was de laatste groep verreweg de grootste. Dankzij zijn ochtendroutine is die verdeling rap aan het veranderen. De afdeling moet de productiviteit verhogen en flink ook. De bendeoorlogen slokken veel te veel middelen op en er zijn zat andere zaken die onderzocht moeten worden zolang de sporen nog vers zijn.

Hij rekent erop binnen drie maanden volledige controle te hebben – al het dode vlees te hebben weggesneden en de groep met nieuwe, gretige collega's te hebben aangevuld. De afdeling professioneler, sneller, effectiever te hebben gemaakt.

Na zijn rondje keert hij terug naar zijn bureau.

Over drie minuten zal Eskil bij hem aankloppen voor een korte update voor de ochtendbriefing. Hij heeft Eskil bevorderd tot groepschef, hem Leo Askers oude functie en kantoor gegeven. Tegelijkertijd heeft hij hem informeel ook tot zijn rechterhand gemaakt. Nadat een oor is weggeschoten bij de jacht op de ontvoerder van Smilla Holst, heeft Eskil die positie ongetwijfeld verdiend.

Toch kan Hellman er niets aan doen dat hij zich aan Eskil ergert.

Aan zijn ijdelheid, zijn kledingstijl uit mannenmagazines, zijn geswipe op Tinder en dat hij het verhaal over zijn schotwond steeds maar blijft vertellen aan iedereen die het wil horen. Met het verband over zijn gewonde oor pronkt hij alsof het een accessoire is.

Al is het natuurlijk eigenlijk niet Eskil die hem ergert. Ook al was de zaak Holst een triomf waaraan hij zijn baan als afdelingschef heeft te danken, toch blijft er iets bitters aan kleven. Iets wat maakt dat hij het liefst niet wordt herinnerd aan wat er is gebeurd. Aan wat er *éigenlijk* is gebeurd.

Wat zijn gedachten naar Leo Asker voert. Hij vraagt zich al de hele tijd af waar ze mee bezig is sinds haar telefonische toneelstukje. Waarom probeerde ze door dat gebluf informatie te krijgen over een cold case ergens midden in de rimboe?

Misschien wil ze hem simpelweg zitten stangen. Wil ze de zaak inpikken en recht onder zijn neus en die van haar oude afdeling oplossen, net als met Smilla Holst. Maar als ze alleen maar wilde laten zien hoe slim ze is, had ze kunnen kiezen uit stapels actuele zaken. In plaats daarvan kiest ze een ijskoude zaak die normaal onder de radar was gebleven. Dus moet er iets met die zaak zijn wat belangrijk is, voor haar tenminste. Iets wat hij nog niet doorheeft.

Dat is maar een van heel veel dingen waaraan hij zich ergert bij Leo Asker, dat ze hem altijd een stap voor lijkt te zijn. Dat ze details en verbanden ziet waarbij hij zich tot het uiterste moet inspannen om ze te ontdekken.

Hij droomt soms over haar. Over hen samen.

De aantrekkingskracht, de spanning. Hun lichamen tegen elkaar, haar bewegingen die de zijne volgen in een langzaam crescendo naar de climax die de droom hem altijd ontzegt.

In plaats daarvan wordt hij wakker in het wolfsuur, zo stijf als een paal, terwijl zijn vrouw naast hem ligt te slapen. Soms is hij gedwongen naar het toilet te sluipen om Leo Asker handmatig uit zijn systeem te verdrijven. Voorlopig tenminste.

Misschien zit dat hem nog het meest dwars. Dat ze nog altijd macht over hem heeft. Dat hoe hard hij ook zijn best doet, hij zich nooit echt van haar weet te ontdoen.

Eskil klopt op de glazen deur en Hellman gebaart hem binnen te komen. Hij heeft een map onder zijn rechterarm, is als gewoonlijk gekleed alsof hij moet meewerken aan een Hugo Bossreclame en ruikt naar aftershave en dure huidcrème. Het verband over zijn oor is in ieder geval een slag kleiner nu, wat tenminste iets is.

'De zaken voor vandaag...' begint Eskil zodra hij is gaan zitten, maar Hellman houdt zijn hand op.

'Het lijk dat gisteren is aangetroffen op de grens met Småland, hoever zijn we daarmee gekomen?' vraagt hij.

'Tja, de dode ligt in het gerechtelijk lab in Lund. Die gaat nergens heen zogezegd...' Hij lijkt het grapje nog verder te willen uitmelken.

'Wat weten we over hem?' kapt Hellman hem af.

Eskil gaat rechtop zitten, wordt serieuzer. 'We hebben een rijbewijs in zijn portemonnee gevonden, dus hebben we vooralsnog een identiteit. De sectie duurt nog wel een week of zo, net als de gebitsgegevens en DNA-testen. Ik wilde voorstellen om de hele zaak over te dragen aan een andere rechercheafdeling. Wij hebben toch wel belangrijker zaken op ons bord dan een cold case?' Hij is even stil alsof hij wacht op instemming.

'Hoe heet de dode?' vraagt Hellman.

'Uh...' Eskil bladert door de map. 'Kurtz. Walter Conrad Kurtz.'

Hellman trekt zijn wenkbrauwen op. 'Zei je nou Walter Cónrad Kurtz?'

Eskil knikt. 'Dat is in ieder geval de naam die op het rijbewijs staat. Ik kan iemand vragen om hem hier en daar na te slaan als je wilt. Wij hebben er geen tijd aan gespendeerd, dachten dat het een taak was voor de afdeling die de zaak overneemt...'

Hellman schudt het hoofd. 'Dat heeft geen zin. Dat rijbewijs is vals.'

'Hoe weet je dat?'

Hellman zucht. Hij had een andere rechterhand moeten kiezen. Met wat minder zaagsel in het hoofd.

'Walter Kurtz is het personage van Marlon Brando in *Apocalypse Now*,' zegt hij.

Eskil haalt zijn schouders op. 'So what? Dan kun je toch wel net zo heten?'

Hellman schudt weer het hoofd. 'Die film is toevallig gebaseerd op een boek dat is geschreven door Joseph Conrad. Walter Conrad Kurtz dus.'

'Ah.' Eskil lijkt het eindelijk te snappen.

Hellman denkt na. Een vermoorde man met een valse ID voor wie Leo Asker interesse heeft. Dat kan hij gewoon niet negeren.

'Oké, we doen het zo,' zegt hij. 'We houden de zaak zelf. Zeg tegen het lab dat ze de sectie prioriteit moeten geven. Gebitsgegevens, DNA, de hele boel. Ik wil dat al vandaag het lijk wordt geïdentificeerd en de doodsoorzaak wordt vastgesteld. En stuur mensen op pad om aan te kloppen bij de mensen die het dichtst in de omgeving wonen.'

Eskil lijkt te willen protesteren, maar Hellman onderbreekt de poging nog voor hij zijn mond heeft kunnen openen.

'Waar wacht je nou nog op? Meteen aan de slag!'

Asker

Ze is al op het werk voordat het licht wordt. Door haar vuile raam helemaal beneden in het atrium zag ze zo-even boven bij Zware Criminaliteit de lampen aangaan.

Jonas Hellman zit daarboven op zijn kantoor dat het hare zou moeten zijn. Waarschijnlijk heeft hij inmiddels begrepen dat de ID van de dode man vals was, die informatie in verband gebracht met haar eigen interesse in de zaak en daar nu prioriteit aan gegeven. Dat betekent dat haar kleine voorsprong al is geslonken.

Ze heeft onrustig geslapen, is midden in de nacht opgestaan om de rugzak uit de kledingkast te halen. Dezelfde rugzak die Prepper-Per haar heeft leren pakken met alles wat er nodig is om snel weg te kunnen zijn als dat vereist is. Ze heeft hem nog altijd klaarstaan na al die jaren, direct bij de hand, klaar om te vluchten.

Hem uit- en weer inpakken geeft haar meestal een soort gemoedsrust. Maar vannacht niet.

Nadat ze Martin heeft verteld wat haar als tiener feitelijk is overkomen die keer dat haar vader geprobeerd heeft hen beiden het leven te benemen met zijn door hem zelf gefabriceerde explosief, heeft ze een paar geweldige dagen van totale vrijheid beleefd. Alsof een enorme last van haar af was gevallen.

En nu is Prepper-Per terug, na vijftien jaar complete stilte, bijna alsof hij wist dat ze zover was om zich van de laatste resten van zijn invloed te ontdoen.

Ze loopt de gang op om te zien of Rosen er al is, maar het is natuurlijk nog te vroeg in de ochtend.

In plaats daarvan belt ze haar oude gemeente waar ze vroeger woonde en krijgt ze een ochtendmens aan de lijn die ze weet over te halen om beneden naar het archief te gaan om daar de werkorder voor de slagboom op te zoeken.

Zodra ze de informatie heeft gekregen, pakt ze pen en papier en begint ze op te tekenen wat ze weet. Het lichaam van Tord lag onder de laatste berg afval die werd gedumpt voordat de stortplaats werd afgesloten met een slagboom. Dankzij de dame van de gemeente weet ze nu dat dit gebeurde op 9 september 2006, oftewel ruim zestien jaar geleden, vlak na de zomerweken dat zij Tord voor het laatst zag op de Farm. Dat geeft haar een iets andere tijdspanne voor de moord. Plus een duidelijke conclusie: het is volkomen denkbaar dat haar vader als verdachte wordt aangemerkt.

Geld was altijd een schaars artikel op de Farm en Tords zak met rollen bankbiljetten interesseerde Per absoluut. Hij had de opleiding en de wapens om de daad te kunnen plegen en was er ook ongevoelig genoeg voor. Je voorstellen dat hij Tord in zijn nek schoot was maar al te makkelijk.

Maar als Per Tord heeft vermoord waarom zou hij het lijk dan voor zijn eigen huis hebben gedumpt? Daar is hij veel te slim voor.

Bovendien lag Tord maar zo'n halve meter diep begraven, precies aan het begin van de stortplaats. Onder normale omstandigheden was het lichaam vermoedelijk vrij snel ontdekt. De aaseters hadden het tevoorschijn gegraven, de vogels aandacht getrokken van iemand die paddenstoelen liep te plukken. Maar toen verschenen die gemeentejongens die een enorme berg takken en aarde boven op het lijk dumpten. Een slagboom uit de grond stampten en het terrein afsloten, en plotseling was het juist bijkans onmogelijk om het lijk te ontdekken. Had de dader daar werkelijk rekening mee gehouden?

Dat lijkt onwaarschijnlijk. Als je wilt voorkomen dat het lichaam wordt ontdekt, waarom begraaf je het dan niet dieper en op een plek waar mensen beduidend minder vaak langskomen dan op een openbare stort? Haar vader kent een heleboel van zulke plekken.

Nee, ze krijgt het gevoel dat wie het lijk daar dan ook gedumpt mocht hebben, eerder wilde dat het werd ontdekt, maar toevallig wat pech had.

Ze probeert meer beelden van Tord uit haar geheugen te persen, maar dat is niet zo eenvoudig. De laatste veertien jaar heeft ze gewijd aan actief proberen zo veel mogelijk van haar vader en de Farm te vergeten. Om wat er zo diep in haar bewustzijn nog rest zo goed te verstoppen als ze maar kon. Ze doet haar ogen dicht, knijpt in haar neus net bij de brug.

Tord verscheen af en toe op de Farm die zomer. Bleef soms logeren, dat denkt ze zich te herinneren. Maar ook al doet ze echt alle moeite, ze vindt tot haar frustratie geen andere herinnering aan hem terug waarmee ze verder zou kunnen komen, niet eens zijn achternaam.

En boven op de zesde verdieping begint Hellman haar in te halen.

Wanneer het tegen negenen loopt, staat ze op en loopt ze de gang in om zeker voor de tiende keer die ochtend te kijken of Rosen er al is, maar de kleine vrouw is nog steeds nergens te zien.

Virgilsson lijkt daarentegen haar interesse te hebben opgemerkt.

'Kan ik je ergens mee helpen, chef?' zegt hij door zijn open kantoordeur.

Asker schudt haar hoofd.

'Weet je het zeker? Je lijkt onrustig.'

Hij kijkt naar haar over de rand van zijn leesbril.

'Eerder ongeduldig,' zegt ze. 'Weet jij waar Rosen uithangt?'

'Nee, helaas.' Hij schuift zijn bril tot op zijn voorhoofd terwijl hij haar goed in ogenschouw neemt. 'Alleen jij, ik en Zafer zijn er. Attila zit nog wel minstens tot het eind van de week ziek thuis. Zul je net zien dat het zijn beurt was deze week om Madame Rind te bezoeken.'

Virgilsson trekt zijn wenkbrauwen op. Het duurt een paar tellen voordat Asker doorheeft waar hij op uit is. Madame Rind is de helderziende in Skurup bij wie de afdeling met regelmaat om de beurt op bezoek gaat om te voorkomen dat ze de centrale overstelpt met welgemeende tips en voorspellingen. Asker heeft tijd noch zin om zich met zulke dommigheden bezig te houden en staat net op het punt om dat aan Virgilsson uit te leggen als de liftdeuren *pling* zeggen en

Rosen naar buiten stapt. Ook al is het pas november, toch heeft ze haar winterjas al aan, een das drie keer om haar nek gewikkeld en een gebreide muts zo ver omlaaggetrokken dat je amper haar ogen ziet.

'Waar heb jij gezeten?' snauwt Asker.

'Bij de tandarts...'

Rosen snelt haar voorbij haar kantoor in. Asker loopt erachteraan, doet de deur achter hen dicht en wacht totdat Rosen zich van haar bovenste laag heeft ontdaan.

'Die registernaslagen waar ik je om gevraagd had...' begint ze zonder al te hoge verwachtingen. Maar Rosen verrast haar.

'Ja, die zijn klaar, hoor. Ik ben gisteren wat langer gebleven omdat ik wist dat ik vanochtend later zou zijn. Helaas kwamen er nogal veel namen uit, dus heb ik er een database voor gemaakt.'

Ze gaat aan haar bureau zitten en zet haar computer aan.

'Zit er iemand bij met de voornaam Tord?' vraagt Asker. 'Die uit Norrland komt en al zestien jaar vermist is?'

Rosen tikt geconcentreerd op de toetsen.

'Ik heb een Tord Olof Korpi, negenenveertig jaar, uit Kiruna,' zegt ze. 'In 2006 als vermist opgegeven. Kan dat hem zijn?'

Asker probeert haar enthousiasme te verbergen. 'Dat is mogelijk. Is er informatie over een voertuig?' vraagt ze, denkend aan Tords donkere pick-up.

Rosen tikt alweer. Haar vingers bewegen zich bliksemsnel over de toetsen.

'Niets op zijn naam. Hij is opvallend schoon in bijna alle registers, behalve bij de deurwaardersdienst. Geen auto's, geen geldig paspoort, geen strafblad. Ook geen baan ergens, geen onroerend goed of vaste verblijfplaats, alleen maar een postbusadres.'

'Maar hij had wel een rijbewijs?'

'Jawel, ik zal proberen een foto op te diepen.' Ze begint weer te typen.

Asker loopt om het bureau heen, gaat schuin achter Rosen staan en kijkt naar haar dubbele scherm. Ze werkt duizelingwekkend snel. Minstens tien verschillende registers staan tegelijkertijd open op de schermen. Van de politie natuurlijk, maar ook van andere overheidsinstanties en bovendien een paar registers uit de particuliere sector.

Rosen laat de informatie van het ene scherm naar het andere zwiepen, haast alsof ze tafeltennis speelt. Plukt een gegeven uit één venster, controleert het in een ander, diept nieuwe informatie op die ze naar weer een ander venster zwiept. Tegelijkertijd kopieert ze al haar vondsten naar haar eigen Exceldatabase.

Je kunt onmogelijk niet onder de indruk raken.

'Je zei iets over de deurwaardersdienst?' vraagt Asker.

'Ja.' Rosen haalt haar ogen niet van de schermen. 'Een flinke belastingschuld en een failliete firma. Korpi lijkt helemaal geen geldelijke middelen meer te hebben gehad en heeft ook al meerdere jaren voor zijn vermissing geen inkomsten.' De vingers blijven heen en weer vliegen. Rosens gewone zenuwachtigheid is als sneeuw voor de zon verdwenen, vervangen door zelfverzekerdheid.

'Zo,' zegt ze met een afsluitend crescendo op het toetsenbord. 'Ik heb de oorspronkelijke aangifte én de foto van Korpi's rijbewijs gevonden.' Ze wijst naar het rechterscherm. De man op de foto heeft geen baard en is beduidend jonger dan Asker zich hem herinnert, maar er is geen enkele twijfel. Dat is Tord.

'Dat is hem,' zegt ze. 'Wat weten we nog meer over hem?'

Rosen leest van het scherm. 'Zijn ex-vrouw Gertrud Korpi heeft hem in december 2006 als vermist opgegeven. Ze zei dat ze al een paar maanden niet van hem had gehoord en dat hij was opgehouden met het betalen van de huur. De aangifte is na een week terzijde gelegd omdat er geen tekenen van een misdrijf waren.'

'Is er een verhoor met de ex-vrouw?'

'Zeker, maar in die tijd was nog niet het hele proces gedigitaliseerd, dus het origineel ligt ergens diep in een archief bij de politie van Kiruna.'

Rosen lijkt Askers teleurstelling door te hebben, want ze opent bliksemsnel een nieuw venster en tikt op de toetsen.

'Maar je kunt de ex meteen bellen,' zegt ze en wijst naar het resultaat. 'Gertrud Korpi woont nog op hetzelfde adres. Ik print haar mobiele nummer voor je, samen met de andere bestanden. Die kun je bij de printer ophalen.'

Asker loopt naar de deur. In hetzelfde ogenblik is het alsof Rosen een paar centimeter in elkaar zakt. Ze wordt weer haar gewone ik en begint onrustig aan een mouw van haar vest te plukken.

Asker houdt halt met haar hand op de deurklink.

'Goed werk, Rosen,' zegt ze. 'Je bent echt van waarde voor de afdeling.'

De kleine vrouw bloost en kijkt weg, maar iets van haar eerdere rechte houding keert terug.

Wanneer Asker bij het printerhok komt, kijkt ze tegen de rug van Virgilssons spencer aan. De nieuwsgierige kleine pad staat door de uitdraaien te bladeren.

'Die zijn van mij,' zegt ze op scherpe toon.

Hij draait zich om, ziet er een tel zelfs verrast uit. Maar hij herstelt zich bliksemsnel. 'Natuurlijk. Ik had ook een paar prints, ze lijken door elkaar te zijn gekomen. Alsjeblieft.'

Hij overhandigt haar wat papieren. Asker gaat er vluchtig doorheen. Aangifte vermiste persoon, Tord Korpi's rijbewijsgegevens, adres en telefoonnummer van de ex, alles is er.

'Dat is vast een belangrijke zaak.' Virgilsson tovert een van zijn gladde glimlachjes tevoorschijn. 'Omdat je Rosen om hulp hebt gevraagd, bedoel ik.'

'Niet direct,' zegt ze.

Ze loopt met de papieren naar haar kantoor met zijn blik brandend in haar nek. Zorgt dat de deur goed dichtzit voordat ze in haar knerpende bureaustoel gaat zitten.

Nu weet ze wie de dode is. Vermoedelijk is het slechts een kwestie van tijd voordat Hellman het ook weet.

Maar Hellman kan onmogelijk weten dat Korpi te gast op de Farm was geweest.

Behalve het feit dat zijn lichaam precies buiten de hekken is gevonden, is er niets dat Korpi onweerlegbaar in verband brengt met Prepper-Per.

Geen acuut gevaar.

Nog niet tenminste.

De man van glas

De ergste tijd na het ontwaken ligt nu achter hem. De pijnen zijn vervaagd en de kou die zich diep in zijn beenmerg had vastgebeten, heeft ten slotte losgelaten.

Zijn spieren zijn flink gegroeid, de fijne motoriek is bijna hersteld en de ogen zijn lichtgevoelig. De dagelijkse oefeningen gaan steeds beter.

Straks is hij klaar om naar buiten te worden gelaten, zich weer vrij te mogen bewegen.

Hij brengt veel tijd door voor de spiegel. Bestudeert zijn gezicht in het zwakke licht. Blijft hangen bij zijn ogen.

Ze zijn zo anders dan hij zich herinnert.

Soms verontrust dat hem.

Ogen hebben hem altijd gefascineerd. 'Met je ogen kun je heen en weer reizen tussen de werelden, prins Pollux,' zei zijn vader vaak.

Tussen wakker zijn en in slaap zijn.

Tussen licht en donker.

Leven en dood.

De ogen zijn de gids van de ziel. Heel krachtig en tegelijk heel teer. Elk onderdeel zo kwetsbaar dat je het hoort aan de naam.

Netvlies, lens, pupil.

En zijn lievelingswoord.

Glaslichaam.

Een kwetsbare bol die gewichtloos in de oogholte zweeft, op dezelfde manier als de kikker die hij ooit van zijn vader heeft gekregen.

Hij denkt soms aan die glaskikker. Vraagt zich af waar hij is gebleven. Of hij nog altijd wacht op de voorjaarswarmte, op het leven dat nooit meer zal terugkeren. Daar wordt hij verdrietig van.

Hij voelt voorzichtig aan zijn gezicht. Dat is zo sterk veranderd dat hij het amper herkent. Is breder, hoekiger geworden, alsof het niet meer zijn gezicht is.

De ogen zijn ook groter geworden. Elke keer dat hij ontwaakt weer donkerder. De Vader zegt dat dit een effect van de behandeling is. Dat het geen kwaad kan. Meestal neemt hij daar genoegen mee. Met het idee dat het alziende oog van zijn vader over hem waakt.

Maar soms, zoals nu, glipt er een stemmetje in zijn hoofd. Dat fluistert dat hij het weinige wat nog van hem rest aan het kwijtraken is.

En dat er geen weg terug is.

Asker

Gertrud Korpi neemt na twee keer overgaan op. Asker stelt zich voor en houdt haar verhaal redelijk waarheidsgetrouw.

'En jullie weten zeker dat hij het is?'

Tords ex-vrouw klinkt eerder moe dan verdrietig als ze dat vraagt.

'Helaas wel,' antwoordt Asker. 'Mijn deelneming.'

Gertrud zucht. 'Nja, ik had wel zo'n vermoeden dat deze dag ooit zou komen. Zestien jaar is een lange tijd. Sorry, maar waar zei je dat jullie hem gevonden hebben?'

'In de grensstreek tussen Skåne en Småland.'

Het klikken van een aansteker, gevolgd door diep inademen en een zwak geknetter van verbrandende vloei.

'Weet u of Tord iemand in die omgeving kende?' Asker probeert haar stem zo neutraal mogelijk te houden.

De vrouw aan het andere eind van de lijn blaast rook uit in wat klinkt als een lange zucht.

'Geen idee. We waren al vijf jaar gescheiden toen hij verdween.'

'Maar jullie hadden nog wel contact?' vraagt Asker. 'Aangezien u hem hebt opgegeven als vermist, bedoel ik.'

'Tord huurde een huisje van mijn broer, dus hij kwam zo nu en dan langs om de huur te betalen. Dan dronken we een kop koffie en praatten we wat. We hadden geen ruzie of zo. Toen hij niet meer verscheen, begon ik me af te vragen hoe het zat. Mijn broer checkte het huisje en de paar spullen die Tord had waren daar nog. Dus toen heb ik de politie gebeld.'

'Tord betaalde de huur contant, hè?'

'Ja, jawel...'

'De reden dat ik het vraag is dat Tord geen baan lijkt te hebben gehad, hij gaf geen inkomsten op, kreeg geen uitkering. Maar aangezien hij toch de huur betaalde, werkte hij waarschijnlijk zwart. Is dat een aannemelijke conclusie?'

Weer een zucht rook.

'Zo ging het vast. Maar daar bemoeide ik me niet mee. En het is zoals gezegd zestien jaar geleden.'

'Dus u weet niet voor wie hij werkte, of met wie?'

'Nee, geen idee.'

Het antwoord lucht Asker op. Ze kan niet direct naar Prepper-Per vragen, vooral niet als Hellmans team haar op de hielen zit, maar dit komt dicht genoeg in de buurt. Toch moet ze door blijven zoeken, proberen te weten te komen of er iets anders is wat Tord aan de Farm linkt.

'Hoe hebben jullie elkaar ontmoet?' vraagt ze.

'In een café in de stad. Tord was net terug hierheen verhuisd om als een soort voorman in de mijn te werken. Hij kwam uit de omgeving, maar had jaren in het buitenland gewerkt.'

'Weet u waar?'

'Nee, niet echt. Her en der, geloof ik. Tord was nogal zwijgzaam over zijn verleden. Hij had wel wat schimmige zaakjes in zijn bagage, maar ik vond hem spannend. In die tijd had hij geld, nam hij me mee uit eten en op reis.'

'En hoelang heeft hij in de mijn gewerkt?'

'Niet heel lang. Hij ging voor zichzelf werken vlak na ons trouwen. Bleef voor de mijn werken, maar nu als consulent. Dat ging een paar jaar goed. We kochten een huis, maakten reisjes.'

'En wat is er toen gebeurd?'

'Tord kreeg problemen. De belastingdienst ontdekte dat hij een buitenlandse firma had verkocht en over de winst geen belasting had betaald. Tord ging in beroep en hield vol, maar dat hielp allemaal niet. Toen was hij inmiddels blut.'

'Dus werd hij persoonlijk failliet verklaard.'

'Op den duur wel. Maar wij zijn al ver daarvoor gescheiden. Ons huwelijk kraakte al een tijdje in zijn voegen. Tord was ook tien jaar ouder en echt niet makkelijk om je leven mee te delen. Maar hij was ontzettend genereus bij de scheiding, ik mocht het huis en de auto's houden.'

Gertrud zwijgt even om weer een hijs te nemen. Verbazingwekkend hoe makkelijk ze erover praat, constateert Asker. Misschien is ze gewoon opgelucht dat ze eindelijk weet wat er met haar ex-man is gebeurd en wil ze zo behulpzaam mogelijk zijn. Of ze is blij dat iemand interesse toont in haar.

'Tord trok zich het faillissement erg aan,' vervolgt Gertrud. 'Hij voelde zich achtervolgd door de overheid. Beweerde dat ze zijn bankrekening en creditcard in de gaten hielden en zelfs zijn mobiele telefoon. Dus deed hij zijn best om onder de radar te blijven. Ik weet eerlijk gezegd niet wat voor werk hij deed.'

'Maar als je moest raden?' dringt Asker aan.

De vrouw hoest een paar keer droog.

'Tja, ik ga ervan uit dat het iets in de bouw was. De paar keer dat we elkaar zagen had hij werkkleding aan en reed hij rond in een gammele ouwe pick-up vol met gereedschap, die natuurlijk niet op zijn eigen naam stond.'

'Wat voor kleur had die, weet je dat nog?'

'Alleen maar dat die donker was en dat een van de portieren een andere kleur had.'

Asker knikt. Dat moet dezelfde wagen zijn geweest als die waarin ze op de Farm had ingebroken. Ze moet denken aan iets wat de vrouw aan het begin van hun telefoongesprek heeft gezegd.

'Je broer was de eigenaar van het huisje dat Tord huurde. En je zei iets over dat jullie er waren geweest en dat zijn bezittingen er nog waren.'

'Ja, dat klopt.'

'Hebben jullie toen een computer, of een telefoon gevonden?'

De vrouw moet erom lachen. 'Nee, Tord was doodsbang dat hij getraceerd zou worden. Een computer had hij niet en hij had alleen prepaidtelefoons die hij constant verruilde. Het enige wat er in het huisje lag, was wat kleding en kleine spulletjes.'

'Heb je die heel misschien bewaard?'

'De kleren niet, die heb ik lang geleden al aan de kringloop gegeven, maar ik heb eerlijk gezegd nog wel een doos met spulletjes in de berging staan. Die had ik eigenlijk weg moeten gooien, maar ik heb nog tamelijk lang gehoopt dat Tord iets van zich zou laten horen. Dat hij 'm naar het buitenland was gesmeerd of zo. En toen bleef die doos daar maar staan. Jullie mogen hem hebben als je wilt.'

Dat is verleidelijk, maar Asker kan Gertrud echt niet vragen dingen op te sturen. Als Hellman dat ontdekt, kan hij een klacht indienen wegens het onthouden van bewijs.

Maar kijken is geen misdrijf.

'Als je er een paar foto's van maakt, volstaat dat wel,' zegt ze. 'Voorlopig tenminste. Graag nu meteen als je tijd hebt?'

'Ja, hoor.' Stilte, wat betekent dat de vrouw net iets is gaan dagen. 'Maar... denken jullie dat hij vermoord is?'

'We wachten nog op het autopsierapport, maar alles wijst er helaas wel op,' antwoordt Asker.

De vrouw slaakt opnieuw een zucht, die ook een snik zou kunnen zijn.

Asker geeft haar een paar seconden.

'Het zou geweldig zijn als je me de foto's van zijn spullen zo snel mogelijk kon sturen,' zegt ze zo hartelijk als ze kan.

Gertrud haalt trillend adem. Lijkt zich weer meester te worden.

'Oké,' zegt ze. 'Geef me een paar minuten.'

Terwijl ze aan haar bureau zit te wachten tot Tords ex-vrouw weer van zich laat horen, constateert Asker dat ze tot nu toe nog niet op een herleidbaar verband tussen hem en Per is gestuit. Misschien waren die twee wappies paranoïde genoeg om geen enkel spoor na te laten van hoe hun wegen elkaar hebben gekruist. In dat geval kan ze rustig ademhalen. Een stap terugzetten en het onderzoek een zachte dood laten sterven op een plank met cold cases in Hellmans kantoor.

Haar telefoon piept.

Ze loopt de foto's snel door. In een open kartonnen doos op een garagevloer liggen een paar detectivepockets, een stressballetje met bedrijfslogo, een ingelijste oude foto, een dik vakboek over ondergrondse constructies en ten slotte een of andere prijsplaquette.

Ze zet de foto's over naar haar computer en vergroot ze. De oude foto is het eerste wat ze bestudeert. De kleuren zijn verbleekt van ouderdom. Vijf mannen in overall met mijnhelm, gekiekt ergens flink dichter bij de evenaar. Een vermoedelijke jarentachtigversie van Tord Korpi staat in het midden. Ze zoomt in, inspecteert de gezichten van de mannen nauwkeuriger. Gelukkig komt helemaal niets van hen haar bekend voor.

Op de achtergrond is de cabine van een vrachtwagen te zien. Er staat iets met een spuitbus op de zijkant gespoten. Ze zoomt nog verder in tot ze de tekst kan onderscheiden. *The bunker rats.*

Dus Tord Korpi werkte als bunkerbouwer. Dat verklaart waarom Prepper-Per hem op de Farm had uitgenodigd. Maar het is geen duidelijk bewijs dat de twee mannen elkaar kenden.

Ze scrolt verder over de andere voorwerpen. De boeken zijn niet interessant, het logo op het stressballetje blijkt van Korpi's nu failliete firma te zijn, die zich volgens Google bezighield 'met adviesdiensten binnen de mijnindustrie'.

Rest nog de prijsplaquette. Die heeft iets bekends.

Ze zoomt in, verstijft.

Het is geen prijsplaquette, het is een wapenschild. Een gele parachute op een rode achtergrond met daaronder drie gegraveerde woorden.

Ze weet wat er staat, ook al is de tekst op de foto niet te lezen.

En ze weet wie er net zo eentje heeft.

Vierentwintig jaar eerder

Het is midden in de nacht, ze is zes jaar oud en ze wonen allemaal nog samen in het enorme statige appartement midden in Malmö. Er is helemaal niemand op de wereld voor wie ze zo'n bewondering heeft als voor haar vader.

Maar ze merkt de laatste tijd dat hij zich zorgen maakt, dat hij 's nachts steeds langer op is. Boos op zijn toetsenbord zit te tikken, luid praat aan de telefoon, opgewonden gesprekken voert met haar moeder.

Haar zusje Camille is nog maar vier, veel te klein om het te begrijpen, maar Leo snapt dat er iets aan het gebeuren is. Iets wat ze niet fijn vindt. Misschien slaapt ze daarom zo onrustig?

Ze klimt uit bed, kijkt in de hal en ziet dat de lamp in papa's werkkamer nog altijd brandt.

Dus sluipt ze erheen en gluurt ze door de kier van de deur. Hij zit in zijn lievelingsstoel, met zijn hoofd achterover tegen de rugleuning. Zijn ogen zijn dicht en misschien slaapt hij, maar daar twijfelt ze aan. Ze heeft haar papa nog nooit zien slapen, niet echt in ieder geval.

Toch sluipt ze naar binnen. Voor hem op tafel liggen stapels papier. Tekeningen, kaarten. Sommige met boze aantekeningen in rode inkt.

Ze weet dat ze hier niet zonder toestemming mag komen. Dit is zijn heiligdom waarin kinderen geen toegang krijgen.

Maar vanavond ziet haar papa er zo alleen uit in zijn stoel. Zo moe.

Ze glipt de stoel op recht tegenover hem. Zit daar muisstil terwijl ze naar zijn gezicht kijkt. Zijn voorhoofd is gerimpeld en zijn kaken bewegen licht, alsof hij iets engs droomt.

Pas nu ziet ze dat hij iets in zijn handen heeft. Het wapenschild dat anders altijd aan de muur achter zijn bureau hangt.

Veel later zal ze begrijpen waarom hij het van de muur heeft gehaald. Dat hij terug aan het dromen was, verlangde naar een simpelere tijd. Dat hij probeerde het zaadje te bestrijden dat tot Prepper-Per zou uitgroeien en in zijn hersenen was ontsproten.

Maar op dat moment weet Leo niets van wat er zal komen. Waartoe het giftige zaadje zal uitgroeien.

Vanavond is ze maar een meisje van zes dat haar vader midden in de nacht gezelschap houdt, omdat ze vindt dat hij heel alleen lijkt.

'Wat doe jij zo laat nog op, Leo?' zegt haar papa pardoes en ze schrikt op.

Hij heeft zich nog geen millimeter verroerd, alleen zijn ogen half geopend. Precies wat ze al gedacht had. Haar papa slaapt nooit. Hij is altijd alert, op zijn hoede, altijd paraat.

Ze komt snel overeind, wacht op de terechtwijzing en dat ze direct terug naar bed wordt gestuurd.

Maar er gebeurt iets onverwachts.

'Blijf nog even zitten,' zegt hij teder.

Hij gaat verzitten en legt het wapenschild op het bureau.

Haar ogen volgen het.

Een gele parachute op een rode achtergrond.

Drie erin gegraveerde woorden die heel belangrijk voor hem zijn, weet ze. Die ze daarom uit haar hoofd heeft geleerd.

Wilskracht, moed, volharding.

Hill

Hill stapt de benedendeur uit, ruim voor hij wordt opgehaald. De novemberlucht is waterkoud, een mistdeken hangt over de daken en boomtoppen. Hij rilt even, knoopt zijn jas dichter om zich heen en leunt op zijn kruk.

Een grote zwarte Mercedes stopt naast het trottoir. Achter het stuur zit Samuel, de afgetrainde licht grijzende man die hem gisteren tegemoetkwam op de trap en vertelde dat hij verantwoordelijk was voor de beveiliging. De man tilt Hills koffer achterin en houdt het portier open terwijl Hill zichzelf en zijn kruk op de ruime stoel achterin hannest. Zijn wond staat meer gespannen dan gisteren, merkt hij.

'Dan rijden we nu naar Stjärneholm,' zegt Samuel als de auto is gaan rijden. 'Neem de kans waar om even te rusten als je wilt, het is een aardig eind.'

Maar Hill is veel te uitgelaten om te kunnen slapen. Zijn opdracht is net begonnen en eindelijk krijgt hij de kans om niet alleen maar vragen te stellen maar ook antwoorden te krijgen, echte antwoorden die geen geruchten of broodjeaapverhalen zijn.

'Hoelang werk je al voor de familie Irving?' vraagt hij.

'Haast twintig jaar nu.'

'Zo, dat is niet niks. Dan moet je wel van je werk houden.'

Samuel knikt. 'Het is een eer om voor Gunnar Irving te mogen werken.'

Hill zoekt opnieuw naar een soort tegenwicht voor het wat al te hooggestemde antwoord, maar zonder iets te vinden.

'En wat deed je hiervoor?' probeert hij.

'Ik zat in de persoonlijke-securitysector. Daarvoor in het leger.'

Samuel spreekt perfect Zweeds, maar toch bespeurt Hill een zwak accent.

'Amerikaans?' vraagt hij.

'Israëlisch eerlijk gezegd, maar ik heb een tijd in de USA gezeten.' Samuel veroorlooft zich een kort glimlachje.

'Zo, dan ben je ver van huis.'

'Stjärneholm is mijn huis.'

Nog een verrassend antwoord. Hill raakt de draad even kwijt.

'Je wond,' zegt Samuel, net als Hill zich erbij neer heeft gelegd dat de rest van de reis in stilte zal verlopen. 'Je bent duidelijk geraakt door een kogel. Van een seriemoordenaar?'

Hill knikt.

'Wat een geluk dat je het overleefd hebt.'

'Mm.'

Hill wil liever niet aan de Bergkoning worden herinnerd, maar het onderwerp lijkt Samuel te interesseren.

'Als ik het goed heb begrepen is de moordenaar dood? Heeft een vrouwelijke rechercheur hem doodgeschoten?'

'Dat klopt.' Hill merkt dat de rollen omgedraaid zijn. Dat nu Samuel hem ondervraagt.

'Inspecteur Leo Asker, zo heette ze toch?' Samuel slaat hem gade via de achteruitkijkspiegel.

'Mm.'

'Hoe goed kennen jullie elkaar?'

'We zijn oude vrienden, zou je kunnen zeggen.'

Het verhoor geeft Hill een ongemakkelijk gevoel en hij wendt zich demonstratief af. Samuel snapt de hint.

'Stjärneholm heeft een uitstekende arts,' zegt hij vergoelijkend. 'Dokter Schiller werkt al nog langer voor Gunnar dan ik. Hij heeft de allerlaatste behandelingsmethoden tot zijn beschikking. Je bent snel weer beter.'

Er is een zwak belsignaal te horen in de auto. Samuel doet een bluetoothheadset in een oor.

'We zijn onderweg,' zegt hij tegen degene aan het andere eind van de lijn. 'Het is mistig, dus zijn we iets later. Verwacht 11.50 aan te komen.'

Hij zegt nog iets, maar Hill luistert al niet meer, opgelucht over de onderbreking. Samuel is goed geïnformeerd, misschien heeft hij hem nagetrokken voor Nova Irving. Maar hij heeft geen enkele zin om het met hem over Leo te hebben.

Hill leunt achterover op de stoel. Het is voor het eerst dat hij in zo'n luxueuze wagen zit. De stoelen achterin zijn verstelbaar en gerieflijk, de beenruimte is enorm.

Ongeveer op het moment dat ze op de E22 komen beginnen Hills oogleden zwaar te worden. Het mysterieuze bericht heeft zijn hersenen het grootste deel van de nacht beziggehouden, maar hij is niet heel ver gekomen in zijn gepeins.

Wie heeft erachter weten te komen dat hij is gevraagd het boek over Alfacent te schrijven? En waarom was de geheimzinnige briefschrijver er zoveel aangelegen hem te waarschuwen dat dit midden in de nacht via een persoonlijke bezorging van een handgeschreven bericht moest plaatsvinden en niet gewoon met een anonieme mail of sms?

En wat voor soort waarschuwing was de brief eigenlijk?

De interpretatie die het meest voor de hand ligt is dat het briefje bedoeld is om hem zich verre van Stjärneholm te laten houden. Maar hij heeft de tekst een aantal keer gelezen en denkt nu dat de geheimzinnige briefschrijver een andere bedoeling heeft gehad. Dat die hem er niet van heeft willen weerhouden om te gaan, maar alleen maar wilde waarschuwen.

Wie daar op jacht gaat naar de geheimen van de familie Irving moet heel voorzichtig zijn.

Hij moet denken aan de tragedie met de twee urbexers. Zij waren op jacht gegaan naar de geheimen van de familie Irving en waren verdronken in het koude water van het Miresjön.

En nu gaat hij zichzelf op een soortgelijke jacht begeven. Zou hij daarvan moeten afzien? Een idiote vraag, er is geen enkel waarschuwingsbriefje in de hele wereld dat hem zover kan krijgen deze kans te laten lopen. Bovendien heeft hij de volledige steun van de familie Irving en hoeft hij niet midden in de nacht het meer op. Hij komt niet verder met zijn gepeins voordat zijn oogleden dichtzakken.

Hill wordt wakker als de auto over een verkeersdrempel rijdt bij wegwerkzaamheden. Hij strekt zich uit, probeert vast te stellen of hij tijdens zijn hazenslaapje misschien heeft gekwijld, gesnurkt of in een minder flatterende houding is geraakt.

Snel trekt hij zijn colbertje en overhemd goed, als om zijn waardigheid te herstellen. Het is bijna kwart voor twaalf, dus moeten ze er bijna zijn. Het bos is opengebarsten, vertoont kleine akkers, weides en stenen stapelmuurtjes. De nevel verschuilt zich in de bosrand, krijgt hulp van de lage wolken.

Ze rijden door een dorpje dat Hill zich herinnert van zijn research voor het hoofdstuk in het boek. Eternietdaken, houten gevels, alggroene zwembadjes op het gras. Een paar oudere villa's uit succesvollere tijden. Het centrum omzoomt een plein. Bloemisterij, levensmiddelenzaak, kapper, een klein bibliotheekfiliaal en natuurlijk een morsig eettentje met daarvoor op het trottoir het obligate pizza-salade-kebabbord.

Een stukje buiten het centrum komen ze langs een laag gebouw dat betere tijden heeft gekend. Op het dak staat een grote rode vliegende schotel van glasfiber die er ontzettend zelfgemaakt uitziet, naast een kunststof bord waarop UFO-CAFÉ staat.

Dat was gesloten toen hij hier eerder was, maar nu staat er een auto op de parkeerplaats en branden binnen de lampen. Misschien moet hij een nieuwe poging wagen om ergens in de komende tijd het café te bezoeken? Om te weten te komen hoeveel van de ufo-hysterie nog is blijven hangen.

Ze rijden het dorpje nu echt uit en de velden worden weer vervangen door bos, al bestaat dat nu meer uit loof- dan uit naaldbomen. Kale kruinen die naar de hemel reiken.

De auto volgt een lange laan voordat Samuel stopt bij een groot, mooi metalen hek. Aan weerszijden van het hek verrijst een massieve bakstenen muur, zeker vijf meter hoog. Die strekt zich zo ver in beide richtingen uit dat hij oplost in de mist. Boven op de hekpalen zitten dubbele bewakingscamera's. Daaronder identieke borden die duidelijk laten weten dat dit privéterrein is.

‘De familie Irving geeft de voorkeur aan afzondering,’ legt Samuel uit terwijl de hekhelften opengaan. ‘Het park is bijna vier vierkante kilometer groot.’

‘Hoeveel mensen wonen er op het terrein?’ vraagt Hill.

Samuel aarzelt een tel, alsof hij overweegt wat hij zal zeggen.

‘Een tiental,’ zegt hij ten slotte.

‘Voor het merendeel leden van de familie?’

‘Ja, dat klopt.’

Ze rijden naar binnen door het open hek. Direct daarachter staat rechts een betonnen doos met spiegelglasramen. Daarachter weer ligt een parkeerplaats waarop een paar auto’s staan.

‘De bewakingscentrale,’ zegt Samuel. ‘Die is dag en nacht bemand.’

De weg loopt lichtjes op en kronkelt door een loofbos met kale boomkruinen. De mist hangt als grijze rook op de grond.

Na een paar honderd meter komen ze over de top. Het bos trekt zich terug en een parkachtig terrein met aanplant en grote grasmatten komt tevoorschijn. Zijweggetjes aan beide kanten lopen naar gebouwen die zich verschuilen in de bosrand.

‘Dat zijn de gastvilla’s,’ zegt Samuel. ‘Jij zult in een ervan verblijven, maar we gaan eerst naar het hoofdgebouw zodat je een overzicht van het landgoed krijgt.’

De weg wordt een lage brug over een vijver vol waterlelies. Aan de verste kant van de vijver doemt uit de mist een groot landhuisachtig bouwwerk op in een opvallende stijl. Hills hart begint sneller te kloppen.

‘Dit is dan Stjärneholm,’ zegt Samuel terwijl ze zachtjes om een grote fontein heen rijden.

Hill drukt zijn gezicht tegen het zijraampje. Hij heeft eerder foto’s van Stjärneholm gezien, maar nooit van zo dichtbij genomen. Het huis heeft twee verdiepingen, is zeker zeventig meter breed en misschien half zo diep. De bouwstijl is op zijn minst gezegd wonderlijk. Sombere boogvensters staan in scherp contrast met strakke pilaren. Het dak zit vol kantelen, uitstekende delen en scherpe hoeken die dezelfde omhoogstrevende indruk wekken als Alfacents hoofdkantoor.

Het bouwmateriaal is een soort lichte steen die Hill nog nooit eerder in het echt heeft gezien.

'Ryoliet,' mompelt hij. 'Uit de Stjärngruvan op Blockön.'

Stjärneholm is aan de buitenkant al fascinerend. De binnenkant laat zich alleen maar raden. Toen hij nog jonger was, had hij een zesde zintuig om de verborgen geheimen van gebouwen uit te vogelen.

Hij wil niets liever dan daarmee aan de slag gaan, maar Samuel is al helemaal rond de fontein en terug de weg op gereden waarlangs ze hier gekomen zijn.

Pas nu merkt Hill dat midden in de fontein net zo'n standbeeld staat als hij heeft gezien in de foyer van Alfacent. De jonge Gunnar Irving in zwart glas, omhoogkijkend naar de sterren.

Ze rijden verder over de brug en komen weer langs de zijweggetjes naar de gastenvilla's. Bij het laatste slaat Samuel af. Hij volgt de weg tot aan de bosrand en stopt voor een huis dat ook is opgetrokken uit ryoliet, in dezelfde tegenstrijdige bouwstijl als het hoofdgebouw. Het heeft twee verdiepingen en een groen koperen dak. Van onder de dakrand komen groteske stenen figuren tevoorschijn.

'Villa Arcturus,' zegt Samuel. 'Hier verblijf jij.'

De man van glas

Vele jaren lang scheen het licht van de Vader over hem, verhief het hem, gaf het hem glans. Liet het hem stralen.

Hij was de zoon, de erfgenaam.

Prins Pollux, voor wie niets en niemand goed genoeg was.

Zijn schooltijd was één grote onafgebroken zegetocht.

Hij was lang, blond en gespierd, had hoge cijfers in alle vakken, was aanvoerder van zowel het voetbal- als het handbalteam.

Zijn vrienden zwermden om hem heen. Wedijverden om direct naast hem te staan.

Alsof ze hoopten dat zijn unieke eigenschappen besmettelijk zouden zijn.

Iedereen wilde zoals hij zijn, zelfs de leraren en teamleiders bewonderden hem. Hij was de ster waar alles omheen draaide.

De toekomst lag voor hem uitgerold. De wereld was van hem.

Tot die hem plotseling werd ontnomen.

Hij herinnert het zich duidelijk. Het was op een zaterdag in mei, hij was vijftien en ze speelden een voetbalwedstrijd in een naburig dorp. Een oudere jongen, Bure, die vaag aan een gorilla deed denken, schopte hem omver in het strafschopgebied.

Hij stond op en sloeg het gras van zijn kleren en knieën, maakte zich klaar om de penalty te nemen, toen Bure voor hem ging staan. Iets vernederends zei over zijn familie, over zijn vader, met een toon van verachting.

Hardop zodat iedereen het hoorde, tegenstanders en teamgenoten. Hij kan zich de woorden amper herinneren. Daar ging het ook niet om, het ging om de daad. Dat iemand het waagde om zo tegen hem te spreken.

Zoiets was nog nooit gebeurd.

Er was een grens overschreden en hij kon de blikken van zijn teamgenoten voelen. Alsof ze verwachtten dat hij iets zou doen. Maar Bure was groter dan hij, had een kwaadwillige blik die hem vertelde dat een vechtpartij midden op het veld een slecht idee was.

Dus legde hij de bal op de penaltystip. Probeerde hij te negeren hoe Bure en zijn maten naar hem grijnsden.

Het zweet brak hem uit terwijl hij een aanloop nam. Normaal was hij uiterst koel geweest. Had hij de penalty gescoord zonder met zijn ogen te knipperen. Zich zelfverzekerd omgekeerd om door zijn teamgenoten te worden bewonderd.

Maar die dag net niet.

In plaats daarvan schoot hij hoog over de lat en verloren ze de wedstrijd.

Hij had moeten begrijpen dat dit een voorbode was.

Een voorteken.

Toen hij thuiskwam die avond was alles anders. Hun bezittingen waren zonder enige aankondiging vooraf uit het hoofdgebouw helemaal naar Villa Canopus verhuisd. Het huis dat vlak daarvoor nog zijn thuis was, was plotseling verboden terrein.

'Vader heeft rust nodig,' was hoe zijn moeder het hun uitlegde. 'Hij moet in alle stilte zijn belángrijke werk kunnen doen.'

Maar hij wist dat ze loog. Kon dat zien aan haar trillende onderlip en betraande ogen.

Toch vermande hij zich. Deed hij zijn best om behulpzaam te zijn, zich kranig te houden. Hoopte hij dat de uitwijzing niet voor hem gold. Of dat die, in zijn geval tenminste, tijdelijk was.

Hij was ondanks alles prins Pollux, de zoon, de erfgenaam. Op wie de zon altijd scheen.

Het duurde weken voordat hij zijn vader weer zag.

Een stijf familiediner in de grote eetzaal waar de Vader niemand van hen in de ogen keek. De Vader legde alleen kort uit dat zijn werk zo belangrijk was geworden dat het nu zijn hele dag in beslag zou nemen en dat hij onder geen enkele omstandigheid mocht worden gestoord.

Hij probeerde de aandacht van de Vader te trekken. Het kleinste teken te vinden dat hij was uitgezonderd van de regel. Maar de Vader stond op van tafel en liet hen daar zitten terwijl zijn moeder haar snikken probeerde te onderdrukken.

Ergens voelde hij dat het allemaal zijn schuld was, dat hij de Vader had teleurgesteld en daarmee hun verbanning had veroorzaakt.

Voor de eerste keer in zijn leven voelde hij zich zwak.

Machteloos.

Maar ook razend.

Asker

Nu ze weet waar ze moet zoeken, kost het haar maar een uurtje om de link tussen Prepper-Per en Tord Korpi duidelijk te krijgen. Een telefoontje en een uittreksel uit een ledenbestand is het enige wat daarvoor nodig is.

Ze moet even vrij ademen, wil al overeind komen en weggaan als haar telefoon overgaat.

Anoniem nummer, wat maar één iemand kan betekenen.

'Ja,' neemt ze op.

Het litteken op haar linkeronderarm jeukt alweer.

'Zo, hoe gaat het met ons?' zegt Prepper-Per meteen.

Asker weet niet wat haar het meest ergert, dat hij ervan uitgaat dat er een 'ons' is of dat hij na al die jaren haar opnieuw dwingt tot het spelen van 'Vertel vijf dingen over...'.

Ze haalt diep adem.

'De dode is Tord Korpi. Hij was expert in het bouwen van tunnels en bunkers, wat de reden is dat hij op de Farm op bezoek kwam. Jullie zijn elkaar tegengekomen op de kameradenvereniging van het Parachutistensquadron waarvan jullie beiden lid waren. Korpi had de pest aan de overheid en bleef helemaal onder de radar. Een paranoïde eenzaat, net als jij. En als ik die link tussen jullie boven water kan krijgen, zullen mijn collega's dat vroeg of laat ook doen.'

Korte stilte aan de lijn.

'Niet slecht,' zegt hij dan. 'Je bent dus niet volkomen hopeloos.'

Ze hapt niet. Bovendien hoort ze achter de droge toon iets wat een zweem van onwillekeurige bewondering zou kunnen zijn. Hij heeft haar op de proef gesteld, net als vroeger. En zij heeft zijn verwachtingen overtroffen, wat hem dwarszit. Net zoals het haar dwarszit hoe belangrijk het lijkt om het spel te winnen, een slimme, brave meid te zijn. Haar vingers zoeken zich onbewust een weg naar haar onderarm.

'En hoe wist je dat het Korpi's lijk was?' vraagt ze. 'Als je hem tenminste niet zelf daar gedumpt hebt.'

De vraag ergert hem, zoals ze al hoopte.

'Ik heb zo mijn contacten,' snuift hij. 'Mensen die iets laten horen als er iets ongewoons gebeurt in de buurt van de Farm.'

'Zoals iemand van de gemeente die toevallig een lijk opgraaft? En misschien een paar foto's maakt met zijn telefoon?'

Hij geeft geen antwoord, wat vermoedelijk betekent dat ze goed gegokt heeft.

'Nu je weet hoe het allemaal in elkaar steekt, is het hoog tijd, Leo, dat je uitzoekt wie Tord Korpi heeft vermoord,' zegt hij in plaats daarvan. 'Daar heb je niet veel tijd voor.'

'Hoezo niet?' vraagt ze.

'Omdat er op dit moment twee agenten in uniform staan aan te bellen bij het hek. Ik ga niet opendoen en straks gaan ze weer weg. Maar iets zegt mij dat je collega's snel weer terug zijn en de volgende keer zullen ze vast geen moeite doen om aan te bellen. En we weten allebei hoe dat zal aflopen.'

'Dat was de afspraak niet,' protesteert ze. 'Jij zou je vrijwillig overgeven als ik je hielp. En zoals je merkt ben ik daar volop mee bezig.'

Hij snuift minachtend. 'Denk je nu echt dat ik zo'n vertrouwen heb in wat jij kan? Dat jouw woord genoeg zou zijn?'

Asker trekt haar mouw omhoog, probeert de letters van de tattoo te volgen. Maar zijn stem maakt dat onmogelijk.

'Ik ga nergens heen voordat je een betere hoofdverdachte hebt gevonden, Leo.'

Asker dwingt zich haar rechterhand tot een vuist te ballen om van het litteken af te blijven.

'Waarom ga je er niet gewoon vandoor?' vraagt ze. 'Je hebt een rugzak gepakt en klaarstaan, met contanten en een vals paspoort. In een kwartier kun je verdwenen zijn, zonder een spoor na te laten.'

'Omdat niemand mij uit mijn eigen huis verdrijft,' bijt hij haar toe. 'Mij beschuldigt van dingen die ik niet heb gedaan, hier met geweld binnendringt en inpikt wat van mij is.'

Hij toomt zich in, net voor zijn toon giftig wordt. 'Bovendien is het voor een man die een hand en een oog mist, moeilijk om zich te verbergen,' vervolgt hij iets rustiger. 'Twee niet onbeduidende handicaps die ik aan jou te danken heb, dochterlief. Dus maak nu maar voort en los deze zaak snel op, voordat er nog iemand letsel oploopt.'

Er wordt opgehangen.

Ze legt de telefoon weg, moet een haast overweldigende impuls bedwingen om haar nagels in haar litteken te boren en diepe wonden in het vlees te rijten.

Hill

Precies als Hill het portier achter zich dichtdoet, vliegt er een groep roeken uit de omliggende bomen op om krassend boven de kale toppen rond te cirkelen. Wanneer hij zijn blik laat zakken, ontdekt hij dat er een vrouw voor de deur van Villa Arcturus staat. Ze is in de zeventig, lang en elegant en draagt dezelfde soort zwarte kleren als de rest van het Alfacentpersoneel.

'Welkom, lector Hill. Ik ben mevrouw Schiller,' begroet de vrouw hem hartelijk terwijl ze handen schudden.

Iets in zowel haar houding als haar uiterlijk doet Hill denken aan een stewardess die met pensioen is.

'Zeg maar Martin,' zegt hij met zijn allercharmantste glimlach. 'Het is spannend om hier te zijn.'

'Mevrouw Schiller is de huismeesteres hier op Stjärneholm,' zegt Samuel.

'En wij zijn ontzettend blij dat u er bent, lector Hill,' komt de vrouw tussenbeide zonder blijkbaar acht te slaan op zijn verzoek om hem te tutoyeren. 'Als er iets is wat u nodig hebt, kunt u contact opnemen met mij. Op elk moment, dag en nacht. Aarzel niet.'

Ze maakt een gebaar naar de deur. 'Zullen we naar binnen gaan?'

Ze opent de zware buitendeur. Daarop hangt in het midden een zware deurklopper in de vorm van een berenhoofd. Hill verwacht bijna dat de scharnieren onheilspellend zullen knarsen, maar de deur gaat geluidloos open. Mevrouw Schiller loopt naar binnen en Hill hinkepoot erachteraan met Samuel op zijn hielen.

Ze laat Hill de hal zien en de rest van het huis. De inrichting is ouderwets: hoge lambrisering van donker hout, dikke tapijten, zware gordijnen. Aan de muren hangen tekeningen en kleine schilderijtjes met opvallende figuren, sommige met mensenlichaam en dierenhoofd. In de woonkamer staan twee oorfauteuils voor een grote open haard. De ene fauteuil is beduidend meer versleten dan de andere. Op de schoorsteenmantel staat een ingelijste potloodtekening van een oudere man met sik en een donkere bril. Hij is zeker dertig jaar ouder dan op de foto's in Hills boek, maar hij herkent hem toch.

'Bernhard Irving,' stelt hij vast.

Mevrouw Schiller knikt. 'Bernhard trok zich hier terug in Villa Arcturus toen Gunnar en zijn gezin het hoofdgebouw betrokken. Bernhard was zoals u misschien weet een vooraanstaand kunstenaar. Het is zelfs zo dat alle tekeningen en schilderijen in het huis van Bernhards hand zijn. En daar heeft u zijn bureau.'

Ze knikt bijna eerbiedig naar een groot meubel van massief donker hout dat aan de andere lange kant van de huiskamer bij het raam staat.

'Zoals zoveel details op Stjärneholm is het ontworpen door Bernhard zelf. Het bureau stond eerder in het hoofdgebouw, maar Gunnar heeft het hierheen laten verplaatsen zodat zijn vader zijn belangrijke werk voort kon zetten.'

Ze is even stil, schenkt Hill nog een glimlach. 'U mag het bureau natuurlijk van harte gebruiken als u het nodig heeft,' vervolgt ze. 'We hebben ook een werkplek voor u geregeld in de bibliotheek, maar daarover later meer.'

Ze gaan verder langs keuken, badkamer en een logeerkamer. Daarna een kelderdeur.

'Er is een washok daarbeneden,' zegt mevrouw Schiller. 'Maar wilt u iets gewassen hebben, dan hoeft u maar te bellen en regelen wij dat. U moet zich natuurlijk op uw werk kunnen concentreren.'

De slaapkamer ligt het diepst in het huis en heeft hoge ramen op het bos aan de achterkant. Midden in de kamer staat een groot bed met hoge stijlen in houtsnijwerk. Het gewelfde plafond is blauwzwart, vol met de hand geschilderde sterren.

'Heeft Bernhard die ook geschilderd?' vraagt Hill.

'Dat klopt,' knikt mevrouw Schiller. 'Dat is het hemelzicht van het observatorium op Blockön.'

Hill blijft staan om de plafondbeschildering te bekijken. Die is prachtig en heel ambitieus uitgevoerd. Niet slechts witte stippen tegen de donkere achtergrond, elke ster heeft zijn eigen kleurschakering en lichtsterkte. Naast elk sterrenbeeld staat in het Latijn de naam geschreven, met een ouderwets krullerig handschrift.

Ursa Major.

Cassiopeia.

Leo.

Dat prikt Hills geweten wakker. Hij zou Leo moeten bellen om te horen hoe het gaat met haar onderzoek. Om zich ervan te vergewissen dat ze niet terug in Prepper-Pers krankzinnige wereld wordt getrokken.

Maar de gedachte wordt snel verdrongen door zijn fascinatie voor deze plek. Hij fantaseert er al over sinds zijn tienerjaren en tot nu toe overtreft Stjärneholm zijn verwachtingen dubbel en dwars.

Ze lopen terug naar de hal en houden halt bij de steile trap naar de bovenverdieping.

'Er is daarboven niet zoveel te zien,' zegt mevrouw Schiller die zijn aarzeling gemerkt moet hebben. 'Alleen een grote zolderkamer die fungeerde als Bernhards atelier. Tekentafels, schildersezels, een paar onafgemaakte projecten. Beter om te wachten met naar boven gaan tot u wat makkelijker beweegt.' Ze knikt naar Hills kruk.

'Nu we het daarover hebben,' komt Samuel, die al een tijdje heeft gezwegen, tussenbeide. 'Dokter Schiller wil je letsel graag zo snel mogelijk even bekijken. Zou twee uur vanmiddag uitkomen?'

'Jawel,' antwoordt Hill.

'Mooi. Mevrouw Schiller regelt dat iemand je komt halen.' Hij maakt een beweging met zijn hoofd naar de vrouw die dit onmiddellijk bevestigt.

'Goed,' rondt mevrouw Schiller af als ze terugkeren naar de keuken. 'De huissleutels hangen aan het haakje bij de deur. Er liggen extra handdoeken en beddengoed in de linnenkast. De koelkast en de provisiekast zijn gevuld, er staat een lunchschotel met charcuterie, mocht u honger hebben. Als u nog iets anders nodig hebt, lector Hill, hoeft u het alleen maar te laten weten.'

'Over communicatie gesproken,' voegt Samuel toe. 'Op Stjärneholm gebruiken we een app. Je vindt de downloadinstructies daar.'

Hij wijst naar een geplastificeerde QR-code die op de keukentafel ligt.

'Je zult wel merken dat je mobiele bereik hier vrij slecht is. Maar via de app heb je toegang tot het draadloze netwerk dat het grootste deel van het terrein bestrijkt. In de app vind je ook een tabblad met praktische informatie over het landgoed, die ik je echt aanraad om te lezen. Vooral het deel over de veiligheid en het reglement.'

Samuel blijft hem een paar tellen langer aankijken.

'Natuurlijk,' zegt Hill. 'Wanneer denken jullie trouwens dat ik Gunnar kan ontmoeten?'

Samuel en mevrouw Schiller wisselen een blik.

'Daar hebben we helaas geen antwoord op,' antwoordt mevrouw Schiller.

'Maar hij is er wel? Op het landgoed bedoel ik?'

'Natuurlijk,' reageert Samuel. 'Maar hij heeft het heel druk. Je kunt Gunnar ontmoeten wanneer hij vindt dat de tijd daarvoor rijp is.'

'Het meeste dat u moet weten staat in de app,' voegt mevrouw Schiller daaraan toe. 'Maak het u maar gemakkelijk, dan wordt u om twee uur opgehaald.'

Wanneer het stel is weggereden in Samuels Mercedes, checkt Hill zijn telefoon. Inderdaad heeft hij slechts één miezerig streepje bereik, dus scant hij de QR-code op de keukentafel. Terwijl de app wordt gedownload hinkt hij terug naar de huiskamer waar hij in Bernhards versleten oorfauteuil gaat zitten.

Alles is heel onwerkelijk en tegelijkertijd ontzettend opwindend.

Na ongeveer een minuut is de app gedownload en geïnstalleerd. Hij tikt zijn naam in en kiest een wachtwoord om erin te komen. Het wifi-icoontje ontwaakt en direct heeft hij vol bereik.

Welkom op Stjärneholm, begroet de app hem, waarna die drie tabs toont.

CONTACT.

VEILIGHEID EN REGLEMENT.

KAART.

Onder de eerste tab staat de contactinfo van mevrouw Schiller, haar echtgenoot en Samuel, en van de medische faciliteit en de bewaking. Behalve via mobiele nummers is er ook de mogelijkheid om direct in de app te communiceren.

Hij moet weer aan Leo denken en stuurt haar snel een berichtje. *Ik ben op Stjärneholm aangekomen. Een spannende plek, op zijn minst gezegd. Hoe gaat het met jou?*

Heel even wil hij afsluiten met een lieve groet, maar hij verwerpt dat idee vrijwel onmiddellijk. Toetst in plaats daarvan een precies voldoende persoonlijke schuine streep gevolgd door een M.

Hij wacht een paar tellen op een reactie, maar er gebeurt niets. Leo is waarschijnlijk druk bezig. Hill wisselt weer naar de Stjärneholm-app en opent de tab VEILIGHEID EN REGLEMENT.

Stjärneholm en het bijbehorende park werden door Bernhard Irving gecreëerd als een plaats voor reflectie en overpeinzing. Een rustig oord waar men ongestoord vrij kan denken en de zintuigen kan openen voor indrukken die de gewone overstijgen. Daarom is het belangrijk dat de gasten de bijzondere geest van afzondering en contemplatie die hier heerst respecteren.

Met andere gasten of bewoners van het terrein neemt men niet ongevraagd contact op.

Het hoofdgebouw wordt slechts bezocht als men daar een van tevoren overeengekomen afspraak heeft.

NB: Het achterste gedeelte van het hoofdgebouw, plus het afgescheiden park tussen het gebouw en het meer zijn volledig privéterrein en mogen onder geen enkele omstandigheid worden betreden zonder speciale toestemming. Dat geldt eveneens voor het Blockön.

Een geluid doet Hill opkijken van zijn telefoon. Een metalig kloppen dat wel van de zware deurklopper moet komen. Hij komt overeind en hinkt naar de voordeur.

Buiten staat een meisje van rond de twaalf met een zwarte hond in een tuigje.

'Hallo,' zegt ze. 'Ik ben Elsa en dit is Orion.'

Het meisje heeft een muts en een donkere zonnebril op, wat vreemd is aangezien het buiten mistig wintergrijs is met troebel licht. Pas als Hill de witte stok in de hand van het meisje opmerkt, begrijpt hij dat ze blind is.

'Jij moet de nieuwe Berenwachter zijn,' zegt ze.

Asker

Asker wandelt in rap tempo langs de gracht terwijl ze probeert haar gedachten te ordenen. De gure wind die vanaf de Sont komt waait recht door haar kleren, maar ze merkt het amper.

Tord Korpi wordt in zijn nek geschoten en gedumpt op slechts een paar honderd meter van het grote toegangshek van de Farm ergens tijdens de herfst van 2006. Zijn auto is verdwenen en ze kan het barrel niet laten opsporen want ze weet het kenteken niet. Een wapen of een tas met geld is er zover ze weet niet aangetroffen op de vindplaats. En ook geen andere sporen.

En dan was er nog Korpi's revolver. Daar heeft ze al veel over nagedacht. Een .38 met korte loop. Hopeloos op een afstand boven de acht meter, maar makkelijk tevoorschijn te trekken en effectief van dichtbij. Typisch een wapen om je mee te verdedigen. Was de revolver slechts een algemene voorzorgsmaatregel met het oog op al die contanten waarmee Korpi rondreed? Omdat hij even paranoïde was als Prepper-Per? Of droeg hij het wapen bij zich vanwege een specifieke bedreiging?

Ze belt Rosen.

'Ik heb hulp nodig met een aantal registernaslagen,' zegt ze zodra ze hoort dat er is opgenomen. 'Zoek op alle aangiftes en andere meldingen bij de politie rond 2006 in de omgeving waar Tord Korpi is gevonden. Alle soorten meldingen, het maakt niet uit hoe onbeduidend, tot en met parkeerboetes en snelheidsovertredingen.'

Asker weet dat het een gok is, maar op het moment klampt ze zich vast aan elke strohalm die ze kan vinden.

'O-oké,' antwoordt Rosen. 'Ik neem aan dat er haast bij is.'

‘Inderdaad. Goed als je dit voorrang geeft. En geen woord erover tegen een ander.’

‘Dat spreekt voor zich. Ik laat wat weten zodra ik klaar ben.’

Asker hangt op. Ze ziet een bericht van Martin en denkt er net over hem te bellen als haar telefoon overgaat.

‘Hallo,’ zegt ze, denkend dat het Rosen is die haar terugbelt. Maar het is een andere heel bekende stem die daar door de telefoon tot haar komt. Brits monarch met een vleugje mensenhaai.

‘Leonore?’ vraagt haar moeder.

‘Ja.’

‘Mooi. Zou je alsjeblieft even naar het kantoor kunnen komen? Ik wil het ergens met je over hebben. Het is dringend.’

Ze hangt op voordat Asker ook maar iets heeft kunnen zeggen.

Haar moeders toon was afgemeten en kil, precies als altijd. Maar Asker denkt nog een nuance in haar stem te hebben bespeurd. Een dodelijke ernst die ze niet eerder bij haar moeder heeft gehoord en die haar een onheilspellend gevoel geeft.

Hill

'Ik ben trouwens niet blind, als je je dat afvroeg,' zegt Elsa terwijl ze een grote slok neemt van een frisdrankje dat Hill uit de koelkast heeft gepakt.

Ze heeft haar jas opengeknoopt en is aan zijn keukentafel gaan zitten alsof het de normaalste zaak ter wereld is. De zwarte hond is dicht bij haar stoel gaan liggen en staart wantrouwig naar Hill. Hij weet niet veel van honden, maar denkt dat het weleens een labrador kon zijn.

'Ik kan lichtveranderingen wel waarnemen,' vervolgt Elsa. 'Dus kun je beter zeggen dat ik visueel beperkt ben dan dat ik blind ben.'

Hill weet nog steeds niet echt wie het meisje is en wat ze in zijn keuken doet. Tegelijkertijd is hij wel nieuwsgierig naar haar én Stjärneholm.

'Je zei iets over de Berenwachter?' zegt hij vragend.

'Ja, klopt. Deze villa waar jij gaat logeren heet Arcturus. Dat is de Berenwachter, de ster Alfa Boötis in het sterrenbeeld Boötes.'

'Aha,' knikt Hill. 'Dat verklaart waarom de deurklopper de vorm van een berenkop heeft.'

'Precies,' knikt het meisje wijsneuzig. 'Alle villa's zijn naar sterren vernoemd. Mama, ik en oma wonen helemaal in Canopus.' Ze wijst over haar schouder. 'Canopus staat in het sterrenbeeld Kiel, dus onze deurklopper…' Ze zwijgt, knikt aansporend in Hills richting.

'Ziet eruit als een boot,' vult hij aan.

'Precies. Voor een berenwachter ben je zo dom nog niet.'

Ze neemt nog een grote slok frisdrank.

'Bernhard Irving heeft alle villa's hun naam gegeven. Hij heeft bijna alles op het landgoed ontworpen. Van het hoofdgebouw tot de deurkloppers. Wist je dat hij zijn laatste jaren hier in Arcturus woonde?'

'Jawel,' antwoordt Hill. 'Ik heb nog maar net geleden een complete tour gehad.'

'Van mevrouw Schiller zeker. Zij heeft het heel graag over Bernhard. Of Burrnaarrd zoals ze hem noemt, is je dat opgevallen? Ze praat over hem alsof hij een heilige is. En Gunnar is haast een god.'

Hill lacht erom. 'Ja, dat was inderdaad mevrouw Schiller die de rondleiding gaf. Ik heet trouwens Martin Hill.'

'Elsa,' zegt ze en steekt haar hand naar voren zodat Hill die kan aanpakken. 'Elsa Irving.'

Het meisje lijkt te merken dat hij even schrikt, of ze neemt gewoon aan dat hij schrikt.

'Mijn moeder is Maud Irving, de dochter van Karin die Gunnars eerste vrouw was. Gunnar is mijn opa en Bernhard was dus mijn overgrootvader.'

'Juist, zoho.'

'Ja, dat zeggen mensen altijd.'

'En jij woont hier met je moeder?'

'Alleen maar tijdelijk. Ik zit met Orion op een internaatschool en mama heeft een etage in Malmö. Maar ze woont hier nu al een poosje bij oma in Canopus...' Elsa laat de zin in de lucht hangen terwijl ze nog een slok neemt.

'Wonen er nog meer mensen in de gastenvilla's?' vraagt Hill.

'Jawel. Nova, mijn halftante, woont in Sirius als ze hier is. Al is dat niet zo vaak. Eigenlijk zouden wij daar moeten wonen, vanwege Orion.'

De hond houdt zijn kop iets rechter als hij zijn naam hoort.

'Want Sirius is de Hondsster,' legt Elsa uit. 'Maar mama zei dat het echt klopt dat Nova daar woont omdat zij "the big dog of the family" is.' Ze glimlacht breed.

'Nova heeft mij gevraagd,' antwoordt Hill. 'Ik ga een boek schrijven over Alfacent.'

'Dat wist ik al. Komt het uit in braille?'

'Uh...' mompelt Hill.

'Ik maak maar een grapje, snap je,' lacht het meisjes. 'Ik mag trouwens eigenlijk geen frisdrank drinken op doordeweekse dagen. Een idiote regel, als je het mij vraagt. Maar heel Stjärneholm barst van de domme regels. Eigenlijk mag ik niet hier komen aankloppen. Maar ik kom ermee weg omdat ik pas dertien ben. En bovendien ben ik zielig omdat ik niet kan zien. De vloek der Irvings, weet je wel.'

Elsa drinkt het blikje fris leeg en boert luid.

'Nu moet ik gaan voordat mama zich afvraagt waar ik ben. Maar je kunt wel een keer langskomen om haar te begroeten, toch? Ik denk dat mama een beetje volwassen gezelschap wel fijn zou vinden. Oma is een beetje eigenaardig...'

Ze maakt een gebaar naar haar hoofd en staat dan op. De hond springt op en leidt haar de keuken uit naar de voordeur terwijl Elsa routineus met haar stok over de vloer gaat.

'Zijn er nog meer Stjärneholmers die ik zou moeten kennen?' vraagt Hill terwijl hij met haar meeloopt de hal in.

'Dokter en mevrouw Schiller wonen in Villa Procyon, die het dichtst bij de hoofdgebouwen staat. Dan zijn er een paar werknemers die komen en gaan. Keukenpersoneel, schoonmaaksters, bewakers. Naast Villa Procyon ligt een bijgebouw waar soms mensen overnachten. Zoals Samuel bijvoorbeeld.'

Hill probeert alle informatie over de verschillende gebouwen op te slaan in zijn geheugen.

'O ja, vergeet ik Groundskeeper Willy nog,' lacht Elsa.

'Wie?'

'Willy, het manusje-van-alles. Ik noem hem Groundskeeper Willy, naar die figuur in *The Simpsons*. Willy woont permanent in het bijgebouw. Hij is nogal nors, dan weet je dat maar.'

'Oké,' zegt Hill. 'En Gunnar, je opa, waar woont die?'

Elsa haalt haar schouders op. 'Hij woont in het hoofdgebouw, in de westvleugel. Maar ik zie hem zelden. Gunnar werkt ontzettend hard en houdt niet van mensen om zich heen. Bovendien geloof ik niet dat mama en hij met elkaar praten.'

Hill opent de voordeur voor haar.

'Wat bedoelde je trouwens met "de vloek der Irvings"?' vraagt hij op het moment dat ze over de drempel stapt.

'Weet je dat niet?' Elsa gaat zachter praten. 'Het zit zo: er rust een vloek op ons. De Stjärngruvan die instortte, overgrootvader Bernhard die ons bijna ruïneerde, het auto-ongeluk van mijn oom, oma die niet goed bij haar hoofd is en dan ik nog. Het enige kleinkind en dan ben ik geboren met een visuele beperking.'

Ze tikt op de donkere zonnebril.

'Hoop dat je niet bang bent in het donker, Martin,' zegt ze zogenaamd bloedserieus. 'Want velen zeggen dat Stjärneholm een spookoord is, vol ruimtewezens en verschijningen.'

Ze lacht weer en loopt de oprijlaan af met de hond aan haar ene hand en de stok in de andere. Desondanks beweegt ze zich beduidend makkelijker dan Hill zelf met zijn kruk.

Pas als ze al een flink stuk verderop is, beseft Hill wat het meisje heeft gezegd: Stjärneholm is een spookoord.

Exact dezelfde bewoording als in het mysterieuze waarschuwingsbriefje.

Asker

Het kantoor van het advocatenbureau Lissander en partners in het centrum van Malmö is nog precies zo smetteloos perfect en mooi ingericht als altijd, constateert Asker wanneer ze uit de lift stapt.

'Welkom,' zegt de receptioniste, een vrouw van in de veertig met een kort kapsel die Asker zich niet van eerder herinnert.

Normaal zijn de receptionisten op het bureau jonge, goedgeklede mensen met een draadloze headset en een ambivalente houding tegenover het plaatselijk dialect. Deze vrouw is een welkome onderbreking van die trend.

'Jij bent vast Leo,' zegt ze. 'Je kunt meteen doorlopen. Isabel verwacht je.'

Asker bedankt met een knikje en volgt de gang tot aan haar moeders kantoor. De deur van Camilles kantoor staat op een kier en ze overweegt even om binnen te wippen en haar zusje gedag te zeggen. Niet omdat ze haar per se wil spreken, maar ze wil graag weten hoe het is met Camilles dochtertjes, haar nichtjes. Maar dan hoort ze Fredrics stem daarbinnen en besluit ze ervan af te zien.

Haar zwager is zo gespeend van elk spoortje persoonlijkheid dat de automatische deuren van de supermarkt amper opengaan voor hem. Dat zij toen ze in de twintig was een tijdje met hem heeft gedatet voordat ze hem dumpte en hij overstapte naar Camille, is een vergissing waarvoor ze sindsdien elke ongemakkelijke familiebijeenkomst moet boeten. Op de een of andere manier is het haar bovendien gelukt om zelf de onverlaat in heel het pijnlijke drama te worden.

ISABEL LISSANDER, ADVOCAAT EN SENIOR PARTNER staat er op het messing naamplaatje bij haar moeders kantoordeur. Asker klopt zachtjes aan.

'Kom binnen!'

Haar moeder zit achter het bureau, dat ondanks zijn omvang er niet in slaagt haar klein te laten lijken. Een leesbril wiebelt op het puntje van haar neus. Kleding, kapsel, nagels en make-up zijn zoals gewoonlijk perfect.

'Dag, moeder.'

'Ga zitten, Leonore, ik moet dit even afsluiten.'

Haar moeder gebaart naar een van de fauteuils voor bezoek en vestigt haar aandacht weer op de computer.

Asker gaat zitten, slaat haar benen over elkaar. Het is net alsof ze bij de rector is geroepen voor een ernstig gesprek. Haar moeder tikt op het toetsenbord. Een machtsspelletje natuurlijk, om te laten zien dat zij met belangrijker zaken bezig is.

Asker haalt haar telefoon ondertussen tevoorschijn. Geen nieuwe berichten van Martin nadat hij bevestigd heeft dat hij op het landgoed is aangekomen. Ze snapt dat hij opgewonden is, dat hij druk bezig is met Stjärneholm onderzoeken. Tegelijkertijd is ze een beetje geïrriteerd dat hij er zomaar vandoor is gegaan, ook al heeft ze geen enkel recht om iets van hem te eisen.

'Zo,' zegt haar moeder ten slotte. 'Wat fijn dat je kon komen. Hoe is het met je?'

Haar toon is verbazingwekkend hartelijk, waarvan Asker alleen maar meer op haar hoede wordt.

'Goed, dank je,' antwoordt ze. 'Met jou en Junot ook, hoop ik. Maar ik zit hier in mijn werktijd, dus zullen we maar ter zake komen? Waar wil je over praten dat het niet telefonisch kon?'

Isabel doet er even het zwijgen toe. Rekt de stilte op tot een van die beladen aanvalspauzes waarin ze zo'n expert is. Haar gezicht is een ijsmasker dat nog niet het kleinste aanknopingspuntje geeft over de aard van het gesprek.

'Ik kreeg een poosje geleden een telefoontje van commissaris Jonas Hellman,' zegt ze dan. 'Hij stelde aardig wat vragen over jou en je vader.'

'Kijk eens aan...' Asker probeert de indruk te geven alsof het onderwerp haar totaal geen zorgen baart, wat het natuurlijk wel doet. Ze had deze zet van Hellman moeten zien aankomen.

'En wat heb je toen verteld?'

'De waarheid natuurlijk,' antwoordt haar moeder. 'Ik heb niet de gewoonte te liegen tegen de politie.'

Het ijsmasker weer, gecombineerd met een verwijtende blik.

Asker haalt diep adem. 'Je hebt Jonas Hellman verteld over mijn vader. Over het ongeluk...'

'Inderdaad. Ik heb verteld dat je vader zo onbetrouwbaar is dat hij bezig was jullie beiden uit pure onachtzaamheid het leven te benemen.'

Asker kan haar kalmte steeds moeilijker bewaren.

'Hellman is een bekwaam politieman. Hij heeft Smilla Holst gered, waarvoor ik én haar familie zeer dankbaar zijn. Bovendien is hij slim genoeg om mij te bellen voor hij actie onderneemt, wat erop duidt dat hij ook in de toekomst allianties wil blijven vormen.'

Asker bijt op haar lip. Haar moeder Jonas Hellman horen prijzen voor een zaak die zij en Martin Hill hebben opgelost, is duidelijk op de grens van wat je kunt verstouwen zonder dat je hoofd ontploft.

'Hellman vertelde dat je vader betrokken is bij een zestien jaar oude moordzaak,' zegt haar moeder. 'Een lijk dat net buiten de Farm is aangetroffen. Ene Tord Korpi die een nekschot heeft gehad. Het is slechts een kwestie van tijd voor de politie het slachtoffer met je vader in verband brengt, dat begrijp je wel.' Ze trekt haar wenkbrauwen op alsof ze verwacht dat Asker iets zal zeggen.

Dat doet ze niet.

Dus Hellman en zijn groep hebben Korpi al geïdentificeerd en de doodsoorzaak vastgesteld. Dat betekent dat hij de gerechtsarts onder druk moet hebben gezet en een heleboel mensen en middelen naar de zaak heeft overgeheveld. De enige aannemelijke reden daarvoor is dat Hellman haar via haar vader te pakken wil nemen, precies waar ze al bang voor was.

'Eigenlijk verbaast het me niet dat Per zich aan zoiets schuldig maakt,' vervolgt haar moeder. 'Maar veel verontrustender is dat jij blijkbaar in de zaak aan het rondsnuffelen bent.'

Haar moeder leunt naar voren, een paar centimeter slechts. Toch doet die beweging samen met een lichte verandering van toon de stemming tussen hen omslaan en het gesprek veranderen in een verhoor.

'Leonore, heeft je vader je hierbij betrokken?'

Asker antwoordt nog steeds niet. Hellman heeft opnieuw ervoor gekozen om Isabel als een schaakstuk tegen haar te gebruiken en haar moeder heeft zonder meer zijn zijde gekozen.

Isabel houdt haar hoofd een beetje scheef. 'Per is zoals je weet uiterst manipulatief. Niets wat hij zegt kun je vertrouwen. Hij had eigenlijk al lang dood moeten zijn en nu heeft zijn verleden hem ten slotte ingehaald. Waarom zou dan van alle mensen juist jij hem willen helpen? Dat gaat mijn verstand werkelijk te boven.'

Asker probeert zich in te houden. 'Omdat Per levensgevaarlijk is,' zegt ze beheerst. 'Als de politie naar de Farm gaat om hem aan te houden, eindigt dat in een bloedbad.'

'Ik heb Jonas Hellman uitgelegd dat Per een risico kan vormen,' zegt Isabel. 'Het beste wat je nu kunt doen, is direct contact opnemen met Hellman en hem vertellen wat je over je vader en de Farm en nog van Korpi weet en hoe ze zonder onnodige risico's Per het makkelijkst kunnen aanhouden.'

'Je bedoelt Hellman en zijn troepen zich op mijn vader laten storten, ongeacht of hij nu schuldig is of niet. Rare houding voor een advocaat.'

Isabel buigt nog een centimetertje naar voren, wat het vertrek op een vreemde manier Askers kant op doet hellen. Haar stem is nog hartelijker geworden.

'Op dit moment ben ik niet allereerst advocaat, Leonore, maar jouw moeder.'

Je kunt haar onmogelijk niet bewonderen. Dat antwoord is zo perfect, zo klinisch dat je er geen weerstand tegen kunt bieden.

Asker weet dat en haar moeder ook.

Ze kan nu het beste gewoon opstaan en weggaan. In haar zak haar vuist ballen en de woede verbijten dat Hellman haar eigen moeder zover heeft gekregen haar aan te sporen – nee, fout – haar op te dragen om eerst met hem samen te werken en dan uit de weg te blijven terwijl hij haar vader naar de gevangenis stuurt.

Maar dan beseft Asker dat er iets uit de toon valt. Eén detail past niet echt in dit hele toneelstukje. Het duurt een paar tellen voor ze doorheeft welk detail.

'En nog van Korpi weet...' zegt ze zachtjes.

'Wat?'

'Je zei: "En wat je nog van Korpi weet".'

Haar moeder wuift het geïrriteerd weg. 'Waar wil je nu heen, Leonore?'

'Hellman heeft Tord Korpi nog niet in verband gebracht met Per,' zegt Asker. 'Dat zei je zelf een minuut of zo geleden. Hij kan dus niet al weten dat ik hem heb ontmoet.'

Haar moeders wenkbrauwen gaan vragend omhoog alsof ze totaal niet begrijpt waar dit gesprek heen gaat.

Asker houdt oogcontact.

Ze ziet het kleine trillinkje in Isabels blik. Een microscopisch barstje in het ijsmasker, dat haar alles vertelt wat ze hoeft te weten.

Ze haalt adem, buigt een centimetertje naar voren, op dezelfde manier zoals haar moeder net heeft gedaan.

Het vertrek komt langzaam weer recht te staan, begint dan licht naar de andere kant te hellen.

'Er is maar één ander die weet dat ik Tord Korpi heb ontmoet,' zegt ze. 'Dus hoelang geleden was het dat je hem sprak? Dat je Per sprak?'

De man van glas

Op een avond een paar weken na de verbanning stond hij buiten de clubkantine van de tegenstander te wachten. Hij had gaten geknipt in een muts en een grote steel van een bijl meegenomen die hij in de werkplaats had gevonden. Was erheen gefietst met de spullen verborgen in zijn rugzak.

Hij wist niet goed waarom, volgde slechts een soort instinct. Een behoefte om het gevoel van vernedering en machteloosheid te stillen dat gaten knaagde in zijn innerlijk.

Toen Bure naar buiten kwam met zijn voetbaltas over zijn schouder, hield hij zich verstopt achter een paar bomen. Wachtte hij met bonzend hart tot de op een gorilla lijkende jonge man verder slenterde naar zijn fiets die in een donkere hoek van de parkeerplaats stond.

Was er iemand bij Bure geweest, dan was er vermoedelijk niets gebeurd, maar hij was alleen nu. Misschien was dat een teken?

Hij sloop op hem af met de steel in zijn handen en zijn hartslag bonkend op zijn trommelvliezen. Ergens was het alsof de Vader hem gadesloeg met zijn alziend oog. Hem beoordeelde, om te bepalen of hij de Vader nog altijd waardig was.

Het idee verzwakte zijn armen.

De eerste slag trof Bure op zijn rug. Was niet resoluut en niet gericht genoeg om het pleit te beslechten. Bure draaide brullend om zijn as. Wierp zich toen met al zijn kracht op hem.

Tot dan had hij zich slechts voorgesteld dat hij Bure een pak slaag zou geven. Zijn eigen eer en die van de familie zou herstellen. Maar wat zou er gebeuren als het andersom ging? Als zijn vader erachter zou komen dat hij opnieuw was vernederd door een buitenstaander? Dat hij zwak was? Onverbeterlijk? Onwaardig?

De angst overweldigde hem. Liet zijn armen vol woedende krachten stromen en veranderde de steel van de bijl in een strijdknots.

Zijn tweede slag trof Bure op zijn slaap, met een geluid dat deed denken aan een knakkende tak. Zonder een woord te zeggen zeeg de grote jonge vent op de grond.

En daar bleef hij liggen terwijl het asfalt rood kleurde onder zijn hoofd.

Zijn eerste impuls was om weg te stuiven. In paniek weg te rennen, zo ver hiervandaan te komen als hij maar kon.

Maar hij bleef als versteend bij de stervende jongeman staan.

Een vreemde aandrang nam bezit van zijn lichaam en liet hem op zijn knieën naast Bure gaan zitten, zijn hand pakken en in zijn ogen kijken. Hem bestuderen op dezelfde manier zoals hij met de glaskikker deed.

Gadeslaan hoe de gebroken blik langzaam doofde. Hoe de reis tussen de werelden zijn aanvang nam.

En hoe alles ten slotte stilviel.

Op dat ogenblik was het alsof hij transformeerde.

Groeide.

Iemand anders werd, iemand die groter, sterker, beter was.

Geen onzekere jonge man meer, maar een krachtig wezen met macht.

Werkelijke macht.

De enige die eigenlijk iets betekende.

De macht over leven en dood.

Hill

Vijf voor twee stapt Hill de voordeur van Villa Arcturus uit, klaar voor zijn afspraak bij dokter Schiller. Op hetzelfde moment ziet hij iets wat op een golfwagentje lijkt recht op hem afrijden over de oprijlaan. Op de plek van de bestuurder zit een man van in de veertig met werkkleding aan.

Hij gaat dicht bij Hill boven op de rem staan en zwaait hangend aan een stang uit het karretje. Gecombineerd met zijn lange armen en licht voorovergebogen houding doet de beweging Hill denken aan een chimpansee. De indruk wordt versterkt door zijn bakkebaarden die tot zijn onderkaken komen.

'Hill?' gromt de man.

'Klopt. En jij bent vast Willy?'

De blik van de man vernauwt zich. 'Ville heet ik. Ville Knudsen.'

'Mijn excuses, Ville.'

Hill kucht gegeneerd. Hij weet zeker dat hij Elsa niet verkeerd heeft verstaan toen ze het over het manusje-van-alles van het landgoed had. Het moet een naamgrapje zijn geweest.

'Heb je hulp nodig?' Ville knikt naar Hills kruk.

'Nee, dank je, het lukt prima.'

Hij gaat op de passagiersstoel zitten en Willy die eigenlijk Ville heet neemt weer plaats achter het stuur. Hij schakelt en trekt zo hard op dat Hill een stang vast moet grijpen om er niet uit te vallen.

'Zo, en wat voor werk doe jij hier op Stjärneholm?' probeert Hill.

'Van alles. Wat er zoal gebeuren moet,' antwoordt Ville.

'Hoelang werk je hier al?'

De man kijkt even van opzij naar hem.

'Heel m'n leven al,' mompelt hij. 'Ben m'n vader opgevolgd.'

‘En bevalt het je?’

‘Mm.’

Hill zwijgt even. Elsa had in ieder geval gelijk dat hij nors was.

De lucht die door het rijdende karretje stroomt is koud en vochtig en Hill moet zijn handen in zijn zakken stoppen om het niet koud te krijgen in het open golfwagentje.

Het mist nog volop, maar dat doet Ville geen vaart minderen. Toch weet hij met de precisie van een rallycoureur elk gat en hobbeltje in de weg te omzeilen.

Ze rijden over de vijverbrug en door naar de fontein.

Hill merkt dat de blik van zijn chauffeur een paar tellen langer dan nodig op de glassculptuur van de jonge Gunnar blijft rusten.

‘Heeft Bernhard dat ontworpen?’ vraagt hij in een laatste poging tot iets te komen wat aan een gesprek doet denken. ‘Het standbeeld, bedoel ik.’

‘Mm,’ mompelt Ville.

‘Echt heel bijzonder,’ vervolgt Hill. ‘Weet je of het een naam heeft?’

Geen reactie.

Ze rijden naar het hoofdgebouw, maar in plaats van op de grote trap bij de entree af te sturen, gaat Ville naar rechts langs de gevel. Hij gaat de rechterhoek om, rijdt nog tien meter door en stopt dan voor een kleinere toegangsdeur zonder trap.

Daarboven zit op de gevel een donkere camerabol die stom neer staart op Hill.

‘En we zijn er,’ zegt Ville.

Hill klautert moeizaam uit het golfkarretje.

‘Bedankt voor de lift,’ zegt hij. ‘Je rijdt als een beroeps. Het is te merken dat je het terrein kent.’

Ville knikt, trekt een mondhoek omhoog in een gelaatsuitdrukking die erop duidt dat hij het niet gewend is om te worden bedankt, nog minder om te worden geprezen.

‘Het standbeeld waarnaar je net vroeg,’ zegt hij net als Hill zich om zal draaien. ‘Dat heet de Sterrenwichelaar. Maar hier op het landgoed wordt hij de Man van glas genoemd.’

Asker

Asker besluit om vanaf het kantoor van Lissander en partners terug te gaan lopen naar het politiebureau, vooral omdat ze moet afkoelen. Haar hoofd kookt, ze weet niet wat haar het meest ergert, dat Hellman haar moeder gebruikt om haar te manipuleren, dat Prepper-Per zelfs Isabel heeft gebeld om hulp te krijgen of dat ze allebei hebben geprobeerd hun contact voor haar geheim te houden. Of is er nog een mogelijkheid? Eentje waaraan ze liever helemaal niet denkt omdat het volstrekt gestoord is.

Wat haar namelijk het meest dwarszit, is dat Isabel en niet zijzelf Pers eerste keus was.

De tweede keer dat Per van zich liet horen, was het via een anoniem nummer en gaf hij geen contactinfo. 'Ik kan jou wel bereiken, maar jij mij niet' – een mindgame die typisch is voor hem.

Isabel heeft daarentegen blijkbaar wel een nummer gekregen. En niet van zo'n wegwerpmobieltje dat hij anders gebruikt, maar van een satelliettelefoon. Een kostbaar hulpmiddel waar hij heel voorzichtig mee omgaat. Klaarblijkelijk is hij van mening dat Isabel dat waard is.

En toch wil Isabel Per het liefst voor de bus gooien. Hellman met speciale eenheden en getrokken wapens binnen laten denderen en een bloedbad veroorzaken.

Ze weet precies waar de groep op Zware Criminaliteit mee bezig is. Hoe ze traag en methodisch het net rond Prepper-Per steeds nauwer sluiten. Hem helemaal in kaart brengen. Geloven dat ze doorhebben wie hij is. Hoe ze hem moeten tackelen.

Ondertussen hebben ze geen flauw benul. Per is geen gewoon boefje.

Een rondje psychiatrische inrichting daargelaten heeft hij zich vijfentwintig jaar lang precies op zo'n soort aanval voorbereid. Elk denkbaar scenario geoefend, wapens en uitrusting bijeengesprokkeld, bunkers, tunnels en wallen gebouwd. De Farm veranderd in een dodelijke val voor wie zich met geweld een weg naar binnen probeert te banen.

Bovendien weet hij dat ze eraan komen. Zal hij zich niet op crocs in joggingbroek op de parkeerplaats van een megastore laten verrassen en oppakken. Hij zal zich op de Farm verborgen houden. Hen opwachten. Een sluwe oude wolf in zijn hol.

Tegelijkertijd is ze zelf niet verder gekomen met haar onderzoek naar wie Korpi anders vermoord kan hebben.

Ze blijft staan, merkt dat ze veel te snel heeft gelopen en ondanks de kou, vochtigheid en snijdende wind klam is van het zweet.

Asker doet haar jack open, laat haar lichaamswarmte wegwaaien en haalt een paar keer diep adem. Ze moet tot bedaren komen, haar gedachten ordenen. Een weg vooruit zien te vinden.

Een beweging doet haar het hoofd omdraaien.

Ze is voor het raam van een sportschool blijven staan. Binnen kwellen een paar stakkers zich op de loopband. Naast hen een jonge meid die zich aan het bankdrukken waagt met haar vriendje dat haar aan het hoofdeinde staat te helpen om de stang die laatste decimeter omhoog te krijgen.

De hele scène – de jonge vrouw, de bench, de halter, de man die haar helpt met tillen – doet een luikje in haar hoofd openklappen.

En plotseling herinnert ze zich nog iets van Tord Korpi.

Een klein detail, maar misschien wel heel belangrijk.

Zestien jaar eerder

Ze is in de gym van de Farm. Een barak gebouwd met leca-stenen en golfplaat. Een aantal van de trainingsapparaten heeft Prepper-Per op faillissementsveilingen gekocht, maar de meeste hebben ze zelf gefabriceerd. Ze hebben staaldraad door katrollen en talies getrokken, stellingen, handvaten en schrootmetalen gewichten gelast. Een zandzak en wandspiegels opgehangen en een rubberen vloer gelegd.

'Het is niet mooi,' zoals haar vader altijd zegt. 'Maar het doet het wel.'

Ze is bijna klaar met haar ronde als Tord binnenkomt. Hij knikt vriendelijk naar haar en loopt door naar een gewichthefplek in de hoek.

Ze hebben amper twee woorden gewisseld sinds hij weer is opgedoken en ondanks dat hij in een van de logeercaravans verblijft, is het haar nog niet gelukt meer van hem te weten te komen, behalve dan dat hij graag bier drinkt en rookt.

Maar haar vader is in hem geïnteresseerd en daarom wil ze graag nog meer details oppikken. Er klaar voor zijn als hij weer 'Vertel vijf dingen over…' wil spelen.

Ze bestudeert Tord stiekem via de spiegels.

Hij draagt een gewichthefgordel die in het verste gaatje zit, over shorts en een sportshirt. Hij puft en steunt, sjort aan de polsriemen en dreunt met de gewichten alsof hij weet wat hij aan het doen is.

Ze heeft net zelf zo hard pull-ups gedaan dat het brandt in haar armen en rug. Moet eigenlijk nog één setje.

Maar ze heeft een idee.

De benchpress staat direct naast de gewichthefplek. Ze loopt erheen, hangt een paar zware gewichten aan de halter voordat ze plaatsneemt op de bank.

Ze zet haar handen goed, haalt een paar keer heftig adem alsof ze zich voorbereidt op iets extra lastigs. Tilt de halter uit de standaard en laat die soepel op haar borst zakken terwijl ze inademt.

Haar armen gaan heen en weer bij het omhooggaan, maar ze redt het om ze te strekken. Ze kijkt met een schuin oog naar Tord om zeker te weten dat hij haar ziet. Laat langzaam de halter weer zakken.

Wanneer die haar borst beroert, drukt ze hem weer van zich af. Maar ze geeft niet genoeg kracht. De halter blijft halverwege steken en begint dan weer naar haar borst te zakken. Ze steunt van inspanning.

'Kom op, ertegenaan!'

Tord is bij het hoofdeind van de bank gaan staan. Hij pakt de halter vast tussen haar handen en helpt haar die centimeter voor centimeter weer omhoog te persen en terug op de standaard te leggen.

'Bedankt,' zucht ze terwijl ze overeind gaat zitten. 'Dat werd iets te zwaar.'

'Niets te danken.'

'Train je vaak?' vraagt ze voordat hij weer aan het gewichtheffen slaat.

Hij haalt zijn schouders op. 'Als ik eraan toe kom. Maar ik ben een beetje uit vorm. Eet te veel junkfood en reis te veel.'

'Waarheen dan?'

Ze ziet aan zijn blik dat ze te snel wilde. Dat ze niet met die vragen had moeten beginnen voordat hij wat meer ontspannen was.

'Een beetje her en der,' antwoordt hij. Draait zich dan om en begint te rommelen met zijn gewichten.

Ze denkt dat het gesprek voorbij is, vloekt stil in zichzelf dat ze te gretig was. Maar dan draait hij zich om.

'Je vader, die pakt je behoorlijk hard aan, hè?'

Ze geeft geen antwoord, maakt alleen een gebaar dat geen ja maar ook geen nee betekent.

'Ik zag jullie gisteren lijf-aan-lijfgevecht oefenen en de schietbaan wordt veel gebruikt. Rijd je ook auto?'

'Soms.'

'En je bent hoe oud, vijftien? Woont hier helemaal alleen met je vader?'

'Mm...'

'Wat vindt je moeder hier allemaal van? Of je vrienden?'

Ineens is zij het die de vragen gesteld krijgt, wat Per niet fijn zou vinden. Hij houdt er niet van als iemand vragen stelt over hem of over de Farm.

'Ik moet gaan nu.' Ze komt overeind van de bank.

Een kort ogenblik staan ze zo tegenover elkaar. Het is alsof Tord nog meer wil vragen, maar voor hij iets heeft kunnen zeggen, loopt zij al naar de deur.

Vlak voor ze naar buiten stapt draait ze zich om en kijkt ze tersluiks weer via een van de wandspiegels naar hem. Hij heeft de halter net vastgegrepen, maakt zijn borst breed om met zijn benen af te zetten.

Ondanks dat het in spiegelschrift is, kan ze duidelijk de tekst op zijn shirt lezen.

FREEDOM GYM, HÖRBY

Hill

Wanneer Hill het hoofdgebouw binnenloopt staat een verpleegkundige hem op te wachten om hem verder te leiden. Nova Irving overdreef niet toen ze de medische faciliteit beschreef.

Die is hypermodern, met witte muren, goede verlichting, metalen bordjes die vertellen dat hier ook een röntgenafdeling en laboratorium zijn ondergebracht. Het is er fris, het ruikt eerder naar een boetiekhotel dan naar een ziekenhuis.

De verpleegkundige brengt hem naar een spreekkamer zonder ramen. Aan één muur hangt een groot beeldscherm, aan de andere verschillende ingelijste tekeningen, en in een hoek staat een apparaat met het logo van Alfacent.

'Gaat u zolang maar even zitten.'

De verpleegkundige wijst naar een onderzoeksbank die eerder aan een divan doet denken, waarop witte lakens liggen in plaats van ruw hygiënisch papier.

Na amper een minuut komt er een gedrongen man in witte jas binnen. Hij is in de zeventig, met een hoefijzer van grijs haar tussen zijn nekplooi en de kale kruin. Op zijn neus draagt hij een bril met ronde glazen, in zijn handen een iPad.

'Dr. Schiller,' stelt hij zich voor. 'Welkom op Stjärneholm. Je hebt mijn vrouw al iets eerder ontmoet.'

Zijn stem is bruusk, de handdruk afgemeten, net als zijn blik. Het contrast met zijn warme, vriendelijke echtgenote is groot.

'Eens even zien.' De arts scrolt op het iPadscherm. 'Een schotwond in de dij, dat was het toch? Van amper een week geleden.'

'Dat klopt.'

Hill heeft gisteravond weliswaar een heleboel digitale documenten aangevinkt, nadat hij de opdracht had aangenomen, maar hij verbaast zich toch dat de arts al toegang heeft tot zijn dossier.

'Allereerst wil ik even naar de wond kijken,' vervolgt dr. Schiller. 'Vervolgens gaan we een aantal testen doen om er zeker van te zijn dat je niet ergens een ontsteking hebt.'

Hij scrolt omlaag op de tablet.

'Ik stel voor dat we daarna een behandeling proberen die we recent hebben ontwikkeld. Die is gebaseerd op een combinatie van koude- en laserbehandelingen om het genezingsproces te versnellen. Slik je nog steeds bloedverdunners voor je kunsthartklep?'

'Nee,' antwoordt Hill. 'De arts zei dat ik dat moest onderbreken zolang ik antibiotica slik voor de schotwond.'

'Een goed advies,' knikt dr. Schiller. 'Zo, als je nu misschien je broek even omlaag wilt doen...'

Hill doet wat hem gezegd wordt. Zoals hij vanochtend al heeft gemerkt staat de wond strakker gespannen dan eerder, dus probeert hij grote bewegingen te ontwijken.

Dr. Schiller gaat op een hoge verrijdbare kruk zitten. Uit een lade haalt hij een hoofdlamp en rubberen handschoenen tevoorschijn, terwijl hij Hill gebaart dichterbij te komen. Met bedreven handen verwijdert hij het verband dat hoog om Hills dij zit.

'Aha,' zegt hij, vooral tegen zichzelf. Hij doet het hoofdlampje aan en buigt wat voorover. Gaat voorzichtig met een hand over het wondoppervlak.

Hill weet niet waar hij moet kijken, maar laat zijn onrustige blik dan op een van de potloodtekeningen aan de muur rusten. Er staat een rond meer op met bijna in het midden een eiland. Op het midden van het eiland vang je een glimp op van een paar donkere gebouwen en iets wat op een toren lijkt met een koepel erbovenop.

'Dat is Blockön, hè?' zegt hij zonder omlaag te kijken.

Dr. Schiller lijkt te zeer in beslag genomen door zijn onderzoek om antwoord te geven.

'Met de Stjärngruvan in het midden,' gaat Hill verder. 'En Bernhards observatorium.'

'Mm,' mompelt de arts terwijl hij de wond verder onderzoekt.

'Wanneer denken jullie dat ik daarheen mag?'

Dr. Schiller rijdt zijn kruk een metertje achteruit en doet het hoofdlampje uit. 'Daar ga ik niet over. Maar ik zou in ieder geval zeker wachten totdat de wond beter heeft kunnen genezen. De wond is warm en de randen zijn rood, dus vrees ik dat de antibiotica die je hebt gekregen, niet helemaal optimaal fungeren.'

Hij staat op om een nieuw verband te pakken dat hij aanbrengt op de wond. 'We gaan ook nog wat bloedproeven doen en dan zijn we klaar. Je kunt je broek ondertussen weer aandoen.'

Terwijl Hill zich weer aankleedt, maakt dr. Schiller een metalen dienblad in orde met testbuisjes, een naald en nog wat dingen die hij nodig heeft.

'Ga maar op de bank zitten en rol je mouw op.'

Hill doet wat hem gezegd wordt. Hij is het gewend dat er bloed wordt afgenomen, dat heeft hij al wel honderd keer meegemaakt in de loop der jaren, maar dat betekent nog niet dat hij het fijn vindt.

Dr. Schiller is snel en efficiënt. Het kost hem maar een minuutje om vier testbuisjes met bloed te vullen, dan haalt hij de naald eruit en bedekt hij het prikgaatje met een pleister.

'Dan zijn we klaar. Maar het is goed als je even wat drinkt en eet voor je weer overeind komt.' De arts wijst naar een flesje bronwater en een bordje met haverkoekjes dat op een tafeltje naast de onderzoeksbank staat. 'De testuitslagen zullen we morgen al hebben, dus stel ik voor dat je morgen op dezelfde tijd terugkomt, dan kijken we verder.'

'Oké,' knikt Hill.

Hij stopt een koekje in zijn mond, kauwt en spoelt het weg met bronwater. Het is ijskoud, moet vlak voor hij kwam zijn klaargezet. En het koekje smaakt versgebakken. Een heel ander type medische zorg dan hij gewend is.

'Blijf nog een minuutje rustig zitten,' vervolgt dr. Schiller. 'Mijn echtgenote komt je zo ophalen voor een rondleiding door de bibliotheek boven. Tot kijk dan, we zien elkaar morgen. En als er iets is, mijn nummer staat in de app. Je kunt me 24 uur per dag bereiken.'

Als de arts is vertrokken, blijft Hill smakelijk nog wat koekjes verorberen. Ondanks de koele indruk kan hij niet ontkennen dat dr. Schiller een competente, ervaren uitstraling heeft. Precies zoals Nova Irving heeft beloofd is hij klaarblijkelijk in heel goede handen.

Zijn blik wordt weer naar de tekening van het Blockön getrokken. Nog een van Nova's beloften die hij ongelooflijk graag vervuld wil zien.

Hij haalt zijn telefoon tevoorschijn en checkt het chatforum. Maar er heeft nog niemand gereageerd op zijn vraag over de twee urbexers die in het meer zijn verdronken.

Na een paar minuten wordt er op de deur geklopt en steekt mevrouw Schiller haar hoofd om de deur.

'Is alles goed gegaan?' vraagt ze. 'Heeft de dokter goed voor u gezorgd?'

'Jawel, hoor,' antwoordt Hill.

'Mooi. Als u met me meegaat, zal ik u de bibliotheek laten zien.'

Ze verlaten de onderzoekskamer en lopen verder door de faciliteit, passeren deuren van nog meer onderzoekskamers.

Mevrouw Schiller voert hem naar een lift aan het andere einde van de voorziening. In het liftplafond zitten twee camerabollen en het bedieningspaneel is voorzien van een kaartlezer. Mevrouw Schiller tikt haar kaart even tegen de lezer en drukt op de bovenste knop. Terwijl de lift omhoog begint te gaan kijkt Hill met een schuin oog naar het bedieningspaneel. Dat heeft vier knoppen. De medische faciliteit zit op de begane grond en de bibliotheek waarnaar ze nu op weg zijn, is blijkbaar de bovenste verdieping.

Maar onder de begane grond zit nog een derde en vierde knop wat erop duidt dat Stjärneholm twee verdiepingen ondergronds doorloopt. Een kelder en misschien een garage? Of een onderaardse grafkamer waar Bernhard Irving rust? Een gangencomplex helemaal tot aan Blockön?

De gedachte doet Hills hart even sneller kloppen.

De lift stopt op de bovenste verdieping. Mevrouw Schiller gebruikt haar kaart bij een nieuwe lezer en opent een deur.

‘En dit is de bibliotheek van Stjärneholm,’ zegt ze met enige trots in haar stem.

Hill begrijpt waarom.

Het verschil met de moderne ingetogen zorgafdeling beneden is enorm. De zaal die ze in zijn gelopen is zeker dertig meter lang en tien meter breed. Op de vloer ligt een dik, groen tapijt vol met allerlei mysterieuze symbolen die hier en daar terugkomen op lambrisering en gordijnen. Langs de muren en in de ruimte staan rijen grote donkere boekenkasten met houtsnijwerk. De planken staan vol boeken, mappen en bundels documenten.

Naar de indeling te oordelen was Bernhard Irving minstens net zo geïnteresseerd in astrologie als in astronomie. Het plafondgewelf boven de gotische vensters is volgeschilderd met sterrenbeelden en hemellichamen. Een soort macroversie van het slaapkamerplafond in Villa Arcturus.

‘Hierbinnen staan de boeken van zowel Bernhard als Gunnar,’ zegt mevrouw Schiller plechtig. ‘Een aanzienlijke verzameling zoals u ziet.’

Ze leidt hem langs rijen goedgevulde boekenkasten. Het dikke tapijt absorbeert het geluid van hun voetstappen en het klikken van Hills kruk volledig.

‘En hier…’ zegt mevrouw Schiller wanneer ze aan het andere eind van de bibliotheek zijn gekomen, ‘is de sectie aangaande de geschiedenis van het bedrijf. We hebben daar verderop een werkplek voor u in orde gemaakt en de documenten klaargelegd die het belangrijkst zijn. Ze zijn op chronologische volgorde gerangschikt.’

Ze wijst naar een grote tafel met een leeslamp en een printer waar drie stapels met mappen en boeken liggen te wachten.

‘De printer kan ook scannen, dus als u iets mee terug wilt nemen naar Arcturus, is het slechts een kwestie van scannen of kopiëren,’ vervolgt ze. ‘Maar de originelen moeten hier blijven. U hebt elke dag van negen tot acht toegang tot de bibliotheek. Koffie wordt geserveerd om half tien, lunch om één uur en de middagkoffie om drie uur. U kunt gerust eten op de werkplek. Laat alles gewoon op het dienblad achter, dan komt iemand dat ophalen. Het toilet en de uitgang vindt u daar.' Ze wijst naar een deur die zo goed in de lambrisering is verborgen dat je hem amper ziet. 'De deur gaat automatisch dicht, dus u kunt zelf naar buiten.'

Hills hoofd duizelt van de indrukken. Vermoedelijk zou hij iets moeten vragen, maar hij kan niet bedenken wat.

'Transport regelt u het makkelijkst door mij een berichtje te sturen in de app. Of door te bellen,' gaat mevrouw Schiller verder. 'U hebt de app vast al gedownload?'

Hill knikt.

'Uitstekend.' Ze knikt vriendelijk. 'Leer het hier allemaal maar in alle rust even kennen en aarzel niet om aan de bel te trekken als er iets is. Eén dingetje alleen nog...'

Ze zwijgt als om zich ervan te vergewissen dat ze Hills volledige aandacht heeft.

'Stjärneholm is zoals u vast al heeft gemerkt echt een privéterrein,' zegt ze vervolgens ernstig. 'Het is immers voor al het andere het huis van Gunnar, wat wij moeten respecteren. Het geluid van uw telefoon dient uitgeschakeld te zijn als u zich in het hoofdgebouw bevindt en ik moet u dringend verzoeken om niet zomaar aan de wandel te gaan. Dat zou buitengewoon ongepast zijn.'

Ze houdt Hills blik nog een paar seconden vast alsof ze op een reactie wacht.

'Natuurlijk,' zegt hij. 'Geen probleem.'

'Mooi.' Mevrouw Schillers gelaatstrekken worden weer zachter. 'Dan wens ik u succes met uw opdracht, lector Hill.'

Asker

Als ze in Hörby aankomt is het over vijven en al donker. De mist is van vorm veranderd, is een gure regen geworden, zo miezerig en onregelmatig dat de ruitenwissers moeite hebben de juiste snelheid te vinden.

Tijdens de autorit heeft ze geprobeerd Martin te bellen, maar alleen zijn voicemail bereikt. Normaal had ze opgehangen, ze houdt er niet van om een bericht in te spreken, maar deze keer heeft ze een uitzondering gemaakt en op de voicemail een korte opsomming van haar ontdekkingen ingesproken.

De Freedom Gym zit in een aftands industriegebouw aan de rand van het dorpje. Bladderende plaatgevel, gebarsten asfalt, een scheve omheining met meer gaten dan een vergiet. De lampen binnen branden en er staan een paar auto's op de gebrekkig verlichte parkeerplaats. Asker gaat een stukje verderop staan en haalt haar sporttas uit de achterbak.

Ze had natuurlijk zo naar binnen kunnen denderen, even flashen met haar politiepasje en vragen de eigenaar te spreken te krijgen. Proberen uit hem te persen of hij zich Tord Korpi herinnert. Maar nadat ze de tent heeft geresearcht, heeft ze voor een andere benadering gekozen.

De eigenaar van de sportschool heet volgens het register Rune Anderson, een naam die hij vijf jaar geleden heeft aangenomen. Dat is overigens zijn vierde naamsverandering in de al gauw vijfendertig jaar dat hij in Zweden woont.

Via de Flashbacksite is het haar gelukt te achterhalen dat de man, ongeacht wat er op zijn ID staat, Lalo wordt genoemd en oorspronkelijk ergens uit de regio van de oostelijke Middellandse Zee komt.

Volgens het register van de politie zijn zijn verschillende aliassen door de jaren heen veroordeeld voor een reeks kleinere helingvergrijpen, wat vermoedelijk betekent dat hij slim genoeg is om weg te komen met de grotere.

Daarom vermoedt ze dat haar pasje flashen niet gaat werken. Het enige andere wat er overblijft is naar de sportschool gaan om zogenaamd te trainen en dan proberen een ingang te vinden.

Niet direct een waterdicht plan, maar iets beters weet ze niet.

Ritmisch beukende muziek slaat haar tegemoet als ze de deur opent. De receptiebalie binnen is onbemand, dus glipt ze direct naar de dameskleedruimtes en kleedt ze zich om in joggingbroek en verwassen hoody. Ze heeft voordat ze wegging haar haar al los gedaan en het beetje make-up dat ze ophad eraf gehaald. De impuls weerstaan om een pet op te zetten, aangezien er in de hele wereld geen kledingstuk is dat zo hard 'stille' roept.

In de trainingsruimte staan een paar apparaten die allemaal betere tijden hebben gekend en er is een buitenproportioneel grote afdeling met haltergewichten. Een paar bebaarde mannen met motorvibes hangen rond bij de benchpressen. Ze lijken meer interesse in kletsen dan in trainen te hebben. Op de loopband maakt een vrouw van middelbare leeftijd korte passen terwijl ze tegelijk naar haar telefoonscherm tuurt.

Asker beweegt zich door de ruimte en probeert eruit te zien als een verdwaalde beginnelinge, terwijl ze ondertussen naar iemand speurt die de eigenaar zou kunnen zijn.

De motorjongens lijken hun trainingsronde te hebben afgesloten.

'Ik ga nog even beneden bij Lalo langs,' hoort ze een van hen zeggen.

Ze volgt hem vanuit haar ooghoek terwijl hij naar een keldertrap loopt en naar beneden verdwijnt. Na een paar minuten komt hij terug met een papieren zakje in zijn hand en verlaat hij de sportschool samen met zijn vrienden.

Boven de muziek uit kan ze stemmen en onregelmatig gebons horen uit de kelderverdieping. Ze gaat de trap af. De vochtige lucht die haar halverwege tegemoetkomt draagt vijftig zwemen zweet met zich mee.

De kelderruimte is groot en op de vloer ligt een blauwe trainingsmat waar zo'n tien mensen bezig zijn met een of andere vorm van vechtsport. Aan de andere korte kant van het vertrek zitten een deur en een paar ramen die op een kantoor duiden. Maar luxaflex voorkomt dat je naar binnen kunt kijken, het enige wat je ziet is dat daarbinnen licht brandt.

Asker houdt een paar tellen halt terwijl ze nadenkt over haar volgende stap.

Dan merkt ze dat de bewegingen op de mat ophouden.

'Kom je voor de cursus?' roept iemand.

'Wat?'

'Kom je voor de zelfverdedigingscursus? Mooi, dan kunnen we paren maken.'

De man die haar heeft aangesproken is van haar eigen leeftijd. Hij heeft een paardenstaart en een baard en draagt een hemd met de opdruk COMBAT. Zijn gespierde armen en benen zitten zo vol Vikingsymbolen dat hij dienst zou kunnen doen als runensteen.

'Ga zitten.'

De runenman wijst naar de mat waar de cursusdeelnemers wijdbeens op hun knieën zitten. Asker gaat net zo zitten. Er zijn elf deelnemers plus zijzelf; zeven mannen en vier vrouwen, de meesten tussen de vijfentwintig en veertig.

'Dan gaan we nu beginnen,' zegt de runenman. 'Ik heet Tyr en ik ben *close combat instructor. In today's society* zijn mensen de fundamenteelste zaak vergeten. Je kunnen verdedigen.'

Hij strijkt met een grimmige blik over de deelnemers tot genoeg van hen instemmend knikken.

'In de natuur overleven de dieren niet die zich niet kunnen verdedigen,' vervolgt hij. 'Maar in onze moderne *comfy* samenleving zijn de regels van de natuur buitenspel gezet. Leren je te verdedigen is teruggaan naar de natuurlijke toestand, *the natural law.*'

Tyr blijft quasifilosofisch in het Zwengels voortbabbelen over het belang van kunnen vechten om te overleven, dat mannen mannen moeten zijn, maar dat vrouwen ook krijgers moeten zijn en pal moeten staan in de schildmuur.

Asker luistert maar met een half oor. Ze is druk aan het proberen te achterhalen wat er gaande is in het kantoor. Zo nu en dan zijn er bewegingen waar te nemen die van twee mensen zijn, gokt ze.

'*Class, listen up!* Nu gaan we een beetje sparren,' zegt Tyr. 'Handschoenen en pads liggen daar in die doos. Ik loop rond en zal wat technieken voordoen.'

Asker volgt de rest. Vindt een paar bokshandschoenen in de juiste maat die niet al te erg stinken. Ze wordt gepaard aan een iele man met kromme rug die veertig lijkt, maar beduidend jonger is en haar amper in de ogen durft te kijken. Zij houdt het stootkussen tegen haar borstkas terwijl hij Tyrs instructies volgt en daar onhandig op stompt.

De instructeur stapt rond tussen de paren, scheldt op de mannen en flirt daarna steeds openlijker met de vrouwen. Een paar keer deelt hij zelf harde klappen uit of schopt hij op de pads terwijl hij Engelse commando's schreeuwt.

Wanneer het Askers en haar partners beurt is om zich Tyrs aandacht te laten welgevallen, zijn ze net van plaats gewisseld. De magere man houdt het stootkussen vast, bijna alsof hij bang is zich eraan te branden.

Asker deelt een paar precies vriendelijk genoege beginnelingsstoten uit, die ondanks dat ze zich echt inhoudt, hem haast het evenwicht doen verliezen.

'*Come on. Fight!*' roept Tyr die nu goed op stoom is gekomen.

Asker geeft nog een paar stoten, zwaait met haar haar en doet alle moeite om te laten lijken alsof ze niet weet waar ze mee bezig is.

'Hoe heet je?' vraagt Tyr.

'Leo,' antwoordt ze aangezien ze niet op een goede valse naam kan komen noch op een reden waarom ze die nodig zou hebben.

'Oké Cleo, zo moet je dit doen,' zegt Tyr. 'Goed kijken!'

Hij neemt haar plaats over en komt met een scherpe rechts-links-combinatie op het stootkussen dat de magere tegen zijn borst houdt. De kracht doet de man achteruit wankelen.

'*Again*,' commandeert Tyr. De magere ziet er verschrikt uit, maar stelt zich met tegenzin weer op. 'Let je goed op, Cleo?'

Asker knikt, maar heeft haar aandacht nog steeds het meest bij het kantoor waar de deur net is opengegaan.

'Let op!' Tyr geeft een nieuwe combinatie ten beste en sluit af met een frontkick die de magere achterover doet vallen.

'*You weren't ready!*' roept Tyr tegen de liggende man terwijl hij naar Asker grijnst. 'Je moet er altijd klaar voor zijn. *Are you ready*, Cleo?'

Ze knikt afwezig.

'Kom op, omhoog met die vuisten.'

Asker houdt haar handschoenen hoger, maar let nog steeds vooral op het kantoor.

Twee stevige heren zijn naar buiten gekomen. De rondste van de twee is in de zestig en draagt een joggingbroek, Zweedse klompen en een T-shirt van de Freedom Gym. De man banjert rond alsof de tent van hem is, wat vermoedelijk betekent dat hij Lalo is. Bovendien heeft hij iets vaag bekends. Misschien zijn ze elkaar eerder in een andere context tegengekomen, wat niet onmogelijk is gezien Korpi's link met zowel de Farm als hier.

Voor ze verder kan komen met haar gedachten, geeft Tyr een directe op haar halfbakken dekking waardoor haar eigen bokshandschoenen haar in haar gezicht raken. Asker schudt verrast het hoofd.

'Kom op, Cleo,' grijnst hij. 'Je moet tegen een stootje kunnen. *Your turn.*'

Het geroep doet de dikke sportschooleigenaar een blik hun kant op werpen. Een betere kans zal ze niet krijgen. Ze moet hem pakken.

Asker draait bliksemsnel rond, zwiept met haar linkerbeen zo ver ze kan over de vloer en zakt tegelijkertijd neer op haar rechterknie. De beweging vormt een wijde krachtige cirkel boven de mat en treft Tyrs standbeen vlak boven de enkel waardoor hij loskomt en door de lucht vliegt. Hij landt zo hard op zijn rug dat je duidelijk de lucht uit zijn longen hoort ontsnappen.

Asker komt overeind. De sportschooleigenaar is blijven staan en slaat haar vorsend en verbaasd gade. En hij niet alleen. De hele groep heeft de oefeningen onderbroken en staat haast geschokt naar haar en Tyr te staren.

De instructeur stuitert overeind. Zijn gezicht is vuurrood geworden.

Hij staat voor een keuze. Of hij slikt de vernedering, lacht als een boer met kiespijn en prijst haar uitstekende beenzwaai. Vraagt haar misschien om de anderen te laten zien hoe ze dat deed. Of hij probeert zijn gewonde trots te herstellen door iets stoms uit te halen.

Natuurlijk kiest hij voor het laatste.

Tyr komt op haar af met zijn dekking omhoog. Zijn ogen zijn zwart, zijn mond een verbeten streep. Hij stoot een directe die zij simpel afslaat. Hij vervolgt met twee, drie soortgelijke stoten voordat hij overgaat op zwaardere combinaties. Hij heeft klaarblijkelijk geleerd dat op één been staan een slecht idee is en kiest ervoor op zijn vuisten te vertrouwen.

Asker gaat achteruit, houdt haar handschoenen hoog en verbergt zich achter haar dekking terwijl ze tegelijk zijwaarts beweegt. Pareert de paar slagen die ze niet weet te ontwijken. Op dit punt aangekomen had Tyr gesnapt moeten hebben dat ze geen beginneling is. Dat hij er het best aan zou doen om tot bedaren te komen,

Maar haar effectieve verdediging lijkt hem alleen maar bozer te maken. Hij wil naar voren, begint te zwaaien om zijn stoten meer kracht te geven.

De mat begint op te houden en straks zal ze met haar rug tegen de muur staan. Minder mogelijkheden hebben om zijn bommentapijt te ontwijken.

'Het is mooi geweest,' zegt ze. 'Jij wint.'

Maar Tyr doet alsof hij haar niet hoort. Hij wordt helemaal in beslag genomen door zijn drang zichzelf en alle anderen in deze kelder te tonen dat hij hier de Vikinghoofdman is.

Asker slaakt een stille zucht. Ze laat haar dekking links een decimetertje zakken en steekt haar kin iets naar voren.

Tyr hapt direct toe. Een korte triomfantelijke blik als hij de opening ontdekt, gevolgd door een trekking in de schouder. Zijn rechterhand vliegt naar haar gezicht in een woest maaiende beweging. Zij wacht af, doet alsof ze het niet merkt.

Dan buigt ze op precies het juiste moment zo diep ze maar kan haar knieën en neemt een grote stap naar links. Ze voelt zijn vuist op slechts een paar centimeter over haar kruin suizen. De slag in de lucht doet Tyr het evenwicht verliezen. Zij komt bliksemsnel omhoog, draait haar elleboog erin en geeft aan zijn onbeschermde rechterkant een korte steenharde hoek tegen zijn onderste ribben.

De schokgolf van de slag plant zich door de ribben voort, recht de gevoelige zenuwbanen van de lever in. In slechts een milliseconde loost het orgaan massa's bloed en opgeslagen toxines in de bloedsomloop, waardoor de bloeddruk woest omhoogschiet en het pijncentrum van het lichaam volkomen verstoord raakt. Of zoals haar vader altijd zei wanneer ze juist op deze stoot trainden: 'Maakt niet uit wie je bent, Leo. Een directe vol op de lever en je gaat gestrekt.'

Tyr is geen uitzondering. Zijn lichaam schakelt zich uit, de benen worden pap en hij valt niet maar vloeit pardoes op de mat.

Het wordt doodstil in de ruimte, zeker tien seconden lang. Tyr beweegt amper, het enige teken van leven dat hij geeft is een zwak gekerm.

De rest van de groep dromt starend met wijdopen mond om hem heen. Zelf moest ze overgeven de eerste keer dat Per haar op haar lever sloeg. De tweede keer ook. Zo'n vernedering blijft Tyr tenminste bespaard.

Asker laat haar vuisten zakken en vestigt haar blik op de sportschooleigenaar. Zijn blik heeft zich vernauwd terwijl hij op zijn voortanden zuigt. Dan gebaart hij met zijn duim over zijn schouder richting zijn kantoor. Draait zich om en gaat naar binnen.

Asker trekt de stinkende bokshandschoenen uit en laat ze naast Tyr op de mat vallen voordat ze naar het kantoor loopt.

'*Class dismissed*,' zegt ze over haar schouder, vooral omdat ze dat onmogelijk kon laten.

De man van glas

Het deurslot klikt open. Zijn meegaandheid betaalt zich uit, de beloning is eindelijk gekomen.

Vrijheid.

Zoveel vrijheid tenminste als de Vader toelaat.

Binnen de barrières van het landgoed. Onder controle van de Dienaren.

'Voor je eigen bestwil,' zoals de Vader vaak zegt. 'Omdat we voorzichtig met je zijn. Heel voorzichtig. Aangezien jij uniek bent.'

Zoals altijd zoekt hij zich een weg naar beneden. Diep de onderwereld in en het dichte omsluitende donker dat daar altijd wacht.

Inmiddels kent hij het als zijn broekzak. Elke gang, elke grot. Elk mormel dat daarbeneden leeft.

Blinde wezens die door water en klei zwemmen en krioelen.

Andere die op dunne vleugeltjes door het duister fladderen.

Allemaal even hongerig als hij. Levens verslinden wanneer ze de kans krijgen.

Roofdieren, bloedzuigers, aaseters.

Allemaal vrezen ze hem. Zijn kracht. Zijn macht.

Hierbeneden in de diepte, onder de verblijven van de mensen, is hij weer een prins, al is het maar een paar korte uren.

De prins van de onderwereld.

Maar op het Blockön komt hij niet meer. De poort daarheen is gesloten, zijn rijk begrensd.

Hij weet dat het door hem komt. Door wat hij met die twee jongemannen heeft gedaan.

Hij had ze moeten laten lopen. Genoegen moeten nemen met hen van afstand gadeslaan. Maar toen braken ze in bij het observatorium. In zijn heiligdom, de plek waar ze als kind heen gingen toen hij nog prins Pollux was.

Hij had het observatorium versierd. Gevuld met de schatten die hij had gevonden in tunnels, grotten, bossen en ruïnes. Dingen die de levenden en de doden toebehoorden.

Die twee mannen drongen naar binnen. Braken de deur open, bezoedelden zijn heiligdom met gelach en cameraflitsen.

Vernietigden zijn schatten.

Dus heeft hij de inbrekers op de hardst mogelijke manier gestraft.

En daarom is hij buitengesloten van het eiland, op zijn beurt bestraft voor zijn overtreding.

Omdat het almachtige oog van de Vader nooit rust.

Hij legt zijn handen op de gesloten poort, schudt er een paar keer aan.

Maar zelfs zíjn kracht kan het koude metaal niet breken.

Dat maakt hem kwaad.

Hill

Precies zoals mevrouw Schiller heeft beloofd, verschijnt de middagkoffie stipt om drie uur. Hill is tot die tijd bezig geweest met het materiaal in kaart brengen dat voor hem is klaargelegd.

De stapels bestaan hoofdzakelijk uit jaarverslagen, rapporten, catalogi en kopieën van patentaanvragen in allerlei talen. Daarnaast liggen er nog een aantal plakboeken met krantenartikelen over het bedrijf.

Niet direct een literaire goudmijn.

Nova Irving wilde weliswaar dat het boek over Alfacent voorbij de mythes zou kijken en op de resultaten van de vooruitgang zou focussen, maar tegelijkertijd heeft ze hem ook weer niet gevraagd omdat ze nu een gortdroog traditioneel jubileumboek verlangt.

Dus waarover wil ze dan dat hij schrijft?

Gunnars ontmoeting met een ruimtewezen op het Blockön in 1965 vormt ondanks alles wel de basis voor heel het bedrijf, daar kun je niet omheen. En bovendien is dat de invalshoek die hemzelf interesseert, waarmee hij verder wil gaan als het bedrijfsboek is gepubliceerd.

Hij heeft een soort geraamte nodig, een skelet om zijn verhaal aan op te hangen, eentje dat hem later alle vrijheid laat, maar hij weet nog niet wat.

Hill besluit om het boek in opdracht even te laten rusten, drinkt zijn koffie en gaat daarna op onderzoek in de grote en op zijn minst gezegd fascinerende zaal.

De hoge gotische vensters geven uitzicht op het voorplein met de sculptuur en op dat aan de andere lange kant van het gebouw. Het stuk van de zaal aan de korte achterkant van het gebouw heeft ook ramen, maar die zijn kleiner en zitten zo hoog dat hij er niet door naar beneden kan kijken, wat hem ergert. Hij had gehoopt een glimp van het meer en het Blockön daarbuiten op te vangen.

Het grootste deel van de eigenlijke boekverzameling bestaat uit wetenschappelijke boeken. Astronomie, geologie, architectuur en natuurlijk medische wetenschap. Er zijn ook enkele meer onwetenschappelijke verzamelingen met astrologieboeken, helemaal van de klassieke oudheid tot het heden.

In een verstopt hoekje diep in de bibliotheek vindt Hill bovendien een indrukwekkende afdeling met sciencefictionliteratuur. De goed bekendstaande schrijversnamen van het genre zijn vertegenwoordigd, maar in de rijkversierde kasten staat ook een hele reeks beduimelde Amerikaanse pulpuitgaves uit de jaren vijftig en zestig. Hij pakt er een paar van de plank om door te bladeren.

De omslagen zijn kleurrijk en dramatisch, met mysterieuze planeten, vliegende schotels en wonderlijke, mensachtige wezens met grote hoofden. In veel van de boeken heeft Bernhard Irving zijn naam aan de binnenkant van het omslag geschreven, met hetzelfde krullerige handschrift als op het plafond in de slaapkamer van Villa Arcturus.

Hij denkt weer aan de liftknoppen. Kan een van die verdiepingen onder de begane grond Bernhards grafkamer herbergen?

Hij parkeert het idee voorlopig, keert terug naar het bureau en begint in de boeken met krantenknipsels te bladeren. Een flink deel van de artikelen is hij al eens tegengekomen bij zijn eerdere research naar de familie Irving, maar er zijn een paar nieuwe.

Hill haalt pen en papier tevoorschijn om gepaard aan de knipsels een tijdlijn te schetsen van de geschiedenis van het bedrijf. De schrijfsels over het bedrijf beginnen eind jaren zestig met een paar droge kolomvullertjes die vertellen dat de jonge Gunnar het overneemt als directeur en dat vader Bernhard een stap terug doet. De jonge Gunnar laat zich in die tijd graag interviewen. Hij vertelt in geuren en kleuren over zijn plannen om de activiteiten van het bedrijf te veranderen, maar zonder veel aandacht te wekken. Pas als hij over zijn ufo-ervaring begint, worden de journalisten wakker.

Tegen die tijd heeft Gunnar zijn eerste medisch-technologische uitvindingen gelanceerd, waaronder het scalpel van obsidiaanglas.

UFO-GUNNAR KRIJGT ZIJN IDEEËN UIT DE RUIMTE! luidt een van de koppen. RUIMTE-ONTMOETING LEIDT TOT STERRENPATENT, beweert een andere. De artikelen zijn in het begin vooral schertsend, maar de spottende toon wordt steeds minder scherp als het bedrijf meer progressie en resultaten boekt.

Tegen het midden van de jaren zeventig is de thematiek van ufo-ervaringen en ruimtewezens nog niet uit de interviews verdwenen, maar de focus ligt nu op het percentage groei en marktaandelen. Ufo-Gunnar verandert van een veelbelovende maar vreemde jongeman in een succesvol uitvinder en manager. Wanneer hij begin jaren negentig vijftig wordt, verschijnen er lange lovende artikelen over Gunnar waarin de ufo-ervaring lijkt te worden beschouwd als een spannend, exotisch ingrediënt.

Vanaf de eeuwwisseling mindert Gunnar aanzienlijk met interviews en verschijningen in het openbaar. Het recentste interview dat Hill in de plakboeken kan vinden is tien jaar oud. Het artikel draagt de kop DE SLEUTEL TOT EEUWIG LEVEN en gaat over verschillende cryonische technieken.

'Toen ik jong was hoorde ik een verhaal over een boomkikker die overwintert door zich helemaal te laten bevriezen,' zegt Gunnar in een passage die wordt afgesloten met een lange redenering: 'De lichaamsfuncties van de kikker worden honderden dagen volledig stilgelegd, voordat de warmte het diertje weer naar het leven doet terugkeren. Sindsdien fascineert dat idee mij. Stel u de mogelijkheden voor als we dat ook met mensen konden doen. Astronauten jarenlang bevroren in diepe slaap door de ruimte laten reizen, zonder dat ze ouder worden of fysieke of psychische gevolgen ondervinden van de lange reis, en ze dan wekken vlak voordat ze de bestemming bereiken. Of stel dat we de tijd konden bevriezen voor dodelijk zieke mensen en ze kunnen laten herrijzen in een toekomst waarin hun aandoeningen kunnen worden behandeld. Een reis door de tijd naar de toekomst.'

De toon van het interview is vol respect, er worden geen vragen gesteld over ufo's en buitenaardse wezens, niet eens wanneer Gunnar zelf over ruimtereizen begint. Al heeft de schrijver van het artikel wel een feitenkadertje toegevoegd waarin de ufo-ervaring op Blockön wordt genoemd en de naam Ufo-Gunnar toch nog voorkomt.

Hill legt zijn pen neer. Gunnars ontwikkeling van jong broekje met een levendige fantasie tot excentriek visionair is interessant.

Maar die liftknoppen laten hem niet met rust. Die vage aanduiding van twee ondergrondse verdiepingen die van alles kunnen herbergen.

Hills blik gaat omhoog naar het rijkversierde plafond. Bernhard Irving was zeker excentriek genoeg om een grafkamer voor zichzelf te hebben gepland. Of om een geheime verbinding met het Blockön te laten maken.

Ondertussen is het wel zo dat mevrouw Schiller hem weliswaar heel vriendelijk de bibliotheek liet zien, maar ging er in haar woorden ook niet iets schuil dat hem leek te waarschuwen om niet te gaan rondneuzen waar hij niet mocht komen?

Hij denkt aan het waarschuwingsbriefje: *Wie daar op jacht gaat naar de geheimen van de familie Irving moet heel voorzichtig zijn.*

Hij pakt zijn telefoon en logt weer in op het urbexforum, vindt zijn vraag over de twee mannen die in het Miresjön zijn verdronken. Deze keer is er een reactie, van iemand met het alias DeepGoat.

Bedoel je Nick en Elis? Ja, die kende ik. Nick was helemaal bezeten van Blockön. Hem hebben ze toen in het vroege voorjaar in het water gevonden. In de krant stond dat hij verdronken was, maar ik heb gehoord dat er rare dingen waren. En Elis hebben ze nooit gevonden. Heel veel rare kanten aan deze zaak.

Wat voor rare dingen? schrijft Hill en wacht een paar minuten ongeduldig, maar DeepGoat is vermoedelijk niet meer ingelogd.

Hij staat op en maakt een nieuw rondje door de bibliotheek. Het is doodstil in het gebouw en buiten de ramen is het donker ingetreden wat samen met de schemerige belichting de grote zaal enigszins griezelig maakt. Hij moet weer denken aan het waarschuwingsbriefje: *Stjärneholm is een spookoord.*

Dat heeft Elsa Irving letterlijk gezegd. Maar het is vrijwel onmogelijk dat een dertienjarige met visuele beperking midden in de nacht het waarschuwingsbriefje door zijn brievenbus heeft geschoven.

Maar wie was het dan?

Hill begint zich moe te voelen, dus besluit hij terug te gaan naar Villa Arcturus. Hij stuurt mevrouw Schiller via de app een berichtje dat hij een lift nodig heeft en begint het materiaal op de tafel bij elkaar te pakken. Twee bladzijden in een van de plakboeken kleven aan elkaar en als hij ze losmaakt, ontdekt hij een lang interview met Gunnar uit een al lang ingeslapen tijdschrift waarin hij uitvoerig vertelt over de ufo-gebeurtenis.

Hill heeft daarover heel veel artikelen gelezen, maar juist dit is hij niet eerder tegengekomen. Naar de datum te oordelen lijkt het zelfs een van de allereerste te zijn.

Hij kopieert het artikel om het mee te nemen als avondlectuur. Terwijl het apparaat kopieën uitspuugt, loopt hij naar een van de hoge vensters aan de standbeeldkant om te zien of zijn chauffeur er al aan komt.

De buitenverlichting is aan, maar ook die lijkt ongewoon gedempt. De Man van glas staat slechts twintig meter van de ramen. Al is de sculptuur verlicht, hij is nog maar net te onderscheiden in het duister en de mist die als een deken over het terrein ligt.

Terwijl hij daar staat, ziet Hill beneden iets bewegen. Schuin beneden hem trapt een vrouw langzaam weg op een oude fiets. Ze heeft een mantel aan en een grote hoed met brede rand op. In een mand op de bagagedrager zit een grote langharige kat. De aanblik is zo wonderlijk dat Hills een impuls moet bedwingen zich in de ogen te wrijven.

De vrouw met de kat fietst langzaam weg van het grote huis. Rijdt de mist achter de Man van glas in.

Het rode licht van haar achterlampje is nog een paar seconden te zien totdat ook dat verdwijnt.

Asker

Het kelderkantoor in de Freedom Gym is groter dan verwacht. Er past behalve een bureau ook een dikke beeldbuis-tv en een schilferende kunstleren bank in. Langs de muren staan doorbuigende spaanplaatboekenkasten met ordners en bokalen en daarboven krioelt het van de stoffige diploma's, vaantjes en vechtsportcertificaten.

De dikke sportschooleigenaar die blijkbaar Lalo wordt genoemd is achter zijn volgepakte bureau gaan zitten en heeft zijn handen over zijn buik gevouwen terwijl hij Asker van top tot teen opneemt. Zij haar is dun, zijn gebit een tikje te groot en te symmetrisch om echt te zijn.

'En wie mag jij wel wezen en wat doe je in godsnaam in mijn sportschool?' bromt hij. 'Want jij hebt echt geen zelfverdedigingsles nodig.'

Asker haalt diep adem. Er zijn een aantal manieren om dit gesprek in te gaan, maar ze kiest voor rechttoe rechtaan.

'Ik heb een paar vragen over Tord Korpi,' zegt ze.

'Over wie?'

'Noorderling, in de vijftig, baard, behoorlijk afgetraind. Is hier lang geleden een zomer geweest om je te helpen iets ondergronds te bouwen. Deze kelder misschien?'

Dat Tord hier voor werk is geweest, is vooral een gok, maar waarschijnlijk een vrij goede. Hij zal toch niet alleen maar voor een workout bijna twee uur lang het hele end van de Farm naar Hörby gereden zijn.

Lalo zuigt op zijn tanden en blijft haar goed in ogenschouw nemen. Ze staart terug. De sportschooleigenaar heeft echt iets bekends, maar ze kan hem nog steeds niet plaatsen.

In een brede grijs toont hij heel zijn kunstgebit.

'Jij bent de dochter van Per Asker, hè?'

Daar kijkt Asker van op.

'Ja, dat ben jij,' grinnikt hij terwijl hij met een mollige wijsvinger zwaait. 'Die wonderlijke ogen vergeet ik nooit. Ik was magerder toen, dus je herinnert je me vast niet.'

Ze probeert niets te laten merken, maar dat is lastig.

'Je was misschien tien, elf jaar of zo,' gaat hij verder. 'Je vader had me op de Farm uitgenodigd om het een en ander te bespreken.'

Asker kan zich niet inhouden. Hij weet al wie ze is, dus dat heeft ook geen zin. 'Wat dan zoal?'

Lalo doet zijn handen omhoog. Door de beweging piept er een harige buikplooi tevoorschijn tussen zijn broekriem en zijn trui. 'Och, van alles. Je kunt wel zeggen dat we wat interesses gemeen hadden. Zelfverdediging bijvoorbeeld. Je vader was een kei in krav maga. Die stoot op de lever waarmee je Tyr net vloerde, leek regelrecht uit Pers instructieboek te komen. De stomkop mag blij zijn dat hij zich niet onder hoefde te schijten, toch?'

De sportschooleigenaar laat zijn kunstgebit weer zien. 'Leeft hij trouwens nog, je vader? Zit hij nog altijd daar in de bossen op de ondergang te wachten?'

'Jawel,' knikt Asker.

Lalo schudt geamuseerd het hoofd.

'Per Askers dochter, krijg nou wat. Ik weet nog hoe hij je op je huid zat. Je trainde alsof je topsporter moest worden. Voor het onderdeel rampenoverleving bij de Spelen.'

Hij lacht om zijn eigen gevatheid.

'Tord Korpi,' zegt Asker weer. 'Wat kun je me over hem vertellen?'

'Per had hem hierheen gestuurd. Korpi hielp ons met het uitbouwen van de kelderverdieping, precies wat je zei.'

'En wanneer was dat?'

Lalo leunt achterover tegen de rugleuning, kijkt peinzend omhoog naar het plafond. De truispleet is nog wat groter gegroeid alsof de harige buik zich een weg zoekt naar het licht.

'De zomer van 2006, weet ik behoorlijk zeker. Hij was hier eerst met midzomer en mat wat op en zo. Ik weet dat nog omdat hij op de dag na midzomernacht hier verscheen wanneer heel Zweden normaal een kater heeft. Vervolgens kwam hij een paar weken later terug. Toen had hij een groep buitenlanders bij zich en deden ze de klus. Snelle, efficiënte jongens.'

'Kun je je nog meer herinneren?'

'Alleen dat ze 's nachts en in het weekend werkten. Naar ik begreep hadden ze overdag een andere klus en deden ze de onze erbij. Joost mag weten wanneer ze sliepen, maar ja, daar had ik niks mee te maken.'

'En je betaalde hem contant?'

De sportschooleigenaar knikt. 'Klopt.'

'Met rollen bankbiljetten?'

'Rollen bankbiljetten?' Hij fronst zijn voorhoofd. 'Waarom al die moeite doen?'

'Om hoeveel ging het?'

Lalo haalt zijn schouders op. 'Honderdduizend kroon, zou ik zo denken. De helft van tevoren, de helft naderhand. Een goede prijs.'

Asker denkt na. Korpi kan de biljetten natuurlijk zelf hebben opgerold, ook al klinkt dat onwaarschijnlijk. Maar het bedrag klopt ook niet. In Korpi's plunjezak zat beduidend meer dan vijftig- of honderdduizend.

'Weet je voor wie Korpi en zijn bouwvakkers overdag werkten?' vraagt ze. 'Of waar dat was?'

Lalo schudt het hoofd. 'Nee. Ze verschenen 's avonds in een paar aftandse busjes, groeven en boorden als een gek en verdwenen ergens na middernacht weer. Niets vreemds wat dat betreft.'

Een onwillekeurige micro-expressie in zijn gezicht direct na de zin doet Asker reageren.

'Maar er is nog iets gebeurd,' zegt ze.

'Waarom vraag je dit allemaal?' vraagt hij ontwijkend. 'Het is heel lang geleden, je moet nog een tienertje zijn geweest.'

Ze antwoordt niet, kijkt hem alleen maar tweekleurig aan.

Lalo gaat verzitten en trekt zijn trui omlaag alsof hij zich ineens bewust is geworden van de buikspleet. De beweging doet de bureaustoel zacht kermen onder zijn gewicht. Asker wacht tot hij iets zegt.

'Oké, er was wel iets aan de hand een keer,' zegt hij met vertrokken gezicht. 'Een paar jonge gozers die hier trainden, kwamen te weten dat Korpi contanten had. Ze besloten te proberen hem op een avond te beroven. Ik ken niet alle details, maar wat ik gehoord heb is dat Korpi een revolver trok en een van hen in z'n been schoot.'

Asker buigt geïnteresseerd naar voren. 'En wat gebeurde er toen?'

'Ik heb eigenlijk geen idee. De smeris werd er in ieder geval niet bij gehaald en Korpi heeft nooit iets tegen mij gezegd. Kort daarna was de klus klaar. Korpi vertrok hier en ik heb nooit meer iets van hem gehoord.'

'Weet je nog hoe ze heetten?'

'Eentje van hen,' knikt hij. 'Linus Palm. De andere twee waren zijn vrienden, maar ik weet hun namen niet meer. Die Palm is in ieder geval wethouder tegenwoordig. Heeft flink schoon schip gemaakt. En als jij van plan bent om als een haas naar hem toe te gaan om hem te spreken, dan heb je dit niet van mij.'

'Dat spreekt voor zich.'

Lalo leunt naar achteren, vlecht zijn vingers in elkaar op zijn buik. 'En was je nog van plan me te vertellen waar dit allemaal over gaat?'

Ze knipoogt naar hem. 'Wil je dat echt weten?'

Lalo schiet in de lach.

'Je bent echt Per Asker z'n dochter. Ik heb jaren niet aan hem gedacht. Echt jaren...'

Zijn blik wordt serieus.

'Je vader en ik kregen ruzie, een jaar of zo na de kelderuitbouw,' zegt hij. 'Op een bepaald moment gingen we bijna met elkaar op de vuist. Ik was jonger toen en meer in vorm. Deinsde nooit terug voor een gevecht. Maar bij Per deed ik dat eerlijk gezegd wel. Ik zeg niet dat ik bang voor hem werd, maar...'

Hij trekt een moeilijk te duiden gezicht. 'Laten we maar zeggen dat ik heel blij was dat onze wegen zich scheidden, als je begrijpt wat ik bedoel. Per zou me hebben gedood zonder met z'n ogen te knipperen.'

Asker reageert niet, draait zich gewoon om en loopt weg.

Hill

Hill is terug in Villa Arcturus en heeft het avondeten op, een kop thee gedronken en zijn gedachten zo langzamerhand weten te ordenen. Ondertussen is hij nog niet bekomen van waar hij zit. Niet alleen op Stjärneholm, maar in Bernhard Irvings eigen villa. Al interesseert Gunnar Irving hem op het moment het meest. Ufo-Gunnar, die een zakelijk imperium heeft opgebouwd op basis van een ontmoeting met buitenaardse wezens op Blockön.

Hij strompelt naar de woonkamer, gaat aan Bernhards enorme bureau zitten en pakt het tijdschriftartikel dat hij heeft gekopieerd. Het is van eind jaren zestig en de journalist heeft Gunnars verhaal haast zo woordelijk weergegeven dat je bijna zijn stem kunt horen.

Het was begin winter in het jaar dat ik 23 werd. Mijn vader Bernhard, die altijd een grote interesse voor astronomie heeft gehad, had een observatorium gebouwd op het Blockön in het Miresjön.
Die nacht zouden we daar samen doorbrengen om naar de sterren te kijken. Maar mijn vader werd ziek, dus ben ik er alleen heen gegaan. Het was al na middernacht toen ik plotseling een lichtschijnsel ontdekte dat langs de hemel bewoog.
Eerst dacht ik dat het een vliegtuig was, maar de beweging was veel te onregelmatig. En toen werd het licht sterker, kwam het steeds dichter bij het Blockön.
Uiteindelijk was ik gedwongen mijn ogen te bedekken om niet verblind te worden.

Ik werd bang, dat wil ik best toegeven. Ik was daar helemaal alleen op het eiland. Het lichtschijnsel zweefde boven het observatorium en ik rende naar buiten om me in veiligheid te brengen. Maar toen was het alsof er iemand met me praatte, in mijn hoofd. Me vertelde dat ik niet bang hoefde te zijn, dat ze vreedzame bedoelingen hadden. Dus bleef ik staan.
Het lichtschijnsel hing boven mij in de lucht, ik kon de contouren van een ruimteschip zien. De buitenkant was van een donker, glanzend materiaal dat aan glas deed denken. Toen ging er een deur open en kwam er een wezen naar buiten. Hij was groot, zeker twee, drie meter met een op een mens lijkend silhouet. Op de een of andere manier verplaatste hij zich omlaag naar mij. Het wezen leek van hetzelfde materiaal te zijn als het schip. Er waren amper gelaatstrekken te onderscheiden, op de ogen na die rood oplichtten. Het wezen sprak met mij door middel van telepathie. Hij vertelde dat hij van Alfa Centauri kwam en ver had gereisd om de mensheid te helpen. Toen strekte hij een hand uit en raakte hij mijn hoofd aan. Daarna herinner ik mij niets tot het moment dat ik 's ochtends wakker werd. Ook al was het winter en had ik de hele nacht buiten gelegen, toch had ik het warm en was ik vervuld van kracht en energie.
In mijn hoofd tolden bovendien een heleboel geweldige inzichten rond die ik niet eerder had gehad. Ideeën voor verschillende uitvindingen die de mensheid zouden kunnen helpen.
Suizebollend voer ik terug naar Stjärneholm waar ik mijn vader alles vertelde. Hij was de enige die me zou geloven.
En dat deed hij ook. Mijn vader begreep wat er nodig was. Bernhard vertrouwde mij heel het familiebedrijf toe. Liet mij de ideeën concretiseren die het buitenaardse wezen mij had gegeven. Daarvoor zal ik hem altijd diep dankbaar blijven.

Hill leunt achterover in de bureaustoel. Hij heeft eerder al verschillende varianten van Gunnars ontmoetingsverhaal gelezen, maar dit is de eerste keer dat hij het in een samenhangende grote lijn in Gunnars eigen woorden leest en hij krijgt er gewoonweg een beetje hartkloppingen van.

Hij maakt een halve draai op zijn stoel en kijkt uit het raam. De tuin achter Villa Arcturus bestaat uit tien meter grasveld dat dan overgaat in loofbos. Het zwakke licht van de lampen aan de gevel haalt maar net de eerste boomstammen.

Gunnar beschrijft een wit lichtschijnsel aan de hemel. Zelf heeft Hill precies hetzelfde gezien in een winter lang geleden. Dat gelooft hij tenminste, of geloofde hij toen.

Maar het is het vervolg van Gunnars verhaal dat de meeste indruk op hem heeft gemaakt, al vanaf dat hij als tiener over de hele zaak hoorde praten. Die beschrijving van een enorm, donker wezen met rood oplichtende ogen. Hij rilt ervan.

In heel wat jaren voor, maar vooral na de nacht dat hij naar de oever van het Miresjön was getrokken, had hij nachtmerries over dat wezen. Toch werd zijn verlangen om naar het Blockön te gaan alleen maar sterker. Hij wilde de plek onderzoeken, iets vinden wat bevestigde wat hij zelf gezien dacht te hebben. Nu krijgt hij eindelijk die kans. Dat is hem in ieder geval beloofd.

Zijn telefoon gaat over en Nova Irvings naam verschijnt op het scherm.

'Ik wou alleen even checken of je goed bent aangekomen,' zegt ze. 'Heeft mevrouw Schiller je alles bezorgd wat je nodig hebt?'

Zo aan de telefoon klinkt Nova's stem nog donkerder. Hij vraagt zich af of die van nature zo is of dat ze hem om de een of andere reden verdraait.

'Dank je, ik ben geweldig goed ontvangen,' antwoordt Hill.

'Mooi,' zegt ze. 'Even tussen jou en mij: Gunnar was niet zo makkelijk te overtuigen van het belang van dit boek. Hij is ook erg op zijn privé gesteld. Maar hij was onder de indruk van je enthousiasme om meteen hierheen te komen en aan het werk te beginnen.'

'Heel fijn...' Hill peinst hoe hij het gesprek zal voortzetten. 'Ik heb trouwens wat nagedacht over de opzet van het boek. Als ik je goed heb begrepen willen jullie het Alfacent achter de mythes laten zien. Wat bedoelde je daar precies mee?'

'Dat ik wil dat het boek zich concentreert op wat het bedrijf tot stand heeft gebracht. Op wat Gunnar tot stand heeft gebracht. Op zijn bijdrage aan de mensheid.'

Hill denkt aan het interview met Gunnar dat hij net heeft gelezen.

'Daar ben ik het natuurlijk mee eens,' zegt hij. 'Tegelijkertijd is het risico van een bedrijfsboek dat het te droog wordt, te veel door feitjes wordt gestuurd. In dat geval zal niemand het lezen. Dan is je investering weggegooid geld zogezegd.'

Hij zwijgt even, weegt zijn woorden nauwkeurig. 'Als we de lezers willen boeien, als we ze werkelijk willen laten begrijpen wat Gunnar tot stand heeft gebracht, moeten we ook vertellen wat hem, de familie Irving en Alfacent zo uniek maakt. De lezer het verhaal in trekken.'

Die zin blijft een paar tellen in de lucht hangen.

'Daarmee wil ik niet zeggen dat we ons op het verleden moeten concentreren,' haast hij zich te zeggen. 'Maar ik denk dat we daar moeten beginnen en vandaar verder moeten werken. Gunnar heeft al jaren geen interview gegeven. Massa's mensen zijn natuurlijk geïnteresseerd in zijn verhaal over wat er nu eigenlijk op Blockön is gebeurd. Zijn eigen woorden in plaats van de broodjeaapverhalen. Hoe die gebeurtenis hem heeft beïnvloed, tot de persoon heeft gemaakt die hij nu is.'

Hill heeft het er warm van gekregen. Hij overweegt of hij de trip naar Blockön ook te berde moet brengen nu hij toch op stoom is, maar komt tot de conclusie dat het nog te vroeg is.

'Interessante ideeën, Martin,' zegt Nova. 'Fijn dat je zo betrokken bent. Daar kunnen we ieder voor zich nog wel wat verder over denken en elkaar dan weer spreken. Ondertussen vind ik dat je de kans moet waarnemen om je hier helemaal thuis te voelen.'

'Oké,' zegt Hill, aangezien hij niets beters kan bedenken.

'Mooi. Nogmaals welkom op Stjärneholm en aarzel niet me te bellen als je iets nodig hebt. Goedenacht alvast.'

Ze verbreekt de verbinding en Hill zit daar nog met zijn telefoon in zijn hand.

Het is altijd zijn superkracht geweest om mensen hem te laten mogen en Nova Irving zei in ieder geval niet ronduit nee tegen zijn ideeën, wat een goed begin is.

Hij zoekt het urbexforum weer op.

DeepGoat heeft een nieuwe reactie achtergelaten in het draadje over de verdrinking.

Ik heb gehoord dat Nicks lichaam vreemde wonden had. Zijn oogkassen waren leeg. Helemaal uitgehold. En Elis is nooit gevonden, ook al hebben ze het hele meer afgedregd. Joost mag weten wat er daar op het eiland is gebeurd, maar een ongeluk was het niet.

Hill peinst of hij nog meer moet vragen, maar DeepGoat lijkt zijn informatie toch alleen maar te baseren op losse geruchten. Er moet ook een politieonderzoek zijn waarmee hij de feiten kan achterhalen en die conclusie doet hem aan Leo denken.

Pas nu ontdekt hij dat ze een bericht heeft ingesproken op zijn voicemail. Vermoedelijk heeft dat iets te maken met het instabiele bereik. Hij luistert het bericht af, komt te weten dat ze erachter is wie de dode buiten de Farm is, dat ze hem zelfs ooit heeft ontmoet en dat ze naar een sportschool in Hörby is.

Hij belt haar en ze neemt meteen op. Naar het geluid te oordelen zit ze in de auto. Net als altijd maakt het geluid van haar stem hem blij.

'Ha,' zegt hij. 'Ik heb je bericht gekregen, dus ik ben weer aardig bij. Is er nog iets meer gebeurd?'

'Jawel.'

Hij krijgt een samenvatting van haar bezoek aan Freedom Gym.

'Oké,' zegt hij en blijft even stil voordat hij verdergaat. 'Dus je bent van plan om morgen met die lokale politicus te gaan praten, hè?'

'Daar heeft het alles van, ja.'

'En je hebt er niet aan gedacht...' Hij aarzelt, maar zet zich ertoe om door te gaan. '... dat Per je probeert te manipuleren.'

Het antwoord komt iets te snel.

'Waarom zou hij dat doen?'

'Misschien omdat hij wil dat jij hem helpt weg te komen met een moord waaraan hij in feite schuldig is,' zegt Hill. 'Of omdat hij gek is, omdat hij zich wil wreken, omdat hij je nog altijd niet los kan laten... Moet ik nog doorgaan?'

'Oké, natuurlijk. Je kunt niets uitsluiten als het om Per gaat,' geeft ze toe. 'Maar een andere mogelijkheid heb ik niet.'

Ze gaat nu in de verdediging, merkt hij. Net als toen ze tieners waren en het over Per hadden. Alsof Leo ondanks alles niet echt wil toegeven hoe gestoord haar vader is, en probeert het voor hem op te nemen.

Tegelijkertijd weet hij dat het geen zin heeft om haar onder druk te zetten.

'Als je maar voorzichtig bent,' weet hij er tot slot uit te krijgen, wat natuurlijk even stom als overbodig is.

Maar Leo lijkt het goed op te nemen.

'Dat beloof ik,' zegt ze met een zacht lachje.

De stemming wordt weer wat lichter.

'En hoe gaat het met jou?' vraagt ze. 'Vervult Stjärneholm al je dromen?'

'Tot nu toe is het antwoord daarop "ja".'

Hij vertelt over zijn dag, Villa Arcturus, Samuel, het echtpaar Schiller, de ontmoeting met Elsa Irving, het bezoek aan het hoofdgebouw, het gesprek met Nova en zelfs over de dame op de fiets met de kat.

'Dat klinkt haast onwerkelijk,' zegt ze. 'Je hebt het vast reuze naar je zin.'

Nu is het Hills beurt om te lachen.

'Daar heb je helemaal gelijk in. Eerlijk gezegd wou ik je om een gunst vragen. Twee urbexers zijn drie jaar geleden op weg naar het Blockön verdronken in het Miresjön. Ik kreeg een tip dat er vreemde dingen mee aan de hand waren. De ene is nooit teruggevonden en op het lichaam van de andere zouden blijkbaar merkwaardige wonden zitten. Ik zou graag toegang tot het politierapport willen.'

'Over welk van je boekprojecten gaat dit?' vraagt ze plagerig. 'Dat waarvoor je betaald wordt door de familie Irving of je eigen nieuwe bestseller? *De geheimen van het Blockön* of hoe je ook van plan bent het te noemen.'

'Geen idee nog,' antwoordt hij lachend. 'Allebei misschien.'

'Oké, ik regel het onderzoek morgen voor je.'

'Geweldig, dank je!'

Het blijft een paar seconden stil als ze geen van beiden het gesprek willen besluiten. Tot slot is hij het die dat doet.

'Welterusten alvast, Leo.'

'Welterusten, Martin.'

Een kort ogenblik blijven hun stemmen nog op de lijn hangen voor de verbinding wordt verbroken.

Hill maakt zich klaar voor de nacht, kruipt in het bed en doet de lamp uit. Op het plafond boven hem beginnen de sterrenbeelden langzaam tevoorschijn te komen. Glanzen ze steeds sterker nu zijn ogen wennen aan het donker. Ze moeten met een soort lichtgevende verf zijn geschilderd.

Na een poosje is zelfs Bernhard Irvings krullerige handschrift te lezen.

Ursa Major.

Cassiopeia.

Leo.

Hij denkt weer aan Leo. Ze fladdert met hem mee zijn slaap in.

Asker

Wanneer ze terugkeert naar het grote huis dat niet van haar is, is het eerste wat ze doet de zweetlucht van de Freedom Gym van zich afspoelen in de stoomdouche van de grootste badkamer. Het gevoel van normaliteit dat het gesprek met Martin haar gaf, is alweer verdwenen en na een poosje zet ze alle luxe functies uit en blijft ze daar met een harde straal water op haar hoofd staan in een poging haar gedachten schoon te schrobben.

Hellmans team heeft de hele middag gehad voor een deep dive in Prepper-Per. Volgens haar moeder hebben ze Tord Korpi al geïdentificeerd en als er een van de wat scherpere medewerkers op de zaak is gezet, hebben ze misschien zelfs al de militaire link tussen hem en Per ontdekt. Dat zou moeten betekenen dat Hellman en zijn groep elk moment kunnen beginnen aan de planning voor de aanhouding van haar vader.

Voordat dat gebeurt moet zij een andere mogelijke dader zien te vinden.

Tord Korpi's link met Zuid-Zweden lijkt zijn werk te zijn geweest. Bunkers voor Prepper-Per, een kelder voor de Freedom Gym en dan nog een derde klus voor een tot nu toe onbekende opdrachtgever.

Kan Lalo iets te maken hebben gehad met Korpi's dood? Hij kende Prepper-Per en had de pest aan hem en zou daarom goede redenen hebben gehad om het lijk bij de Farm te dumpen.

Maar ze twijfelt eraan.

De sportschooleigenaar is onmiskenbaar een louche type, maar niets op zijn strafblad wijst op betrokkenheid bij geweldsmisdrijven. Bovendien bevestigde hij ongevraagd dat hij Korpi had gekend, een feit dat hij verzwegen zou moeten hebben als hij werkelijk had geprobeerd Prepper-Per de dood van Korpi in de schoenen te schuiven.

Blijven er twee mogelijkheden over. De uit de hand gelopen beroving waarover Lalo vertelde waarbij Korpi iemand in zijn been zou hebben geschoten, en de onbekende opdrachtgever bij wie Korpi en zijn team overdag werkten.

De eerste hypothese heeft in ieder geval nog een ingang: een naam van een van de betrokkenen. Linus Palm, wethouder tegenwoordig.

Rondom de andere hypothese heeft ze tot nu toe alleen maar vage inlichtingen. Lalo's verhaal, de rollen bankbiljetten in de plunjezak, het telefoongesprek dat ze toevallig hoorde. En het hoeft allemaal niet eens iets met elkaar te maken te hebben.

Korpi kan zelf zijn biljetten hebben opgerold, het gesprek kan met iemand heel anders zijn geweest.

Prepper-Per zanikte altijd over goed beheer van alle middelen. Water, voedsel, brandstof, geneesmiddelen, munitie. Niets mocht onnodig verspild worden, zeker niet als de toegang ertoe beperkt was. Alle beslissingen over dat beheer moesten worden genomen op basis van logica en kansberekening.

'*Fail to plan, plan to fail*,' zoals hij vaak zei.

En in principe is zij zelf nu het enige middel waarover ze beschikt, plus de korte tijd die ze heeft voordat Hellman probeert de Farm binnen te vallen en de hele speciale eenheid wordt opgeblazen, naar *Kingdom come*. Had ze nog op Zware Criminaliteit gewerkt, dan had ze op elk spoor een team gezet. Parallel gewerkt tot elke aanknoping helemaal was uitgeplozen. Maar dat gaat nu niet.

Als Per hier was geweest had hij haar gezegd dat ze haar tijd in de mogelijkheid moest stoppen met de grootste kans op resultaat. Op de uit de hand gelopen beroving dus. Daar heeft ze een naam, een vuurwapen, een ernstig geweldsdelict.

Toch protesteert haar buikgevoel een beetje. Ze weet niet waarom, heeft veel te weinig feiten om dat ergens aan op te kunnen hangen. Misschien is het alleen maar dat ze liever wil dat de dood van Tord Korpi verband houdt met haar eigen waarnemingen? Dat ze gevoelens boven logica laat gaan? Per had haar gestraft voor zulke overmoed. Had het haar niet zomaar laten vergeten.

Het litteken laat zich weer voelen.

Ze draait de watertemperatuur flink omlaag. De schok van de kou doet haar naar adem happen en ze haalt een paar keer diep adem om weer controle over haar ademhaling te krijgen.

Het jeuken houdt op, voorlopig tenminste.

Ze draait de kraan dicht en gaat rechtop staan. Haar lijf rilt een paar keer voor het aan de nieuwe omstandigheden is gewend. Zich aanpast, zoals altijd.

Tord Korpi, Lalo, de sportschool, alles is Pers wereld.

In zijn schaduwland moet je je eigen gevoelens opzijzetten. De dingen op zijn manier doen, als je het wilt overleven.

En Per zou al zijn middelen op de uit de hand gelopen beroving hebben ingezet.

Ze droogt zich af, trekt een badjas aan en eet een magnetronmaaltijd aan het grote kookeiland terwijl ze Linus Palm googelt.

Hij is precies zoals Lalo al zei wethouder, inmiddels zesendertig jaar oud, wat betekent dat hij negentien was toen Korpi werd vermoord. Aangezien Palm zoals alle politici overactief is op social media, zijn er zat foto's van hem in diverse al dan niet gekunstelde omstandigheden.

Asker vergroot een van de foto's en inspecteert die nauwgezet. Linus Palm heeft blond haar met een scheiding aan de zijkant. Zijn ogen zijn blauw en wanneer hij serieus wil overkomen, draagt hij een bril die hij vermoedelijk niet nodig heeft. Hij kleedt zich meestal in overhemd met colbert boven donkere jeans, wat hem er precies volks genoeg doet uitzien. Bovendien is hij slim genoeg om niet te poseren in een stinkend dure waxcoat en jachtlaarzen, zoals politici uit de grote stad doen zodra ze voet op een grindweg zetten of een biologische aardbeienkwekerij bezoeken. In plaats daarvan draagt hij een fleecetrui en halfhoge laarzen als hij zich buiten de bebouwde kom begeeft.

Linus Palm benadrukt in interview na interview dat hij echt een plattelander is, net als de meeste van zijn kiezers. Dat hij hart heeft voor gemeentelijke kwesties en totaal niet naar de grote stad taalt, ondanks geruchten dat er krachten zouden zijn die hem de landspolitiek in willen lokken.

Alles bij elkaar wekt Linus Palm de indruk een man te zijn die heel precies is met het merk dat hij is. Behalve om te onderstrepen hoe gewoon hij is, spreekt hij zelden over zijn verleden, maar toch vindt ze een interview waarin hij zegt een 'moeizame' periode te hebben gehad toen hij achttien, negentien was. In één adem door maakt hij duidelijk dat hij nooit van een misdrijf is verdacht en dat hij geleerd heeft van zijn stommiteiten.

Voor zover ze kan beoordelen lijkt het politieregister het eens te zijn met die bewering van hem.

Dus hoeveel zin zal Linus Palm hebben om met haar te praten over een beroving van zestien jaar geleden? Of over een man die met een nekschot is geëxecuteerd?

Een deel van haar wil nu meteen naar hem toe gaan om daarachter te komen. Maar midden in de nacht bij Palm thuis opduiken om te proberen ten overstaan van zijn gezin antwoorden uit hem te persen is bepaald geen goed idee.

Tegelijkertijd is ze veel te rusteloos om al naar bed te gaan.

Ze wisselt van app, verstuurt een bericht.

Ben je thuis? Zin in gezelschap?

Zodra ze antwoord krijgt, pakt ze haar jas, doet ze de deur op slot en het alarm aan en loopt ze de trap af naar de garage.

Hill

Hill staat op het dak naast Bernhards observatorium. Boven hem wemelt de hemel van sterren. Lichtgevende stippen die daarboven zwakjes flonkeren in de oneindigheid.

Naast hem staat een blind meisje dat hem, ook al kan ze die niet zien, de sterrenbeelden aanwijst.

'De Berenwachter, de Kiel, de Grote Hond.'

Een wit licht gaat aan boven het meer, zo sterk dat de sterren verbleken.

Het licht komt op hen af zweven, wordt een glanzend ruimteschip dat doet denken aan een vliegende schotel op het omslag van een goedkope pocket.

Elsa blijft sterrenbeelden afratelen. 'Kleine Hond, Boogschutter, Cassiopeia, Leo...'

Het ruimteschip blijft boven hen in de lucht hangen.

Er gaat een toegangspoort open en een groot donker wezen met rood oplichtende ogen staat in de opening. Zijn armen zijn onnatuurlijk lang, zijn handen scherpe klauwen.

'De man van glas,' steunt Elsa. 'Het draait allemaal om hem.'

Het volgende ogenblik bevindt hij zich in een lift. Voor de open deur loopt een lange gang. Er zijn maar twee knoppen en hij drukt op de onderste. De lift komt niet in beweging.

Een geluid doet hem opkijken. Het ruimtewezen komt door de gang met geheven klauwhanden op hem af. De grote ogen lichten rood op, de pupillen zijn twee zwarte gaten.

Hij drukt op de liftknop, bonkt er steeds maar weer op om de deuren te laten sluiten.

Het wezen komt steeds sneller dichterbij, opent een mond vol zwarte glastanden en geeft een grote brul.

De deuren beginnen eindelijk te bewegen. Schuiven dicht vlak voordat het wezen er is. De lift raast met zo'n woeste snelheid omlaag dat zijn voeten los van de vloer komen. Net als hij denkt donderend neer te storten, remt de lift soepeltjes af.

'Let goed op,' zegt een droge liftstem die precies als Samuel klinkt. 'Dit terrein mag onder geen enkele omstandigheid worden betreden zonder een voorafgaande uitnodiging.'

De deuren glijden zachtjes open.

Buiten wacht totale duisternis van een soort die hij nooit eerder heeft gezien. Als een muur waar al het licht plotseling ophoudt. Of misschien een zwart gat?

Hij steekt voorzichtig zijn hand uit en die verdwijnt direct. Wanneer hij die geschrokken terugtrekt, is de hand veranderd in zwart glas dat zijn arm oploopt als was het een levend wezen, zich over heel zijn lijf verbreidt en het licht verslindt totdat het enige wat nog rest het duister is.

Hill wordt doorweekt van het zweet wakker en moet nodig plassen. De maan schijnt in zijn gezicht door een spleet in de gordijnen. De wond in zijn been bonst en hij vermoedt dat hij koorts heeft. Met een zekere moeite weet hij naar de badkamer te komen.

Hij heeft niet meer over het ruimtewezen gedroomd sinds hij een tiener was. Dacht dat hij die soort dommigheid ontgroeid was, wat blijkbaar niet zo is. Het is vast het verhaal van Ufo-Gunnar geweest dat alles in gang heeft gezet.

Hij mikt een ibuprofen naar binnen, plast en hangt het natte pyjamahemd te drogen. Diept een droog T-shirt op uit zijn reiskoffer.

Op weg terug naar het bed loopt hij naar de gordijnen om de spleet dicht te trekken.

Het grasveld buiten glinstert van vocht en maneschijn. Daarachter staat dicht en donker het bos.

De schaduwen tussen de bomen aan de rand van het grasveld zuigen het zwakke licht naar zich toe. Net als hij de gordijnen dichttrekt, denkt hij iets te midden van de boomstammen te zien. Hij trekt ze snel weer open om vervolgens te constateren dat er natuurlijk niets is daar.

Hij beeldt het zich in, natuurlijk. De resten van een koortsige tienerdroom.

Maar een kort ogenblik dacht hij in het diepe duister tussen de bomen een rood lichtschijnsel te zien.

Woensdag

Asker

Ze glipt het bed uit en plukt haar kleren bij elkaar zonder de naakte man wakker te maken naast wie ze heeft liggen slapen. Hij heet Viktor, is een paar jaar jonger dan zij en ze zien elkaar soms, meestal voor seks. Viktor reist veel voor zijn werk en hij heeft geen vaste vriendin en geen crimineel verleden. Veel meer weet ze niet van hem, behalve dat hij aantrekkelijk is en goed in bed, wat voor haar prima en genoeg is.

Ze kleedt zich aan op het toilet, probeert zo weinig mogelijk lawaai te maken en sluipt dan weg uit zijn goed gestylede appartement in het stadsdeel Limhamn.

De gure wind laat haar jack fladderen, de zon is nog niet opgekomen. Het verkeer rolt ochtendtraag de stad in.

Het liefst wil ze direct naar het gemeentehuis in Hörby om met Linus Palm te praten. Maar volgens zijn assistente heeft de wethouder irritant genoeg pas 's middags tijd om haar te spreken. Bovendien moet ze ook naar haar afdeling omkijken.

Wanneer ze in het politiebureau is aangekomen op verdieping min één, loopt ze langs Rosens kantoor om haar te vragen het onderzoek op te diepen naar de dubbele verdrinking in het Miresjön, waar Martin om heeft gevraagd. Ze weet natuurlijk dat ze hiermee allerlei regels overtreedt, maar een van de voordelen van het werken op de Afdeling voor verloren zielen is dat niemand acht slaat op zulke wissewasjes. Bovendien is ze blij dat ze Martin een wederdienst kan doen voor het door hem geregelde bezoekje aan het gerechtelijk lab.

'Oké,' mompelt Rosen als ze de instructies heeft gehad. 'Ik ga kijken wat ik kan vinden. Hier heb je de informatie waar je me gisteren om vroeg, betreffende de omgeving waar het veenlijk is gevonden. Aangiftes, proces-verbalen, parkeerboetes, alles wat binnen is gekomen tijdens de periode die je me gaf.'

Rosen reikt haar een map aan, ziet er tegelijk tevreden en geconcentreerd uit, alsof de kleine vrouw het werkelijk fijn is gaan vinden om echte arbeidstaken uit te voeren.

'Top,' zegt Asker die er niet op gerekend had dat Rosen al klaar zou zijn. 'Goed werk.'

Ze blijft staan.

'Hoe is het trouwens met je dochter in Australië? Is het lang geleden dat je haar gesproken hebt?'

'We videobellen één keer in de week,' antwoordt Rosen ontwijkend. 'Maar het is lastig met het tijdsverschil.'

'Je kunt haar misschien een belletje geven,' zegt Asker met een knikje naar de diensttelefoon. 'Nu meteen, voor ze daar naar bed gaan?'

Rosen begint te stralen, is het nummer al aan het intoetsen voordat Asker de deur achter zich heeft dichtgetrokken.

Ze is halverwege haar kantoor als Virgilsson haar aanhoudt.

'Ik heb een paar papieren waarop je paraaf moet komen.'

'Oké.' Ze gebaart hem mee te lopen naar het kantoor helemaal achter in de gang.

'Zo, gebeurt er nog wat, chef?' vraagt hij als zij haar handtekening op de juiste regels heeft gezet. 'Nog een spannende zaak onder handen?'

'Een spannende zaak hierbeneden?' zegt ze afgemeten.

De op een pad lijkende man glimlacht. 'Nahja, spannend is misschien het verkeerde woord. Ben je met iets interessants bezig?'

Asker weet precies waar Virgilsson mee bezig is. Hij is aan het vissen en hoopt iets aan de haak te slaan waarmee hij naar Hellman kan rennen voor een nieuw ruilhandeltje.

'Ik ben nog steeds bezig de boel op te ruimen van mijn voorganger. Er is een enorme berg zaken die maar zijn blijven liggen.'

Virgilsson houdt zijn hoofd scheef. 'Ja, Bengt Sandgren was helaas niet al te georganiseerd. Je zegt het maar als je ergens hulp bij nodig hebt.'

‘Zal ik zeker doen,’ antwoordt ze.

‘O ja, trouwens, dat je het maar weet,’ zegt hij als hij bij de deuropening is gekomen. ‘Kent zit nog altijd in de ziektewet. Reken maar niet op hem voor minstens een week.’

Asker veert overeind. Het wordt nu tijd om te achterhalen wat er mis is met Attila.

‘Hoezo?’

Virgilsson trekt een bedroefd gezicht. ‘Heeft niemand iets verteld? Ik dacht dat Rosen misschien wel iets had laten vallen. Jullie hebben aardig wat samengewerkt.’

Ze negeert zijn nieuwsgierige hint.

Virgilsson sluit de deur en gaat ongevraagd op haar bezoekersstoel zitten.

‘Het is een vervelende geschiedenis, alles bij elkaar.’

Asker wacht geduldig op het vervolg.

‘Kent is nooit getrouwd geweest. Maar hij had een nichtje, Ella, van wie hij peetvader was. Ella had wel wat problemen. Een onrustige ziel, zou je misschien kunnen zeggen. Drugs, verkeerde vrienden. Net tien jaar geleden is ze overleden, veel te jong, aan een overdosis.’

Hij houdt zijn hoofd scheef. ‘Haar vriendje was duidelijk degene die haar van drugs voorzag. Hij trok Ella elke keer terug het moeras in als haar ouders haar weer op de been hadden gekregen. De dag na haar begrafenis verdween hij.’

‘Verdween hij? Smeerde hij ’m, bedoel je,’ zegt Asker.

Virgilsson schudt het hoofd. ‘Hij verdween. Nooit meer ergens gezien. En nooit meer iets van vernomen. Hij zou inmiddels heel goed doodverklaard kunnen zijn.’

Askers gezicht vertrekt. ‘En men denkt dat Attila daarbij betrokken was?’

‘De interne onderzoekers hebben hem een paar keer verhoord,’ knikt Virgilsson. ‘Maar Kent was niet bereid om mee te werken. Ze hebben zelfs huiszoeking bij hem thuis gedaan, zonder iets te vinden. Na een jaar lang onderzoek hebben ze ten slotte besloten hem over te plaatsen.’

'Hierheen, naar de afdeling Ondersteuning,' vult ze aan. 'Omdat hij het wel zat zou worden en ontslag zou nemen of hier de tijd tot aan zijn pensioen zou uitzitten, buiten zicht van iedereen.'

'Precies. Normaal houdt Kent zich gewoon gedeisd, maar naarmate de datum van Ella's overlijden dichterbij komt...' Virgilsson gooit met een moedeloos gebaar zijn handen in de lucht. 'Dan meldt hij zich ziek, sluit hij zich op en drinkt hij zich een week lang van de wereld. Daarna komt hij weer terug alsof er niets is gebeurd.'

'Heeft iemand geprobeerd hem te helpen?' vraagt Asker.

'Jawel, Sandgren heeft het geprobeerd. Hij is erheen gegaan en heeft zijn steun aangeboden, maar Kent heeft hem de trap af gesmeten. Na dat voorval spraken die twee nooit meer met elkaar. Mijn advies is om de boel de boel te laten. Kent is gauw weer terug en dan is alles weer normaal.'

Asker knikt afwezig. Ze heeft helemaal geen plannen om te proberen Attila te redden. Hij is een volwassen vent en als hij zijn verdriet wil verdrinken en het beetje wat er nog van zijn carrière rest wil wegzuipen, is dat zijn probleem.

Zelf heeft ze heel wat belangrijker zaken aan haar hoofd.

'Ik ben vanmiddag weg voor een zaak,' zegt ze.

'Waar ga je heen, als ik mag vragen?' Virgilsson glimlacht op een manier die aangeeft dat de informatie over Attila onderdeel van een transactie was, waarvoor hij in ruil iets terug verwacht.

'Waarom wil je dat weten?' zegt ze kortaf.

'O, zomaar,' antwoordt hij. 'Het was meer een beleefdheidsvraag.' Virgilsson trekt zijn wenkbrauwen op als hij nog steeds op een antwoord wacht.

'Was er nog iets anders?' vraagt ze.

Zijn glimlach verstijft tot een misnoegde streep.

'Neenee, ga jij maar lekker in alle rust werken.'

Hij keert om, blijft staan bij de deur. 'O ja, trouwens. Als je toch de deur uit gaat, kun je misschien ook even bij Madame Rind langsgaan. Want Kent is eigenlijk aan de beurt, maar iemand moet het overnemen.'

‘Daar heb ik geen tijd voor,’ snauwt ze. ‘Stuur maar een ander.’

‘Och, dat is spijtig. Maar snap je, Rosen heeft geen rijbewijs en Zafer kunnen we om biologische redenen niet sturen.’ Virgilsson gebaart naar een oor. ‘Hij hoort niet wat Madame zegt. Hiervoor verdeelden Kent, ik en Sandgren de taak. Maar Kent zit nu ziek thuis…’

‘Aha, maar dan kun jij er toch wel heen? Ik moet als gezegd weg voor een zaak.’

‘Dat zou ik graag gedaan hebben, maar ik heb net een ander geneesmiddel gekregen en mag een week geen auto rijden. En als we niet verschijnen, gaat Madame Rind weer rondbellen. Normaal begint ze bij de hoofdcommissaris en dan werkt ze langzaam omlaag door de rangorde. De laatste keer dat we haar oversloegen, kreeg Sandgren een flinke reprimande. De hoofdcommissaris was er niet blij mee dat hij telefonisch werd geterroriseerd door een halsstarrige waarzegster…’ Virgilsson trekt een gezicht dat net zo goed meelij als geamuseerdheid uitdrukt. Asker perst haar lippen op elkaar. Het sluwe padje in zijn spencer heeft haar in een hoek gedreven en dat weet hij. Ze heeft echt geen tijd voor zulke nonsens. Tegelijkertijd wil ze onder geen enkele omstandigheid de hoofdcommissaris aan de lijn krijgen met het risico op vragen waar ze aan werkt waardoor ze plots geen tijd heeft voor het routinebezoekje aan de helderziende dame.

‘Goed,’ zegt Asker verbeten. ‘Ik ga er vanmiddag wel langs.’

‘Mooi. Een fijn gebaar tegenover de afdeling. Laat zien dat de chef niet bang is om de handen uit de mouwen te steken als dat nodig is.’

Asker knikt alleen kort.

‘Nou, succes dan met waar je ook mee bezig bent, chef,’ zegt Virgilsson en glipt de deur uit.

Asker moet zich inhouden om niet het dichtst bij de hand liggende zware voorwerp naar zijn korte nek te gooien.

Hill

Groundskeeper Ville haalt hem om net voor negen uur op. De mist is wat opgetrokken, maar het is nog guur. Hill heeft een onrustige nacht gehad en voelt zich maar zozo. De wond doet meer zeer dan gisteren en het tintelt door zijn lijf als hij in de golfkar zit.

Goed en wel in de bibliotheek aanbeland weet hij toch wat enthousiasme op te brengen en begint hij het materiaal nauwkeuriger te rangschikken en het in verband te brengen met wat hij al weet.

Hij is op twee fronten tegelijk aan het werk. Op het ene brengt hij de zakelijke geschiedenis van Gunnar en Alfacent in kaart, op het andere probeert hij informatie te vergaren die met het Blockön te maken heeft of met het gerucht over de ondergrondse grafkamer. Zo nu en dan komt hij overeind om in de boekenkasten te zoeken.

Na een uurtje vindt hij een bouwtekening van Stjärneholm in een oude map die tussen twee dikkere boeken is gestopt. Er staan zelfs aantekeningen op, in Bernhards handschrift. Maar als hij de tekening uitspreidt op de tafel, ontdekt hij tot zijn teleurstelling dat de enige uitgetekende ondergrondse verdieping een kelder is die er niet bepaald spannend uitziet, wat de vonk weer doet doven.

Hij voelt zich nog steeds hangerig van de koorts en heeft de puf niet om door te werken. In plaats daarvan maakt hij een nieuw rondje langs de sf-boeken. De kasten in die hoek zijn nog rijker versierd dan de andere en wanneer zijn blik erlangs omhoog glijdt, ziet hij dat er bovenaan figuren zijn uitgesneden. Gespierde mensenlichamen, sommige met dierenkoppen. Een geit, een ram, een leeuw, een stier.

De wezens lijken op die op de kleine potloodtekeningen in Villa Arcturus, beseft hij. En nu begrijpt hij wat ze voorstellen. De figuren zijn sterrenbeelden maar dan in menselijke vorm. Steenbok, Ram, Leeuw en Stier. En iets verderop Maagd, Tweelingen en Boogschutter.

Hill neemt een paar van de kleurrijkste pulpuitgaves mee naar zijn tafel en gaat erin zitten bladeren.

Veel boeken zijn geïllustreerd, de beeldtaal is typisch voor de jaren vijftig. De atoombom en straalaandrijving vormen de uiterste grens voor de wetenschap en de voorstelling van zowel de toekomst als de ruimte zijn op zijn minst gezegd fantasievol. Door de bank genomen zien alle ruimteschepen eruit als vliegende schotels en alle buitenaardse wezens die daar in rondvliegen hebben buitenproportioneel grote hoofden, lichtgevende ogen en lange armen. De tekeningen doen denken aan het wezen in zijn eigen nachtmerrie.

Hij onderdrukt een rilling, houdt zichzelf voor dat hij een volwassen man is die bovendien werkelijk kwaad heeft meegemaakt. Een wezen uit een droom zou hem niet zo van streek moeten maken.

Zijn lezen wordt onderbroken als de deur naar de lift opengaat en een vrouw met een witte schort voor een serveerwagentje met zijn lunch binnenrijdt. Ze kijkt niet eens zijn kant op en is al verdwenen voordat hij haar heeft kunnen bedanken.

Hill prikt wat lusteloos in het eten terwijl hij wat doelloos op zijn telefoon kijkt. Niets meer van Leo. Hij stuurt haar een kort berichtje.

Hoe gaat het?

Hij ziet dat ze het gelezen heeft, dan de puntjes terwijl ze een reactie formuleert.

Gaat wel. Ik bericht je later.

Hij stuurt een onpersoonlijk *ok* terug dat hij met wat aarzeling completeert met een smiley. Hij ziet weer puntjes en wacht op haar reactie, maar de puntjes verdwijnen pardoes.

Om een of andere reden raakt hij daar een beetje ontgoocheld van.

Na de lunch wordt hij door mevrouw Schiller opgehaald en naar de medische faciliteit begeleid. Ze gaan via dezelfde weg als eerder. In de lift kijkt hij weer naar de twee knoppen die onder de iets grotere voor de begane grond zitten. Als de ene naar de kelder gaat die hij net op Bernhards tekening heeft gezien, waar gaat de andere dan heen?

Beneden onderzoekt dr. Schiller zijn wond opnieuw.

'Uit de tests blijkt dat de infectie niet echt over wil gaan,' zegt hij. 'Ik zal je effectievere antibiotica geven. Bovendien krijg je een portie vitaminen om je immuunsysteem op gang te helpen.'

Uit een koelkast pakt hij twee gevulde spuiten. 'Als je even je mouw op wilt stropen…'

Hill kijkt weg terwijl de arts hem de injecties geeft.

'Zo.'

De dokter plakt een pleister in Hills elleboogholte en doet de spuiten aan de kant. Daarna rolt hij het apparaat met het Alfacentlogo uit de hoek naar hen toe.

'Dit is een van onze recentste behandelmethodes,' verklaart hij. 'Cryonische behandelingen zijn zeer effectief gebleken voor het herstel van het lichaam. Om te beginnen zal het apparaat de wond aanzienlijk afkoelen. Dat kan een beetje onbehaaglijk voelen. Wanneer we de juiste temperatuur hebben bereikt, zal ik de wond met laser behandelen. De koude in combinatie met de warmte is deels bacteriedodend, deels stimulerend voor het helingproces. Leun maar achterover op de onderzoeksbank en ontspan je.'

Hill doet wat hem gezegd wordt. De arts plaatst zonder omwegen een soort kussentje over de wond en koppelt dat aan het apparaat.

'Daar gaat-ie dan. Ik laat je hier even alleen terwijl het koelingsproces bezig is.' Hij drukt op een knop voordat hij het vertrek verlaat en zachtjes begint het apparaat te gonzen.

Terwijl dat zijn werk doet, begint de huid onder het kussentje steeds kouder te voelen. De kou zoekt zich langzaam een weg naar binnen en na een tijdje voelt het alsof Hills hele dijbeen is bevroren.

Hij opent het chatforum voor urbexers om de tijd te verdrijven. Niets nieuws van DeepGoat, maar er heeft wel een nieuwe gebruiker gereageerd.

Er zijn een hoop mysterieuze zaken gaande rond het Miresjön. Al jarenlang. Ik heb zelf een maat die zweert dat hij ufo's boven het meer heeft gezien.

En kijk je op Alfacents site, dan staat daar zwart op wit dat ze samenwerken met NASA. Dat erkennen ze gewoon openlijk! Dat verhaal over het lichtschijnsel in 2001, waarvan de autoriteiten beweerden dat het een meteoriet was, is gewoon een cover-up. In werkelijkheid was het een ufo die op het eiland is geland. Kijk maar op de site van het Göinge Ufo Genootschap! Daar staat alles op wat je moet weten.

Hill wisselt van venster en zoekt de site op van het ufogenootschap. Hij is eerder tijdens zijn research op het genootschap gestoten. Als hij het zich goed herinnert, bestaat het uit dezelfde mensen die het aftandse Ufo-café runnen dat Samuel en hij op de weg naar Stjärneholm passeerden.

De foto op de homepage is inderdaad van de schotel van glasfiber op het dak van het café. De site van het Göinge Ufo Genootschap is niet direct gebruiksvriendelijk – de tekst is klein en het kleurenpalet doet pijn aan je ogen. Boven aan de lijst van de populairste artikelen staat DE GEHEIME UFO-LANDING OP HET BLOCKÖN 7 JANUARI 2001.

De titel van artikel nummer twee is nog aansprekender: VERDRINKING OF COVER-UP? WIJ WETEN WAT DE OMGEKOMEN URBEXERS OVERKWAM.

Hill klikt op de link. Er gebeurt niets.

Hij probeert de volgende, daarna nog één.

Met hetzelfde resultaat.

Alle links zijn dood.

De man van glas

Ondanks de verbanning naar Villa Canopus bleef hij zich perfect gedragen. Bleef hij resultaten oogsten, aan alle verwachtingen voldoen.

Hij stippelde geduldig een vlakke, vlekkeloze toekomstweg uit in de hoop dat de Vader hem terug zou nemen. Hem weer op zou nemen in het licht, hem opnieuw zou verheffen tot zijn kroonprins.

Maar hoe langer de Vader talmde, hoe sterker de gedachten werden aan die avond bij de voetbalclub. Aan wat hij had gevoeld toen hij Bures afdaling in het duister volgde.

Het gevoel controle te hebben.

Van absolute macht.

Het jaar na de verbanning hertrouwde de Vader, wat hun moeder ten slotte knakte. En het wreedste van alles was dat ze alles van een afstand moesten aanschouwen. Machteloos moesten toezien hoe de Vader een andere vrouw in het hoofdgebouw liet trekken, hoe hij een nieuw gezin vormde, terwijl dat van henzelf langzaam implodeerde.

Dat was het moment dat ook hij zijn besluit nam.

Hij moest de honger stillen die hem kwelde.

Maar hoe?

Op een dag liep hij door het park en kletterde er vlak naast hem een dikke tak naar beneden. Er schreeuwde iemand naar hem en toen hij omhoogkeek, zag hij de tuinman van Stjärneholm en een paar andere mannen die de bomen aan het snoeien waren.

'Ben je blind soms, heb je het bord niet gezien?' schreeuwde de kerel en wees naar een bord waar hij kennelijk langs was gelopen. 'Pure mazzel dat je die tak niet op je stomme kop hebt gekregen!'

Een kort ogenblik dacht hij dat de tuinman hem niet herkende.

Niet begreep tegen wie hij sprak. Maar toen zag hij de kerel en de anderen grijnzen en blikken wisselen. Alsof ze wisten dat hij verbannen was. Dat ze hem niet meer hoefden te vrezen of te respecteren.

De gedachte maakte hem razend, maar ook besluitvaardig.

De weken daarna bestudeerde hij de tuinman met een verrekijker als die zich door het park bewoog.

Soms had de ouwe vent zijn debiele zoon bij zich. Liet hij hem zijn taken zien, leek hij geduld te hebben met zijn vergissingen.

Om een of andere reden deed dat zijn woede iets bekoelen.

Na weken en weken was hij op de hoogte van vrijwel alles wat er over de kerel viel te weten. Had hij ontdekt dat hij soms kleine schnabbeltjes had waarvan de Vader vermoedelijk niets wist, buiten Stjärneholms muren.

Misschien was het die brutaliteit die de doorslag gaf.

Hij had zich deze keer beter voorbereid. Donkere kleren bemachtigd, handschoenen. De steel van de bijl geruild voor een honkbalknuppel die beter in de hand lag.

Vreemd genoeg was hij niet eens gespannen. Alleen maar vastbesloten.

Opgewonden.

Klaar.

De ouwe vent was aan het werk met een motorzaag en hoorde hem niet aankomen.

Hij sloop dichterbij, mikte op het achterhoofd waar alle zenuwbanen van het lichaam samenkomen. Sloeg de honkbalknuppel in een grote zwaai met volle kracht op zijn doelwit.

De vent zakte zonder een kik te geven ineen. De kromme benen stuipten een paar keer, daarna verroerde zich niks meer.

Hij ging op zijn knieën naast zijn slachtoffer zitten en draaide het gezicht naar hem toe.

Deze keer was de ervaring nog indringender.

Een golf van intens genot stroomde door hem heen, steeg in het tempo waarmee hij de levensvonk kon zien doven. Hoe de man langzaam wegzonk in de afgrond. Werd opgeslokt door het eeuwige duister waaruit niemand ooit weerkeert.

Dat dacht hij toen althans.

Asker

Het gemeentehuis van Hörby staat recht tegenover de kerk, bijna midden in het dorp. Een groot modern gebouw van beton naast een plaatselijk politiebureau met niet heel veel openingstijden.

Linus Palm verwelkomt haar bij de receptie. Hij ziet er net zo uit als op de foto's. Scheiding aan de zijkant, jeans en comfortabele schoenen. Hij vraagt om haar legitimatie en inspecteert haar politiepasje goed voordat ze handen schudden.

'Je kunt nooit voorzichtig genoeg zijn tegenwoordig,' zegt hij. 'We leven in onzekere tijden. Kom verder.'

Hij biedt koffie aan die ze afslaat, schenkt een kopje voor zichzelf in en begeleidt haar zijn kantoor in.

'Zo, hoe kan ik van dienst zijn?'

Asker heeft de hele autorit nagedacht over hoe ze dit gesprek gaat aanpakken. Ze heeft de afspraak weten te regelen omdat ze een paar routinevragen zou hebben over een politiezaak, wat in ieder geval niet helemaal onwaar is.

Maar Palm is duidelijk geen onnozele hals. Hij heeft enige macht en zeker flink wat contacten, wat betekent dat ze voorzichtig moet zijn.

'Ik ben met een cold case bezig,' zegt ze. 'Een dode man die precies aan de andere kant van de grens met Småland in de bossen is aangetroffen.'

'Aha?' Palm kijkt vragend.

'De dode heet Tord Korpi.' Ze is even stil. Zoekt naar kleine micro-expressies die verraden dat hij precies weet over wie ze het heeft.

In plaats daarvan fronst Palm overduidelijk. Hij kijkt naar het plafond, trommelt met zijn vingers. 'Tord Korpi? Tord Korpi?' Dat is een slimme tactiek die hem meer tijd geeft en alle kleine onthullende uitdrukkingen uitwist. Vermoedelijk heeft hij een training gehad om lastige vragen te omzeilen.

'Er gaat helaas geen belletje rinkelen,' zegt hij en schudt het hoofd.

Asker knikt. De truc met mensen verhoren die mediatraining hebben gehad, is luisteren naar wat ze weglaten.

Palm zegt níét dat hij Korpi níét heeft ontmoet, maar alleen dat de naam onbekend klinkt. Een klein, maar belangrijk onderscheid.

'Denken jullie dat die Korpi een link met Hörby heeft?' vraagt hij – alsof hij dat ook zo van een bladzij uit het handboek mediatraining haalt. De tegenpartij niet vragen laten stellen maar laten beantwoorden. Dat wimpelt ze af door de vraag te negeren en zich bij de zaak te houden.

'Heb je hem gekend?' vraagt ze.

Palm gaat verzitten. 'Zoals ik al zei, gaat er geen belletje rinkelen.'

'Dus jullie hebben elkaar nooit ontmoet?' houdt ze vol. 'Korpi was een grote kerel met een baard. Sprak met een noordelijk accent. Vergeet je niet zomaar. Hij was vaak in de Freedom Gym te vinden. Daar heb jij toch ooit getraind?'

'Uh...'

Ze kan zien hoe Palms hersenen koortsachtig door het handboek bladeren.

'Ja, dat klopt. Ik heb een tijdje bij Freedom getraind. Maar dat is jaren geleden. Tegenwoordig ga ik naar Friskis & Svettis, die ideële sportschool. Helaas niet zo vaak als ik wel zou moeten.' Hij slaat zachtjes op zijn buik, probeert een glimlach. Die slaat bij haar niet aan.

'Heb je Tord Korpi daar ontmoet? Hij deed ook wat verbouwingsklussen.'

'Tja...' Hij rekt weer tijd. 'Ik heb al zeker tien, twaalf jaar niet meer bij Freedom getraind. Wanneer zou dat moeten zijn geweest?'

'2006.'

'Jeetje.' Hij hoofdrekent. 'Maar dat is al zestien jaar geleden. Zo'n goed geheugen heb ik niet. Mijn vrouw zegt dat ik me amper herinner wat ik vorige week heb gedaan.'

Weer een glimlach. Charmant, persoonlijk, ontwapenend.

Asker buigt naar voren. 'Je hebt de vraag nog steeds niet beantwoord,' zegt ze zacht. 'Heb je Tord Korpi ontmoet? Ja of nee?'

Opgelaten gaat Palm verzitten. Hij heeft weinig keus.

Of hij liegt met het risico dat zij iets weet wat hij niet weet, en daarmee kan ze hem ontmaskeren. Of hij spreekt de waarheid met het risico ergens in te worden getrokken dat hij het liefst uit de weg gaat. En dan is er nog een derde mogelijkheid: de tegenaanval.

'Waarom vraag je me dit allemaal?' zegt hij ernstig. 'Word ik ergens van verdacht? Moet ik mijn advocaat bellen?' Hij trekt zijn wenkbrauwen op, alsof hij verwacht dat het woord 'advocaat' een punt achter het gesprek zet.

Asker haalt haar schouders op. 'Dat weet ik eigenlijk niet. Heb je iets gedaan dan dat er een advocaat bij nodig is?'

Die vraag haalt hem uit zijn evenwicht. Palm is op zoek naar een nieuw houvast, een manier om het initiatief over te nemen.

'Denk je nu in volle ernst dat ik iets te maken heb met de dood van die Korpi? Weet wel dat de hoofdcommissaris in Malmö en ik goede vrienden zijn...'

Een vergissing, dat beseft hij zodra de woorden hem ontglipt zijn. Met dreigementen komen suggereert schuld, of in ieder geval dat je iets te verbergen hebt.

Ze buigt nog iets meer naar voren, richt haar heterochrome blik op hem. Het lukt Palm niet zich daartegen te verweren.

'Maar het is niet onmogelijk,' geeft hij toe. 'Ik ben een heleboel mensen tegengekomen in Freedom Gym. In die tijd was ik een beetje wild. Ging ik met verkeerde mensen om en nam ik soms domme beslissingen.'

Hij trekt een vriendelijker gezicht. 'Maar ik had geluk, kwam een meisje tegen, bemachtigde een baan en kreeg mijn leven op orde. Dat verleden ligt ver achter me.'

Hij stopt, kijkt haar smekend aan. 'En ik zou er de voorkeur aan geven als het zo bleef. Wat er ook met die Korpi is gebeurd, ik had er niets mee te maken. Helemaal niets, dat kan ik je verzekeren.'

'Dus jij en een paar maten hebben niet geprobeerd hem te beroven? Hij heeft geen revolver getrokken en een van jullie in zijn been geschoten?'

Palm trekt krijtwit weg. Hij perst zijn lippen samen. 'Ik geloof...' Zijn stem slaat over en hij slikt, schraapt zijn keel.

Over slechts een paar seconden zal hij snappen dat zijn klep houden en zijn advocaat bellen nog de enige uitweg is.

Dus werpt ze hem een laatste reddingsboei toe voor hij zover is. Ze pakt een pen en notitieblokje uit de zak van haar jack en bladert naar een specifiek velletje. Kijkt in het blokje alsof ze iets voorleest.

'Voor zover ik begrijp was jij niet de drijvende kracht achter de beroving, maar meer een soort getuige,' zegt ze. 'De andere twee waren actief betrokken. Jij probeerde de hele boel zelfs tegen te houden, nietwaar?'

Lalo heeft niets over zulke omstandigheden verteld, maar technisch gezien is een bewering geen leugen. Die vier woorden 'voor zover ik begrijp' vrijwaren haar als bij toverslag van elke aansprakelijkheid.

Palm hapt toe.

'Ja, zo ging het precies,' zegt hij snel. 'Ik probeerde ze zover te krijgen dat ze het niet deden.'

'En jij hebt ervoor gezorgd dat je maat medische zorg kreeg, nadat Korpi hem in zijn been heeft geschoten?' gaat ze verder terwijl ze met de pen op het notitieblok tikt.

Palm knikt gretig. 'Ik heb Jon een eerste verband omgedaan en heb bij hem achterin gezeten naar de Spoedeisende Hulp.'

Asker schrijft de naam Jon in haar blokje.

'Maar het was niet jouw auto,' zegt ze alsof ze dat al wist. Feitelijk denkt ze dat omdat Palm anders wel gereden zou hebben.

'Nee, die van Erik,' bevestigt hij.

Ook Erik schrijft ze op.

'En eenmaal op de Spoedeisende Hulp? Wat deden Erik en jij om te zorgen dat het personeel niet de politie ging bellen?'

'De kogel was recht door het been gegaan, dus zeiden we dat Jon gespietst was door een wapeningsijzer. Dat geloofden ze grif.'

'Mm,' humt Asker en droedelt wat in haar blok, alsof ze slechts de informatie completeert die ze al heeft.

'Het was een idiote actie,' vervolgt hij. 'Ik had er sowieso al niet bij moeten zijn. Jon is bijna doodgebloed.'

'Ik begrijp het,' knikt ze.

Palm lijkt te kalmeren. Om hem verder te laten ontspannen zegt ze nog: 'Het zit zo dat we juist een onderzoek doen naar jullie beoogde slachtoffer, Tord Korpi. Heb jij of hebben de anderen hierna nog contact met hem gehad?'

Palm schudt het hoofd. 'Ik niet in ieder geval. Het voorval was een wake-upcall voor mij. Ik ben een tijdje bij een familielid in Norrköping gaan wonen. Ging niet meer om met Jon en Erik, ontmoette een meisje, zoals ik net al vertelde, en heb mijn leven gebeterd.'

Hij klinkt oprecht, ze heeft de mediatraining uit hem geschud en ze kan geen duidelijke tekens bespeuren dat hij liegt.

'En de andere twee?' vraagt ze.

'Geen idee.'

Palms hersenen lijken haar weer bijgehaald te hebben. 'Waar verdenken jullie die Korpi dan van?'

Ze maakt een gebaar van spijt. 'Daar kan ik niet op ingaan. Maar jullie avontuurtje is inmiddels verjaard, dus je hoeft je geen zorgen te maken.'

Zijn schouders zakken iets, hij kijkt minder gespannen.

'Jon en Erik,' zegt ze. 'Kun je hun achternaam alleen nog even bevestigen? Daarvan komen namelijk verschillende vermeldingen voor.'

'Jon Danielsson en Erik Sundin,' knikt Palm. 'Maar ik heb geen idee waar die tegenwoordig mee bezig zijn.'

Hij perst er een misplaatst glimlachje uit, dat Asker vertelt dat die laatste bewering gelogen is.

Hill

Wanneer Hill ongeveer een halfuur op de onderzoeksbank in de behandelkamer heeft gelegen, keert dr. Schiller terug. Hij haalt het koelkussentje weg en begint de wond behoedzaam te bewerken met een soort laserpistool. De warmte ontdooit het weefsel weer en wanneer de behandeling klaar is, voelt de wond eigenlijk al beter aan. De pijn is minder en hij kan zich makkelijker bewegen.

De vooruitgang – of misschien is het de vitamine-injectie – brengt Hill in een goed humeur. Als hij terug in de bibliotheek is, stort hij zich met hernieuwde energie op het werk. Zodra het nog wat beter gaat, wil hij het Ufo-café bezoeken en meer te weten zien te komen over de theorieën van het Ufo Genootschap, en waarom de artikelen op hun site niet langer te lezen zijn. Voordien wil hij zich richten op informatie over het Blockön. Ondanks alles is dat de plek waar de geschiedenis van Alfacent en de broodjeaapverhalen hun oorsprong vinden. Waar allebei zijn boekprojecten samenkomen.

Hij gaat naar het bedrijfsdeel van de bibliotheek om naar alles te zoeken wat met het Blockön te maken heeft. Deze keer gaat hij methodischer te werk dan gisteren. Werkt hij één boekenplank tegelijk af, bladert hij alles door wat ook maar enigszins interessant kan zijn en haalt hij boeken en mappen van de plank om erachter te kunnen kijken.

Na ongeveer een halfuur levert het iets op. In een sectie met kwartaalverslagen stuit hij op een papieren archiefmap waarvan de vakken vol vergeelde vellen zitten. Hij bladert erdoorheen en beseft almaar opgewondener dat hij heeft gevonden wat hij zocht.

De map zit vol documenten aangaande het Blockön. Geologische onderzoeken, koopaktes, werkorders, loonlijsten, facturen, verschillende soorten interne memo's.

Hill neemt zijn vondst mee naar zijn bureau en vult zijn tijdlijn enthousiast aan met de nieuwe informatie die hij in de documenten vindt.

Volgens de akte koopt Bernhard Irving in 1944 de gronden aan de zuidelijke oever van het Miresjön en krijgt hij Blockön er voor niets bij. Dan al lijkt hij te weten dat het eiland een voor Scandinavië uiterst zeldzame steensoort herbergt: ryoliet, dat alleen wordt gevormd bij vulkanische activiteit of een meteorietinslag. Bernhard besluit het ryoliet te delven en te gebruiken voor de bouw van Stjärneholm.

Als chef ter plaatse wordt Artur Nilsson aangesteld, een ervaren mijningenieur. In het contract van zijn aanstelling is ook opgenomen dat Nilsson en zijn echtgenote een van de gastenvilla's op Stjärneholm betrekken.

Bij de mijn laat Bernhard een extra grote schachtbok bouwen met daarbovenop een observatorium. Hill raakt helemaal opgetogen als hij zelfs de factuur voor de sterrenkijker in een van de mappen vindt, en krijgt er een beetje zweterige handen van.

Hij werkt zich door de documenten die de productie en de werktijden regelen. In het begin is de groeve kleinschalig en slechts bedoeld om de bouw van Stjärneholm van materiaal te voorzien. Begin jaren zestig zal dat veranderen.

Bernhard is volledig in de ban van een theorie dat het Miresjön helemaal niet is gevormd door een vulkaanuitbarsting, wat de eensgezinde overtuiging van de meeste geologen lijkt te zijn, maar door een meteorietinslag. Volgens de mappen draagt Bernhard Artur Nilsson op om meer mensen aan te nemen en steeds dieper onder het Blockön te graven om de resten van de meteoriet te vinden waarvan Bernhard zeker weet dat die daar rusten. Maar het enige wat men weet op te graven, is zwart obsidiaanglas.

Het glas is een duidelijk blijk van vulkanische activiteit en dat Bernhards theorie niet klopt.

Mijningenieur Artur Nilsson krijgt naar de documenten te oordelen steeds meer twijfels over het hele project. Hill vindt een persoonlijk memo waarin Nilsson zowel zijn twijfel over de meteoriettheorie uitdrukt als zijn vrees om te snel te diep te graven, aangezien er barsten in het gesteente en verzakkingen zijn ontstaan en hij bang is dat er water naar binnen zal dringen en de mijn zal onderlopen.

De ontdekking maakt Hill van streek. Bernhard kende de risico's van de Stjärngruvan dus maar al te goed en toch liet hij het werk doorgaan. Dat is informatie die hij niet eerder is tegengekomen.

Bernhard was zo bezeten van het Blockön dat hij alle waarschuwingen in de wind sloeg. Hill is ook geobsedeerd door de plek, droomt er 's nachts van, kan alleen maar denken aan erheen mogen gaan. Zelfs nu hij weet dat het verhaal nog duisterder is dan hij heeft gedacht.

In de voorjaarswinter van 1965 voltrekt zich de ramp. De mijn stort in, precies op de plek waar Artur Nilsson er al voor vreesde. Drie mensen komen om, een van hen is Nilsson zelf. De groeve wordt gesloten en er wordt een aantal verschillende onderzoeken naar diverse overtredingen opgezet, maar alles verzandt min of meer.

Bernhard sluit zich op in Stjärneholm en tegelijkertijd staat All-Konserver op de rand van de afgrond. Alles lijkt verloren voor de familie Irving.

Maar dan begeeft zich de jonge Gunnar Irving diezelfde winter op een nacht naar het Blockön en het observatorium om naar de sterren te kijken. Hij komt terug met een fantastisch verhaal en bulkt van de nieuwe ideeën die hij volgens hem heeft gekregen van een buitenaards wezen.

Bernhard draagt het bedrijf grootmoedig aan Gunnar over en geeft hem de vrije hand. De geboorte van Alfacent.

En de rest is, zoals Gunnar het zelf heeft uitgedrukt, geschiedenis.

Hill leunt naar achteren, vlecht zijn vingers samen in zijn nek en recht zijn rug, tuurt naar Bernhards sterrenhemel daarboven aan het plafond. Een krankzinnige amateurwetenschapper wiens bezetenheid leidt tot de dood van drie mensen, een mysterieus landgoed, een bedrijf dat wordt gered door een ufo.

Allemaal van die verhalen die Nova niet in het Alfacentboek wil.

Maar hoe kan hij daarvan afzien, vooral als je denkt aan wat hij net heeft ontdekt? Moet hij dan alles maar overslaan en beginnen bij de tijd dat Gunnar aan het roer staat? In het ergste geval moet hij dat misschien wel.

Hij gaat weer terug naar zijn tijdslijn. De verdere resultaten van het bedrijf zijn in ieder geval makkelijk te volgen, zowel in tussentijdse rapporten als door verschillende persberichten.

Naast de ontwikkeling op het terrein van medische instrumenten zijn ze ook vroeg op de trein gesprongen van apparatuur en methodes voor DNA-analyse, waarin ze nog altijd wereldleider zijn. Daar zal Hill zich al snel verder in moeten verdiepen, maar voor het moment is hij meer geïnteresseerd in Gunnars persoonlijke verhaal. Hij bladert verder door de plakboeken met krantenknipsels en richt zich vooral op die uit de boulevardpers en de roddelbladen. Hij had niet zo'n enorme interesse voor Gunnars privéleven toen hij *Vergeten plekken* schreef, dus zijn een aantal artikelen zelfs nog nieuw voor hem.

In 1971, vijf jaar nadat hij het bedrijf heeft overgenomen, trouwt Gunnar, die dan achtentwintig is, met de negentienjarige Karin Nilsson, dochter van de verongelukte mijnbaas Artur Nilsson. Zij mocht na de dood van haar vader samen met haar moeder op het landgoed blijven wonen, dus kennen ze elkaar goed. In 1976 baart Karin een zoon die Viggo wordt genoemd en amper twee jaar later een dochter, Maud.

Na een huwelijk van twintig jaar gaan Gunnar en Karin onverwacht uit elkaar. In 1992, slechts één jaar later, hertrouwt Gunnar met Yvette Marchand die op het Luxemburgse kantoor van het bedrijf werkt. Bijna exact tien maanden na de bruiloft wordt Gunnars derde kind geboren, zijn dochter Nova. Kort daarna wordt Gunnar Irving vijftig. Dat wordt gevierd met een groot feest te zijner ere waarop de meeste kopstukken uit het toenmalige bedrijfsleven aanwezig zijn.

Kranten en roddelbladen staan vol met foto's van Gunnar samen met zijn nieuwe echtgenote en hun pasgeboren dochter.

Hill kopieert een groot artikel uit *Kvällsposten* met de kop UFO-GUNNAR IS VIJFTIG!. Op een van de foto's bij het artikel staat Gunnar met zijn twee tieners in feestkleding aan zijn ene zijde en aan zijn andere zijde zijn nieuwe vrouw met de zuigelingversie van Nova Irving in haar armen.

Hij bestudeert het grofkorrelige beeld nauwkeurig. Gunnar staat in het midden. Lang, rijzig en dominant. Het middelpunt van het feest en de foto.

Yvette moet beduidend jonger zijn dan hij en ziet er haast onwerkelijk goed uit met haar fonkelende glimlach naar de camera. In haar armen houdt ze de kleine Nova, van wie het gezicht slechts een vermoeden is.

De tiener die rechts het dichtst bij Gunnar staat is zijn zoon Viggo, zijn eerstgeborene, onthult het onderschrift. De jongen is ongeveer vijftien, rossig, lang voor zijn leeftijd, heeft blauwe ogen. Hij lijkt vagelijk op zijn vader. Naast hem, het verst naar rechts, staat zijn een paar jaar jongere zus Maud. Zij ziet er haast precies zo uit als haar dochter Elsa, op de donkere bril na.

Er is iets met de compositie van het beeld dat schuurt, maar Hill kan er de vinger niet op leggen.

Hij bladert verder tussen de artikelen, maar krijgt alleen bevestigd wat hij al weet. In 1996 gaat Bernhard Irving heen, vijfennegentig jaar oud, en Gunnar is nu formeel de patriarch van de familie Irving. Volgens de informatie die Hill heeft kunnen vinden, zowel eerder als tussen de documenten die nu voor hem liggen, vindt de begrafenis in stilte op Stjärneholm plaats. Dat is natuurlijk een van de redenen waarom er geruchten de ronde gaan doen over een grafkamer.

Gunnar blijft leiding geven aan Alfacent tot hij in 2013 zich als zeventigjarige terugtrekt als directeur en wordt vervangen door zijn dochter Maud. Gunnar blijft nog een paar jaar aan als voorzitter van het bestuur, voordat hij nog een stap terug doet. Weer acht jaar later vervangt Nova haar halfzus als directeur. Het zou ongetwijfeld interessant zijn om de eigen versie van elk van de zusters over die wisseling van de wacht te horen.

Toch is het een ander familielid dat Hills interesse het meest heeft gewekt. Hij bladert weer naar de foto van Gunnars vijftigste verjaardag. Deze keer ziet hij wat het was dat vreemd aanvoelde.

Gunnar heeft zijn rechterarm om zijn nieuwe vrouw en dochtertje geslagen en zijn linkerschouder iets naar voren waardoor hij zich half afwendt van de twee andere kinderen. Viggo en Maud staan ook dicht bij elkaar, iets naar elkaar toe gewend, haast als een tegenwicht voor de houding van hun vader, waardoor er een lege plek is ontstaan tussen Gunnar en zijn enige zoon.

Hill haalt zijn laptop tevoorschijn. Het enige wat hij eigenlijk over Viggo weet is dat hij ook in de auto zat waarin Mauds verloofde in januari 2001 verongelukte. Daarna wordt Viggo niet meer genoemd, noch in artikelen noch in documenten.

Hill heeft daar niet eerder over nagedacht aangezien zijn research zich vooral richtte op het Blockön en Stjärneholm, maar nu vindt hij het toch merkwaardig.

Een van Gunnars kinderen lijkt in rook te zijn opgegaan, een andere lijkt in ongenade te zijn gevallen, terwijl de derde de nieuwe ster van het bedrijf is, zoals haar naam al zegt.

Nova. 'The big dog' zoals Elsa het uitdrukte.

Nog een detail eist zijn aandacht op, maar het duurt even voor zijn hersenen het naar boven weten te halen.

Januari 2001.

Hij controleert zijn research naar Viggo. Het ongeluk zou zich in de nacht van zaterdag op zondag hebben voltrokken, dat wil zeggen op 7 januari 2001. Die datum heeft hij zonet ontdekt.

Hill zoekt de site van het Ufo Genootschap weer op en gaat naar de link die hij kort hiervoor niet kon openen. De titel is evengoed genoeg om zijn hart iets harder te laten bonzen. DE UFO-LANDING OP BLOCKÖN OP 7 JANUARI 2001 DIE DE DOOFPOT IN GING.

Hill bladert door zijn oude research om te dubbelchecken dat hij niets heeft gemist. Hij heeft niets gemist.

Op 7 januari 2001 passeert er een ongewoon heldere meteoriet, ook wel bolide geheten, over het Miresjön. Dat is er tenminste gebeurd volgens alle gevestigde wetenschappers. Anderen, zoals het Ufo Genootschap, beweren dat het eigenlijk een ufo is geweest die op het Blockön is geland.

En dezelfde nacht crasht dus troonopvolger Viggo met zijn auto in het meer, komt zijn aanstaande zwager om en wordt hij zelf uit de familiegeschiedenis geschreven.

Hill schuift zijn stoel naar achteren en wrijft in zijn ogen.

Opnieuw worden de wederwaardigheden van de familie Irving vervlochten met het Miresjön, Blockön, mysterieuze sterfgevallen en merkwaardige verschijnselen aan de hemel.

En zelf zit hij midden in de hele wirwar.

De man van glas

Het blinde meisje duikt soms op in zijn gedachten. Zij is een van de weinige bewoners op het landgoed die hem interesseren. Hij heeft erover nagedacht of haar handicap een soort straf is. Een vergelding voor de zonden van haar moeder. Of houdt haar blindheid verband met de alziende blik van de Vader?

Hij zou heel graag de ogen van het meisje willen zien om daarachter te komen. Maar de hond beschermt haar, waakt dag en nacht over haar. Bovendien heeft hij iets nieuws ontdekt. Iets wat hem nog meer interesseert.

Of juister gezegd, iemand.

De Dienaren zijn gaan fluisteren over een Vreemdeling.

Een belangrijk iemand.

Hij heeft hem van ver gezien. Een man met zwart haar en donkere huidskleur, die met een kruk loopt.

De Vreemdeling heeft Villa Arcturus betrokken en brengt met een soort taak zijn tijd door in de bibliotheek. De Vader moet hem hebben uitgenodigd.

Dat is ongewoon. Nieuw.

Wekt zijn nieuwsgierigheid.

Hij moet meer te weten zien te komen. Wie de Vreemdeling is, wat voor taak hij uitvoert, wie hij ontmoet.

Of hij een bedreiging vormt, of misschien een mogelijkheid.

Asker

Er zit eindelijk schot in het onderzoek. Ze heeft twee mogelijke verdachten voor de moord op Tord Korpi: Jon Danielsson en Erik Sundin. Hun oude makker Linus Palm weet waar ze zich de laatste jaren mee bezighouden, maar wil zich daarvan distantiëren, wat naar alle waarschijnlijkheid betekent dat zij hun criminele carrière verder hebben uitgediept.

Ze zou tevreden moeten zijn. Pers logica heeft resultaten opgeleverd.

Misschien is dat precies wat blijft knagen?

Wat haar niet echt met rust laat.

Ze belt Rosen zodat die haar kan helpen meer te achterhalen over de beide mannen, maar krijgt geen gehoor. Vermoedelijk zijn zij en Virgilsson er al van tussen voor vandaag.

Het liefst zou ze nu meteen naar het bureau gaan om zelf rond te zoeken in de meest openbare politieregisters, maar ze moet zich van nog een taak kwijten. Het bezoek aan Madame Rind waarmee Virgilsson haar heeft opgezadeld.

Ze vergt flink wat van de auto en brengt de reistijd zo tot onder de veertig minuten.

De donkere, traditionele Skånelänga met rieten dak ziet er nog ongeveer zo uit als de vorige keer dat Asker op bezoek ging. De dromenvangers en windgongen die aan de overhangende dakrand bungelen hebben gezelschap gekregen van een grove motorzaagsculptuur die tegen een muur staat geleund en waarschijnlijk een totempaal moet voorstellen.

Er staat een andere auto op het erf geparkeerd, een pasgewassen rode Fiat 500 waarvan Asker vrij zeker weet dat hij niet van Madame Rind is.

De voordeur gaat open en de helderziende komt het trapje af. Zwart haar, bleke huid en zelfgemaakte sieraden, net als laatst, maar anders dan de vorige keer komt er nu geen blind mopshondje achter haar aan strompelen, aangezien dat verder is getrokken naar de eeuwige jachtvelden.

'Kijk eens aan, kom jij vandaag, Leo?' zegt Madame Rind.

'Wist je dat niet al?' vraagt Asker.

Madame Rind geeft haar een chagrijnige blik. 'We dachten dat Kent vandaag zou komen. Het is zijn dag.'

'Kent zit in de ziektewet, dus je zult genoegen moeten nemen met mij.'

De helderziende neemt haar mee naar de woonkamer waar een dienblad met koffie klaarstaat. Op de bank zit een vrouw van in de zestig.

'Siw,' stelt ze zich voor. 'Woon een paar kilometer verderop.'

Ze ziet er verbazingwekkend normaal uit midden in Madame Rinds wonderlijke huis. Pagekapsel, blouse en jeans, donker montuur bril.

'Siw is een van mijn cliënten,' verklaart de helderziende. 'Ze heeft een zaak die Kent beloofd heeft te onderzoeken. Hoe is het trouwens met hem, is hij ernstig ziek?'

Asker schudt het hoofd. 'Nee, ik denk dat hij volgende week wel weer aan het werk is.'

'Fijn om te horen,' zegt Siw. 'Ik heb een cadeautje voor hem.'

Ze reikt Asker een verpakt pakje aan.

'Het is een ovenwant. Ik heb hem zelf gehaakt.'

De vrouw kijkt vol verwachting naar Asker maar die weet niet goed wat ze verwacht wordt te zeggen.

'Oké, ik zal zorgen dat hij die krijgt. Met wat voor zaak zou hij je helpen?'

'Iemand heeft mijn post gestolen.'

'Wat vervelend. Heb je Postnord erop aangesproken?'

'Zeker, een paar keer. Maar er gebeurt niets.'

'En je weet zeker dat er post ontbreekt? Dat het niet gewoon lang duurt voor het bezorgd wordt?'

De vrouw schudt het hoofd. 'Dat vroeg Kent ook allemaal. Hij stelde voor dat ik de proef op de som zou nemen en een paar brieven naar mezelf zou sturen. Ik heb gedaan wat hij zei en vorige week vijf brieven op de post gedaan. Maar twee zijn er aangekomen. De andere zijn nog steeds kwijt.'

'Ik snap het.'

Asker pakt haar notitieblokje en schrijft Siws naam en adres op.

'En je kent niemand die de pik op je heeft? Een of andere boze buurman of zo?'

'Neehee. Niet dat ik weet. En Madame Rind heeft met tarotkaarten en kristallen geprobeerd aanknopingspunten te vinden.'

'De geestenwereld heeft niets te vertellen,' vervolgt Madame Rind. 'Het probleem is waarschijnlijk iets aards. Daarom hebben we Kent erbij betrokken. Hij was heel begripvol.'

De twee vrouwen wisselen een blik en Asker merkt dat Siw bloost. Ze kijkt met een schuin oog naar de klok.

Elk uur dat verstrijkt komt Hellmans team almaar dichterbij en zelf zit ze hier met een helderziende dame en haar smachtende vriendin vermiste post te bespreken.

'Ik zal zien wat ik kan doen,' mompelt ze.

Ze neemt een slok koffie uit het kopje dat Madame Rind voor haar heeft neergezet.

'Was er nog iets anders?' Asker verwacht een hele riedel van allerlei tips, net als de vorige keer toen zij en Virgilsson hier waren, maar Madame Rind schudt het hoofd.

'Nee, de geestenwereld is ongewoon stil deze week. Dat is een slecht teken.' Ze trekt een verdrietig gezicht. 'Er is weer iets ophanden. De geesten zijn gespannen.'

Asker onderdrukt een zucht. Dus ze is hier helemaal heen gereden om te voorkomen dat Madame Rind gaat rondbellen met haar tips, blijkt dat ze geen enkele tip heeft.

Ze drinkt het kopje koffie leeg.

'In dat geval moet ik weer verder,' zegt ze.

'O trouwens, er was nog wel iets,' zegt Madame Rind. 'Ik vroeg me af of je nog iets hebt gehad aan de informatie die Garm je had gegeven?'

'Je overleden hond, bedoel je?'

'Precies.'

Asker geeft geen antwoord, maar een kort ogenblik is ze terug in de werkplaats van de Bergkoning. Ziet ze het potje met de mechanische vlinder voor zich. Een 'papillon', precies waarvoor Madame Rind – het kan ook haar overleden hond zijn geweest – haar had gewaarschuwd. En diep in zijn berg had de Bergkoning honderden echte vlinders, gevangen in glazen potten. Diep onder de grond opgesloten totdat hun vleugels stopten met fladderen en ze verdroogden tot kleine papieren mummies.

Ze krijgt er de rillingen van. De Bergkoning is dood, wat er ook is gebeurd in zijn werkplaats, dat hoofdstuk is nu afgesloten.

'Er is iets wat je zorgen baart.' Madame Rind fronst het voorhoofd. 'Iets belangrijks, wat je niet kunt loslaten, waar of niet?'

Asker geeft geen antwoord. Ze weet wat Madame Rind aan het doen is. De techniek herinnert haar eerlijk gezegd sterk aan hoe ze net nog Linus Palm heeft aangepakt.

Eerst een bewering die specifiek en persoonlijk genoeg klinkt, maar die eigenlijk heel algemeen is. Als de andere partij die bevestigt is het een kwestie van gewoon verder boren. De beweringen steeds verder toespitsen tot je op iets komt wat werkelijk uniek en persoonlijk is waardoor het lijkt alsof je gedachten kunt lezen.

De helderziende vrouw slaat haar nauwlettend gade. 'Het gaat om iemand die je na staat. Iemand in je familie.'

Weer een bewering, een gokje met een grote kans op succes.

Asker schudt lichtjes haar hoofd.

Madame Rind reageert precies zoals ze verwacht: ze brengt haar handen naar haar slapen en sluit haar ogen. 'Nee, nee. Niet je familie. Maar iemand om wie je geeft.'

Asker kijkt schielijk naar Siw. De vrouw lijkt helemaal in de ban.

Zelf is ze helemaal niet zo onder de indruk. De meeste mensen maken zich wel zorgen om iets wat met een zekerheid van 99 procent henzelf aangaat of iemand om wie ze geven. Het enige wat Madame Rind doet is gokken op de grootste kans.

'Je twijfelt,' zegt Madame Rind.

Een nogal voor de hand liggende conclusie, gebaseerd op Askers gelaatsuitdrukkingen.

'Zo is het voor sommigen,' vervolgt de helderziende. 'Maar dat geeft niets. De geestenwereld is niet beledigd. Ze wachten totdat jij er klaar voor bent.'

'Mooi,' zegt Asker.

Ze kijkt nadrukkelijk naar de klok. 'Als er niet nog iets is, moet ik nu echt weer verder. Ik beloof dat ik dat postgedoe zal onderzoeken.'

'En Kent zijn cadeautje zal geven,' vult Siw aan.

'Natuurlijk.'

Madame Rind staat op. 'Ik loop even met je mee.'

Buiten is het al donker aan het worden. De wind rukt aan de kale boomkruinen en doet de windgongen akelig klingelen. De helderziende blijft bij Askers auto staan.

'Je gelooft misschien niet in mijn methodes,' zegt ze. 'Maar het is wel zo dat mijn werk mensen verlichting brengt. Er schuilt troost in het idee dat er nog iets meer is. Iets wat we niet zien of niet helemaal begrijpen. Krachten die ons verder helpen of een leven na dit leven. En ik ben geen grappenmaker. Verkoop niet de juiste lottonummers, wonderdruppels of liefdesdrankjes. Het enige wat ik probeer is mensen verder te helpen.'

Asker heeft tijd noch zin om deze discussie aan te gaan.

'Ik moet ervandoor,' zegt ze gewoon. 'Kent of Virgilsson komt volgende week weer.'

De helderziende knikt. 'Bedankt voor je komst, Leo. En bedankt dat je zo vriendelijk was tegen Siw. Je hebt een beschouwende blik, weet je dat?'

Asker lacht. 'Ik heb mijn ogen van alles horen noemen, al vanaf dat ik jong was. Maar "beschouwend" hoor ik nu voor het eerst. Dat klinkt best goed.'

Ze stapt in de auto en rijdt achteruit.

Juist als ze weg wil rijden, gebaart Madame Rind haar het raampje te laten zakken.

'De oplossing die je zoekt, is dichterbij dan je denkt,' zegt ze doodserieus. 'De geestenwereld wil dat je dat weet. Je moet er alleen op durven vertrouwen.'

'Dank je,' zegt Asker zo vriendelijk ze kan.

Ze doet het raampje weer dicht en rijdt weg.

Hill

Hij werkt tot na vijven in de bibliotheek, stuurt dan een berichtje naar mevrouw Schiller voor vervoer terug naar Villa Arcturus.

Na een poosje komt hij overeind en loopt hij naar de erker aan de voorkant van het gebouw om te kijken of zijn vervoer al komt. In plaats daarvan ziet hij Samuels Mercedes aan komen rollen en voor de hoofdingang stoppen.

Samuel stapt uit, opent een achterportier voor een oudere, lange lijs van een man in een overjas met een breedgerande hoed op. De buitenverlichting is zo zwak dat zijn gelaatstrekken niet zijn te ontwaren in het donker.

Voordat de man de trap heeft kunnen beklimmen gaat de koperen deur soepeltjes open om hem binnen te laten. En gaat daarna weer even soepeltjes dicht.

Hill bedenkt dat hij weer moet ademhalen.

Hij heeft de man weliswaar alleen schuin van boven en achteren gezien, maar toch weet hij het zeker. Dat moet Ufo-Gunnar Irving in hoogsteigen persoon zijn geweest.

Hill blijft in de erker naar de trap staan turen, maar als de Mercedes wegrolt, begrijpt hij dat Gunnar niet weer naar buiten zal komen.

De app pingt. Zijn vervoer staat voor te wachten.

Ville begroet hem met een kort knikje, begint te rijden zodra hij plaats heeft kunnen nemen op het passagiersstoeltje.

'Ik zag Gunnar net thuiskomen,' zegt Hill in een nieuwe poging een praatje te maken.

Ville bromt iets wat niet echt te horen is.

'Hij zag er geweldig kwiek uit voor iemand die bijna tachtig is.'

Geen reactie.

Wanneer ze de Man van glas passeren merkt Hill dat hij op bijna dezelfde manier naar het standbeeld kijkt als Ville.

Het heeft iets waardoor je blik ernaartoe wordt getrokken, net als bij de echte en beduidend oudere Gunnar Irving zonet. Iets fascinerends, iets aantrekkelijks en tegelijkertijd…

Iets onrustbarends.

Hill staat nog helemaal aan als hij terugkomt in de villa. Wat er ook in die spuiten van dr. Schiller heeft gezeten, het werkt wel. Bovendien is hij nog een beetje van streek door wat hij over de familie Irving heeft ontdekt: dat Bernard is gewaarschuwd voor het risico dat de mijn zou instorten en dat Viggo's ongeluk op dezelfde dag is gebeurd als de bolide over het Miresjön trok.

Zijn been is echt veel beter, dus besluit hij de bovenverdieping van de villa te gaan verkennen. Hij gaat behoedzaam de steile trap op, één trede tegelijk.

De bovenverdieping loopt door tot in de nok en vormt één grote ruimte. Aan het ene einde staat een grote tekentafel en een ladeblok voor tekeningen. Aan het andere een paar schildersezels en planken met penselen en verven. Midden in de kamer staat een grote sterrenkijker. Die lijkt hier volstrekt misplaatst, deels vanwege zijn omvang, deels omdat er geen vensters in het dak zitten en de kijker dus niet naar de nachthemel kan worden gericht.

Er zijn meer dingen die vreemd zijn, beseft Hill als hij dichterbij komt. Deze soort sterrenkijker wordt aangedreven door een motor, heeft stroom nodig om de hoek en de scherpte bij te kunnen stellen. Het is een ouderwets model, met groene beschermplaten en flinke draai- en drukknoppen. Op een plaatje aan de zijkant staat het modelnummer en het fabricagejaar. 1947.

Ogenblikkelijk begrijpt Hill waarnaar hij staat te kijken. De sterrenkijker uit het observatorium op Blockön. Het tieneronidekkertje in Hill raakt er helemaal opgetogen van. Zijn volwassen, meer rationeel ingestelde ik is vooral verontwaardigd.

Waarom staat de sterrenkijker hierboven waar hij niet te gebruiken is? Zelfs al heeft men Blockön afgesloten, dan nog zou het niet heel moeilijk zijn om een andere ruimte op het landgoed te vinden waar de kijker weer zou kunnen worden gebruikt.

Hij loopt naar de tekentafel. Die is van ongeveer hetzelfde model als op de architectuuropleiding wordt gebruikt: kantelbaar, met lamp en horizontaal en verticaal verstelbare linialen. Er is een tekening vastgezet in de houders.

Daarop staat een betontoren met zes steunberen en drie verdiepingen. Boven op het dak een grote koepel. Dat moet de schachtbok en het observatorium op Blockön zijn. Hill voelt dat zijn hart nog wat sneller gaat slaan.

Zowel hij als zijn uitgever heeft koortsachtig naar een tekening van de schachtbok gezocht toen hij aan dat hoofdstuk werkte, maar zonder iets te vinden. Ze konden zelfs maar met moeite een dronefoto voor elkaar krijgen.

En nu ligt de tekening hier recht voor zijn neus en met onderaan Bernhard Irvings paraaf. Hij haalt zijn telefoon tevoorschijn en maakt een paar foto's.

Hill kan het niet laten om aan het papier te zitten. Het is niet helemaal glad zoals hij had verwacht. Er lopen lichte lijnen in het hele vel, voelt hij met zijn vingers. Dat moet komen doordat er een ander vel op heeft gelegen, denkt hij. Waarop iemand zo hard heeft geschreven dat er afdrukken zijn ontstaan in de tekening eronder.

Hij doet de lamp aan. De lijnen zijn zo licht dat ze amper te onderscheiden zijn.

Hill verstelt het werkblad zodat de belichting vrijwel parallel over het oppervlak schijnt en niet van boven komt. Hannest met de hoek totdat het strijklicht vage schaduwen vormt en zich een woord aftekent op de tekening.

Zes letters, zo vaak opgeschreven dat ze scherp en sprieterig zijn geworden.

GEVAAR

Een geluid doet Hill opschrikken. Hij blijft een paar tellen stil staan. Vraagt zich een ogenblik af of hij het wel goed heeft gehoord.

Maar dan is daar het geluid weer. Hij herkent het nu.

Iemand klopt aan op de voordeur.

Hij gaat weer behoedzaam de trap af.

'Hallo!' zegt Elsa Irving als hij opendoet.

De zwarte hond zit naast haar, staart nog altijd wantrouwig naar Hill.

'Ik dacht: eens horen of je vanavond bij ons wilt komen eten in Villa Canopus. Mama zou je zelf wel willen uitnodigen, maar ze is te verlegen. Zeg maar ja.'

Hill kan de kans om Maud Irving te treffen natuurlijk niet laten lopen.

'Leuk. Ik kom graag.'

'Mooi. Kom maar over een uur. Het is gewoon recht de weg oversteken. Ik zie je zo.'

'Uh...' Hill weet niet goed wat hij moet zeggen.

'Dat was een grapje,' grijnst Elsa.

'Natuurlijk.' Hill perst er een ongemakkelijk lachje uit.

Elsa draait zich om. De hond gaat naast haar linkerknie lopen en leidt haar terug de oprit af.

Hill blijft haar staan nakijken. Op het moment dat ze in het duister verdwijnt, komt het verborgen woord op Bernhard Irvings tekening weer in zijn hoofd naar boven.

GEVAAR

Om de een of andere reden doet hem dat aan Leo denken.

En aan haar vader.

Zestien jaar eerder

Het is begin zomer en de ketting van Martins fiets ligt eraf, waardoor hij hier is gestrand, op een smal bosweggetje ver van de bewoonde wereld. Rondom hem alleen maar dicht naaldbos en opschietend groen langs de kant.

Als Leo mee was geweest, had ze de ketting zo weer goed gehad, met een of ander trucje er weer opgelegd. Maar vandaag is hij alleen, is het hem ondanks al het geworstel met de ketting alleen maar gelukt om zijn handen vuil te maken en zich in het zweet te werken. Bovendien is de wind gedraaid en komen er nu vanaf de horizon loodgrijze donderwolken aandrijven.

Hij knoopt zijn dunne zomerjack dicht en begint met de fiets aan de hand naar huis te lopen.

De losse ketting rammelt zachtjes. Het is te voet minstens een uur, misschien nog wel langer.

De eerste druppels komen eerder dan hij had gedacht, en het worden er snel steeds meer. Hij staat al op het punt zijn fiets achter te laten en het bos in te lopen om onder een dichte spar te gaan schuilen totdat het onweer is verder getrokken, als er koplampen dichterbij komen.

Hij laat de fiets tegen zijn lijf leunen, zwaait met beide armen om de aandacht van de automobilist te trekken. Water loopt naar binnen bij zijn polsen, vormt ijskoude stroompjes in zijn mouwen, helemaal tot aan zijn oksels. Hill rilt ervan.

De auto komt dichterbij door de regen. Een versleten pick-up met door de zon gebleekte lak.

Plotseling herkent hij de wagen en laat hij zijn armen zakken.

De auto remt af, komt naast hem tot stilstand.

Aan het stuur zit Leo's vader. Hij bekijkt Martin aandachtig door het zijruitje alsof hij overweegt om door te rijden. Dan zet hij hem in zijn vrij en maakt hij een gebaar met zijn duim over zijn schouder richting de platte laadbak.

Martin twijfelt een tel. Hij is nog nooit alleen geweest met Prepper-Per en het idee om bij hem in een auto te zitten is niet aanlokkelijk. Maar de regen begint een wolkbreuk te worden en hij kan moeilijk nee zeggen.

Hij grijpt zijn fiets en tilt die met moeite in de bak. Het wiel stoot tegen een rol, iets langwerpigs dat in een zeildoek ligt gewikkeld.

De regen slaat hem in het gezicht, dus haast hij zich om in de auto te klimmen. De ruiten beslaan van het vocht dat hij mee naar binnen brengt. Het ruikt naar iets in de wagen, naar iets wat hij niet goed thuis kan brengen.

'Bedankt.' Hij veegt het water van zijn voorhoofd.

Per rijdt weer verder, zonder te reageren. Ziet er even stuurs en ernstig uit als altijd.

Martin kan de reflex niet weerstaan om iets te zeggen, maakt niet uit wat, om de stemming iets lichter te maken.

'Guur weertje,' zegt hij gemaakt blij. 'Kwam zomaar uit het niets.'

Geen reactie.

Per zet de ventilator aan tegen de wasem. Zijn hand is pezig en grof, op de rug zitten vlekjes van iets bruins.

Martin slikt. Ze rijden een minuut stil verder.

'Wat deed je hier helemaal?' vraagt Per dan.

Zijn stem klinkt droog, bijna als een aanklacht.

'Niks.' Martin slikt weer, probeert niet gespannen te klinken. 'Wou alleen maar zien waar deze weg heen ging.'

'Kun je geen kaart lezen?' gromt Per.

'Jawel,' knikt Martin. 'Maar dat is niet zo spannend.'

Per snuift misprijzend. 'Een kaart had voorkomen dat je doorweekt en koud werd. Had je niet als een verzopen kat langs de kant van de weg om een lift hoeven staan bedelen. Hier heb je alleen maar bos.'

Martin wil zeggen dat je soms op je gevoel af moet gaan als je iets nieuws wilt leren kennen, maar hij durft niet. Bovendien twijfelt hij eraan of Prepper-Per het zou snappen.

De lucht in de auto schrijnt in zijn neus.

'Is alles goed met Leo?'

Hij heeft er al spijt van als de woorden eruit glippen.

Per werpt hem van opzij een lange blik toe.

'Leo heeft het druk,' zegt hij kort.

'Ja, dat zei ze al.' Hij kucht.

'Wat zei ze nog meer dan?'

'Niks...'

'Niks?'

Martin slikt, schudt zijn hoofd. De regen klettert op het dak, de ruitenwissers vechten koortsachtig om het water van de voorruit te houden, maar Per mindert geen vaart. Hij lijkt deze weg uit zijn hoofd te kennen.

Wat deed hij trouwens hier helemaal? Wat is dat voor rol achter in de laadbak? Martin staart naar de bruine vlekken op Pers rechterhand, merkt dat ze doorlopen tot op zijn hemdsmouw.

Hij ademt in door zijn neus. Die sterke geur die hij al rook toen hij instapte. Dat zou bloed kunnen zijn.

Hij kijkt behoedzaam om zich heen in de auto. De pick-up heeft maar twee stoelen, maar in de ruimte tussen de ruggen en de achterkant ligt een lang geweerfoedraal in camouflagekleuren.

Kan die rol daarachter een gestroopt hert zijn of een ree?

Tegelijkertijd weergalmt er iets door zijn hoofd wat Leo heeft gezegd.

'Per is gevaarlijk. Levensgevaarlijk.'

Zijn hart slaat een paar keer over. Hij gaat verzitten, probeert om niet over zijn schouder naar de laadbak te gluren.

Maar dat is moeilijk. Hij ziet een glimp van de rol in de zijspiegel. Is die niet te groot om een ree te kunnen zijn?

Plotseling begint de auto zachter te rijden, zonder dat Per aanstalten maakt om uit te leggen waarom. Hij houdt halt langs de kant van de weg, trekt de handrem aan en draait zich naar de passagiersstoel.

Martin slikt weer, kan er niets aan doen, ook al snapt hij dat dit zijn angst kan verraden.

'Leo en jij zijn goede vrienden,' zegt Per.

Zijn ogen zijn kil, maar zijn blik brandt, het is alsof die recht zijn hoofd in gaat.

Martin knikt.

'Vrienden vertellen elkaar dingen. Nemen elkaar in vertrouwen, toch?'

Hij wil weer ja-knikken, maar houdt zich halverwege in.

'Wat heeft Leo dan over mij gezegd? Over de Farm?'

Hij voelt hoe hij krimpt, wegsmelt onder Pers laserblik. Alsof die ogen zijn hersenen binnenstebuiten keren.

Zijn mond is kurkdroog, kan geen kik meer geven.

Per buigt naar hem toe. De bloedlucht in de wagen wordt nog sterker, bijna misselijkmakend.

'Wat heeft Leo dan over mij gezegd?' herhaalt hij dof.

Martin slikt weer.

'Niks,' fluistert hij bijna. 'We praten niet over jou.'

Een leugen, een slechte waar Pers blik recht doorheen snijdt.

Pers ene mondhoek gaat omhoog in een smalende glimlach. 'Jullie praten niet over mij. Helemaal niet.'

'N-nee,' neuzelt Martin.

Prepper-Per staart hem nog een paar seconden aan. Zet dan zijn laserblik uit, haalt de auto van de handrem, zet hem in de versnelling en rijdt weer verder.

'Mooi,' zegt hij bijna blij. 'Zo wil ik het horen. Hoog tijd dat we je nu thuiskrijgen bij je vader en moeder, hè?'

Martin hapt naar adem, maar weet geen antwoord uit zich te krijgen. Hij draait zich naar het zijraampje, strijkt over zijn neus en weet niet te voorkomen dat er een geluid ontsnapt dat het midden houdt tussen een snuif en een snik.

De vernedering doet zijn wangen gloeien.

Hij haat Leo's vader.

Haat niets zo erg als hem.

Asker

Ze rijdt weer terug naar het politiebureau en aangezien het al zes uur is geweest, ligt zoals verwacht de Afdeling voor verloren zielen er stil en donker bij.

Boven bij Zware Criminaliteit schijnt daarentegen nog altijd het licht en zo nu en dan ziet ze door haar verrekijker mensen bewegen voor het raam. Ze vraagt zich af hoe dichtbij ze al zijn.

Ze gaat achter haar computer zitten en tikt de namen in die ze van Linus Palm heeft gekregen. Ze is lang niet zo goed in databanken doorzoeken als Rosen, maar na een poosje heeft ze beide mannen gevonden.

Jon Danielsson staat ingeschreven in Hörby. Zijn strafregister is de gangbare riedel. Eerst kleine overtredingen, kruimeldiefstal, vandalisme, autorijden zonder rijbewijs. Daarna is hij overgestapt op narcoticamisdrijven en heeft hij een paar jaar gezeten voor dealen. Volgens het systeem is hij weer op vrije voeten, maar hij staat ingeschreven op het adres van zijn moeders kleine eenkamerwoninkje. Asker betwijfelt of Danielsson daar werkelijk woont.

Erik Sundins geschiedenis begint ongeveer op dezelfde manier als die van Danielsson, maar de laatste jaren heeft hij ook straffen weten te krijgen voor inbraken, overvallen en ernstige mishandeling.

Een gewelddadige crimineel dus, wat hem een nog waarschijnlijkere moordverdachte maakt. Huidige woon- of verblijfplaats van Sundin zijn onbekend, in de politiesystemen in ieder geval, en zelf heeft ze geen toegang tot de overige overheidssystemen. Ze heeft Rosens hulp nodig.

Asker probeert haar mobiele nummer weer te bellen, maar die telefoon staat nog steeds uit. Ze kreunt, wrijft een paar keer gefrustreerd over haar voorhoofd.

Ze moet Sundin en Danielsson te pakken zien te krijgen. Als ze die zwaar genoeg onder druk zet, zal een van hen wel breken. Het is geen geweldig plan, maar voor het moment heeft ze niets beters.

Ze zou naar huis moeten gaan om te proberen uit te rusten. Nieuwe krachten op te doen voor de dag van morgen.

Haar telefoon begint te trillen en ze hoopt dat het Rosen is. Maar het is een bericht van een anoniem nummer. Het is een kort clipje van maar acht seconden, gemaakt met een in een boom verborgen wildcamera, vermoedt ze. De tijdsaanduiding in beeld is van slechts een halfuur geleden. Op het filmpje bewegen zich drie mannen ineengedoken tussen een paar struiken. Twee van hen hebben het uniform aan van de speciale eenheid. De derde herkent ze direct, zelfs zonder het verband over zijn oor.

Eskil.

Hellmans team heeft dus niet alleen de link tussen Korpi en haar vader ontdekt. Ze zijn ook een inval aan het plannen om hem aan te houden.

De jongens van de eenheid zijn niet in gevechtstenue, dus het gebeurt niet vannacht al. Maar wel gauw, heel gauw. En haar vader zit op ze te wachten. Volgt elk stapje van ze, wat hij wil laten merken door haar het clipje te sturen.

Haar tijd is op aan het raken.

Hill

Stipt een uur na Elsa's bezoekje tilt Hill Villa Canopus' bootvormige deurklopper op. Het huis ligt recht tegenover zijn verblijf aan de andere kant van de weg die door het hele park loopt. Het heeft dezelfde wonderlijke hybride bouwstijl als Villa Arcturus, maar is zeker drie keer zo groot.

Een paar honderd meter liggen de huizen van elkaar, de grootste afstand die Hill heeft gelopen sinds hij uit het ziekenhuis is ontslagen. Maar hij voelt zich nog altijd sterk en goed ter been na de behandeling en hoeft niet eens even halt te houden om op adem te komen.

De vrouw die de deur opent is ergens net boven de veertig. Ze is lang en heeft rood haar in een pagekapsel. Draagt jeans en een lichtblauwe blouse, wat een bevrijdend verschil is met alle zwarte kleren die Hill de laatste dagen heeft gezien. Bovendien is ze aantrekkelijk, constateert Hill. Heel aantrekkelijk.

'Jij bent vast Martin,' zegt ze. 'Kom binnen.'

Mauds ogen zijn blauw, maar niet zo helder blauw als die van haar halfzus Nova. Haar blik is vriendelijk en tegelijk een beetje behoedzaam.

'Ik hoop dat je je niet gedwongen voelde om te komen. Het was Elsa's idee om je uit te nodigen. Ze heeft het mij ook pas verteld toen jij al ja had gezegd.'

'O, ik hoop niet dat ik nu ongelegen kom...'

Maud houdt een hand omhoog. De nagels zijn kort en er zit doorzichtige nagellak op. 'Helemaal niet. Wat aanloop is juist gezellig. En ik ben wel gewend aan Elsa's plotselinge invallen.'

'Ze lijkt me een heel zelfstandige jongedame,' zegt Hill.

‘Dat is nog maar het topje van de ijsberg,’ lacht Maud. ‘Laat me je jack aannemen.’

Ze begeleidt hem door een ruime hal een grote woonkamer in waar een eettafel, boekenkasten en een groot bankstel staan. Aan de korte kant brandt een vuur en de hele kamer geurt naar een knusse mengeling van berkenhout en eten.

‘Hallo, Martin!’ Elsa zit op een van de banken bij de open haard. Als Hill naar haar toe loopt, komt Orion overeind van zijn plaats aan haar voeten. De hond staart Hill aan en krult zijn bovenlip iets op zodat zijn voortanden te zien zijn. Uit zijn borstkas klinkt een zwak rommelen.

‘Stil, Orion,’ zegt Elsa. ‘Ga liggen.’

De hond gehoorzaamt maar blijft Hill nauwlettend in de gaten houden terwijl die in een stoel gaat zitten.

Voor hem staat een dienblad met een paar glazen en een schaal met chips.

‘Tast toe,’ zegt Maud en ze gaat in de stoel naast die van Hill zitten. ‘Elsa, er staat een glas water op tafel voor je op één uur en schaaltje chips op drie uur.’

De handen van het meisje volgen de instructies en pakken zonder te morsen het glas op.

‘Proost en welkom, Martin,’ zegt Maud. ‘Elsa en ik zijn blij dat je ons gezelschap wilde komen houden.’

‘Dank voor de uitnodiging,’ zegt hij en heft zijn wijnglas. ‘Zal Karin zich ook nog bij ons voegen?’

Maud schudt het hoofd. ‘Nee, mijn moeder is nogal op zichzelf. Ze heeft een eigen deel van het huis met een aparte ingang.’ Ze maakt een gebaar over haar schouder. Pakt dan haar glas en neemt een slok.

‘Zo, wat vind je van Stjärneholm?’ vervolgt ze.

‘Een fascinerende plek,’ zegt Hill. ‘Iets dergelijks heb ik nog nooit gezien.’

‘Fascinerend is een goed woord,’ zegt Maud met een lachje. ‘Zelf had ik denk ik “eigenaardig” gezegd. Heb jij nog andere voorstellen, Elsa?’

‘Raar, creepy, weird,’ zegt het meisje terwijl ze een handje chips in haar mond propt.

Hill denkt aan de mysterieuze waarschuwing op de tekentafel. Elsa zit er eigenlijk niet zo ver naast, maar dat kan hij natuurlijk niet zeggen.

'Elsa vertelde dat je dokter en mevrouw Schiller al hebt ontmoet. Verder nog iemand?'

'Terreinbeheerder Ville,' zegt hij en merkt hoe Elsa zachtjes proest van het lachen. 'En Nova ook, een paar dagen geleden op haar kantoor.'

'Ach, natuurlijk.' Mauds glimlach verstijft wat aan de randen. 'Dat idee van het boek komt ook van haar. Moet het nu over Alfacent gaan of over de familie Irving?'

Ze neemt nog een slok van haar wijn.

'Vooral over het bedrijf,' antwoordt Hill. 'Maar de geschiedenis van Alfacent is natuurlijk nauw verweven met die van de familie.'

Hij overweegt of hij een vraag zal stellen over haar tijd als directeur, maar besluit nog even te wachten. Hij is tenslotte uitgenodigd voor het eten.

'En je mag in opa Bernhards oude villa verblijven,' gaat Maud verder. 'Daar heeft al gauw dertig jaar niemand meer gewoond.'

'Ze zeggen dat Bernhard daar rondspookt,' vult Elsa haar aan terwijl ze stiekem wat chips laat vallen voor Orion.

Maud kucht in protest. 'Als je me excuseert, ga ik even bij het eten kijken. Het wordt een veganistische stoofschotel, ik hoop dat dat goed is? Elsa zit in een veganistische periode.'

'Voor de duizendste keer, mama. Het is geen periode. Ik bén vegan.'

Maud rolt met haar ogen naar Hill voordat ze naar de keuken verdwijnt.

'En, heb je hem Willy genoemd?' vraagt Elsa met een brede grijns.

'Yes,' lacht Hill. 'Ik ben regelrecht in de val gelopen.'

'Werd hij boos?'

'Een beetje.'

'Mooi. Hij zeurt vaak dat Orion op de gazons poept. Volgens mij is hij bang voor honden, dat hoor je aan zijn stem.'

Maud komt weer de kamer in met een pan die ze op de eettafel zet.

'Etenstijd,' zegt ze. 'Martin, jij kunt wel naast mij zitten.'

Het eten is verbazingwekkend lekker. Hill heeft in het algemeen niets tegen veganistisch eten, maar voor de zekerheid stelt hij zijn smaakverwachtingen altijd een beetje omlaag bij. Vanavond is dat echter niet nodig.

Maud en Elsa zijn bovendien aangenaam gezelschap. Ze praten en maken grapjes met elkaar, op zo'n ontspannen manier dat Hill soms vergeet dat ze moeder en dochter zijn.

'Zo, Martin,' zegt Maud als ze aan haar derde glas wijn is begonnen. 'Ik heb je gegoogeld en je blijkt een drukbezet man te zijn. Universitair docent, bestsellerauteur. Waarom stemde je in met zoiets saais als in opdracht een boek over Alfacent schrijven?'

Ze trekt er een beetje spottende mond bij, alsof het geen serieuze vraag is. Maar Hill weet vrij zeker dat dat wel zo is.

'Tja, het korte antwoord is natuurlijk dat ik er goed voor betaald word,' zegt hij grappenderwijs. 'Je zus kan nogal overtuigend zijn.'

'Halfzus,' merkt Elsa snel op. 'We noemen haar meestal mijn halftante. Als we aardig zijn tenminste,' voegt ze er met een brede glimlach aan toe.

Het blijft een paar seconden stil.

'En wat voor werk doe jij, Maud?' vraagt Hill.

'Op het moment geen.' Ze nipt van haar wijn. 'Ik zit even tussen twee banen in, zou je kunnen zeggen. Je weet vast dat ik acht jaar directeur van Alfacent ben geweest.'

Ze laat die mededeling in de lucht hangen, maar het is voor Hill een veel te goede kans om het onderwerp nu te laten rusten.

'Waarom ben je ermee opgehouden, als ik mag vragen?'

'Daar wil mama het niet over hebben,' komt Elsa pardoes tussenbeide.

'Bedankt Elsa, maar het geeft niet,' zegt haar moeder op een toon die het tegendeel doet vermoeden. 'Eerlijk gezegd was ik behoorlijk aan het einde van mijn Latijn. Directeur zijn van een zo innovatief en expansief bedrijf als Alfacent is zwaar.'

Mauds antwoord klinkt ingestudeerd en de stemming is plotseling gespannen geworden. Hill beseft dat dit niet de gelegenheid is om te proberen meer informatie uit Maud los te krijgen, maar weet niet goed of ze nu verwacht dat hij een ander onderwerp aansnijdt of dat een van hen dat zal doen.

Na een poosje gezwegen te hebben kan hij de drang niet meer weerstaan.

'Ik woonde hier niet zo ver vandaan als tiener,' zegt hij. 'We zijn veel verhuisd toen ik jong was. Mijn ouders waren restauranthouders en van zichzelf vrij rusteloos. Maar toen ik zo'n vijftien was, belandden we in deze streken. Ik was toen al geïnteresseerd in urban exploration en toen ik het verhaal hoorde over de gesloten mijn, het observatorium op Blockön en de ufo-geschiedenis raakte ik gefascineerd.'

Hij zwijgt even, probeert de stemming te peilen. Komt dan tot de conclusie dat die in ieder geval niet slechter is geworden.

'Dus toen ben ik een keer hierheen gekomen,' gaat hij verder. 'Of naar het Miresjön beter gezegd. Ik weet nog hoe spannend het was. Ik stond op de oever bij de scoutingbarak en tuurde naar het eiland tot lang nadat het donker was geworden, en hoopte dat ik iets zou zien.'

'En kreeg je iets te zien?' vraagt Elsa en ze zet de nauwsluitende donkere bril weer goed.

'Alleen het silhouet van het observatorium en een enkele watervogel,' liegt Hill. 'Maar ik heb te lang staan turen en daardoor mijn bus gemist. Dit was in het begin van de eeuw, dus ik had nog geen mobiel. Ik moest een aantal kilometer lopen voordat ik een huis vond en naar huis kon bellen.'

Hij overweegt of hij zal zeggen dat hij toen hartproblemen had en van de wandeling behoorlijk onderkoeld en uitgeput raakte. Maar hij besluit dat deel van het verhaal weg te laten, net als hij deed met het lichtschijnsel.

'Mijn vader kwam me ophalen,' vervolgt hij. 'Ik weet nog dat we door het bos reden en dat ik een uitbrander verwachtte. Maar we zaten alleen maar een hele tijd te zwijgen en toen zei hij plotseling: "Was het het waard?"'

‘En wat zei jij toen?’ vraagt Elsa. Zelfs Maud lijkt geïnteresseerd te luisteren.

‘“Dat was het,” zei ik. Mijn vader knikte alleen maar, net alsof hij het snapte. En daar op dat moment in de auto op weg naar huis heb ik mezelf beloofd dat ik op een dag naar het Blockön zou gaan om alles met mijn eigen ogen te aanschouwen.’

Hij haalt zijn schouders op. ‘Zo, nu kennen jullie de werkelijke reden waarom ik de opdracht om het boek te schrijven heb aangenomen. Ik ben gewoon een ontzettend nieuwsgierig type.’

Hij drinkt wat uit zijn glas, kijkt met een schuin oog naar de andere twee aan tafel. Maud lijkt weer iets ontdooid te zijn.

Elsa heeft haar gezicht naar Hill gekeerd met haar kin iets naar voren. Ze knikt lichtjes alsof ze hem prijst voor wat hij zojuist heeft gedaan.

Hill weet dat hij het zich inbeeldt, dat ze hem niet kan zien, maar hij kan het gevoel niet van zich afschudden dat het meisje hem toch nauwlettend gadeslaat.

Asker

Na het videobericht van Per heeft ze naar huis gaan en uitrusten voor zich uitgeschoven. In plaats daarvan is ze een paar onrustige uren bezig geweest met de map doornemen die Rosen eerder voor haar heeft samengesteld. In de omgeving van de Farm heeft de politie in 2006 op moeten treden bij een heerlijk samenraapsel van verkeersongelukken, inbraken, diefstal van diesel, rijden onder invloed en zelfs een mevrouw die beweerde een ruimtewezen te hebben gezien.

Maar zoals verwacht niets wat op de een of andere manier met Tord Korpi of haar vader te maken lijkt te hebben. Toch kan ze zich er nog steeds niet toe zetten om naar huis te gaan.

Het in haar netvlies geëtste beeld van de ineengedoken Eskil in het bos rondom de Farm verstoort haar concentratie. Ze zijn de plek aan het verkennen, wat inhoudt dat de inval hooguit nog een paar dagen op zich laat wachten. Maar ze moet het zeker zien te weten. Ze moet er op de een of andere manier achter komen wanneer Hellmans team van plan is toe te slaan.

Het is nu bijna negen uur in de avond en het politiebureau is minstens voor de helft verlaten.

Zal ze proberen bij Zware Criminaliteit binnen te komen om rond te neuzen?

Een riskante onderneming die haar haar baan zou kunnen kosten als ze betrapt wordt. Er hangen overal camera's en de lampen zijn boven op de zesde verdieping nog steeds aan, wat betekent dat een of meerdere mensen een avonddienst draaien, misschien zelfs een nachtdienst. Dus is het risico om ontdekt te worden veel te groot.

Maar hoe moet ze anders te weten komen wat er gaande is?

Ze gaat koffie halen, niet omdat ze daar zin in heeft, maar omdat ze iets moet doen om haar frustratie te dempen.

In de koffiekamer stuit ze onverwacht op Enok Zafer.

Ze was er vast van overtuigd dat iedereen op de afdeling naar huis was, maar zoals gewoonlijk is het bij Zafer onmogelijk om wijs te worden uit zowel zijn taken als zijn werktijden. Als ze hem begroet, morst hij van de schrik koffie over zijn handen.

'*Saatana perkele!*' mompelt hij in het Fins en voegt daar nog een paar krachttermen in andere talen aan toe, waarvan minstens één Arabisch is en een andere mogelijk Perzisch.

'Sorry, het was niet mijn bedoeling om je te laten schrikken,' zegt ze. 'Ik wist niet dat er nog iemand was. Alle lampen waren uit.'

'Ben met een belangrijk rapport bezig,' zegt hij, als gewoonlijk vijf decibel te hard. 'Moet op maandag klaar zijn.'

'Waar gaat het over?'

Zafer kijkt haar wantrouwig aan. 'Heb je de juiste veiligheidsklassering om over zulke informatie te mogen beschikken?'

'Ik ben afdelingschef,' antwoordt ze op zelfverzekerde toon. 'Klassering 2A,' voegt ze eraan toe, omdat dit klinkt als een hoog en belangrijk nummer.

Zafer blijft haar aanstaren.

'Oké,' zegt hij dan. 'Ik maak een analyse van de risico's van afluisteringstechnieken via de mobiele telefoon. Er is op dat gebied veel gebeurd de laatste jaren. Een ogenschijnlijk onschuldige app kan bij de juiste gelegenheid zowel microfoon als camera openzetten voor een partij van buiten. De technisch directeur is erg geïnteresseerd in mijn conclusies.'

Asker knikt. Ze heeft Prepper-Per al vanaf dat ze jong was hele referaten horen houden over het gevaar van mobiele telefoons. Herinnert zich het loden kistje op de Farm waarin hij ze buiten haar bereik opborg.

'Interessant,' zegt ze. 'Werk je ook nog aan iets anders?'

Zafer gaat rechterop staan. De wonderlijke man is klaarblijkelijk niet gewend dat iemand zich voor zijn werk interesseert.

‘Breng het gebruik in kaart van de extra bewapening van speciale eenheden. Pistoolmitrailleurs, automatische karabijnen, scherpschuttersgeweren. Maar dat is een langer project dat zich over ongeveer een jaar uitstrekt.’

‘Mm.’ Asker schenkt een kop koffie in.

Dan valt haar iets in.

‘Dan weet je misschien ook wanneer iemand tekent voor zulke wapens uit het arsenaal en wie dat doet?’

‘Wat?’ Zafer pakt zijn oor beet.

‘Weet jij wanneer iemand zulke wapens ophaalt?’ zegt ze iets harder.

‘Natuurlijk. Ik heb toegang tot het inventarislog.’

‘Kun je ook zien of iemand wapens heeft gereserveerd voor toekomstig gebruik?’

Zafer knikt. ‘Alles staat in het log.’

Asker neemt een slok koffie, probeert niet te laten merken hoe gretig ze is.

‘Kun je me niet laten zien hoe dat werkt?’ vraagt ze.

Zafer staart haar weer aan, barst dan open in een glimlach. ‘Ja hoor, loop maar mee naar mijn kantoor.’

Hij houdt voor haar de deur open van zijn grote kantoor. Net als de vorige keer dat ze hier was, staan de open kasten vol met allerlei spullen, elektrische apparaten en opladers waarbij ze in de meeste gevallen alleen maar kan raden waarvoor ze dienen.

Zafer heeft een verstelbaar bureau met dubbele, moderne beeldschermen. Een aanzienlijk contrast met haar eigen versleten bureaustoel en semi-antieke dienstcomputer.

‘Kom maar eens kijken.’ Zafer opent enthousiast een database. ‘Alle extra bewapening die de laatste twee jaar is ingezet.’

‘Indrukwekkend.’

Haar opmerking doet Zafer nog wat meer de rug rechten.

‘Je zei toch dat je ook de reserveringen voor later kon zien?’ zegt ze.

‘Uiteraard.’

Hij klikt rond over het scherm en Asker houdt haar adem in.

Als Hellman een inval bij de Farm aan het plannen is, zullen ze alle denkbare extra bewapening nodig hebben. En als ze daarvoor al een datum hebben bepaald, zou die reservering te zien moeten zijn in Zafers database. Als zijn database tenminste niet een en al onzin is natuurlijk. Nog een zogenaamde opdracht die niemand hem heeft gegeven. Maar Zafers moderne kantooruitrusting wijst erop dat hij op zijn minst tussendoor ook echt werk verricht.

'Hier heb je de reserveringen voor de komende zes maanden. Oefeningen, staatsbezoeken en dergelijke...'

Asker buigt dichter naar het scherm.

Dat vertoont een kalender met blauwe blokken, waarvan de grootte lijkt te corresponderen met het aantal gereserveerde wapens. Het grootste blok in de hele kalender is direct aan het begin, daarna is het wekenlang leeg.

Asker dubbelcheckt de datum en vloekt haast hardop.

De inval op de Farm staat gepland voor morgennacht.

Verdomme!

Hill

Het avondje in Villa Canopus is beduidend gezelliger geworden dan Hill op voorhand had gedacht. Zijn bekentenisje over het Blockön heeft de stemming flink laten ontdooien en Elsa wilde dat hij meer vertelde over andere enge verlaten plekken die hij heeft bezocht.

Maud is ook ontspannener, wat net zoveel met haar wijnconsumptie te maken kan hebben als met zijn eigen ontwapenende charme.

'En wat is nu je eerste indruk van de familie Irving? We zijn wel eigenaardig toch?'

'Boeiend, zou ik eerder zeggen,' antwoordt Hill. 'Of origineel.'

'Goed antwoord,' lacht ze. 'Onthou dat maar voor als iemand anders het vraagt.'

Ze blijft hem een tel of wat te lang aankijken.

'Ik ben opgegroeid in het hoofdgebouw,' zegt ze dan. 'Maar toen ik dertien was, scheidde Gunnar van mijn moeder en zijn wij hierheen verhuisd, naar Villa Canopus. Originele manier om met een scheiding om te gaan, hè?'

Hill heeft vragen te over, maar beseft tegelijkertijd dat hij voorzichtiger moet zijn dan eerder.

'Dat moet lastig zijn geweest,' zegt hij. 'Mijn ouders verkasten steeds maar weer tijdens mijn jeugd. Zodra ik me ergens geworteld had, was het weer tijd om te verhuizen. Maar ze scheidden in ieder geval niet.'

Maud leegt haar glas wijn, haar vierde als Hill goed geteld heeft.

'Wij hebben nooit goed begrepen wat er aan de hand was,' zegt ze. 'Op het ene ogenblik woonden we samen met mijn vader beneden in het hoofdgebouw. Het volgende vlogen we er alle drie uit. Verbannen, zonder enige uitleg. Het jaar daarna was hij hertrouwd.'

Ze schudt zacht haar hoofd. Hill werpt een zijdelingse blik naar Elsa, maar van het gezicht van het meisje is niet af te lezen wat ze denkt.

'Alle drie?' probeert hij behoedzaam. 'Jij, je moeder en je broer Viggo, toch?' Hij wil het al de hele avond hierover hebben. Meer te weten komen over Viggo van iemand die hem goed heeft gekend.

'Ik had vooral te doen met mijn moeder,' zegt Maud. 'Om zo te worden vervangen. Ze was al verliefd op mijn vader vanaf dat ze een tiener was. Aanbad de grond onder zijn voeten. Het was echt een klap voor haar.'

'En de tweede vrouw, Yvette. Ik heb heel weinig over haar kunnen vinden toen ik de familiegeschiedenis in kaart probeerde te brengen, alleen dat ze blijkbaar voor Gunnar werkte. Zijn ze gescheiden?'

Maud schudt het hoofd. 'Nee, niet officieel, maar wel al jaren uit elkaar. Yvette woont in Spanje, heeft een comfortabel leventje waarvoor mijn vader betaalt. Daar staat tegenover dat hij volledig heeft mogen bepalen hoe Nova is opgegroeid.'

Ze brengt het wijnglas weer naar haar mond, beseft dat het leeg is en zet het iets te hard weer neer.

'Ze is trouwens hier,' zegt Elsa. 'Nova, bedoel ik. Ik kwam haar en Samuel tegen gistermiddag laat toen ik buiten was met Orion.'

'Natuurlijk is ze hier,' grijnst Maud. 'Nova wil een oogje op je houden, Martin. Het Alfacentboek is haar idee, ze durft niet het risico te lopen dat er iets verkeerd gaat. En Samuel wijkt nooit van haar zijde, doet altijd wat hem wordt gezegd.'

Hill merkt dat Elsa ongemakkelijk gaat verzitten, en benut de gelegenheid om het gesprek weg te sturen van Nova. Hij kan Maud wel verder naar de relaties van de zussen en de directeurswisseling vragen als Elsa het niet hoeft aan te horen.

'Samuel heeft me hierheen gereden,' meldt hij. 'Gunnar neemt veiligheidskwesties duidelijk echt serieus.'

Maud haalt haar schouders op. 'Er lopen een hoop gekken rond. We hebben in de loop der jaren allerlei problemen gehad, vooral met mensen die het terrein op probeerden te komen om naar Bernhards grafkamer te zoeken of naar de tunnel die volgens hen naar Blockön zou lopen. Jij hebt eerlijk gezegd ook bijgedragen aan die ellende toen je daarover schreef.'

Hill schraapt zijn keel. Hij is zich bewust dat zijn boek zulke gevolgen heeft gekregen, maar dit is de eerste keer dat het hem in het gezicht wordt geworpen.

'Al zijn het niet alleen ufo-gekkies die naar binnen proberen te komen,' gaat Maud verder. 'Medische techniek is gevoelig terrein. Harde concurrentie, enorme geldbedragen, dus bestaat er ook aardig wat bedrijfsspionage. Samuel werkt al jaren voor Alfacent in zaken van veiligheid. Hij is een van de weinige mensen op wie Gunnar onvoorwaardelijk vertrouwt. En Nova ook. Iets te onvoorwaardelijk, misschien.'

De zure toon is weer terug.

'Hoe bedoel je?'

Maud valt stil, komt overeind en begint af te ruimen. Samuel lag duidelijk niet veel minder gevoelig dan Nova, wat hij wel had gehoopt.

'Je moet niet te veel naar mama luisteren,' zegt Elsa zachtjes zodra Maud in de keuken is verdwenen. 'Ze is boos op Nova omdat ze vanwege haar moest ophouden als directeur. Maar Nova is best oké eigenlijk. En Samuel ook. Meestal in ieder geval.'

Hill humt wat, zoekt naar een geschikte vraag, zonder er een te vinden. Zo zitten ze een paar seconden in pijnlijke stilte bij elkaar totdat Maud terugkomt.

Ze ziet er opgewekter uit, alsof ze van zich af heeft geschud waar ze net over spraken.

'Wil je koffie, Martin?' vraagt ze en blijft hem weer een tel of zo te lang aankijken.

Hij kijkt naar de klok. Zijn lijf voelt plotseling zwaar en hij beseft dat hij naar huis zou moeten gaan nu hij nog de kracht heeft voor de korte wandeling over het landgoed.

'Graag een andere keer,' zegt hij. 'Maar nu moet ik weer op Arcturus aan voordat het te laat wordt.'

Hij gaat staan, denkt een teleurgesteld gezicht te ontwaren bij moeder én dochter.

'Heel erg bedankt voor een gezellige avond,' voegt hij eraan toe. 'Ik hoop dat ik jullie mag uitnodigen om gauw bij mij te komen eten.'

De man van glas

Hij heeft ze daarboven in Villa Canopus horen praten. Heel lang beneden in het kelderduister staan luisteren hoe hun geluiden door de vloer en de muren een weg omlaag vinden. Gepraat, gelach. Het getinkel van bestek, glazen en borden. De Vreemdeling voelt zich al thuis. Heeft vrienden gemaakt.

Hij kan ze nog horen lachen, het blinde meisje en zij die altijd in zijn gedachten is.

De Vreemdeling maakt hen blij.

Dat vindt hij niet fijn. Helemaal niet.

Jaloezie is een van de laagste instincten van de mens, zei de Vader vaak. Lang heeft hij gehoopt dat hij zich ervan had bevrijd.

Maar hij heeft zich vergist.

De jaloezie slaat haar klauwen in hem, maakt hem kwaad.

Dus keert hij terug naar het diepe duister en de stilte. Vindt hij de weg door het onderaardse helemaal hierheen, naar het onderkomen van de Vreemdeling.

Om meer over hem te weten te komen.

Hij schakelt de stroom uit in de stoppenkast van Villa Arcturus en sluipt de keldertrap op. Luistert voorzichtig met de deur op een kier naar geluiden in de hal.

Eerst denkt hij iets te horen en blijft hij staan. Maar na een poosje, als zijn hartslag gekalmeerd is, weet hij zeker dat het huis leeg is.

Hij heeft altijd van Villa Arcturus gehouden. Zich hier meer thuis gevoeld dan in Canopus of het hoofdgebouw. Hij kent elke hoek en elk gaatje, elk oppervlak, elke geur.

Toch voelt alles anders nu. Alsof de energie van de Vreemdeling de heersende orde zelfs hierbinnen heeft verstoord.

Hij begint in de slaapkamer, opent de klerenkast, strijkt met zijn hand langs de kleren van de Vreemdeling. Twee overhemden en een colbert. De stof is zacht en veel gedragen, ruikt lekker. Wasmiddel, aftershave en dan een vleug van wat de lichaamsgeur is van de Vreemdeling.

Hij houdt de kleren tegen zich aan voor de slaapkamerspiegel. Het zwakke licht van zijn beschermingsbril weerspiegelt als twee grote rode schotels.

De kleren van de Vreemdeling lijken klein tegen zijn geweldige lijf. Hij hangt alles weer precies terug in de juiste volgorde en gaat verder in de badkamer. De vochtige lucht ruikt naar douchegel en aftershave.

De vreemdeling heeft zich mooi willen maken voor het etentje. Een goede indruk willen maken.

Hij loopt de badkamer uit en de grote woonkamer in. Daar vindt hij overal sporen van de Vreemdeling. Meubels die verplaatst zijn, papieren die zijn blijven liggen, afdrukken in de kussens van de fauteuils.

Tekens dat de Vreemdeling doet alsof hij thuis is. Zich overal van bedient.

Hij houdt halt en snuift de lucht op.

Heel even denkt hij een andere geur te bespeuren in de kamer. Eentje die hij goed kent, die niet bij de Vreemdeling hoort.

Is hier voor hem nog iemand anders geweest? Heeft die nog net weg kunnen glippen toen hij de kelderdeur opendeed?

De geur is verdwenen voordat hij zich ervan vergewist heeft.

Hij keert terug naar de slaapkamer en gaat voorzichtig op het bed liggen. De veren knarsen onder zijn gewicht.

Hij vindt het fijn om hier naar de lichtgevende sterrenhemel te liggen kijken. Zich het universum voor te stellen als een oneindig uitdijend duister waar het licht slechts de uitzondering is. Kleine flakkerende sterrenstipjes, in sommige gevallen al duizenden jaren uitgedoofd voordat hun schijnsel de aarde heeft bereikt.

Zo langzamerhand zullen alle sterren doven. Zal al het leven ophouden en het duister tot in eeuwigheid heersen.

Dat vindt hij een fijn idee.
Zo meteen zal de Vreemdeling terug komen hinken in het duister.
Alleen en kwetsbaar.
Zal hij hem hier opwachten?
Misschien…

Asker

Op weg naar huis rijdt ze veel te hard. Geeft ze plankgas zodra de verkeerslichten op groen springen, waardoor de elektrische auto als een raket wegschiet.

Een vrij zinloze onderneming aangezien ze al snel moet afremmen voor het volgende stoplicht en weer van voren af aan kan beginnen. Maar haar agressieve rijgedrag is geen poging ergens snel te komen, maar om de stress te hanteren van de situatie waarin ze zich bevindt.

Ze heeft twee alternatieve verdachten voor de moord op Korpi. Ze hebben een motief, gelegenheid en een gewelddadig verleden. Maar zij heeft nog maar één dag om ze allebei te vinden, te verhoren en te laten bekennen.

Een onmogelijke opgave, zelfs voor haar, en juist op dit ogenblik voelt ze zich ongelooflijk eenzaam. Hellman, haar moeder en zelfs Martin Hill lijken niet te beseffen wat voor enorme ramp er staat te gebeuren.

Haar vader is ooit bereid geweest zichzelf én haar de lucht in te laten vliegen, alleen maar omdat zij bezig was zich van hem los te maken.

Waar is hij dan wel niet toe bereid als de autoriteiten die hij al zeker twintig jaar grondig haat, naar de Farm komen om hem met geweld op te pakken? Bovendien voor een misdrijf dat hij niet heeft begaan.

Daar komt nog bij dat ze het gevoel maar niet kwijtraakt dat ze op een fout spoor zit. Dat ze tussen alle logica en haar beheer van middelen iets over het hoofd heeft gezien.

Ze geeft weer plankgas, slingert heen en weer over de rijbanen in nog een vruchteloze poging haar frustratie van zich af te rijden.

Ze moet nog amper honderd meter naar de snelwegoprit als ze

beseft dat ze totaal geen zin heeft om naar huis te gaan, naar de grote lege villa. Dat ze dan in ieder geval niet zal kunnen slapen.

Ze gaat boven op de rem staan en stuurt de auto naar de kant van de weg.

Een zilverkleurige auto die achter haar zit, moet noodgedwongen enorm uitwijken om niet op haar in te rijden, maar de bestuurder ziet er desondanks van af om op zijn toeter te rammen en haar nog kwader te maken.

Altijd wel iets.

Ze zet de auto stil en pakt haar telefoon. Heel even overweegt ze Martin te bellen, maar hij is ver weg en helemaal in beslag genomen door zijn jongensavontuur. In plaats daarvan zoekt ze Viktors nummer op.

'Ben je thuis?' vraagt ze zonder ook maar hallo te zeggen. 'Mooi, ik ben er over een kwartier.'

In feite duurt de rit maar twaalf minuten. Hij doet direct open en zij duwt hem terug de woning in. Kust hem, scheurt hem bijna de kleren van zijn lijf voordat ze hem dat bij haar laat doen.

De seks is wild, hard. Bevrijdend.

Helpt tenminste voor het ogenblik.

Hill

De vochtige nachtlucht buiten Villa Canopus doet de kou recht door zijn kleren sijpelen. Hill rilt ervan. Er staat een oude damesfiets een paar meter van de deur. Op de bagagedrager een mand groot genoeg voor een kat.

Hij gist dat de dame op de fiets die hij vanavond zag Mauds moeder is, Karin Irving.

De mist is weer dikker geworden en na maar een minuut zijn de lampen bij Maud en Elsa al achter hem verdwenen. Hill probeert de buitenverlichting van zijn eigen onderkomen te ontwaren, maar ook al is de afstand slechts een paar honderd meter, hij ziet vreemd genoeg niets. Zolang hij op het grind van de oprijlaan blijft is er evengoed geen groot risico dat hij zal verdwalen.

Hij loopt voorzichtig voortstappend verder.

Zijn wond voelt nog steeds goed, maar hij heeft weinig puf meer. De lange dag eist nu zijn tol en hij blijft staan om op adem te komen en zijn ogen te laten wennen.

De mist is zo vochtig dat hij hem op zijn huid kan voelen en samen met het donker is dat eigenlijk een beetje akelige ervaring. Hill houdt zich voor dat hij maar een paar honderd meter van zijn eigen onderkomen is en dat hij genoeg plekken heeft bezocht die veel onaangenamer waren dan een donker park. Een domme inval aangezien dat hem in plaats daarvan aan de verschrikkelijke berg van de Bergkoning doet denken. Hem voor zich doet zien hoe hij en Smilla Holst door het duister rennen, opgejaagd door een seriemoordenaar.

Hij stopt de gedachtestroom, dwingt die in een andere richting. De Bergkoning is dood, zelf is hij op Stjärneholm en loopt hij totaal geen gevaar.

Hij loopt verder zo snel hij maar kan, maar na zo'n twintig meter wordt hij onzeker. Gaat hij wel de goede kant op?

Er zijn geen punten in de omgeving waarop hij zich kan oriënteren en op de een of andere manier heeft hij het ondanks zijn voornemen voor elkaar gekregen om van het pad te raken en op het gazon te belanden.

Hij pakt zijn telefoon en probeert met het ingebouwde zaklampje voor zich uit te schijnen. Maar het vlakke licht weerkaatst alleen maar van de mist en maakt zijn verwarring nog groter, dus doet hij het lampje weer uit.

Moet hij omkeren en teruggaan? Maar hij ziet al snel in dat hij ook niet zeker weet welke kant Villa Canopus op is.

Zijn krachten zijn niet onbeperkt, dus is het beter om even stil te staan en te proberen zich te concentreren. Gewoonlijk heeft hij een goed richtinggevoel. Kan hij vrijwel op elk moment ongeveer de windrichtingen aanwijzen. Daarom is het nu ook des te onbehaaglijker om zijn oriëntatie helemaal kwijt te zijn. Om zelfs geen flauw idee te hebben welke kant hij op zou moeten.

Hij heeft ergens gelezen dat dit verschijnsel piloten kan treffen bij omstandigheden met slecht zicht. Dat ze dan niet alleen elk gevoel voor richting kwijtraken, maar ook van wat boven en onder is. Dit is bijna even erg.

Een geluid doet hem opschrikken.

Hij tuurt in de mist, probeert te bepalen waar het vandaan kwam. Een vogel, dat denkt hij tenminste.

Dan ziet hij iets door het duister en de mist.

Een flink stuk verderop is een lamp aangegaan. Hij loopt naar het licht.

Na zo'n twintig meter weet hij waar hij is. Hij loopt op de oprijlaan naar Villa Arcturus en slaakt een zucht van verlichting. Het is de buitenlamp van het huis die hij heeft gezien.

Maar waarom was de lamp zonet nog uit?

De lamp was ook aan toen hij wegging, dat weet hij zeker.

Er kan natuurlijk een timer op zitten die de lamp uitdoet als het nacht is, maar waarom ging de lamp dan nog maar een minuutje geleden weer aan?

De opluchting die hij net voelde, neemt af met elke stap die hij dichter bij de voordeur komt.

Hij draait het slot open, blijft even op de drempel een paar tellen staan luisteren.

Alles blijft stil en roerloos.

Hij doet de verlichting in de hal aan. Die doet heel zwak aan, alsof het licht niet echt doordringt in het drukkende donker waarin de villa is gehuld.

'Hallo?' roept hij en schraapt zijn keel als hij merkt dat zijn stem trilt.

Hill loopt verder het huis in. Niemand in de keuken, ook niet in de woonkamer. Bernhard Irving kijkt op hem neer vanaf de schoorsteenmantel.

Hij gaat verder naar de slaapkamer, blijft een meter ervoor staan. De slaapkamerdeur zit dicht. Hij kan zich niet herinneren dat hij die heeft gesloten. Hij kan het natuurlijk evengoed wel gedaan hebben.

Om een of andere reden is zijn hart op hol geslagen. Zijn lichaam klaar aan het maken om te vluchten. Waarom is hij zo gespannen?

'Hallo?' roept hij weer. Alles blijft ook nu stil.

Hij doet een paar stappen terug naar de woonkamer.

Moet hij weggaan, de bewaking bellen en uitleggen dat hij denkt dat er een inbreker binnen is? Maar gebaseerd op wat?

Een lamp die aanging, een dichte deur en rechtopstaande nekharen?

Wat zou Leo doen? Die vraag is makkelijker te beantwoorden.

Hij kijkt om zich heen door de woonkamer. Grijpt een pook die naast de open haard hangt en weegt die een paar keer in zijn handen.

Zijn hart davert nog door, doet zijn mechanische hartklep voortratelen in zijn borstkas.

Hill loopt naar de slaapkamerdeur, legt zijn ene hand op de klink en klemt zijn andere om de pook. Hij haalt diep adem en smijt dan met de pook boven zijn hoofd geheven de deur open.

Het is pikzwart in de slaapkamer en hij tast op de muur naar het lichtknopje.

Een zwak klikje en de hele kamer baadt in licht.

Hill ademt uit en laat de pook zakken.

Niemand in de kamer.

Hij kijkt snel de badkamer rond en de logeerkamer aan het eind van de hal, maar ook daar is niemand te bekennen.

Hij is alleen. Geen tekens van een ongenode gast.

Uitgeput hangt hij de pook terug op zijn plaats en ploft hij neer op de bank midden in de woonkamer.

De nieuwe krachten die de behandeling hem heeft gegeven, zijn ten slotte opgeraakt en misschien had hij nog even moeten wachten met wandelingen en uitnodigingen om te komen eten. Maar hij vond het wel gezellig en Maud Irving was leuk én aantrekkelijk, misschien zelfs een beetje flirterig. Al was het ook duidelijk dat er dingen waren waar ze het niet over wilde hebben. Over haar broer Viggo, bijvoorbeeld.

Elsa heeft heel duidelijk veel meer door van haar omgeving dan mensen verwachten. Ze beschermt haar moeder bovendien tegen vragen die met de directeurswisseling en Nova te maken hebben.

Toch lijken Elsa en Maud vrij normaal, in vergelijking tenminste met alle andere vreemde zaken waarop hij is gestuit sinds zijn uitnodiging op Stjärneholm.

Hij staat op en hinkt naar de badkamer. Kleedt zich uit, trekt zijn pyjama aan en poetst zijn tanden. Maakt dan een ronde door het huis om de voordeur op slot en de lampen uit te doen, voordat hij in bed kruipt.

Net als hij het licht wil uitdoen, is dat gevoel terug. Dat gevoel dat hij ook zonet had toen hij buiten voor de deur stond. Een vage sensatie die hem ongemakkelijk doet woelen in bed.

Hij kan niet uitleggen waarom, maar hij is ervan overtuigd dat er iemand hier in zijn villa is geweest.

Hij klimt weer uit bed. Gaat na of alle ramen dichtzitten en de voordeur op slot zit en vergrendeld is. Haalt dan de pook weer en zet die naast zijn bed.

Ook al is hij uitgeput, toch duurt het even voor hij de slaap kan vatten.

Donderdag

Asker

Ze ligt wakker het donker in te staren. Naast haar slaapt Viktor. De ergste frustratie is eraf, haar gedachten zijn helderder.

Maar het probleem is er nog.

Over vierentwintig uur zal de speciale eenheid naar de Farm gaan om Per aan te houden. Dat zal niet goed aflopen.

Maar deze aangename korte pauze heeft haar de kans gegeven een plan te bedenken. Een onverwachte oplossing die toch best weleens zou kunnen werken. Maar die vereist ook dat ze een gelofte breekt die ze zichzelf heeft gedaan.

Ze stapt uit bed en zoekt haar kleren bij elkaar. Drinkt een glas water bij het aanrecht voordat ze naar de deur loopt. Viktor wordt niet wakker, dat gebeurt nooit wanneer ze wegsluipt.

Het is twee uur 's nachts geweest en het is stil op straat. Ze loopt naar haar auto, stapt in en gaat achter het stuur zitten.

Ze rijdt niet meteen weg, maar blijft nog even zitten om te proberen de consequenties te overzien van wat ze overweegt.

De gevaren die het allemaal met zich meebrengt.

Net als ze wil starten komt er een andere auto langzaam door de straat rijden. Pas als die voorbij is en de hoek is omgeslagen, beseft Asker dat de auto haar bekend voorkomt.

Hij deed denken aan die auto met zilverkleurige lak die vanavond iets te dicht op haar zat.

Het kan toeval zijn, maar Prepper-Per heeft haar geleerd om het toeval nooit te accepteren als een verklaring.

Ze start haar eigen wagen en scheurt weg in dezelfde richting als de zilverkleurige auto. Bij de volgende kruising denkt ze een glimp te zien van een stel achterlichten en verhoogt ze haar snelheid. Maar als ze de auto inhaalt, blijken het de lichten van een rode Volvo te zijn en is de zilverkleurige auto verdwenen.

Ze rijdt naar de snelweg terwijl ze probeert te bepalen wie er een reden zou hebben om haar te volgen. Hellman zou iemand kunnen hebben ingezet om haar in de gaten te houden, maar de auto leek niet op een burgerwagen van de politie.

Wie anders dan? Op die vraag komt geen antwoord. Wat erop zou kunnen duiden dat het ondanks alles toch toeval was.

Ze probeert zich zo veel mogelijk details te herinneren van toen ze de auto op de snelweg zag. Het nummerbord heeft ze nooit kunnen zien, wel dacht ze op te merken dat er maar één iemand in de auto zat.

Ze kijkt in haar achteruitkijkspiegel. Wie haar eventuele achtervolger ook is, hij of zij is nu ver weg en ze kan er op dit moment weinig aan doen.

Bovendien heeft ze een taak om op te focussen.

Ze rijdt noordwaarts door Skåne. Het loopt tegen vieren, het wolfsuur komt eraan en aan de andere kant van de autoramen is de natuur veranderd. Het bos is dichter geworden, wordt slechts her en der onderbroken door een rotsblok dat uit het onderaardse omhoogsteekt. De oerberggrond van het Baltisch Schild. Ze kent deze soort natuur op haar vingers. Kan zich er even stil als een schim doorheen bewegen. Een behoorlijk passende vergelijking, als je bedenkt waarheen ze op weg is.

Naar het Schaduwland. Naar haar eigen schim.

De wegen waarover ze rijdt worden steeds smaller, het bos kruipt steeds dichterbij. De hemel zakt bijna tot op de boomtoppen. Ze slaat de maar al te bekende steenslagweg in.

Ooit leek deze weg een eeuwigheid te duren, nu legt ze hem in een minuut of zo af.

Ze komt langs de slagboom bij de oprit naar de oude stortplaats waar het lichaam van Tord Korpi is gevonden. De versperringen zijn al weg.

Ze rijdt nog een paar honderd meter verder en zet de auto dan stil.

Blijft achter het stuur zitten terwijl ze naar het hek, het prikkeldraad en de camera's tuurt, die duidelijk te zien zijn in het lamplicht. De gele borden die onbevoegden waarschuwen om niet verder te gaan.

Ze heeft gezworen hier nooit meer terug te keren.

Toch is ze nu hier.

Terug bij de Farm.

Heel haar lijf schreeuwt dat ze hier weg moet gaan. Dat ze het gaspedaal plat moet drukken en niet om moet kijken.

Al haar instincten zeggen haar dat dit allemaal alleen maar slecht kan aflopen.

Ze doet de autolichten uit en kijkt op de klok. Halfvijf. Ze moet zich even concentreren. Zich mentaal voorbereiden op wat haar wacht.

Dat is niet eenvoudig. De deur die ze eens heeft gesloten, staat plotseling weer wijdopen. Laat herinneringen naar buiten komen die ze lang heeft geprobeerd te verdringen.

Ze besluit te proberen te focussen op een gelukkige herinnering. Een lichtpunt te vinden waaraan ze zich kan vastklampen om niet omlaag in de afgrond te hoeven kijken.

Daar heeft ze er niet veel van, maar er zijn er wel een paar.

En een daarvan straalt harder dan de andere.

Martin Hill.

Ze sluit haar ogen half en een ogenblik lang denkt ze twee mensen te zien aan komen fietsen over de weg. Twee tieners die wegrijden van de Farm.

Weg, naar buiten.

Zestien jaar eerder

Ze hebben bijna drie uur gefietst. In haar eentje had Leo de afstand binnen twee uur kunnen afleggen, maar Martin moet elk halfuur pauzeren om op adem te komen en afstappen bij alle hellingen die steiler dan vijf graden omhooglopen. Ook al sjouwt zij de tent en het merendeel van de bepakking mee.

'De reis is een deel van de bestemming, Leo,' zegt hij lachend elke keer dat zij ongeduldig met haar ogen rolt omdat ze nu weer moeten stoppen.

Hij heeft de bestemming van hun tripje gevonden op een chatforum voor urban explorers, een lijst gemaakt met wat mee moet, en hun route ingetekend op een kaart.

Ze heeft maar een vaag idee wat een chatforum eigenlijk is.

Prepper-Per staat natuurlijk geen computers of mobieltjes toe, dus kent ze internet alleen via de schoolcomputers.

De laatste kilometers gaan over houtweggetjes steeds verder het sparrenbos in, eindigen bij een waterloop die langs een oud stenen huis stroomt.

'Daar heb je de stroomversnelling en de zagerij,' hijgt Martin buiten adem.

Zelf is Leo niet zo weg van verlaten gebouwen als hij, maar elke kans om de Farm te kunnen verlaten grijpt ze met beide handen aan.

Terwijl hij de buitenkant van het vervallen gebouw verkent, zet zij de tent op in de luwte op een plek die niet zal overstromen als het gaat regenen. Bouwt dan een degelijke vuurplaats van stenen en sprokkelt genoeg droog hout voor een hele nacht.

Niet dat het ernaar uitziet dat er onweer komt – de zomerhemel is bijna helemaal onbewolkt – maar omdat Preparatus supervivet*: wie is voorbereid overleeft. Dat is een van Prepper-Pers dogma's waar je nooit tegenin mag gaan.*

Wanneer Martin terug komt slenteren, merkt hij amper iets op van haar voorbereidingen.

'Ik weet hoe we naar binnen moeten komen,' zegt hij alleen maar, met een brede glimlach. 'Of bijna in ieder geval. Ik heb wel je hulp nodig.'

De ramen en de deuren van de oude zagerij zijn al jaren geleden dichtgespijkerd. Maar hij heeft een luik gevonden.

'Hierdoor trokken ze de stammen vast naar binnen,' legt hij uit. 'Misschien was er een lopende band of iets dergelijks. Het luik zit niet dichtgespijkerd, maar het is wel zwaar. We moeten een manier bedenken om het op te tillen.'

Het kost haar tien minuten om met behulp van een ijzeren stang en een roestig olievat dat ze in een schuurtje heeft gevonden, een hefboom te construeren die het probleem oplost. Ze zekert het luik met een paar oude planken voordat ze zich naar binnen wurmen.

Zoals altijd wil Martin beneden in de kelder beginnen.

'Zo doen wij echte urbexers dat,' verklaart hij, klaarblijkelijk niet meer wetend dat hij dat precies zo al eerder heeft gezegd. 'Diep in het donker beneden beginnen en dan een weg omhoog zoeken naar het licht.'

Leo laat hem zijn gang maar gaan. In de kelder is het koud en vochtig en liggen alleen een paar oude machineonderdelen en een indrukwekkende hoeveelheid rattenstront.

De begane grond is interessanter. De turbines zijn weliswaar verdwenen, maar het transmissiesysteem voor de aandrijving van de zaag die ooit verderop heeft gestaan, ziet er nog intact uit. Martin onderzoekt het nauwkeurig.

'Moet je kijken,' zegt hij en schijnt op de houten palen die de tussenverdieping schragen. 'De arbeiders hebben hier hun initialen in gekrast. JM 1948, AP 1952, FD 1958.'

Hij haalt zijn digitale camera die hij met kerst heeft gekregen uit zijn rugzak en begint foto's te maken.

'Denk je dat er iemand van hen nog leeft nu?' vraagt hij.

'Misschien. Als ze in de dertig waren in '58 zijn ze nu rond de tachtig.'

Hij laat de camera zakken, gaat met zijn vingers over de inkervingen.

'En toch zien hun initialen er net zo uit als toen ze die inkerfden,'

zegt hij. 'Sporen van verdwenen momenten. Dat vind ik het mooist van urban exploration.'

Een houten ladder leidt hen naar de tussenverdieping. Daar staat niets meer, maar Martin maakt toch nog meer foto's. Hij is goed in mooie motieven vinden. Zonlicht dat tussen de planken door komt ziften. Een roestige sleutel in een vensterkozijn of een spinnenweb in tegenlicht.

Zelf is ze al blij met zijn gezelschap.

'Dus je vader heeft je van de Farm gelaten?' zegt hij over zijn schouder. 'Is Prepper-Per soft aan het worden?'

'I wish,' lacht ze. 'Maar hij heeft een nieuwe vriend op bezoek. Vandaag zijn ze een bunker aan het bouwen en vanavond gaan ze vast bier drinken en dan op blikken mikken op de schietbaan.'

Ze zou eraan toe kunnen voegen dat Per tevreden is over haar, dat ze haar best heeft gedaan en dit tripje heeft verdiend met het bespioneren van Tord.

Maar dat doet ze niet. Martin zal dan knikken en luisteren. Er zelfs een grapje uitpersen of iets bemoedigends, doen alsof haar verhaal hem niet verontrust.

Maar Martin kijkt toch dwars door haar heen. Hij houdt halt, kijkt haar ernstig aan.

'We zouden een noodterm moeten hebben,' zegt hij.

'Een wat?'

'Een noodterm. Een signaal als je hulp nodig hebt, maar dat niet gewoon kunt zeggen. Een geheim mayday, dat niet raar klinkt, maar wel zorgt dat de ander het snapt.'

Haar impuls is alles weglachen, maar ze houdt zichzelf tegen als ze de uitdrukking op zijn gezicht ziet.

'Zoals?' vraagt ze in plaats daarvan.

'Dubbel in de knoop,' zegt hij zonder enige aarzeling. Ze begrijpt dat hij hier al even over na heeft gedacht.

'Dubbel in de knoop?'

'Ja, zo van "draai jezelf nu niet dubbel in de knoop", of "in deze situatie zit je echt dubbel in de knoop". Als een van ons dat zegt dan weet de ander dat die in nood is.'

Leo snapt wat hij aan het doen is. Hij probeert het te laten lijken dat de noodterm voor hen allebei is, terwijl hij eigenlijk zeker weet dat zij de enige is die hem nodig zal hebben. Een deel van haar wil uitleggen dat het niet nodig is. Dat hij zich geen zorgen hoeft te maken. Een ander, groter deel van haar krijgt het helemaal warm vanbinnen van zijn attentheid.

'Dubbel in de knoop,' knikt ze alleen maar. 'Oké.'

'Mooi.' Zijn gezicht barst open in die lach waar ze van houdt.

Ze gaan terug naar de begane grond. Martin blijft met halfgesloten ogen midden in de ruimte staan.

Ze weet dat hij probeert te bedenken of er nog meer te ontdekken valt. Iets wat ze bij hun eerste ronde door het gebouw hebben gemist. Hij loopt naar de dichtgespijkerde vensters en onderzoekt de kozijnen.

Zelf loopt ze naar de houten pijlers.

Wanneer Martin met zijn rug naar haar toe staat, haalt ze het knipmes tevoorschijn dat ze altijd bij zich heeft en kerft ze een paar tekens in het oude hout.

LA + MH 2006

Ze weet dat het tegen de urbexregels is en dat Martin boos zou worden als hij haar betrapt. Toch voelt het alsof het goed is om iets achter te laten hier, in de tijdmachine. Een spoortje van hen dat misschien nog lang zal blijven bestaan nadat zij er niet meer zijn.

Dubbel in de knoop, denkt ze en kan een glimlach niet onderdrukken.

'Leo, kom eens kijken,' roept hij en snel stopt ze het mes weg.

Hij heeft een van de vensterbanken opgetild.

In de holte eronder ligt een drankfles met een paar glazen.

'Zie je, de meeste gebouwen hebben hun geheimen,' zegt hij. 'Het gaat er alleen om dat je weet waar je moet zoeken.'

Hij neemt een paar foto's van de geheime drankbergplaats en legt de vensterbank dan voorzichtig weer terug.

Zelf denkt ze aan het geheim dat ze net heeft toegevoegd daar in de pijler.

De boodschap die ze erin heeft gekerfd, het bewijs dat dit ogenblik ooit heeft bestaan.

Dat zij ooit hebben bestaan.

Zij en hij.

Asker

Ze moet in slaap zijn gevallen, want een zwak geluid doet haar opschrikken in haar stoel. Er staat schuin links van de auto, een groot grijs silhouet dat maar net te onderscheiden valt in het donker.

Een eland. Een kalf van vorig jaar met de voorpoten op het steenslag en de achterpoten in het veilige bos. Zijn adem dampt als rook rond zijn kop tegen de ijskoude lucht.

De eland herkauwt mechanisch terwijl hij naar haar staart, alsof hij probeert te bepalen of ze een gevaar vormt. Na een paar tellen draait hij zich om en glijdt hij terug het bos in.

Askers hart is weer tot rust gekomen, maar het litteken op haar onderarm is weer wakker. Beseft waar ze zich bevindt, wat ze op het punt staat te doen. Ze knoopt haar mouw open zodat de tatoeage zichtbaar wordt.

Het litteken eronder brandt en kronkelt als was het een levend wezen.

Ze weerstaat de verleiding haar nagels in haar vel te zetten, volgt in plaats daarvan de letters van de tatoeage met de vingers van haar rechterhand. Herhaalt het woord 'veerkracht' keer op keer.

Maar het is alsof het ritueel niet meer zo goed werkt als voorheen.

Ze knoopt het manchet weer dicht, opent het portier en stapt uit. Ademt een paar diepe teugen van de kille ochtendlucht in, voordat ze naar het hek loopt.

Bij de intercom drukt ze op de bel. Het signaal doet een schijnwerper aangaan en ze draait haar gezicht naar de camera die er vlak naast zit.

Ze wacht.

Haalt adem.

Het litteken bonst zwak.

Het is nog niet te laat om hier weg te gaan, lijkt het te willen zeggen. Niet te laat om in het donker te verdwijnen zoals de eland zonet heeft gedaan en de dubbele knoop te vermijden waarin ze zich nu dreigt vast te draaien.

Maar ze blijft staan.

Wacht.

Haalt adem.

Na slechts een minuutje is het geluid te horen van een startende motor. Daarna doemen de koplampen op van een quad die over de weg aan de andere kant van het hek aan komt rollen.

Asker slikt haar bonzende hart omlaag uit haar keel.

De quad komt in het licht van de schijnwerper en de bestuurder staart haar aan.

Hij heeft zich een grote volle baard aangemeten waarboven zijn haviksneus uitsteekt in een scherpe hoek. Bovendien is hij magerder geworden, zijn de oogkassen holler. Het linkeroog heeft de kleur van melk. Eén hand is van kunststof. Zij heeft hem dat aangedaan. Zij heeft hem ooit verslagen.

Toch maakt hij haar nog altijd bang.

Per Asker.

Prepper-Per.

Haar vader.

Hij stopt vlak achter het hek en zet de motor uit. Gaat een paar keer met zijn nog fungerende oog over haar heen, voordat hij zijn mond opent.

'Welkom thuis, Leo,' zegt hij met een kille glimlach. 'Wat had je gewild?'

Asker ademt weer in. Het litteken is net een slang onder haar huid.

'Ik heb een voorstel,' zegt ze. 'Een heel logisch voorstel eigenlijk, maar je zult het niet fijn vinden.'

Het is een paar tellen stil.

'En waarom dan niet?'

Hij staart haar aan met die ijzingwekkende blik waardoor hij iets van een geestverschijning krijgt, wat hij in zekere zin ook is.

Haar geestverschijning. Haar schim.

Ze ademt langzaam uit.

Dit is het zwakste punt van haar plan. Alles hangt af van hoe erg hij haar haat.

Het litteken kronkelt wild.

'Omdat je gedwongen wordt op mij te vertrouwen,' zegt ze rustig. 'Ben je daartoe bereid?

Hill

Hij maakt ontbijt voor zichzelf in Villa Arcturus en eet met meer smaak dan hij een tijd heeft gedaan. Geroosterd brood met kaas en marmelade, weggespoeld met versgeperste jus d'orange. Het daglicht laat het onbehaaglijke gevoel van vannacht oplossen, als een droom haast. Misschien was het dat ook wel.

Als hij klaar is met eten, zet hij het koffiezetapparaat aan en terwijl dat bezig is, gaat hij naar de woonkamer. Blijft daar lang staan terwijl hij zijn vinger probeert te leggen op wat dat vage vermoeden kan hebben veroorzaakt dat er iemand in zijn onderkomen is geweest. Hij is net op weg terug naar de keuken om koffie te halen als er wordt aangeklopt. Hill verwacht half en half dat het Elsa zal zijn. Zij is tot nu toe zijn enige bezoeker.

Maar het is Nova Irving die voor de deur staat, in gezelschap van Samuel.

Haar ogen zijn nog intenser blauw dan hij zich herinnerde.

'Goedemorgen,' zegt ze met haar donkere stem. 'We wilden alleen even kijken hoe het ermee gesteld is. Of je alles hebt wat je nodig hebt.'

Voordat Hill heeft kunnen reageren is ze al langs hem heen het huis in gelopen. Samuel gebaart met een hoofdbeweginkje dat Hill verwacht wordt haar te volgen.

'Willen jullie koffie?' zegt hij. 'Die is vers gezet.'

'Graag, lekker,' zegt Nova. Ze is al in de woonkamer beland en is met een vanzelfsprekende beweging in Bernhards fauteuil gaan zitten.

Hill haalt koffie voor hen alle drie en gaat na enige aarzeling in de fauteuil naast haar zitten. Samuel loopt daarentegen naar het raam met uitzicht op het park en kijkt waakzaam naar buiten.

'Dus je bent op gang gekomen in de bibliotheek,' stelt Nova vast.

Ze heeft haast net zulke zwarte kleren aan als laatst. De hanger is hetzelfde en de bloedrode lippenstift ook, maar vandaag heeft ze het haar in een Grace Kelly-rol gedaan. Is ze zo mogelijk nog aantrekkelijker dan bij hun laatste ontmoeting.

'En dr. Schiller zegt dat hij aan de behandeling van je wond is begonnen,' vervolgt ze. 'En je hebt klaarblijkelijk mijn zus en nichtje ontmoet.'

'Ja, ik ben gisteravond bij hen wezen eten,' zegt hij.

Nova knikt op een manier waaruit blijkt dat ze daarvan al op de hoogte is. 'Maud heeft een paar jaar geleden een moeilijke scheiding moeten doorstaan. Ze zat er min of meer doorheen. Dat was een van de redenen dat ze gedwongen was om ermee uit te scheiden als directeur. Een reden die wij natuurlijk niet publiekelijk uitventten. Maar Maud geeft mij de schuld van alles. Ze denkt dat ik haar heb laten wegwerken.'

Nova trekt een betreurende grijns. 'Niets is minder waar. Het was het besluit van het bestuur waarmee ik niets te maken had.'

'Ik begrijp het,' zegt Hill, aangezien hij niets beters kan verzinnen. Nova's uitstraling is zo intens en zelfverzekerd dat hij het moeilijk vindt het waarheidsgehalte te bepalen van wat ze vertelt.

'Maar het was in ieder geval gezellig om wat tijd door te brengen met Maud én Elsa,' zegt hij. 'Nu heb ik de helft van de familie ontmoet zogezegd.'

Nova tilt vragend een wenkbrauw op, dus haast Hill zich verder te gaan.

'Iedereen behalve Karin, Viggo en natuurlijk Gunnar zelf.'

'Karin leeft een beetje in haar eigen wereldje, dat is al jaren zo. Bovendien heeft ze nooit iets met Alfacent te maken gehad, dus ik zie niet in wat zij zou kunnen bijdragen aan het boek.'

'Ik begrijp het,' knikt Hill. Hij heeft Karin vooral gebruikt als een manier om het onderwerp aan te roeren waarover hij het liever wil hebben. 'En Viggo, je halfbroer? Hij moet redelijkerwijs toch op zijn minst in het boek vermeld worden. En het allerliefst met een interview eraan meewerken.'

'Ach, de arme Viggo.' Nova schudt verdrietig haar hoofd. 'Nog zo'n tragische geschiedenis.'

Ze slaat haar benen elegant over elkaar. 'Hij heeft blijvende hersenschade overgehouden aan het ongeluk.' Ze schudt weer het hoofd, nog verdrietiger deze keer. 'Hij heeft veel zorg nodig en woont in een speciaal verzorgingstehuis in het buitenland, waar hij de best mogelijke zorg krijgt.'

'Wat triest,' zegt Hill. 'Hij was toch nog niet zo oud toen het gebeurde?'

'Vijfentwintig. Maud was drieëntwintig. Zelf was ik pas acht. Mijn sterkste herinnering aan wat er is gebeurd, is hoe kapot onze vader ervan was. Viggo was ook zijn enige zoon. Zoals je vast weet, kwam bovendien Mauds verloofde, Pontus, om bij het ongeluk. Het was dus een dubbele tragedie, niet op zijn minst voor de arme Maud.'

Ze neemt een slok van haar koffie, slaat dan de benen andersom over elkaar, als om aan te geven dat ze klaar is met dit onderwerp en het over iets anders wil hebben.

'Ik heb je overwegingen besproken met Gunnar.'

'Aha.' Hill gaat even goed zitten.

'Hij heeft daar zo'n z'n gedachten over die je er misschien in mee wilt nemen.'

'Natuurlijk,' knikt Hill.

Ze is even stil alsof ze naar de juiste formulering zoekt.

'Mijn vader is er niet zo dol op om Ufo-Gunnar te worden genoemd. Hij vindt dat kleinerend voor zijn werk. Hij wil het liefst dat het boek wegstuurt van dat verhaal. Zich op de toekomst richt.'

'Jawel, maar het bedrijf is zelfs vernoemd naar Gunnars ufo-ervaring, dus die is onmogelijk weg te laten,' werpt Hill tegen.

Nova schiet in de lach.

'Gunnar verlangt niet dat je het ufo-verhaal helemaal weglaat. Maar hij wil niet dat daar het zwaartepunt van het verhaal komt te liggen. Daar is al genoeg over geschreven en hij wil graag een nieuwe, meer vooruitblikkende gerichtheid zien die niet focust op ufo's en mysterieuze ruimtewezens. Hij wil niet dat dat zijn grootste erfgoed wordt.'

‘Natuurlijk. Daar zal ik aan denken,’ knikt Hill met tegenzin en zegt dan: ‘Hoe staat het er trouwens voor met het Blockön? Ik zou er graag zo snel mogelijk heen gaan. Dat was toch waar alles begon.’

Nova lacht weer. ‘Mooi dat je zo gretig bent, Martin. Gunnar is degene die over alles rond Blockön gaat. Je mag erheen wanneer hij denkt dat je er klaar voor bent. Wat je voor nu het best kan doen, is een goede invalshoek voor het boek bedenken en dan komt alles vast wel op zijn pootjes terecht. En graag een goede titel, ik weet dat Gunnar daar heel blij mee zou zijn.’

Ze kijkt hem een tel te lang aan.

‘Oké,’ zegt Hill. ‘Daar zal ik dan eens goed over nadenken.’

‘Mooi.’ Nova komt overeind. ‘Dan zullen we je in alle rust verder laten werken. Maar voor we gaan, heeft Samuel ook nog iets mee te delen.’

Ze knikt naar de lijfwacht die de keel schraapt.

‘Ja, we hebben helaas weer problemen gehad met indringers op het landgoed. Het is elk jaar hetzelfde liedje als de tijd van de ufo-gebeurtenis dichterbij komt. We hebben de beveiliging verhoogd, dus zul je misschien bewakers of drones tegenkomen die het terrein surveilleren. En als je iets vreemds ziet of iemand die hier niet hoort te zijn, vinden we het fijn als je alarm slaat via de app.’

‘Oké,’ knikt Hill.

‘Zo dan, Martin,’ zegt Nova ter afscheid. ‘Gunnar en ik kijken ernaar uit om meer te horen over je vorderingen.’

Hill loopt mee naar de deur, kijkt hoe ze in de grote Mercedes stappen. Nova gaat voorin zitten, merkt hij op. Naast de chauffeur, niet achterin zoals hijzelf en Gunnar Irving deden.

Kan dat iets te maken hebben met waar Maud gisteren op hintte? Dat Nova en Samuel elkaar wel heel na staan?

Misschien, maar het kan ook dat Nova snel wagenziek wordt.

Als de auto weg is gereden, gaat Hill terug naar de woonkamer en begint hij de koffiekopjes op te ruimen terwijl hij geërgerd in zichzelf mompelt.

Hij heeft geen flauw idee hoe hij de soort invalshoek moet vinden waar Nova en Gunnar op uit zijn. Het ufo-verhaal is cruciaal voor Alfacent, de familie Irving en al helemaal voor het boek dat hij zelf later hoopt te schrijven.

Maar het lijkt steeds duidelijker dat hij zonder zo'n invalshoek Blockön niet zal mogen bezoeken.

Bij Bernhards grote bureau blijft hij staan. Er steekt iets wits onder de bureaulegger uit. Hij tilt de onderlegger op en vindt net zo'n envelop als iemand pas nog 's nachts in zijn brievenbus heeft gestopt. Zijn naam staat in ronde letters op de voorkant.

Hill fronst het voorhoofd.

Binnenin zit een dubbelgevouwen vel. Geen brief deze keer, maar een tekening.

Een potloodschets van een figuur met een mensenlijf en stierenkop.

Hij voelt zijn hartklep een klein roffeltje slaan.

De Stier.

Hij weet waar hij die eerder heeft gezien.

Boven aan een van de boekenkasten in de grote bibliotheek.

Hellman

Hellman staat helemaal vooraan in de grote briefingruimte die vol politiemensen zit. Een mix van zijn eigen personeel van Zware Criminaliteit en in het zwart geklede leden van de speciale eenheid. De stemming is geladen, verwachtingsvol. Iedereen weet wat er aan de hand is.

Hij houdt van dit deel van zijn werk. En vandaag houdt hij er, om persoonlijke redenen, nog een beetje meer van. Maar hij houdt zijn opwinding in toom. Hij moet ijskoud lijken, beheerst, competent. Een professionele leider van een professionele inval.

'Goedemorgen, allemaal,' zegt hij om de boel stil te krijgen en tegelijk zet hij met een afstandsbediening de powerpointpresentatie aan. De woorden 'Operatie Arend' worden langzaam zichtbaar op het doek achter hem.

Hij wacht een paar seconden om ervoor te zorgen dat alle ogen op hem zijn gericht.

'De verdachte is dus Per Asker, vijfenvijftig jaar. Voormalig hoofd research bij een grote fabrikant van militair materieel, maar staat tegenwoordig buiten zowel de arbeidsmarkt als de samenleving. Ruim vijfentwintig jaar geleden kwam hij in conflict met zijn werkgever. Asker spande een rechtszaak aan en verloor die, wat volgens onze informatie hem niet alleen grotendeels ruïneerde, maar ook bijzonder verbitterd maakte. Hij scheidde ook tegelijkertijd en trok de bossen in naar een plek die de Farm wordt genoemd.'

Hij drukt op de afstandsbediening en toont een kaart, vervolgens een foto van een terrein met een omheining van dubbel prikkeldraad. Daarachter zijn een paar barakken en oude caravans te zien.

'Asker werd een prepper, of een survivalist zoals ze soms worden genoemd. Een van die mensen die dag in dag uit bezig zijn om zich uit te rusten voor een komende catastrofe en die met de rest van de samenleving zo weinig mogelijk te maken willen hebben. Toen de researchafdeling waaraan hij ooit leidinggaf werd getroffen door een explosiebrand, direct nadat Askers laatste hoger beroep was afgewezen, was hij de hoofdverdachte van de aanslag. De collega's van de Säpo hebben hem maandenlang in de gaten gehouden en ze kregen het vermoeden dat hij een beetje een Zweedse Ted Kaczynski was geworden. Die naam kennen jullie vast nog wel.'

'De Unabomber,' onderbreekt Eskil hem vanaf de voorste rij.

Hellman werpt hem een geërgerde blik toe.

'Hoe dan ook,' vervolgt hij. 'Ondanks een lang, kostbaar onderzoek is het nooit gelukt om Asker in verband te brengen met de brandstichting. Niemand twijfelde eraan dat hij daar zowel de kennis als het motief voor had, maar ze slaagden er niet in om verder te komen. Asker was simpelweg te sluw.'

Hij klikt een nieuwe foto tevoorschijn, van veraf genomen, waarop een lange magere man tussen een paar caravans loopt.

'Dit is hem dan. Per Asker. Hij is voormalig reserveofficier en heeft de militaire parachutistenopleiding succesvol afgerond.'

Sommige leden van de speciale eenheid fluisteren onder elkaar, naar zich laat raden omdat ze dezelfde achtergrond hebben.

'Asker is volkomen paranoïde,' vervolgt Hellman. 'Sinds een zelfgemaakte bom in zijn gezicht is geëxplodeerd, is hij blind aan één oog en heeft hij een handprothese.'

Hellman zwijgt even. Hij heeft overwogen of hij Leo zou noemen in deze uiteenzetting. Het gerucht dat haar vader wordt verdacht van moord is zeker al de ronde gaan doen door het politiebureau.

Maar hij is tot de conclusie gekomen dat het beter is om haar naam erbuiten te houden, niet uit attentheid, maar puur om praktische redenen. De chef van de speciale eenheid of iemand anders zou misschien het idee kunnen krijgen haar erbij te betrekken, wat wel het laatste is dat hij wil. Leo heeft de ex-vrouw van het slachtoffer al eerder weten te bereiken dan hij en hij heeft totaal geen zin om mee te maken dat zij op dat feit wijst of op iets anders wat hem doet uitkomen als slechts de op één na beste rechercheur.

'Ons onderzoek ter plaatse bevestigt dat Per Asker vermoedelijk weet dat wij in hem geïnteresseerd zijn,' vervolgt hij. 'Hij verlaat de Farm zelden of nooit, gebruikt een poortsluis voor leveranties en houdt zijn omgeving nauwlettend in de gaten. Het zal dus heel moeilijk worden om hem te verrassen en dan op te pakken.'

Hill klikt weer een slide tevoorschijn, deze keer een oude foto van een rijbewijs.

'Het slachtoffer van de moord is Tord Korpi, ook hij zat bij het Parachutistensquadron. Zowel Korpi als Asker is, of was, lid van de kameradenvereniging van het squadron en waarschijnlijk hebben ze elkaar zo ontmoet. Korpi's lichaam is een paar dagen geleden gevonden, lag begraven net iets buiten de hoofdpoort van de Farm. Hij heeft daar zestien jaar gelegen, maar was goed genoeg geconserveerd om hem te kunnen identificeren aan de hand van zijn gebitsgegevens. Korpi, die mijningenieur was, werkte volgens zijn ex-vrouw zwart als een soort projectleider voor ondergrondse graafwerken en constructies. Kelders, tunnels en dergelijke. Onze hypothese is dat hij een klus voor Asker heeft gedaan, dat ze het aan de stok kregen en dat Asker hem heeft afgemaakt met een nekschot.'

Hij klikt naar de volgende slide met de autopsiefoto's van Tord Korpi's achterhoofd en gezicht.

'Per Asker is dus gewelddadig, paranoïde en is expert op het gebied van wapens, springstoffen en het man-tegen-mangevecht. Bovendien heeft hij een vergunning voor in totaal zeven wapens en misschien nog meer ongeregistreerde tot zijn beschikking. Er is alle reden om hem als extreem gevaarlijk te beschouwen en de inval moet dan ook met grote kracht en doortastendheid worden uitgevoerd.'

Hij knikt naar de leider van de speciale eenheid die op de eerste rij zit. Die komt meteen overeind, klikt een gedetailleerde kaart van de Farm tevoorschijn en begint de details van de inval door te nemen die om vier uur komende nacht zal plaatsvinden.

Op het moment dat hij uitlegt hoe het vierde team van de eenheid met een helikopter zal worden gedropt, gaat de deur van de briefingruimte open. Een collega steekt zijn hoofd door de kier, lijkt Hellmans aandacht te willen trekken.

Hij schudt het hoofd om te laten zien dat hij bezig is, maar de politieman in de deuropening geeft het niet op.

'Is er soms iets wat wij allemaal moeten weten?' vraagt Hellman.

De man in de deuropening kijkt naar Hellman, dan naar de leider van de eenheid en vervolgens weer naar Hellman.

'Leo Asker is er,' zegt hij dan. 'Zij zegt dat ze belangrijke informatie betreffende de inval heeft.'

'Nou, laat haar maar hier komen dan,' zegt de leider van de eenheid geïrriteerd.

'Dat lijkt me geen goed idee,' protesteert Hellman terwijl hij een stap naar voren zet. 'Leo Askers aanwezigheid hier creëert –'

Voor hij verder kan komen, staat Leo al in de deuropening. Ze ziet er vastberaden uit en Hellman spant zich in om kalm te blijven.

'Zoals ik net aan het uitleggen was, Asker, creëert jouw aanwezigheid hier een enorm belangenconflict. Dat misschien wel levensgevaarlijk is.'

'Omdat jullie vannacht eropuit willen gaan om mijn vader aan te houden,' knikt ze. 'Ja, ik snap precies wat het probleem is.'

'Mooi,' zegt Hellman droog om het gefluister te stoppen dat nu de ruimte vult. Hij merkt dat de chef van de speciale eenheid naar hem kijkt, misschien wel twijfelt aan hoe hij zijn afdeling leidt.

'Dus als je zo vriendelijk wil zijn, Asker...' zegt Hellman met een gebaar naar de deur.

'Eerst heb ik nog wat extra informatie,' onderbreekt ze hem. 'Over mijn vader. Een klein maar tamelijk belangrijk detail waarvan ik dacht dat jullie het misschien wel wilden weten voordat jullie het hele circus in gang zetten.'

Hellman worstelt om kalm te blijven. Hij voelt dat iedereen in de ruimte nu naar hem kijkt. Hoe die blikken veranderen in een zwakke trilling die zegt dat zijn gezag aan het wankelen is.

Hij moet ijskoud blijven, de controle heroveren. Laten zien wie hier de dienst uitmaakt.

'En wat is dat dan, als ik mag vragen?' vraagt hij op een toon die precies ironisch genoeg is. 'Wat voor bijdrage denk je te kunnen leveren, Leo?'

Asker maakt een gebaar met haar duim over een schouder.

'Per zit beneden bij de balie te wachten,' antwoordt ze. 'Jullie hoeven hem alleen maar beneden op te halen. Als jullie dat durven tenminste.'

De man van glas

Hij heeft zich na de oude tuinman jaren rustig gehouden. Haalde zijn schooldiploma, verhuisde naar Malmö om te studeren. Begon parttime in het bedrijf te werken. De vader zag hem nauwelijks, was druk met andere zaken.

Met anderen.

Met een nieuw gezin.

Maar hij slaagde er desondanks in zichzelf ervan te overtuigen dat het een test voor hem was waar de Vader mee bezig was. Een toetsing van zijn eigen wilskracht, zijn toewijding. Hij leefde die jaren bijna als een monnik.

Studeerde, trainde, werkte. Aan een lichaam en geest die een Irving waardig waren.

Een erfgenaam waardig.

Ondertussen stak de honger de kop op, kwelde die hem met nachtmerries die hij bestreed met slaapmiddelen.

Andere keren waren het woeste begeertes die hij verdoofde met nog meer trainingsrondes in de sportschool. Vergde hij zoveel van zijn lijf dat het hem zwart voor de ogen werd.

Die methode werkte, voorlopig tenminste.

Toen overleed zijn opa en op de begrafenis moesten hij, zijn moeder en zus op de rij achter de Vader en zijn nieuwe vrouw zitten. Hij zag hoe dat zijn moeder kwetste. Dat zij de tanden op elkaar beet omwille van hem en zijn zus. Haar waardigheid inslikte, haar vernedering.

Hij ging 's avonds naar de sportschool en trainde zo hard dat zijn spieren pijn deden. Bleef tot ze gingen sluiten en hij wel naar huis moest.

Maar deze keer hielp het niet.

De honger brandde in hem. De lust om iemand te straffen.

De vernedering te vergelden.

Hij wist wie het zou worden: de nieuwe vrouw van de Vader, zij die hen vervangen had.

Hij hield zich steeds dichter in haar nabijheid op, hield haar in de gaten, fantaseerde dat hij zijn handen om haar hals zou slaan en haar reis omlaag het duister in zou volgen.

Maar op de een of andere manier moet de Vader hebben begrepen wat hij van plan was.

Van de ene dag op de andere werd hij weggestuurd. Zonder enige waarschuwing ingeschreven op een mooie universiteit in de USA en naar de andere kant van de Atlantische Oceaan gezonden.

Een fantastische kans, voor iedereen.

Toch voelde hij zich verbannen, opnieuw. Afgesneden van zijn dierbaren.

Het idee knaagde aan hem: reikte het alziende oog van de Vader helemaal tot in zijn hoofd? Tot aan zijn innerlijkste gedachten, zijn allerdonkerste begeertes?

Of was er een andere verklaring?

Namelijk dat iemand op wie hij vertrouwde – de enige op heel de wereld aan wie hij zijn geheimen had verteld – hem had verraden.

Asker

Haar vader zit bij de ontvangstbalie op een bank, recht van rug maar met gesloten ogen, alsof hij aan het mediteren is. Kijkt niet op voordat ze voor hem staan.

'Dit is commissaris Jonas Hellman,' zegt ze. 'Hij en zijn medewerkers zullen je verhoren. Daarna besluit de officier van justitie of je in verzekering wordt gesteld. Na een aanhouding hebben ze drie dagen voor een verzoek tot voorlopige hechtenis, anders moeten ze je weer laten gaan.'

'Dank je, ik weet hoe het Zweedse rechtssysteem werkt,' zegt Per kort en neemt Hellman op met zijn geestverschijningsblik. 'Ik zie dat je een entourage hebt meegenomen, Hellman.' Hij knikt naar de drie potige agenten van de speciale eenheid die om hem heen zijn komen staan.

'Staan!' commandeert Hellman kortaf.

Per blijft zitten en werpt zijn dochter een lange blik toe.

Komt dan demonstratief traag overeind, draait zich om en legt zijn handen op zijn rug.

Even ontstaat er verwarring als de agenten het er niet over eens worden wie Per de handboeien zal omdoen.

Dan nog een keer wanneer de agent die uiteindelijk de taak heeft gekregen, ontdekt dat haar vader een kunsthand heeft. Na wat gehannes krijgen ze de boeien ten slotte om.

Het eerste deel van haar plan is afgewikkeld. Er zijn nog een hoop zaken die haar zorgen baren. Dat ze Danielsson en Sundin misschien niet weet te vinden. Hen niet kan laten bekennen dat ze Tord Korpi hebben vermoord.

Maar wat haar het meest verontrust, is hoe makkelijk het ging om Prepper-Per over te halen.

Alsof hij het hele scenario al lang geleden had doordacht en alleen maar op haar zat te wachten.

Te wachten totdat zij in zou gaan tegen alles wat ze zichzelf had beloofd.

De gedachte klit zich vast, dijt uit terwijl ze Pers rug tussen twee agenten ziet verdwijnen. Ging alles niet veel te gemakkelijk?

'Bedankt voor je hulp, Asker,' zegt Hellman afgemeten. 'Laat me er voor de goede orde je alleen nog eens op wijzen hoe belangrijk het is dat je je verder buiten deze zaak houdt.'

Asker knikt. 'Een waarschuwing alleen. Onderschat Per niet. Ga ervan uit dat hij jullie op z'n minst net zo goed in de smiezen heeft als jullie hem. Dat hij alle scenario's al heeft doordacht en jullie twee stappen voor is.'

Hellman glimlacht kil. 'Bedankt voor de raad. Als je me nu wilt excuseren, ik moet nog leidinggeven aan een afdeling. En jij toch ook?'

Hij maakt een gebaar naar de vloer, voordat hij ronddraait op zijn hak en naar de lift loopt.

Op afdeling min één heerst slaperige stilte. Virgilssons deur zit voor de verandering dicht, dus kan Asker zonder te worden opgemerkt Rosens kantoor binnenlopen.

'Ik heb je gisteravond de hele tijd proberen te bereiken,' zegt ze geërgerd. 'Waarom nam je niet op?'

De kleine vrouw ontwijkt haar blik. 'Mijn telefoon hapert een beetje. Ik moet maar eens een nieuwe aanschaffen.'

Asker haalt adem om Rosen te verklaren wat een belabberde leugenaar ze is en dat het haar godvergeten verantwoordelijkheid is om bereikbaar te zijn, maar houdt zich op het laatste ogenblik in.

'Oké,' moppert ze afgemeten.

Ze reikt haar het vel papier aan met de informatie die ze boven water heeft gekregen over Danielsson en Sundin. 'Ik heb per direct hulp nodig om deze twee kerels te lokaliseren.'

'Oké!' De kleine vrouw gaat achter de computer zitten. 'Ik zal eens kijken wat ik kan doen.'

Ze logt in op de computer. 'Je vroeg me trouwens laatst wat andere informatie, rond die verdrinking bij dat Miresjön. Hier heb je het.' Rosen overhandigt haar een map. 'Tragische geschiedenis. Ik kan me het zelfs nog herinneren. Een van de lichamen is nog steeds vermist. Er zijn een hoop rare dingen gebeurd bij dat Miresjön. Ufo's, dodelijke ongelukken en meteorieten en god mag weten wat.'

'Mm,' humt Asker.

Ze was bijna vergeten waarmee ze Martin beloofd had te helpen. Plotseling wordt ze getroffen door iets wat op een slecht geweten lijkt. Rosen heeft weliswaar werktelefoontjes in de avond ontweken, maar de kleine vrouw heeft ondertussen wel alles gedaan wat er van haar is gevraagd. Bovendien met een streven tot perfectie dat de verwachting ver overstijgt.

Asker slikt het laatste restje ergernis weg. 'Je kunt je vriend bij de *Sydsvenskan* laten weten dat de politie net een verdachte heeft aangehouden voor de moord bij de grens met Småland,' zegt ze zo vriendelijk ze kan. 'Dik het lekker aan en laat hem je meenemen naar een goed restaurant.'

Rosens gezicht begint te stralen.

'Ik zal die kerels wel vinden, maak je geen zorgen,' zegt ze. 'Geef me een uurtje, max.'

Asker knikt, loopt Rosens kantoor uit naar dat van haarzelf. Attila's deur zit nog altijd dicht en het verkeerslichtje op de muur ernaast, dat aangeeft of hij er is of bezet is, is uit. Nog altijd in de ziektewet dus.

Zafer komt de hoek om uit het keukentje. Hij heeft een witte labjas aan en is zoals altijd gejaagd. Loopt met korte schokkerige tred waardoor de koffie bijna over de rand gaat.

'Geen tijd om te praten,' mompelt hij. 'Heb iets wat haast heeft.'

Hetzelfde ogenblik is hij zijn dubbelkantoor in verdwenen en heeft hij de deur achter zich dichtgetrokken.

Ze haalt een glas water, neemt het mee naar haar kantoor en ploft neer in de bureaustoel. Stopt de map in haar rugzak naast het bureau en slaat zodoende per ongeluk iets anders op de grond dat half op een stapel documenten lag.

Het pakje met de ovenwant die de vriendin van Madame Rind,

Siw-zonder-post, voor Attila had gebreid. Ze vist het pakje van de vloer, gooit het op het dichtstbijzijnde platte vlak en zakt weer neer op de bureaustoel.

Het statusrapport ziet er als volgt uit: Prepper-Per zit in verzekerde bewaring, voor het moment tenminste, en dat geeft weer wat meer tijd om hem te kunnen vrijpleiten van moord.

De prijs die ze voor die extra tijd heeft betaald, is dat de deur naar haar verleden nu weer wagenwijd openstaat en dat Prepper-Per haar leven weer is binnengestapt.

Bovendien is Hellman kwaad – nee, nog kwader op haar.

En tot slot: onder de arbeidstaken van haar en haar afdeling valt een helderziende vrouw en haar postloze vriendin die ovenwanten breit als bewijs van haar liefde.

Asker knijpt boven in haar neus. Ze heeft hoofdpijn, wat niet zo vreemd is, aangezien ze hooguit een krap uurtje heeft geslapen vannacht.

Ze leunt achterover en sluit haar ogen. Gunt zich een paar minuten powernap om de accu weer op te laden.

Een klop op de deur wekt haar. Hoelang heeft ze geslapen? Een halfuur volgens haar horloge.

'Binnen!' zegt ze terwijl ze de slaap uit haar ogen wrijft.

Het is Rosen.

Asker gebaart haar de deur dicht te doen en te komen zitten.

'Nou, ik heb volgens mij iets gevonden van Danielsson en Sundin,' zegt Rosen enthousiast. 'Om te beginnen heb je hier hun mugshots.'

Ze legt twee uitvergrote foto's neer.

Jon Danielsson is mager, heeft lang, vettig haar met de scheiding in het midden. De ogen zijn een beetje bloeddoorlopen en hij ziet er gespannen uit.

Erik Sundin maakt een heel andere indruk: hij is kaalgeschoren en heeft tatoeages die langs zijn hals en nek omhoog kruipen. Hij staart recht in de camera.

'Twee echte sieraden voor de mensheid,' vat Rosen het samen. 'Je hebt gelijk dat ze geen van beiden op het opgegeven adres wonen.

Zowel de belastings- als de gerechtsdeurwaarders hebben ze daar niet aangetroffen. En ze hebben natuurlijk geen social media, tenminste niet onder eigen naam. Maar ik heb toch iets gevonden, geloof ik.'

Ze legt een nieuw vel papier neer. 'Ik heb een oude opsporingsnotitie gevonden die vermeldde dat Sundin en Danielsson in een Volvo reden die werd aangehouden voor controle. Er was geen verdenking van een misdrijf, maar de collega die ze aanhield, herkende Sundin van een eerdere zaak en heeft de informatie opgeschreven.'

Asker gaat rechtop zitten. Dit klinkt interessant.

'Ik heb het kenteken gecheckt en de Volvo staat op naam van een vrouw die op een boerderij woont in het noorden van Göinge.'

Asker is nu echt wakker. Als de twee mannen te linken zijn aan de streek rond de Farm en de stortplaats waar Korpi is gevonden, is haar hypothese plotseling een stuk sterker.

'Zij heeft geen strafblad,' vervolgt Rosen. 'Maar wel wat betalingsproblemen achter de rug. Ik heb haar social media gecheckt en ze heeft een paar keer iets geschreven over haar vriend E. die er niet van houdt om op de foto te staan.'

Ze legt een uitvergrote profielfoto neer van een vrouw van in de dertig met neusring en zonnebril.

'Moet je daar kijken.' Rosen wijst naar de zonnebril.

Daarop kun je vaag een spiegelbeeld van de fotograaf zien. Klein en niet heel scherp, maar toch is er een kaalgeschoren hoofd te onderscheiden en iets wat op een halstatoeage lijkt.

'Erik Sundin,' zegt Asker. 'Goed werk, Rosen!'

Hill

Hill denkt tijdens het hele tochtje met de golfwagen naar het hoofdgebouw aan de vreemde brief met de tekening, maar probeert niets te laten merken. In de lift kijkt hij niet naar de camera's in het plafond. Vreemd genoeg heeft hij daar eerder weinig aandacht aan geschonken, maar nu voelt hij zich plotseling bespioneerd.

Wanneer mevrouw Schiller hem de bibliotheek in laat, is hij eerst van plan om regelrecht naar Bernhards sf-kast met de houtsnijfiguren te lopen, maar bedenkt zich dan. Er hangt vlak naast de ingang ook een camera aan de muur. Misschien zijn er nog wel meer, dus moet hij net als anders doen totdat hij dat heeft kunnen controleren.

Hij begint daarom aan het bureau. Zet de kruk weg, bladert door papieren, zet de computer aan. Probeert het te laten lijken of dit weer een heel gewone werkdag is en bedenkt dat hij een invalshoek voor het boek moet verzinnen die én hem in staat stelt te schrijven wat hij wil én Gunnar tevreden genoeg stemt om hem naar het Blockön te laten gaan.

Maar hij kan zich onmogelijk concentreren. Zijn gedachten gaan de hele tijd naar de tekening en naar wie die op zijn bureau kan hebben gelegd. Het handschrift en de envelop wijzen erop dat het de persoon is die hem ook al vanaf het begin heeft gewaarschuwd voor zijn komst naar Stjärneholm.

Hij heeft gistermiddag zelf aan het bureau gezeten en weet daarom zeker dat de envelop er toen niet lag. Dus is de envelop daar gisteravond, vannacht of vanochtend vroeg terechtgekomen.

Hij weet van twee mensen dat ze in die tijdspanne bij hem binnen zijn geweest. Nova Irving en Samuel waren vanochtend in de woonkamer en in de buurt van zijn bureau. Elk van hen tweeën heeft de envelop uit een binnenzak kunnen halen en onder de bureaulegger kunnen schuiven. Maar het idee dat de een of de ander zich bezig zou houden met mysterieuze brieven is bijna lachwekkend, dus moet hij ook een heimelijke bezoeker hebben gehad.

Mevrouw Schiller heeft de sleutel van Villa Arcturus. Kan zij de persoon zijn die naar binnen is geslopen toen hij op het etentje bij Maud en Elsa was? Wier aanwezigheid hij denkt te hebben bespeurd? Theoretisch is dat mogelijk, toch betwijfelt hij het. Van mevrouw Schiller mocht hij uitdrukkelijk niet zelf rond gaan struinen, waartoe de brief juist lijkt aan te moedigen. De identiteit van de geheimzinnige brievenschrijver blijft voorlopig onbekend.

Bijna even benieuwd is hij naar wat de tekening betekent. Dat hoopt hij in ieder geval straks te kunnen achterhalen. Om geen achterdocht te wekken besluit hij tot na de koffie te wachten voor hij naar de boekenkasten gaat. Hij pakt zijn telefoon om de tijd te verdrijven met Leo een bericht sturen.

Ik ben op iets spannends gestuit, schrijft hij en wacht dan tot zij het leest en reageert, maar er gebeurt niets, waardoor hij nog ongeduldiger wordt.

Eindelijk verschijnt de koffiejuffrouw. Hill drinkt zijn koffie en nadat ze zich terug heeft getrokken met haar serveerwagentje, blijft hij nog eens tien helslange minuten wachten voordat hij opstaat.

Hij bekijkt her en der iets uit verschillende boekenkasten en vergewist zich ervan dat er niet meer camera's zijn dan die ene daar bij de deur, voordat hij zonder zich te haasten naar de hoek hinkt die ruimte biedt aan Bernhards sf-collectie.

Hij blijft voor de binnenste kast staan en haalt de tekening uit de binnenzak van zijn colbert. Houdt die voor zich omhoog om te kunnen vergelijken met de houten figuren boven aan de kast.

Hij had gelijk. De tekening komt heel duidelijk overeen met de sculptuur helemaal rechts, met de stierenkop, die de Stier voorstelt.

Op dezelfde plek helemaal links staat een soortgelijke figuur die de Ram moet voorstellen.

De lichamen en houdingen van de sculpturen zijn gelijk, alleen door de dierenhoofden verschillen ze.

Hij bekijkt ze grondig. Er is feitelijk nog een verschil. Het hout van de Stier is iets lichter van kleur, het onderste stuk tenminste. Alsof de lak is gesleten door herhaalde aanraking.

Hij zet zijn kruk tegen een van de kasten, strekt zich uit en grijpt de figuur beet. Zijn hand bedekt precies het lichtere deel van het hout.

Hills hart begint steeds harder te bonzen terwijl hij voorzichtig de figuur naar zich toe trekt. Eerst zit er geen beweging in, maar dan buigt hij plotseling naar voren alsof hij op een verborgen scharnier zit.

Er klinkt een klik.

Er is een kier ontstaan tussen de boekenkast en de muur en een vlaag koele lucht slaat Hill in het gezicht. Met een heel bekende geur van stof, vocht en cement.

De lucht van wat verlaten is.

Hill steekt zijn vingers in de kier en ontdekt dat de hele kast open is te draaien, net als een deur. In de stenen muur erachter zit een smalle opening waardoor een omhooglopende wenteltrap is te zien.

Met bonzend hart stapt hij door de opening, doet zijn telefoonlampje aan en loopt naar de eerste trede van de wenteltrap.

De trap is van zwart smeedijzer en ziet er oud uit. Te oordelen naar de dikke laag stof is hij jarenlang niet gebruikt. Hij probeert te onderscheiden wat er aan het eind wacht, maar de trap slingert voorbij de kleine lichtkegel nog verder omhoog.

Hill probeert zijn gespannen ademhaling tot bedaren te brengen. Een geheime trap achter een verborgen deur. Waarom heeft iemand hem daar een hint voor gegeven? Met een paar voorzichtige stappen probeert hij de trap uit. Hij beweegt iets, maar voelt relatief stabiel aan. De trap is zo smal dat twee mensen elkaar niet zouden kunnen passeren. De leuning is koud en stroef van het stof.

Hij volgt de spiraal omhoog, rustig, om zijn wond niet te zwaar te belasten. Eén winding, twee, drie. Hij moet al gauw op dezelfde hoogte komen als het plafond van de bibliotheek, maar de lift had geen knop voor een derde verdieping. Dus waar gaat hij nu naartoe?

Na nog een winding eindigt de trap bij een vloertje voor een houten deur. De deur zit vol graveringen van mensen met dierenkoppen. Stier, Steenbok, Ram, Leeuw, net als de houten figuren op de boekenkast. Maar ook een Boogschutter, een Maagd en Tweelingen.

Het handvat doet denken aan de berenklopper van Villa Arcturus. Hill drukt de klink omlaag en hoort een zwak knarsen. De deur wijkt een beetje, maar komt dan vast te zitten. Hij leunt naar voren om zijn schouder ertegenaan te zetten.

'Hallo? Lector Hill?'

Hij schrikt op.

De stem komt van beneden uit de bibliotheek en langs de trap omhoog.

Het klinkt als mevrouw Schiller. Vindt zij hem hier, dan is het gegarandeerd gedaan met zijn heimelijke nasporingen.

Hij doet zijn telefoonlampje uit, grijpt de leuning beet en gaat zo snel naar beneden als hij maar kan. De wond protesteert, doet hem lelijk grimassen.

'Lector Hill?'

De stem is nu dichterbij.

Hij komt bij de opening achter de boekenkast en steekt voorzichtig zijn hoofd om de hoek. Niemand te zien, maar hij hoort het zwakke geruis van voeten op het tapijt die dichterbij komen. Hill glipt naar buiten, zet zijn schouder tegen de kast en duwt. Met een zachte klik glijdt hij dicht.

Hij recht de rug en plukt lukraak een boek uit de kast terwijl hij met zijn andere hand het klamme zweet van zijn voorhoofd wrijft. Ontdekt tegelijk dat er een grote witte stofplek op de elleboog van zijn colbert zit. Hij kan de arm nog net achter zijn rug doen wanneer mevrouw Schiller met een ongeruste blik de hoek om komt.

'Ah, daar bent u, lector Hill. Hoorde u me niet roepen?'

'Sorry.' Hij tovert zijn charmantste glimlach tevoorschijn. 'Ik was helemaal in gedachten verzonken. Bernhards verzameling is fascinerend.'

Hij zwaait wat met het boek in zijn hand voordat hij het terugzet in de kast.

Het gezicht van mevrouw Schiller klaart wat op.

'Dat is die zeker,' zegt ze met een vaag glimlachje. 'Uh ja, de reden dat ik u kom storen is dat dr. Schiller plotseling een opening in zijn agenda heeft. Hij vroeg zich af of u tijd heeft om nu al langs te komen voor uw behandeling.'

'Natuurlijk,' antwoordt Hill. 'Na u.'

Hij gebaart hoffelijk met zijn hand. Zodra ze hem de rug heeft toegekeerd, neemt hij de gelegenheid te baat om het stof van de mouw van zijn colbert te vegen.

Hellman

Hij heeft Per Asker een uurtje laten zweten in een kale cel, toen nog een flinke poos alleen in een verhoorruimte. Zijn neus steekt haast als de snavel van een roofvogel uit het gegroefde gezicht. Het dode oog is wit, wat Hellman samen met de baard aan Odin doet denken. Het enige wat ontbreekt zijn twee kloteraven en een paard met acht poten.

Hij probeert overeenkomsten tussen Per en Leo te vinden, zonder veel succes. Misschien komt dat doordat geen spiertje in Per Askers gezicht beweegt.

Hij zit er zelfs helemaal roerloos bij.

Het kwartier dat hij met de camera's de man heeft gadegeslagen zit Per daar rechtop, met gesloten ogen en zijn armen op de tafel. Niet onderuitgezakt, zonder een zucht te slaken of om zich heen te kijken.

Zulke zelfbeheersing heeft iets engs.

'Zo,' zegt hij wanneer hij het vertrek in loopt met Eskil op zijn hielen. Hij legt een goedgevulde onderzoeksmap voor zich op tafel en gaat op de stoel recht tegenover Per Asker zitten.

De man doet langzaam zijn ogen open en slaat Hellman gade terwijl hij de opnameapparatuur aanzet en de formaliteiten inspreekt.

Hij knikt naar Eskil dat die op de stoel bij de muur moet gaan zitten zodat hij precies aan de rand van Askers blikveld belandt. Een klassiek trucje om de verdachte onder druk te zetten, hem het gevoel te geven dat hij in de gaten wordt gehouden.

Per Asker kijkt niet eens Eskils kant op.

'Zo Per, voor we beginnen wil ik je vertellen dat je het recht hebt om een advocaat aanwezig te laten zijn bij dit verhoor, mocht je dat willen.'

Hij vermijdt het bewust om een directe vraag te stellen. Nog een kneepje dat hij in twintig jaar politiewerk heeft opgepikt en dat voldoet aan de eis van de wet, maar tegelijkertijd het risico verkleint dat de verdachte daadwerkelijk om een juridische vertegenwoordiger vraagt.

'Dank je, maar we redden het ook wel zonder advocaat,' zegt Per. 'Of wat dacht je, Jonas?'

Hellman glimlacht droogjes. Asker probeert te laten merken dat dit een gesprek tussen twee gelijken is. Van die waan zal hij hem snel verlossen.

'Zoals je weet, gaat dit verhoor over de moord op je oude vriend Tord Korpi, wiens lichaam net buiten jouw terrein is aangetroffen. Wat kun je daarover vertellen?'

'Niets,' zegt Per Asker. Hij kijkt nog steeds naar hem.

'Niet? Maar jullie kenden elkaar toch?'

'Dat klopt. Maar je vroeg me niet of we elkaar kenden, maar naar details rond de moord op Tord. Die ken ik totaal niet.'

Hij doet er weer het zwijgen toe.

'Oké.' Hellman verandert van tactiek. Hij heeft eerder met dit bijltje gehakt en Per Asker is zeker niet de eerste verdachte die denkt dat hij slim is.

'Hoelang heb je Tord Korpi gekend voordat hij stierf?'

'Dat weet ik niet, aangezien ik niet weet wanneer hij stierf,' glimlacht Per.

Hellman verraadt niets.

Leo lijkt uiterlijk misschien niet op haar vader, maar het vermogen om rete-irritant te zijn heeft ze duidelijk wel van hem geërfd.

'Vertel eens wanneer je Tord Korpi voor het eerst hebt ontmoet,' zegt hij beheerst.

'Dat was in 1998, op een kameradenbijeenkomst voor para's. We raakten aan de praat, hij vertelde wat voor werk hij deed. Ik vroeg om zijn contactgegevens. We spraken elkaar sporadisch. Een paar jaar later moest hij bij mij in de buurt zijn en heb ik hem uitgenodigd om bij ons te logeren.'

De zinnen komen snel, lijken ingestudeerd.

'Wat moest hij in jouw omgeving, behalve bij jullie logeren?'

'Geen idee. Ik stelde geen vragen en Tord was niet het type dat ze zou beantwoorden als ik dat wel had gedaan.'

'Was het voor werk, denk je?'

'Daar ging ik wel van uit.'

'En hij heeft jou ook geholpen bij een of andere constructie?'

'Ik heb geen commentaar over eventuele bouwwerken op mijn gronden. Dat gaat alleen mij aan.'

'Heb je bouwvergunningen?'

Per Asker houdt zijn hoofd scheef. 'Nu stel je me toch teleur, Jonas. Onderzoek je werkelijk overtredingen van de omgevingswet?'

Hellman probeert kalm te blijven, maar dat is lastiger dan hij dacht. Hij merkt dat Eskil onrustig naar hem gluurt.

'Wanneer heb je Tord Korpi voor het laatst gezien?' probeert hij.

'Zestien augustus 2006, in de middag.'

'En dat herinner je je tot in detail?'

'Nee, niet. Het is ondanks alles wel zestien jaar geleden. Maar ik houd een dagboek bij, dus dat was makkelijk na te gaan.'

'Wat waren de omstandigheden?'

'Hij had een tijdje bij ons gelogeerd en ging weer verder.'

'En waarheen dan?'

'Geen idee. Tord was als gezegd niet zo'n prater, wat een van de redenen was dat ik hem wel mocht.'

Hellman kiest voor een andere invalshoek. 'Je bent klaarblijkelijk bijzonder goed in krav maga, de techniek voor man-tegen-mangevechten?'

Hij tikt op de dikke onderzoeksmap als om te laten zien dat ze een heleboel informatie hebben. Dat ze in principe alles van Per Asker weten wat de moeite waard is om te weten, vanaf de dag dat hij geboren is. In feite heeft hij er een stapel niet ter zake doende papieren in gestopt om de map te vullen – nog een truc die het onderzoeksobject meestal onder druk zet.

Per lijkt zich geen enkele zorg te maken. 'Dat klopt. Als jongeman bracht ik een zomer in Israël door in een trainingskamp. Ik heb toen een mooi diploma gekregen dat je hoop ik ook in die goedgevulde map hebt zitten?'

Hellman negeert de plagerige toon. 'En jij bent para-commando en dus ook opgeleid om verschillende soorten wapens te hanteren?'

'Dat klopt.'

'Ben je een goede schutter?'

Per Asker slaat hem nauwlettend gade. Het dode, blinde oog is akelig om naar terug te kijken.

'Ah,' zegt hij dan. 'De arme Tord is doodgeschoten. Interessant.'

Zijn glimlach daagt Hellman uit. Tot nu toe bestaat dit verhoor uit vragen die de andere man duidelijk heeft verwacht en waarop hij zich heeft voorbereid. Hij moet hem uit zijn evenwicht brengen, het initiatief naar zich toe trekken.

'2007, het jaar dat Korpi is verdwenen, heb jij jezelf en je dochter bijna gedood bij een ongeluk. Heb je je hand opgeblazen en ben je blind geworden aan je ene oog.'

Per Askers glimlach trekt weg en Hellman schroeft de druk meteen op.

'Waardoor kon je zo'n vergissing begaan? Een ouwe ervaren bunkerrot zoals jij die slordig omspringt met springstof? Dat klinkt toch raar.'

Pers gezonde oog vernauwt zich, maar hij geeft geen antwoord.

'Speelde je geweten soms op?' gaat Hellman verder. 'Oude zondes die je de concentratie deden verliezen? Of ging het om Leo?'

Een spiertje in Per Askers bovenlip trilt even, maar hij zegt nog steeds niets. Hellman heeft dit allemaal niet zo gepland, maar vaart nu puur op intuïtie. Leo is Pers zwakke punt en dat moet hij uitbuiten.

'Je hebt daar in het bos een fort voor jezelf gebouwd,' vervolgt hij voordat Per Asker zich weer onder controle heeft. 'Je haat de overheid en je wilt niets met de samenleving te maken hebben. Toch gaf je je direct over, zodra Leo opdook bij je poort. Vertrouw je zo blind op haar?'

Per Asker schudt het hoofd. 'Nee, ik vertrouw op niemand. Maar in tegenstelling tot de meeste mensen interesseert zij me wel. Je kunt zeggen dat zij op veel manieren mijn evenbeeld is.'

'Omdat jij haar gevangenhield in je tweepersoonssekte? Haar inprentte dat ze zich moest voorbereiden op de ondergang van de wereld, die vreemd genoeg maar nooit lijkt te komen?'

Per Asker antwoordt niet, maar Hellman weet instinctief dat hij een open zenuw heeft geraakt.

'Heb je erover nagedacht waarom zij zo haar nek voor je heeft uitgestoken? Het beetje wat er nog van haar carrière over is, op het spel heeft gezet?'

'Die vraag zou je toch haar moeten stellen.'

Hellman schudt het hoofd. 'Ik geloof dat wij alle twee, Per, het antwoord al weten. We weten waarom Leo je hier wil hebben, op deze stoel. Omdat ze de waarheid kent, of die op zijn minst vermoedt. Zij heeft op de Farm gewoond, heeft Tord Korpi zeker ontmoet. Maar bovenal weet zij beter dan ieder ander waar jij toe in staat bent.'

Hellman zwijgt precies zo lang dat hij Per Askers gezonde oog onrustig kan zien worden.

'Leo weet hoe jij in elkaar steekt,' vervolgt hij. 'Aangezien zij, net als je zegt, je evenbeeld is. Maar dan een betere, slimmere versie van je. Zij wilde dat je op die stoel zou belanden en daar zit je nu.'

Pers strottenhoofd gaat kort op en neer.

Hellman heeft het spoor nu echt gesnoven. De geur van zwakheid.

'Leo weet het,' zegt Hellman zacht. 'Ze weet wat je hebt gedaan. Ze was er ook, heeft je samen gezien met Korpi. Ze wilde je de kans geven je hart te luchten.'

Hij richt zijn rechercheursblik dwars over de tafel op de man. Denkt Asker te zien krimpen daar op zijn stoel. Hij is er bijna nu, voelt dat in heel zijn lijf.

'Zo is het toch, Per?' fluistert hij bijna. 'Korpi vormde een bedreiging voor jou en Leo. Jij deed alleen maar waartoe je gedwongen was. Beschermde wat van jou was. Beschermde je eigen dochter.'

Het is doodstil in het vertrek, de stemming is zo beladen dat je het haast kunt proeven. Eskil zit zo ver voorovergebogen dat hij bijna van zijn stoel kiepert.

Per Asker kijkt omlaag naar de tafel. Zijn zelfverzekerde houding is verdwenen. De lucht is eruit gelopen.

Nu alleen nog de genadestoot.

'Je hebt alleen maar je plicht gedaan, hè Per?' zegt Hellman vriendelijk. 'Je hebt alleen maar je plicht gedaan. Zo ging het toch?'

Per Asker vouwt zijn handen in zijn schoot, haalt langzaam adem. Zijn hoofd beweegt in wat voorzichtig knikken lijkt.

Nu komt het, denkt Hellman.

Eskil lijkt te zijn gestopt met ademhalen.

Dan tilt Per Asker zijn hoofd op en recht hij zijn rug. Neemt hij weer zijn eerdere rechte houding aan terwijl een brede glimlach langzaam zijn lippen krult.

'Niet slecht, Jonas,' zegt hij. 'Lijkt bijna rechtstreeks uit het verhoorhandboek van de FBI te komen. Ze vinden je hier in deze toko vast geniaal.' Hij gebaart met zijn gezonde hand naar Eskil.

'Maar in feite is het zo dat je alleen maar hebt gedaan waartoe je bent opgeleid, en dat maakt je voorspelbaar. Niet zo vreemd dat Leo genoeg van je kreeg.'

Hellman probeert geen lelijk gezicht te trekken, maar dat lukt hem niet.

'Jij doet jouw research, ik doe de mijne.' Pers glimlach wordt nog breder. 'Het verschil is dat ik geen stapel nepdocumenten nodig heb.' Hij buigt naar voren en tikt met zijn wijsvinger op de map. 'Ik weet alles over jou, Jonas. Schoolrapporten, militaire diensttijd, waar je woont, waar je vrouw werkt, hoelang je ontrouw bent geweest met mijn dochter en dat je haar hebt lopen treiteren toen ze je dumpte. Jij hebt Leo van Zware Criminaliteit weggewerkt omdat je bang voor haar bent. Bang dat zij een betere rechercheur is dan jij.'

Hij zwaait minachtend met zijn vinger. 'En na deze onbeholpen voorstelling zou ik zeggen dat je angst volkomen terecht is. Leo is alles wat jij niet bent...'

Hellman slaat zijn vuist op tafel. Het geluid doet Eskil opschrikken, maar Per Asker vertrekt geen spier in zijn gezicht.

'Jij vindt jezelf zo ongelooflijk slim,' spuugt Hellman. Zijn gezicht loopt rood aan, zijn hartslag bonst in zijn slapen. 'En toch zit je hier, verdacht van moord. En wij gaan je hele leven binnenstebuiten keren.

Als je iets vergeten bent, het piepkleinste godvergeten detail, dan zullen wij het vinden en dan is het gedaan met jou. Levenslang als je mazzel hebt, anders mag je deze keer voorgoed naar de psychiatrische inrichting.'

Hellman staat op, grist de map van tafel.

'Maar je hoopt misschien dat je dochter je hieruit zal halen. In dat geval mag je wel heel hard gaan duimen, Per,' zegt hij afgemeten. 'Met die ene duim die je nog hebt. Want zelfs als ze het al zou willen, weet ik niet wat Leo nog voor je zou kunnen doen.'

Asker

De rit van Malmö naar het adres dat Rosen heeft weten te vinden duurt iets korter dan twee uur. Het voelt alsof ze de laatste vierentwintig uur alleen maar in de auto heeft gezeten, maar de adrenaline houdt haar aan de gang. Zo nu en dan werpt ze een blik in de achteruitkijkspiegel of ze de zilverkleurige auto van gisteravond ziet, maar tot nu toe niet. Ze heeft nog steeds geen idee wie haar achtervolgt. Dat het Hellmans team is lijkt steeds onwaarschijnlijker nu zij hem verrast heeft door Per aan hem over te leveren. Maar wie dan wel? Interne zaken? Een journalist die op de een of andere manier iets heeft gehoord over haar betrokkenheid bij de zaak Holst? Een privédetective?

Geen van die antwoorden lijkt geloofwaardig.

De boerderij waar ze Sundin en Danielsson hoopt te vinden, ligt een stukje buiten de bewoonde wereld. De laatste twee kilometer bestaan uit een kapotgevroren steenslagweg die door dicht sparrenbos slingert.

Volgens de satellietbeelden op Google Maps waarvan Rosen haar heeft voorzien, bestaat de boerderij uit een bakstenen woonhuis en een houten schuur.

Wat die beelden echter niet laten zien, stelt ze vast wanneer ze aankomt, is dat beide gebouwen aan het vervallen zijn. Het sparrenbos dringt aan alle kanten op, boven op de nok van de stal ligt een groen zeil en de vensters van het lage huis zijn zo vermolmd dat je amper kunt uitmaken welke kleur ze ooit hebben gehad. Naast de schoorsteen doen een schotel- en een tv-antenne een wedstrijdje welke van de twee het eerst omlaag komt kukelen.

Een kat scharrelt rond bij het trapje naar de voordeur, maar loopt weg als Asker eraan komt.

Ze strijkt automatisch met haar hand langs de plek waar de holster aan de riem zou hebben moeten zitten. Maar haar dienstwapen ligt nog bij de Technische Dienst en ze begint zo langzamerhand te vermoeden dat Hellman achter die trage afhandeling zit. Ze had graag een wapen van een collega geleend voor dit uitstapje, maar de enige op de afdeling buiten haarzelf die er eentje mag dragen, is Attila en die zit nog in de ziektewet. Dus is haar enige bewapening een uitschuifbare wapenstok die ze in haar jaszak heeft zitten.

Asker klopt aan op de voordeur. Geen reactie.

Ze probeert het nog eens, harder deze keer, maar met hetzelfde resultaat.

Ze loopt naar de stal en gluurt naar binnen door de spleten tussen de planken van de muur. Er staat een auto in, dezelfde Volvo-stationcar waarin Sundin en Danielsson een paar maanden geleden aangehouden zijn.

Ze loopt terug naar het huis, de hoek om en komt aan de achterkant uit. Aan een roestig droogrek bungelt een T-shirt dat vast niet al grauwgroen was toen het van de zomer werd opgehangen.

Verder naar de bosrand staan een paar kassen die in iets betere staat lijken te verkeren dan de rest van de boerderij. Als ze dichterbij komt, ontdekt ze dat het glas bedekt is met jute lappen. Daardoorheen ziet ze snoeren en kweeklampen schemeren boven een groen plantentapijt. Ze begrijpt al waar ze naar kijkt voordat ze het ruikt. De deur staat wijdopen en er klinkt een zwak geluid vanbinnen. Regelmatig gebons, alsof iemand met een of ander klusje bezig is.

Ze haalt de wapenstok uit haar jaszak.

De lucht die haar tegemoet slaat is overweldigend. Een heel kruidige mengeling van skunk, zwavel en knoflook die wordt afgegeven door honderden grote opeengepakte hennepplanten daarbinnen.

Sundin heeft hier genoeg cannabis staan om de bak in te draaien voor ernstige overtreding van de narcoticawet, waardoor ze nu iets heeft dat ze tegen hem kan gebruiken. Hopelijk is dat genoeg om hem aan het praten te krijgen.

Moet ze hem alleen wel te pakken krijgen.

Er lopen twee gangpaden parallel door de kas. Ze kiest er een en loopt voorzichtig verder. Het bonzen blijft doorgaan.

De planten staan een stukje boven de grond in bakken waardoor ze zo hoog zijn dat ze het zicht tussen de gangpaden belemmeren. Terwijl ze verder sluipt, struikelt ze half over een tuinslang, wat haar schoen over het gruis op de grond doet schrapen.

Het bonzen houdt abrupt op.

Asker vloekt zwijgend in zichzelf. Ze grijpt de telescoopknuppel goed vast en gaat verder. Blijft staan wanneer ze rechts van haar een beweging denkt te bespeuren. Ze draait die kant op, tilt de knuppel op en maakt zich klaar om er in zijn volle lengte mee uit te halen.

Voor ze daaraan toekomt, komt er iemand met een harde schreeuw tussen de planten door vliegen.

De aanvaller knalt vol op haar borst en ze zeilt naar achteren, zo de dichtstbijzijnde bak hennep in. De klap beneemt haar de adem, maar ze klautert op en wankelt opzij. Beschermt haar hoofd terwijl ze haar evenwicht probeert te hervinden.

In plaats van haar nog een keer aan te vallen, stormt haar aanvaller ervandoor. Ze vangt een glimp op van een geschoren schedel en een nektatoeage.

Het is Erik Sundin.

Ze slaat de telescoopknuppel helemaal uit en rent hem achterna.

Het is Sundin gelukt een voorsprong van tien, vijftien meter te krijgen. Bovendien is hij zo snel als de bliksem en weet hij precies waar hij moet lopen. Hij vliegt door de overwoekerde tuin terwijl Asker sneller probeert te gaan.

Sundin gaat de hoek van het huis om en is uit het zicht verdwenen.

Asker loopt wat langzamer en neemt de bocht ruim, voor het geval hij plots is gestopt en in een hinderlaag ligt.

Dan hoort ze de motor van een auto starten en laat ze alle voorzichtigheid varen. Als ze de hoek om komt staat de poort van de stal open en is de Volvo naar buiten gereden. Sundin rukt de passagiersdeur open en duikt naar binnen. De auto scheurt weg terwijl steentjes wegspatten van onder de banden, maar Asker vangt nog net een glimp op van de bestuurder. Jon Danielsson.

Ze stormt naar haar eigen auto. Springt erin en geeft gas.

Ze ontwaart de Volvo een stuk voor haar op de steenslagweg. Verliest hem soms uit zicht als hij over een heuveltje of door een bocht gaat, maar de afstand krimpt razendsnel. De Volvo kan niet op tegen haar energieke elektrische auto.

Een nauwe bocht komt naderbij en ze ziet de remlichten van de Volvo iets te vroeg aangaan waardoor die snelheid verliest. Nu heeft ze de kans om hen in te halen. Ze geeft vol gas, neemt de bocht zo ruim mogelijk om op snelheid te blijven.

Plotseling knalt het stuur om en trekt haar auto dwars naar links. Ze probeert tegen te sturen, maar er gebeurt niets.

Het volgende ogenblik schiet de wagen van de weg.

Heel even is ze gewichtloos.

Dan een klap. De airbag komt met een oorverdovende knal naar buiten zetten, boven en onder verliezen hun betekenis en ze wordt als een vod door de auto heen en weer geworpen terwijl de auto verder over de kop blijft slaan het bos in.

Om en om en om totdat hij op een boomstam knalt en alles stil en roerloos wordt.

Hill

Het sparrenbos suist zo snel voorbij de zijraampjes dat het versmelt tot een grijsgroene wand. De auto is niet van hem, maar een leenexemplaar dat mevrouw Schiller snel voor hem heeft geregeld. De wagen gedraagt zich totaal niet zoals een auto volgens Hill zou moeten doen. Toch rijdt hij sneller dan hij eigenlijk durft. Af en toe scheldt hij luid op de auto en al het andere wat hem verhindert om er snel genoeg te komen.

De onrust vreet aan hem.

Een ongeluk met de auto, veel zei Leo niet toen ze hem belde om hulp te vragen. Maar hij kon aan haar stem horen dat ze pijn had. En Leo is niet iemand die piept bij een pijntje.

De rit duurt krap een halfuur, het laatste stuk rijdt hij tegen alle wetten in met zijn telefoon in de hand terwijl de gps hem naar de pin op de kaart leidt die zijn bestemming is.

Het eerste dat hij ziet is een baan neergemaaid groen recht het bos in. Aan het eind daarvan ontwaart hij een auto die op zijn dak ligt, min of meer in schroot veranderd.

Zijn hart zakt tot in zijn maag.

Leo zit op een grote steen. Hill trapt hard op de rem en vliegt de auto uit, maalt er niet om dat de auto midden op de weg blijft staan.

'Hoe is het met je?'

Leo komt moeizaam overeind. Het haar hangt los, ze heeft een schaafwond op haar voorhoofd en haar linkerarm hangt voor haar borst in een provisorische mitella, gevouwen uit een halsdoek. Haar verbeten gezicht is wit.

'Heb me weleens beter gevoeld,' geeft ze toe. 'M'n schouder is uit de kom en ik geloof dat ik een hersenschudding heb opgelopen. Plus dat ik aan alle kanten beurs ben.'

Hill helpt haar in de passagiersstoel en hinkt dan zonder hulp van een kruk naar de bestuurderskant.

Haar telefoontje kwam precies toen hij net klaar was met de behandeling en op het moment is hij stukken beweeglijker dan zij.

'Fijn dat je zo snel kon komen,' zegt ze. 'Sorry als ik je ergens bij stoorde.'

'Maar dat spreekt toch voor zich? Stjärneholm is dicht in de buurt.'

Ze glimlacht een beetje. 'Ik wist niet wat ik moest. Had ik een ambulance gebeld, dan hadden ze ook een politiewagen gestuurd en ik wil voorkomen dat de collega's erbij betrokken raken.'

'Omdat jij in je eentje op onderzoek uit was,' vult hij aan.

'Precies,' knikt ze. 'De auto die ik tegen een boom heb geparkeerd is een karretje dat me privé ter beschikking is gesteld. Dus bel ik later wel een berger die hem discreet direct naar een garage brengt zonder dat de politie er iets van hoeft te horen.'

'Tuurlijk, maar eerst moet je naar het ziekenhuis en worden verbonden.'

Hij geeft zo hard gas dat er steentjes tegen het chassis spatten.

'En wat is er nu in godsnaam gebeurd?' vraagt hij als ze weer op de grote weg rijden.

'Ik achtervolgde een paar kerels die iets te maken kunnen hebben met de dood van Tord Korpi. Stuitte bij toeval op een illegale wietplantage toen ik toch bezig was. Ze hebben me erin laten lopen. Een van hen heeft de wielbouten van m'n auto losgedraaid voordat ze ervandoor gingen. Ik ging in de achtervolging en toen ik hard een bocht in stuurde was het: knal!' Ze maakt een cirkelbeweging met haar ongekwetste hand.

'Godsamme,' zegt Hill. 'Dat had nog goed fout kunnen aflopen.'

'Mm.' Leo grijnst en knijpt in de bovenkant van haar neus.

'Doet het erg zeer?'

'Ik heb wel erger meegemaakt.'

'Ja, daar twijfel ik niet aan.'

Stilte, maar beiden denken ze aan hetzelfde.

Of beter gezegd: aan dezelfde.

'Dus je zet letterlijk je leven op het spel om Prepper-Per te redden?' zegt Hill droog.

Leo verzit even.

'Het is ingewikkeld.'

'Is dat echt zo? Per heeft je heel je jeugd onder controle gehouden, dwong je tot een geïsoleerd leven in een ondergangskamp en probeerde je vervolgens te vermoorden toen je op het punt stond hem te verlaten. Zeg het maar als ik ernaast zit.'

Hill klinkt iets bozer dan zou moeten, dat weet hij, maar hij heeft wel gelijk. Per is het absoluut niet waard om zulke risico's voor te nemen.

Leo kijkt naar buiten door het zijraampje. Hij herkent haar lichaamstaal, weet dat ze de deur heeft dichtgetrokken en dat hij geen enkel antwoord zal krijgen.

'Fokking Prepper-Per,' moppert hij in zichzelf.

De spoedeisende hulp zit halfvol en ze moeten in een onderzoekskamer op de arts wachten.

Tijdens het wachten vertelt Leo zachtjes wat er de afgelopen dagen is gebeurd. Over Korpi's werk aan de kelder van Freedom Gym, over zijn tas vol contanten en de uit de hand gelopen beroving.

Zegt vervolgens dat ze naar Prepper-Per is gegaan en hem zover heeft gekregen zichzelf te melden bij de politie.

Hill merkt dat hij moeite krijgt met ademhalen.

'Dus je bent naar de Farm gegaan?' zegt hij. 'Ondanks alles wat er is gebeurd?'

'Ik had geen keus,' antwoordt ze. 'Dat was de enige manier om de ramp te voorkomen. Maar nu zit hij in voorarrest in de cel en daar kan hij geen schade aanrichten.'

Om een of andere reden overtuigt die laatste bewering Hill niet. Leo zelf lijkt er ook niet van overtuigd.

Ze lijkt over iets anders te willen beginnen en hij wil haar net ter wille zijn door te vragen of ze het onderzoek naar de twee verdronken urbexers heeft kunnen vinden, maar dan verschijnt de arts.

Hill verexcuseert zich als Leo onderzocht zal worden. Hij gaat in de wachtkamer op zijn telefoon zitten priegelen, probeert zijn gedachten weer op zijn ontdekking in Stjärneholm te krijgen.

De trap die omhoogvoerde naar een mysterieuze deur, op een onbekende verdieping. Wat is er achter die deur, wat is hij op het spoor, en wie heeft hem daarheen geloodst?

Wat hij het allerliefst wil, is die mysteries oplossen.

Bijna het allerliefst dan, want hij zit hier nu ondanks alles op de spoedeisende hulp in plaats van te achterhalen wat er achter die deur boven aan die trap zit.

Het duurt een flinke poos voordat Leo terug is.

Haar arm zit nu in een echte mitella en haar gezicht ziet er minder gekweld uit.

'Lichte hersenschudding,' zegt ze. 'En de dokter heeft m'n schouder weer in de kom gezet. Het voelt al beter.'

'Morfine?' vraagt hij.

Ze knikt. 'Goed spul. Als je mij bij het station kunt afzetten, zou dat hartstikke fijn zijn. Ik wil je niet langer storen in je werk.'

'Mooi niet! Jij hebt de hele dag vast nog niks gegeten en ik trouwens ook niet. Bovendien moet jij absoluut niet in een trein zitten hotsebotsen in jouw toestand, of alleen thuis zitten. Dus vannacht logeer je bij mij op Stjärneholm. Ik heb een logeerkamer en we kunnen onderweg wel eten kopen. Morgen rijd ik je dan naar waar je heen wil.'

Leo lijkt te willen protesteren. Maar dan verandert haar gezichtsuitdrukking. 'Dus ik stoor je niet in je werk?'

'Jawel,' lacht hij. 'Je stoort me verschrikkelijk. Maar daar is niet veel meer aan te doen.'

Ze kijkt hem lang aan.

'Dank je, Martin,' zegt ze dan welgemeend.

Hellman

Hij zit nog op het werk. Niet omdat dat moet – hij is ondanks alles wel de chef en doet wat hij wil – maar omdat hij aarzelt om naar huis te gaan.

Hij wil het liever niet toegeven, niet eens aan zichzelf, maar het risico bestaat dat hij gemanipuleerd is. Dat Leo Asker en haar psychopaat van een vader hem simpelweg in een hoek gemanoeuvreerd hebben. Hem gedwongen hebben zijn kaarten op tafel te leggen lang voordat hij dat had moeten doen.

De officier van justitie is er weliswaar in meegegaan om Per Asker in verzekering te stellen, maar dat betekent ook dat de klok is gaan tikken. Dat ze maar drie dagen hebben om bewijs te bemachtigen dat genoeg is voor voorlopige hechtenis.

En op het moment ziet het er, om dezelfde officier te citeren, 'een beetje dun uit'. Hij mist forensisch bewijs én getuigen die Per Asker aan het misdrijf koppelen.

Ze kunnen hem met zekerheid in verband brengen met Tord Korpi, maar omdat de man sluw genoeg was om dat toe te geven bij het verhoor, zelfs te verklaren dat Korpi soms op de Farm logeerde, werden de feiten minder beladen dan wanneer hij zich in allerlei bochten had gewrongen of dat had ontkend, waar Hellman op had gehoopt. Nu is het slechts een indicatie zonder doorslaggevend gewicht.

Dat Per Asker een gewelddadig verleden heeft en wapens kan hanteren, is natuurlijk een andere omstandigheid die in zijn nadeel is. Voeg daar de vindplaats vlak bij de Farm aan toe en je hebt wel degelijk een keten van aanwijzingen. Maar die is nog altijd te kort.

Ze hebben iets meer nodig, anders zal de officier de inverzekeringstelling opheffen en Per Asker vrijlaten. Hem laten winnen. En sommige kwade tongen op het politiebureau zullen zeker gaan twijfelen aan Hellmans competentie en aan zijn motieven om zoveel middelen en mankracht in te zetten op een verdachte in een cold case. Misschien zelfs suggereren dat hij uit was op een soort kleinzielige wraak op een vrouw die hem ooit heeft aangegeven wegens intimidatie. Een vrouw die misschien de baan zou moeten hebben die hij zichzelf heeft weten toe te eigenen. Een vrouw over wie hij in het geheim nog altijd fantasieën heeft.

Zo'n nederlaag kan hij zich onder geen enkele omstandigheid veroorloven.

Ondanks het mislukte verhoor weet hij zeker dat hij het over één ding bij het rechte eind had: Per Askers zwakke punt is zijn dochter en omgekeerd lijkt dat ook voor Leo te gelden. Per wil Leo's hulp bij het bestrijden van de verdenking van moord. En Leo is bereid om haar vader te helpen, ook al zet ze daarmee wat er nog van haar carrière rest op het spel.

Toch is het duidelijk dat ze elkaar wantrouwen. Zoals Per Asker over zijn dochter sprak was het alsof hij haar tegelijkertijd bewonderde en haatte.

In dat moeras van tegenstrijdige gevoelens en vreemde loyaliteitsbanden ligt ook zijn eigen kans.

Want er is een derde factor in de vergelijking. Iemand met wie Per noch Leo rekening heeft gehouden, omdat ze druk bezig zijn elkaar in de gaten te houden. Hij pakt zijn telefoon op en belt het nummer.

Hill

Wanneer ze bij het hek van Stjärneholm aankomen, doet Hill het zijraampje open om naar de poortintercom te reiken, maar voordat hij op de knop heeft kunnen drukken, zwaait het hek al soepel aan de kant. Een bewaker in uniform komt hen tegemoet, gebaart Hill om te stoppen en schijnt hem in het gezicht met een zaklamp. Pas dan komt het in Hill op dat hij misschien toestemming had moeten vragen om een gast mee te nemen naar het landgoed.

'Goedenavond, lector Hill,' zegt de bewaker en richt de zaklamp naar de passagiersstoel.

Hill vloekt zwijgend in zichzelf, maar de bewaker doet de zaklantaarn weer uit.

'Excuses voor het gedoe. We hebben wat probleempjes met onbevoegden op het terrein,' zegt hij.

'Geeft niets,' zegt Hill opgelucht en rijdt weer door.

'Onbevoegden?' vraagt Leo.

'Binnenkort is het weer de dag van Gunnars ontmoeting met de aliens,' legt hij uit. 'Blijkbaar geloven sommige ufospeurders dat die datum een bijzondere betekenis heeft. Ze hopen misschien op een nieuwe ufolanding of iets dergelijks.'

'O, zie je wel. Zo te horen heb jij je handen vol.'

'Ja, dat kun je wel zeggen,' lacht hij.

'Maar hoe is het gegaan dan? Je berichtte dat je iets spannends had gevonden. Sorry dat ik niet heb gereageerd.'

'Geeft niks,' zegt Hill. 'Jij had het ook nogal druk.'

Terwijl hij de geleende auto naast Villa Arcturus parkeert, vertelt hij over de verborgen deur in de bibliotheek, de waarschuwing op de tekening en de mysterieuze brieven die hij heeft gekregen.

'En je hebt geen idee wie daarachter zit?' vraagt ze ten slotte.

'Nee, nog niet. Maar misschien wordt dat duidelijk als ik erachter ben wat er aan de andere kant van die geheime deur is.'

Leo lijkt na te denken.

'Wie het ook is, diegene probeert je te helpen én tegelijk te waarschuwen. Denk daar maar aan voordat je wegstormt op ontdekkingstocht, oké?'

Hill wil er al bijna op wijzen dat hij niet degene is die regelrecht van de spoedeisende hulp komt met een arm in een mitella, maar houdt zich in. Ondanks haar eigen situatie is Leo bezorgd om hem, wat hij opvallend aantrekkelijk vindt.

Ze opent het portier. 'Zullen we naar binnen? Ik kom om van de honger. Vertel maar meer tijdens het eten.'

Ze eten aan de grote eettafel in de keuken en blijven informatie en ideeën uitwisselen. Na een tijdje besluit Hill te vertellen over het lichtschijnsel dat hij als tiener denkt te hebben gezien boven Blockön.

'Dat heb je nooit verteld,' zegt ze.

Hij haalt zijn schouders op. 'Misschien omdat ik dacht dat je me uit zou lachen.'

'En je gelooft nog steeds in ufo's,' zegt ze met een glimlach. 'Zelfs op volwassen leeftijd.'

'Geloven, geloven...' Hij talmt met een antwoord.

'Ik probeer er in ieder geval met een open blik naar te kijken.'

'En al die verhalen? Mensen die zeggen dat ze ontvoerd zijn, dat hun auto op is gestraald, of dat ze zelf aliens hebben ontmoet, zoals Ufo-Gunnar?'

Hill spreidt zijn handen uit. 'Ik bekijk het meestal zo dat ik in ieder geval in de ervaring zelf geloof. Dat degene die het vertelt iets onthutsends en misschien ook onverklaarbaars heeft meegemaakt, zelfs al geloof ik niet alle details.'

'Je bedoelt dat je in de mens gelooft.'

'Tja, zo kun je het misschien zeggen.'

Ze schudt het hoofd weer. Hill weet precies waarom. Leo is opgevoed om zichzelf te redden, om alles en iedereen met argwaan tegemoet te treden, om op niemand te vertrouwen.

Onlangs vond hij het nog onwerkelijk dat ze bij hem thuis in Lund in zijn keuken zat. Dit moment is nog surrealistischer. Zij tweeën samen in een gastenvilla op het landgoed van Ufo-Gunnar, niet zo heel ver van waar ze elkaar voor het eerst hebben ontmoet.

'O, ja,' zegt ze. 'Ik heb iets voor je.'

Ze haalt haar rugzak en overhandigt hem een map. 'Het onderzoek naar de dubbele verdrinking waar je om had gevraagd.'

'Kun je me helpen wegwijs te worden in wat wat is?'

'Zeker.' Ze schuift haar stoel dichterbij. Wijst met haar ongekwetste arm. 'Dat is het eigenlijke proces-verbaal. Dan komen de getuigenverhoren, een melding dat er een lichaam is gevonden en ten slotte het autopsieverslag.'

'Het onderzoek is nogal summier,' stelt ze vast. 'Twee mannen zijn als vermist opgegeven, hun auto is aangetroffen bij de scoutingbarak en er ontbrak een roeiboot. Men kreeg hulp van Stjärneholm om op het Blockön en in het water te gaan zoeken, maar zonder resultaat. Een paar maanden later dook het lichaam van een van de mannen op in het meer. Er werd weer gedregd, maar de andere is nog steeds vermist.'

'Hoe heette de man die ze gevonden hebben?'

Ze bladert door de papieren.

'Nick Holmstedt, zevenentwintig jaar en uit Malmö. De andere man, Elis Brorson, is nooit gevonden.'

'Staat er iets over een doodsoorzaak?'

Leo bladert verder. Haar arm strijkt even langs de zijne.

'Vermoedelijk verdrinking.'

'Vermoedelijk?' vraagt Hill.

'Ja, maar dat is niet zo raar. Volgens het autopsierapport was het lichaam behoorlijk toegetakeld na drie maanden in het water. Ik heb zelf wel zeelijken gezien, dat is geen prettige aanblik. De doodsoorzaak is altijd moeilijk vast te stellen.'

'Nog iets anders?'

Leo slaat bladzijdes om.

Ondanks het macabere onderwerp merkt Hill dat hij de geur van haar shampoo ruikt. Hij kan het niet laten om wat dichterbij te gaan zitten.

Ze merkt het, kijkt tersluiks naar hem. Schuift een papier aan de kant en raakt per ongeluk zijn hand. Of is het expres?

Een harde tik van de deurklopper doet hen beiden opschrikken.

Hill komt in de benen, voelt zich vreemd geneerd.

Wanneer hij de deur opent, staat Maud Irving daar. Ze is opgedoft, ruikt naar parfum en houdt een fles wijn in haar hand.

'Ha Martin, ik dacht: misschien heb je wel zin in wat gezelschap.'

Voordat Hill heeft kunnen reageren, is ze al in de hal en op weg naar de keuken.

Op de drempel krijgt ze Leo in de gaten en houdt ze pardoes halt.

'O,' zegt ze bedremmeld. 'Ik wist niet dat je bezoek had.'

Het blijft een paar tellen ongemakkelijk stil.

'Maud Irving,' zegt Maud dan met een kort knikje. 'Ik woon hier recht tegenover. Martin is gisteravond bij ons wezen eten.'

'Leo Asker,' zegt Leo en zwaait even met haar ongekwetste hand.

'Zijn jullie...?' Maud trekt een veelbetekenend gezicht.

'Nee,' zegt Hill, iets te snel. Hij weet niet waarom. Hij wordt zenuwachtig van dit hele treffen. Alsof hij betrapt is bij iets wat verboden is.

'Wij zijn oude vrienden,' mengt Leo zich erin. 'Ik heb een ongeluk met de auto gehad, niet heel ver hiervandaan, vandaar de mitella. Martin was zo vriendelijk om me te helpen.'

'Och, wat vervelend.'

Weer een paar tellen gespannen stilte.

'Nou, dan zal ik jullie niet verder storen,' zegt Maud. 'Leuk om je te ontmoeten, Leo.'

Hill volgt haar naar de deur. Er is nog van alles waarnaar hij Maud wil vragen, zowel over de familie als over Alfacent.

'Ik drink anders graag morgen een glaasje,' zegt hij vergoelijkend. 'Als je dan kunt tenminste?'

'Zeker, lijkt me gezellig. Tot dan.' Hill weet het niet helemaal zeker, maar vindt toch dat Maud een beetje teleurgesteld klinkt.

'De groeten aan Elsa!' zegt hij nog iets te hard tegen haar rug.

Hij keert terug naar de keuken.

'Sorry,' grijnst Leo. 'Het was niet m'n bedoeling je datingleven te verstoren.'

'Dat doe je niet.'

'O, echt wel, dat was wel duidelijk. Was je niet met Sofie?'

'Uh... jawel... nou, het is een beetje ingewikkeld.'

Hij overweegt of hij zal vertellen dat Sofie getrouwd is, maar hij ziet niet hoe dat het er beter op maakt. Dus grijnst hij uiteindelijk maar schouderophalend.

'Wauw, Martin. Je haalt echt alles in wat je als nerdy tiener hebt moeten missen,' lacht ze.

Hill heeft hier geen goed antwoord op. Ze heeft wel een beetje gelijk, maar tegelijkertijd zou hij het nader willen verklaren.

Haar telefoon piept. Ze checkt hem snel, stopt hem dan weer weg.

'Is alles oké?'

'Ja, hoor.' Leo gaapt, ziet er ineens moe uit. 'Als je het goed vindt, kruip ik nu het liefst onder de wol.'

'Natuurlijk. Er liggen tandenborstels en wat andere toiletspulletjes in de ladekast op de badkamer. Wil je een T-shirt of iets anders om in te slapen, dan regel ik dat.'

'Dank je. Ik stel dit allemaal echt op prijs.'

'*Anytime*,' antwoordt Hill. 'Weet je zeker dat alles oké is?'

'Ja, hoor. Alleen een beetje beurs.'

Hij blijft haar in de ogen kijken. Die tweekleurige blik waaraan hij in de loop der jaren zoveel heeft gedacht. Die in slechts een milliseconde van steenhard naar teder kan gaan.

Ze ziet er echt beurs uit.

'Alleen...' zegt ze, voor ze weer stopt.

'Ja?'

Hij ziet haar aarzelen. Leo heeft zich jarenlang alleen gered. Nooit iets met iemand gedeeld. Hij wil tegen haar zeggen dat ze niet meer alleen is. Dat ze hem binnen kan laten.

Maar zo zit Leo niet in elkaar. Het beste wat hij kan doen, is zijn bek houden en haar dat zelf laten ontdekken.

Zij frummelt in gedachten verzonken aan de mitella. 'Sundin en Danielsson hadden duidelijk een motief om Korpi te vermoorden en ook een zekere band met de streek rond de Farm. En zoals ik onzachtzinnig heb ondervonden, schuwen ze ook geen geweld. Elke logica zegt dat zij de daders zijn die ik zoek.'

'Maar...' Hill trekt zijn wenkbrauwen op.

'Maar ze waren amper twintig toen Korpi werd vermoord. Behalve dat ze de moord gepleegd moeten hebben, moet het ze ook gelukt zijn om daarover zestien jaar lang niet uit de school te klappen. Er niet over te kletsen met een of ander loslippig wietvriendje dat ze verklikt bij de politie.' Ze schudt vol twijfel het hoofd.

'Dus jij denkt dat zij het niet waren. Waarom probeerden ze je vandaag dan van het leven te beroven?'

Leo wrijft gefrustreerd over haar voorhoofd. 'Ik ben er in een privéauto heen gegaan en heb me helemaal niet gelegitimeerd. Sundin en Danielsson kunnen niet hebben geweten dat ik van de politie was, ze kunnen net zo goed gedacht hebben dat ik een concurrent was die het op hun plantage had voorzien.'

'Linus Palm kan ze gewaarschuwd hebben. Hebben uitgelegd dat je in de moordzaak loopt te wroeten.'

'Dat betwijfel ik. Palm wilde het liefst zo ver mogelijk uit de buurt van die twee blijven. En zouden ze, als het wel zo was, als reactie dan proberen iemand van de politie te vermoorden en niet er gewoon vandoor gaan?'

Hij beseft dat ze daar een punt heeft.

'Dus wat ben je nu van plan te gaan doen?'

Ze recht haar rug, haar stem klinkt anders. 'Ik moet me toch op Sundin en Danielsson blijven richten. Ik heb niks anders om mee te werken en moet het doen met de weinige middelen die ik heb.'

'Nu klink je net als...'

Hij bijt op zijn tong voordat de naam Prepper-Per naar buiten heeft kunnen glippen, maar Leo hoort het toch.

Ze blijft een paar tellen zitten zwijgen.

'Je weet hoe ik ben opgegroeid en hoe het allemaal is afgelopen,' zegt ze zachtjes. 'Maar hoe gek het misschien ook klinkt: ik heb het deels aan Per te danken dat ik een goede rechercheur ben geworden. Alles wat hij mij heeft geleerd, zijn logica...'

Ze houdt haar ongekwetste hand op. 'Veel daarvan kan ik in mijn werk goed gebruiken.'

Hill wil protesteren, haar uitleggen dat Pers logica haar bijna het leven had gekost. Maar hij weet dat het een vergissing zou zijn. Leo hoeft zijn raad niet. Op het moment wil ze alleen maar dat hij luistert.

'Ik ben meestal volkomen zeker van wat ik moet doen,' vervolgt ze. 'Maar op het moment is het alsof ik de weg kwijt ben. Een beetje verdwaald ben.'

Haar stem klinkt moe, droef.

Ze zitten daar zo een paar tellen in stilte.

In een paar oogwenken zijn ze allebei weer tieners. Proberen ze om te gaan met een buitenwereld die ze niet echt begrijpen en waarover ze geen controle hebben.

Dat wil hij zeggen. Uitleggen dat ze niet alleen is, dat het hij en zij samen is.

Voor hij zijn mond kan opendoen, schudt Leo flink met haar hoofd.

'Sorry Martin, dat zijn de morfine en vermoeidheid die je hoort. Ik moet nu echt naar bed.'

Ze komt snel overeind, gaapt demonstratief.

Het ogenblik om iets te zeggen is voorbij voor Hill.

Hij volgt haar met zijn blik als ze verdwijnt richting de badkamer. Op de een of andere manier heeft haar vader zich weer in haar hoofd weten te wurmen.

Die keer lang geleden heeft hij zelf niet genoeg gedaan.

Zat hij duizend kilometer verderop te wachten totdat zij zou bellen, dat zij hun noodterm zou zeggen, precies zoals ze hadden afgesproken.

Dat heeft ze nooit gedaan. Toch had hij meer moeite moeten doen. Veel meer.

Deze keer zal hij dat wel doen. Deze keer zal hij haar helpen Prepper-Per weer kwijt te raken.

Hij weet alleen niet hoe.

Asker

Ze haalt haar telefoon pas tevoorschijn als ze de deur van de logeerkamer achter zich heeft gesloten en in bed is gekropen.

Het bericht dat ze eerder heeft gekregen is van haar moeder.

Wil je mij alsjeblieft zo snel mogelijk terugbellen Leonore, het is belangrijk.

Alsof ze een ondergeschikte is die een standje moet krijgen. In dit geval kan het alleen maar over Per gaan.

Moet ze het Martin vertellen?

Ze stelt zijn steun op prijs, echt, maar er is een groot risico dat hij het met Isabel eens zou zijn dat zij zich uit de zaak moet terugtrekken en Hellman en het team van Zware Criminaliteit moet laten proberen Per veroordeeld te krijgen.

Net als toen ze tieners waren wil ze dat Martin een tegenwicht tegen Prepper-Per en de Farm blijft. Een tegengif, een reddingslijn die voorkomt dat ze zelf de diepte in wordt gezogen. Ook toen vertelde ze niet alles. Legde ze hem niet uit dat ze van haar vader hield én hem haatte.

Toch leek Martin het te begrijpen.

Zou hij haar nu begrijpen? Begrijpt ze zichzelf eigenlijk wel?

Is ze een politievrouw die een onschuldige helpt om gerechtigheid te krijgen?

Of is ze gewoon een klein meisje dat nog altijd niet de vader los kan laten van wie ze ooit heeft gehouden? Dat nog altijd ergens diep vanbinnen denkt dat hij nog te redden is.

Die vragen neemt ze mee de slaap in.

Een geluid maakt haar wakker. Een zacht krassen buiten. Daarna iets wat lijkt op fluisterende stemmen. Ze sluipt het bed uit naar het raam, houdt een gordijn op een kier. Het is bijna pikdonker buiten, de hemel is vol wolken die het meeste maanlicht opslokken.

Tien meter verderop ziet ze een kleine lichtkegel van een zaklantaarn. Hij flikkert heen en weer over de grond en gaat dan plots uit.

Twee schimmen glijden over het stukje gazon tussen het huis en het bos.

Het zijn geen bewakers, die hebben geen reden om op die manier rond te sluipen.

Ze zou alarm moeten slaan, maar dan moet ze Martin wakker maken.

Voordat ze een besluit heeft kunnen vatten, hoort ze iets gonzen in de lucht. Daarna gaat er een sterk licht aan. Een drone die de plek verlicht waar de zaklamp zonet nog te zien was.

Ze ontwaart de ruggen van twee donkergeklede mensen die naar de bomen rennen. Een van de twee beweegt zich klunzig, glijdt uit en valt precies aan de rand van het bos plat voorover. Krabbelt snel weer overeind en stormt achter zijn kameraad aan.

De drone volgt ze precies boven de boomtoppen, maar komt na een tijdje terug en dwaalt in het wilde weg rond alsof hij het stel kwijt is geraakt.

Asker blijft nog een minuutje staan kijken totdat het licht van de drone uit zicht verdwijnt. Wat dit ook voor freakshow was, haar probleem kan het echt niet zijn.

De man van glas

Het is doodstil in Villa Arcturus. Op de verdieping boven hem slaapt de Vreemdeling roerloos in zijn bed, zonder benul te hebben van wat er uit het duister omhoog is gekomen.

De honger in hem wordt elke dag sterker. Holt een leegte in hem uit die vroeg of laat moet worden gevuld. Misschien is hij daarom hier.

Om te bepalen of de Vreemdeling de juiste is om zich mee te verzadigen. Of dat de slapende man daarboven in de slaapkamer een ander doel heeft.

Want hij is steeds meer gaan geloven dat de aanwezigheid van de Vreemdeling iets betekent. Een of andere verandering aankondigt.

Daarom moet hij meer over hem te weten zien te komen.

Hij sluipt voorzichtig de keldertrap op, ontwijkt de derde trede omdat hij weet dat die kraakt.

Hij opent heel behoedzaam de deur. Niet verder dan een decimeter en snuift door de kier de lucht op.

De geur van de Vreemdeling is duidelijk, zoals hij al verwacht had. Bovendien ruikt het naar een kruidige maaltijd.

Maar dan bespeurt hij nog een andere, onbekende geur.

Het duurt even voordat hij doorheeft wat dat betekent.

De Vreemdeling is niet alleen.

Er is nog een ander in het huis, een onbekende wiens aanwezigheid hem verontrust. Hij zou naar binnen moeten sluipen om erachter te komen wie de bezoeker is. Wie de Vreemdeling hier heeft uitgenodigd.

In plaats daarvan blijft hij op de drempel proberen de geur verder te ontrafelen. Hij snuift voorzichtig, opent zijn mond om de reuk op zijn tong te proeven.

Hij gelooft dat de geur van een vrouw komt. Wordt daar geleidelijk steeds zekerder van.

Maar er is iets met de geur, iets waarvan hij niet houdt.

Iets onheilspellends en dreigends dat hem om doet keren en de deur achter zich dicht doet trekken. Stil terug omlaag het donker in doet verdwijnen.

Vrijdag

Hill

Als hij wakker is geworden, uit bed is gekomen en een ochtendjas en pantoffels heeft aangetrokken, treft hij Leo in de keuken aan. Ze is al aangekleed en ziet er behoorlijk fitter uit dan gisteren.

'Ik heb een pot koffie gezet, hopelijk mocht dat?'

'Dat spreekt voor zich,' zegt Hill en hij constateert dat ze de mitella niet meer draagt. 'Hoe is het met je arm?'

'Beter. En met jou dan?' Ze knikt naar zijn been. 'Ik zag gisteren al dat je niet meer met kruk loopt.'

'Ik krijg een speciale behandeling van Gunnars arts. Die slaat boven verwachting aan. Cryonica, je reinste sciencefiction.'

'Over speculatieve fictie gesproken,' zegt ze. 'Volgens mij heb ik vannacht een paar van die ufospeurders gezien waar die bewaker het over had.'

Ze vertelt wat ze vanachter het slaapkamerraam heeft gezien. 'Het was allemaal nogal komisch. Een van hen ging hard onderuit, precies aan het eind van het gazon. Kwam behoorlijk hard terecht. Zag er niet direct uit als een slanke tiener. Maar ik geloof dat ze toch weg hebben weten te komen.'

'Godsamme. En ik heb er weer geen bal van gehoord. Waar ergens was het?'

Leo draait zich om en wijst door de terrasdeur achter haar de plek aan. 'Daar bij die eik ongeveer. Het lijkt alsof hij een kluit gras heeft losgewerkt, zie je wel?'

Hill gaat naast haar staan om ook naar buiten te kijken.

'Ik sprak trouwens net de verzekeringsmaatschappij,' zegt Leo. 'Zij regelen een leenauto voor me, dus als jij me naar het dichtstbijzijnde station kunt rijden, red ik het vanaf daar wel.'

'Natuurlijk.'

Zijn blik is nog op de grasmat gericht. Dus die ufospeurders sluipen echt rond over het landgoed. Wat hopen ze eigenlijk te ontdekken? En waarom wel het landgoed binnenkomen, maar niet naar het Blockön gaan?

Hij tuurt weer naar de graspol, denkt iets te zien blinken een stukje verderop in het gras.

Hij doet de terrasdeur open en stapt naar buiten. Het is waterkoud, zijn ochtendpantoffels worden nat van het gras.

De losse graspol is duidelijk het eindpunt van een flinke glijpartij. Een meter verderop ligt iets, voor de helft in het gras gedrukt.

Hij buigt voorover om het te pakken.

Een sleutelbosje met drie sleutels en een sleutelhanger die een vliegende schotel voorstelt. Rondom staan op de schotel de letters GUG.

Hij neemt de sleutels mee terug en laat ze Leo zien.

'Göinge Ufo Genootschap,' zegt hij. 'Ik was sowieso van plan om bij ze langs te gaan, en nu heb ik helemaal een goede reden.'

'Goed om je zo opgeknapt te zien,' zegt Leo en glimlacht. Dan kijkt ze op haar horloge. 'Zeg, er gaat over een halfuur een trein en het zou heel mooi zijn als ik die kon halen. Sorry dat ik je zo opjaag, maar ik heb nog het een en ander te doen.'

'Die twee vinden die je auto hebben gesaboteerd, bedoel je.'

'Precies,' zegt ze verbeten. De bedenkingen van gisteren lijken vergeten.

'Je bent toch niet van plan dat in je eentje te doen?' vraagt hij.

Ze trekt een cryptische grijns die dat in ieder geval niet ontkent.

Hill smoort een zucht. 'Oké, ik kleed me nu direct om.'

Hij loopt terug naar de slaapkamer. Leo's plannen baren hem zorgen, tegelijkertijd weet hij dat het geen zin heeft om te proberen haar ervan af te laten zien.

Op het moment dat hij klaar is, zoemt zijn telefoon. Een bericht in de Stjärneholm-app.

Vanwege de indringing op het terrein vannacht zijn het hoofdgebouw, de bibliotheek en de medische faciliteit tot nader order gesloten. De controle op in- en uitgaand verkeer bij het grote hek blijft ook aangescherpt.

Hill vloekt luid. Hij had erop gerekend vanochtend de ruimte boven aan de mysterieuze trap te kunnen onderzoeken. Kan het zijn dat ze daarom gesloten zijn? Hebben ze hem betrapt?

De verklaring met de indringers klinkt in ieder geval plausibel, dus hij denkt van niet.

Maar aangezien hij tot nader order niet in de bibliotheek mag komen, moet hij zich maar op een ander aspect van het mysterie storten. Hij stopt de sleutels bij zich die hij in het gras heeft gevonden en keert terug naar de keuken.

'Oké, zullen we gaan?'

Bij het grote hek staan twee bewakers in uniform te praten met een derde in gewone kleren. Als ze dichterbij komen ziet Hill dat het Samuel is.

Een van de bewakers gebaart Hill naar hen toe te rijden en vervolgens het ruitje omlaag te doen.

Hill doet wat hem wordt opgedragen.

'Is er iets aan de hand?' vraagt hij.

'Aangescherpte controle gewoon,' antwoordt de bewaker.

Samuel komt op hen af.

'Goedemorgen, Martin,' zegt hij op ferme toon. En buigt iets naar voren om naar Leo te kijken die op de passagiersstoel zit. 'Ik ben Samuel. Verantwoordelijk voor de beveiliging hier op Stjärneholm. En jij bent?'

Leo ziet er geïrriteerd uit, alsof de vraag haar stoort in haar denken.

'Hoezo?' vraagt ze.

Samuels gezicht verstrakt.

'Dit is mijn vriendin Leo,' zegt Hill snel. 'Ze heeft gisteren een ongeluk gehad en moest bij mij overnachten.'

'Aha.' Het hoofd beveiliging krult zijn mondhoek. 'Dan moet jij dus inspecteur Asker zijn. Ik heb over je gehoord.'

Samuel kijkt indringend naar Leo die terugstaart.

Geen van hen zegt iets en wanneer de stilte een paar tellen te lang duurt, beseft Hill dat er iets gaande is tussen hen. Een soort wederzijdse inschatting of krachtmeting die hij niet helemaal begrijpt.

'Kunnen we doorrijden?' vraagt hij. 'Ik moet de trein halen, dus we hebben een beetje haast.'

Het aanstaren gaat nog een ogenblik door.

'Natuurlijk,' zegt Samuel. Hij zet een stap achteruit en knikt naar een van de bewakers. Het hek begint te rammelen en zwaait langzaam open.

'Tot ziens,' zegt Samuel.

Hill kan niet goed uitmaken of dat nu tot hem of Leo is gericht. Hij doet het raampje weer omhoog en rijdt naar buiten door de open poort. In zijn achteruitkijkspiegel ziet hij dat het hoofd beveiliging hen lang blijft staan nakijken.

Hijzelf noch Leo zegt veel tijdens de rit naar het station. Ze kijkt vooral uit het raam.

Haar gedachten zijn al ergens anders, dat merkt hij duidelijk. Prepper-Per zit weer in haar hoofd, giet gif in haar oren, lokt haar terug naar het Schaduwland. Dat kan alleen maar slecht aflopen.

Hij parkeert de auto naast het station.

'Ik had nog zitten denken,' zegt hij voordat zij het handvat van het portier heeft kunnen beetpakken. 'Wat je gisteren zei, dat je er niet helemaal van overtuigd was dat je op het juiste spoor zat met die twee wiettelers en de beroving.'

'Ja?' Haar blik is er weer helemaal bij.

'Nou...' Hill gaat even verzitten. 'Ik dacht dat het misschien komt doordat je dit probleem op dezelfde manier hebt aangepakt als Prepper-Per zou doen. Met logica en middelen...' Hij zoekt naar de juiste woorden.

'Goed beheer van alle middelen,' vult ze aan.

'Precies.'

Hill haalt adem. Hij weet dat wat hij nu van plan is te zeggen vermoedelijk niet goed zal aankomen.

'Misschien moet je simpelweg schijt hebben aan die logica en gewoon op je intuïtie vertrouwen,' zegt hij. 'Van je buikgevoel uitgaan. Minder Prepper-Per en meer Leo zogezegd.'

Zijn formulering is zeker niet loepzuiver, dat weet hij, maar hij wil het gezegd hebben.

Leo kijkt naar hem. Heel even denkt hij dat ze hem zal zeggen dat hij een end mag oprotten.

Dan wordt haar blik zachter.

'Bedankt, Martin,' zegt ze en opent dan het portier. 'Bedankt voor alles. Ik moet er nu vandoor, mijn trein rijdt binnen. Ik spreek je snel.' Ze stapt uit.

'Zorg goed voor jezelf,' zegt hij, maar ze heeft het portier al achter zich dichtgeslagen en hoort gelukkig niet wat hij zegt.

Hill vloekt. Zijn Caraïbische oma beweerde vaak dat hij 'the gift of the gab' had. Dat hij zich vrijwel overal in, of uit, kon kletsen.

Maar wanneer hij die gave het hardst nodig heeft, laat ze hem soms in de steek.

Hill rijdt terug naar het kleine dorpje. Passeert het centrum met de bibliotheek en de weinige winkels voordat hij bij het Ufo-café aankomt. Hij parkeert op het gebarsten asfalt voor de ingang, stapt uit en blijft even staan.

Het is onmogelijk om niet geboeid te raken door de rode ufo van glasfiber boven op het dak, die zoveel op de vliegende schotels lijkt op de omslagen van Bernhards pockets. Hij is misschien twee meter in doorsnee en lijkt minder op een schotel dan op twee enorme soepborden waarvan er een is omgedraaid en op de andere is geplakt. De constructie is voorzien van drie wankele stalen poten en kerstverlichting die grillig knippert.

WELCOME VISITORS staat er op een bordje op de deur, dus komt Hill tot de slotsom dat het deze keer wel open is. Boven het bordje zit een groene alien met een enorm hoofd, grote ogen en een hand met een lange lichtgevende ET-vinger uitgestrekt in een ruimtebegroeting.

Hij duwt de deur open en staat dan in een ruimte die in dezelfde stijl is ingericht. Een interessante mengeling van rommelmarktvondsten, plastic speelgoed en Amerikaanse kitsch. Aan de muren hangen affiches van sf-films waar Hill nog nooit van heeft gehoord.

Er is haast niemand, maar aan een van de tafels zit een stel van in de vijftig schaak te spelen. Ze kijken verrast op als hij binnenkomt.

Het paar lijkt in uiterlijk en kledingstijl op elkaar, zoals soms gebeurt bij mensen die al lang zijn getrouwd. Peervormige lijven, hetzelfde kapsel en bij elkaar passende trainingspakken.

'Hallo,' zegt Hill. 'Zijn jullie de eigenaars hier?'

Wanneer het paar synchroon ja knikt, houdt Hill de sleutelbos omhoog.

'Volgens mij is deze van jullie.'

Het stel kijkt naar hem, trekt dan een grijns naar elkaar alsof ze proberen het geluidloos eens te worden over een strategie.

Hill legt de sleutelbos op tafel.

'Is er koffie?' vraagt hij en trekt een stoel onder de tafel vandaan.

Het paar wisselt opnieuw een blik. Dan komt de man overeind om een kop koffie voor hem te halen.

'Ik ben Martin Hill,' stelt hij zich voor. 'Alfacent heeft mij gevraagd een boek over het bedrijf te schrijven. Ik verblijf op het terrein, in Villa Arcturus. Jullie slopen vannacht precies bij mijn verblijf rond.'

Hij houdt zijn hand afwerend omhoog om hun tegenwerpingen voor te zijn.

'Ik ben er niet op uit om jullie te laten oppakken,' vervolgt hij. 'Wat ik zou willen weten, is waarnaar jullie daar op zoek waren.'

Hill neemt een slok koffie terwijl het echtpaar weer een blik wisselt.

'Ik heb zelf een lichtschijnsel boven het meer gezien als tiener,' zegt hij om hen te laten ontspannen. 'Ik ben al sinds toen geïnteresseerd in het Blockön en het ufoverhaal.'

'Verhaal!' snuift de vrouw. 'Het is geen verhaal. Miresjön is een belangrijke plaats voor Bezoekers.'

'Bezoekers?' vraagt Hill, ook al begrijpt hij heel goed wat ze bedoelt.

'Buitenaardse wezens,' vult de man aan. 'Bezoekers uit een ander sterrenstelsel. Het meer en het Blockön fungeren als een soort depot. De krater voorkomt dat hun signalen worden ontdekt.'

'Oké, ik snap het,' knikt Hill.

'Nee, volgens mij snap je het niet,' zegt de man. 'Jij denkt dat wij een stel gekkies zijn. Maar het was wel Bernhard Irving zelf die de

Bezoekers oorspronkelijk heeft uitgenodigd. Hij heeft geheime installaties voor hen gebouwd onder het landgoed. Wij denken dat het werkplaatsen zijn voor de reparatie van de ruimteschepen. Dat met de mijn is maar een dekmantel. Er zijn mensen doodgegaan toen ze probeerden te bewijzen dat –'

De vrouw heeft haar hand op de arm van haar echtgenoot gelegd, wat hem midden in zijn zin heeft doen stoppen.

'Doodgegaan?' vraagt Hill. 'Bedoel je die verdrinking drie jaar geleden? Van Nick en Elis?'

Het echtpaar herhaalt zijn pantomime, lijkt na wat grimassen het eens te zijn over een besluit.

'O, er zijn nog veel meer sterfgevallen,' zegt de vrouw. 'Minstens vier, die wij op het spoor wisten te komen. Nog meer als je het ongeluk in de mijn in 1965 meerekent. De familie Irving wordt omgeven door de dood.'

Die straffe formulering laat Hill schrikken.

'Oké, maar als we nu beginnen bij de verdrinking,' zegt hij. 'Ik kreeg een tip om jullie site te checken, maar de links naar de artikelen zijn dood.'

'Die hebben we uitgezet,' zegt de vrouw terwijl ze over haar schouder kijkt. 'Wij denken dat iemand ons in de gaten houdt, dat we de waarheid te dicht op het spoor zijn gekomen.'

Hill wil er bijna op wijzen dat ze dan beter ook de tekst naar de links kunnen verwijderen of misschien zelfs de hele site uit de lucht moeten halen, maar het echtpaar lijkt zo zijn eigen redeneertrant te hebben.

'Wat weten jullie dan over de verdrinking?' vraagt hij in plaats daarvan.

De echtgenoten kijken naar elkaar. Dan naar Hill.

'Hoe zei je ook alweer dat je heette?' vraagt de vrouw.

'Martin Hill.'

'De schrijver?'

'Klopt,' zegt Hill. 'Ik ben de auteur van *Vergeten plekken en wat ze te vertellen hebben*. Ik had er ook een hoofdstuk in staan over het Miresjön en Blockön.'

'Ja, dat weten we...'

Ze staat op en loopt naar een grote boekenkast vol ufoliteratuur.

Wanneer ze terug bij de tafel is, legt ze een exemplaar van *Vergeten plekken* voor Hill neer.

'Nee maar, jullie hebben het ook,' zegt Hill.

Het echtpaar kijkt elkaar weer aan, deze keer alsof ze tot een soort besluit proberen te komen.

De vrouw slaat het boek open en wijst naar de titelpagina. Het boek is gesigneerd, maar niet door hem.

Voor Tom en Krystal van het Göinge Ufo Genootschap.
Ontzettend bedankt voor jullie hulp. The truth is out there!
Groeten van Nick en Elis.

Hill slikt iets weg.

'Vertel eens meer,' zegt hij.

De man, die blijkbaar Tom heet, staat op om hun koffiekopjes bij te vullen. Op de weg terug doet hij de voordeur op slot en draait hij het open-bordje om. Tuurt door de ramen alsof hij bang is dat iemand hen in de gaten houdt.

'Je telefoon,' zegt hij dan. 'Heb je de Stjärneholm-app gedownload?'

'Ja.'

Tom maakt een misnoegd geluid.

'Dan tracen ze hem,' zegt hij tegen zijn echtgenote. 'Pak het kistje.'

Krystal met een y komt overeind en even later terug met een metalen kistje.

'Je telefoon uitzetten en hierin stoppen,' draagt ze hem op.

Hill denkt heel even dat ze een grapje maakt, maar niets in de dodernstige blikken van het stel wijst daarop. Hij doet wat hem wordt gezegd, waarop Krystal het deksel dichtslaat en wegloopt met het kistje.

'Het was drie jaar geleden in maart,' begint Tom als zijn vrouw is teruggekeerd. 'We hadden al een aantal maanden gemaild en gechat met Nick. Hij was supergeïnteresseerd in het Blockön en het observatorium nadat hij daarover had gelezen in jouw boek. Andere urban explorers hadden al eerder geprobeerd contact met ons te krijgen, dus we hielden ons een beetje op de vlakte.'

Hij frummelt aan zijn koffiekopje. 'Maar Nick hield vol. Hij had een heleboel research gedaan naar de familie Irving en de mijn, had in principe alles gelezen wat wij op onze site hadden geschreven over verschillende waarnemingen boven het meer. Dus hij haalde ons over om hem te helpen...'

'Hij lulde Tom simpelweg omver,' onderbreekt Krystal hem.

Haar man haalt bedeesd zijn schouders op. 'Krystal en ik waren lang geleden 's zomers een keer op Blockön geweest, dus hadden we een paar tips. Ik stuurde een kaartschetsje mee en vertelde dat ze de kleine polyester roeiboot konden gebruiken die de scouting gebruikt bij reddingen. Maar ze zijn nooit teruggekomen, zoals je weet.'

'Elis is opgenomen,' neemt Krystal het ernstig over van haar man. 'Ontvoerd door de Bezoekers, daarom is hij niet gevonden.'

'Hebben jullie met de politie gesproken?' vraagt Hill.

Krystal schudt het hoofd. 'Nee. We waren bang dat we de aandacht van de Bezoekers zouden trekken. Of van de familie Irving. En de politie had toch alleen maar gelachen om onze ideeën.'

Hill staat weer op het punt daartegenin te brengen dat ze een website hebben en een café met een ufo op het dak en dus niet direct onopvallend zijn, maar ziet ervan af.

'En jullie denken niet dat het om een ongeluk ging?' vraagt hij dan.

Het echtpaar schudt het hoofd, haast precies tegelijk.

'We denken... nee, we wéten dat Nick en Elis daar iets hebben ontdekt op het eiland,' zegt Tom. 'Iets wat ze niet hadden moeten zien. En nu zijn ze dood.'

'Hoe kunnen jullie dat zo zeker weten?' vraagt Hill.

Krystal buigt naar voren en spreekt zachter. 'Omdat toen Elis' lichaam werd gevonden, de politie heeft ontdekt dat de Bezoekers iets met hem hebben gedaan. Iets verschrikkelijks, maar wat hen typeert.'

'Wat dan?'

Krystal maakt met de wijs- en middelvinger van één hand een gebaar naar haar gezicht. 'Ze hadden zijn ogen meegenomen. Zo uit zijn schedel geplukt.'

Asker

Het is al na lunchtijd wanneer Asker terug is op het politiebureau. De novemberwind zwiept een ijskoude motregen tegen de gevel, maar in het donkere atrium buiten afdeling min één is als gewoonlijk niets van het weer of de buitenwereld te merken.

Ze denkt aan wat Martin zei, dat ze niet in haar eentje terug zou moeten gaan naar Sundin en Danielsson. Maar ze kan niet anders. Ze zou weliswaar een paar collega's een tip kunnen geven over de wietplantage. Hen de inval kunnen laten doen en in ruil een kans kunnen krijgen om de verdachten te verhoren. Maar dat zou meerdere dagen, misschien wel een week kosten, en zo groot is haar tijdvenster niet.

Bovendien: hoe meer mensen erbij betrokken raken, hoe meer kans dat er iets fout gaat.

Ze heeft een moment nodig voor een praatje met de heren, onder vier ogen zonder advocaten of toeziende ogen.

Ze is er behoorlijk zeker van dat ze nog op de boerderij zijn. Zo'n grote plantage als die van hen verkas je niet zomaar en als de situatie is zoals zij denkt – dat zij niet weten dat ze van de politie is, maar ervan uitgaan dat ze gisteren in opdracht van een concurrent bij hen opdook – dan zullen ze niet halsoverkop willen vluchten. In plaats daarvan zullen ze de beveiliging rondom de boerderij verbeteren totdat ze een verhuizing hebben voorbereid.

Ze is niet in helemaal fit, haar schouder doet nog flink zeer en ze kan niet nog meer pijnstillers snoepen als ze alert wil blijven. Dus moet ze zorgen dat ze ergens het overwicht mee krijgt, wat een aantal hulpmiddelen vergt. En het enige wat ze heeft is de uitschuifknuppel.

Ze heeft meer spullen nodig en het liefst een echt wapen, en allemaal op korte termijn en zonder de aandacht te trekken.

En de enige op het bureau met zulke contacten is Virgilsson. Er is een gerede kans dat hij meteen wegrent om het aan Hellman te verklikken, maar dat is een risico dat ze zal moeten nemen.

Wanneer Virgilssons kantoordeur op slot blijkt te zitten, loopt ze door naar de koffiekamer waar Rosen alleen aan haar lunch uit een Tupperwarebakje zit.

'Weet jij waar Virgilsson is?'

'N-nee,' zegt Rosen en schudt ongerust het hoofd. 'Of wacht eens trouwens. Het is vandaag vrijdag, hè. Virgilsson oefent met het koor op vrijdag.'

'Het koor?'

'Het politiekoor. Die repeteren in het auditorium.'

Asker neemt de lift naar de juiste verdieping en vindt de weg naar het auditorium. Ze opent de deur op een kiertje.

Op het toneel staan een kleine twintig mensen, voor het grote merendeel vrouwen. Ze glipt naar binnen en gaat op de achterste rij zitten.

Virgilsson staat met de rug naar haar toe. De spencer van vandaag is in zwart en wit en het kost haar een paar tellen om door te krijgen dat het een patroon is van pianotoetsen en vioolsleutels.

'Opgelet,' zegt Virgilsson. 'Dat doen we nog een keer, vanaf het begin.'

Hij blaast een toon op wat klinkt als een mondorgeltje.

'En één, twee, drie, vier...'

Het koor barst uit in een zwalkende vertolking van 'White Christmas' waarvan Bing Crosby zich spontaan in zijn graf zou omdraaien.

Virgilsson doet alsof het hem niet deert. Hij dirigeert enthousiast met blije uitroepjes en wanneer het nummer eindelijk is afgelopen, is hij rood in het gezicht en glimt zijn voorhoofd van de inspanning. Bovendien heeft hij een gelukzalige uitdrukking op zijn gezicht die Asker niet eerder heeft gezien.

'Een groot applaus voor jullie allemaal. Heel goed gedaan,' concludeert hij. 'We zien elkaar volgende week weer.'

Asker blijft zitten tot de koorleden huns weegs zijn gegaan. Virgilsson is het toneel aan het fatsoeneren en ziet haar pas als ze bij hem staat.

'Kom je je aansluiten bij het koor?' zegt hij opgewekt.

'Ik heb je hulp nodig.'

Virgilsson lijkt verbaasd. 'Is het heus? Vanwaar deze plotselinge verandering als ik mag vragen? Onlangs was je bepaald niet genegen om samen te werken?'

Asker geeft geen antwoord.

'Nou ja, hoe kan ik de chef van dienst zijn?' Een van zijn gewone paddenlachjes siert zijn lippen.

'Ik heb een dienstwapen nodig, per direct. Dat van mezelf ligt nog op de Technische Dienst.'

'Hm...' Hij lijkt na te denken. 'Ik heb zelf geen wapen dat ik je kan lenen. Zag het nut niet van oefenen op de schietbaan, dus heb ik gevraagd of ik niet hoefde. Maar ik heb een kennis op de wapenwerkplaats. Ik zal eens kijken wat ik kan doen.'

'Fijn. Ik heb ook traangasspray nodig en van die grote tiewraps die we gebruiken bij massa-aanhoudingen.'

'Oeijoei, klinkt dramatisch,' grijnst hij. 'Zou ik moeten vragen waarvoor je die nodig hebt of is het veiliger om dat niet te doen?'

Asker antwoordt niet, wat Virgilssons glimlach nog iets breder maakt.

'Ik snap het. Dan weet ik precies met wie je moet gaan praten, terwijl ik naar de wapenwerkplaats glip.'

Hill

Ze zitten aan hun derde kop koffie en Tom heeft een bordje choco-kokosballetjes in cellofaantjes op tafel gezet die ze nu naar binnen werken.

'We wagen ons vanzelfsprekend niet meer het meer op naar Blockön,' zegt Krystal. 'Maar we hebben het zoeken naar de onderaardse werkplaatsen niet opgegeven. Er moet achter Villa Arcturus een ingang zitten. Daarom waren wij daar vannacht aan het zoeken. Maar de bewakers verjaagden ons.'

'En waarom zoeken jullie meestal op het terrein wanneer de dag van Gunnars ontmoeting weer nadert?' vraagt Hill terwijl hij kokossnippers uit zijn mondhoeken veegt.

De twee echtgenoten kijken naar hem alsof hij niet goed snik is.

'Omdat op die dag alles begint. Gunnar heeft het bestaan van de Bezoekers onthuld, wat hij niet had moeten doen. Voor die vergissing heeft hij een hoge prijs betaald.'

'Ah.'

Hill worstelt om neutraal te klinken, maar krijgt het niet meer voor elkaar. Dit interview is op zijn zachtst gezegd verwarrend.

'Geloof je ons niet?' zegt Tom geërgerd. 'Hoe verklaar je dan al die sterfgevallen rondom Gunnar?'

'Ja, jullie zeiden eerder al dat er meer waren,' zegt Hill. 'Het enige waarvan ik weet, buiten de instorting van de mijn in '65, is het auto-ongeluk van Viggo Irving in 2001, in dezelfde nacht dat de meteoriet overkwam.'

'Meteoriet,' snuift Krystal. 'Dat willen ze ons laten geloven. Dat was een groet van de Bezoekers aan Gunnar. Een waarschuwing. Ze lieten de auto neerstorten in het Miresjön. Viggo Irving was bijna om het leven gekomen en Gunnars toekomstige schoonzoon, Pontus Ursvik, overleed wel. En ook toen waren er vreemde dingen met het lichaam aan de hand, net als bij Nick.'

'Wat voor vreemde dingen?'

Tom kijkt om zich heen alsof hij zich er nog eens van wil vergewissen dat er niemand meeluistert.

'Een neef van me zit bij de brandweer,' zegt hij zachtjes. 'Die vertelde dat ze Viggo buiten de auto in het water hadden gevonden. Hij was klinisch dood, maar ze kregen zijn hart weer aan de praat in het ziekenhuis. Maar het opvallendste was dat Pontus' lichaam op de achterbank lag en niet voorin waar hij had moeten zitten. Alsof een mysterieuze kracht hen had verplaatst.'

Het echtpaar knikt synchroon, doet denken aan twee grijzende, uit de kluiten gewassen uilen.

'Of ze hebben allebei geprobeerd uit de auto te komen toen die in het water belandde,' zegt Hill. 'Viggo is het wel gelukt, maar Pontus bleef vastzitten in de auto en verdronk.'

Tom schudt het hoofd. 'Mijn neef zei dat Pontus' lichaam helemaal kapot was geslagen. Bijna onherkenbaar was. En het leek alsof iemand had geprobeerd zijn ogen eruit te klauwen. Net als de Bezoekers bij Nick deden.'

'Hij had misschien zijn gordel niet om,' werpt Hill tegen. 'Werd in de rondte gesmeten toen de auto over de kop sloeg. Dat zou zijn letsel kunnen verklaren.'

Hij weet niet waarom hij moeilijk doet, het zou het simpelst zijn geweest om gewoon instemmend te knikken. Maar door de opdracht in het boek voelt hij zich nu ongemakkelijk. Het echtpaar doet evengoed alsof ze hem niet hebben gehoord.

'En er zijn meer sterfgevallen,' gaat Krystal verder. 'Björn Knudsen, de oude tuinman van Stjärneholm werd in de jaren negentig doodgeslagen. Zijn schedel werd verbrijzeld toen hij iets buiten het terrein moest doen.'

Hills wenkbrauwen gaan omhoog. Zei groundskeeper Ville niet dat zijn achternaam Knudsen was, en dat hij zijn vader was opgevolgd?

'De moord op Knudsen is nog steeds niet opgelost en er was geen enkel spoor of motief dat naar een moordenaar zou kunnen leiden,' zegt Tom.

'Maar Knudsen was soms aan het werk op het Blockön, bomen omzagen en dergelijke. En Pontus is in het Miresjön zelf omgekomen, dus alles hangt samen. Wij denken dat én Knudsen én Pontus bij toeval op een geheim zijn gestuit. Iets hebben gezien wat ze niet mochten zien en door de Bezoekers het zwijgen zijn opgelegd. Onderzoek de zaak zelf, dan zul je wel zien.'

'Oké...'

Hill schrijft de naam van de tuinman op. Voegt daar een notitie aan toe over mysterieus letsel op het lichaam van Pontus Ursvik.

Hij kijkt met een schuin oog naar het stel. Tom en Krystal zijn onmiskenbaar twee vreemde vogels. In hun theorieën zitten meer gaten dan hij kan tellen en hij zou de hele boel gewoon simpel kunnen weglachen.

Toch verontrust het verhaal hem. Misschien is het vooral die opdracht die hem dwarszit. Alsof hij op de een of andere manier medeverantwoordelijk is voor wat Nick en Elis is overkomen, wat dat dan ook precies was.

De woorden uit de waarschuwingsbrief klinken plotseling in zijn oren.

Wie daar op jacht gaat naar de geheimen van de familie Irving moet heel voorzichtig zijn.

Asker

Een paar minuten nadat Virgilsson en zij uit elkaar zijn gegaan, staat ze terug op de Afdeling voor verloren zielen op Zafers deur te kloppen.

Hij doet open na haar derde poging. Zijn haar staat recht overeind, zijn bril met de gehoorapparaten aan de poten balanceert op het puntje van zijn neus.

'Ja?' zegt hij geïrriteerd, alsof ze een halsstarrig kindercollectantje voor een goed doel is en niet zijn afdelingschef.

Ze besluit de beleefdheden over te slaan. 'Virgilsson zei dat jij traangasspray kunt regelen.'

'Wat?' Hij houdt zijn hand bij zijn oor.

'Traangasspray. En nog wat dingen. Tiewraps voor arrestaties en zo.'

Zafer blijft haar geërgerd aanstaren. Pas nu komt het bij haar op dat Virgilsson het allemaal verzonnen kan hebben. Zafer is een binnenkat, hij heeft al jaren geen dienstopdracht buiten gedaan, dus waarom zou hij dan zulke spullen hebben?

Maar dan klaart zijn gezicht op.

'Kom binnen,' zegt hij met een gewiekste blik. 'En doe de deur dicht.'

Hij neemt haar mee tussen een paar stellingkasten door naar een metalen kast waarvan hij het combinatieslot opent.

Wanneer hij de deuren openslaat, hapt ze onwillekeurig even naar adem. De kast zit zo vol wapens voor man-tegen-mangevechten dat zelfs Prepper-Per onder de indruk zou zijn geweest. Knuppels van allerlei makelij en lengte, nunchaku, ploertendoders, tiewraps, boksbeugels, messen, een hele doos met kleine, al dan niet legale zelfverdedigings-, pepperspray- en traangasspuitbusjes. Op de bovenste plank zelfs een laadstation met verschillende modellen tasers.

'Ben met een rapport bezig,' legt Zafer uit. 'Evalueer effecten, risico's, tegenmiddelen, enzovoort, enzovoort...'

Hij zwaait naar de kast. 'Pak maar wat je nodig hebt.'

Ze begint haar zakken te vullen met wat klein spul dat volgens haar van nut kan zijn. Een paar busjes zelfverdedigingsspray, een bosje grote tiewraps en een van de tasers.

Ondertussen kan ze een glimlach amper onderdrukken. Hier helemaal onder in de buik van de politieorganisatie staat een kast vol zeer illegale wapens. Dat doet je je afvragen wat er in de andere kasten in het vertrek zit.

'Je hebt geen vuurwapens?' vraagt ze in de hoop dat ze Virgilsson dan geen wederdienst verschuldigd hoeft te zijn.

Zafer maakt een gebaar dat het hem spijt. 'Niet meer. Er is een ongelukkig voorval geweest...' Hij trekt een gezicht vol spijt en wijst naar het plafond alsof dat de rest van het verhaal verklaart.

'Maar laat maar weten wat je van de spullen vond. Een veldtest ziet er goed uit in het rapport voor de technisch directeur.'

'Je krijgt volgende week een schriftelijke samenvatting,' zegt ze.

Zafer begint te stralen. 'Dat zou helemaal perfect zijn. Dank je wel!'

Asker keert terug naar haar kantoor en constateert dat Isabel nog een berichtje heeft gestuurd. Ze besluit de koe maar meteen bij de hoorns te vatten, maar voordat ze haar moeder heeft kunnen bellen, klopt Virgilsson op de deur.

In zijn hand houdt hij een kartonnen doos.

'Eén stuks dienstwapen zoals u besteld heeft,' zegt hij. 'Je kunt het houden tot je je oude terugkrijgt. Ik heb de vrijheid genomen ook wat munitie te regelen. Alles zit in de doos.'

'Bedankt.' Asker maakt zich op voor wat onvermijdelijk is. 'Wat wil je ervoor in ruil?'

Virgilsson houdt bescheiden een hand omhoog. 'Helemaal niets. Laten we het een soort verzoeningsgeschenk noemen. Een soort herstart.'

Asker kijkt hem lang aan, maar precies als altijd is er weinig aan de kleine man af te lezen.

'Maar nu je het vraagt...' zegt hij, 'er is een plaats onbezet in het politiekoor.'

'Ik kan niet zingen,' breekt ze hem abrupt af en beseft meteen haar vergissing.

'Zoals je zeker bij de repetitie hebt gehoord, ben je bepaald niet de enige. Voor het kerstconcert over een maand hebben we alle hulp nodig die we kunnen krijgen.'

Virgilsson houdt zijn hoofd scheef en laat de vraag, die eigenlijk helemaal geen vraag is, in de lucht hangen.

Asker ademt langzaam in door haar neus. Ten overstaan van heel het bureau kerstliederen zingen in het koor, dichter bij de hel kun je vermoedelijk niet komen. Maar het grijnsbekje heeft haar in een hoek gedreven.

'Oké,' zucht ze. 'Vooruit dan maar.'

Hill

Hill loopt terug naar zijn auto, zet zijn telefoon aan en besluit te gaan googelen naar de informatie die hij heeft gekregen van het ufostel.

Op het laatste moment stopt hij zichzelf.

De telefoon in een loden kistje opbergen zoals Krystal en Tom hem zojuist hadden laten doen, leek overdreven, om niet te zeggen absurd. Maar als hij erover nadenkt heeft hij wel een onbekende app op zijn telefoon geïnstalleerd zonder een idee te hebben hoe diep en ver diens digitale tentakels reiken en welke informatie de app kan doorsturen. Bovendien maakt hij veel gebruik van Stjärneholms eigen netwerk.

Áls hij nu samenzweringstheorieën over zijn eigen opdrachtgever gaat onderzoeken, is het misschien een goed idee om dat wat anoniemer te doen, al was het maar voor de veiligheid?

Hij rijdt naar het centrum van het kleine dorp, parkeert op het plein en loopt naar binnen bij het kleine bibliotheekfiliaal.

De bibliothecaresse, een vrouw van in de zestig met kort kapsel en grote rode bril, blijkt heel behulpzaam te zijn. Hij mag een werkplek met computer gebruiken en zoekt allereerst op de naam Björn Knudsen.

De digitale sporen van de tuinman bestaan uit niet meer dan een grafsteen naast een nabijgelegen kerk. Het overlijdensjaar is 1992.

Hij staat op en loopt terug naar de bibliothecaresse.

'Hebben jullie nog oude kranten op microfilm?' vraagt hij.

Ze wordt er vrolijk van. 'Normaal alleen in het hoofdfiliaal, maar daar hebben ze waterschade gehad, dus hebben wij tijdelijk een deel van hun spullen in de kelder staan. Misschien heb je geluk, maar het ligt eraan waarnaar je op zoek bent.'

'Een regionale krant uit de jaren negentig.'

'Laten we beneden kijken.'

Ze gaat hem voor een trap af naar een grote donkere kelderruimte met gebutste boekenkasten vol oude boeken, mappen en archiefdozen.

De bibliothecaresse loopt naar een kast vol kartonnen dozen en zoekt daarin rond.

'Nee, geen regionale krant,' zegt ze dan. 'Maar ik heb wel *Arbetet* uit dezelfde periode, zou dat kunnen werken?'

'We proberen 't,' zegt Hill.

De bibliothecaresse neemt een doos mee waarop *Arbetet 1990-2006* staat en brengt hem naar een hoekje waar een microfilmlezer staat, onder een doek.

Na wat prutsen aan het apparaat krijgt ze het aan de praat en helpt ze Hill de juiste film in de lezer in te voeren. Ze blijft achter hem staan.

'Bedankt, verder red ik het alleen wel,' zegt Hill.

'Natuurlijk, logisch.' De vrouw keert terug naar een verdieping hoger terwijl Hill begint te zoeken in de kranten die zijn verschenen in de dagen na de dood van de tuinman.

Het duurt niet lang voordat hij een artikel vindt met de kop VERMOORDE MAN GEVONDEN IN BOSPERCEEL.

Een man van 64 is dinsdagavond dood aangetroffen in een bosperceel ten zuidwesten van het Miresjön.
De overledene werkte als tuinman op het landgoed Stjärneholm.
Hij bevond zich volgens onze informatie op die plek om enkele bomen te vellen voor een andere grondeigenaar, en zijn familieleden hebben alarm geslagen toen hij maar niet thuiskwam.
De politie behandelt het sterfgeval als een mogelijke moord en roept iedereen op die eventueel iets heeft gezien om zich te melden.

Het korte artikeltje gaat vergezeld van een foto van een paar bomen en een afzetlint, plus een kaartje dat de plaats aangeeft waar het lichaam is aangetroffen. Dat is maar een paar kilometer van Stjärneholm, constateert Hill.

Nog een sterfgeval dat in verband staat met de familie Irving.

Hill besluit om ook de artikelen van 8 januari 2001 op te zoeken, de dag na de meteoriet en het auto-ongeluk van Viggo Irving.

Bijna de hele voorpagina is gewijd aan het lichtverschijnsel, maar hij heeft alle informatie over de bolide eerder gelezen en scant snel langs de pagina's die daarover gaan.

Bijna in het midden van de krant vindt hij het artikel dat hij zoekt.

EÉN PERSOON OMGEKOMEN IN VERKEERSONGELUK BIJ MIRESJÖN

Daaronder staat een foto van een personenauto, een zwarte BMW, die op het punt staat uit het water te worden gehesen. Het artikel verklaart bondig: *Bij een verkeersongeluk in de nacht van zaterdag op zondag is één persoon omgekomen en een ander zwaargewond geraakt. De oorzaak van het ongeluk is tot op heden nog onbekend.*

Daar kan hij niet heel veel mee. Hij kijkt weer naar de foto. De oeverwal is steil, op de voorgrond worstelen de reddingswerkers met de berging.

Hij wil net naar de stroomschakelaar reiken als hij nog iets ontdekt op de foto.

Helemaal achter in het beeld staat iemand toe te kijken. Een lang, donker silhouet dat totaal niet bij de reddingspoging lijkt te horen.

Hill zoomt zo ver in als de microfilmlezer toelaat. Het silhouet is van een man die zijn ogen met een hand lijkt af te schermen om beter te kunnen zien.

De foto is grofkorrelig, de man niet veel meer dan een handvol van die korrels, toch herkent Hill hem vrijwel meteen. De houding, de jas, de hoed.

Gunnar Irving zelf.

Even later verlaat Hill de bibliotheek, nog steeds peinzend over zijn ontdekking. Als hij terugkomt op de parkeerplaats en het autoslot open piept met de afstandbedieningsleutel, ziet hij dat er iemand naast zijn auto staat. Een in het zwart geklede vrouw van in de zeventig met hoed en een ingepakt boeket in haar handen. Hij herkent haar direct. Het is de vrouw die hij op de fiets op Stjärneholm heeft gezien.

'Jij bent de Berenwachter,' zegt ze als hij bij de auto is.

'Uh, ja.'

'Mooi, ik heb een lift naar Stjärneholm nodig.'

Voordat Hill heeft kunnen reageren heeft de vrouw het portier geopend en is ze op de passagiersstoel gaan zitten. Hij heeft geen andere keus dan ook in te stappen.

De vrouw staart recht voor zich uit terwijl ze het boeket angstvallig vasthoudt.

'Je bent toch Karin Irving?' zegt hij. 'De eerste vrouw van Gunnar, de moeder van Viggo en Maud?'

Ze tuit haar mond ter bevestiging, maar zegt nog steeds niets.

'Ik zag je laatst 's avonds vanuit de bibliotheek. Je had een kat bij je op de fiets.'

'Perseus,' beaamt de vrouw, zonder enige aanstalten te maken tot een verder gesprek.

Hill besluit verder te gaan op het kattenspoor.

'Mijn oma had ook katten,' probeert hij eerst. 'Twee siamezen. Ik was altijd een beetje bang voor ze. Wat is Perseus voor ras?'

Stilte.

'Noorse boskat,' zegt ze dan. 'Rustiger dan siamezen.'

'En hoe is hij met Orion? Zo heet hij toch, de hond van Elsa?'

'Perseus maalt niet om honden.'

'Aha.'

Hill probeert het aarzelende gesprek aan de gang te houden. Karin Irving woont al heel haar leven op Stjärneholm. Zij moet op zijn minst een paar van de geheimen van het landgoed weten.

'Ik ben pas nog bij Maud en Elsa wezen eten.'

'Ja, dat heb ik gehoord.' Karin draait naar hem toe en neemt hem nauwkeurig op.

'Maud zei dat je sympathiek bent. Ik heb haar in tijden niet iets aardigs over iemand horen zeggen.' Ze blijft hem bestuderen. 'Ben je getrouwd?'

'Nee,' lacht hij. 'Hoezo, zit je nu met me te flirten?'

Haar gezicht barst open in wat een glimlach zou kunnen zijn. Het ijs lijkt gebroken, maar Hill probeert zijn nieuwsgierigheid toch in toom te houden.

'Woont Maud al lang bij je?' vraagt hij behoedzaam.

'Een halfjaar. Ze moest uitrusten en toen kwam het goed uit om thuis te komen in Villa Canopus. Het schip dat ons heeft gered van de zondvloed.'

Ze valt stil en kijkt weer voor zich uit. Wanneer de stilte voortduurt, glijden Hills gedachten terug naar de krantenfoto van het ongeluk. Waarom stond Gunnar daar in het bos naar de berging te kijken van de verongelukte auto van zijn zoon? Viggo moet toen al lang in het ziekenhuis hebben gelegen.

Ze zijn bij de hoofdingang van Stjärneholm aangekomen en net als eerder zwaait het hek open zonder dat Hill iets hoeft te doen.

De bewaker staat nog buiten, maar wuift hen alleen maar verder. Wanneer Hill bij het zijweggetje naar Villa Canopus komt, mindert hij vaart, maar Karin steekt haar hand op en wijst rechtdoor.

'Doorrijden naar het hoofdgebouw,' zegt ze.

Hill gehoorzaamt.

'Je moet Stjärneholm wel op je duimpje kennen,' zegt hij om het gesprek in de gewenste richting te krijgen.

Karin knikt. 'Ik ben hier geboren en opgegroeid. Toen ik klein was, woonden we in een huis daar, waar nu het bijgebouw staat. Mijn vader kwam om bij de instorting van de mijn, zoals je misschien weet, maar van Bernhard mochten moeder en ik hier blijven wonen. En later trouwde ik met Gunnar.'

Ze rijden over de brug en langs de Sterrenwichelaar.

'Daar hebben we de Man van glas zelf,' zegt hij en wijst naar de sculptuur.

'Ja,' mompelt Karin. 'Gunnar is eeuwig. Onsterfelijk.'

'Maar niet onbreekbaar,' zegt Hill.

Hij krijgt als reactie een onverwachte lach.

'Nee, daar heb je gelijk in.'

Hill rijdt naar de hoofdingang, maar Karin Irving maant hem te blijven rijden.

'Doorrijden,' draagt ze hem op.
'Waarheen dan?'
'We gaan Bernhard een bezoekje brengen.'

De man van glas

Overdag slaapt hij. Een lichte slaap, die geen naam mag hebben. Niet als die waaraan hij gewend is.

Dromen doet hij zelden.

Maar soms komt het verhaal van de Vader over Castor en Pollux weer boven. Over de onsterfelijke Pollux, die zijn tijd verdeelde tussen de Olympus en de Hades – tussen de hemel en de hel – om zijn broer weer tot leven te wekken.

Het zou zijn eigen verhaal kunnen zijn, waarop de Vader ook vaak wijst.

'Jij en ik zullen beiden onsterfelijk worden, prins Pollux,' zegt hij dan. 'Samen zullen we de wereld veroveren.'

Meestal stemt hij daarmee in. Neemt hij genoegen met die uitleg.

Maar soms, op donkere momenten wanneer hij tussen slaap en waken zweeft, twijfelt hij toch.

Twijfelt hij of er wel een Olympus, een hemel bestaat.

Of al zijn opofferingen en pijnen niet vergeefs zijn.

Van dat idee wordt hij onrustig.

Boos.

Dan slaat hij dat weg.

Denkt hij juist aan aangename dingen.

Aan de voetballer Bure, de oude tuinman Knudsen, aan de twee jonge mannen op het Blockön van wie hij de naam niet kent.

Maar hij herinnert zich nog wat hij met hen heeft gedaan.

Hun reizen omlaag het duister in.

Al denkt hij het meest aan de Vreemdeling.

Aan Martin Hill.

Hill

Ze zetten de auto op een kleine parkeerplaats naast een hoog smeedijzeren hek met een poort, vlak achter de westkant van het hoofdgebouw. Hill probeert zijn gretigheid niet te laten merken. Staat Karin echt op het punt hem de onderaardse grafkamer te laten zien?

Hij stapt uit en opent aan de andere kant het portier voor de vrouw op leeftijd.

'Kun je lopen?' zegt ze en wijst naar zijn been. 'Laatst had je nog een kruk.'

'Een stukje zeker,' zegt Hill. 'Dr. Schillers behandeling heeft al veel geholpen.'

Karin snuift minachtend. 'Schiller? Die idioot doet alleen maar wat hem gezegd wordt. Gunnar beslist over je behandeling. Hij bepaalt alles op Stjärneholm. Ziet en hoort alles!' Ze maakt een gebaar naar het donkere hoofdgebouw vlak naast hen. 'Bijna alles in ieder geval. Kom mee.'

Ze loopt naar de smeedijzeren poort, haalt een sleutel uit haar handtasje en opent het slot.

'Ik geloof niet dat ik dit deel van het park mag bezoeken,' zegt Hill voor de vorm. 'In de app stond dat dit gedeelte verboden terrein was.'

'Kletspraat!' Karin Irving gebaart hem door de poort te gaan.

Hill volgt de opdracht gewillig op.

De oude vrouw haakt haar arm in de zijne en stuurt hem een paadje op dat naar het water lijkt te leiden. Bij een kruising loopt ze naar links, verder van het hoofdgebouw af. Ze lopen een paar honderd meter door en komen uit op een kleine landtong.

Slechts een paar meter verder begint onder aan de steile oever het

Miresjön. Het water glinstert zwart en glad, doet aan het materiaal denken waarvan de Man van glas is gemaakt. Daar in het meer ligt een kleine kilometer verder het Blockön. Donker en stil.

Hill is nog nooit zo dicht bij het Blockön geweest en normaal zou zijn hart vast sneller zijn gaan kloppen. Maar de opwinding wordt tegengegaan door een hoge gedenksteen van ryoliet recht voor hem op de oever.

Wanneer ze dichterbij komen, ziet hij de inscriptie:

BERNHARD IRVING 1901 – 1996

Karin Irving haalt het papier van het boeket en legt de bloemen aan de voet van de steen. Blijft zo even met gebogen hoofd en gevouwen handen standen.

'Bernhard was een groot man,' zegt ze. 'Een visionair.' Ze wijst naar een Latijnse spreuk die in de steen is gegrift. '*Per aspera ad astra*, was zijn motto.'

'Door tegenspoed naar de sterren,' mompelt Hill.

Hij is de spreuk een paar keer eerder tegengekomen, maar hier lijkt hij nog toepasselijker, met het Blockön in zicht. Als hij de ogen half dichtknijpt kan hij midden op het eiland zelfs het observatorium zien schemeren tussen de boomtoppen.

Maar daar ligt op het moment niet zijn echte focus.

'Is dit Bernhards graf?' vraagt hij.

Hij hoopt dat ze 'nee' zal zeggen. Dat hij een antwoord zal krijgen dat op zijn minst doet vermoeden dat de grafkamer werkelijk bestaat.

Maar Karin Irving knikt.

'Gunnar liet hem cremeren en daar begraven,' zegt ze. 'Kreeg daar een of andere speciale toestemming voor, vraag me niet hoe. Gunnar krijgt altijd zijn zin.'

Hill is teleurgesteld. Het is natuurlijk mogelijk dat de grafkamer zelfs voor de binnenste kring van de familie geheim is. Maar dat is vooral wensdenken van zijn kant.

'Gunnar lijkt zijn vader aanbeden te hebben,' oppert hij voorzichtig. 'Hij heeft in alle interviews alleen maar goede woorden voor hem.'

Karin Irving schudt zachtjes het hoofd zonder haar blik van de gedenksteen te halen.

'Gunnar haatte zijn vader,' zegt ze. 'De schaamte die hij ons allemaal bracht.' Haar ogen vullen zich met tranen. 'Maar ik geloof niet dat Bernhard wist wat hij deed.'

'Hoe bedoel je?'

Geen antwoord.

'Wat heeft Bernhard gedaan?' probeert hij het nog eens op vriendelijker toon.

Ze worden onderbroken door rasse schreden in het grind achter hen. Hill draait zich om en ziet Samuel verschijnen op het pad. Achter hem loopt mevrouw Schiller.

'Heb je de reglementen niet gelezen?' zegt Samuel geïrriteerd. 'Dit deel van het park is niet toegankelijk voor bezoekers.'

'Weet ik...' werpt Hill tegen. 'Maar Karin nodigde me uit om mee te gaan naar Bernhards graf.'

'Karin is niet helemaal gezond,' onderbreekt Samuel hem. 'Mevrouw Schiller, kunt u ervoor zorgen dat Karin direct thuis wordt gebracht? En Martin, voor jou is het tijd om terug te keren naar Villa Arcturus. Deze kant op.'

'We hebben bepaalde regels op Stjärneholm,' zegt hij wanneer ze buiten gehoorsafstand van de beide vrouwen zijn. 'Het is belangrijk om de regels te eerbiedigen. Voor een ieders veiligheid. Niet in het minst je eigen.'

De stem klinkt hoffelijk, toch denkt Hill de ondertoon van een dreigement te bespeuren. Bij de auto blijft Samuel staan en draait hij zich om naar Hill om hem in de ogen te kijken.

'En nog iets,' zegt hij. 'Je hebt een bezoeker mee het terrein op genomen zonder me te informeren.'

'Leo? Jawel, maar dat was een noodsituatie. En ik wist eerlijk gezegd niet –'

'Hoeveel vertel jij haar over je werk?'

De vraag, of misschien de beschuldigende toon, doet Hill perplex staan.

'Niets,' zegt hij defensief.

'Niet?' Samuel kijkt hem aan met een blik die recht door zijn schedel lijkt te gaan.

Hill slikt.

'Nee,' zegt hij. Samuels woorden doen hem aan Prepper-Per denken en heel even is hij een angstige tiener.

'Mooi,' zegt Samuel op iets vriendelijker toon. 'Ik wijs je erop dat je een geheimhoudingsclausule hebt ondertekend. En de volgende keer dat je een gast wilt meenemen naar het landgoed, wil ik dat je eerst contact opneemt met mij.'

Hij geeft Hill een kameraadschappelijke klap op de schouder.

'Het wordt al donker. Hoog tijd om naar huis te gaan, vind je ook niet, Martin?'

Hill knikt. Samuel blijft staan terwijl hij in de auto stapt, en wuift hem ogenschijnlijk vriendelijk na.

Asker

Ze heeft in de bosrand een plek met goed uitzicht op de drugsboerderij gevonden. De temperatuur ligt rond het vriespunt, maar de wind die door de bomen gaat, doet het kouder aanvoelen. Ze heeft zich erop gekleed, in een winterjack, lange onderbroek, kistjes – zelfs het gezicht bedekt met een bivakmuts met alleen gaten voor ogen en mond.

De schoorsteen van de boerderij rookt en de vensterlampen zijn aan. De Volvo staat op het erf, heeft bovendien gezelschap gekregen van een jeep.

Die lijkt van twee sterke mannen met vikingbaarden te zijn die haar doen denken aan die motortypes die ze eerder in de Freedom Gym heeft gezien. Kunnen het misschien zelfs dezelfde zijn? Het is te donker en de afstand te groot om het door de verrekijker te bepalen.

Asker staat er al zo lang dat ze inmiddels het schema kent. Elk halfuur komt een van de baardvikingen uit het woonhuis. Hij maakt een ronde langs de gebouwen met een hagelgeweer in zijn ene hand en een zaklamp in de andere. Loopt dan door naar de kassen om de wietplantage te checken, voordat hij weer terugkeert naar de warmte binnenshuis.

Sundin en Danielsson zijn er ook, maar geen van beiden loopt ooit een ronde. Misschien zijn hun groene vingers te teer om wacht te lopen?

Ze werkt een proteïnereep naar binnen en spoelt die weg met een paar slokken water. Ze is het gewend om te wachten. Prepper-Per zag erop toe dat ze zeker daarin genoeg oefening kreeg.

De truc als je iemand wilt verrassen, is de juiste gelegenheid afwachten. Het ogenblik dat de tegenstander zijn dekking laat zakken.

Dat vermoeidheid en comfort het winnen van de waakzaamheid.

Ze is zelf moe. Inmiddels is ze vaker kriskras Skåne op en neer gereden dan ze nog kan tellen. Bovendien heeft ze een zeurende pijn in haar gekwetste schouder. Maar de pijn heeft in ieder geval het voordeel dat die haar wakker en alert houdt.

Ze denkt aan Martin Hill. Het was fijn om tijd met hem door te brengen. Heel even, toen hun handen langs elkaar streken, was het haast of ze weer tieners waren. En tegelijkertijd niet.

Maar ze staat hier al een tijd te denken over dat hij zei dat ze haar buikgevoel moest volgen. Haar eerste impuls was om het allemaal weg te lachen. Om genoegen te nemen met de blijdschap dat hij om haar geeft, dat hij naar haar heeft geluisterd. Politiewerk bestaat per slot van rekening bijna uitsluitend uit methodisch, logisch te werk gaan en alle middelen zo goed mogelijk benutten.

Maar terwijl de uren verstrijken kan ze het toch niet laten om zich af te vragen of Martin misschien gelijk heeft. Sinds Per ongewenst een comeback in haar leven heeft gemaakt, is het alsof ze iets van zichzelf is kwijtgeraakt, niet langer op haar intuïtie vertrouwt uit angst het verkeerd te doen. Ze schudt het idee van zich af, stuurt haar hersenen een andere kant op.

Ze heeft ook nog over iets anders staan nadenken. Samuel, het hoofd beveiliging dat hen even aanhield bij het verlaten van Stjärneholm, wist wie zij was. Ze hebben elkaar nooit eerder ontmoet, toch is ze hem vaker tegengekomen in andere gedaante. Op schietbanen, in briefingruimtes en tijdens invallen. Ze herkent de lichaamstaal, het bewegingspatroon, de manier waarop hij haar inspecteerde. Hoe hij zijn jack openhield met minstens één hand ter hoogte van zijn riem om snel bij het verborgen wapen te kunnen dat hij op zijn heup draagt. De zelfverzekerdheid, de overtuiging dat hij de gevaarlijkste in het gezelschap is.

Moet ze Martin waarschuwen? Hem zeggen dat hij voorzichtig moet zijn?

Ze denkt van niet. Martin zit in boeken te bladeren en loopt geheime gangen te onderzoeken. Het ergste wat hem kan overkomen is dat hij te nieuwsgierig is en de opdracht kwijtraakt en van het landgoed wordt gegooid. Wat wel een verschil met haarzelf is, want zij loopt beduidend meer risico...

Een uurtje wacht ze nog voordat ze in beweging komt. Dan is het al bijna aardedonker.

Ze sluipt naar de kas met de wietplantage. De deur is gesloten met een hangslot. Ernaast staat een gereedschapsschuurtje dat aan de voorkant open is. Ze glipt naar binnen en gaat tussen gereedschap en zakken aarde staan wachten in het donker.

Na zo'n vijf minuten hoort ze een van de baardvikingen aan komen sjokken. Ze haalt de taser tevoorschijn die ze van Zafer heeft geleend en maakt zich klaar.

De man komt de hoek om. Hij schijnt met de zaklamp voor zich uit en ze trekt zich verder terug in de schaduwen.

De Viking sjokt naar de deur. Het hagelgeweer hangt over zijn rechterschouder, wat betekent dat hij rechts is en dus linksom zal draaien als hij wordt verrast. Zijn blinde vlek zit bijgevolg schuin achter zijn rechterschouderblad.

Ze sluipt voorzichtig naar precies dat punt achter hem. De wind en de oorflappen van zijn muts voorkomen dat hij haar hoort.

Op het moment dat hij naar het hangslot reik, trekt zij zijn jaskraag omlaag en steekt ze de metalen puntjes van de taser in zijn vlezige nek, precies waar de zenuwbanen van lichaam en hoofd bij elkaar komen.

De taser geeft een korte, elektrische zweepslag af. De man schokt in een kramp en maakt een gorgelend geluid. Daarna begeven zijn knieën het en stort hij als een zak aardappelen op de grond.

Asker stopt de taser weg. Ze gebruikt de grote tiewraps om de enkels en polsen achter zijn rug samen te snoeren tot een pakketje. Stopt de Viking ten slotte een lap in zijn waffel en doet er tape overheen, voordat ze hem naar het schuurtje sleept en dumpt achter een pallet pootaarde.

Ze pakt het hagelgeweer op, plukt met ervaren bewegingen de patronen eruit en haalt het wapen vervolgens uit elkaar. Gooit de onderdelen dan in verschillende richtingen het donker in, voordat ze de kant van het hoofdgebouw op loopt.

Eén tegenstander onschadelijk gemaakt, maar er zitten er nog drie in het huis en over slechts een paar minuten zullen ze zich gaan afvragen waar hun makker blijft. Dus heeft ze haast.

Ze spoort de ladder op die ze door de verrekijker heeft gezien en tilt hem op haar ongekwetste schouder.

Bij het huis aangekomen zet ze hem tegen de uitstekende dakrand. Ze klimt zo snel omhoog als haar pijnlijke schouder toelaat en kruipt zo stil als ze kan naar de gemetselde schoorsteen.

Van zo dichtbij kan ze de warmte door haar bivakmuts heen voelen. Die kerels beneden zijn flink aan het stoken, wat haar perfect uitkomt.

Uit de zakken van haar jack haalt ze twee vuisten kleine spuitbusjes met traangas en pepperspray. Ze laat ze in de schoorsteen vallen, hoort ze rammelen totdat ze in de haard zelf belanden, en begint stil in zichzelf te tellen terwijl ze weer naar beneden klautert.

Ze heeft nog geen minuut, maar staat ruim op tijd weer op de grond. Ze loopt hurkend onder de ramen door, om de hoek van het huis en vat een stukje van de deur post. Trekt het dienstwapen met haar ene hand en slaat de uitschuifknuppel met de andere uit.

Ze is klaar. Het binnenvuurwerk moet nu elk moment losbarsten.

Ze heeft het nog niet gedacht of er klinkt een harde knal binnen in het huis, gevolgd door een tweede en dan een derde en vierde. Het klinkt als knetterharde popcorn.

Het geluid gaat vergezeld van brullende stemmen, wordt gevolgd door zware voetstappen tot de voordeur wagenwijd open wordt gesmeten.

Een wolk bijtende rook walmt naar buiten, waardoorheen drie mannen zonder jas of muts op kousenvoeten het huis uit wankelen. Ze hoesten, spugen en kokhalzen zo heftig dat ze ervan dubbelvouwen.

De grootste, de overgebleven Viking, wrijft in zijn ogen en zwaait door de lucht met een grote revolver, duidelijk zonder flauw benul te hebben waar de vijand zich bevindt.

Asker is in twee snelle stappen bij hem. Slaat snel en hard met de knuppel op de pols van de man waardoor de revolver wegvliegt over het grind. In een beweging door geeft ze een slag op het punt waar zijn rechterdijspier aan de knie hecht. Het treffen van staal, spieren, zenuwen en bot is verschrikkelijk pijnlijk, weet ze uit ervaring.

En de Viking nu ook. De man stort brullend in elkaar terwijl hij zijn knie vastgrijpt met zijn nog functionerende hand. Ze raakt hem opnieuw, op zijn nieren deze keer, alleen maar om er zeker van te zijn dat hij niet meer overeind kan komen.

De Viking verandert in één grote bol.

Sundin en Danielsson zijn naar de stal aan het rennen, alsof ze bij hun auto proberen te komen.

Ze steekt het pistool omhoog en lost een schot in de lucht.

Beide mannen laten zich plat op de grond vallen.

'Neus op de grond!' commandeert ze. 'Wie opkijkt, krijgt een kogel door z'n kop.'

Danielsson en Sundin doen wat hun gezegd wordt. Het enige wat ze hoort is hun gehoest.

Asker stopt het pistool in haar holster en schuift de knuppel in elkaar. Gebruikt de tiewraps om de kermende Viking op dezelfde manier mee in te pakken als zijn kloon zo-even.

Ze loopt vervolgens naar Sundin en Danielsson en doet hetzelfde met hen. Sleept de drie mannen ten slotte de stal in. Wanneer ze dat gedaan heeft, loopt ondanks de kou in de lucht het zweet over haar rug en langs de binnenkant van de bivakmuts, en haar gekwetste schouder protesteert krachtig.

Ze gaat een paar minuten op een oude hooibaal zitten bijkomen terwijl ze de drie vastgesjorde mannen op de grond voor haar bestudeert. De Viking die ze met de knuppel heeft geslagen, staart haar aan, maar de muilband van zilvertape verhindert dat hij iets zegt. Zijn gezicht is rood van woede en pijn. Maar in hem is ze niet geïnteresseerd. Hij tiert en briest, wiebelt woest met zijn lijf, als ze hem vastmaakt aan een paaltje in een box.

De andere twee mannen zijn beduidend handelbaarder. Sundin en Danielsson lijken verlamd van schrik. Asker zet ze rechtop tegen een muur en laat hun fantasie nog even met hen op de loop gaan terwijl zij uit een kraan twee emmers met water vult.

‘W-wie ben je?’ weet Sundin uit te brengen. ‘Voor wie werk je?’

Asker geeft geen antwoord. In plaats daarvan gooit ze een emmer water over hem heen.

Daarna doet ze hetzelfde bij Danielsson.

Beiden brullen het uit van de schok, de vloeken en vunzige scheldwoorden zijn niet van de lucht.

Asker loopt terug naar haar zitplaats. Het is misschien vijf graden in de stal en waterkoud. Ze zit de mannen stil te aanschouwen.

Na een paar minuten houden ze op met vloeken en schelden en beginnen ze in hun doorweekte kleren te klappertanden van de kou.

Ze wacht tot hun lippen blauw zijn geworden.

‘Zo dan,’ zegt ze zonder overeind te komen. ‘Ik wil dat jullie me vertellen over Tord Korpi. Alles, vanaf het begin.’

Hill

Hij eet alleen vanavond, warmt de restjes op van het Thaise eten van Leo en hemzelf, terwijl hij de tijd verdrijft op zijn telefoon. Ze is hier maar één avond geweest, toch voelt het zonder haar opvallend leeg in de villa.

Of misschien is hij gewoon niet gewend zo geïsoleerd te zijn. Stjärneholm is spannend, maar tegelijkertijd ook donker en enorm stil. Te stil op het moment. Hij voelt zich nog steeds naar na het gesprek met Samuel. Het hoofd beveiliging heeft hem bang gemaakt, herinneringen en gebeurtenissen naar boven gebracht die hij had gehoopt nooit meer te hoeven herbeleven.

Al is hij nog het meest teleurgesteld dat hij de onderaardse grafkamer heeft moeten afvoeren als een broodjeaapverhaal nadat Karin hem Bernhards echte graf heeft laten zien. Wat betekent dat voor het boek dat hij over het Blockön en de familie Irving wil schrijven?

Misschien niet zoveel eigenlijk. Er zijn hier meer dan genoeg andere mysteries buiten de gangbare mythes.

Hij bladert in de map over de verdrinking die Leo mee heeft genomen. Blijft even haken aan een notitie die beschrijft dat men opnieuw is gaan dreggen naar Elis toen Nicks lijk in het vroege voorjaar werd gevonden. Noch zijn lichaam noch de roeiboot komt deze keer boven water. Het laatste is een beetje vreemd, schrijft de politieman die de notitie heeft geschreven, aangezien polyester boten slijtvast zijn en er heel wat moet gebeuren voordat die helemaal naar de bodem zinken en daar blijven liggen.

Het laatste document van het onderzoek is het autopsieverslag.

Daarin wordt vastgesteld dat Nicks lichaam in zeer slechte staat verkeert nadat het drie maanden in het water heeft gelegen. De weefsels zijn min of meer opgelost en er zijn een aantal fracturen, merendeels in het bovenlijf.

Hill ontdekt dat het ufostel het over nog een detail juist blijkt te hebben. Nicks ogen ontbreken geheel.

De gerechtelijk arts heeft echter niet bijzonder verrast gereageerd op het letsel, maar vastgesteld dat het allemaal kan zijn ontstaan gedurende de tijd dat het lichaam in het water lag, en is tot de voorzichtige conclusie 'vermoedelijk verdrinking' gekomen, precies zoals Leo al zei.

Hill kan sowieso constateren dat de informatie die hij van het ufoechtpaar heeft gekregen tenminste in wezen correct is gebleken, zowel over Nick en Elis als over tuinman Björn Knudsen. Tel daar Viggo's auto-ongeluk nog eens bij op, waarbij Mauds verloofde Pontus is omgekomen en Gunnar zelf om een of andere reden naderhand ter plaatse was.

Samengevat vier sterfgevallen, allemaal ogenschijnlijk verschillend, maar toch hebben ze één ding gemeen: een link met de familie Irving of met Stjärneholm, Miresjön en Blockön.

Dat kan natuurlijk allemaal toeval zijn. Dingen gebeuren over een bepaalde tijd en hoe groter en langer de periode, hoe meer overeenkomsten je kunt vinden. Dat is zogezegd de levensvoorwaarde voor de samenzweringstheorieën.

Maar hij kan niet ontkennen dat het allemaal wel heel fascinerend is. Tel daar nog bij op wat hij zelf allemaal heeft meegemaakt op Stjärneholm, dan voelt het toch alsof hij iets op het spoor is. Een geheim, of misschien zelfs geheimen. Stof zat voor zijn boek en nog meer dat alleen al danig zijn nieuwsgierigheid wekt. Zijn bezetenheid van Blockön verder opstookt.

Maar veel verder komt hij vanavond niet. Hij moet tot morgen wachten en hopen dat de bibliotheek weer opengaat zodat hij de ruimte achter de geheime deur kan onderzoeken.

Hij weet totaal nog niet hoe de deur in de puzzel past, maar iemand heeft een hoop moeite gedaan om hem te laten ontdekken dat die bestaat. Wat er ook achter die deur zit, het moet wel iets zijn dat hem in ieder geval dichter bij één van de geheimen van de familie Irving zal brengen.

Maar vermengd met die opwinding is er ook dat gevoel van onbehagen dat hem keer op keer bekruipt sinds Tom en Krystal *Vergeten plekken* op de cafétafel hebben gelegd.

Nick en Elis hadden zijn boek gelezen en waren erdoor geïnspireerd. Vanwege wat hij had geschreven over het Blockön, hadden ze geprobeerd er te komen. Een ongemakkelijk deel van zijn geweten beweert dat dit hem medeverantwoordelijk maakt voor hun lot.

Hij probeert zich voor te houden dat Nick en Elis ondanks alles volwassen mannen waren die hun eigen besluiten namen. Toch knaagt het schuldgevoel aan hem. Wordt het gevoed door afgrijselijkheden die hij net in het rapport heeft gelezen.

Hij moet iets te doen hebben.

Het ufostel zei dat ze naar een ingang van de onderaardse ruimtes zochten in de omgeving van Villa Arcturus. Hij zou even de benen kunnen strekken en in het bos gaan kijken.

Hij gaat op zoek naar een zaklamp, vindt een oplaadbare aan de muur achter de kelderdeur, naast de stoppenkast.

Hij doet hem aan en schijnt omlaag het kelderduister in. Er komt een vreemde lucht van beneden. Vocht, het onderaardse en dan nog iets. Iets vaag onaangenaams waarop hij de vinger niet kan leggen en dat hij moet onderzoeken, vindt hij. Hij doet een paar stappen omlaag. Een van de tredes kraakt hard.

Eenmaal beneden schijnt hij rond door de kelderruimte.

Een wasmachine en een droogtrommel, zoals mevrouw Schiller al zei. Een paar planken met dozen en achterin een metalen deur met een bordje waarop AFSTANDSVERWARMING staat. Niets al te spannends.

Hij gaat weer omhoog naar de hal en doet de kelderdeur goed achter zich dicht.

Buiten is het koud en waait het flink. Hij knoopt zijn jas dicht en trekt zijn muts over zijn voorhoofd. Loopt dan om het huis heen zodat hij in de kleine tuin achter zijn slaapkamerraam komt. Hij loopt voorbij de plek op het gazon waar hij de sleutelbos vond, en verder tot tussen de bomen.

De zaklamp brengt een paadje aan het licht dat hij besluit te volgen.

De wind ruist door de boomkruinen terwijl hij dieper het bos in loopt.

Hij laat de lichtkegel van de zaklamp over de boomstammen glijden op zoek naar een constructie die het begin van een soort schacht zou kunnen zijn.

Het enige wat hij ziet zijn boomstammen en struiken.

Na twintig minuten in het wilde weg zoeken begint hij het koud te krijgen en besluit hij terug naar de villa te gaan.

Een zwak gonzen doet hem omhoogkijken. Een klein donker vliegend apparaat hangt precies boven de boomtoppen. Drie tellen lang denken zijn hersenen dat hij naar een ufo tuurt, maar dan haalt zijn verstand hem in. Een drone, precies zo een als waarover Leo vanochtend vertelde. Vermoedelijk is het een onderdeel van Stjärneholms beveiligingssysteem. Het apparaat hangt helemaal stil, alsof het hem observeert. Wanneer hij in beweging komt, volgt het hem.

Hill denkt onwillekeurig aan wat het ufostel over zijn telefoon heeft gezegd. Hij heeft hem bij zich, heeft de app geïnstalleerd en is verbonden met Stjärneholms netwerk. Natuurlijk kan de drone zijn zaklamp hebben geregistreerd en op het licht zijn afgegaan. Maar als dat nu niet zo is? Stel dat hij wordt getracet via zijn telefoon.

Kon Samuel daardoor weten dat hij bij Bernhards graf was?

Geen fijn idee.

Hij verlaat het pad en steekt schuin tussen de bomen door richting Villa Arcturus. De drone blijft boven hem gonzen, maar met dat het bos dichter wordt, verliest hij het apparaat meer en meer uit zicht.

Hij verandert van richting, gaat weer dieper het bos in. Blijft dan tegen een stam aan staan en probeert het gonzende motortje van de drone te horen. Na nog geen minuut hoort hij het weer, hoe het dichterbij komt en precies boven hem blijft hangen.

Dan gaat er een schijnwerper aan die zo sterk is dat Hill instinctief een hand voor zijn gezicht houdt om niet verblind te worden.

De drone blijft nog een paar tellen hangen en Hill verlichten.
Daarna gaat de schijnwerper abrupt uit, stijgt het toerental van het motortje en verdwijnt de drone over de boomtoppen.
Hill blijft daar in het donker staan.
De drone heeft hem niet bij toeval gevonden, zoveel is duidelijk. Iemand wil dat hij weet dat ze hem in de gaten houden.

Asker

De gebitten van beide mannen klepperen als castagnetten. Het geluid weerkaatst tussen de muren van de oude stal.

'Tord K-Korpi?' spuugt Sundin eruit. 'W-wie is dat in g-godsnaam?'

Asker neemt de moeite niet om te antwoorden. De stomkop heeft nog niet gesnapt dat de tijd in haar voordeel werkt. Elke minuut dat hij talmt met antwoorden, worden zijn en Danielssons kwellingen erger. De lippen zijn al blauw en straks begint het schokken van de kou.

Ze hoeft alleen maar te wachten.

'W-wat wil je v-verdomme?' Danielssons stem slaat over. Hij is slanker en kleiner dan Sundin en lijkt al haast op instorten te staan.

'Tord Korpi,' zegt ze weer. 'Jullie hebben jaren en jaren geleden geprobeerd hem te beroven. Ik wil het hele verhaal horen.'

Danielsson kermt en jammert. De vettige scheiding doet hem er zo mogelijk nog erbarmelijker uitzien. 'K-k-k heb 't zo teringkoud...'

'Dan stel ik voor dat je snel gaat praten,' zegt Asker. 'Begin maar bij het begin.'

Danielsson wisselt een blik met Sundin.

'Oké,' snakt hij naar adem. 'We zagen dat Korpi een hoop contanten had en besloten dat we die zouden proberen te pikken.'

'Jullie twee en wie nog meer?'

'L-linus Palm,' snakt hij weer. Zijn magere lijf is onhoudbaar gaan schokken.

Asker weet dat het er erger uitziet dan het is. Het schokken is hoe het lichaam de spieren aan de gang probeert te houden. Onaangenaam, maar niet bijzonder gevaarlijk. Pas als het schokken ophoudt, moet je je zorgen gaan maken.

‘We schaduwden hem,’ komt Sundin ertussen. Ook hij lijkt te hebben opgegeven. ‘We wachtten totdat hij wegreed bij de Freedom Gym en reden achter zijn pick-up aan. Hadden bivakmutsen en honkbalknuppels geregeld.’

‘Ga door,’ beveelt ze. ‘Ik wil details horen.’

‘Hij reed een stuk naar het noorden, toen sloeg hij af recht het bos in,’ hakkelt Sundin. ‘Hij reed een oude grindgroeve op. Daar stond een andere auto op hem te wachten. Een vrouw die bij Korpi instapte.’

‘En toen?’ spoort Asker hem ongeduldig aan. Ze wil dat hij ter zake komt.

‘W-we dachten eerst dat ze gingen neuken, het had er alle schijn van dat er iemand vreemdging, dus we wilden er al mee kappen. Maar zij stapte na een paar minuten alweer uit en reed weg. Dus besloten we hem te pakken. M-maar dat ontspoorde, Korpi trok een pistool tevoorschijn en schoot Jon in z’n been.’

Danielsson knikt bevestigend. Zijn huidskleur is omgeslagen tot krijtwit.

‘Hij hield het pistool tegen m’n hoofd. S-schreeuwde dat we moesten vertellen voor wie we werkten. We waren doodsbang, zeiden dat we maar kleine jongens waren. Smeekten om ons leven…’

Hij snikt en Sundin neemt het over.

‘K-korpi ging ervandoor. Wij raakten in paniek, gooiden Jon in mijn auto en reden naar de spoedeisende hulp. Hij bloedde als een rund.’

Daniel knikt schokkerig.

‘Ongelooflijke pijn…’ krijgt hij nog uit zich.

‘En toen?’ vraagt ze weer.

‘Hoezo “en toen”?’ zegt Sundin. ‘Korpi is verdwenen, wij hebben hem nooit meer gezien.’

Asker geeft geen antwoord. In plaats daarvan komt ze overeind, loopt ze naar de kraan en begint ze meer water in een van de emmers te laten lopen.

‘W-wacht!’ schreeuwt Sundin.

Asker vult de emmer helemaal en zet die een meter voor hen neer. ‘Wat is er toen gebeurd?’

De mannen staren haar aan.

'Jon kreeg bloedvergiftiging. H-heeft maanden in het ziekenhuis gelegen,' hakkelt Sundin.

Danielsson knikt driftig. 'D-dreigde m'n been te verliezen,' verklaart hij.

Asker tilt de emmer water op. 'Dus wie van jullie heeft Korpi vermoord?'

De mannen staren haar aan.

'Vermoord?' hakkelt Sundin. 'Waar heb je 't in g-godsnaam over?'

Asker pakt de emmer met twee handen beet. Van Danielsson komt gejank.

'Neeneenee, v-verdomme, niet meer. We hebben hem niets gedaan, ik zweer 't, ik zweer 't.'

Asker kijkt naar Sundin. Ook hij schudt het hoofd.

'W-we waren nog maar jochies,' stoot hij tussen het schokken uit. 'We scheten in onze broek voor Korpi. Jon was verdomme aan het doodgaan. Linus smeerde 'm naar een familielid in het noorden.'

'En jij? Wat heb jij gedaan na de beroving?'

'K-k ben naar Denemarken gegaan,' siddert Sundin. 'Heb een paar neven daar.'

'Vertel nu alles, Erik,' jammert Danielsson. 'Ik trek het niet meer.'

Zijn geschok is bijna opgehouden.

'Ik moest zitten voor een inbraak,' zegt Sundin snel. 'Kreeg één jaar.'

'In Denemarken?'

Sundin knikt krampachtig.

'Wanneer was dit?'

'Dezelfde zomer. Een week of drie na de beroving.'

'Dus je hebt toen vanaf augustus een jaar vastgezeten?'

Sundin knikt.

Asker overdenkt zijn bewering. Een gevangenisstraf in Denemarken is niet zichtbaar in Zweedse registers, wat verklaart waarom Rosen die informatie niet heeft gevonden.

Maar het is makkelijk naderhand te checken, wat Sundin toch ook wel moet weten. Dus is de kans groot dat hij de waarheid spreekt.

Asker wendt zich tot Danielsson. 'En jij lag in het ziekenhuis? Hoelang dan?'

Het gezicht van de man is nog witter geworden, maar hij kan nog net knikken. 'Tot oktober. M-mocht naar huis op mijn verjaardag.'

'En wat is er met Linus Palm gebeurd?' vraagt ze.

Sundin schudt het hoofd. Het spreken gaat schokkerig. 'We zagen elkaar niet meer. Hij kwam een meisje tegen. Is nu politicus, wil ons niet meer kennen.'

Asker zet de emmer neer en probeert te verwerken wat de mannen hebben verteld.

Sundin en Danielsson zijn te verkleumd en bang om nu nog overtuigend te kunnen liegen.

Korpi is vermoord ergens tussen midden augustus en 9 september toen de laatste takkenstapel werd gedumpt en de slagboom werd geplaatst.

Toen zat Sundin in Deense hechtenis en lag Danielsson nog in het ziekenhuis. Puur theoretisch zou Linus Palm er nog bij betrokken kunnen zijn geweest, maar dat betwijfelt ze.

Resteert er dus maar één conclusie. Een behoorlijk ontmoedigende.

Palm, Sundin en Danielsson hebben niets te maken met de moord op Tord Korpi. De mislukte beroving is, hoe logisch het idee ook leek, gewoon een dwaalspoor.

Ze heeft haar beperkte middelen verkwist aan de verkeerde informatie.

En nu is haar hele onderzoek vastgelopen.

Verdomme!

Zaterdag

Hill

Het nare gevoel van gisteravond is ook bij het ontbijt nog niet verdwenen. Het komt weer heel even bij hem op om simpelweg te bedanken voor de eer en de opdracht af te breken, om vervolgens weer tot dezelfde slotsom te komen. Hij is veel te gefascineerd door alles om zich te laten afschrikken door een uitbrander, hoe onaangenaam die ook was.

Bovendien heeft de familie Irving een vrij goede reden om op haar hoede te zijn na de indringers laatst 's nachts. En hijzelf had feitelijk de regels overtreden door mee te gaan naar Bernhards graf.

De app pingt, deelt mede dat het hoofdgebouw weer open is, wat zijn laatste bedenkingen laat wegsmelten.

Hij vraagt meteen om vervoer naar de bibliotheek.

Dan drinkt hij ongeduldig zijn ochtendkoffie terwijl hij zit te wachten totdat Ville verschijnt.

Maar deze keer blijkt mevrouw Schiller het golfkarretje te besturen.

'Goedemorgen, lector Hill,' begroet ze hem. 'Heeft u lekker geslapen?'

'Goedemorgen, mevrouw Schiller,' zegt hij overdreven vriendelijk. 'Dank u, zeker.'

Hij heeft besloten te proberen zijn misstapje van gisteren te corrigeren. Zich voorbeeldig te gedragen zodat hij de geheime trap in alle rust kan gaan onderzoeken.

'Wat gisteren betreft,' zegt ze na een poosje met haar gewone vriendelijke glimlach. 'Samuel was wel een beetje kortaf tegen u, waarvoor ik excuses aanbied. U begrijpt, mevrouw Karin is niet helemaal gezond. We zijn erg voorzichtig met haar.'

'Natuurlijk,' reageert Hill. 'Zoals ik Samuel al uitlegde, had ik haar een lift gegeven vanaf de bloemisterij in het dorp. Ze stond er min of meer op dat ik met haar mee zou gaan naar het graf van Bernhard en ik wilde niet dwars gaan liggen.'

'Ik begrijp het. En wat deed u in het dorp?'

De vraag klinkt onschuldig, maar toch is Hill op zijn hoede. 'Ik had mijn vriendin naar de trein gebracht en toen nam ik de gelegenheid te baat om de bibliotheek te bezoeken.'

Hij overweegt of hij het Ufo-café moet noemen, niet in het minst omdat hij vermoedt dat ze hem tracen. Toch besluit hij daarvan af te zien.

Mevrouw Schiller zwijgt een paar tellen terwijl ze zich lijkt te concentreren op het rijden.

'Als gezegd is mevrouw Karin niet helemaal gezond. Soms kan ze heel helder lijken, op andere momenten zit ze helemaal in haar eigen wereldje. Je moet alles wat ze zegt met een korreltje zout nemen.'

'Ik begrijp 't,' zegt Hill.

'Heeft ze iets tegen u gezegd?' vraagt mevrouw Schiller. 'Iets wat u vreemd voorkwam?'

'Nee,' zegt Hill zo onschuldig klinkend als hij maar kan. 'Ze had het vooral over hoe ze Bernhard bewonderd had. Noemde hem een groot man.'

Mevrouw Schiller knikt. 'Ja, mevrouw Karin en Bernhard waren dik met elkaar. Ze houdt zijn nagedachtenis in ere, net als wij allemaal.'

Ze remt af voor de deur van de medische faciliteit. 'Zo, we zijn er.'

De vrouw stapt uit en opent de toegangsdeur met haar pasje. Ze begeleidt Hill via de lift naar de bibliotheek.

Maar in plaats van hem nu als gewoonlijk met rust te laten gaat ze in een leesstoel zitten en op een iPad zitten tikken.

Hill moet zich in bedwang houden om niet tersluiks naar de boekenkasten met de verborgen deur te kijken. Zolang mevrouw Schiller er nog is, zit er niets anders op dan te werken.

Bovendien heeft hij Nova een soort invalshoek beloofd voor het

Alfacentboek en voordat hij die heeft gepresenteerd en laten goedkeuren, zal hij Blockön ook niet mogen bezoeken.

Nadat hij Bernhards graf heeft gezien en Karin over hem heeft horen praten, besluit hij de artikelen door te nemen waarin Gunnar over zijn vader vertelt.

Het kost hem ongeveer een uur om de interessantste bij elkaar te zoeken. Bijna alles gaat wel op de een of andere manier over Gunnars belevenis op Blockön.

'Mijn vader begreep wat er nodig was. Hij had visie en moed genoeg om het uit te voeren. Bernhard heeft mij heel het familiebedrijf toevertrouwd. Liet mij de ideeën verwerkelijken die het buitenaardse wezen me had gegeven. Daar zal ik hem altijd diep dankbaar voor zijn.'

Hier is niet de minste aanwijzing te vinden van de haat waar Karin over sprak. Hij bladert verder, leest artikel na artikel door. Noteert zinnen en woorden die hij ook probeert te vergelijken. Sommige uitdrukkingen keren terug, andere veranderen.

In het begin is het ufo-verhaal uitgebreider, maar met het verloop der jaren wordt het korter, summierder. Bovendien veranderen een aantal details. Hoe hoog in de lucht het lichtschijnsel zich bevond, hoe groot het schip en het ruimtewezen waren. In één beschrijving is het wezen glinsterend blinkend zwart, in een ander matzwart. Een paar keer beschrijft Gunnar verschillende geluiden die hij weglaat in andere versies van het verhaal.

De beschrijving van Bernhard is daarentegen jarenlang verbazingwekkend constant.

De vader is een visionair die de moed heeft om in te grijpen en Gunnar zijn roeping te laten volgen. Durft om zijn levenswerk uit handen te geven en te vertrouwen op zijn zoon.

Maar in het begin van de jaren negentig gebeurt er zelfs met dat verhaal iets. In een artikel uit 1992 gebruikt Gunnar voor het eerst de frase 'toen ik het bedrijf overnam'.

Het is misschien geen enorm verschil, maar voor zover Hill kan bepalen heeft Gunnar tot dan toe altijd woorden gebruikt als 'overgelaten', 'overgedragen' of 'toevertrouwd' als hij het proces beschreef.

Beklemtoond dat het een daad van Bernhard was, niet van hemzelf. Maar vanaf dat interview begint hij zichzelf te beschrijven als de handelende instantie. Hij heeft het 'overgenomen', is 'erin gestapt' en heeft 'het op zich genomen'.

De verschuiving in het verhaal is zo onopvallend dat die alleen duidelijk wordt als je er echt naar op zoek gaat.

De dankbaarheid die Gunnar zo vaak heeft uitgedrukt tegenover zijn vader is bovendien helemaal verdwenen uit de latere artikelen.

Hill wipt op zijn stoel.

Dus wat is er begin jaren negentig gebeurd dat Gunnar een andere houding deed aannemen tegenover zijn vader? Hij gaat terug naar de tijdlijn die hij laatst heeft opgesteld.

Gunnar is in 1991 van Karin gescheiden, slechts een paar maanden voor dat interview. Hertrouwde het jaar daarna en kreeg een dochter, Nova.

Ongeveer tegelijkertijd presenteerde Alfacent nieuwe vooruitgangen in DNA-technologie. Hij schudt het hoofd, worstelt om een verband te zien tussen de gebeurtenissen en Gunnars ogenschijnlijk veranderde houding tegenover zijn vader.

Mevrouw Schiller hoest en verstoort zijn gedachtegang.

Deze keer kan hij de verleiding niet weerstaan om met een schuin oog naar de sf-boekenkasten te kijken. Heel zijn urban-explorersziel wil niets liever dan daarheen lopen.

Maar totdat mevrouw Schiller hem met rust laat, heeft hij geen andere keus dan te blijven zitten. Hij zou dit allemaal even moeten laten voor wat het is en zich in plaats daarvan moeten focussen op een invalshoek voor het Alfacentboek.

Hij gaat naar een nieuwe pagina in zijn notitieblok en tikt een paar keer met zijn pen op het papier.

Zijn blik wordt weer naar de boekenkasten getrokken.

Wat is er daarboven achter die deur?

Welke geheimen wachten daar op hem?

Asker

Ze staat zichzelf een paar uur extra slaap toe voor ze aan haar gewone joggingronde begint, het hele stuk van de grote villa tot aan de golfbaan. Op de terugweg vergt ze nog meer van haar lijf in een poging haar gedachten op orde te krijgen.

Prepper-Per is aangehouden en haar beide hoofdverdachten zijn onschuldig gebleken. De enige interessante informatie die ze aan dit spoor heeft overgehouden is dat Korpi een onbekende vrouw heeft ontmoet, mogelijk een buitenechtelijke relatie. Maar Sundin en Danielsson konden geen details vertellen, niet eens het merk auto van de vrouw, wat het onmogelijk maakt om haar zestien jaar later nog op te sporen.

Toch is de situatie niet helemaal hopeloos, niet puur juridisch tenminste. Het is niet genoeg dat Per en Korpi elkaar kenden of zelfs dat Korpi vlak voor de moord nog tijd heeft doorgebracht op de Farm. De rechtbank zal hem nooit slechts op grond van die informatie in hechtenis nemen, zeker niet voor een moord van zestien jaar geleden, dat weet zowel de aanklager als Hellman.

Er is meer nodig – meer aanwijzingen of echte bewijsstukken, of ten minste een duidelijk motief waardoor Per een onmiskenbare verdachte wordt in de zaak.

Bij gebrek daaraan zou Per maandag weer op vrije voeten moeten zijn, weliswaar nog steeds als verdachte en vast en zeker flink kwaad op haar, maar zonder een bloedbad te hebben veroorzaakt.

Het beste dat ze nu misschien kan doen is aan de kant gaan staan kijken en hopen dat Per en Hellman beiden aan het eind van hun krachten zijn geraakt.

Een aanlokkelijk idee.

Als ze terugkomt op het erf voor de villa staat daar een *racing green* sportwagen te wachten.

Isabels auto.

Haar moeder stapt uit. Ze is als gewoonlijk onberispelijk gekleed, ook al is het zaterdagochtend. Mantelpak, mantel, shawl en bontmuts die samen met haar lichaamstaal de indruk versterken van een Britse monarch met een vleugje levensgevaarlijk toproofdier.

Zelf heeft ze doorweekte hardloopkleren aan, die al ver voorbij het kritische gebruikspunt zijn dat de zweetlucht er nog uit gewassen kan worden.

'Goedemorgen, Leonore,' zegt Isabel overdreven blij. 'Ik kom je een lekker ontbijtje brengen. Ik heb verse broodjes gekocht.'

Asker weet niet wat ze verontrustender vindt: dat haar moeder onaangekondigd opduikt of dat ze probeert aardig te zijn.

Ze doucht kort terwijl ze probeert te bepalen wat Isabel nu precies van haar wil, maar komt er niet echt uit, behalve dat het naar alle waarschijnlijkheid wel met Hellman en haar vader te maken zal hebben. Maar bij Isabel weet je het nooit helemaal zeker. Juist die onzekerheid is een van haar allersterkste wapens.

Wanneer ze de enorme keuken in loopt, heeft Isabel de tafel gedekt met broodjes, croissants en versgeperste jus d'orange, wat Askers ongerustheid alleen maar versterkt.

'Ik heb geprobeerd koffie te maken, maar voor die espressomachine heb je vast een of ander besturingscertificaat nodig,' zegt haar moeder op die nog steeds blije toon waarvan Asker niet weet hoe ze ermee om moet gaan.

Ze maakt twee koffie voor hen, gaat aan tafel zitten en valt aan op de broodjes.

'Zo Leonore, hoe is het met je?'

'Goed.'

Blijkbaar moeten ze eerst even keuvelen voordat Isabel ter zake komt, dus voegt Asker er een 'het is druk' aan toe.

'Heb je geen zin een eigen plekje te zoeken in de stad?' Haar moeder maakt een klein handgebaar naar het enorme huis.

'Je zus en Fredric hebben een villa in Bellevue gekocht, dus hun woning komt binnenkort vrij.'

Asker staat op het punt uit te leggen wat ze van dat voorstel vindt, maar bijt op haar tong.

'Ik heb het hier prima naar m'n zin,' zegt ze. 'Het is hier rustig en mooi. Met de trein is het maar een paar minuten naar de stad.'

'Aha, ja, je doet natuurlijk wat je wilt. Maar als je onze hulp nodig hebt, hoef je maar te bellen, dat weet je.'

Asker probeert er niet van te schrikken. Alarmbel nummer twee is net afgegaan. Haar moeder is niet alleen maar aardig, ze biedt ook nog haar hulp aan. Waarover ze het ook wil hebben, het moet wel iets ernstigs zijn.

'Gaat het goed met Junot?' vraagt Asker.

'Jaja.' Isabel wuift de vraag weg. 'Hij is dit weekend op Mallorca golf aan het spelen.'

'En met jezelf?'

'Met mij is alles goed.'

Isabel drinkt een slokje koffie alsof ze zich klaarmaakt. Asker wacht gespannen af. Ze hebben het dansje precies zo lang gedaan als de beleefdheid vereist.

'Er is trouwens iets wat ik je moet vertellen,' zegt haar moeder.

'Oké?' zegt Asker op een toon die in ieder geval verbaasd moet lijken.

'Het gaat om je vader. Naar ik begrijp ben je doorgegaan met hem helpen bij zijn... juridische problemen.'

Asker steunt in stilte. Het is natuurlijk geen onverwacht onderwerp, maar waarom daarvoor helemaal hierheen rijden?

'Jonas Hellman heeft weer contact opgenomen,' vervolgt haar moeder. 'Hij vertelde dat je Per zover hebt weten te krijgen zich aan de politie over te geven. Een heel verstandige zet, Leonore.'

Asker weet niet goed wat ze nu verwacht wordt te zeggen. Lof van Isabel is zo zeldzaam dat ze geen standaardreactie heeft. Tegelijkertijd is ze er niet blij mee dat Hellman en haar moeder doorlopend contact lijken te hebben.

'Maar volgens Hellman werden hij en zijn medewerkers een beetje overrompeld door die manoeuvre,' gaat Isabel verder. 'Ze hadden meer tijd nodig om zich erop voor te bereiden.'

Asker kan een glimlachje niet onderdrukken. Wat net nog als lof klonk, was natuurlijk niets anders dan goed verpakte kritiek. De orde is weer hersteld.

'Vervelend voor Hellman,' zegt ze wrang. 'Het is vast lastig om je hoofdverdachte helemaal gratis in de schoot geworpen te krijgen zonder er moeite voor te hoeven doen.'

Haar moeder doet alsof ze haar niet hoort. 'Hellman zei ook dat ze vermoedelijk gedwongen zullen zijn om Per direct na het weekend weer los te laten. Dat hij zich zorgen maakt over wat dat kan betekenen, niet in het minst voor jou.'

Asker klemt haar kaken op elkaar.

'Dus jij komt helemaal hierheen om te vertellen dat Jonas Hellman zich zorgen maakt om mij? Je weet toch nog wel dat ik een klacht tegen hem heb ingediend?'

Isabel negeert de vraag en neemt een heel voorzichtig hapje van een croissant.

'Je kunt zeggen wat je wil van Jonas Hellman,' zegt ze als ze klaar met kauwen is. 'Maar hij heeft een strategische instelling. En een uitstekende reputatie bij de politietop. Een toekomstige kandidaat hoofdcommissaris. Of nog hoger.'

Askers slapen beginnen te bonzen.

'En met die ambities ben jij van plan hem te helpen?' zegt ze geforceerd rustig.

Haar moeder trekt een zuinig gezicht. 'Wat ik nu het belangrijkst vind is eerlijk gezegd jou helpen, Leonore. Het baart me grote zorgen dat je vader zich weer in je leven heeft weten te nestelen.'

'Maar dat is niet zo!' De tegenwerping komt als een reflex, wat nooit goed is.

'Niet?' Haar moeder trekt een van haar perfect geëpileerde wenkbrauwen op. 'Waarom denk je eigenlijk dat Per ermee instemde om zich zomaar aan de politie over te geven? Terwijl hij de overheid haat, het haat om opgesloten te zitten.'

Asker heeft zich die vraag ook even gesteld.

'Omdat het zijn enige uitweg was.'

Haar moeder schiet in de lach.

'Per heeft jarenlang alle denkbare scenario's kunnen plannen en doordenken. Dat is het enige wat hij doet. Plannen en zich voorbereiden op het ergste. En uit al die mogelijkheden koos hij ervoor om zich heel aardig te laten aanhouden.' Isabel schudt het hoofd. 'Nee, Per is iets van plan. Iets wat jou aangaat. En wat dat ook mag zijn, ik kan niet stil blijven zitten en dat laten gebeuren.'

Ze opent de aktetas die ze onder de tafel had gezet en pakt er een aantal papieren uit. 'Jij weet hier niets van, maar na de scheiding heb ik Per een tijdje geholpen zijn zaakjes op orde te krijgen.'

Asker fronst haar voorhoofd. 'Hoezo? Ik dacht dat jullie elkaar niet uit konden staan.'

'De scheiding verliep eerlijk gezegd onverwacht beschaafd. Ik had niets te winnen met een ellenlange procedure die Lissander en partners kon benadelen en Per had op zijn beurt andere dingen om zich op te focussen. Dus kwamen we tot een overeenkomst. Daartoe behoorde dat ik het op mij nam een deel van zijn zaken te regelen. Of af te handelen is misschien een juistere bewoording.'

Ze schuift de papieren over tafel naar Asker. 'Onder andere heb ik je vader geholpen een belastingschuld te betalen. Zie je deze storting?'

Asker beseft plotseling waar haar moeder heen wil.

'Wanneer was dit?' vraagt ze, ook al weet ze het antwoord.

Isabel tikt met een goed gemanicuurde vinger op het papier. 'De belastingdienst registreerde de betaling op 25 september 2006. Ik herinner me het nog goed aangezien je vader opdook met het hele bedrag in contanten. Ik was gedwongen om aan heel wat touwtjes te trekken om de belastingdienst het geld te laten accepteren.'

Asker probeert helder te blijven nadenken, maar dat is bijna onmogelijk. 'Waar had hij het vandaan, zei hij?'

'Een lening van een kennis. En ik heb niet verder gevraagd.'

Askers hersenen zijn weer bij. Haar vader heeft vanuit het niets een paar honderdduizend kroon in contanten tevoorschijn getoverd.

Precies rond de tijd dat Tord Korpi is vermoord en bij de Farm is begraven.

'Dat contante geld,' begint ze zo beheerst als ze kan. 'Weet je nog hoe dat was verpakt?'

Haar moeder knikt. 'Ja, ik herinner het me allemaal als gezegd nog goed. Per had een donkere plunjezak bij zich die hij op mijn bureau legde. Die zat vol rollen bankbiljetten.'

Asker hoort het vervolg van ver als door een ruis.

'Ik heb deze informatie gisteren naar Jonas Hellman gestuurd,' zegt haar moeder. 'Naar alle waarschijnlijkheid betekent dit dat Per in voorlopige hechtenis gaat. Mijn advies aan jou...'

Ze stopt even. Haar stem klinkt hartelijker. 'Mijn verzóék aan jou, Leonore, is of je je zo ver van de hele boel wilt houden als je maar kunt.'

Hellman

Hellman is terug in de verhoorruimte. Per Asker zit op de stoel tegenover hem, Eskil bij de muur net als laatst.

Maar deze keer is alles anders.

Hij heeft zojuist het uittreksel van de belastingdienst tussen hen in op tafel gelegd en Per Askers superieure grijns zien verbleken.

'We hebben Tord Korpi's ex-vrouw gesproken,' zegt Hellman. 'Zij vertelde dat Tord altijd een hoop contanten met zich meezeulde. En dat de laatste keren dat ze geld van hem kreeg, het om dezelfde soort bankbiljetrollen ging als jij aan jouw ex-vrouw overhandigde om haar jouw belastingschuld te laten afhandelen.'

Hij zwijgt even, geniet van het ogenblik.

'Het moment van de betaling aan de belastingen komt bovendien perfect overeen met de tijdspanne van Korpi's overlijden die je zelf mede hebt vastgesteld. Op 25 september lag Tord Korpi in een ondiep graf net buiten je terrein, terwijl jij zijn geld gebruikte om jouw schulden af te betalen. Zo zien de aanklager en ik het en hij is ervan overtuigd dat de rechtbank het hiermee eens zal zijn. Je kunt je er dus op verheugen om nog lang in detentie te blijven.'

Hellman is even stil om de woorden te laten bezinken. Wisselt tegelijkertijd een snelle blik met Eskil die precies zo onder de indruk lijkt te zijn als zou moeten.

'Je hebt eerder voor onbestemde tijd vastgezeten, nietwaar Per?' vervolgt Hellman vriendelijk. 'Het huis van bewaring is erger dan een psychiatrische inrichting. Geen bezoek, geen activiteiten. Alleen maar vier muren en om de dag een uurtje op de luchtplaats, terwijl wij je hele tent daar in het bos binnenstebuiten keren.'

Hij buigt voorover. Deze keer heeft hij echt het overwicht.

Dat weet Per Asker ook. Zelfs Eskil snapt dat.

Misschien weet Leo inmiddels ook hoe het ervoor staat. Misschien heeft ze beseft wie van hen tweeën als winnaar uit de bus is gekomen, dat ze nu verslagen is.

Dat hij haar verslagen heeft.

Hij raakt vreemd genoeg opgewonden van het idee. Krijgt zelfs een beetje een stijve.

Hij schudt het van zich af, stapt terug in zijn professionele rol.

'Je kunt het hele proces natuurlijk versnellen door te bekennen. Maar dat ben je vast niet van plan, hè Per?' zegt hij zacht. 'Jij bent het type er niet naar om te bekennen. Jij zit liever maandenlang gedetineerd in een kleine nauwe cel dan dat je een kik geeft. En weet je wat, dat vind ik prima. Houd jij je bek maar lekker, want het is sowieso gedaan met je.'

Per Asker bijt op zijn bovenlip. Hij lijkt lang niet zo zelfverzekerd meer, constateert Hellman tevreden.

'Zo, heb je daar nog iets aan toe te voegen, Per?' zegt hij.

De man staart hem aan met zijn gezonde oog.

'Ik...' zegt hij peinzend, 'wil beraadslagen met mijn juridisch vertegenwoordiger.'

'Natuurlijk,' knikt Hellman. 'Wil je een advocaat toegewezen krijgen of heb je er al een?'

Per Asker schudt het hoofd. 'Geen advocaat. Mijn juridisch vertegenwoordiger.'

Hellman zou zich moeten storen aan de haarkloverij, maar hij kan het zich veroorloven om grootmoedig te zijn, de ouwe kerel door te laten gaan met zijn onzin in een poging tenminste nog een paar procent van zijn waardigheid te behouden. Ze weten toch alle twee wie er gewonnen heeft. Wie hier de baas is.

'Natuurlijk. Eskil hier zal je helpen met het contact,' zegt Hellman overdreven vriendelijk. 'Hoe heet die vertegenwoordiger?'

Pas als hij het glimlachje van de ouwe vent ziet, beseft Hellman twee dingen. Dat Per Asker op deze wereld de mens is aan wie hij de grootste hekel heeft. En dat dit gevecht bij lange na nog niet voorbij is.

'Leonore Asker,' zegt Per. 'Ik denk dat jullie het nummer al hebben. Zeg maar dat ik haar zo spoedig mogelijk wil spreken.'

Hill

Hij probeert mevrouw Schiller uit te putten, maar als de lunch en de middagkoffie voorbij zijn is het duidelijk dat de vrouw van plan is haar hele werkdag door te brengen met hem in de gaten houden. Blijkbaar heeft zijn uitstapje naar Bernhards graf het vertrouwen in hem meer geschaad dan hij had gehoopt.

Maar hij moet haar in ieder geval zien kwijt te raken om de trap en de geheime deur te kunnen onderzoeken, dus daarom is hij het laatste uur bezig geweest een plan te ontwikkelen om zijn eigen superkracht aan te wenden, maar dan andersom.

Hij staat op en loopt naar mevrouw Schiller.

De vrouw kijkt op van haar iPad als hij dichterbij komt.

'Ik heb wat vraagjes,' zegt hij.

'Aha?' Ze zet haar bril af.

'Gunnars scheiding van Karin. Die lijkt nogal haastig te zijn gegaan?'

Precies zoals hij al hoopte, glimlacht mevrouw Schiller stijfjes, alsof het onderwerp haar niet bevalt.

'Dat is een privéaangelegenheid en niet echt iets voor een jubileumboek over het bedrijf,' zegt ze.

'Zo kun je dat zien,' antwoordt Hill. 'Maar het is wel de dochter uit Gunnars nieuwe gezinnetje die nu directeur is. Zonder de scheiding was Nova er nooit geweest. Dus het wordt lastig om daar in het boek helemaal niet op in te gaan.'

Mevrouw Schiller blijft stijfjes glimlachen.

'En wat is uw vraag dan, lector Hill?'

'Ik vraag me af of Gunnar misschien door een soort crisis ging aan het begin van de jaren negentig? Scheiding, nieuw gezin, jonge vrouw, nieuw kind, alles bij elkaar klinkt het als een klassieke midlifecrisis.'

'Dat geloof ik niet,' antwoordt mevrouw Schiller ontwijkend.

'Maar het zou wel zo kunnen zijn,' houdt Hill vol.

Mevrouw Schiller kijkt weg alsof ze het liefst geen antwoord wil geven op de vraag.

Hill krijgt bijna een slecht geweten dat hij haar zo kwelt.

'En dan, tien jaar later, raakt zijn zoon en erfgenaam Viggo zwaargewond bij een auto-ongeluk en komt Mauds vriend om,' gaat hij verder.

'Ja...' Mevrouw Schiller gaat ongemakkelijk verzitten, precies zoals Hill al hoopte.

'Gunnar is op beide momenten directeur én bestuursvoorzitter. En toch kan hij het aan om door te gaan.'

Ze kucht, recht de al rechte rug nog een paar graden.

'Gunnar heeft zich nooit door iets laten stoppen. Zelfs niet door privétragedies. Viggo's ongeluk was natuurlijk traumatisch voor de familie en niet iets wat ze weer op wilden rakelen. Hij heeft bovendien al jaren niets met Alfacent te maken, dus dat is dan toch amper van belang voor het boek?'

'Misschien niet, maar het ongeluk moet Gunnar hebben geraakt en híj is enorm belangrijk voor het boek.'

Mevrouw Schiller moet steeds harder vechten om zich nog aan haar glimlach vast te klampen. 'Mijn advies is toch om niet meer tijd te besteden aan iets wat met het ongeluk te maken heeft.'

Ze kijkt overduidelijk op haar horloge en Hill komt met de genadestoot.

'Waar is Viggo vandaag de dag?' antwoordt hij.

'In het buitenland,' antwoordt mevrouw Schiller. 'Daar krijgt hij de best mogelijke zorg.'

Ze kijkt weer op haar horloge en komt dan iets te snel overeind. 'Als u me excuseert, moet ik nu helaas weg. Gebruik de app maar als u vervoer terug nodig hebt.'

Hill moet moeite doen om niet voldaan te grijnzen.

'Ik loop misschien wel,' zegt hij. 'Mijn been voelt stukken beter na de behandelingen. Dus u hoeft niet op een berichtje van mij te wachten.'

Mevrouw Schiller blijft een tel staan terwijl ze naar hem kijkt. 'Dat bepaalt u natuurlijk zelf. Maar het wordt vanavond weer mistig, dus blijf op de weg. Je kunt makkelijk verdwalen.'

'Dank voor de goede raad.'

Hij wacht geduldig vijf minuten nadat mevrouw Schiller de deur zorgvuldig achter zich heeft dichtgetrokken, voordat hij de hoek met Bernhards boekverzameling in loopt en de verborgen deur opent.

De houten deur boven aan de geheime wenteltrap zwaait zacht knarsend open. Een bedompte lucht slaat Hill tegemoet. De zolderruimte is duister, maar niet zo pikkedonker als hij had verwacht.

Er is misschien vijfentwintig vierkante meter vloeroppervlak onder de balken en schuine dakwanden. Aan het andere eind van de ruimte zit een rond raam. Vandaar dat er nog zwak namiddaglicht naar binnen komt. Hier en daar hangen waar het schuine dak het toelaat, planken met siervoorwerpen. De meeste zijn speelgoed van metaal dat er met de hand gemaakt uitziet. Ruimteraketten, vliegtuigen en ufo's, allemaal geschilderd in felle kleuren, net als op de boekomslagen een verdieping lager.

Midden in het vertrek staat een kachel en helemaal bij het raam staat een tekentafel naast een tekeningenkast met lage lades. De werkplek doet denken aan de bovenverdieping van Villa Arcturus.

Hij schijnt met de zaklamp op de tekentafel. Net als in Arcturus is er een vel papier over het oppervlak gespannen. Het papier is stoffig, licht aangetast door vocht en vergeeld door ouderdom.

Hill onderzoekt het papier even om te zien of er een bericht staat van zijn onbekende vriend. Een nieuwe waarschuwing of een tip. Een verklaring waarom hij hierheen is geleid. Maar het papier is helemaal leeg.

Dus onderzoekt hij de tekeningenkast maar.

In de lades zitten een heleboel tekeningen en schetsen, van zowel het hoofdgebouw als de villa's. Bovendien zijn er tekeningen van inrichtingdetails en meubels. Hij vindt er een waarop de deurklopper van Canopus staat. Op een andere de sterrenhemel in zijn slaapkamer. Sowieso vormt de inhoud van de kast een fantastische verzameling die een beter lot verdient dan hierboven wegglijden in vergetelheid, maar hij moet met tegenzin accepteren dat het niet aan hem is om daarvoor te zorgen.

In de onderste lade vindt hij iets wat er bij eerste aanblik uitziet als een stapel tekeningen. Wanneer hij voorzichtig tussen de broze vellen papier bladert, beseft hij dat het eerder verschillende kaarten zijn.

De bovenste lijkt van het Blockön en de Sterrengroeve te zijn. De mijnschacht die recht door het eiland boort is uitgetekend. Vanaf de schacht lopen de mijngangen tot onder het meer, als ongelijke spaken of stralen rondom een ster. Een van de langere strekt zich uit tot Stjärneholm, wat ervoor zorgt dat in de kleine stille ruimte Hills hartklep duidelijk hoorbaar gaat klikken.

Een eerste aanwijzing dat er in feite een ondergrondse verbinding tussen het eiland en het landgoed kan zijn.

Hij bladert voorzichtig verder tussen de andere kaarten. Helemaal onderop vindt hij er een die in nogal slechte staat verkeert. Het papier is vergeeld en bros, de vouwen zijn zo doorgesleten dat het bijna uit elkaar valt.

De lijnen zijn zo bleek dat hij de kaart eerst moeilijk kan lezen, maar na een paar seconden begrijpt hij dat het de gronden van Stjärneholm zijn.

De oude mijn, staat er in Bernhards karakteristieke handschrift. De mijngangen hier zien er beduidend minder symmetrisch en gepland uit dan die op Blockön. Lijken onder bijna heel het landgoed min of meer toevallig rond te kronkelen en verknoopt te raken. Een van de gangen lijkt een stuk onder het meer door te lopen.

Hill gelooft zijn ogen haast niet. Er bestaat dus een onderaards systeem van oude mijngangen onder heel Stjärneholm dat misschien helemaal tot aan Blockön reikt!

Die ontdekking alleen al is genoeg voor een vervolg op *Vergeten plekken*.

Hills handen trillen als hij begint te hannesen met de camera van zijn telefoon. Hij haalt een paar keer diep adem om te bedaren.

Dan daagt hem plotseling dat het misschien niet zo'n goed idee is om foto's te maken. Want stel dat de Stjärneholm-app stiekem niet alleen zijn communicatie in de gaten houdt maar ook zijn afbeeldingenbibliotheek.

Na wat gepeins besluit hij ondanks alles beide kaarten te fotograferen. Puur theoretisch kan hij die ook beneden in de bibliotheek hebben gevonden. Maar hij ziet ervan af om foto's te maken van de zolderruimte zelf of van iets anders dat het bestaan ervan kan onthullen.

Hij schuift wanneer hij klaar is de lades van de tekeningenkast dicht, richt zich weer op en loopt naar het ronde raam.

Het zit een stuk onder het dak verborgen achter schoorstenen en hoeken, waardoor het vermoedelijk moeilijk te ontdekken valt vanaf de grond.

De boomtoppen dekken het grootste deel van het park beneden af, maar het zicht is vrij op het boothuis en de steiger in het verboden deel van het park.

Bij helder weer kun je vast het hele Miresjön zien. Maar de novemberdagen worden steeds korter, het is al gaan schemeren en er vormt zich een dichte mistbank op het water. Die heeft Blockön al verzwolgen en rolt op de oever aan. De weersvoorspelling van mevrouw Schiller lijkt uit te komen.

Als Hill dichter naar de ruit buigt, strijkt hij langs een plat voorwerp dat onder in het ronde kozijn ligt en dat hij in het donker niet heeft gezien. Het valt met een bonsje op de vloer.

Hij buigt voorover, schijnt met de zaklamp.

Het voorwerp blijkt een klein schetsboekje te zijn met een omslag van versleten bruin leer. BERNHARD IRVING staat er met gouden letters op de voorkant gegraveerd.

Hill bladert nieuwsgierig door het schetsboekje en ontdekt dat het van kaft tot kaft vol staat met tekeningetjes en notities in Bernhards krullerige handschrift.

De oude mijn sluiten! staat er op de eerste bladzij met nog veel meer uitroeptekens, gevolgd door de zin: *Blockön = grotere kans de meteoriet te vinden.*

Daarna volgen een aantal tekeningen die wel van de Sterrengroeve moeten komen. De schachtbok onder constructie, een paar mannen die iets bespreken bij een mijnwand, een eerste schets van het observatorium.

Hill voelt de opwinding weer toenemen terwijl hij op verschillende plekken in het schetsboekje kijkt. Een tekening van een vrouwenhand die zwarte stukken glas vasthoudt. Een andere is een schets van een jongeman die met een hand zijn ogen afschermt terwijl hij naar de hemel tuurt.

Gunnar, 1961 staat eronder. Dit zou absoluut een eerste schets kunnen zijn van wat later de Man van glas zou worden.

Hij slaat het schetsboekje dicht. Hij zou het terug moeten leggen in het kozijn. Tegelijkertijd wil hij niets liever dan het mee terugnemen naar Arcturus om het daar nauwkeurig met goede belichting door te nemen.

Terwijl hij het schetsboekje twijfelend in zijn handen houdt, daagt het hem dat alles hier onder het stof zit, terwijl het boekje helemaal schoon is. Er zit geen stofje op en er heeft geen vocht op de bladzijden ingewerkt.

Het balanceerde bovendien in het ronde kozijn, niet een heel natuurlijke plek om een plat, vierkant voorwerp te bewaren.

Hij schijnt op de vloer. Daar ligt ook geen stof, alsof iemand pas nog heeft schoongemaakt, misschien om zijn voetstappen uit te wissen.

Iemand is hier geweest, pas nog.

Vermoedelijk dezelfde die hem hierheen heeft geleid en hem nu een ingang in de geheimen van Stjärneholm heeft gegeven.

Hij kijkt weer naar het boekje. Stopt het dan in de zak van zijn jasje.

Buiten heeft de mistbank bijna de oever bereikt en het zwakke licht van de lampen bij het boothuis aan het flikkeren gebracht.

Hill schrikt op. Daar staat iemand.

Een lange man met een hoed op en zijn handen in de zakken van zijn jas.

Op het moment dat de mist de steiger bereikt, draait de man zich en gaat zijn blik omhoog, haast alsof hij recht naar Hill kijkt.

Een tel later rolt de mist binnen en is de man verdwenen.

De man van glas

Hij wacht geduldig op de Vreemdeling, voorbij het standbeeld waar het donker en de mist hem verbergen van de zwakke lampen bij het hoofdgebouw.

Hij houdt van mist, houdt van hoe die licht verdringt en de lucht vochtig maakt. Een geur met in zijn schild voert die aan het onderaardse en verrotting doet denken.

En juist vanavond helpt die hem zich te verbergen.

Dichterbij te komen. Erbovenop.

Hij weet nog steeds niet wat de Vreemdeling nu met zich meevoert, maar daar wil hij achter komen.

Tegelijkertijd snijdt de honger door hem heen.

Wedijvert die met zijn nieuwsgierigheid.

Welk van de twee zal er vanavond winnen?

Hij weet het niet.

Weet alleen maar dat hij hier in het donker en de mist moet wachten.

Op Martin Hill.

Asker

Op weg naar het huis van bewaring probeert ze te bedenken waarom haar vader in godesnaam haar als haar juridisch vertegenwoordiger heeft aangewezen en niet om een goede advocaat heeft gevraagd. Ze heeft weliswaar een rechtenbul, maar als het gaat om een verdediging tegen een aanklacht voor moord is zij niet echt een geschikte vertegenwoordiger.

Dat betekent op zijn beurt dat Prepper-Per andere redenen heeft om met haar te willen praten – in een vertrek waar niet gefilmd of afgeluisterd mag worden, aangezien dat Hellman zijn baan zou kosten als hij het al probeerde.

Een zo uitgekiende zet dat ze vermoedt dat Per die troef al de hele tijd in zijn mouw had zitten. Dat zijn hele plan juist hierom draait. Hellman en Eskil wachten haar op bij de ingang van het huis van bewaring.

'Ik weet niet waar jij mee bezig bent, Asker,' zegt Hellman verbeten. 'Ik heb duidelijk laten weten dat jij je zo ver als je maar kon van deze zaak moest houden, maar je laat me geen keus. Ik zal dit wel aan de hoofdcommissaris moeten rapporteren.'

'Doe dat,' zegt ze. 'Maar ik betwijfel of er iets in de regels staat wat het mogelijk maakt om mij te straffen voor het feit dat een verdachte mij als zijn vertegenwoordiger wil.'

'Je had het kunnen afwijzen,' mengt Eskil zich erin.

'En dat ga ik ook doen,' antwoordt ze. 'Zo meteen.'

'Nadat je hem gesproken hebt,' zegt Hellman veelbetekenend.

Ze haalt haar schouders op. 'Regels zijn regels. En ik heb jullie toch gewaarschuwd om Per niet te onderschatten?'

Ze loopt richting de liften. Hellman is zo slim haar door te laten, maar Eskil is niet zo snugger.

Hij gaat in de weg staan en priemt een vinger naar haar gezicht.

'Jij moet verdomd goed oppassen,' bijt hij haar toe.

'Want anders?' zegt ze. 'Wou je weer een paar potige collega's meenemen om me beneden in de garage te bespringen? Voor zover ik me herinner, sloop jij de laatste keer met de staart tussen de benen weg...'

Eskil ontwijkt haar blik en gaat met tegenzin aan de kant.

'Altijd gezellig om met jullie te praten, jongens,' rondt ze het af.

Hill

Hij durft niet te lang in het geheime vertrek te blijven, voor het geval mevrouw Schiller weer opduikt, dus gaat hij de wenteltrap af en sluit hij de verborgen deur achter de boekenkast. Luistert voorzichtig naar de bibliotheek om er zeker van te zijn dat er niemand is.

Alles blijft stil en roerloos.

Hij loopt terug naar zijn werkplek en doet moeite om zijn hartslag weer onder controle te krijgen. De kraag van zijn overhemd is klam, zijn handen trillen nog licht van de opwinding.

Hij gaat voorzichtig met zijn vingers over het schetsboekje in zijn binnenzak zonder het tevoorschijn te durven halen. Als hij tot bedaren komt, beginnen de zaken op hun plaats te vallen. Er is een stelsel van mijngangen onder Stjärneholm én onder Blockön. Misschien zijn beide stelsels zelfs met elkaar verbonden.

Maar op het moment ziet hij geen kans om dat verder te onderzoeken vanaf deze kant. De kaart toont geen ingangen en hij kan daar niet naar gaan zoeken zonder dat de drone hem volgt. Hij moet op de een of andere manier op Blockön zien te komen.

De mijngangen, Gunnars ontmoeting met een ruimtewezen, de verdronken urbexers, zelfs zijn eigen ontregelende tienerervaring, alle verhalen komen daar samen.

Maar om er te komen moet hij eerst indruk maken op Gunnar.

Hij wrijft zich over het gezicht, staat dan op en loopt naar het grote raam aan de voorkant.

Net als eerder 's avonds zijn de lampen bij de fontein amper te zien. De Man van glas schemert als een silhouet door het donker en de mist.

Hill denkt aan de schets in het boekje, die van de jonge Gunnar die een voorbeeld voor de sculptuur moet zijn geweest.

En plotseling krijgt hij een idee.

Hij blijft het nog even door staan denken.

Dat zou weleens kunnen werken.

Nova neemt na twee keer overgaan op.

'Zeg, ik had nog wat nagedacht over de invalshoek voor het boek,' zegt hij.

'Aha, spannend.'

'Ik denk dat we het verhaal rond Gunnar moeten bouwen. Hij vormt de ruggengraat van Alfacent en dus moet hij dat ook van het boek zijn.'

'Interessant.' Nova klinkt alsof ze erover nadenkt.

Hill haalt diep adem. Hij kan het nu net zo goed afmaken.

'Ik heb ook een voorstel voor de titel,' zegt hij. 'Wat vind je van *De man van glas*?'

Nova zwijgt een paar seconden.

'De man van glas?'

'Ja, naar de sculptuur hier op Stjärneholm en in het kantoor van Alfacent. Luister, Gunnar nam het obsidiaanglas, het symbool nota bene van zijn vaders mislukking, en maakte daarvan dat ongelooflijk scherpe scalpel, dat de doorbraak van het bedrijf werd binnen de medische technologie. En daarmee redde hij niet alleen het bedrijf, maar leverde hij ook een bijdrage aan de mensheid. Hij veranderde zoiets waardeloos als een stuk glas in iets fantastisch, op dezelfde manier waarop hij All-Konserver in Alfacent veranderde. Kortom: de man van glas.'

Het blijft een paar tellen stil aan de andere kant van de lijn terwijl hij op haar reactie wacht. Hill merkt dat hij zijn adem inhoudt.

'Een spannend idee,' zegt ze dan. 'Ik zal het meteen aan Gunnar voorleggen. Bedankt voor je telefoontje, Martin, en een fijne avond nog.'

Ze hangt op. Hill staat daar nog een paar tellen met zijn telefoon aan zijn oor, terwijl hij probeert Nova's reactie op zijn voorstel te analyseren. Ze klonk bijna een beetje geamuseerd. Hij hoopt dat dat een goed teken is.

Hill stopt zijn telefoon weg, loopt naar de werktafel en pakt zijn spullen bij elkaar. Voelt tot slot of het schetsboekje nog steeds veilig in de binnenzak van zijn colbert zit.

De hoogste tijd om naar huis te gaan en daar uit te zoeken wat zich nog meer op die bladzijden verbergt.

Als hij het hoofdgebouw uit gekomen is, ontdekt hij dat het duister en de mist nog intenser zijn dan laatst 's avonds toen hij op weg naar huis van Maud en Elsa bijna verdwaald was.

Heel even overweegt hij of hij ondanks alles niet toch om vervoer moet bellen, maar hij heeft behoefte om de benen te strekken en de dichte mist en het duister hebben ook iets fascinerends.

Bovendien heeft hij anders dan de vorige keer een zaklamp bij zich. Hill doet hem aan en begint de weg af te lopen.

Bij de Man van glas blijft hij staan en schijnt hij op de sculptuur. Het donkere glas glinstert haast alsof het een levende stof is. Precies zoals hij al eerder heeft geconstateerd, heeft het standbeeld iets vaag engs. Het lijkt alsof de gelaatsuitdrukking en de lichaamstaal de hele tijd veranderen, afhankelijk van hoe het licht valt. Vanuit een hoek zit de Man van glas er bang en onzeker uit, vanuit een andere zelfverzekerd en arrogant.

Hill denkt weer aan het schetsboekje, vraagt zich af of Bernhard zich dit effect al heeft voorgesteld toen hij het standbeeld tekende.

Zag hij al die eigenschappen in Gunnar?

Hij loopt verder langs de weg in de richting van Villa Arcturus. De mist is zo dik dat het zaklampschijnsel wordt gereflecteerd en hem verblindt.

Hij richt de stralen omlaag, wat helpt tegen het verblind worden, maar hij ziet slechts twee, drie meter ver. Al hoeft hij alleen maar op te letten of hij het zijweggetje naar Arcturus ziet en dat moet nog een flink stuk verder zijn.

Hij denkt weer aan het schetsboekje.

Wie is de geheime vriend die wilde dat hij het zou vinden? Wie is het die hem kleine ingangetjes geeft in de geheimen van de familie Irving?

En waarom?

Door het gepeins spant hij zich iets te hard in en hij stopt even om op adem te komen. Zijn dij voelt na twee van dr. Schillers cryobehandelingen bijna hersteld, maar zijn conditie is nog niet echt top.

Een zwak geluid achter hem doet hem zich omdraaien.

Het hoofdgebouw is al lang verdwenen en hij wordt omringd door duister en mist. Misschien was het een vogel?

Hill spitst zijn oren om zijn hypothese bevestigd te krijgen, maar het geluid komt niet terug.

Hij loopt verder langs de weg, maar na slechts twintig meter loopt er een rillinkje over zijn rug dat hem doet halthouden en omdraaien. Het is niet echt te verklaren waarom, maar plotseling voelt hij zich gadegeslagen.

Alsof er daar in de mist iemand is.

Iemand die hij niet ziet, maar die hem wel ziet.

Asker

'Oké, Per,' zegt ze als de gevangenbewaarder de deur achter zich heeft dichtgetrokken en ze alleen heeft gelaten in het kleine kamertje. 'Wat doe ik hier in godsnaam op een zaterdagavond?'

'Bedoel je dat je dat niet begrijpt?' Hij trekt zijn wenkbrauwen op. 'Jij hebt mij overgehaald om me vrijwillig over te geven. Jij hebt gezegd dat je de zaak aan het oplossen was. Dat ze niet genoeg bewijs hadden om me in voorlopige hechtenis te laten nemen en dat ik in het ergste geval alleen maar een paar dagen opgesloten hoefde te zitten. En nu krijg ik desondanks straks toch voorlopige hechtenis.'

'En dat zou mijn fout zijn?' briest ze. 'Jij hebt Korpi's geld aan mama overhandigd om je schulden afgehandeld te krijgen. En daar heb jij mij helemaal geen snars van gezegd.'

'Ik ben jou geen verklaring schuldig.'

Prepper-Per staart haar aan met zijn gezonde oog.

Er is een tijd geweest dat ze doodsbang was voor die blik. Hij is nog altijd onaangenaam, vooral in combinatie met het dode, witte oog dat onafgebroken recht vooruit staart.

Zich bij haar naar binnen vreet.

'Mama heeft je verraden,' zegt ze defensief. 'Ik had er niets mee te maken.'

'Daar vergis je je in.' Hij schudt het hoofd. 'Isabel zou mij niet op die manier in de steek laten zonder een heel zwaarwegende reden. Ik kon er maar één bedenken. Een moeders instinct om haar kind te beschermen. Isabel wil mij achter slot en grendel hebben omdat ze bang is dat ik je iets aandoe. Jij hebt dus in elk opzicht met deze zaak te maken.'

Asker is dit spel spuugzat.

'Waarom had je het geld van Korpi?'

Hij trekt een grijns.

'Dat was een lening. Het is zelfs zo dat Tord het mij voorstelde. Hij had zelf de aasgieren van de belastingdienst achter zich aan gehad.'

Asker hapt niet toe. Ze heeft hem vaker over de onderdrukking door de overheid horen razen en tieren dan ze wil bedenken, en heeft geen enkele zin dat als volwassene nog eens te moeten aanhoren.

'En jij kwam niet in actie toen Tord nooit meer opdook om zijn geld weer op te halen?'

'Natuurlijk wel. Maar dat was niet direct mijn probleem.'

'Pas toen zijn lijk bij jou op de drempel lag,' meldt ze.

Zijn mondhoeken trekken omhoog tot een bittere grijns. 'Dus, heb je nog een andere mogelijke dader gevonden?' vraagt hij.

Asker vult haar longen met lucht en ademt langzaam uit.

'Nog niet.'

'Verklaar je nader.'

Zijn toon is wrang en ze doet de ademhalingsoefening nog eens.

'Alles wees erop dat de moord op Korpi te maken had met een mislukte beroving van hem bij de Freedom Gym in Hörby. Aangezien ik maar beperkte middelen heb, koos ik ervoor dat spoor te volgen...'

Ze merkt zelf dat ze in de verdedigingsstand is gaan staan. Een beetje ineen is gekrompen alsof ze weer veranderd is in een bange tiener die zich uit een mislukking probeert te kletsen. Ze gebruikt zelfs zijn woorden.

'Maar toen ik de verdachten had opgespoord en verhoord, kwam ik tot de slotsom dat het een dwaalspoor was,' besluit ze.

'Is dat alles?' zegt hij.

Ze probeert zijn teleurstelling van zich af te schudden. 'Dat is behoorlijk veel als je bedenkt dat we het over een zestien jaar oude zaak hebben waar ik eigenlijk geen toegang toe heb en alleen aan werk.'

Per trommelt op de tafel met de vingers van de hand die hij nog heeft.

Ze herkent die handeling maar al te goed.

'Ik had zulke hoge verwachtingen van je, Leo,' zegt hij afgemeten. 'Je zusje is een lief meisje, maar jij was iets anders. Iemand die mijn sterke kanten deelde. Ze misschien zelfs overtrof, in ieder geval toen ik niet echt mezelf was.' Hij tikt lichtjes met zijn vingers op de handprothese.

'Maar nu zit jij mij dus hier uit te leggen dat je ondanks je beloftes, helemaal niks hebt bereikt. Dat ik het risico loop weken, maanden waarschijnlijk, in een treurige kleine cel te moeten zitten. Moet ik het zo opvatten?'

Zijn toon maakt haar razend. Of misschien is het een vertraagde reactie op het terugglijden in het meisje dat ze ooit was.

'Je mag het opvatten zoals je wilt,' snauwt ze. 'De reden dat je in hechtenis gaat is dat je Korpi's geld hebt gebruikt om een schuld aan de belastingen af te betalen, wat je een motief geeft. En daar heb je niets over gezegd toen je daar de kans toe had, wat je doet voorkomen als een leugenaar.'

Zijn blik wordt zwart, maar Asker weigert te zwichten.

Ze zitten elkaar een paar tellen zwijgend aan te staren.

'Bedankt voor je komst,' zegt hij dan. 'Dan weet ik welke maatregelen ik moet treffen.'

Hij staat op, loopt naar de deur en drukt op een bel. Gaat demonstratief met zijn rug naar haar toe staan.

Na tien, vijftien seconden verschijnt de bewaarder weer die hem wegvoert.

Net voor de deur dichtgaat, werpt Per een snelle blik over zijn schouder en zijn kille gelaatsuitdrukking legt een blok ijs om Askers middenrif.

Ze heeft die gelaatsuitdrukking al vaak gezien.

Weet dat het een voorteken is.

Een waarschuwing dat er iets akeligs zal gebeuren.

Hill

Hij blijft weer staan en deze keer weet hij het zeker. Er is daar iemand, in de mist. Slecht een paar meter voorbij de melkachtige lichtmuur van de zaklamp. Iemand die zijn hart tot in zijn keel laat kloppen.

'Hallo?' zegt hij en merkt zelf dat hij bang klinkt.

Hij blijft de weg volgen, maar blikt de hele tijd over zijn schouder.

Rechts en links van hem zijn er verborgen in de mist en het duister slechts gazons, bomen en bloemperken.

Een nieuw geluid, deze keer schuin rechts van hem.

'Hallo!' zegt hij weer.

Het logische deel van zijn brein begint problemen te krijgen om nog gehoord te worden. Wordt overstemd door een ander, ouder oerdeel dat waarschuwt voor gevaar.

Hoe ver is het nog naar Arcturus? Dat weet hij niet, hij kan zich opnieuw niet meer oriënteren. Heeft hij het zijweggetje dan toch gemist? Weer klinkt het geluid, iets naar rechts op dezelfde hoogte als hij.

Voetstappen. Dat weet hij heel zeker.

Iemand loopt daar.

Hij schijnt die kant op, maar de mist verblindt hem.

Hij laat de zaklamp zakken.

En plotseling doemt er iets uit de mist en het duister op.

Twee enorme rode ogen met koolzwarte pupillen die recht naar hem staren.

De schrik klemt zich om Hills borstkas en doet hem naar adem happen.

De adrenalinestoot die daarop volgt is zo krachtig dat hij bijna over zijn eigen benen struikelt. Het logische deel van zijn brein is de controle kwijt en plotseling is hij weer een angstige jongen van veertien die rent voor zijn leven.

De lichtstralen van zijn zaklamp gaan in de rondte, zijn schoenen knarsen over het grind, zijn mechanische hartklep ratelt in zijn borstkas. De adrenaline is te proeven in zijn mond.

Hij kan zijn achtervolger horen bewegen in het duister. In zijn ooghoek de rode ogen dichterbij zien komen.

Hij gaat nog harder lopen. Verbaasd over hoe snel hij is, ondanks zijn wond en de laptoptas die hij in zijn hand heeft.

Het schijnsel verdwijnt, alsof hij op het punt staat zijn achtervolger af te schudden. Instinctief draait hij zijn hoofd om, beseft zijn vergissing als hij met één voet in het luchtledige stapt.

De weg is afgebogen en hijzelf is rechtdoor gegaan.

Zo een rozenperk in.

Hij valt voorover, op zijn knie, elleboog, hoofd. De scherpe rozenstengels haken zich vast in zijn kleren en rijten zijn voorhoofd open.

Hij laat de laptoptas vallen, de zaklamp vliegt een eind weg.

Als Hill op zijn rug rolt, blijft zijn hart bijna stilstaan. Het is alsof iemand een deur in zijn schedel heeft geopend en al zijn tienernachtmerries naar buiten heeft gelaten.

Een enorm wezen met rood oplichtende ogen barst los uit de mist en komt recht op hem af.

Asker

Ze keert na het gesprek met Per terug naar haar kantoor op verdieping min één. Belt de officier van justitie om uit te leggen dat ze geen enkele intentie heeft om Prepper-Pers juridisch vertegenwoordiger te zijn en dat haar vader een echte advocaat moet worden toegewezen.

Per zal maandag in voorlopige hechtenis gaan, dat lijdt geen twijfel. Hellmans onderzoek heeft nu de wind in de zeilen en hij heeft tijd zat om een waterdichte zaak tegen haar vader te wrochten.

Dat denkt Hellman zelf tenminste. Haar eigen vermoeden is dat Per heel andere plannen heeft. Onheilspellende.

De vraag is wat ze nu moet doen. Zal ze haar moeders raad opvolgen, zich er verre van houden en Hellman en Per laten bakkeleien tot het gedaan is? Ze heeft Hellman geholpen door Per zich te laten overgeven, wat betekent dat haar carrière niet direct gevaar loopt. En Per kan in een cel waarschijnlijk geen grote rampen aanrichten.

Dus zou ze rustig met haar armen over elkaar moeten kunnen gaan zitten terwijl die twee elkaar afmaken.

Ironisch genoeg zou Per het daarmee eens zijn, als het om iemand anders dan hijzelf ging.

Tegelijkertijd moet ze weer denken aan wat Martin heeft gezegd. Dat ze minder als Per moet denken en meer als zichzelf. Haar intuïtie moet volgen. En die zegt haar dat ze dit niet los kan laten, nog niet. Niet voordat ze weet wat Per van plan is.

Bovendien is het niets voor haar om vanaf de zijlijn toe te kijken.

Dus welk idee over Korpi en zijn gewelddadige dood resteert er nog, nu de mislukte beroving is afgevoerd? De mysterieuze vrouw die Sundin en Danielsson bij Korpi hebben gezien is onmogelijk op te sporen zonder meer inlichtingen en daar kan ze ook niet aan komen.

Dan blijft alleen de informatie over dat Korpi naast de sportschool nog een opdrachtgever in de omgeving had, waar hij en zijn team overdag werkten. Iemand die hem betaalde met zakken vol bankbiljetrollen, wat inhoudt dat de persoon in kwestie of zwart geld te over had om iets mee te doen, of niet wilde dat het ondergrondse bouwwerk bekend zou raken.

Zelfs al was het de onbekende opdrachtgever met wie ze Korpi aan de telefoon hoorde praten toen hij het over een uur rijden had, dan nog is dat veel te weinig om iets mee te kunnen. Ze heeft iets nodig dat haar in de goede richting kan sturen.

Maar waar schudt ze na zestien jaar nog meer aanknopingspunten los?

Er wordt aangeklopt en onverwacht steekt Virgilsson zijn hoofd om de hoek. Blijkbaar werkt hij in het weekend. Of hij is, wat heel wat waarschijnlijker is, bezig met een privéaangelegenheid waarvan zij niets wil weten.

'Ik hoorde het over je vader. Heel vervelend. Als ik je ergens mee kan helpen, zeg je het maar.'

'Dank je.'

Ze weet niet meer zo goed wat zij van Virgilsson moet denken, en hij van haar. Hij heeft haar weliswaar aan een dienstwapen geholpen zonder als tegenprestatie meer te eisen dan dat ze meedoet in zijn koor, maar dat betekent nog lang niet dat ze hem vertrouwt.

'En ik wou nog even melden dat ik Attila heb gebeld om te horen hoe het met hem is. Ik mocht een end oprotten van hem, maar dan weten we in ieder geval dat hij nog leeft.'

'Oké...' Asker zucht. 'Is er iets wat we moeten doen? Met Personeelszaken praten, zorgen dat hij hulp krijgt...?'

De kleine padman maakt een wegwerpgebaar. 'O nee, HR komt niet in de buurt van Kent. Dat doet niemand, zeker niet nadat hij de arme Sandgren van de trap had gegooid.'

'Oké, staat genoteerd. Bedankt voor de update.'

Ze doet haar best om waardering te laten doorklinken. Virgilsson heeft haar een olijftak aangeboden en het minste wat ze kan doen is die aannemen.

'Geen probleem, chef.'

Zodra Virgilsson de deur achter zich heeft dichtgetrokken, legt ze haar voeten op het bureau en zakt ze een beetje onderuit. Ze masseert haar pijnlijke schouder, verschuift haar voeten iets en veegt daarbij per ongeluk een stapeltje papier omver met het pakje waarin de ovenwant zit die Siw-zonder-post heeft gehaakt.

Asker buigt naar de grond, pakt het pakje op en blijft ermee in haar handen zitten.

De oplossing die je zoekt, is dichterbij dan je denkt, dat was blijkbaar de boodschap voor haar van de geestenwereld. En het enige werktuig dat het treffen bij Madame Rind haar als hulpmiddel in haar zoektocht heeft gegeven is een stomme zelfgebreide ovenwant die niet eens voor haar is, maar voor Attila.

Er klikt iets in haar hoofd en ze schiet uit de stoel.

Attila.

Waarom heeft ze in godsnaam niet eerder aan hem gedacht?

Attila werkte vroeger op de recherche-afdeling van de veiligheidsdienst. Hij heeft zelf niet lang geleden verteld dat de Säpo een tijdje geïnteresseerd was in Prepper-Per en de Farm. Dat hij daarom een hele zomer in het bos had gelegen om hen in de gaten te houden terwijl de muggen hem opvraten.

Dat kan heel goed dezelfde zomer zijn geweest als die waarin Korpi de Farm bezocht, wat in dat geval betekent dat er documentatie moet zijn: observatienotities, foto's of iets anders dat haar verder kan brengen.

Ze pakt haar jack en stopt het pakje met de ovenwant in haar zak.

Tijd voor een huisbezoek aan Attila.

Hill

Hill probeert in paniek weer overeind te klauteren. Hij glijdt weg, weet zich ten slotte op zijn knieën te werken, spant zijn lijf. Op elk moment nu kan het wezen zich op hem werpen. Zijn glasklauwen in zijn rug slaan.

Twee witte schijnwerpers breken ineens door de mist. Veranderen in één klap heel de wereld in verblindend melkwit licht.

Hill slaat instinctief zijn arm voor zijn ogen en begint dan met de andere te zwaaien. Hij durft niet om te kijken naar het wezen, maar stopt al zijn kracht in een poging naar het licht toe te strompelen.

Hij hoort het gieren van remmen, banden die grind wegspatten, voordat de auto op slechts een decimeter van zijn benen stilstaat.

Hill zet zijn handen op de motorkap om zijn evenwicht te hervinden. Het bloed stroomt van zijn voorhoofd. Het portier gaat open en iemand stapt uit.

'Wat is er gebeurd? Ben je verdwaald in de mist?'

Het is de stem van Maud Irving. Ze klinkt niet bang, eerder een beetje geamuseerd. Lijkt niet het monster van twee meter te zien dat recht op hen af moet komen.

Hill draait om zijn as. Maar het wezen is verdwenen.

'Je hebt een jaap in je voorhoofd waar verband op moet,' gaat Maud verder. 'Ik heb die spullen thuis, stap in, dan rij ik je erheen.'

Ze wuift zijn flauwe protesten weg en al snel heeft ze hem naar Villa Canopus gereden, hem in haar woonkamer geparkeerd en een ongewoon goed geoutilleerde verbanddoos tevoorschijn gehaald.

Ze wast de wond op zijn voorhoofd schoon en dicht die met wondlijm en chirurgische tape. Vervolgens doet ze hetzelfde met een snee in zijn rechterhand die hij nog amper had opgemerkt.

'Zo, vertel nu maar hoe je het voor elkaar kreeg om plat voorover in Villes rozenperk te vallen,' zegt ze terwijl ze zijn ogen controleert. 'Je zag eruit als een krankzinnige met dat bloed dat van je voorhoofd liep.'

'Ik...'

Hill heeft zijn gedachten weer enigszins op orde, maar heeft nog niet kunnen ontleden wat hij nu eigenlijk heeft meegemaakt. Hij weet ook niet zeker hoeveel hij daarvan moet vertellen.

'Ik kon me in de mist niet meer oriënteren,' zegt hij en doet er nog een gegeneerd lachje bij. Haar handen zijn warm en zacht, de aanraking rustgevend.

'Kan zomaar gebeuren,' zegt ze. 'De mist hier is iets formidabels. Het vocht van het meer blijft in de krater hangen wanneer het windstil is, maar dat weet je vast al.'

Ze haalt een elektronisch bloeddrukmanchet tevoorschijn die ze om zijn pols doet. Drukt op een knop waardoor de manchet wordt opgeblazen.

Van zo dichtbij kan hij de geur van haar parfum ruiken. Haar huid heeft een witte tint, bijna als van porselein tegen de diepblauwe ogen.

De manchet piept, onderbreekt zijn gedachten.

'Je hebt geen hersenschudding, maar je pols is nog behoorlijk hoog en je bloeddruk ook.'

Hij vraagt zich af of hij toch moet vertellen dat hij dacht dat hij werd achtervolgd door een ruimtemonster, dat direct uit de nachtmerries van zijn jeugd kwam. Dat zijn bloedsomloop nog steeds adrenaline rondpompt nadat hij gerend heeft voor zijn leven.

'Je hebt een glas wijn nodig,' zegt ze voordat hij een besluit heeft kunnen vatten. '*Doctor's orders.*'

Ze verdwijnt naar de keuken, komt terug met een fles en twee glazen. Gaat weer naast hem zitten en schenkt wijn voor hen in.

Hill neemt een flinke slok.

'Waar is Elsa?' vraagt hij.

'Bij haar vader. Ik was net wat eten wezen halen om in alle eenzaamheid te verorberen.'

'Eet je niet samen met Karin?'

Maud schudt het hoofd. 'Op het moment is mijn moeder een beetje...' Ze zoekt naar de juiste woorden. '... naar binnen gekeerd, zou je kunnen zeggen.'

Hij neemt nog een slok. Zijn lijf begint nu te ontspannen.

'Ik kwam haar gisteren tegen,' zegt hij. 'Heb haar een lift naar huis gegeven vanaf de bloemist.'

Hij vertelt over de ontmoeting en het uitstapje naar Bernhards graf.

Mauds wenkbrauwen gaan omhoog. 'Krijg nou wat. Mama verafgoodde Bernhard. Als ze je heeft meegenomen naar het graf, moet ze jou echt mogen. Maar dat ben je wel gewend, hè Martin, dat vrouwen je mogen?'

Ze glimlacht plagerig. 'Die lange met die brede schouders die laatst bij je op bezoek was, zij was mooi.'

'Leo? We zijn alleen maar vrienden.'

Hill weet niet goed waarom hij dat zo benadrukt. Het is weliswaar zo, maar er is iets met heel deze situatie: de manier waarop Maud hem heeft aangeraakt, de wijn, de endorfines, de spanning die wegvalt.

'Het is wel zo dat ik eten genoeg heb voor twee. Als je zin hebt om te blijven eten...'

Hij neemt nog een slok wijn.

'Ja, graag,' zegt hij. 'Als het niet te veel moeite is.'

'Nee, hoor. Ik ben blij met een beetje gezelschap,' zegt ze. 'Het kan hierbuiten behoorlijk eenzaam zijn.'

Hill kan het niet laten om tersluiks naar het raam te kijken. Naar het duister en de mist die tegen het glas dringen.

Ze eten samen en drinken meer wijn. Zoals Hill al eerder heeft geconstateerd, is Maud grappig en razend intelligent.

Ze komen over Elsa te spreken en Maud vertelt over de uitdagingen die het met zich meebrengt om een dochter met een visuele beperking te hebben, maar op een luchtige toon.

'Het feit wil dat Elsa wel zelfstandiger is dan de meeste meiden van haar leeftijd. Ze ziet geen obstakels, alleen maar mogelijkheden. Een fantastische eigenschap waar ik jaloers op ben. En dat is niet de enige.'

Ze laat de wijn in haar glas walsen.

'Als je je leven mocht overdoen, maar met de wetenschap die je nu hebt, zou je dan iets anders hebben gedaan?'

De vraag komt onverwacht en ook weer niet. Ze zitten aan hun tweede fles wijn, wat het filosofische gehalte doet stijgen.

'Zeker,' zegt Hill. 'Zou beter contact met mensen hebben gehouden bijvoorbeeld.' Hij denkt aan Leo. Heeft haar sinds gisteren niet meer gesproken. Aan de andere kant heeft zij ook niet van zich laten horen.

'En jij?' vraagt hij.

'Een heleboel. Om te beginnen zou ik mijn eigen leven hebben geleid. En attenter zijn geweest in de verhouding met mijn broer.'

'Hoe dan?' vraagt Hill voorzichtig, maar een hoofdschudden is Mauds reactie.

'Dat is iets voor een andere keer,' zegt ze. 'Op het moment ben ik druk bezig met nadenken over mijn toekomst.'

'Ga je bij Alfacent blijven?'

Maud vult hun wijnglazen weer.

'Ik weet het eigenlijk niet goed. Alfacent betaalt me nog altijd een salaris en Gunnar wil zeker niet dat ik naar een concurrent ga. Hij maakt zich zorgen om zijn geheimen.'

Ze knipoogt over de rand van het glas naar hem. Hill begint zich een beetje aangeschoten te voelen.

'En je denkt er niet over om weer arts te worden?' zegt hij.

Maud schiet in de lach.

'Mijn carrière als arts is iets van jaren geleden. Die heb ik laten vallen zodra Gunnar riep. Ik ben altijd een slim, braaf meisje geweest. Heb altijd geprobeerd mijn vader tevreden te stemmen. En toch...'

Ze giet de inhoud van haar glas naar binnen en schenkt nog eens in. Gaat dan wat dichter bij hem op de bank zitten.

'Zullen we het over iets anders hebben?' zegt ze. 'Ik wil graag even niet aan mijn familie hoeven denken. Vertel jij eens wat meer over jezelf, Martin.'

Haar ogen zijn zacht en aanlokkelijk.

Haar lippen ook.

Asker

Attila's woning ligt in een van Malmö's grauwste stadsdelen. Functionele architectuur uit de jaren zestig die ooit hypermodern is geweest, maar nu vooral donker en somber aandoet. Asker drukt op de knop van de intercom, maar krijgt natuurlijk geen reactie. Ze probeert het nog een paar keer, wacht dan geduldig in het donker tot er een andere bewoner opduikt.

Het duurt zeven minuten voor er een man met baard en muts op aan komt lopen met tassen vol eten in zijn handen. Hij priegelt de deurcode in en zij helpt hem met de deur. Met wat naar haar idee haar allercharmantste smile is. De man ziet er een beetje verlegen uit, maar protesteert niet als zij met hem mee naar binnen glipt.

Attila woont helemaal boven. K. ATTERBOM staat er op de deur, en er zit een sticker van het *Skånska Dagbladet* op.

Ze zet de brievenbus een stukje open.

Geen lijkgeur, een goed begin. Er ligt niets op het tapijt in de hal, wat betekent dat Attila vanochtend nog thuis was, anders had de ochtendkrant er nog gelegen. Ze probeert verder de woning in te gluren, maar alle lampen zijn uit. Geen geflikker van een tv, geen geluiden, niks.

Ze drukt op de deurbel, houdt tegelijkertijd haar hand rond het kijkgaatje in de deur om de zwakke verschuiving in het licht te zien als er iemand binnen in beweging komt.

Niets.

Ze probeert het weer.

En nog eens.

Maar alles blijft stil.

Of Attila zit daar stil in het donker, zonder ook maar enige interesse in wie er bij hem aanbelt, of hij is simpelweg niet thuis. Asker vloekt stilletjes in zichzelf.

Ze gaat naar beneden de straat weer op, gaat routineus met haar blik over de geparkeerde auto's. Attila's zwarte Ford staat er niet tussen.

Waar zit hij dan verdomme? Vermoedelijk heeft hij wel iemand met wie hij de zaterdagavond doorbrengt. Het idee schuurt een beetje. Dat zelfs een mensenhater als Attila iemand heeft om de zaterdagavond mee door te brengen, terwijl zij zelf geen plannen heeft.

Ze haalt haar auto van het slot, bedenkt dat ze Viktor zou moeten bellen. Besluit hem in plaats daarvan te sms'en, aangezien ze hem deze week al een keer gebeld heeft en niet *needy* wil overkomen.

Ze gaat in de stoel zitten. Een lichtglinstering doet haar in de achteruitkijkspiegel kijken.

Een auto die ongeveer vijftig meter achter haar staat geparkeerd, is net gestart, in feite op hetzelfde ogenblik dat zij is gaan zitten. Alsof de bestuurder op haar heeft gewacht, zich klaarmaakt om haar te volgen.

Ze blijft in de spiegel zitten kijken. Die auto daar staat nog altijd stil. Ze duikt omlaag en wurmt zich naar de achterbank. Vergewist zich ervan dat het interieurlampje uitstaat voordat ze het rechterachterportier net zo ver opendoet dat ze eruit kan glippen de stoep op.

Op haar hurken schuifelt ze beschut door het duister achter de andere geparkeerde wagens langs.

De auto staat er nog, nog steeds met de lampen aan.

Ze gaat verder, komt zachtjes naderbij, één auto tegelijk.

Ongeveer halverwege houdt ze weer halt en kijkt voorzichtig door de ramen van een geparkeerde Volvo.

Net als ze het silhouet van de bestuurder kan onderscheiden, komt die plotseling in beweging, raakt de motor op toeren en worden de wielen opzij gewrikt.

Asker komt overeind en rent erheen.

De auto schiet met piepende banden uit het parkeervak en keert om met een U-bocht.

Asker schiet de straat op. Kan nog net de eerste tekens op het nummerbord ontwaren voordat de auto met brullende motor de andere kant op scheurt. De letters CL en een 1 of misschien een 7.

Eén ding weet ze in ieder geval heel zeker.

Het is dezelfde zilverkleurige auto die haar laatst 's avonds al was opgevallen.

De man van glas

Hij zit in de schommelstoel in haar slaapkamer, zoals zo vaak. Slaat haar gade terwijl ze slaapt, hoe ze lichte dromen droomt, onbewust dat hij daar zit. Dat hij over haar waakt zoals hij altijd heeft gedaan.

De kamer ruikt anders dan normaal.

Primitieve, oeroude geuren van twee mensen.

Endorfines, zweet, lichaamsvloeistoffen.

Martin Hill ligt naast haar te slapen. Ziet er rustig en ontspannen uit.

Zijn hartslag is in de stilte waarneembaar. Niet als doffe polsslagen, maar als een zwak mechanisch geklik. Alsof zijn hart op een andere manier in elkaar zit dan dat van anderen.

De ontdekking fascineert hem, doet hem nu al bijna een uur stil zitten luisteren in het donker.

Maar Martin Hill is nog steeds een Vreemdeling. Iemand die zich op een plek bevindt waar hij niet thuishoort. Die zich brutaal vrijheden veroorlooft met wat niet van hem is.

Dat maakt hem boos.

Hij schommelt zachtjes in de stoel terwijl hij hen beiden gadeslaat in het bed.

Elke minuut dat hij daar zit, hun paringsgeuren ruikt en Martin Hills hartslag hoort, neemt zijn woede steeds meer toe.

En daarmee… zijn honger.

Misschien heeft hij zijn besluit al genomen.

Al beslist om Martin Hill het eeuwige duister in te helpen.

Het verklikkende, vreemde hart tot zwijgen te brengen.

Niet hier. Niet in haar huis.

Maar spoedig.

Zondag

Hill

Hij wordt midden in een ademteug wakker en gaat overeind zitten. Een paar seconden weet hij niet waar hij is. Dan doemen de contouren van de kamer langzaam op uit het donker. Het tweepersoonsbed, het gewelfde plafond, de schommelstoel in de hoek. De kleren die over de vloer verspreid liggen. Die van hem en van haar.

Maud Irving ligt naast hem te slapen. Haar ademhaling is zwaar en gelijkmatig. Hill overweegt om uit het bed te glippen, zijn kleren aan te trekken en terug naar Arcturus te gaan. Om een niet heel gentlemanlike exit te maken en zo het verplichte en gegarandeerd ongemakkelijke gekeuvel aan de ontbijttafel te ontlopen. Zomaar wegsluipen is echter niet zijn stijl en hij is er niet bepaald tuk op weer een wandeling door het donker te gaan maken.

Met Maud naar bed gaan was niet erg doordacht. Hij is van plan dat besluit maar te wijten aan een gevaarlijke mix van wijn en opluchtingsendorfines na het te hebben overleefd.

Maar wat heeft hij dan overleefd? Wat is hem nu eigenlijk eerder die avond overkomen? Wie was dat die hem achtervolgde? Of beter: wat was dat?

Hij glipt het bed uit en vindt zijn weg naar de wc.

Hij heeft wat spierpijn, maar nu op nieuwe plekken.

Nadat hij geplast heeft, bekijkt hij zijn gezicht in de badkamerspiegel.

Het wondje op zijn voorhoofd is netjes dichtgetapet. Hij wist niet dat Maud was opgeleid als arts. Misschien een manier om Gunnars goedkeuring te krijgen.

Ik ben altijd een slim, braaf meisje geweest. Heb altijd geprobeerd mijn vader tevreden te stemmen. En toch…

Die twee woorden zijn in zijn hoofd blijven hangen.

En toch…

Die ouwe vent van glas zal geen prijs krijgen als vader van het jaar, dat lijdt weinig twijfel.

Het is ook zo dat hoe meer hij over Gunnar Irving te weten komt, hoe minder hij hem mag. Geniale entrepreneurs zijn slechts zelden gezellige mensen.

Al kan die indruk natuurlijk veranderen als hij de kans krijgt Gunnar persoonlijk te ontmoeten. Zijn versie van het verhaal te horen.

Hill opent het medicijnkastje een stukje. Eigenlijk weet hij niet waarom of wat hij hoopt te vinden. Maar Maud is nog steeds een beetje een raadsel voor hem en hij kan het niet laten om heel even wat rond te snuffelen.

In het kastje staat een keur aan wat je kunt verwachten: tandenborstels, parfums, make-up.

Maar ook potjes pillen. Twee soorten antidepressiva, een potje sterke slaappillen, allemaal op recept van dr. Schiller.

Hij krijgt een slecht geweten van de ontdekking, dus zet hij de potjes snel terug en sluit hij behoedzaam het kastje. In de hal schiet hem plotseling Bernhards schetsboekje te binnen. Hij had het in zijn binnenzak gestopt. Straks is het boekje eruit gevallen toen hij plat op zijn gezicht in het rozenperk viel.

Hij wroet in zijn colbert.

Slaakt een zucht van opluchting als hij voelt dat het schetsboekje er nog in zit.

Hij slaat het open en bekijkt de bladzijden in het zwakke licht dat door het raam in de hal naar binnen valt.

Op het middenblad treft hij een tekening aan die hem doet halthouden. Een schets van een vrouw die in een bed ligt te slapen. Het hoofd is half afgewend, de rug en een been komen onder het laken uit. Het beeld heeft iets teers en intiems.

Freddie, 1951 staat er onder de schets.

Hill doorzoekt zijn geheugen. Bernhards vrouw, Gunnars moeder, heette Alma en overleed al in 1947.

Wie is dan deze Freddie? Een tijdelijke verliefdheid, een bevriende collega, een minnares?

Dat is iets om zijn tanden in te zetten bij zijn research vandaag.

Hij stopt het schetsboekje terug in zijn binnenzak en keert terug naar de slaapkamer. Maud slaapt nog altijd.

Hill blijft een paar seconden in de deuropening haar staan gadeslaan. In het zwakke licht doet ze hem, vindt hij, een beetje denken aan de vrouw op de tekening. Het been dat onder het laken uitsteekt, de zachte ronding van de heup, het haar uitgespreid over het kussen.

De gedachte doet hem haast duizelen. Ruim zeventig jaar geleden en vast niet ver hiervandaan heeft Bernhard Irving potlood en papier gepakt en een schets gemaakt van een vrouw van wie hij klaarblijkelijk hield. Een ogenblik dat iets voor hem betekende, dat hij wilde bewaren.

En hier staat hij zelf bijna hetzelfde mee te maken.

Freddie.

Hij moet achterhalen wie zij is.

Asker

Ze is om vijf uur al op en giet een kop koffie naar binnen terwijl ze aan de slag gaat met haar eerste taak van deze ochtend.

Al sinds ze die zilverkleurige auto bij Viktors huis ontdekte, houdt ze haar ogen open. En heeft ze geen glimp van een achtervolger gezien voor gisteravond.

Dus hoe heeft die haar gevonden? Hoe heeft hij haar naar Attila's huis kunnen volgen zonder dat ze iets doorhad?

Er is maar één antwoord op die vraag.

Ze loopt de trap af naar de grote garage onder de villa.

Sluit een bouwlamp aan, trekt een oude overall aan en een pet over het haar. Gaat op haar rug liggen, zet de bouwlamp aan en kruipt onder de auto. Vervolgens loopt ze methodisch het onderstel na.

Het kost haar weinig tijd om te vinden wat ze zoekt. Een plat dingetje dat met een magneet is vastgemaakt, niet onder een van de spatborden zoals een amateur had gedaan, maar op de achteras van de auto waar het veel moeilijker te ontdekken is.

Ze bekijkt het ding van alle kanten, onderzoekt het nauwkeurig in het licht van de bouwlamp.

Een tracker.

Bij eerste aanblik lijkt het een van de varianten die je online kunt bestellen. Maar de schroefjes zijn een beetje uitgesleten alsof iemand het omhulsel heeft geopend.

Ze neemt het zendertje mee naar de werkbank langs een van de muren en zoekt er de juiste maat schroevendraaier bij.

Als ze het dekseltje optilt, ontdekt ze dat iemand de zender vanbinnen heeft aangepast. Een paar draadjes anders heeft gesoldeerd, er een betrouwbaardere batterij in heeft gezet.

Het is jaren geleden dat ze iets dergelijks heeft gezien, toch herkent ze het handwerk en de gedachte die erachter zit. Wie die aanpassingen heeft gedaan, laat niets aan het toeval over. Hij wil niet alleen zeker weten dat de zender werkt, maar verbetert die ook.

Ze heeft zelf geleerd exact zulke modificaties te maken. Doorwaakte nachten lang met vergrootglas en soldeerbout gezeten tot ze de opgave in haar slaap kon oplossen.

In een andere tijd, in een ander leven.

In de werkplaats op de Farm.

Hill

Het ontbijt met Maud verloopt helemaal niet zo stijfjes als hij had gevreesd. Zonder dat het zo wordt gezegd lijken ze het beiden eens te zijn dat gisteravond iets voor één keer was. Villa Canopus is bovendien mooier bij daglicht.

'Waar in het hoofdgebouw woonden jullie voordat jullie hierheen verhuisden?'

'In het westelijke deel. Het is zoals je vast hebt gemerkt een enorm gebouw. Gunnar had helemaal boven een eigen verdieping en wij woonden onder hem.'

'Een eigen verdieping?'

Ze knikt. 'We mochten bijna nooit naar boven. Hij kwam beneden bij ons als hij het gezinsleven wilde meemaken, wat niet heel vaak gebeurde. Gunnar is ontzettend op zichzelf.'

Maud nipt wat van haar koffie en maakt een ironisch gebaar naar de smaakvolle keuken. 'Mama noemde de verhuizing naar dit nederige stulpje "de grote verbanning".'

'En Canopus is het schip dat jullie redde van de zondvloed,' vult Hill aan.

'Precies,' reageert Maud. 'Ik hoor dat ze je dat verhaal al heeft verteld.'

'Ja, en ik heb ook nog wat over haar woordkeus lopen denken. Wat was het voor zonde die naar haar mening alles veroorzaakte?'

Ze haalt haar schouders op. 'Geen idee, mama is als gezegd een beetje eigenaardig.'

Hill denkt aan het schetsboekje. 'En Bernhard dan, wat herinner je je nog van hem?'

Haar gezicht begint te stralen. 'Opa Bernhard was lief. En mama was gek op hem. Ze liep voor hem te redderen alsof hij haar eigen vader was.'

Hill knikt. 'Bij het graf zei Karin iets over dat Gunnar en Bernhard het niet goed met elkaar konden vinden. Dat Gunnar zijn vader zelfs haatte.'

Maud trekt een grimas. 'Opa Bernhard koos onze kant bij de scheiding. Hij en Gunnar kregen het op dat moment flink aan de stok met elkaar. Maar "haatte" is wel heel sterk uitgedrukt.'

Hill overweegt of hij Maud rechttoe rechtaan zal vragen of zij weet wie Freddie is. Maar als hij dat doet moet hij ook uitleggen dat hij Bernhards schetsboekje heeft en waar hij dat heeft gevonden. En vertellen over de tekening op zijn bureau die hem naar het geheime vertrek heeft geleid.

'Ik vond informatie in een boek dat er oude mijngangen onder heel Stjärneholm zouden lopen,' zegt hij in plaats daarvan.

'O ja?' Ze trekt plagerig haar wenkbrauwen op. 'Ik dacht dat je op zoek was naar een onderaardse grafkamer waar de arme Bernhard rust in een glazen kist?'

Hill verslikt zich bijna in zijn koffie.

'Ik heb je boek gelezen,' grijnst ze. 'Niet zo vreemd dat je er tuk op was om hier te komen zitten. Het spijt me dat ik je teleur moet stellen, maar ik heb nog nooit horen praten over een geheime grafkamer. Mama heeft je bovendien al Bernhards grafsteen laten zien, dus dat mysterie mag wel als opgelost beschouwd worden, toch?'

Hill veegt de koffie uit zijn mondhoek met de rug van zijn hand.

'Het enige ondergrondse systeem op Stjärneholm waarvan ik weet, is het afstandsverwarmingsnet,' voegt ze eraan toe. 'Maar dat is niet echt waarnaar jij op zoek bent, hè?'

'Nee,' zegt hij met een overdreven zucht. 'Ik zal simpelweg genoegen moeten nemen met het ufoverhaal.'

Ze lacht. Hill ook. Ze heeft een fijne lach, vindt hij.

'Ik heb je al verteld dat ik vanaf mijn tienertijd door dat verhaal gefascineerd ben. Maar wat denk jij? Heeft Gunnar werkelijk een ufo gezien?'

Maud schudt het hoofd. 'Luister, toen ik en mijn broer klein waren, vertelde Gunnar ons soms dat verhaal. Over het ruimteschip dat kwam aanzweven en het wezen met de rode ogen dat hem allerlei ideeën aan de hand deed. Toen geloofden we dat allemaal keihard.'

'En nu, op volwassen leeftijd?'

Ze grijnst naar binnen gekeerd. 'Op volwassen leeftijd heb ik geleerd dat wat Gunnar zegt altijd klopt. Zelfs als dat niet zo is.'

'Hetgeen betekent?'

'Hetgeen betekent dat je toch minder aan broodjeaapverhalen moet denken en je meer moet richten op dingen die de firma zo veel mogelijk over het voetlicht brengen als een serieus bedrijf met realiteitszin. Dat is ondanks alles wel waarvoor Nova je betaalt. En je wilt haar níét teleurstellen, geloof me.'

'Hoezo?'

Maud wordt plotseling ernstig. 'Nova is Gunnars lieveling. Ze hoeft maar ergens naar te wijzen en ze krijgt het...' Ze stopt zichzelf, schudt het hoofd. 'Vergeet dat maar weer,' mompelt ze. 'Gewoon zusjesgezeur.'

Hill trekt een gezicht waarvan hij denkt dat het meelevend is.

'Over die naaste familie gesproken,' zegt hij als er genoeg seconden zijn verstreken. 'Je grote broer Viggo woonde vast ook hier in Canopus?'

'Ja.'

Ze kijkt weg alsof het onderwerp gevoelig ligt, maar Hill heeft te veel vragen om zo makkelijk op te geven.

'Ik las een oud krantenartikel over zijn auto-ongeluk,' vervolgt hij. 'Hij is het meer in gereden in dezelfde nacht dat de bolide overkwam. En de andere inzittende...'

'Was mijn verloofde, ja, dat klopt,' zegt ze. 'Een verschrikkelijke avond, zoals je wel snapt. Ik verloor Pontus én mijn broer.'

'Maar Viggo heeft het toch overleefd?'

'Jawel, dat is zo. Of een versie van hem, kun je misschien zeggen.' Ze schudt het hoofd. 'Ik begrijp dat je gewoon je werk doet, Martin, maar ik wil daar niet meer over praten. Viggo's ongeluk heeft niets met Alfacent te maken.'

Hill knikt. Maar hij heeft nog één vraag.

'Waar is Viggo nu?' zegt hij.

'In het buitenland.' Het antwoord komt snel, bijna voor hij klaar is met zijn vraag. 'Op een plek waar hij de best mogelijke zorg krijgt,' voegt ze eraan toe terwijl ze opstaat en de tafel begint af te ruimen.

Hill heeft dezelfde formulering bijna woordelijk zo gehoord van zowel mevrouw Schiller als Nova Irving, en op haast dezelfde toonhoogte. Daarom vroeg hij het ook. Het antwoord lijkt wel ingestudeerd. Als een uitgeschreven dialoog.

'Zo, als je het niet erg vindt, heb ik nog het een en ander te regelen,' zegt Maud met een veelbetekenend knikje naar de deur.

'Natuurlijk. Zelf moet ik nog een boek schrijven.'

Ze volgt hem naar de deur. Kust hem op zijn wang.

Wanneer hij naar buiten stapt, ontdekt hij dat de wind en de bleke novemberzon de mist hebben opgelost, voorlopig tenminste. Maar ondanks het daglicht rilt hij onwillekeurig. Hij begrijpt nog steeds niet wat hij gisteravond heeft meegemaakt. Kan hij zich alles ingebeeld hebben?

Langzaam loopt hij richting Villa Arcturus. Als hij bij het hellinkje met het rozenperk komt, houdt hij halt. Hij ziet zijn voetafdrukken in het bloembed, zelfs een kuiltje van zijn knie, gist hij. De rozenstengels zijn lang en zitten vol doornen. Puur geluk dat hij weg is gekomen met een jaap over zijn voorhoofd en een wondje op zijn hand. Hij had net zo goed een oog kunnen uitsteken.

Hij loopt een stukje langs de andere kant van de aanplant om de zachte grond te onderzoeken. Ongeveer vijf meter van het perk ziet hij een grote schoenafdruk. Op zijn hurken onderzoekt hij hem nader.

De afdruk is van een grove zool waarvan het profiel hem doet denken aan een tractorband. Hij vergelijkt het met zijn eigen schoen. De afdruk is veel groter dan zijn maat 43 en veel te groot om van Groundskeeper Ville te zijn.

Dus wat er gisteren is gebeurd, was geen inbeelding. Niet dat hij dat direct geloofde.

Iemand heeft hem door de mist achtervolgd. Een reus met rood oplichtende ogen op enorme schuiten. Wat was er gebeurd als Maud niet was opgedoken?

Hill huivert weer, maakt zijn passen zo groot als hij aankan.

Terug in Arcturus neemt hij een douche en trekt hij andere kleren aan. Hij schaamt zich een beetje dat hij Maud haast een kruisverhoor heeft afgenomen, maar Stjärneholm is een plek vol geheimen en als hij geen vragen stelt zal hij ook geen antwoorden krijgen.

En op het moment komen er alleen maar vragen bij. De mysterieuze sterfgevallen, Viggo die verdwenen is, de mijngangen onder Stjärneholm. Om nog maar te zwijgen van de geheimzinnige brievenschrijver die hem naar het schetsboekje heeft geleid.

Na het douchen en aankleden gaat hij in Bernhards versleten oorfauteuil zitten en haalt hij het schetsboekje tevoorschijn.

Slaat het nog net open voordat zijn telefoon overgaat. Het is het nummer van Nova Irving.

'Hallo, Martin,' zegt ze overdreven blij. 'Heb je vandaag al heel veel te doen?'

'Nee, hoezo?'

'We wilden je meenemen op een vaartochtje naar Blockön. Over een uur, schikt dat?'

'Ja, hoor,' zegt Hill verbaasd.

'Mooi, dan zien we je straks. Pak jezelf goed in, het is vaak frisjes daar.'

De verbinding wordt verbroken en Hill blijft daar zitten met de telefoon in zijn handen.

Een vaartochtje naar Blockön.

Eindelijk.

Hellman

De kinderen hebben net de pannenkoeken opgegeten die hij voor het zondagontbijt heeft gebakken en hebben hun iPads meegenomen naar de bank in de woonkamer. Lina, zijn vrouw, ligt nog een halfuurtje in bed, aangezien zij aan de beurt is om te mogen uitslapen en zelf was hij van plan wat door de ochtendkrant te bladeren en ondertussen van zijn koffie te nippen.

De telefoon verstoort zijn plannen. Het nummer van de politiecentrale.

'Jonas Hellman,' zo neemt hij op.

'Hallo, met het dienstdoend hoofd van het huis van bewaring. Zeg, ik wou alleen even laten weten dat we Per Asker een poosje terug naar het ziekenhuis hebben gebracht. Het zag er nogal slecht uit.'

Hellman zet zijn koffiekopje met een klap neer. 'Wacht, zeg dat nog eens.'

'Ja, het ging vannacht slecht met Asker. Bleek, onregelmatige pols, klaagde over pijn op de borst. We lieten de dienstdoende arts komen. Die dacht dat het een hartaanval was. Kwestie van een ambulance oproepen.'

'Oké.' Hellman beent naar de slaapkamer. 'En Asker kan niet hebben zitten doen alsof?'

Een korte stilte, alsof de man aan de lijn door zijn zwijgen wil laten merken hoe dom die vraag is. 'Nee zeg, we hebben soms wel simulanten, maar dit was echt. De arts was erg bezorgd en Asker was lijkbleek en half buiten westen toen de ambulance hem op kwam halen. Maar aangezien hij binnenkort in voorlopige hechtenis gaat, hebben we geen risico's genomen. Ik heb een teamleider en twee jongens met hem meegestuurd.'

Hellman heeft zijn ochtendjas al uitgewurmd en op het bed gesmeten.

'Hoelang geleden was dit?' vraagt hij.

'Een halfuur ongeveer, ik moest eerst nieuw personeel oproepen om de gaten in het rooster op te vullen. Maar ik dacht dat jij het wel zou willen weten omdat het jouw zaak is en dus…'

'Oké, bedankt.'

Hellman vraagt het hoofd bewaring hem het nummer door te sturen van de teamleider die mee is gegaan naar het ziekenhuis, voordat hij ophangt en zijn pyjama uitrukt.

'Was dat het werk?' mompelt zijn vrouw uit het bed. 'Weten ze niet dat het zondag is?'

Hellman reageert niet, trekt alleen zo snel mogelijk zijn kleren aan. Een sluipende gewaarwording verspreidt zich vanaf zijn middenrif. Een akelig gevoel dat er iets verkeerd aan het gaan is. Echt goed verkeerd.

Asker

Ze wijdt de autorit naar Attila's woning aan nadenken over de tracker. Ze heeft de huurauto pas op vrijdag opgehaald, wat betekent dat het zendertje er op zijn hoogst een paar dagen kan hebben gezeten.

Ze is er vrij zeker van dat het geplaatst is toen ze de auto in de buurt van het politiebureau had geparkeerd. Haar achtervolger wist dat ze vroeg of laat op haar werk zou verschijnen en heeft zo haar nieuwe auto kunnen identificeren. En het zendertje op zijn plaats krijgen duurt maar een paar seconden voor wie weet wat hij doet. Het zendertje is precies van het type dat Per fabriceerde op de Farm, dus heeft alles op de een of andere manier met hem te maken. Maar Per zit vast in het huis van bewaring. Dus moet hij een helper hebben. Iemand die haar in de gaten houdt, erop toeziet dat zij doet wat hij van haar verlangt. Als een slim, braaf meisje.

Het idee maakt haar kwaad en ze laat de auto slippend tot stilstand komen in het parkeervak voor het gebouw waar Attila woont.

Een dametje met een hondje schrikt zo van haar agressieve parkeren dat ze de deur voor Asker openhoudt zonder dat ze er zelfs maar om hoeft te vragen. Een paar tellen later hangt ze aan Attila's deurbel. De krant is weer van het tapijt, dus is hij thuis, weet ze.

Toch doet hij niet open.

Dan gaat ze over op bonzen, vervolgens op door de brievenbus schreeuwen.

'Leo Asker hier. Doe open, Attila. Ik weet dat je er bent!'

Nog steeds geen reactie.

'Als je niet opendoet, bel ik een slotenmaker,' roept ze. 'Zeg ik dat ik bang ben dat je daar dood ligt, dat hij het slot dus open moet boren. Wordt fijn zondagsvertier voor je buren.'

Ze zwijgt, luistert.

Hoort iets wat een zware zucht zou kunnen zijn. Dan het geluid van voetstappen.

Ze laat de brievenbus dichtvallen en doet een stap naar achteren. De deur gaat op een kier open, met het kettinkje er nog op. Attila staat daar in een hemd en een broek die minstens een decimeter te hoog is opgetrokken. Hij is blootvoets en ongeschoren, zijn ogen zijn rooddoorlopen en kijken haar woedend aan.

Heel erg woedend.

'Wat kom je verdomme doen, Asker?'

'Hier.' Ze steekt het pakje met de ovenwant door de kier. 'Van Siw, de vriendin van Madame Rind. Ze maakt zich zorgen om je.'

Hij trekt zijn wenkbrauwen op, neemt na een moment van aarzelen het pakje aan. Zijn oogopslag wordt wat zachter. 'Maar uh, ik heb geen hulp nodig, ja?'

'Mooi,' zegt ze schouderophalend. 'Want ik peins er niet over om je te helpen. Jij moet mij juist helpen. Doe open en laat me binnen, dan leg ik uit waarom het gaat.'

Attila staart haar woest aan, maar staarspelletjes verliest ze nu eenmaal nooit, niet van hem en niet van een ander.

Dan knalt hij de deur dicht.

Het is een paar tellen stil.

Vervolgens rammelt het deurkettinkje los en gaat de deur opnieuw open.

'Kom binnen,' mompelt hij.

Het is in Attila's woning alsof je zo de jaren zeventig instapt. Donkere houten meubels, grauw behang, zelfs een kralengordijn. Nergens een stofje te bekennen. Een zwakke zoetige geur van drankroes en kater hangt in de vertrekken.

Op de salontafel in de woonkamer staan een paar halflege flessen sterke drank en één glas. Hij biedt haar geen koffie aan, maar wijst alleen naar een van de fauteuils. Ze gaat zitten, kijkt ondertussen om haar heen. De muren hangen vol foto's, op de meeste staat een jongere Attila, met of zonder gezelschap en meestal in een of ander uniform.

Op de grootste foto heeft hij een arm om een oudere vrouw geslagen die net zo'n vierkante kin heeft als hijzelf.

'Je moeder,' zegt Asker met een knikje.

'Mm,' mompelt hij. 'Zo, waar had je nu hulp bij nodig?'

Ze wendt haar blik naar hem. 'Je hebt verteld dat jullie een zomer de Farm in de gaten hebben liggen houden toen ik ongeveer veertien was. Kan dat 2006 zijn geweest?'

Hij staart haar een paar tellen aan, lijkt dan na te denken.

'Ja, dat klopt wel,' zegt hij. 'Hoezo?'

Ze legt de hele zaak zo beknopt mogelijk uit.

Attila luistert alleen maar zonder vragen te stellen.

'Dus wat ik van jou wil weten,' concludeert ze, 'is of jij en je maten van de Säpo-recherche Tord Korpi zijn tegengekomen en of jullie iets hebben gezien wat mij kan helpen.'

Attila zit een paar seconden te zwijgen.

'Weet je zeker dat je je vader wil helpen?' vraagt hij dan. 'Zou het niet beter zijn om hem in zijn eigen moeras te laten wegzakken?'

Asker bijt op haar lip.

'Dat kan ik niet,' antwoordt ze.

Attila slaat haar nog een paar seconden zwijgend gade.

Knikt dan. 'Ik snap 't. Wacht even.'

Hij loopt de kamer uit en Asker staat op om de foto's wat beter te bekijken. Vindt er eentje waarop Attila nu eens geen uniform aanheeft. Hij staat naast een jonge vrouw met de kenmerkende eindexamenpet. In haar hand houdt ze de klassieke felicitatieposter met een foto van haarzelf toen ze nog klein was.

Dat moet het nichtje zijn waar Virgilsson het over had. Die veel te jong overleed en van wie het vriendje op mysterieuze wijze verdween. De reden voor Attila's verdrietige solodrinkgelag.

Attila komt weer de kamer in met een kartonnen doos in zijn handen. Hij lijkt onderweg wat water in zijn gezicht te hebben gespat.

Werpt een blik op haar, daarna op de foto, maar zegt niets, en Asker loopt terug naar haar stoel.

'Ik weet dat er op de Farm wel wat volk kwam en ging, maar helaas herinner ik me niet alle details meer. Het is ook wel even geleden. Maar ik heb mijn notities bewaard.'

Hij schuift de drankflessen aan de kant en zet de doos op het tafeltje.

'Eens kijken.' Attila zet een leesbril op en haalt de deksel ervanaf.

De kartonnen doos zit vol zwarte notitieboekjes, op jaartal gesorteerd met kleine flapjes.

Asker trekt haar wenkbrauwen op.

'Had je die niet in moeten leveren toen je daar ophield?' vraagt ze.

Hij kijkt naar haar over de rand van zijn bril. 'Dat had ik zeker gemoeten. Maar mijn chefs hadden zo'n haast om me te lozen dat ze de standaardprocedures vergaten. En ik heb ook nooit aanleiding gehad om ze daaraan te herinneren, wat misschien mazzel is voor jou.'

Hij richt zijn blik weer op de doos.

'2006...' Attila vist er twee boekjes uit en begint erin te bladeren. 'Ja hoor, het klopt, hier hebben we het. Surveillance de Farm.'

Asker probeert zich in te houden. Dit is haar beste aanknopingspunt – het enige, en dat moet iets opleveren, wil ze een kans hebben om verder te komen.

'En hier hebben we Tord Korpi.' Attila legt het boekje neer en strijkt met zijn hand over de beduimelde bladzijdes. 'De eerste keer dat we hem tegenkwamen was op 27 juni. Ik heb zijn kentekennummer genoteerd.'

Asker voelt haar polsslag sneller gaan. Een kenteken van een auto is een goed begin. Iets om verder te ontrafelen.

Attila bladert verder, humt een beetje in zichzelf.

'Korpi lijkt te komen en gaan. Soms overnachtte hij een paar dagen bij jullie, zoals je al zei. Kijk hier.' Hij wijst naar een regel in het boekje. *TK praat met LA in de gym.*

Ze wil hem net gaan vragen wie LA is, maar houdt zich dan in.

Leonore Asker.

Haar tiener-ik, opgetekend als een aantekening in een notitieboekje. Het is bijna alsof ze een spook tegenkomt.

Attila bladert verder.

'Oké, dus onze goede vriend TK lijkt te komen en gaan. Ik heb een notitie gemaakt over een sportschool in Hörby, dus bij een of andere gelegenheid heb ik of iemand anders hem tot daar geschaduwd.'

'De Freedom Gym,' knikt Asker. 'Is er nog meer? Iemand anders die Korpi heeft getroffen?'

Attila bladert verder.

'Hier staat iets over een MH die de Farm bezoekt, maar ik kan de hele naam nergens vinden,' zegt hij. 'Ik meen me te herinneren dat het een jonge jongen was.'

'Martin Hill,' vult ze snel aan. 'Hij heeft niets met de zaak te maken.'

'Oké.' Attila werpt haar een snelle blik toe voordat hij verderzoekt. 'Wij waren ook niet primair geïnteresseerd in Korpi, dus... Wacht, hier hebben we iets.' Hij tikt op een bladzij. 'Korpi duikt midden augustus weer op. We besloten klaarblijkelijk om hem weer achterna te gaan.'

'En waar ging hij dan heen?' vraagt ze ongeduldig.

'Vraag me af of ik me dit eigenlijk niet herinner...' mompelt Attila terwijl hij een bladzij omslaat. 'Ja, hier hebben we de naam. Dat klopt, dit herinner ik me, nu ik de notities zien. Grappig hoe je geheugen werkt.'

'Waar ging hij heen?' vraagt Asker weer.

'Naar een landgoed dat Stjärneholm heet, op een uur rijden ongeveer.'

De man van glas

Tijdens de jaren in Amerika lukte het hem zichzelf in bedwang te houden. Drukte hij alle verboden gedachtes, alle verlangens, alle begeertes weg. Sloot hij die diep in zijn hoofd op achter een deur en vergrendelde hij die.

Mettertijd werd het makkelijker, misschien omdat hij zijn eigen leven leidde, ver weg van het wakende oog.

Hij was een voorbeeldig student in Amerika, regelde een stagebaantje, maakte contacten. Deed alles wat zijn vader had gewild en nog iets meer. Speelde de perfecte zoon.

Een echte Irving.

En ten slotte kreeg hij, na een aantal jaar zwijgend en geduldig blijven streven, zijn beloning. Hij werd teruggeroepen naar Stjärneholm.

Een diner op Driekoningen. *Gammeljul*, zoals de Vader het noemde, Oudkerst. Maar het is ook het feest van de openbaring en van de drie sterrenwichelaars. De symboliek was duidelijk. Prins Pollux was teruggekeerd van zijn omzwerving door de woestijn. De verloren zoon had de ster gevolgd, terug naar het huis van zijn vader.

Daar waren ze allemaal. De Vader, zijn nieuwe vrouw en dochter.

Nova. Die nieuwe.

De rest van zijn eigen gezin was er ook bij. Moeder die inmiddels in haar eigen wereld leefde. Zijn zus die in tegenstelling tot hemzelf thuis had mogen blijven aan de buitenste rand van zijn vaders zonnestelsel.

Die misschien, misschien zich die gunst had verworven door verraad.

Hij had haar die misstap wel kunnen vergeven, als ze niet die man bij zich had gehad.

Pontus.

Hij was lang en blond, deed aan hemzelf denken. Werkte in het bedrijf. Noemde de Vader Gunnar, alsof ze oude makkers waren. Een Vreemdeling die zich in zijn familie had genesteld. Heel brutaal zijn plaats aan tafel had ingenomen.

Toch zei hij niets. Hij gedroeg zich, wachtte geduldig op het ogenblik dat de Vader met zijn kennisgeving zou komen. Zou verklaren dat hij weer prins Pollux was, de bijzondere, hij die de wereld zou veranderen.

Die zo langzamerhand de familie Irving zou overnemen.

Maar het diner kwam en ging, zonder een woord hierover.

De Vader was gezellig en charmant. Sprak over het werk met Maud en Pontus, keek met trots naar Nova.

Zelf kreeg hij amper meer dan een afgemeten blik.

Na het dessert riep de Vader hem bij zich in de rookkamer. Vroeg hij hem in een van de oude fauteuils te gaan zitten die opa Bernhard had ontworpen, terwijl hij een sigaar opstak.

Zijn hart bonsde. Nu zou het wel komen.

De kennisgeving. De hereniging. De openbaarmaking.

'Je bent toch wel van plan je te gedragen?' vroeg de Vader.

Hij slikte, knikte, wachtte op het vervolg.

De Vader nam een lange trek van de sigaar en keek naar het haardvuur.

'Goed,' zei hij. 'Je kunt er ondanks alles ook niets aan doen wie je bent. Aan wat er kapot is in je. Dat is niet een fout van jou, maar van je genen.'

De Vader wuifde even met zijn hand naar hem, zonder zelfs maar zijn kant op te kijken.

'Je kunt nu gaan, Viggo.'

En daar op dat moment was het alsof de laatste dam doorbrak.

Zijn laatste greintje menselijkheid spoelde weg. Dat werd zijn dood, uren voordat het koude zwarte water dat werd.

Hill

Klokslag negen uur wordt er bij Hill aangeklopt. Nova Irving staat voor de deur, gekleed in cargobroek en zwart shelljack. Op haar hoofd heeft ze een baseballpet met het logo van Alfacent.

'O, wat is er met jou gebeurd?' Ze wijst naar de wondtape op zijn voorhoofd.

'Struikelde gisteravond op weg naar huis,' zegt hij. 'Ben nog wat klunzig.'

'Oei. Denk je dat je been een beetje urban exploration aankan?' vraagt ze.

'Zeker weten,' antwoordt Hill enthousiast. Hij heeft vanaf dat ze eerder vanochtend belde op hete kolen gezeten. Zich niet kunnen concentreren om het schetsboekje fatsoenlijk door te nemen. Zelfs amper nog nagedacht over al het drama van gisteren.

Nova rijdt hen in een van de golfwagentjes naar het hoofdgebouw. Keuvelt over zijn geslaagde medische behandeling, laat hem opnieuw weten dat Alfacent de voorhoede vormt op het gebied van cryonica.

Ze opent het smeedijzeren hek met een sleutel, net als Karin Irving laatst, en rijdt verder het verboden terrein op. Ze houdt rechts aan, rijdt helemaal naar het boothuis waar Hill gisteravond even de man in de mantel zag.

Achteraf gezien is hij er behoorlijk zeker van dat het Gunnar Irving was. Maar wat deed die daar in het donker en de mist?

Een boot ligt aan de steiger en Samuel staat erbij te wachten. Ook hij draagt zwarte shellkleding, wat hem eruit doet zien als een militair. Hill heeft het dreigende gedrag van het hoofd beveiliging tijdens hun laatste ontmoeting nog niet echt verteerd, maar doet zijn best om er niets van te laten merken.

Samuel groet Hill beleefd met een knikje en reikt hun beiden een zwemvest aan.

'Wat denk je, Martin?' vraagt Nova. 'Zullen we gaan?'

Hill probeert zijn opwinding in te tomen, maar dat is niet eenvoudig. Het Blockön ligt daar te wachten, maar een paar honderd meter verderop.

Ze stappen aan boord terwijl Samuel de meertouwen lost. De boot is niet bijzonder groot, maar ziet er heel modern uit met zijn scherpe hoeken. De stuurhut met beglazing rondom biedt plaats aan vier personen.

Als Samuel aan boord is gesprongen, zet Nova de gashendel open. De boot glijdt bijna geluidloos weg van de steiger. Het water glinstert zwart, de lucht is betrokken.

Hill laat zich op een van de zitplaatsen zakken, maar Nova blijft aan het stuurwiel staan.

'Zo Martin, hoe was je eerste week?' vraagt ze als ze een stukje het meer op zijn.

'Interessant,' antwoordt hij.

'Interessant?' Nova wisselt een geamuseerde blik met Samuel. 'Hoezo dan? Heb je iets spannends ontdekt?'

De vraag doet Hill perplex staan. Weet ze dat hij de verborgen deur heeft gevonden, de zolderruimte en het schetsboekje, wil ze weten of hij van plan is haar dat te vertellen? Als een soort test?

Nova lijkt niet meer op zijn antwoord te willen wachten. 'Je hebt Maud weer gezien, dat is wel duidelijk.'

Een constatering, geen vraag.

Hill heeft weer geen antwoord. Hoe kan Nova dat weten? Onzeker betast hij zijn telefoon in zijn jaszak.

Nova zet het gas verder open, waardoor de voorsteven uit het water komt.

'Begrijp me niet verkeerd,' zegt ze zonder haar hoofd om te draaien. 'Maud is aantrekkelijk en leuk. Maar ze heeft net een zware tijd achter de rug. De scheiding, het werk…' Ze maakt de zin niet af.

'Plus dat het niet makkelijk is om een kind te hebben dat een visuele beperking heeft,' voegt Samuel eraan toe.

Hill bekijkt hen nog eens goed. Er is plaats zat in de stuurhut en er zijn drie lege zitplaatsen. Toch staan ze allebei, een paar decimeter dichter bij elkaar dan nodig is in deze ruimte. Bovendien is er iets met hun energie. Ze komen uitgelaten over, gretig bijna. Als tieners op een tripje.

'Zo, we zijn er.'

Nova neemt gas terug en de voorsteven zakt weer in het water. De boot glijdt naar een aftandse betonnen steiger met een bord vol deuken waarop PRIVÉTERREIN VERBODEN TOEGANG staat.

Hill kan zijn hartklep opgewonden horen klikken.

Vijftien jaar lang heeft hij gedroomd van dit moment.

En nu is hij eindelijk hier.

Op Blockön.

Wanneer ze aan land zijn gekomen, blijft Hill op de kade staan om te proberen de sfeer in zich op te nemen. Het is waterkoud en vochtig, ruikt naar meerwater en sparrenbos. De betonnen steiger zit vol barsten die roestige bewapeningswortels aan het licht brengen.

'Welkom op Blockön, Martin. We moeten die kant op.'

Nova neemt de leiding en Hill volgt haar. Samuel blijft een paar meter achter hen.

Een scheef schuurtje zit precies tussen de voet van de steiger en de bosrand gepropt.

'We moeten hierheen,' zegt Nova. 'Daar begint de oude mijnweg.'

Ze wijst naar een spar die iemand gemerkt heeft met een witte streep rond de stam. Daarnaast loopt een karrenspoor het dichte bos in.

Ze volgen de oude weg. Boven hen verbergen de aaneengesloten boomkruinen de hemel grotendeels. Overal steken ryolietblokken op uit de moslaag en de struikjes.

'Het Blockön doet zijn naam eer aan, hè?' zegt Nova.

Hill knikt. 'Ben je hier vaak geweest?'

‘Mijn vader heeft me een paar keer meegenomen toen ik klein was. Toen ik ouder werd en een boot leerde besturen, ging ik hier soms alleen heen als ik wilde nadenken.’

‘Een heilige plek?’ vraagt Hill.

‘Tja, misschien wel,’ lacht ze.

‘Vinden je broer en zus dat ook?’

Nova vergroot haar passen om het er niet meer over te hoeven hebben.

De veter van een van Hills wandelschoenen is losgegaan en hij zet zijn voet op een groot blok ryoliet direct langs de kant en begint aan de veter te trekken.

Op het moment dat hij weer rechtop wil gaan staan, ontdekt hij iets wat in de steen staat gekrast, half verborgen achter een varen.

GUG

Hij weet waar die afkorting voor staat: Göinge Ufo Genootschap. Tom en Krystal zeiden dat ze jaren geleden op het eiland waren geweest en hier was het bewijs.

Maar onder de inscriptie staat er nog één.

Nieuwe letters in een ander onregelmatiger schrift.

URBX 2019

Hill heeft de afkorting een paar keer in verlaten gebouwen gekerfd of gespoten zien staan. Eigenlijk staat het hem tegen. Iets inkerven of schilderen is een overtreding van de urbexregels.

Maar deze keer heeft de inkerving echt betekenis.

Ze moet door Nick en Elis zijn achtergelaten, wat betekent dat ze tot op het eiland zijn gekomen, precies zoals het ufo-echtpaar al beweerde.

Het idee is tegelijk spannend en akelig.

De verdrinking moet dus op de terugweg zijn gebeurd.

Nova heeft inmiddels een flinke voorsprong, maar Samuel houdt halt bij Hill.

‘Wat doe je?’ vraagt hij.

‘M’n veter even weer strikken,’ liegt Hill en zet zijn voet op de grond. ‘Ik heb ryoliet nog nooit van zo dichtbij gezien. Fascinerend.’

'We moeten verder,' zegt Samuel met een blik op zijn horloge. Hij wuift ongeduldig naar Hill om hem te volgen.

'Oké?'

Hill wacht op een verklaring waarom er zo'n haast is, maar wanneer die niet komt, loopt hij achter Samuel aan.

Nova wacht ze een stukje verder op.

'Het is nu niet ver meer,' zegt ze. 'Hoe voelt je been?'

'Verbazingwekkend goed,' antwoordt Hill.

'Prachtig.' Ze maakt een gebaar naar verderop. 'Dan lopen we door.'

'Een brutale vraag,' zegt Hill nadat ze weer een poosje hebben gelopen. 'Als dat mag tenminste?'

'*Shoot.*'

'Denk je echt dat Gunnar een ufo heeft gezien en met ruimtewezens heeft gesproken?'

Ze geeft geen antwoord, dus besluit hij door te praten.

'Dat vraag ik omdat ik gemerkt heb dat het verhaal in de loop der jaren verandert. Sommige details zijn erbij gekomen en andere zijn weggevallen. Het wezen dat hij ontmoet wordt op den duur steeds angstaanjagender. En toch is het buitenaardse wezen behulpzaam, wat niet echt samengaat...'

Hill houdt pardoes op. Nova heeft nog steeds niet gereageerd en hij denkt Samuels ogen in zijn rug te voelen priemen.

'Ik denk...' zegt Nova, '... dat Gunnar een van de grootste genieën van onze tijd is. Dat hij tot dingen in staat is waarvan de meeste mensen alleen maar kunnen dromen. Maar je zult al snel antwoord op je vragen krijgen.'

'Daar is het,' zegt Samuel en breekt zo hun gesprek af.

Een groot metalen hek met in een boog erboven de tekst STJÄRNGRUVAN doemt plotseling op uit het bos. Beide helften van het hek staan open.

Hill slikt een paar keer. Zijn mond is plotseling droog en zijn hartslag is op zijn trommelvliezen gaan bonken.

Nova gaat voorop, leidt hen voorbij jonge aanwas en volgroeide berken een gebarsten asfaltveld op. Rechts daarvan staat een grote fabriekshal, links een lagere werkplaats, maar Hill ziet beide amper.

Want aan het andere eind van het asfalt torent de schachtbok omhoog. Achter de reling op de bovenste verdieping staat iemand op hen neer te kijken.

Een lange man in een donkere mantel met een breedgerande hoed op.

'We hebben een verrassing,' zegt Nova vrolijk. 'Gunnar wil je ontmoeten.'

Hellman

Als hij op ongeveer een kilometer van het ziekenhuis is, gaat zijn telefoon weer over. Het is de cipier die nu op de spoedeisende hulp zit, die hij een paar minuten terug nog aan de lijn had.

'Zeg, het brandalarm is net afgegaan,' zegt hij. 'Ze zeggen dat we moeten ontruimen.'

Hellman krijgt het ijskoud.

'Nee, verdomme!' zegt hij. 'Waar is Per Asker nu?'

'In een onderzoekskamer met de arts.'

'Zie erop toe dat hij daar blijft tot ik er ben. Jij wacht me op voor de ingang.'

Wanneer Hellman voor de ingang van de spoedeisende hulp op de rem trapt is het daar vol activiteit. Er weerklinkt een luid alarm en een paar bewakers proberen de ontruiming te dirigeren. Hellman hangt zijn politie-ID aan een kettinkje om zijn nek en loopt op de ingang af. Dan komt hij een man tegen in het uniform van de bewaring.

'Breng me meteen bij hem,' commandeert Hellman.

Ze wringen zich door de stroom mensen heen die naar buiten willen. Een bewaker wil hen tegenhouden, maar laat hen doorlopen als Hellman zijn legitimatie laat zien.

Binnen in de wachtkamer loeit het alarm nog luid.

'Wij moeten ook ontruimen,' zegt de cipier ongerust.

Hij wijst naar een paar verpleegkundigen die in volle vaart ziekenhuisbedden naar buiten rollen.

'Breng me gewoon naar Asker,' briest Hellman. Zijn maag is veranderd in een harde knoop.

De cipier opent een deur en leidt Hellman een gang in. De deuren staan open en het personeel is bezig de patiënten naar buiten te brengen. Een van de deuren zit nog dicht. Ervoor staan twee stevige kerels in het uniform van de bewaring.

'Is hij daarbinnen?' wijst Hellman.

'Yes, maar de dokter ging vlak voor het brandalarm naar binnen,' zegt een van de mannen. 'Wij mogen er niet bij zijn als hij onderzocht wordt. Dat is een schending van zijn integriteit. Dan worden we meteen aangeklaagd.'

Hellman haalt diep adem.

'Hoelang zijn ze nu daarbinnen?'

De bewakers kijken elkaar aan.

'Vijf, zes minuten misschien. Maar we hebben het dubbelgecheckt. Je krijgt het raam niet open zonder gereedschap en het zit te hoog om te springen. Plus is als gezegd de dokter ook daarbinnen.'

'Hoe zag de arts eruit?'

De mannen halen haast gelijktijdig de schouders op.

'Een vrouw,' zegt de ene. 'Vrij lang. Witte jas...'

'Aan de kant,' zegt hij tegen de mannen.

'Maar we mogen niet...'

'Aan de kant!'

De bewakers kijken naar elkaar, doen dan een stap opzij.

Hellman rukt aan de deur. Die zit op slot.

De knoop in zijn maag wordt een ijsklomp.

'Zorg dat die deur opengaat!'

Een van de bewakers houdt een hulp tegen die net langsloopt.

'Openmaken,' zegt Hellman wijzend naar de deur.

De hulp hannest wat met een sleutelbos en krijgt de deur open.

De onderzoekskamer is open en het raam staat wijdopen. Een touw is vastgeknoopt aan de verwarming eronder.

'Verdomme!'

Hellman stormt naar het raam.

Aan het touw is een smalle touwladder vastgemaakt die tegen de gevel bungelt. De touwladder loopt tot een plat dak waarop gevangeniskleren en een artsenjas liggen. Een van de bewakers steekt zijn hoofd ook uit het raam.

'Kut,' roept hij. 'Asker is ervandoor.'

Hij en zijn beide collega's stuiven weg de gang door.

Op hetzelfde moment houdt het alarm op met loeien.

Hellman blijft bij het raam staan. Heel even flikkert het voor zijn ogen. Dan beheerst hij zich en pakt hij zijn telefoon.

Eskil neemt na twee keer overgaan op, bijna alsof hij erop zat te wachten.

'Per Asker is ontsnapt uit het ziekenhuis. Hij had een helpster. Zoek uit waar Leo Asker is. Nu meteen.'

Hill

Hij loopt kalm de roostertrap naar de schachtbok op en blijft op elk tussenstuk even staan om op adem te komen. Zijn slechte conditie herinnert hem aan zijn tienerjaren, toen zijn slechte hart de geringste inspanning al tot een beproeving maakte.

De trap lijkt vrij onlangs nog te zijn verfraaid en gerepareerd. Een paar stukken van de reling en sommige tredes zien er nieuw uit en er zit een grote lasnaad tussen een aantal stukken.

Zijn hart bonst hard, zowel van de inspanning als van opwinding. Eindelijk is hij er. Op de plek waaraan hij al denkt sinds zijn jeugd.

En als klap op de vuurpijl zal hij de door mythen omgeven Ufo-Gunnar Irving ontmoeten.

'Mijn beste Martin,' zegt Gunnar wanneer hij op het dak is gekomen. 'Welkom op Blockön en bij de Stjärngruvan.'

Hij schudt Hill de hand alsof ze oude vrienden zijn.

'Bedankt,' weet Hill uit te brengen.

'En, wat vind je ervan? Wat een magnifiek uitzicht, hè?'

Gunnar Irving maakt een breed armgebaar naar het meer.

Hill kan het daar alleen maar mee eens zijn. Hiervandaan is duidelijk te zien dat ze zich op de bodem van een krater bevinden. Rondom hen eerst het zwarte water van het Miresjön, dan de beboste hellingen die het meer aan alle kanten omgeven. De blik omhoog doen gaan, naar de hemel.

Toch kijkt Hill niet het meest daarheen, maar naar Gunnar Irving.

Hij herkent alle trekken van de foto's in de krantenartikelen die hij heeft doorgeploegd: het hoge voorhoofd, de spitse neus en de wilskrachtige kin. Gunnar in levenden lijve ontmoeten heeft tegelijk iets heel bekends en iets onwerkelijks.

'Je kunt me natuurlijk gewoon Gunnar noemen,' zegt de man.

Hill knikt met een mond vol tanden. Hij is het niet gewend zich zo *starstruck* te voelen.

Gunnar Irving lijkt helemaal niet al bijna tachtig te zijn. Zijn motoriek is soepel en krachtig, de blik doordringend intens.

'Mijn dochter geeft hoog van je op, Martin.'

Heel even denkt Hill dat Gunnar op Maud doelt, maar hij stelt dat idee bij wanneer de man een gebaar naar de grond maakt waar Nova en Samuel nog staan te wachten.

'Ze vertelde dat je een andere invalshoek voor het boek had en het *De man van glas* wilde noemen. Ik wil heel graag horen hoe je daartoe gekomen bent.' Gunnar knikt aanmoedigend.

'Uh...' Hill zoekt naar de juiste woorden. 'Nou, ik bedacht vooral dat de geschiedenis van Alfacent eigenlijk jouw geschiedenis is. Alles begint met jou. Hoe jij het toonbeeld van Bernhards tegenspoed, het vulkanisch glas, hebt gebruikt om iets nieuws te scheppen. Iets waardeloos hebt veranderd in iets waardevols.'

Gunnar glimlacht voldaan. 'Ik vind dat een heel mooie beschrijving, Martin. En die klopt bovendien voor honderd procent. Zie je het veld daar?'

Hij wijst weer naar de grond, deze keer naar schuin onder aan de bok voorbij het asfalt. Een groot veld scherpe zwarte stenen is door het dode gras heen zichtbaar.

'Dat zijn de resten van een berg obsidiaanglas dat Bernhard hier heeft laten dumpen omdat hij dacht dat het gewoon waardeloos was.'

Hij glimlacht naar Hill. Gunnars présence is zo sterk dat hij haast door stralen wordt omgeven.

'Kom maar mee, Martin, dan gaan we eens kijken in het observatorium. Je wacht al jaren om het te zien, toch?' Hij gebaart Hill om hem naar een open deur te volgen.

Binnen ruikt het naar vocht en teer. De muren van het observatorium zijn van beton, de koepel zelf van zwartgeschilderd hout. Het vloeroppervlak is leeg, net als de kasten langs de binnenkant van de koepel.

'Helaas is er niet zoveel te zien,' zegt Gunnar. 'Het observatorium is al jaren blind. De sterrenkijker is weggehaald en het dakluik voor het objectief gaat niet meer open.'

'Ja, ik zag de kijker op de bovenverdieping van Villa Arcturus staan,' zegt Hill. 'Waarom is die daar terechtgekomen?'

Gunnar haalt zijn schouders op. 'Arcturus was de woning van mijn vader. De sterrenkijker was van hem.' Hij kapt zijn zin af alsof het onderwerp hem niet interesseert.

'Is het goed als ik foto's maak?' vraagt Hill.

'Natuurlijk.'

Hill pakt zijn telefoon. Zoals hij al verwachtte heeft hij geen bereik hier. Zijn handen trillen licht als hij een reeks foto's schiet en voor de zekerheid ook nog een filmclipje.

'Nova zei dat je niet wilt dat het boek de focus op de ufo-ervaring legt,' zegt hij wanneer hij klaar is. 'Dat wordt lastig omdat daar je geschiedenis als voorman van het bedrijf aanvangt. Of beter gezegd: hier.' Hij wijst naar de koepel.

Gunnar kijkt een paar tellen naar hem, draait zich dan om en loopt weer het dak van de bok op.

Hill volgt hem.

Gunnar gaat bij de reling over het meer staan uitkijken.

'Ufo-Gunnar,' zegt hij. 'Zo heet ik al vanaf de jaren zestig. Ik maalde daar in het begin totaal niet om. Hoe groter de resultaten van het bedrijf hoe sneller die naam wel vergeten zou raken, dacht ik.'

Hij schudt lichtjes het hoofd. 'Maar hij leek wel aan me gebakken. Wat voor fantastische uitvindingen we ook deden, vooruitgang we boekten, alle kranten schreven altijd over Ufo-Gunnar. Vlochten verwijzingen naar de ruimte, buitenaardse wezens en sciencefiction in elke reportage.'

Nog meer hoofdschudden. 'In de jaren negentig kwamen wij als een van de eersten met DNA-analyses. Een enorme vooruitgang voor de mensheid en fantastisch teamwork van veel begaafde mensen. Toch vroegen verschillende reporters me of ik dat idee ook van buitenaardse wezens had. Ze ridiculiseerden onze ontdekking.'

Gunnar zucht. 'Wat ik ook heb geprobeerd, het ufo-verhaal blijft me achtervolgen. Met altijd een snufje hoon en spot. En het is allemaal mijn eigen schuld.'

Hill knikt, al begrijpt hij eigenlijk niet goed waar Gunnar heen wil.

'Begrijp wel, Martin,' zegt hij iets zachter. 'Mijn vader was bezig het bedrijf te gronde te richten. Hij was zijn greep op de werkelijkheid helemaal kwijt. Het enige waar hij om gaf was deze mijn en zijn getikte theorieën over de ruimte en meteorietinslagen. Ondanks dat ze het obsidiaanglas hier met emmers tegelijk opgroeven, weigerde hij op te geven.'

Hij valt stil, zijn blik lijkt een vogel te volgen die boven het meer zweeft.

'Ik was pas tweeëntwintig en studeerde medicijnen,' gaat hij verder. 'Maar ik had een idee gekregen toen ik mij hier aan een scherf obsidiaanglas had gesneden. De snee was zo ongelooflijk dun en scherp dat ik amper pijn voelde. Dus begon ik te peinzen of dat waardeloze glas misschien wel juist in de medische wereld te gebruiken viel. Maar ik had geld nodig om het te ontwikkelen. Bernhard was niet geïnteresseerd. Hij luisterde naar niemand en al helemaal niet naar mij. En toen gebeurde het ongeluk. Artur en twee anderen kwamen om. Ik begreep dat we aan de rand van de afgrond stonden. Dus heb ik gedaan wat er nodig was om het bedrijf én de familie te redden.'

Gunnar maakt een gebaar naar de lucht. 'Ik schiep een werktuig dat ons heeft gered. Een verhaal, of misschien nog wel beter gezegd: een sprookje.'

Hills hersenen gaan een paar tellen op slot.

'Je...' Hij probeert de puzzelstukjes op hun plek te krijgen. 'Je verzon een bezoek van ruimtewezens om Bernhard alle verantwoordelijkheid aan jou te laten overdragen. Jou de kans te geven je uitvindingen te ontwikkelen.'

Gunnar knikt. 'Ik had geen keus. Zonder dat verhaal was de familie Irving ten onder gegaan.'

Hill probeert te verstouwen wat Gunnar net heeft gezegd.

Zoals bij alle soortgelijke verhalen over ontmoetingen met ruimtewezens heeft hij altijd gedacht dat Gunnar zelf tenminste geloofde wat hij vertelde. Dat zijn ervaring in ieder geval voor hem echt was.

Nu onthult hij zonder met zijn ogen te knipperen dat het allemaal één groot verzinsel was.

'En je wilt dat ik dat beschrijf in het boek?' vraagt hij met weinig fiducie.

'Nee, natuurlijk niet. Ik wil juist dat we zo weinig mogelijk aandacht vestigen op dat hoofdstuk in het verhaal van het bedrijf. Er staat namelijk een nieuwe spannende tijd voor de deur.'

Gunnars gezicht begint te stralen. 'Begrijp je, binnenkort zal Alfacent weer met een doorbraak komen, deze keer binnen de cryonica. Een geweldige ontdekking...'

Hij neemt Hill een paar tellen op met zijn blik.

'Je weet misschien hoe cryonica werkt? Wanneer je weefsel tot min tweehonderd graden Celsius bevriest, houden alle chemische processen op. Leven bestaat niet meer. Tijd ook niet. Alles staat stil.'

Hills hersenen zijn nog bij het verzonnen ufo-verhaal. Maar hij herinnert zich dit onderwerp uit het laatste bekende interview met Gunnar en is vaker op Alfacents interesse in cryonica gestuit sinds zijn komst naar Stjärneholm.

'Al lang wordt er met cryonica geëxperimenteerd,' vervolgt Gunnar. 'Veel mensen hebben zich nu al laten invriezen nadat de dood is ingetreden. Het probleem is dat de bevriezing ijskristallen doet ontstaan in de lichaamsvloeistoffen en dat die weefsel en zenuwbanen vernietigen. Er is slechts één wezen in de wereld dat dat probleem heeft opgelost. Een onbeduidend kikkertje dat in diepgevroren toestand overwintert. Het kikkertje verandert zijn lichaamsvloeistoffen in een soort vriesvloeistof. We hebben zijn DNA al begin deze eeuw in kaart gebracht en na jaren experimenteren is het ons eindelijk gelukt een soortgelijke vloeistof voor menselijk weefsel te produceren. Maar de bevriezing is op zich eerlijk gezegd het simpelste deel van het proces. Wat ons dankzij het kikkertje is gelukt en tot nog toe niemand anders...'

Gunnar buigt naar hem toe. Zijn ogen zijn haast lichtgevend.

'... is het weefsel weer te ontdooien met behoud van alle functies. Het leven terug te brengen. Letterlijk de doden weer tot leven wekken. Een baanbrekende medische vooruitgang, een enorme kans voor de mensheid.'

Gunnar legt zijn arm om Hills schouders. 'En daar kom jij in beeld, Martin. Weet je, wanneer je bloed en andere vloeistoffen vervangt met onze uitvinding en dan het weefsel sterk laat afkoelen, ontstaat een heel interessant proces. Ken je het begrip "vitrificatie"?'

Hill schudt het hoofd.

'Dat betekent verglazing. Het weefsel verandert dus in glas. Een mens die wordt gevitrificeerd, verandert dus in een...' Gunnar trekt zijn wenkbrauwen op.

'Man van glas,' mompelt Hill.

'Precies, m'n beste Martin. En daarom is jouw boektitel zo briljant. Die beschrijft zowel de oorsprong van Alfacent als zijn toekomst. En tegelijkertijd ook die van mij. Alfacent en ik zetten onze reis samen tot ver in de toekomst voort.'

Zijn blik wordt nu ernstig. 'Ik heb kanker, weet je. Volgens de huidige medische expertise heb ik nog één, hooguit twee jaar. Veel te kort om alle grote dingen te doen die nog voor ons liggen. Dus ben ik van plan om mezelf meer tijd te geven. Of om de tijd stil te zetten, als je de voorkeur geeft aan die beschrijving. Voordat de ziekte van mij wint.'

Gunnar last een retorische pauze in, alsof hij wacht totdat Hills hersenen hebben verwerkt wat hij net heeft gezegd. Dat duurt een paar tellen.

'Je... je bent van plan je te laten invriezen?'

Gunnars gezicht barst open in een brede glimlach. 'Wij geven de voorkeur aan "vitrificatie". En jij zult mijn geschiedenis vertellen, m'n beste Martin. Mij van Ufo-Gunnar veranderen in de Man van glas.'

Asker

Ze is weer thuis, werkt een diepvriesmaaltijd naar binnen terwijl ze haar gesprek met Attila doorneemt. Dus Tord Korpi, die een expert was in ondergrondse constructies, is op Stjärneholm geweest. Volgens Martin bestaan er broodjeaapverhalen over een ondergrondse installatie op het landgoed die hij hoopt te vinden tijdens zijn werk aan dat boek in opdracht. Tel daarbij op dat de rit van de Farm naar het Miresjön net onder één uur duurt en de conclusie is niet al te vergezocht.

De opdrachtgever die Korpi heeft betaald met rollen bankbiljetten is het landgoed Stjärneholm.

De antwoorden op de vervolgvragen hebben wat vagere contouren.

Zijn het motief voor de moord en de dader ook binnen de muren van het terrein te vinden? Wat zou Korpi gezien of gedaan kunnen hebben dat het hem het leven heeft gekost en wie heeft hem daarvan beroofd?

Ze moet Martin Hill spreken, haar eigen insider.

Ze heeft hem al een aantal keer geprobeerd te bellen, maar krijgt steeds direct zijn voicemail. Dus stuurt ze hem een sms en wacht ze ongedurig tot hij terugbelt.

Een signaal doet haar opkijken. Het beveiligingssysteem van het huis laat haar zien dat er een auto de oprijlaan is ingereden. Vervolgens nog één en nog één.

Ze kijkt uit het raam en ziet twee burgerwagens van de politie en dan twee busjes van de speciale eenheid op de granietplaten voor de ingang. Dat kan geen goed nieuws zijn.

Wanneer ze naar buiten stapt is Hellman al halverwege haar buitentrap met Eskil en twee andere collega's van Zware Criminaliteit op zijn hielen. Achter hen is de speciale eenheid aan het uitladen.

'Wat is er in godsnaam aan de hand?' vraagt ze.

'Hoe ziet het eruit?' zegt Hellman afgemeten. 'We komen hier een huiszoeking doen in de jacht op je vader.'

Asker knijpt haar lippen samen.

'Dus Per is ontsnapt? Wanneer was dat?'

Hellman en Eskil kijken elkaar aan. Asker snapt ineens wat er aan de hand is.

'Jullie denken verdomme toch niet dat hij hier verstopt zit?' zucht ze.

'Waar was je vanochtend om halfnegen?' keft Eskil.

'Bij een collega,' antwoordt ze. 'Bij Kent Atterbom om precies te zijn. Hier, ik geef je zijn nummer.'

Ze haalt haar telefoon tevoorschijn en houdt het nummer omhoog.

Eskil en Hellman wisselen een blik. Het is duidelijk dat ze beiden weten wie Attila is. Eskil gebaart naar een van de andere collega's om het nummer over te nemen en te gaan bellen om het te controleren.

'En wat deed je bij Atterbom?' vraagt hij dan.

'Dat gaat je geen reet aan, Eskil,' antwoordt ze. 'Vertel, hoe is het jullie genieën gelukt om Per kwijt te raken?'

'Hij kreeg een hartritmestoornis, de dokter stuurde hem naar de spoedeisende hulp,' zegt Eskil die klaarblijkelijk de rol van tussenpersoon op zich heeft genomen. 'Hij slaagde erin om daar uit een raam te klauteren en te verdwijnen. We zijn nog bezig de details in elkaar te passen.'

'Maar jullie zijn meteen hierheen gereden. Hoezo dan?'

Eskil richt zijn blik op haar. 'Per had een helper op de spoedeisende hulp. Een vrouw. Zij liet het brandalarm afgaan om verwarring te stichten en hielp hem naar buiten terwijl iedereen druk bezig was met ontruimen.'

Een vrouw. Die informatie is interessant.

'En toen dachten jullie in alle ernst dat ik dat was?' zegt ze.

Niemand reageert, wat op zich ook niet nodig is. De speciale eenheid voor haar huis spreekt boekdelen. Wat een ongelooflijke idioten.

Ze kan probleemloos bedenken welk scenario zich heeft afgespeeld.

'Hij had alles van tevoren voorbereid,' zegt ze. 'De hartritmestoornis was vast echt, vermoedelijk kreeg hij die van een paar pilletjes die hij de cel in heeft weten te smokkelen. Als ik moest gokken, zou ik zeggen dat ze in zijn handprothese zaten. Zijn helpster wachtte in alle rust tot de bewaring hem op de spoedeisende hulp afleverde, voordat ze het brandalarm liet afgaan. Een doktersjas, een stethoscoop en een zelfverzekerde houding, veel moeilijker is het vast niet geweest.'

Hellman kijkt haar sceptisch aan. 'En hoe heeft Per dan contact gehad met zijn helpster? Hoe wist ze dat het tijd werd voor het vluchtplan? Hij zat opgesloten onder het zwaarste regime en de enige die hem heeft bezocht ben jij.'

Asker kijkt terug. 'Je bedoelt dat ik voor boodschapper zou hebben gespeeld?' Ze schudt het hoofd. 'Wat jullie slimme jongens vergeten in jullie gretigheid om deuren in te trappen, is dat ik Per nog maar een paar dagen geleden aan jullie heb overgedragen. Dat deed ik omdat ik wilde voorkomen dat jullie op de Farm Wild Westen gingen spelen en een bloedbad veroorzaakten. Met Per achter slot en grendel was er geen risico dat er iemand iets zou overkomen, dus waarom zou ik hem dan in godsnaam plotseling helpen ontsnappen?'

Hellman en Eskil kijken elkaar weer aan, alsof ze allebei verwachten dat de ander de vraag zal beantwoorden. Geen van beiden doet het.

Asker trekt een misnoegde grimas. 'Per is geen gewoon boefje. Informatie uit een cel in het huis van bewaring krijgen is niet bijzonder moeilijk voor iemand die dat van tevoren heeft gepland. Maar als jullie mij werkelijk verdenken van lekken, dan stel ik voor dat jullie mij onmiddelijk aanhouden en meenemen naar het bureau.'

Ze steekt bereidwillig haar handen uit.

Hellman staart haar woest aan, lijkt zelfs nog te overwegen om haar boeien om te doen. Een paar seconden staan ze zo recht tegenover elkaar.

De collega die de opdracht kreeg om Attila te bellen, onderbreekt hun staarspelletje.

'Ik heb Atterbom gesproken,' zegt hij. 'Hij bevestigt dat ze daar was vanochtend.'

Asker zwaait een beetje met haar handen.

'Nou?' zegt ze. 'Hoe willen jullie het hebben?'

Hellman reageert niet, perst zijn lippen alleen op elkaar als om te voorkomen dat hij iets gaat zeggen wat hij niet moet doen. De speciale eenheid is gestopt, wacht op orders.

'Wat doen we nu?' vraagt Eskil zijn chef.

'Niets,' komt Asker ertussen en ze laat haar handen zakken. 'Aangezien ik een alibi heb en er daarom geen gerede verdenking tegen mij is, kan er ook geen sprake zijn van een huiszoeking. Toch, Jonas?'

Hellman staart alleen maar naar haar. Zijn ogen zijn zwart, het gezicht krijtwit.

'Oké, jongens,' zegt ze. 'Leuk dat jullie even langskwamen. Jullie komen er zelf wel weer uit, hè?'

Ze loopt weer naar binnen en trekt de deur achter zich dicht.

Haar vader is weer op vrije voeten en als je weet hoe Per in elkaar zit, dan is het niet moeilijk om achteraf zijn gedachtegang te achterhalen. Haar vader laat nooit iets over aan het toeval. Al toen Korpi nooit meer opdook om zijn geld terug te krijgen, moet Per hebben vermoed dat de man dood was en hijzelf in het ergste geval het risico liep verdacht te worden.

En zelfs al heeft het wel zestien jaar geduurd voordat dit scenario werkelijkheid werd, hij werd er evengoed niet door verrast en was wel voorbereid.

Eerst krijgt Per haar zover hem te helpen door te dreigen dat hij een bloedbad zal aanrichten onder politiemensen.

Hij houdt er rekening mee dat ze vroeg of laat zal proberen hem over te halen zich te laten oppakken en aanhouden, waar hij in meegaat, aangezien hij weet dat het de onderzoekers onder druk zet en dwingt om hun kaarten voortijdig op tafel te leggen. Het bewijs om hem in voorlopige hechtenis te krijgen is vooralsnog dun en als ze hem weer moeten laten gaan, komt het onderzoek in zwaar weer terecht.

Bovendien zet zijn aanhouding haarzelf onder druk om een andere mogelijke dader te vinden.

Tegelijkertijd weet Per dat Isabel op informatie over zijn schuld zit, informatie die hem in voorlopige hechtenis kan doen belanden en misschien zelfs veroordeeld kan laten worden, en dus heeft hij een back-upplan voor het geval dat zijn ex-vrouw ervoor kiest om het bewijs aan Hellman over te dragen of zijzelf er niet in slaagt zijn onschuld te bewijzen.

En ze weet precies wat het startschot voor dat back-upplan is geweest, weet hoe het Per is gelukt om met zijn helpster te communiceren. Dat had ze moeten doorhebben op het moment dat ze de tracker onder haar auto ontdekte. Dat hele gedoe met haar als juridisch vertegenwoordiger van Per was alleen maar een rookgordijn. Wat hij eigenlijk wilde bereiken was dat zij naar het huis van bewaring zou komen om hem te bezoeken. Een manoeuvre zou maken die de helpster kon volgen met de tracker. Haar route daarheen was het signaal dat ze overeen waren gekomen. Zodra ze het huis van bewaring binnenstapte, wist de helpster dat het tijd was om het vluchtplan in gang te zetten.

Prepper-Per heeft haar gebruikt, gemanipuleerd net zoals hij altijd al heeft gedaan.

Precies waar Martin haar voor heeft gewaarschuwd.

Hellman en haar vader stevenen af op een verwoestende botsing.

Ondertussen loopt een moordenaar al zestien jaar vrij rond, een moordenaar van wie ze misschien eindelijk een echt spoor heeft gevonden.

Tord Korpi heeft gewerkt voor het landgoed Stjärneholm, een plek vol geheimen. Dat is een veelbelovende ingang. Maar om die te onderzoeken moet ze van voren af aan beginnen.

Minder als Per denken en meer als Leo, precies wat Martin zei. En tegelijkertijd moet ze meer hulpmiddelen zien te krijgen.

Hill

Ze wandelen langs dezelfde weg terug naar de boot. Gunnar Irving praat constant. Schetst richtlijnen voor het boek, hoofdstuk voor hoofdstuk, met groot enthousiasme. 'De balans opmaken van mijn levenswerk,' zoals hij het project noemt.

Samuel houdt zich als gewoonlijk op de achtergrond, maar Nova luistert aandachtig, lijkt elke zin gretig in zich op te nemen. Aanvankelijk doet Hill dat ook. Gunnar Irving heeft een charismatische aantrekkingskracht waar haast geen verweer tegen is.

Maar dan passeren ze het ryolietblok met de erin gegrifte, amper zichtbare letters en lijkt de betovering wat af te nemen.

Twee jonge mannen zijn hierheen gekomen vanwege Gunnars verzonnen verhaal.

En op de terugweg zijn ze verdronken in het koude water.

De gedachte maakt Hill plotseling onpasselijk.

En nu heeft Gunnar hem deelgenoot gemaakt van die leugen.

Niet vanwege een slecht geweten, niet omdat hij excuus wil vragen voor de leugens die hij ruim vijftig jaar heeft verteld, maar omdat hij niet herinnerd wil worden als Ufo-Gunnar.

En als klap op de vuurpijl wil Gunnar nu zijn oude sprookje vervangen met een nieuw narratief dat nog excentrieker, om niet te zeggen nog narcistischer is. De vader van de cryonica worden. Hij die de natuur heeft verslagen en de mens het eeuwig leven heeft gegeven.

Wil Hill überhaupt wel een boek met zo'n doelstelling schrijven?

Wanneer ze bij de steiger komen en aan boord gaan, tovert Nova een fles champagne uit een koelbox en schenkt ze drie glazen in. Ondertussen vaart Samuel kalmpjes uit, terug naar Stjärneholm.

'Proost op ons boekproject, m'n beste Martin!' roept Gunnar uit. 'Proost op *De man van glas*!'

Hill perst een glimlach tevoorschijn en nipt van de champagne. Gunnar lijkt in topvorm te zijn. Tijdens de overvaart naar de oever van het landgoed vertelt hij een lange anekdote over het onderzoeksproces waarin Alfacent de kunsthartklep ontwikkelde die Hill in zijn borstkas heeft zitten.

'Ik heb lang allerlei soorten boekprojecten afgewezen,' zegt hij. 'Maar toen Nova vertelde dat jij een van onze kleppen in je borst hebt, ben ik van mening veranderd. Ik voelde dat we een connectie hadden. En nu ik je ontmoet heb, kan ik alleen maar concluderen dat dat gevoel klopte. Je bent deel van de Alfacent-familie, Martin. Een van ons.'

Gunnar slaat hem op zijn rug en Hill doet zijn best om zich mee te laten slepen in de opgewekte stemming. Maar dat is niet zo simpel.

'Nog meer champagne?' vraagt Nova wanneer Hill zich er niet toe kan zetten om Gunnars uiteenzetting te beantwoorden. Ze vult hun glazen. 'En je had toch een cadeautje voor Martin, papa?'

'Ja, dat is waar.' Gunnar begint nog meer te stralen.

Nova zet de fles weg, opent een kastje en haalt een pakje in cadeaupapier tevoorschijn dat ze aan haar vader geeft.

'Dit, mijn beste Martin, is voor jou,' zegt Gunnar en reikt Hill het pakje aan. 'Een klein cadeautje ter inspiratie zou je kunnen zeggen. Maar je mag het pas openmaken als je weer in Villa Arcturus bent.'

Hill neemt het pakje aan. Het heeft de vorm van een koker en is behoorlijk zwaar. Klotst lichtjes alsof er een vloeistof in zit.

Eenmaal op de steiger bij Stjärneholm neemt Gunnar afscheid. 'We spreken elkaar snel weer. Neem een paar dagen om alles te verteren, dan kijk ik ernaar uit om te horen wat je denkt, nu je het hele plaatje voor ogen hebt gekregen.'

Gunnar schudt hem enthousiast de hand en grijpt hem met de andere hand zelfs even vertrouwelijk bij de elleboog.

Nova rijdt Hill terug in de golfkar.

'Nou Martin, wat denk je ervan?' vraagt ze als ze een stukje gereden hebben.

Hill weet niet goed waar hij moet beginnen. Hij wil vragen of zij wist dat Gunnar het ufoverhaal had verzonnen, maar kiest na een paar seconden bedenktijd om dat onderwerp te vermijden.

'Hoelang denkt Gunnar ingevroren te blijven?' vraagt hij in plaats daarvan.

'Wij noemen het bij voorkeur vitrificatie,' antwoordt Nova. 'Tot we een remedie voor zijn ziekte hebben gevonden. Het is mijn taak om leiding te geven aan dat werk en op het moment is er geen tijdspanne voor. Het kan om tien, twintig jaar gaan. Misschien nog langer.'

Hill probeert nog steeds grip op de situatie te krijgen. 'En al die tijd ligt hij ergens in een vriestank te wachten?'

'Dat is een nogal crue beschrijving van een uiterst gecompliceerd proces, maar het korte antwoord op je vraag is "ja". Zijn lichaam zal worden bewaard in een cryokamer waar de omstandigheden minutieus worden gecontroleerd en in de gaten gehouden.'

'Waar dan?'

Ze schiet in de lach.

'Op een veilige, goed gemonitorde plek. Daar zul je genoegen mee moeten nemen.'

'Maar stel dat Gunnar nooit te genezen zal zijn. Waarom dan de korte tijd die hij nog heeft op het spel zetten en niet daar het beste van maken?'

'Een goede vraag, Martin,' antwoordt Nova. 'Het blijft natuurlijk een afweging, een prijs die je moet betalen. Maar het is wel zo dat elke prijs laag is als de beloning in de andere weegschaal eeuwig leven is, toch?'

'Hm.'

Hill zwijgt even terwijl ze de fontein met de Man van glas passeren.

Gunnar is eeuwig. Onsterfelijk.

Precies zo zei Karin Irving het slechts een paar dagen geleden.

Toen dacht hij nog dat het maar het geklets van een verwarde vrouw was.

'Gunnar ziet de wereld anders,' zegt Nova alsof ze gemerkt heeft dat Hills hersenen er nog mee worstelen. 'Hij denkt groter, stoutmoediger. Hij heeft zich al vroeg afgevraagd waarom de mens zich zou laten inperken door de dood. Maar stilzwijgend zou aanvaarden dat onze tijd beperkt is. Cryonica biedt hoop dat niet alles maar ophoudt. Dat we kunnen terugkeren, herrijzen, verder leven.'

Ze mindert wat vaart, draait zich naar Hill alsof ze zich ervan wil vergewissen dat hij begrijpt wat ze zegt. 'Eigenlijk zijn het precies dezelfde ideeën die mensen zich duizenden jaren lang tot religie hebben doen wenden. De hoop op een leven na dit leven. Een licht aan het eind van het duister. Het verschil is dat de hoop die Gunnar biedt niet op geloof is gebaseerd, maar op wetenschap.'

'En jullie geloven werkelijk dat het zal werken? Dat hij weer tot leven zal zijn te wekken?'

Nova glimlacht scheefjes. 'Gunnar doet al ruim twintig jaar onderzoek in cryonica. Wij geloven het niet, wij weten het.'

Nova parkeert de kar voor Villa Arcturus en loopt met Hill mee naar binnen. Ze zet het cadeau van Gunnar op de ladekast in de hal.

'Ik begrijp hoe je je voelt, Martin. Gunnar ontmoeten kan je wereld op zijn kop zetten. Mevrouw Schiller heeft avondeten voor je geregeld zodat je in alle rust kunt bijkomen. Het staat in de koelkast.'

Ze maakt een gebaar naar de keuken, lijkt zich klaar te maken om weer te gaan. 'O ja, nog één ding. Het klinkt misschien vanzelfsprekend, maar ik moet je er wel aan herinneren dat je een geheimhoudingsclausule hebt ondertekend en dat niets van wat je net hebt gehoord, gepubliceerd of verspreid mag worden buiten het kader van het boekproject. Naar niemand.'

'Natuurlijk niet,' mompelt Hill.

'Mooi. Een fijne avond dan nog, Martin, en zorg dat je goed uitrust. Morgen begint er weer een spannende week.'

Hij heeft Nova Irving net dag gezegd en een glas water met een hoofdpijnpilletje naar binnen gekieperd, als hij een berichtje van Leo krijgt.

Ik denk dat Tord Korpi voor Stjärneholm heeft gewerkt. Heb je tijd om te praten?

Hill schrikt op. Hij staat op het punt haar te bellen, maar bedenkt zich dan.

Die drone laatst 's avonds, Samuel en mevrouw Schiller die bij Bernhards graf opdoken, Nova's opmerkingen over dat hij Maud had getroffen. Dat alles bij elkaar doet hem steeds sterker vermoeden dat de app hem werkelijk monitort.

Op het moment niet tikt hij met tegenzin. *Morgen lunchen? Ik bel je een uur daarvoor.*

Hij kan de stipjes weer zien knipperen. Vrij lang ook alsof ze een lang antwoord aan het formuleren is, en Hill vindt dat hij dat moet voorkomen.

Onbetrouwbaar netwerk tikt hij. Het is precies cryptisch genoeg, kan voor een buitenstaander van alles betekenen, maar hij hoopt dat Leo het snapt.

De stipjes gaan pardoes uit. Verschijnen dan weer snel.

Ok bericht ze alleen maar.

Hill wist de berichten.

Hij loopt naar de keuken en doet de deur van de koelkast een stukje open. Er staan een paar aluminium bakjes in met zijn naam erop. Mevrouw Schiller is blijkbaar zonder te vragen in zijn onderkomen geweest, wat zijn gevoel in de gaten te worden gehouden nog verder versterkt.

Een klop van de deurklopper onderbreekt zijn gedachten.

Maud Irving staat voor de deur. Achter haar een zwarte auto die hij niet aan heeft horen komen.

'Hallo, hoe is het met je hoofd?' vraagt ze met een glimlach.

'Beter, dank je.' Hill strijkt even langs de wondtape. 'Gelukkig was er een dokter in de zaal.'

'Zeg dat wel.'

Hij aarzelt een paar tellen.

'Wil je binnenkomen?' zegt hij, ook al is hij eigenlijk veel te moe voor gezelschap.

'Dank je, maar ik moet nog weg voor een paar dingen. Ik wou je vooral vragen of je straks zin hebt om te komen eten. Het was gezellig gisteren...'

Hill slaakt een zucht van spijt.

'Dat zou supergezellig zijn, maar ik ben doodop. Mevrouw Schiller heeft eten voor me geregeld. Ik was van plan vroeg naar bed te gaan.'

'O.' Ze klinkt teleurgesteld.

'Maar morgen graag,' voegt hij er snel aan toen. 'Heel graag!'

'Ik rij morgen naar Malmö om Elsa op te halen,' zegt ze. 'Ik weet niet of we rond etenstijd al terug zijn.'

'Oké.'

Hill voelt even zijn geweten opspelen en overweegt of hij ondanks alles toch moet ingaan op de uitnodiging te komen eten. Maar op het moment is hij zo moe dat hij amper nog helder kan denken. Zijn hoofd loopt om van de gevoelens en gewaarwordingen.

'We kunnen morgen verder kijken,' zegt hij. 'Ik wil je heel graag zien, ik heb alleen een lange dag gehad.'

'Ja, ik zag dat Nova je terug kwam rijden,' antwoordt Maud. 'Heeft ze je mee op avontuur genomen?'

'We zijn naar Blockön geweest. Gunnar was er ook.'

'Aha.' Hij merkt dat ze probeert te doen alsof het haar niets doet. 'Was het wat je je ervan voorgesteld hebt?'

Hill haalt zijn schouders op. 'Het was in ieder geval een spannend uitstapje. Leerzaam. Gunnar is bijzonder...'

'Noemde hij mij nog?' vraagt ze haastig, als in het voorbijgaan.

Hill talmt met het antwoord. Zal hij vertellen hoe het was, dat Gunnar het alleen maar over zichzelf had? Dat het enige waarom hij leek te geven zijn eigen onsterfelijkheid was?

Hij kijkt tersluiks naar Maud. Haar blik is bijna smekend.

'Uh ja, jawel,' zegt hij ten slotte.

'Wat zei hij dan?' De spanning en verwachting spatten tegelijk van haar gezicht.

'Hij zei dat je als directeur goed werk hebt geleverd. Dat hij aan het nadenken was over je rol voor de toekomst.'

'Aha.'

Maud is gaan stralen en Hill beseft dat hij het gesprek moet afsluiten voordat hij zich in de nesten werkt met nog meer leugentjes om bestwil.

'Ik geloof dat ik een douche moet gaan nemen en dan maar naar bed ga...' Hij maakt een gebaar over zijn schouder.

'Natuurlijk,' zegt ze. 'Je ziet er eerlijk gezegd ook doodop uit. Ik spreek je morgen.'

Ze stapt naar voren en kust hem zacht op zijn wang. Draalt een paar tellen te lang zodat hij haar geur kan ruiken en haast spijt krijgt van zijn besluit.

Hill blijft haar auto staan nakijken tot die verdwijnt. Het is vast niet makkelijk om een kind van Gunnar Irving te zijn. Net als Nova is Maud haast geobsedeerd door haar vader. Neemt ze dankbaar het geringste teken van bevestiging aan, al is het maar even ter sprake komen.

Ook al heeft Gunnar haar en haar moeder en broer verstoten toen ze nog kind was, ook al heeft hij haar het directeurschap ontnomen, toch blijft ze hier. Woont ze op Gunnars landgoed, woont ze opnieuw in het huis van haar jeugd en hoopt ze weer in de armen van haar vader te worden gesloten.

Hij doet de deur dicht en op slot met de knop en met de grendel aan de binnenkant. Trekt er een paar keer aan om zich ervan te verzekeren dat hij op slot zit.

Op het kastje in de hal staat het kokervormige pakje dat hij van Gunnar heeft gekregen.

Hij neemt het mee naar de woonkamer en scheurt het cadeaupapier eraf. In het pakje zit een grote glazen cilinder met een verzegelde deksel.

Binnenin zweeft gewichtloos in een bad formaline een kikkertje. De ogen zijn gesloten, het lijfje uitgestrekt. De buik is zo dun dat je er recht doorheen kunt kijken. Het piepkleine kikkerhartje in zijn borstkasje kunt ontwaren.

Het lijkt alsof hij slaapt.

Helemaal onder op de cilinder zit een klein etiket.

'Glaskikker, *centrolene geckoideum*.'

Hill kan een rilling niet onderdrukken.

De man van glas

Hij volgt de gangen in het diepe duister. Steekt de onderaardse beken over, hoort de geluiden van de blinde wezens die erin rondkronkelen.

Zoals altijd zijn ze slim genoeg om uit zijn buurt te blijven.

De honger snijdt door hem heen, geeft hem geen rust.

Een deel van hem heeft spijt dat hij daar vannacht niets aan heeft gedaan. Hen samen in haar bed zien zonder iets te doen vergde alle zelfbeheersing die hij heeft. Maar voor haar ogen kan hij niemand iets aandoen. Die vergissing mag hij nooit meer maken.

Maar vannacht is zij hier niet.

Hij volgt de gang die hem de goede kant op leidt. Volgt de rotswand met zijn ene hand. Hij kent elk uitsteeksel, elke steen, elke barst.

Het gruis knarst zacht onder zijn zware schoenen. Overal de lucht van vocht en aarde en rots.

Van duisternis.

Hier is hij thuis. Veilig.

Zijn ogen zijn nu zo lichtgevoelig dat zelfs het diepste duister geen hindernis meer is.

De prins van de onderwereld.

Hij komt bij de trap, volgt het koude metaal naar boven totdat hij bij de stalen deur staat.

Drukt de klink omlaag en opent de deur.

In Villa Arcturus heerst de nacht, is alles roerloos en stil.

Hij sluipt de keldertrap op en duwt de deur naar de hal voorzichtig op een kiertje.

Al aan de geur merkt hij dat de Vreemdeling er is. Dat hij alleen is. Dat er geen enkel gevaar dreigt.

Eindelijk.
Hij sluipt behoedzaam door de donkere woonkamer.
Hij kan de ademhaling van de Vreemdeling in de slaapkamer horen, het zwakke geluid van zijn hart bespeuren.
Tegelijk dat van hem steeds harder voelen kloppen.
Straks zal hij de tocht weer aanschouwen.
Volgen hoe de Vreemdeling het donker in trekt.
Zijn honger stillen.
Dan houdt hij plotsklaps halt.
Er staat iets op de salontafel in de woonkamer. Een vertrouwd voorwerp dat daar niet zou moeten staan, maar er toch staat.
De glaskikker die de Vader ooit aan hem heeft gegeven toen hij nog prins Pollux was.
Hij loopt naar de cilinder en gaat er op zijn knieën voor zitten.
Zo dichtbij dat zijn adem beslaat op het glas.
Het kikkertje slaapt nog altijd. Je kunt het kleine hartje dwars door de dunne buik heen zien.
Heel even voelt hij zich weer een jongetje.
Helemaal geboeid. Onschuldig.
Gelukkig.
En dan begint uit het niets het hartje plotseling te kloppen. Het kikkertje stuiptrekt en opent zijn oogjes. Staart hem recht aan met zijn zwarte ogen terwijl zijn hartje mechanisch klikt.
Geschrokken schiet hij achteruit en stoot tegen een stoel die over de vloer schraapt. In de slaapkamer snuift de Vreemdeling luid, alsof hij op het punt staat wakker te worden.
Hij staart weer naar de glaskikker. Die is weer roerloos. Levenloos.
Misschien was het allemaal inbeelding.
Of een teken.
Een waarschuwing van het almachtige oog.
Van hem die alles ziet.

Maandag

Asker

Durven vertrouwen. Daartoe heeft Madame Rind haar aangespoord.

En Martin heeft op zijn eigen enigszins overdreven, maar tegelijk zorgzame manier geprobeerd om haar meer te laten vertrouwen op haar buikgevoel.

Minder Prepper-Per en meer Leo.

Per vertrouwt niemand, ook zijn eigen intuïtie niet. Hij gelooft in planning, controle. In logica en waarschijnlijkheidsleer, niet in menselijkheid. En zelf heeft ze ook veel te lang die richting gevolgd.

Ze was al vroeg aanwezig op verdieping min één en heeft het lege kantoor aan het eind van de gang leeggeruimd. Het kantoor dat Sandgren als geheime onderzoeksruimte gebruikte toen hij achter de Bergkoning aan zat.

Het was maar een paar weken terug dat ze het ontdekte, maar het lijkt beduidend langer geleden.

Ze heeft het whiteboard laten staan en er een rijtje klapstoelen tegenover gezet. Ze heeft zonet een paar kaneelbroodjes opgewarmd in de magnetron in het keukentje en is daar de hele gang mee doorgelopen waardoor de geur zich over de hele afdeling heeft verspreid.

Het trucje werkt.

Gelokt door de geur komen haar medewerkers binnenvallen, één voor één met een koffiebeker in de hand. Eerst Virgilsson, dan Zafer en ten slotte Rosen. De verloren zielen kijken eerst in verwarring naar elkaar en dan naar haar, voordat ze zich elk van een broodje voorzien en na enige aarzeling gaan zitten.

Als het precies acht uur is, schraapt Asker haar keel.

'Goedemorgen, allemaal. Ik vond het hoog tijd dat we op onze afdeling eens begonnen met echte ochtendbijeenkomsten. Dat we elkaar vertellen waar we aan werken en proberen onze middelen daar te concentreren waar ze het meest van nut zijn.'

Asker stopt, zoekt naar tekens van instemming, maar vindt die niet. Er komt een geluid van de gang. Een tel later staat Attila in de deuropening. Hij heeft zich geschoren en walmt naar aftershave en pepermuntjes.

'Sorry dat ik te laat ben,' mompelt hij en gaat achteraan zitten.

Asker begint opnieuw. 'Ik werk aan twee grote zaken waarbij ik hulp nodig heb.' Ze kijkt naar het groepje medewerkers. 'Waarbij ik júllie hulp nodig heb.'

Ze tekent twee kolommen op het bord.

Eentje voor Tord Korpi, Stjärneholm en de familie Irving, en eentje voor Prepper-Per. Legt dan uit hoe beide zaken samenhangen en waar ze zelf in beeld komt.

'Dus je wilt dat wij je gaan helpen, met je vader vinden en met uitzoeken wie de moord eigenlijk heeft gepleegd waarvan hij wordt verdacht,' vat Virgilsson het samen. 'En dat terwijl andere collega's met alle middelen die de overheid ter beschikking staan ook jacht op hem maken?'

Asker spreidt haar armen uit. 'Kort gezegd: ja.'

Virgilsson trekt de wenkbrauwen hoog op. 'En je bent je bewust dat dit type... activiteiten... ons allemaal onze baan zou kunnen kosten?'

'Ik ben de afdelingschef,' antwoordt Asker resoluut. 'Jullie handelen op mijn bevel, wat betekent dat ik de enige ben die zijn baan op het spel zet. Voor jullie is dat alleen maar een kans om jullie competentie in te zetten voor iets zinnigs. Geen taakjes voor spek en bonen maar een scherpe speurtocht naar een voortvluchtige en een moordenaar. Wanneer hebben jullie daar voor het laatst aan meegedaan?'

De vier collega's kijken tersluiks naar elkaar.

'In ruil voor jullie hulp ben ik natuurlijk bereid om...' Ze is even stil, heeft extra geoefend op juist dit deel van de presentatie. '... om flexibiliteit te tonen ten aanzien van jullie wensen rondom de arbeidsomstandigheden op de afdeling. Ik neem jullie voorstellen voor verbeteringen graag in ontvangst.'

Nog meer stilte, meer blikken. De afdeling lijkt er niet warm voor te lopen, maar Asker besluit toch haar verhaal af te maken. Het wordt buigen of barsten.

'Om te beginnen heb ik hulp nodig een auto op te sporen die vermoedelijk is gebruikt bij de ontsnapping uit het ziekenhuis gisterochtend. Het is een zilverkleurige auto, mogelijk een Kia. De eerste letters van het kentekennummer zijn CL en het eerste cijfer is een 1 of een 7. Er zijn op een paar plekken bij het ziekenhuis bewakingscamera's, dus als we die opnames te pakken kunnen krijgen –'

'Nee,' onderbreekt Zafer haar pardoes en als gewoon een paar decibel te hard.

Alle blikken in het vertrek richten zich op hem.

'Hier...' – hij slaat zijn armen in labjasmouwen over elkaar – 'moet je geen tijd aan verspillen.' Hij duwt zijn bril streng tot op zijn neusbrug.

Asker voelt de moed al naar haar schoenen zinken.

'Er is een betere manier,' vervolgt hij. 'Die tantes maken het parkeerterrein bij het ziekenhuis continu onveilig, dat weet iedereen. Stelletje razende troela's. Om te beginnen gaan we na wie er zondag een boete heeft gehad. Het parkeergeld wordt betaald met een app, dus als de boetes niets opleveren, heeft de bestuurder de app gebruikt om te betalen. Tijdstip, kenteken et cetera, alles staat in de app geregistreerd.'

'Als we toegang krijgen tot de gegevens van het voertuig, kan ik die checken in andere registers,' mengt Rosen zich in de discussie. 'Zou simpel moeten zijn om de juiste auto te vinden.'

'Maar kunnen we aan de gegevens komen die we nodig hebben?' Asker wendt zich weer tot Zafer die de schouders ophaalt.

'Als we hulp krijgen van parkeerbeheer. Je kunt natuurlijk de officiële weg bewandelen, maar dat schijnt alleen maar tot vragen te leiden.'

Het is een paar seconden stil.

Dan kucht Virgilsson.

'Nou, uh... Hier kan ik misschien behulpzaam zijn,' zegt hij peinzend. 'Ik ken toevallig iemand die voor dat parkeerbeheer werkt. Ik kan hem eens vragen, een beetje discreet.'

'Uitstekend.' Asker probeert niet te lachen.

'Terwijl we daarop wachten, ga ik de registers na op Stjärneholm, de familie Irving en het Miresjön,' zegt Rosen. 'En daarna probeer ik te achterhalen wat er met de auto is gebeurd die Tord Korpi tot zijn beschikking had toen hij verdween. Waarover Kent notities heeft gemaakt.'

'Mooi.'

Asker kijkt met een schuin oog naar Attila. De stugge man is de enige die nog niets heeft gezegd. Wanneer hij opkijkt en hun blikken kruisen, lijkt hij dat zelf ook te beseffen.

'Ik kan eens vragen bij mijn oude collega's bij de Säpo,' mompelt hij. 'Horen of iemand zich iets herinnert over Tord Korpi en Stjärneholm. Het is een gok, maar wel het proberen waard.'

'Heel goed,' concludeert Asker. 'Het klinkt alsof we allemaal een hoop te doen hebben. We kijken bij de middagkoffie hoever we zijn. Dan zijn er koffiebroodjes. Bedankt, allemaal.'

Ze sluit de vergadering af en de verloren zielen verdwijnen kletsend met elkaar naar hun kantoren.

Voor haar is het ook duidelijk wat haar te doen staat.

Lunchen met Martin.

Hill

Ook al was hij gisteravond uitgeput, toch heeft hij slecht geslapen. Hij heeft gedroomd over het Blockön, het wezen, de inkervingen in het blok ryoliet die het laatste spoor vormden van Nick en Elis.

De vragen dienen zich opnieuw aan. Moet hij zich terugtrekken uit het hele boekproject? Kan hij dat? Wil hij het?

Want zelfs al is het ufoverhaal een verzinsel, er zijn nog veel mysteries op te lossen.

De reus met rode ogen die hem achternazat, de geheime zolderruimte, de gangen onder Stjärneholm. En Bernhards oude schetsboekje.

Hij bladert door het boekje bij zijn ochtendkoffie. Onderzoekt het deze keer nauwkeuriger. Waarom wilde zijn geheime vriend dat hij het zou vinden?

De bladzijdes staan weliswaar voor een deel vol schetsen, maar een even groot deel van de inhoud bestaat uit ideeën en overpeinzinkjes. Dat lezen is bijna een stiekem inkijkje in het brein van Bernhard Irving.

Hill zoekt de tekening terug van Freddie die in 1951 zo in een bed lag dat Bernhard haar wel na moest tekenen. De tekening is met zo'n behoedzame hand gemaakt dat je kunt zien dat dit iemand was om wie Bernhard gaf.

Hill vraagt zich nog steeds af wie ze is.

In het laatste kwart van het boekje staan minder schetsen. Worden ze vervangen door tabelletjes met getallen, de meeste met een minteken ervoor.

Ze lachen me uit! staat er ergens in de marge. *Maar ze vergissen zich. De meteoriet ligt daar in de diepte!!*

Op de laatste bladzijdes is het handschrift veranderd. Onregelmatiger geworden, vinniger. Er staan meer hoofdletters en onderstrepingen in de notities en de paar tekeningen stellen donkere tunnels en mijngangen voor, met water op de grond, waar houten stutten het plafond op zijn plaats houden.

WATERLEK, ARTUR ONGERUST! staat er niet ver van het eind, gevolgd door het woord *INSTORTINGSGEVAAR!*.

Op de allerlaatste pagina heeft Bernhard een paar vertwijfelde zinnen geschreven.

Alles is verloren. De mijn is ingestort, Artur is dood. Het geld is op.
Mijn laatste plicht is het om voor zijn Fredrika en kleine Karin te zorgen.
Dat ben ik Artur schuldig.
Hij was een goede vriend en ik heb hem op een verschrikkelijke manier in de steek gelaten.

De formulering blijft weergalmen door zijn hoofd.

Fredrika en kleine Karin. Artur Nilssons vrouw en dochtertje.

Karin die later met Gunnar zou trouwen en de moeder van Maud en Viggo zou worden. En haar moeder is Fredrika.

Freddie.

Hills adem stokt even.

Bernhard Irving had naar het zich laat aanzien een affaire met de vrouw van Artur Nilsson.

Hij denkt aan wat Karin Irving heeft gezegd over Villa Canopus: 'Het schip dat ons heeft gered van de zondvloed.'

Hellman

De scène in de briefingsruimte is bijna gelijk aan laatst: zijn eigen personeel is present, plus de in het zwart geklede leden van de speciale eenheid en hun chef. De kaart van de Farm op het grote beeldscherm. Maar de gezichten in de ruimte staan harder, resoluter.

Geen zachte heelmeesters meer, geen gemaar meer of consideratie. Per Asker zal mogen leren hoeveel het kost om te sollen met de politie.

Dat de ouwe vent een sociopaat is, is glashelder, bovendien is hij sluwer dan de meeste schurken. Maar hij is geen superieure vijand. Zelfs Per Asker heeft zijn zwakheden. Die ouwe zou het land hebben moeten verlaten. Maar Hellmans intuïtie als rechercheur heeft hem gezegd dat de oude vos dat niet zou doen. Dat hij in plaats daarvan zou terugkeren naar zijn hol.

Dus heeft hij iemand ingezet om de Farm uiterst discreet te bewaken en dat blijkt een goed besluit. Per Asker verbergt zich op dit moment in zijn zelfgemaakte bunker in de hoop dat alles zal overwaaien. Of misschien verwacht hij dat Leo hem nog een keer zal komen redden.

Hellman is nog steeds niet helemaal over de confrontatie voor haar huis heen. Ze provoceerde hem, probeerde hem te verleiden een misstap te begaan.

Het idee om haar in de boeien te slaan en tot onderwerping te dwingen was ongelooflijk aanlokkelijk. Raakte aan een aantal van zijn nachtelijke fantasieën.

Maar op het laatste ogenblik bezon hij zich. Liet hij zich niet door haar inpakken.

En nu was het tijd om het haar betaald te zetten.

'Dames en heren,' zegt hij. 'Het doelwit van deze inval heet dus

Per Asker en die is te bestempelen als gewapend en zeer gevaarlijk. We hebben informatie dat hij op delen van de Farm wellicht boobytraps heeft geplaatst, dus hebben wij hulp gekregen van onze vrienden van de krijgsmacht die meer ervaring hebben met boobytraps.'

Hij gebaart naar twee mannen in groen uniform die helemaal vooraan zitten. Dan wendt hij zich naar het scherm en klikt hij een filmclip tevoorschijn die afgelopen nacht is opgenomen. Er zijn een aantal barakken midden op de Farm op te zien.

'Zoals jullie zien is het hele terrein in het duister gehuld. Maar de surveillanten hebben dit rond drie uur ontdekt.'

Hij drukt op *play*. In een van de ramen is, voordat alles weer donker wordt, een paar seconden een zwak licht van een telefoon te zien.

'We hebben behalve dit lichtlek op hetzelfde tijdstip ook een aanwijzing gekregen via een van de warmtecamera's. Waarschijnlijk verbergt Per Asker zich in een ondergrondse ruimte om ontdekking te voorkomen. Maar zoals jullie op het filmpje zien heeft hij iets boven in een van de barakken moeten ophalen en toevallig zijn telefoon tevoorschijn gehaald.'

Hij wisselt het beeld weer terug naar de kaart.

'Voordat ik het woord geef aan de chef van de speciale eenheid, wil ik nogmaals beklemtonen dat Per Asker een gevaarlijke tegenstander is en verdacht wordt van moord. Hij weet dat we komen en heeft tijd gehad om zich voor te bereiden. We nemen met andere woorden geen enkel risico.'

Hellman stopt. Eigenlijk zou hij alle medewerkers willen instrueren om eerst te schieten en dan pas vragen te stellen, maar dat zou onprofessioneel zijn.

Bovendien hoeft dat niet. Iedereen weet al hoe het zit.

Asker

Martin en zij treffen elkaar in een wegrestaurant, ongeveer halverwege Stjärneholm en Malmö. Asker schetst het hele verhaal, eerst over Prepper-Pers ontsnapping, daarna hoe ze Tord Korpi aan Stjärneholm heeft weten te koppelen.

Martin luistert aandachtig zonder haar te onderbreken.

'Oké,' zegt hij wanneer ze uitgesproken is. 'Heb je een idee wie Pers helpster is?'

'Nee. Maar wie het ook is, ze heeft een ontsnapping uit het ziekenhuis geregeld en een tracker onder mijn auto geplaatst. Aarzelt niet om midden in de nacht achter me aan te rijden om me in de gaten te houden. Daar heb je zowel kennis als een motief voor nodig.'

'Een nieuw lid in Pers minisekte?'

'Precies. En het kunnen er meer zijn, dat weet ik niet.'

'En toch blijf je in die moord zitten wroeten? Waarom laat je Per niet gewoon de bak indraaien?'

'Omdat ik eerlijk gezegd geloof dat iemand probeert hem ervoor op te laten draaien en dus het risico bestaat dat er een moordenaar vrij rondloopt. En ik denk dat de hele boel iets met Stjärneholm te maken kan hebben.'

Ze vertelt over Attila's observaties en wacht dan gespannen op zijn reactie. Martin werkt voor de familie Irving en lijkt op goede voet te staan met Maud. Misschien is hij er niet zo dol op dat ze zijn opdrachtgever of iemand in de directe kring eromheen beschuldigt van een liquidatie.

Maar Martin lijkt het niet slecht op te nemen.

'Oké.' Hij fronst zijn voorhoofd. 'Je zei dat Korpi klussen deed voor Per en voor die sportschool. Wat voor klussen?'

'Ik weet het niet precies, maar hij was specialist in ondergrondse constructies. Volgens de sportschooleigenaar in Hörby, die ik laatst heb gesproken, had hij een hele groep Polen bij zich die waarschijnlijk van zijn gewone werk overdag kwamen. Ik vermoed dat dat op Stjärneholm was, dus wat ze ook hebben gebouwd, het is flink groot geweest.'

Martin lijkt na te denken.

'En dat was in 2006 toch?'

'Klopt. Kan het die grafkamer zijn waarover je in je boek hebt geschreven?'

Hij schudt het hoofd. 'Bernhard is in 1996 gestorven. Als er al een grafkamer bestaat, moet die veel eerder zijn gebouwd. Bovendien heb ik Bernhards grafsteen gezien. Maar ik heb informatie gevonden die erop wijst dat er in het hoofdgebouw nog een verdieping onder de kelder zit. Die kunnen ze gebouwd hebben.'

'Kun je dat een beetje discreet onderzoeken, denk je? Eens horen of iemand zich Korpi misschien herinnert?'

'Tuurlijk,' knikt hij. 'Ik word weliswaar op het ogenblik nog wat extra in de gaten gehouden, maar ik tref Maud Irving vanavond. Ze staat een beetje buiten de binnenste kring van de familie, dus kan ik wel een beetje vissen of zij iets weet.'

'Top.' Asker dempt het enthousiasme een tikje. 'Maar wees voorzichtig. Ik wil niet dat je je boekproject op het spel zet.'

Dat ontlokt een grimas bij hem. Er zit hem iets dwars, dat is duidelijk.

'Je hebt nog niet verteld hoe het op Blockön ging,' zegt ze. 'Hoe was Ufo-Gunnar nu werkelijk?'

Martin kijkt over zijn schouder voordat hij zich naar haar buigt. 'Zo wil hij niet meer worden genoemd,' zegt hij zachtjes. 'Gunnar vertelde dat hij het hele ufoverhaal heeft verzonnen om zijn vader zover te krijgen het bedrijf aan hem over te dragen. Het is allemaal een sprookje.'

Asker fluit tussen haar tanden.

'Wauw, wat een scoop. Ga je daarover schrijven?'

'Nee, Gunnar wil dat ik alles afzwak. Hij heeft andere plannen voor het boek.'

'Oké, maar je hebt wel het ufomysterie opgelost. Ben je daar niet blij mee?'

Hij haalt zijn schouders op. 'Ik heb zelf meegeholpen om dat ufoverhaal te verspreiden. Twee jongens hebben het gelezen in mijn boek en dat heeft hun het leven gekost.'

'Die jongens die in het meer zijn verdronken?'

'Ja. Gunnar lijkt er niet om te malen dat zijn leugens gevolgen hebben. Het enige wat hij belangrijk vindt is hoe het nageslacht over hem zal denken. Het maakt geen bal uit of hij vijftig jaar heeft gelogen, het was toch voor een goede zaak. Niet iets om je druk over te maken, zeg maar.'

Ze slaat hem even gade. 'Weet je zeker dat dat je dwarszit? Dat het niet om je tienerobsessie gaat? Dat alles waar je over hebt lopen nadenken en fantaseren, verzonnen blijkt te zijn en dat je geloof in de mens een knauw heeft gekregen?'

Hij spreidt zijn handen uit. 'Daar heb je zeker een punt. Op een vreemde manier voel ik me ontgoocheld én medeverantwoordelijk. Maar Gunnar Irving lijkt in ieder geval te denken dat wij dikke maatjes zijn. En te vinden dat het mijn taak is om hem min of meer als een god af te schilderen. Eigenlijk heb ik niet heel veel zin meer om zijn boek te schrijven. En dat van mezelf ook niet wat dat aangaat.'

Asker gaat even verzitten. Als Martin vertrekt van Stjärneholm, heeft zij geen insider meer, wat een flinke streep door de rekening is. Aan de andere kant vindt ze het ook niet fijn dat hij er zo van slag door lijkt te zijn.

'Als je er zo over denkt, moet je maar je boeltje pakken en vertrekken,' zegt ze. 'Hoe sneller hoe beter.'

'Nee, nee.' Hij schudt het hoofd. 'Stjärneholm herbergt nog flink wat raadsels voor me die ik wil oplossen. En nu kom jij bovendien er met nog eentje.'

'Maar ik wil niet dat je voor mij daar blijft. Bovendien is het ook niet helemaal zonder risico om rond te neuzen. Zeker niet als ze je in de gaten houden.'

Hij kijkt haar lang aan, krult dan een mondhoek omhoog. 'Laten we het zo doen. Ik vis naar info over Korpi voor jou. Daarna ga ik eens goed nadenken over het boekproject. Klinkt dat goed?'

Asker ademt uit. 'Het zou geweldig zijn om bevestigd te krijgen dat Korpi werkelijk op Stjärneholm heeft gewerkt.'

'Ik zal m'n best doen,' zegt hij met een zelfs wat blijere blik.

Ze kijkt naar de klok.

'Sorry, maar ik moet zo terug. Mijn afdeling werkt aan de zaak en ik heb ze koffie met lekkers beloofd voor vanmiddag.'

'Je afdeling. Ik dacht dat het een zootje probleempersoneel was dat nergens voor deugde.'

'Dat dacht ik ook,' glimlacht ze. 'Maar mensen kunnen je soms verrassen.'

Hij houdt zijn handen gespeeld achter zijn oren. 'Wat hoor ik nu? Is Leo Asker eraan gaan twijfelen of solo altijd het sterkst is? Misschien zelfs in andere mensen gaan geloven?'

Zijn commentaar ontlokt een lach van haar.

'Wie weet,' zegt ze.

Ze staan op en als gewoonlijk weten ze allebei niet goed hoe ze afscheid moeten nemen.

'Doe voorzichtig, Martin,' zegt ze. 'Als Korpi's dood met Stjärneholm te maken heeft, dan loopt daar een moordenaar rond.'

'Beloofd,' glimlacht hij. 'Trouwens…' Hij lijkt ergens over na te denken.

'Er zijn nog een paar sterfgevallen met een vage link met Stjärneholm. Misschien moet je daar ook eens nader naar kijken.'

Hill

Zodra hij terug is gekomen in Villa Arcturus, gaat Hill aan het bureau zitten en haalt hij Bernhard Irvings schetsboekje tevoorschijn. De tekening in het midden laat hem niet met rust. Misschien is die zelfs de belangrijkste reden dat hij besloten heeft om op het landgoed te blijven.

Bernhard Irving had een affaire met de vrouw van Artur Nilsson. De schets in het boek is van 1951. Het jaar daarop wordt Karin Irving geboren die later trouwt met Gunnar en de moeder wordt van Viggo en Maud. Het gezin dat Gunnar vervolgens begin jaren negentig verbant naar Villa Canopus.

Het schip dat ons heeft gered van de zondvloed.

En misschien komt het doordat hij even buiten Stjärneholm is geweest en helderder lucht heeft ingeademd, of doordat Gunnar Irvings aureool is uitgedoofd, maar plotseling gelooft Hill dat hij begrijpt wat Karin hem geprobeerd heeft te vertellen.

Een waarheid die ze vreest en tegelijkertijd wil onthullen.

Hij controleert zijn tijdslijn. Het is precies zoals hij al dacht. Begin jaren negentig presenteert Alfacent nieuwe ontdekkingen op het terrein van DNA-analyse, een onderzoeksgebied dat in die tijd nog in de kinderschoenen stond.

En tegelijkertijd spoelt de zondvloed Gunnars oude gezin weg. Worden ze verbannen naar Villa Canopus terwijl hij opnieuw begint. Hertrouwt, een dochter verwekt die hij meer waardeert dan de twee andere kinderen.

Nova, de nieuwe ster. Die over Gunnars diepgevroren lichaam moet waken. Hem weer tot leven moet wekken.

Hill voelt zich steeds akeliger.

Hij moet met Karin Irving praten. Uitsluitsel krijgen of zijn vermoedens kloppen.

De telefoon heeft verbinding gemaakt met het netwerk van Stjärneholm en hij legt hem op een plank voordat hij de keukendeur uit glipt.

Hij loopt met een omweg naar Canopus en kijkt onderweg verscheidene keren om. In plaats van naar de voordeur te gaan zoals eerder toen hij op bezoek kwam, loopt hij om het huis heen. Na even zoeken vindt hij een andere, kleinere buitendeur. Op het trapje zit een grote, langharige kat, dezelfde volgens Hill die hij laatst 's avonds heeft gezien en die klaarblijkelijk Perseus heet. De kat staart hem onderzoekend aan, verheft zich dan majesteitelijk en draait een paar rondjes om zijn benen.

Hill klopt op de deur. Er zijn geluiden van binnen te horen.

De deur gaat open op een kiertje. Karin Irving tuurt wantrouwig door de opening naar hem.

'Hallo, Karin,' zegt hij en houdt Bernhards schetsboekje omhoog. 'Ik zou graag hierover met je willen praten.'

Het blijft een paar tellen stil. Dan gaat de deur wijdopen.

'Kom binnen, snel,' zegt de vrouw terwijl ze wantrouwig rondkijkt. 'Heeft iemand je zien komen?'

'Nee, ik heb een omweg gemaakt.'

Ze laat Hill en de kat binnen, doet de deur dicht en op slot.

'Goed. Van dr. Schiller mag ik niet met je praten. Hij zegt dat het slecht is voor mijn hart. Maar eigenlijk is het volkomen duidelijk dat Gunnar daarachter zit. Ze hebben me een nieuw medicijn gegeven waarvan ik...' Ze maakt een cirkelgebaar rond haar hoofd.

Karins onderkomen blijkt een eigen woninkje te zijn met een keuken, woonkamer en één slaapkamer, te zien door een open deur.

Perseus heeft een plekje gevonden op de keukenbank.

'Ga zitten.' Karin wijst naar de plek naast de kat en schenkt koffie in twee mokken.

'Jij hebt me gewaarschuwd,' zegt hij. 'Een brief bezorgd bij mijn huis, het woord "gevaar" op Bernhards tekentafel geschreven. Waarom?'

Karin staart hem een paar tellen aan, zucht dan.

'Omdat je moest weten waar je aan begon. Op je hoede moest zijn en je niet laten betoveren door Gunnar.'

'Maar vervolgens leidde je me ook naar Bernhards geheime zolderruimte zodat ik dit zou vinden.'

Hij slaat de middenpagina van het schetsboekje open.

'Freddie,' zegt hij. 'Dat is jouw moeder, hè? Zij en Bernhard hadden een affaire voordat jij werd geboren. Bernhard is je biologische vader. Gunnar is dus je halfbroer.'

Karin Irving tuurt verdrietig in haar koffiebeker. 'Niemand wist het, zelfs Bernhard niet. Hij dacht dat Artur mijn vader was, dat zwoer hij tot het einde.'

'Maar Gunnar geloofde hem niet, hè? Hij verstootte jullie allemaal toen de DNA-test onthulde hoe het zat. Liet de zondvloed jullie wegspoelen, jou, de kinderen en Bernhard. Gooide jullie het hoofdgebouw uit en nam Bernhard zijn observatorium en zijn sterrenkijker af.'

Hill heeft het amper tot zover kunnen doordenken, maar nu hij er zo over praat lijken er meer dingen op hun plek te vallen.

'Jullie waren zijn schande. Zijn defecte gezin dat hij noodgedwongen moest vervangen.'

Karin Irving snikt en haalt een zakdoek uit een mouw van haar vest.

Hill maakt zich zorgen dat hij te snel is gegaan en haar te veel dwingt. Hij staat op, vult een glas met water uit de kraan voor haar. Ze drinkt dankbaar een paar slokjes.

'Het was niet onze schuld,' fluistert ze. 'Wij wisten het immers niet.'

'Heb je het de kinderen verteld?'

Ze schudt het hoofd. 'Gunnar heeft me gedwongen te zwijgen. Dreigde ons helemaal van Stjärneholm te verdrijven als ik iets zei. Ik had hier heel mijn leven gewoond, kende verder niets.'

'Dus je hebt dit geheim dertig jaar lang voor je gehouden. Dat moet verschrikkelijk zijn geweest. Vooral toen Gunnar een nieuw gezinnetje stichtte in jullie huis.'

Karin begint weer te snikken. Hill krijgt sterk de neiging een arm om haar heen te leggen. Wat een verschrikkelijk iets om helemaal alleen te moeten dragen. Dat je niet eens aan je kinderen kunt uitleggen waarom hun vader hen zonder enige aankondiging verdreven heeft.

Tegelijkertijd beseft Hill dat hij onder geen enkele omstandigheid dit boek nog kan schrijven. Na deze onthulling kan hij Gunnar Irving niet eens meer in de ogen kijken.

Hij wacht totdat Karin een beetje bij is gekomen.

'Er was hier rond 2006 een man op het landgoed,' zegt hij vriendelijk. 'Tord Korpi. Hij was mijningenieur, net als Artur.'

Karin wringt haar handen, knikt dan lichtjes.

'Weet je nog wat hij hier deed?'

Karin blijft haar handen wringen, alsof er iets in ze heeft gezeten dat haar pijn heeft gedaan.

'Hij was aan het bouwen voor Gunnar, maar hij beloofde ons te helpen,' zegt ze zo zachtjes dat Hill haar amper hoort.

'Wie? Jou en Maud?'

'Viggo,' fluistert ze. 'Hij zou Viggo helpen. Maar toen is er iets gebeurd. Tord zei me dat ik voorzichtig moest zijn en toen was hij zomaar verdwenen. Heeft nooit meer iets van zich laten horen.'

Hill recht zijn rug. Hij weet niet wat voor antwoord hij verwachtte, maar zeker niet dit.

'Is Viggo hier, op Stjärneholm? Ik dacht dat hij in het buitenland zat?'

Karin schudt het hoofd. 'Gunnar heeft hem. Hij...'

Er klinkt vlakbij een geluid buiten. Gevolgd door een harde klop op de deur, die de kat als een pijl van de bank de keuken uit doet schieten.

'Mevrouw Karin? Martin?'

'Ze zijn hier,' hapt Karin naar lucht. 'Ze weten wat ik gedaan heb.'

Er wordt een sleutel in het slot gestoken.

Voordat Hill iets heeft kunnen zeggen, schiet ze omhoog uit haar stoel, slaat ze haar handen om haar oren en begint ze te gillen.

De deur wordt opengesmeten en dr. Schiller en Samuel stormen naar binnen. Samuel grijpt Karins handen vast en dwingt ze omlaag terwijl de arts in zijn tas rommelt.

'Lieve mevrouw Karin, wees maar niet bang. Wij zijn er nu,' zegt Samuel terwijl hij Hill een duistere blik toewerpt. 'Gaat u maar zitten, dan krijgt u iets rustgevends.'

Hij manoeuvreert Karin Irving weer op de stoel, ogenschijnlijk zonder enige moeite. Zij staart hem angstig aan.

'Nee,' hijgt Karin wanneer dr. Schiller een spuit tevoorschijn haalt, maar protesteert niet verder wanneer de arts haar vest van haar schouder trekt en de naald in haar bovenarm steekt.

'Zo,' zegt hij. 'U zult zich snel weer beter voelen, mevrouw Karin. Maar voor de zekerheid willen we dat u met ons meegaat naar de kliniek zodat u tot rust kunt komen.'

Karins blik is al glazig geworden.

'Ik had je al uitgelegd dat Karin zich niet goed voelt, Martin.' Samuels stem heeft dezelfde dreigende toon als laatst aangenomen. 'Zomaar onaangekondigd bij haar thuis opduiken is uiterst ongepast en druist bovendien in tegen de regels.'

Hill spreidt zijn handen. 'Sorry, het was echt niet mijn bedoeling...'

Maar Samuel keert hem de rug toe. Dr. Schiller heeft Karin Irving overeind weten te krijgen en leidt haar voorzichtig naar de deur.

Hill staat ook op en loopt hen achterna.

Op de drempel in de hal struikelt Karin. De arts kan haar niet houden en ze belandt bijna in de armen van Hill.

'Viggo,' fluistert ze in zijn oor als hij haar opvangt en Hill voelt dat ze iets in de zak van zijn colbert laat glijden.

Het volgende ogenblik heeft Samuel haar opgetild en draagt hij haar weg.

'Het is het beste als jij naar Villa Arcturus gaat, Martin,' zegt het hoofd beveiliging op harde toon. 'Ik zal dit aan Gunnar moeten rapporteren. Ik wil dat je tot nader order daar blijft, is dat begrepen?'

'Het spijt me werkelijk dat het zo is gegaan,' zegt Hill.

Hij loopt mee naar buiten en blijft op het trapje staan terwijl Samuel en dr. Schiller Karin in de auto zetten en wegrijden richting hoofdgebouw.

Pas als ze uit zicht zijn, haalt hij het voorwerp dat Karin erin heeft gestopt uit de zak van zijn colbert. Het is een sleutelbosje met twee sleutels en een plastic label.

AFSTANDSVERWARMING staat daarop.

Asker

De verloren zielen verschijnen stipt klokslag twee uur. Dat komt vermoedelijk door de koffiebroodjes die Asker op de terugweg heeft opgepikt, maar ergens hoopt ze dat het tenminste ook een beetje met het werk zelf te maken heeft. De kans om wat echt politiewerk te doen. Als het ze daadwerkelijk gelukt is om met resultaten te komen. De kans daarop acht ze ongeveer fiftyfifty.

'En?' zegt ze. 'Welke conclusies kunnen we trekken?'

Haar vier medewerkers kijken elkaar aan.

'Nou,' zegt Rosen. 'Zal ik misschien beginnen dan?'

'Ga je gang,' knikt Asker.

Rosen bladert door een paar papieren op haar schoot.

'Ik had beet bij de auto waarover Tord Korpi beschikte bij zijn vermissing. Een donkerblauw Isuzu-model uit de jaren negentig. In de tijd dat Korpi verdween, najaar 2006 om precies te zijn, stond de wagen op naam van iemand uit de omgeving van Kiruna die bekendstaat als een handelaar in auto's. Dat klopt met de informatie dat Korpi onder de radar wilde blijven.'

Ze bladert naar een volgend vel.

'De auto duikt voorjaar 2007 weer op. Dan wordt een bekende kruimeldief erin aangehouden even buiten Kristianstad. Op de vraag wat hij in een auto doet die op naam staat van iemand die 1800 kilometer noordelijker woont, antwoordt hij enigszins onverwacht dat hij de auto heeft aangetroffen met de sleutel in het contact, in oktober het jaar ervoor. De agenten geloven hem niet, de auto wordt in beslag genomen en op den duur tot schroot verwerkt, dus die is helaas niet meer terug te vinden.' Rosen maakt een gebaar dat ze het betreurt.

‘Maar het interessante is de plek waar de kleine crimineel de auto zegt te hebben gevonden. Op een parkeerplaats bij het Miresjön, dicht in de buurt van Stjärneholm.’

‘Oké,’ zegt Asker. ‘Iemand kan de auto dus hebben gedumpt met de sleutels erin, juist om hem gestolen te laten worden?’

‘Klinkt wel waarschijnlijk,’ zegt Attila. ‘Stel dat Korpi op Stjärneholm is vermoord. De dader kan de auto dan gebruikt hebben om het lijk naar de Farm te transporteren, het gedumpt hebben op de stortplaats en toen zijn teruggekeerd. En de auto toen bij het Miresjön hebben gezet en het laatste stukje terug naar Stjärneholm hebben gelopen.’

De andere drie knikken instemmend.

‘Maar dat veronderstelt duidelijk dat de dader wist dat Korpi een connectie had met de Farm,’ voegt Virgilsson eraan toe.

Nog meer geknik.

‘Oké,’ zegt Asker. Ze pakt een stift en schrijft de informatie over de auto in de kolom voor Stjärneholm.

‘Dank je, Rosen, dat was een goed begin. Hebben we nog iets meer gevonden?’

‘Ik heb een oude collega gesproken die betrokken was bij het surveilleren rond de Farm,’ zegt Attila. ‘Hij herinnert zich dat ze Korpi in gezelschap van een vrouw hadden gezien toen hij op Stjärneholm werd geobserveerd. Er zijn eventueel zelfs beelden. Hij probeert die nu boven water te krijgen.’

Asker verstijft even. Dat zou om dezelfde geheimzinnige vrouw kunnen gaan die Sundin en Danielsson hadden gezien vlak voordat ze probeerden Korpi te beroven. Zij dachten dat het om een buitenechtelijke verhouding ging, maar misschien is zij een stuk belangrijker?

Asker schrijft *Onbekende vrouw* in de kolom van Stjärneholm en doet een stap terug.

Er staat op het bord al meer informatie dan ze vanochtend had. De afdeling Ondersteuning maakt tegen alle verwachtingen in haar naam waar. Ze had dit veel eerder moeten doen.

‘Nog iemand?’ vraagt ze.

‘Zafer en ik hebben gecheckt welke auto’s er op de bon zijn geslingerd in de buurt van het ziekenhuis, maar dat leverde helaas niks op,' zegt Virgilsson. 'Mijn contact bij parkeerbeheer zou kijken of hij ons kon helpen met data uit de parkeerapp, maar dat was kennelijk een beetje ingewikkeld. Dus voorlopig geen direct nieuws waarmee we verder komen.'

'Oké.' Asker schrijft *App?* in de kolom voor haar vader.

'Maar we hebben wel informatie bemachtigd die verontrustender is,' voegt Virgilsson er nog aan toe. 'Naar alle waarschijnlijkheid zullen ze vanavond al toeslaan bij de Farm. Met een enorme inzet van helikopters, drones, scherpschutters en honden. Ze hebben duidelijk aanwijzingen dat Per zich daar bevindt.'

Asker haalt diep adem.

Ze had zich niet kunnen voorstellen dat Per zo dom zou zijn om terug te keren naar huis. Klaarblijkelijk zat ze ernaast.

Tegelijkertijd maakt dat de situatie nog ernstiger. Als Per al zo irrationeel is dat hij zich op de Farm verstopt, is er vermoedelijk geen grens aan wat hij kan aanrichten wanneer de speciale eenheid hem probeert op te pakken.

Het valt stil in de kamer, een paar seconden te lang.

'Ik kan het radiokanaal regelen,' zegt Zafer ten slotte. 'Mocht je mee willen luisteren tijdens de inval...'

'Dank je. Graag, meteen als we klaar zijn.'

Weer daalt de stilte neer. Haar medewerkers bewegen onrustig alsof ze begrijpen wat er allemaal door haar hoofd tolt.

Ze haalt diep adem.

'Oké,' zegt ze vervolgens. 'Ik heb nieuwe informatie waar we naar moeten kijken. Er zijn nog een paar sterfgevallen die een link kunnen hebben met Stjärneholm en de familie Irving. Björn Knudsen, een tuinman op het landgoed die in 1992 met grof geweld is vermoord. En ook nog een verkeersongeluk bij het Miresjön in de winter van 2001 waarbij een werknemer van Alfacent is omgekomen. We zoeken naar de kleinste gemene noemer van alle gebeurtenissen.'

Ze verdeelt de taken terwijl ze koortsachtig een manier probeert te bedenken om de naderende ramp te voorkomen.

Hill

Ondanks Samuels opdracht verlaat Hill Stjärneholm en rijdt hij naar de bibliotheek in het dorp.

'Welkom weer,' zegt de bibliothecaresse. 'Kan ik je ergens anders mee helpen?'

'Ja, ik vroeg me af of ik even gebruik mag maken van de telefoon. Die van mezelf is ermee opgehouden.'

De bibliothecaresse kijkt hem vragend aan, maar wijst dan naar een telefoon op haar bureau. 'Ga je gang.'

Hij wacht totdat ze buiten gehoorafstand is en toetst dan Leo's nummer in. Ze neemt direct op.

'Met Martin,' zegt hij. 'Ik heb Karin Irving net gesproken. Zij bevestigt dat ze Korpi heeft ontmoet. Zei dat hij had beloofd haar te helpen?'

'Helpen waarmee dan?'

'Dat werd me niet helemaal duidelijk, maar ze zei iets over haar zoon, Viggo. Toen doken er mensen van het landgoed op en werd ze doodsbang.'

Hill schetst snel het gesprek met Karin en vertelt dan over de verschijning van Samuel en dr. Schiller.

'Dus ze hebben haar weggevoerd?' vraagt Leo.

'Min of meer. Karin is duidelijk niet helemaal gezond, dus heeft ze wel verzorging nodig. Maar het voelde toch niet goed.'

'Het klinkt alsof ze wisten dat jij daar was en dat ze daarom daar opdoken. Maar hoe konden ze dat weten?'

'Geen idee. Ik heb m'n telefoon in Villa Arcturus laten liggen. Misschien houden ze Karin extra in het oog na ons uitstapje naar Bernhards graf laatst. Het is in ieder geval duidelijk dat ze niet willen dat zij nog vaker met mij praat.'

Hij kan Leo bijna horen nadenken.

'We hebben informatie van verschillende kanten dat Korpi samen met een vrouw is gezien en zelfs is gefotografeerd in de buurt van Stjärneholm,' zegt ze. 'We zijn bezig om de foto's boven water te krijgen.'

'Dat moet Karin zijn,' zegt hij. 'Ze leken op vertrouwelijke voet te staan met elkaar.'

'Wat zei zij dat Korpi deed op het terrein, behalve dat hij hen zou helpen?'

'Ze zei dat hij voor Gunnar aan het bouwen was.'

'Wat aan het bouwen?'

'Dat heb ik niet kunnen vragen voordat de dokter en Samuel opdoken.'

'Jammer, maar gezien Korpi's specialisme zou het in ieder geval iets ondergronds moeten zijn, toch?'

Iets wat Nova zei, schiet Hill plotseling te binnen: *Op een veilige, goed gemonitorde plek.*

'Ik geloof dat ik misschien weet wat het was,' zegt hij. 'Een ondergronds laboratorium waar Gunnars ingevroren lichaam zal worden bewaard.'

'Wat?'

Hij vat kort samen hoe hij tot zijn conclusie is gekomen.

'Zo... En hoe kunnen we jouw theorie bevestigen?'

Hill denkt aan de sleutel die hij van Karin Irving heeft gekregen.

'Ik ga nu meteen terug om te proberen meer te weten te komen,' is zijn antwoord.

Ze zwijgt.

'Is dat wel zo'n goed idee?' vraagt ze dan. 'Samuel en de dokter hebben je al betrapt bij het ondervragen van Karin. Als ze doorhebben dat je rondsnuffelt naar Tord Korpi, kun je in gevaar zijn. Is het niet beter als jij naar huis in Lund gaat en het mij verder laat aanpakken?'

'Zul je Stjärneholm werkelijk op zulke vage gronden mogen doorzoeken?' vraagt hij.

'Nee,' geeft ze toe.

'Dus dan heb je nog steeds mijn hulp nodig als insider. En als er werkelijk een ondergronds cryolaboratorium is, wil ik het met eigen ogen zien.'

Hij kan haar aarzeling door de telefoon heen horen.

'Ik zal geen onnodige risico's nemen,' zegt hij nog.

'Oké,' zegt ze dan. 'Maar beloof me dat je voorzichtig doet, Martin. En bel me zodra je meer weet.'

'Dat spreekt voor zich.'

Een halfuur later staat hij in de kelder van Villa Arcturus. Voor hem een metalen deur die op slot zit, met een waarschuwingsbordje.

AFSTANDSVERWARMING. ALLEEN TOEGANG VOOR BEVOEGD PERSONEEL.

Hij steekt een van de sleutels die hij van Karin Irving heeft gekregen in het slot.

De deur zwaait geluidloos open.

Over de drempel is het aardedonker. De lucht die hij in de kelder al heeft geroken is hier veel sterker. Vochtig, onderaards, metalig.

De geur van de berg.

Hij merkt dat hij gespannener wordt. De laatste keer dat hij deze geur rook, bevond hij zich in de berg van de Bergkoning.

Hij doet de zaklamp aan. Er loopt een grote warmteleiding en er ligt een vlonderrooster. Die volgt hij terwijl hij om zich heen schijnt met de lamp.

Na ongeveer tien meter zit er een gat rechts van de vlonder. Hij schijnt omlaag en ziet een beduidend oudere wenteltrap die recht het duister in voert.

De trap kronkelt zo'n acht, tien meter omlaag totdat hij op de bodem komt.

Hill concentreert zich, begint dan langzaam de treden af de diepte in te gaan. De trap schommelt lichtjes, wat het oude metaal onheilspellend laat knarsen.

Na een minuut of zo is hij op de bodem van de trapschacht.

Het duister is hier dichter. De geur van de berg sterker.

Hij schijnt om zich heen. De wanden van de schacht zijn nog steeds vlak, maar vlakbij zit een opening in het gesteente. Die is misschien drie meter hoog en ongeveer even breed. Een paar flinke houten stutten houden de opening open.

Hij hoeft niet veel stappen te zetten om te beseffen dat dit een van de oude mijngangen moet zijn. Hill kan zijn hartklep opgewonden horen klikken in zijn borstkas. De mijngangen zijn dus echt, het netwerk van tunnels onder Stjärneholm bestaat werkelijk.

Hij schijnt op de wanden, die ruwer en beduidend minder vlak zijn dan die van even terug. De geur van de berg is bijna overweldigend.

Hill haalt een paar keer kalm adem om rustig te worden. Tegelijkertijd benut hij het moment om de risico's in te schatten. Zal hij de onderneming afbreken en teruggaan naar Villa Arcturus?

Niemand weet dat hij hier is, de auto staat voor het huis en iedereen denkt dat hij daarbinnen zit te werken zoals hem is opgedragen. Zijn telefoon ligt nog in de keuken om dat idee te versterken.

Hill laat het zaklampschijnsel verder door de gang glijden. Hij is vaker op zulke plekken geweest. Weet hoe je je onder de grond op de veiligste manier een weg baant. Hij had een helm en rubberlaarzen moeten hebben, een mogelijkheid om alarm te slaan als er iets gebeurt. Bovendien is hij alleen, wat in strijd is met alle urbexregels.

Verder omlaag het duister in gaan gaat zeker gepaard met bepaalde risico's. Maar zijn ontdekkingslust wint het touwtrekken toch. Bovendien – zo houdt hij zich voor – is hij hier voor Leo.

Hill volgt de gang langzaam verder het duister in. Hij knoopt zijn jack goed dicht tegen de koude lucht en trekt de handschoenen aan die in zijn zakken zitten. Gaat behoedzaam voorwaarts terwijl hij de lichtkegel over de wanden laat spelen.

Op sommige plekken is het plafond versterkt met palen die gewone sparrenstammen lijken te zijn, bestreken met teer. Hij voelt voorzichtig aan eentje. Het oppervlak lijkt haast versteend.

Het is onmogelijk om niet aan de instorting van de Stjärngruvan in 1965 te denken. Maar de groeve was veel dieper en had waterlekkage vanuit het meer, houdt hij zich voor. Dit deel van de mijn lijkt verhoudingsgewijs droog. Toch besluit hij goed op te letten of hij lekken ziet of steenhopen op de vloer die duiden op oude instortingen en verzakkingen.

Na ongeveer honderd meter ziet hij een stuk rotswand dat wordt versperd door een voor de helft ingestorte muur van planken. Achter het gat in de plankenmuur is een nieuwe mijngang te zien. Deze gang is kleiner, lijkt ook in een slechtere staat te verkeren. Iets de gang in zijn er een paar kubieke meters steen omlaaggekomen die in een hoop op de vloer liggen, maar de gang lijkt nog steeds begaanbaar te zijn, voor zo ver de zaklamp reikt althans. Op een van de muren staat iets geschreven met witte onregelmatige letters.

VILLA C, gevolgd door een pijl die het duister in wijst.

Hill rilt van de kou en de opwinding.

Dus ook Villa Canopus heeft een verbinding met de mijngangen. Dat zou erop kunnen wijzen dat alle villa's met elkaar en het hoofdgebouw zijn verbonden – en misschien zelfs met het Blockön, zoals hij al hoopte.

Het ufoverhaal was een verzinsel, de grafkamer vermoedelijk een mythe, maar een geheim tunnelnetwerk van deze omvang is bijna net zo'n grote ontdekking, helemaal als het ook nog is verbonden met een ondergronds laboratorium zoals hij hoopt.

Het liefst zou hij alle gangen willen onderzoeken om erachter te komen hoe groot het netwerk is. Maar zijn tijd is beperkt en hij moet zich op zijn taak concentreren. Als het laboratorium, zoals hij denkt, onder het hoofdgebouw ligt, moet hij verdergaan door de gang die hij al volgt.

Op sommige plekken vindt hij sporen van mijnwerkers. Krabbels op de muren, verwrongen stukken metaal van al lang kapotgeroest gereedschap, zelfs de kunststofdop van een oude thermoskan die als een kleurige spikkel afsteekt tegen al het zwart, grijs en bruin.

Tot zijn opluchting ziet hij geen hopen steen van instortingen meer en ook geen heel oude stutten.

Maar als hij weer voorzichtig verdergaat merkt hij dat de lucht steeds vochtiger wordt.

Een zacht geluid komt uit het duister op hem af. Een geluid dat hem verontrust.

Het geluid van stromend water.

De man van glas

Het hek naar Blockön heeft lang op slot gezeten. Maar nu staat het plotseling open en is het eiland weer onderdeel van zijn rijk.

Een beloning voor zijn opofferingen, zijn terughoudendheid bij Martin Hill.

Zo ziet hij het tenminste.

Hij haast zich erheen. Haast zich om de plek weer in bezit te nemen, alleen maar om te ontdekken dat die hem niet meer toebehoort.

Er is iemand geweest. Iemand heeft bomen geveld, opgeruimd, de boel opgeknapt.

Zijn heilige plek is op de schop gegaan, zijn schatten zijn verdwenen.

Dat maakt hem kwaad.

Razend.

Hij weet wiens werk dat is. Voelt zijn aanwezigheid nog als een grijze mist over de plek hangen.

De gevreesde, almachtige, meedogenloze.

Die hem keer op keer dwingt om terug te keren uit het eeuwige duister. Hem dwingt zich te laten kwellen, om te lijden.

En die hem ondanks al zijn opofferingen toch op deze manier straft.

De Vader.

Hellman

Hellman leidt het konvooi naar het noorden. Zoals altijd zit hij zelf achter het stuur. Eskil heeft inmiddels geleerd dat hij dat liever wil, en is braaf op de passagiersstoel gaan zitten. Daar zit hij nu beurtelings aan de telefoon en over de mobilofoon te praten.

Achter hen rijden nog twee burgerwagens, gevolgd door vier politiebussen met de zwaarbewapende speciale eenheid en ten slotte het speciaal aangepaste commandovoertuig.

'Kolere, we zouden haast de "Ritt der Walküren" moeten afspelen,' grijnt Eskil. 'Je weet wel, *Apocalypse Now*. Walter Kurtz, als op Korpi's valse ID.'

Hellman reageert niet. Ze zijn rechercheurs die politiewerk doen en niet een stelletje legerkameraden van twintig.

Maar het voorstel laat de dramatische melodie toch in zijn brein opkomen. Ze blijft keer op keer klinken in zijn hoofd, versterkt zijn verlangen naar revanche, kondigt de triomf aan die op hem wacht.

Het zoete van de wraak.

Hun opdracht is Per Asker oppakken, liefst zonder dat er gewonden vallen.

Maar diep in zich wil hij de man vernederd zien worden.

Verpletterd.

En hij weet waarom.

Om Leo Asker.

Leo fokking Asker die hem niet met rust laat. Die hem kwelt, zelfs thuis in zijn eigen veilige bed. Die hem midden in de nacht doet wakker worden, opgewonden en onbevredigd. Hem zijn zwakheid in herinnering brengt, zijn gezag tart. Hij moet haar zien kwijt te raken, haar uit zijn hoofd, uit zijn leven verdrijven.

Met alle middelen die hem ter beschikking staan.

Zijn telefoon gaat over. Haar naam verschijnt op het scherm, bijna alsof ze doorheeft dat hij aan haar dacht.

'Dat is Leo Asker,' zegt Eskil totaal overbodig. 'Wat zou ze in godsnaam willen?'

Hellman drukt op de knop *gesprek aannemen.*

'Wat wil je, Asker?' zegt hij recht tegen de voorruit zonder ook maar een blik op Eskil te werpen.

'Proberen te voorkomen dat je een grote vergissing begaat,' antwoordt ze. 'Je bent met de hele cavalerie op weg naar de Farm. Maar ik heb nu een spoor dat naar een andere dader leidt.'

'O, ja?' Hellman probeert neutraal te blijven klinken, maar dat is onmogelijk.

'Tord Korpi deed een klus voor Gunnar Irving op Stjärneholm vlak voor zijn dood. Een geheime klus waarvoor hij contant werd betaald. Ik heb geloofwaardige informatie die…'

Hellman ademt in.

'Dus jij zegt dat Gunnar Irving Korpi heeft vermoord en vervolgens heeft geprobeerd je vader daarvoor op te laten draaien? Wil je dat beweren?'

'Niet precies…'

'Neenee, Eskil en ik hebben je allebei gehoord. Je bedoelt dat een multimiljonair en wereldberoemde topman van een bedrijf een zwartwerkende bouwvakker heeft vermoord. En niet jouw gestoorde, naar geweldddadigheid neigende apocalypsprepper van een vader die én het geld van het slachtoffer had én zo'n beetje naast de vindplaats woont.'

Hij wisselt een grijns met Eskil.

'Ik bedoel alleen…'

Hij kan tot zijn tevredenheid horen hoe ze zich inhoudt.

'… dat jullie beter kunnen afwachten. Geen onnodige risico's moeten nemen. Per is gevaarlijk als je hem in het nauw drijft. Geef me nog een dag, dan heb ik genoeg bewijs. Jij kunt overal de eer voor krijgen, net als…'

Ze zegt niets meer, maar het is te laat. De zin is eruit geglipt. Heeft zich recht in zijn gevoelige plek geboord. Zij weet dat, hij weet dat, godver, zelfs Eskil weet het.

Hellman klemt zijn kaken zo hard op elkaar dat zijn gebit kraakt.

'Luister, Asker,' zegt hij zo beheerst als hij kan. 'Jij bent niet in de positie om ook maar ene reet te verlangen. Ik heb je meerdere keren uitdrukkelijk opgedragen je verre te houden van dit onderzoek. Nu bel je om me over te halen om af te zien van een politieactie tegen je vader. Je kunt erop rekenen dat de hoofdcommissaris hiervan zal horen en dat jouw inmenging gevolgen zal hebben. En als je het niet erg vindt, ga ik nu een inval uitvoeren.'

Hij verbreekt abrupt de verbinding en zit een paar tellen zwijgend te proberen zijn zelfbeheersing te herwinnen.

Eskil kijkt alsof hij iets wil zeggen zonder te weten wat.

'Stom kutwijf!' weet hij ten slotte uit te brengen, wat nog zacht uitgedrukt is.

'Zet die muziek aan,' gromt Hellman. 'Aan die Wagner, op vol volume verdomme!'

Eskil doet wat hem gezegd is.

Hellman grijpt het stuur stevig beet als de luidsprekers de strijkers op gang laten komen. Drukt het gaspedaal verder in als de onheilspellende kopersectie begint. Achter hem gaan de andere wagens ook harder rijden.

'Net als in *Apocalypse Now*,' roept Eskil boven de muziek uit.

Hellman reageert niet.

De jacht is begonnen, denkt hij. De noodlotruiters zijn op weg.

Het uur van de wraak en genoegdoening is nabij.

Asker

Hellman hangt zomaar op, wat Asker wel ongeveer verwacht had. Maar ze moest in elk geval proberen om hem tot kalmte te brengen. Nu is die kans voorbij en dan rest er nog maar één mogelijkheid om deze waanzin te laten stoppen.

Haar moeder neemt direct op na de eerste keer overgaan. 'Isabel Lissander.'

'Ik heb je hulp nodig,' zegt Asker bruusk.

'Op wat voor manier.'

'Het nummer van Pers satelliettelefoon. Waarmee hij jou belde toen hij je om hulp vroeg.'

Het blijft een paar seconden stil.

'Waarvoor, als ik vragen mag?'

'Omdat de speciale eenheid op weg is naar de Farm. Dat kan eindigen in een bloedbad. Ik wil hem vragen zich over te geven.'

Isabel kucht zachtjes, maar geeft nog steeds geen antwoord.

'Ik heb dat nummer nodig, mama,' zegt Asker zo vriendelijk als ze kan. 'Er is haast bij.'

De telefoon gaat over door. Het is niet de gewone, enkele toon als bij het bellen naar een mobiel nummer, maar een dubbele, meer metalige. Na de vierde klikt er iets op de lijn.

'Isabel?' zegt Pers stem, bijna een beetje verrast.

'Nee, met mij,' antwoordt ze.

'Ah, mijn verloren dochter.' De toon slaat om naar sarcastisch. 'Dus je hebt samengespannen met je moeder. Bel je om me te vragen me over te geven?'

‘Ik bel om je te vragen niet iets stoms te doen.’

Hij lacht. Ze hoort iets op de achtergrond. Een vrouwenstem misschien?

‘Jij bent in geen positie om mij ook maar iets te vragen,’ bijt hij haar toe.

‘Dat is bijna precies wat Hellman zonet zei voordat hij pardoes ophing. Ik probeerde hem ervan te overtuigen dat ik…’ Ze corrigeert zichzelf. ‘Dat *wíj* op het punt staan te achterhalen wie Korpi werkelijk heeft vermoord en geprobeerd heeft jou daarvoor te laten opdraaien. Je kent het bedrijf Alfacent en de familie Irving? Ufo-Gunnar?’

Een korte stilte.

‘Ik luister,’ zegt Per dan.

‘Korpi heeft aan een soort geheime ondergrondse installatie gewerkt op hun landgoed Stjärneholm. Zijn wagen is aangetroffen in de omgeving, zo achtergelaten met de sleutels in het contact alsof iemand wilde dat hij gestolen zou worden. Vermoedelijk direct nadat de auto was gebruikt om het lijk vlak bij de Farm te dumpen om jou de schuld te laten krijgen.’

Meer stilte.

‘Mijn team en ik zijn volop aan de slag om de zaak op te lossen,’ vervolgt ze. ‘Ik heb bovendien een insider op Stjärneholm die ons helpt en heeft bevestigd dat iemand van de familie Irving Korpi heeft ontmoet. Het enige wat ik wil is iets meer tijd.’

Stilte.

‘Een paar dagen maar,’ voegt ze eraan toe. ‘Alsjeblieft’ ligt haar voor op de tong, maar ze weet zich op het laatst in te houden.

De verbinding wordt met een klik verbroken.

Als ze hem weer probeert te bellen, maakt de satelliettelefoon geen verbinding meer.

Hill

Water en oude mijnen zijn geen goede combinatie, weet hij. Het water erodeert de wanden en laat de stutten rotten of verroesten. Maakt het gesteente poreus en onberekenbaar en laat de gangen instorten.

Desondanks gaat Hill behoedzaam op het steeds harder wordende geluid af.

Hij komt uit in een grot van misschien vijftig, zestig vierkante meter. Hij gaat met zijn zaklamp over de muren, vindt een paar gapende openingen van nieuwe mijngangen die vermoedelijk naar de andere villa's leiden.

De vloer en de wanden zijn oneffen, wat erop wijst dat de grot natuurlijk en niet uitgehouwen is, zoals de gang waar hij net doorheen is gekomen, wat een goed teken is. Grotten zijn beduidend steviger van structuur dan oude verlaten mijngangen.

Ongeveer midden in de grot stroomt een beekje van misschien twee meter breed. Het begint als een murmelend watervalletje bij de ene wand en loopt dwars door de grot naar het andere eind waar het in de grond verdwijnt.

In het schijnsel van de zaklamp lijkt het zwarte water vloeibaar glas. Hill kan niet uitmaken hoe diep het is.

Hij blijft staan, probeert zich Bernhards oude kaart voor de geest te halen. Hij zou nu vrij dicht bij het hoofdgebouw moeten zijn.

Hij onderzoekt de grot verder met zijn zaklamp. De wanden druipen van het vocht, aan het plafond hangen stalactieten. Her en der zijn vlekkerige velden onderaards korstmos te zien dat hier in het donker leeft.

Hills zaklamp stuit op een plank die over de beek is gelegd. Die ziet er wankel uit, het vocht heeft het metaal en hout flink aangevreten. Maar aan de overkant ziet hij nog een mijngang en hij beseft dat hij moet oversteken om naar het hoofdgebouw te komen.

Hij zet een paar aftastende stappen. De plank knarst zachtjes, maar vertoont verder geen teken het te zullen begeven. Hill doet nog een paar behoedzame stappen.

Als hij halverwege is, spartelt er iets in het water onder hem. Iets glanzends en geschubds schemert aan de rand van het zaklampschijnsel, maar Hill kan niet zien wat het is. Wat voor soort wezens kunnen er hierbeneden in het eeuwige duister leven?

Wil hij dat wel weten?

Hij huivert, versnelt zijn pas.

De gang aan de overkant is breder dan die hij eerder heeft gevolgd. Waarschijnlijk is dit een hoofdgang die vanaf de oorspronkelijke schacht komt en zich opsplitst in de grot met de beek.

Het geluid van zijn voetstappen verandert plotseling en als hij de grond beschijnt, ziet hij dat die bedekt is met een laag mijngruis.

De lucht wordt weer droger, en de geur van de berg is veranderd. Heeft een ander, chemischer zweem gekregen. Bovendien neemt Hill een zwak geluid waar. Een zware bastoon die met elke pas sterker wordt.

Hij doet de lamp uit. Het duister voor hem is opgelost in een soort schemerdonker. Hij loopt voorzichtig verder.

De tunnel buigt naar rechts en dijt uit tot een enorme uitgehouwen ruimte die wordt verlicht door een zwak rood schijnsel. De meeste wanden zijn bekleed met beton en slechts hier en daar komt het gesteente nog tevoorschijn.

In het midden van de stenen ruimte staat een bouwsel, een rechthoekige betonnen doos die helemaal tot aan het plafond reikt. Het bouwsel is zo groot als een gebouw van twee verdiepingen, maar heeft geen ramen. Aan de ene korte kant staat een grote stalen tank, aan de andere een hok dat technische apparatuur lijkt te huizen.

Hill moet even naar adem happen.

Hij heeft het geheime laboratorium gevonden.

Asker

Via de portofoon die Zafer voor haar heeft geregeld, hoort ze dat Hellmans team bij de afbakening niet ver van de Farm is aangekomen. Straks zullen ze zich groepsgewijs gaan verspreiden.

Wanneer iedereen op zijn positie staat zal een onderhandelaar proberen contact met Per te krijgen, waarschijnlijk via de poortintercom. Dezelfde intercom waar Martin altijd aanbelde om haar daar even weg te halen.

Ze vraagt zich af hoe het voor hem verloopt op Stjärneholm. Heeft hij sporen gevonden van de ondergrondse installatie die Tord Korpi mee hielp bouwen?

Maar in dat geval zou hij toch van zich moeten hebben laten horen?

Rusteloos gaat ze staan, bedenkt dat ze een kop koffie zal gaan halen. Het loopt tegen zessen, buiten is het winterdonker en ze gaat ervan uit dat de verloren zielen al naar huis zijn geslopen.

Maar op de gang staan de deuren open en tot haar verbazing hoort ze zacht geroezemoes uit hun nieuwe briefingruimte komen.

Virgilsson steekt zijn hoofd uit de deuropening.

'Mooi,' zegt hij. 'Ik wilde je net gaan halen.'

Zafer, Rosen en Attila zitten binnen al te wachten.

'We hebben een paar updates van de sterfgevallen die verband hielden met de familie Irving,' zegt Virgilsson. 'Ga zitten.'

Asker gaat op een van de stoelen zitten.

Rosen bladert snel door haar papieren en komt dan overeind, loopt naar het whiteboard en pakt een stift. Haar normale nerveuze gespannenheid lijkt verdwenen als sneeuw voor de zon.

'Als we beginnen bij de tuinman...'

Ze schrijft het jaartal *1992* op het bord, gevolgd door de naam Björn Knudsen. 'Knudsen werkte al bijna dertig jaar op Stjärneholm. Hij werd dood aangetroffen in een bosperceel op een paar kilometer van het terrein, kennelijk had hij van de eigenaar de opdracht gekregen een aantal bomen te vellen. De doodsoorzaak was een krachtige slag op het hoofd. Er waren geen andere sporen en men vond niemand die een reden had om Knudsen kwaad te willen doen. Het onderzoek was behoorlijk grootschalig, ze verhoorden bewoners rond de plaats delict, stelden een tiplijn in, lieten de zaak zelfs op tv verschijnen in dat opsporingsprogramma, *Efterlyst*. Maar ze kregen nooit iets gedaan en de zaak is ten slotte stopgezet. En dan komen we bij het volgende sterfgeval: het verkeersongeluk bij het Miresjön.'

Virgilsson reikt Rosen een papier aan, ze schrijft het jaartal *2001* op het bord en daarnaast *Pontus Ursvik*.

'Een zwarte BMW raakt door een onbekende oorzaak van de weg in de nacht van 6 op 7 januari. Dat is dezelfde nacht waarin een meteoriet over de omgeving passeert en mensen als een gek het alarmnummer bellen om te melden dat ze een ufo hebben gezien.'

Rosen kijkt snel op het papier voordat ze verdergaat. 'De auto wordt bestuurd door de vijfentwintigjarige Viggo Irving, die pas kort terug is in het land na een studie in de USA. Hij heeft samen met de rest van de familie Irving gedineerd op Stjärneholm en is op weg terug naar Malmö waar hij woont. Bij hem in de auto zit de achtentwintigjarige Pontus Ursvik die sinds twee jaar werkzaam is op de afdeling marketing van Alfacent. Ursvik is tevens de verloofde van Maud Irving.'

Een korte pauze terwijl Rosen de naam *Viggo Irving* schuin onder Ursviks naam noteert.

'Het is koud en het wegdek is her en der glad door opvriezing. De auto tuimelt een helling af, gaat door het ijs dat op het Miresjön ligt, en zinkt naar de bodem. De reddingswerkers vinden Viggo Irving in het water. Hij is dan ernstig onderkoeld en klinisch dood. In het ziekenhuis weten ze hem toch te reanimeren, maar zijn letsel is zo ernstig dat hij nooit wordt verhoord. De auto wordt de volgende dag al geborgen en dan wordt het lichaam van Pontus Ursvik aangetroffen op de achterbank. De doodsoorzaak is verdrinking. Het lichaam heeft ook een aantal verwondingen en de gerechtelijk arts komt tot de conclusie dat Ursvik geen gordel heeft omgehad en dat die verwondingen zijn ontstaan toen hij rond werd geslingerd door de auto.'

Rosen doet de dop weer op de stift en gebaart naar Virgilsson dat hij verder moet gaan.

De kleine padman wendt zich tot Asker. 'Alles wijst op een tragisch ongeluk,' vult hij aan. 'Maar er is iets afwijkends. Dat werd ontdekt door Enok hier.'

'Het was midden in de nacht,' zegt Zafer op luide toon. 'De plek van het ongeluk is afgelegen en de auto is door het ijs gegaan. De omgeving bestaat vooral uit bos en er staat binnen een omtrek van meerdere kilometers geen enkel huis. Er staan in de melding bij de politie ook geen getuigen genoemd.'

Hij stelt zijn gehoorapparaat even bij en Asker heeft al door waar hij heen wil.

'Dus wie heeft er alarm geslagen?' zegt ze. 'Wie heeft er zo tijdig gebeld dat de reddingswerkers er op tijd waren om Viggo's leven nog te redden?'

'Goeie vraag,' knikt Zafer. Die beweging verspreidt zich naar de andere gespreksdeelnemers.

'We hebben geprobeerd het rapport of de opname van de alarmcentrale te krijgen,' brengt Virgilsson in. 'Die zijn helaas al lang geleden verwijderd. Maar iemand moet hebben gebeld. En als je bedenkt dat het lichaam van Pontus Ursvik op de achterbank is aangetroffen, dan kun je je voorstellen dat er een derde inzittende is geweest. Iemand die net als Viggo voorin heeft gezeten en uit de auto heeft weten te komen voordat die helemaal zonk. Die daarna het alarmnummer heeft gebeld, maar niet meer ter plaatse was toen de reddingswerkers arriveerden.'

'Dit is natuurlijk maar speculatie, niets meer,' besluit Zafer. 'Maar wel behoorlijk goede speculatie, daar zijn we het allemaal over eens.'

Rosen schrijft *derde inzittende?* bij Ursviks naam.

'Bovendien is er nog een sterfgeval dat met de hele boel te maken kan hebben.'

Ze schrijft het jaartal *1991* bovenaan op het bord. 'Richard Bure, zeventien jaar oud, is in een naburige gemeente dood aangetroffen, op ongeveer dertig kilometer van Stjärneholm. Ik heb dit geval gevonden toen ik op zoek ging naar overeenkomsten tussen de sterfgevallen die we hebben bekeken en onopgeloste moorden in de gemeentes rondom Stjärneholm. Bure werd aangetroffen op de parkeerplaats achter de plaatselijke voetbalvereniging. Net als bij de tuinman was de doodsoorzaak een krachtige slag op het hoofd, en net als in Knudsens zaak vond men geen spoor en geen motief voor het misdrijf. Er waren speculaties dat het ging om een ruzie tussen jongeren die uit de hand was gelopen, maar tot een oplossing van de zaak is men nooit gekomen. Er is geen duidelijk verband met de familie Irving of met Stjärneholm.'

Ze rolt de stift een paar keer snel heen en weer tussen haar vingers.

'Maar,' zegt ze, 'aangezien Bure werd aangetroffen bij de voetbalvereniging en met zijn voetbaltas naast hem, wist ik te achterhalen in welke competitie hij speelde en tegen welk team hij destijds had gespeeld. Sportclubs zijn heerlijk, die bewaren zo'n beetje alles. Zelfs oude wedstrijdverslagen en opstellingen. Slechts twee weken voor Bures dood speelde hij bijvoorbeeld tegen een elftal uit de gemeente waar ook Stjärneholm in ligt. En de aanvoerder van dat team is een jongen van vijftien die...'

Ze draait zich naar het bord en begint te schrijven.

'Viggo Irving heet,' mompelt Asker.

'Precies,' zegt Rosen en doet de dop weer op de stift, iets definitiever deze keer.

Asker kijkt naar het bord.

'Dus we hebben drie sterfgevallen,' vat Virgilsson het samen. 'En Viggo Irving is de kleinste gemene deler die we hebben kunnen vinden.'

In slechts drie uur, voegt Asker daar voor zichzelf aan toe.

'Goed werk,' zegt ze nadrukkelijk. 'Heel goed gedaan, allemaal.'

De verloren zielen knikken, eerst naar haar, dan naar elkaar alsof ze het eens zijn met haar conclusie.

'Daarentegen is het lastiger om Viggo Irving in verband te brengen met Tord Korpi,' zegt Attila. 'Toen Korpi in 2006 overleed was Viggo een kasplantje. Net als in 2019 toen die twee urban ontdekkers, of hoe je ze ook noemt, in het meer verdronken. Maar er lijken sowieso vreemde dingen te gebeuren op Stjärneholm en als Korpi daar op de een of andere manier lucht van heeft gekregen, kan dat hem wel degelijk een kogel in de nek hebben opgeleverd.'

Asker leunt achterover. De informatie die ze nu hebben is overtuigend, maar het is niet genoeg om Hellman te laten stoppen.

'Weten we iets meer over de ontsnapping uit het ziekenhuis? Over de zilverkleurige auto die Pers helpster gebruikte?' vraagt ze.

Virgilsson schudt het hoofd. 'Het schijnt nog een paar dagen te duren voordat mijn contact bij parkeerbeheer het kenteken weet. Op dat front komen we niet verder, in ieder geval niet vanavond.'

De gelaatsuitdrukkingen van de groep tonen in verschillende variaties dat dit jammer is.

'Oké,' zegt Asker verbeten. 'Mijn grote dank. Jullie hebben echt goed werk geleverd. Ga nu maar naar huis en slaap morgen lekker uit, als je daar zin in hebt.'

Haar team komt overeind en verdwijnt een voor een door de deuropening.

Attila blijft hangen.

'Ik blijf die collega achter z'n broek aanzitten voor die oude foto,' zegt hij. 'Van Korpi en die onbekende vrouw.'

'Mooi. Ik ben er vrij zeker van dat het Karin Irving is, maar het zou mooi zijn om dat bevestigd te krijgen.'

'Ik blijf ermee bezig,' zegt hij instemmend. 'Zodra ik iets heb, hoor je het.'

Hij zwijgt even. 'En wat denk je nu te gaan doen? Met je vader en al dat gedoe.'

Asker haalt haar schouders op. 'Het enige wat ik kan doen. Naar de Farm gaan.'

Hill

Hij loopt behoedzaam door de stenen ruimte. Her en der zitten op de muren zwakke rode lampen die dat mogelijk maken zonder dat hij zijn zaklamp hoeft te gebruiken. Het gebrom dat hij eerder heeft gehoord wordt steeds sterker en hij vermoedt dat het van een grote ventilatiekoker aan de ene kant van het betonnen bouwsel komt.

Hill komt langs een oude mijngang die is opgevuld met grote rotsblokken. Hij vraagt zich af of het Tord Korpi's idee kan zijn geweest om de blokken in sommige van de gangen te dumpen zodat ze niet naar boven hoefden te worden gesleept toen ze deze ruimte uithieuwen. Zo kwam niet aan het licht waarmee ze hierbeneden bezig waren.

Hij loopt verder langs de muur en om de korte kant van het bouwsel heen. Tot nu toe heeft hij geen deur gezien. De stalen tank torent boven hem uit. Grote slangen koppelen hem aan het betonnen bouwsel en op een waarschuwingsplakaat op de zijkant staat dat er LN2 in zit. Vloeibare stikstof, die wordt gebruikt om extreem lage temperaturen te bereiken.

Achter het bouwsel zit nog een mijngang, maar die is afgesloten met een traliehek.

Achter dat hek heeft iemand een pijl op de rotswand geschilderd en de letters SG. Hills hart maakt een paar extra slagen. Als SG voor Stjärngruvan staat, kan deze gang de onderaardse verbinding tussen deze oever en het Blockön zijn.

Hij voelt aan het hek. Het zit niet op slot.

Een deel van hem wil niets liever dan deze mijngang onderzoeken, maar hij beseft dat dit het verkeerde moment is voor zo'n onderneming.

Hij keert terug naar het betonnen bouwwerk, doet zijn zaklamp aan en gaat ermee langs de vensterloze wand die helemaal tot aan het plafond van de stenen ruimte reikt.

Als hij de lamp weer laat zakken, ontdekt hij iets wat op een inscriptie lijkt, helemaal aan de onderkant van het bouwsel.

Hij loopt erheen. Iemand heeft iets in het beton geschreven toen het nog nat was. Zijn handtekening op de constructie gezet.

TK 2006

TK, dat moet voor Tord Korpi staan.

Hij heeft het bewijs gevonden dat Leo nodig had: Korpi is daadwerkelijk ingehuurd door de familie Irving. Nu zou hij moeten maken dat hij weer uit de tunnels komt. Maar hij heeft één kant van het bouwsel doos nog niet onderzocht.

Zijn nieuwsgierigheid krijgt de overhand en hij gaat voor de derde keer de hoek om.

De lichtkegel verlicht een klein trapje en een stalen deur. Hij voelt voorzichtig aan de deurklink. De deur zit op slot.

Maar aan Karin Irvings sleutelbosje zaten twee sleutels en hij heeft er pas één gebruikt. Hij moet het in ieder geval proberen.

Asker

Ze rijdt weer noordwaarts. Het voelt alsof ze de laatste dagen amper iets anders heeft gedaan. Ze luistert de hele tijd naar de portofoon.

Hellmans team is bijna op de plaats van bestemming in het bos te komen. De commandobus staat geparkeerd, de rechercheurs en scherpschutters hebben zich verspreid. De volgende stap wordt de teams van de speciale eenheid en dan de helikopter.

Wat moet ze doen als ze er eenmaal is? Hellman opnieuw proberen te overtuigen van haar theorie? Maar ook al is ze er nu zeker van dat de familie Irving op de een of andere manier betrokken is bij de dood van Tord Korpi, dan nog heeft ze geen enkel waterdicht bewijs dat Tord Korpi op Stjärneholm is geweest. Slechts een aantekening uit Attila's notitieboekje dat ze Tord Korpi daarheen zijn gevolgd, plus de informatie van Martin dat Karin bevestigt dat ze Korpi heeft ontmoet.

Anders bekeken, vanuit Hellmans gezichtspunt: een zestien jaar oude notitie van een chronische zuiplap en informatie uit de tweede hand van een vrouw met psychische problemen.

De foto waar Attila het over had, met Korpi en Karin Irving, zou haar informatie wat overtuigender kunnen maken, als ze er tenminste over kon beschikken. Of iets dat bevestigt dat Korpi aan het laboratorium onder het landgoed werkte, als het Martin lukt om zoiets te vinden, maar van zijn kant blijft het nog stil.

Ze heeft kortom niets wat Hellman kan overtuigen om af te zien van de inval, en Per heeft de satelliettelefoon uitgeschakeld.

Wat denkt ze dan te kunnen bijdragen door ter plaatse aanwezig te zijn?

Het dichtst bij een antwoord op die vraag komt ze met de constatering dat ze niet stil kan blijven zitten. Ze kan er tenminste bij zijn.

Het met eigen ogen aanschouwen.

Wat er dan ook gaat gebeuren.

Hill

Hill pakt de tweede sleutel van het bosje beet en stopt hem in het slot. Draait hem om met een klik die haast niet is te horen boven het gebrom van de ventilatoren.

Hij duwt de klink omlaag en doet de deur een stukje open.

Koude lucht slaat hem tegemoet. De ruimte binnen is groot en slechts gedempt verlicht. In het midden staan zo te zien vier grote, van vloer tot plafond reikende witte tanks met het letterlogo van Alfacent.

Daarachter een trap die omhoogvoert.

Er is een hele reeks buizen en kabels aan de tanks gekoppeld en er is een beeldscherm bevestigd op de voorkanten.

Dat moeten de vier cryokamers zijn waar Nova het over had.

Zal in één daarvan Gunnar worden ingevroren?

Hill kan de verleiding niet weerstaan verder te kijken. Hij loopt naar de eerste kamer en voelt aan de buitenkant. Die voelt hard en stevig aan. Vermoedelijk is dit slechts een huls die de eigenlijke conserveringscel isoleert. Door de buizen die de kamer in en uit gaan, moet vloeibare stikstof stromen.

Het idee om als die glaskikker gewichtloos zwevend de eeuwigheid in zo'n blik door te brengen is tegelijkertijd fascinerend en afstotend.

Hill raakt het beeldscherm aan. Dat komt meteen tot leven en toont een camerabeeld. Het duurt een paar tellen voordat Hill doorheeft dat het beeld van binnen in de tank is.

Die is leeg, maar onder het cameravenster staat een naam.

GUNNAR IRVING

Hill slikt. Hij had het goed geraden. Dit is Gunnars toekomstige rustplaats.

In deze tank zal zijn lichaam, bevroren tot min tweehonderd graden, wachten op de wederopstanding.

Hij had nu ondanks alles toch zielsgraag zijn telefoon bij zich gehad om alles te kunnen fotograferen. Evengoed is het inmiddels hoog tijd om hier weg te gaan. Om terug te keren naar boven de grond en contact op te nemen met Leo.

Hij loopt een paar passen terug naar de deur, maar houdt dan halt.

Er zijn nog drie cryokamers.

Voor wie zijn die bedoeld? Zijn er meer familieleden die zullen worden ingevroren? Of zijn het slechts reservetanks, voor het geval er één of meer slecht functioneren?

Hij luistert voorzichtig aan de trap om te proberen te bepalen of er daarboven iemand is. Maar alles blijft kalm en stil.

Hill loopt naar de volgende tank en raakt het beeldscherm aan.

Dat komt tot leven en het camerabeeld van de binnenkant verschijnt.

Maar in plaats van een lege cel toont het een mannengezicht.

Hill springt rechtop, zijn hartklep slaat op hol.

De huid van de man is wit en korrelig, alsof die van ijs is of van brokjes glas is gemaakt en de gelaatstrekken zijn iets verwrongen.

Toch herkent hij zonder enig probleem de man in de tank, zelfs zonder hulp van het naambordje eronder.

Dit is Bernhard Irving. Gunnars vader.

Hellman

Het commandovoertuig is een verbouwde camper die is ingericht met communicatieapparatuur en beeldschermen. Hellman zit aan de tafel in het midden, samen met Eskil, de chef van de speciale eenheid, een radioman en een beeldtechnicus.

'We hebben nu dronebeelden,' zegt de technicus en hij tikt op een toetsenbord.

Op een van de grote schermen aan de korte kant is in vogelperspectief de Farm te zien. Een paar amper verlichte barakken en caravans bij elkaar in het midden van een terrein dat is omheind met een hekwerk met dubbel prikkeldraad.

Hellman wendt zich tot Eskil. 'Hebben we waarnemingen van de verkenners?'

'Geen nieuwe. Ook niet op de warmtecamera's. Per Asker verbergt zich beneden in zijn hol.'

'En de helikopter?'

'Volgetankt en klaar,' antwoordt de radioman. 'De piloot wacht op zijn orders.'

'Het energiebedrijf?'

'Die halen de stroom eraf zodra we bellen.'

'Mooi.' Hellman wendt zich tot de chef van de speciale eenheid. 'Zijn de scherpschutters op hun post?'

'Yes, we hebben het hele terrein in het schootsveld. Daar beweegt zich niets levends zonder dat wij het zien.'

Hellman concentreert zich een paar seconden, probeert niet onprofessioneel te grijnzen. Ze zijn klaar. Alle troepen zijn verzameld. Maar voordat hij hen loslaat, resteert nog één taak.

'Nou, dan,' zegt hij. 'Dan moet ik maar eens aanbellen bij Per Asker en hem vriendelijk vragen zich over te geven. Is er iemand die met me mee wil?'

Asker

Ze heeft de auto achteruit tussen twee sparren met volle takken gezet waar hij niet in het oog valt. Een plek vanwaar ze de toegangsweg tot de Farm in de gaten kan houden terwijl ze naar de portofoon luistert. De commandowagen staat nog geen kilometer verderop, hemelsbreed nog dichterbij. Als ze haar raampje laat zakken, hoort ze het gonzen van de verkenningsdrone.

Inmiddels zijn ze zich gaan klaarmaken voor de eerste akte. Ze kunnen elk moment een onderhandelaar eropuit sturen om te proberen contact te krijgen. Te proberen Per zich vrijwillig te laten overgeven.

Dat zal hij niet doen, maar ze moeten evengoed de richtlijnen volgen voor zo'n onderneming.

Inderdaad komt er een auto aanrijden over de weg. Ze brengt de verrekijker naar haar ogen.

Een zwarte recherchewagen met twee inzittenden.

Als de auto langsrijdt, kan ze nog net zien dat het Hellman is die achter het stuur zit. Hij is blijkbaar van plan zelf te gaan onderhandelen.

Per weet dat het begin van de inval zal zijn dat iemand op de poortintercom drukt om te proberen contact met hem te krijgen – en hij is expert in springladingen.

Wat betekent dat wie met zijn vinger op die knop drukt, zijn leven riskeert.

Hellman is zich dat terdege bewust, toch gaat hij er zelf heen.

Moedig, dat moet ze toegeven.

Of misschien gewoon dom.

Dat valt nog te bezien.

Hill

Hills adem stokt haast. Bernhard Irving is helemaal niet gecremeerd en begraven onder de steen aan de oever van het meer. Hij ligt hier, bevroren tot bijna tweehonderd graden onder nul, in een vriestank. Gevitrificeerd, veranderd in glas.

Op trillende benen loopt Hill naar de volgende tank.

Hij haalt diep adem en raakt het scherm aan. Zet zich schrap voor wat daarop te zien zal zijn.

Er verschijnt een nieuw glasgezicht. Een jongeman die hij in eerste instantie niet herkent. Wel als hij de tekst onder het beeld leest.

ELIS BRORSON, 2019

Het haar in Hills nek prikt tegen zijn kraag. De vermiste urbexer van wie was aangenomen dat hij verdronken was.

Hij slikt, zet zich ertoe om naar de vierde, laatste tank te gaan.

Zijn hand trilt als hij het scherm aanraakt.

Maar de tank is leeg, wat enigszins oplucht.

De naam onder aan het beeldscherm doet Hill toch opschrikken.

VIGGO IRVING, 2006

Dus Viggo is ook overleden en ingevroren, vijf jaar na zijn auto-ongeluk.

Hij heeft de laatste zestien jaar dood in een vriestank gelegen.

Iets dat Nova Irving heeft gezegd, schiet Hill plotseling te binnen: 'Gunnar doet al sinds de jaren negentig onderzoek naar cryonica.'

Bernhard is in 1996 overleden. Is hij dan het object van Gunnars eerste onderzoek? Dat zou betekenen dat Viggo nummer twee en Elis nummer drie is.

Maar waar is Viggo's lichaam?

Een geluid doet Hill opschrikken. Ergens gaat een deur open en tegelijk gaan de plafondlampen aan.

Hill houdt instinctief zijn hand omhoog om zijn ogen te beschermen tegen het felle licht.

'Hallo? Wie is daar?' hoort hij dr. Schillers stem vanaf de trap roepen.

Hill draait zich razendsnel om en stormt naar de uitgang.

Hellman

Eskil en hij staan voor de poortintercom bij het hek van de Farm. Vanaf een paal een paar meter achter de omheining met dubbel prikkeldraad kijkt een bewakingscamera op hen neer.

Eskil friemelt nerveus aan zijn riemholster. 'Hoe weten we dat Asker geen boobytrap van de intercom heeft gemaakt?'

'Dat heeft hij niet gedaan,' zegt Hellman.

'Maar hoe weten we dat zeker? Zou het niet beter zijn om die twee explosievenjongens van het leger hier te laten komen om een kijkje te nemen?'

Hellman schudt het hoofd.

'Per Asker is een narcist,' zegt hij. 'Hij wil de kans niet voorbij laten gaan om ons te laten zien hoe ontzettend slim hij is.'

Eskil lijkt niet helemaal overtuigd. 'Weet je zeker dat het veilig is?'

'Zo veilig als een bunker.' Hellman heeft direct spijt van zijn woordkeus.

Hij zet een stap naar voren, pauzeert een tel met zijn vinger bij de belknop terwijl hij inademt. Drukt hem dan in.

Er gebeurt niets.

Hellman ademt stil uit terwijl Eskils opluchting duidelijker hoorbaar is.

Er verstrijken een paar seconden. Hellman drukt weer op de knop.

'Misschien wil hij niet praten,' zegt Eskil.

Hellman schudt weer het hoofd. 'Per Asker is dol op zijn eigen stem. Wacht maar.'

De luidspreker knettert. Hellman houdt de portofoon omhoog en vergrendelt de zendknop zodat iedereen het kan horen die meeluistert op dat kanaal.

'Commissaris Hellman,' zegt de stem van Per Asker. 'Wat gezellig dat je op bezoek komt. Wat kan ik voor je doen?'

'Je kunt uit je gat in de grond komen en met je handen op je hoofd naar het hek lopen,' zegt Hellman.

Per Asker grinnikt.

'Je bent grappig, Jonas. De vorige keer dat ik je sprak, beloofde je nog me maanden opgesloten te houden. Waarom zou ik je dat laten doen?'

'Omdat als je niet naar buiten komt, wij naar binnen gaan en je ophalen. Moeilijker is het niet.'

'Hou je van vuurwerk, Jonas?'

Hellman geeft geen antwoord, kijkt alleen tersluiks naar de camera.

'Hou je van vuurwerk,' herhaalt Per Asker. 'Want als dat zo is, wordt 't een mooie avond voor je, dat beloof ik.'

'Is dat een dreigement?' vraagt Hellman.

'Het enige wat ik zeg, is dat als jullie proberen om met geweld de Farm op te komen, het gaat knallen. Zal ik anders vast wat afsteken, nu jullie daar zo bij het hek staan?'

Hellman merkt dat Eskil onrustig begint te bewegen.

'Is er iets wat ik kan zeggen of doen om jou je vrijwillig te laten overgeven?' vraagt Hellman.

'Volgens mij weet je het antwoord op die vraag al. En je weet ook best dat mijn dochter gelijk heeft als ze zegt dat ze de werkelijke dader op het spoor is. Maar dat wil je niet horen, hè Jonas? Je kunt het idee niet uitstaan dat ze weer van je wint.'

Hellman ademt in. De ouwe kerel probeert hem uit zijn doen te brengen. Doet een laatste, zielige poging om hem te sarren. Hij moet zich niet laten beïnvloeden, zeker niet nu alle collega's meeluisteren.

'Laatste waarschuwing, Per,' zegt hij zo rustig als hij kan. 'Kom met je handen op je hoofd naar buiten, dan overkomt er niemand iets.'

Het blijft een paar tellen stil.

'Bedankt voor het aanbod, maar ik sla het af denk ik. Hoop dat je van vuurwerk houdt.'

Een klik geeft aan dat Per Asker heeft opgehangen.

Hellman werpt een laatste blik naar de camera, draait zich dan om en loopt met Eskil in zijn kielzog naar de auto. Hij tilt de portofoon naar zijn mond.

'Zo, dames en heren. Zoals jullie hebben gehoord peinst Per Asker er niet over om zich over te geven. Snij zijn stroom af, laat de helikopter komen en maak je klaar voor de inval.'

Hill

Wanneer hij halverwege de stenen ruimte is, gaat er een alarm af. Wat hem vertelt wat hij al weet.

Dat hij ontdekt is.

Hill probeert harder te rennen, maar het mijngruis op de grond maakt dat lastig. Hij kijkt over zijn schouder. De rode verlichting is feller gezet. Brengt aan het licht wat daarvoor in duisternis was gehuld. Boven op de muur van het bouwwerk zit iets wat een camerabol zou kunnen zijn.

Godverdomme!

In zijn gretigheid om het laboratorium te onderzoeken heeft hij er niet eens aan gedacht dat het bewaakt zou kunnen zijn.

Hij stormt de mijngang in en gaat de hoek om. Het geluid van het alarm neemt af en het licht verdwijnt.

Hill doet zijn zaklamp aan en holt verder.

Hij hoort nog geen achtervolgers. Misschien weten ze nog niet welke kant hij is opgegaan. Hebben ze de camera's nog niet gecheckt. Dat geeft hem een kleine voorsprong.

De gelegenheid om zijn gedachten te ordenen.

Bij de grot blijft hij staan om op adem te komen. Hij komt zuurstof tekort, zijn hartslag bonst op zijn trommelvliezen en hij moet zijn handen op zijn knieën zetten om überhaupt op zijn voeten te kunnen blijven staan. Het gaat hem niet lukken om helemaal terug te rennen naar Villa Arcturus, zeker niet tegen de helling op.

Hij moet zijn krachten sparen. Zijn hoofd gebruiken. Maar dat tolt op het moment van al zijn gedachten.

Bernhard is al in 1996 ingevroren. De tank met zijn lichaam moet jarenlang ergens anders zijn bewaard. Misschien bovengronds in de medische faciliteit of in het souterrain van het hoofdgebouw.

Ergens in 2006 wordt Tord Korpi gevraagd het geheime ondergrondse laboratorium te bouwen. In hetzelfde jaar belandt Viggo in de vriestank en krijgt Korpi een kogel in zijn nek.

Hij beloofde Viggo te helpen. Dat zei Karin over Tord Korpi.

Hem waarmee te helpen dan? Waarom is Viggo's lichaam verdwenen en wat is de arme Elis Brorson overkomen dat hij ook in een vriestank is beland?

Zijn denkpauze is voorbij. Hill zet zich weer in beweging, in een trager tempo deze keer. Voorzichtig loopt hij de plank over.

Hij hoort nog steeds geen achtervolgers, alleen het gemurmel van het water. Maar dat brengt hem niet meer tot rust, integendeel.

Dr. Schiller moet hebben gezien dat hij het was die het laboratorium was ingegaan. Hij of waarschijnlijker Samuel zal naar Arcturus gaan en wachten totdat hij opduikt in de kelder. Dan bepalen of hij een bedreiging vormt voor het project en voor Gunnar en hem vervolgens dienovereenkomstig aanpakken.

Haalt hij het om daarvoor bij de villa te zijn en het landgoed te verlaten? Hij probeert het uit te rekenen, hoe snel hij rent ten opzichte van een auto bovengronds. Die vergelijking valt niet in zijn voordeel uit.

Hij heeft een nieuw plan nodig. Een manier om Stjärneholm te verlaten zonder te worden ontdekt.

Hij komt bij de plankenwand van de half dichtgespijkerde mijngang en houdt halt. Stapt dan de gang in en beschijnt de onregelmatige letters op de wand.

Villa C.

Hill knikt instemmend. Helemaal geen slecht idee.

De man van glas

Het alarmsignaal weergalmt door de onderwereld. Hij weet wat dat betekent.

Er is een indringer in zijn rijk.

Iemand die de geheimen ervan heeft ontsluierd en niet mag ontkomen.

Hij rent door de gangen, houdt zo nu en dan halt om te luisteren en de lucht op te snuiven.

Het duurt niet heel lang voor hij doorheeft wie de indringer is. Hij kan zijn bekende geur ruiken, hem horen gaan. Hoe hij voortstrompelt in de hoop te ontkomen. Het geluid van zijn mechanische hart dat door het duister weerklinkt.

De brutaliteit van de Vreemdeling kent geen grenzen.

Deze keer kan niemand hem nog redden.

Asker

Ze heeft elk woord van Per en Hellmans kemphanengevecht kunnen volgen over de portofoon. Daarna ontvouwt zich het verwachte scenario.

Hellmans team heeft de stroom naar de Farm afgesneden, wat zinloos is aangezien Per een ingegraven tank met duizenden liters diesel heeft en niet minder dan twee noodgeneratoren. Maar de maatregel is meer symbolisch dan effectief. Zo kan Hellman de spieren even opwarmen.

Zonet hoorde ze het gedreun van de rotorbladen van de helikopter toen die overvloog naar de landingsplaats bij de versperring.

Straks zal die weer de lucht in gaan. Naar de Farm vliegen om een van de invalsteams binnen de omheining neer te laten. En wanneer dat gebeurt, zal de boel losbarsten.

Het vuurwerk beginnen, om Per te citeren.

Er is iets met die aanduiding wat niet klopt.

Heel haar jeugd heeft Per haar gedrild om de juiste termen en aanduidingen te gebruiken. Om pistool te kunnen onderscheiden van revolver, vlag van vaandel, detonatie van deflagratie.

Ze heeft hem ontploffingen nooit vuurwerk horen noemen. Maar misschien wilde hij Hellman gewoon een beetje sarren. Een taal spreken die hij begreep.

Het litteken op haar arm jeukt als een gek en ze moet nodig plassen.

Ze opent het portier en stapt uit in het donker. Trekt haar broek omlaag en steunt tegen een geschikte boomstam terwijl ze op haar hurken gaat zitten.

In de verte hoort ze het pulserende geluid van de helikopter dat dichterbij komt. Het klinkt als klepperende paardenhoeven.

Het geluid verandert in gebulder als de helikopter vlak over de boomtoppen voorbij scheert.

Hill

De mijngang naar Villa Canopus verkeert, zoals hij al eerder had geconstateerd, in slechte staat. Er staan meer houten stutten in en hier en daar liggen steenhopen van instortingen. Op meerdere plekken moet Hill zelfs over blokken steen zo groot als voetballen heen stappen.

Bovendien wordt de gang steeds lager.

Hij heeft normaal geen last van claustrofobie, maar in de steeds nauwere gang is het onmogelijk je niet voor te stellen dat er vlak boven je hoofd honderden tonnen steen hangen die op elk moment omlaag kunnen komen.

Weet hij Villa Canopus helemaal te halen, dan is er een goede kans dat hij hier weg kan komen, houdt hij zich voor. Als Maud al terug is uit Malmö, kan hij haar vragen hem in haar auto naar buiten te smokkelen. Maud hoort niet bij de kring van vertrouwelingen en weet vermoedelijk niet wat er speelt, vooral niet rond het ingevroren lichaam van haar broer.

Hij stopt om weer op adem te komen. Doet zijn zaklamp uit en luistert. Het enige wat hij hoort, is druppelend water en zijn eigen zware ademen.

Terwijl hij weer op krachten probeert te komen, doet hij een poging de rest van de puzzel op te lossen.

In 2001 overlijdt Viggo in het ijskoude water van het Miresjön, maar wordt hij weer tot leven gewekt.

Hij loopt zulk zwaar letsel op dat hij speciale verzorging nodig heeft, misschien in het buitenland, wat een hoop mensen hebben beweerd. Of, wat waarschijnlijker lijkt, hij wordt op Stjärneholm verpleegd totdat hij overlijdt. Volgens het jaartal op het scherm is hij in 2006 ingevroren, hetzelfde jaar dat Tord Korpi wordt vermoord.

Je zou natuurlijk kunnen denken dat Gunnar Viggo wilde invriezen om hem ooit in de toekomst te kunnen genezen. Dat zijn daden voortkwamen uit vaderliefde.

Maar waarom werd Tord Korpi dan vermoord?

Probeerde hij Karin te helpen Gunnars plannen een halt toe te roepen en moest hij dat betalen met zijn leven?

Het cryonicaproject is als puntje bij paaltje komt bedoeld om Gunnar het eeuwige leven te geven, daar wonden hij en Nova geen doekjes om.

Elke bedreiging van het project is daarmee een directe bedreiging van Gunnar zelf.

Elis Brorson is het volgende stukje van de puzzel. Is hij ook verdronken, net als zijn kompaan? Of had het ufo-echtpaar voor een deel gelijk in zijn overtuiging dat de urbexers daar op Blockön op iets gestuit waren? Dat iets was echter geen buitenaards wezen, maar iets wat ook met het cryonicaproject te maken had. Iets wat noodzaakte dat ze allebei uit de weg werden geruimd.

Wat Hill terugbrengt naar zijn eigen situatie. Hem doet afvragen welke behandeling Gunnar het meest geschikt acht voor hem.

Een nekschot, een tragische verdrinking of misschien nog erger: een plekje in een van de vriestanks beneden in het laboratorium, zodat Gunnar en zijn kliek hem voor hun onderzoek kunnen gebruiken.

Hij begint te rillen van de vochtige lucht. Hij doet de zaklamp aan en gaat weer verder.

Hoe verder hij komt, hoe slechter de staat van de mijngang. Hij moet tussen neergevallen hout en stenen door laveren. De korte pauze heeft hem niet noemenswaardig veel kracht gegeven en zijn benen beginnen zwaar aan te voelen.

Hij schijnt verder de gang in, probeert te bepalen hoe ver hij nog moet.

In plaats daarvan struikelt hij over een steen en valt hij plat voorover.

De zaklamp schiet een meter weg, maar gaat niet uit.

Een scherpe pijn in zijn rechterknie doet zijn gezicht vertrekken.

Hij kruipt overeind, inspecteert zijn been.

Een steen heeft een gat in zijn broek gemaakt en het vel van zijn knieschijf geschaafd. De stof van zijn broek wordt vochtig van het bloed.

Hij vloekt stilletjes, maar houdt zich ondertussen voor dat het erger had kunnen zijn als hij niet tijdelijk was gestopt met zijn bloedverdunners.

Hij gaat weer staan en reikt naar zijn zaklamp die in een modderplasje is gevallen. Aan de rand van het plasje is een afdruk te zien die Hill doet verstijven.

Een zoolafdruk van een enorme schoen waarvan het profiel doet denken aan dat van een tractorband.

Dezelfde afdruk als van de reus of het wezen of wat het nu ook maar was dat hem achtervolgde door de mist, en die afdruk achterliet in het rozenperk daarboven.

Zijn onbekende, enge achtervolger is dus ook in deze gangen hier beneden geweest. Spookt hier misschien nog steeds rond.

Een geluid laat Hills hart stoppen. Zware voetstappen die weergalmen door het duister achter zijn rug.

Die steeds dichterbij komen.

Hellman

De sfeer in de commandowagen is inmiddels elektriserend.

'Alle invalsteams bij de Farm, eropaf!' beveelt de chef van de speciale eenheid in zijn headset. 'De scherpschutters hebben toestemming om te vuren.'

Op twee van de schermen aan de korte kant zijn een raster vol beelden te zien van de bodycams van agenten die in beweging zijn gekomen. Het grootste scherm vertoont nog beelden van de dronecamera. Die filmt terwijl de politiehelikopter bulderend over de boomtoppen richting de Farm vliegt. De aanblik is indrukwekkend en angstaanjagend.

De rotorbladen zwiepen door de lucht, de deuren zijn open en in het zwart geklede agenten van de speciale eenheid met helm en veiligheidsbril op, hangen uit de zijkanten van de helikopter.

'De noodlotsruiters,' mompelt Hellman in zichzelf.

Het uur van de wraak en genoegdoening heeft eindelijk geslagen. Hij kan voelen hoe de adrenaline door zijn lijf pompt, al zijn zintuigen aanscherpt, hem zich sterk laat voelen, machtig, springlevend.

Hij probeert het moment zo lang mogelijk te laten duren.

Over een paar minuten is dit allemaal voorbij. Hij heeft gewonnen, de familie Asker verloren. De natuurlijke orde is hersteld.

De drone zoomt uit. Aan drie kanten van de omheining bewegen agenten in het zwart richting de Farm. Ze stoppen bij het hek om er gaten in te knippen voordat ze verdergaan.

De helikopter heeft zijn doel bereikt, hangt een metertje boven de grond terwijl de agenten van de speciale eenheid eruit springen met hun automatische wapen in de aanslag.

Zodra ze eruit zijn, zwiept de helikopter met brullende motoren weg over de boomtoppen.

'Delta 1, de landing is uitgevoerd. We rukken op naar de gebouwen,' deelt de teamchef mee.

De mobilofoon blijft situatie-updates ratelen.

'Bravo 1, we zijn door het hek en rukken op,' deelt de volgende groep mee.

'Alfa 1, wij ook.'

'Charlie 1, we rukken op.'

Hellman voelt zijn pols omhooggaan terwijl hij alles volgt op de beelden van de drone en de bodycams.

Dit is het meest kritieke punt van de inval.

Hij heeft ruim twintig zwaarbewapende agenten van de speciale eenheid op de Farm, die precies op dit moment over relatief onbeschut terrein trekken.

'Scherpschutters, enig teken van beweging in de gebouwen?' vraagt de chef van de eenheid.

'Nee,' antwoordt een stem over de mobilofoon, gevolgd door andere.

De eerste groep bereikt de barakken, dan de tweede, de derde en de vierde.

Hellman ademt uit. Nu moeten ze alleen bepalen of Asker de gebouwen geboobytrapt heeft, voordat ze zich een weg naar binnen banen.

'Bravo 1, we staan nu bij een deur die niet op slot zit,' meldt een van de groepen aan de achterkant. De stem klinkt licht verbaasd.

'Charlie 1, wij ook.'

Hellman fronst zijn voorhoofd. Per Asker kan een vergissing hebben gemaakt. Vergeten zijn een deur op slot te doen. Maar dat hij dat bij twee deuren vergeet is onwaarschijnlijk.

'Alfa 1, ook wij hebben een deur die niet op slot zit,' deelt een derde team mee. 'We zien beweging binnen. We gaan naar binnen!'

'Wacht!' zegt Hellman. 'Niet naar binnen gaan, dat kan een –'

Een zware explosie onderbreekt hem. Doet zijn middenrif ineenkrimpen en zijn lijf bevriezen.

Asker

Ze staat op een klein heuveltje tussen de bomen en volgt de hele boel door haar verrekijker. De helikopter, de dropping, de invalsteams die het hek forceren en naar de barakken optrekken. Stelt scherp op de deuren en maakt zich klaar.

Ze hoort de oproep op de portofoon, hoe Hellman probeert in te grijpen om de op scherp staande agenten af te remmen.

De zware knal en het felle licht dat volgt doen haar instinctief ineenduiken. Heel even, een milliseconde die als een eeuwigheid aanvoelt, is alles stil.

Dan brult iemand 'DEKKING!' over de portofoon en is de betovering verbroken.

De hemel explodeert in een knetterende sterrenregen, gierende vuurpluimen en schitterende golven van kleur die de Farm en de bossen eromheen laten oplichten. De portofoon stroomt over van de schreeuwende stemmen en schotsalvo's.

En de hele boel vermengt zich met krijsende raketten, gillende keukenmeiden en voortrommelde ontploffingen tot een wervelwind van geluid, een kakofonie die pas ophoudt als Hellmans brullende stem op de portofoon klinkt.

'Staak het vuren! Staak godverdomme het vuren! Het is maar vuurwerk. Alleen maar tyfusteringvuurwerk.'

Hill

Hij heeft alle voorzichtigheid overboord gegooid, raast voorovergebogen met de zaklamp voor zich uit door de nauwe mijngang. Zijn hartklep ratelt, zijn ademhaling snijdt door zijn longen, het bloed stroomt over zijn kapotte knie. De wond in zijn dij is ook weer ontwaakt, protesteert uit alle macht tegen de heftige bewegingen.

Achter hem blijven de zware voetstappen weergalmen door het duister.

Hill probeert nog harder te lopen. Hij struikelt, stoot tegen de muren, knalt bijna met zijn hoofd tegen een verzakte dwarsbalk, maar weet op de een of andere manier toch overeind te blijven.

De vloer bestaat nu ook uit mijngruis en begint omhoog te hellen.

Hij moet nu dichtbij zijn, bijna bij Villa Canopus zijn.

Dat hoopt hij tenminste.

De zaklamp doet iets groots grijs oplichten.

De gang is ingestort, daar ligt nu een vlakke stapel van rotsblokken, gruis en steenstof.

Hij zit vast, diep onder de grond gevangen als een rat.

De voetstappen klinken steeds dichterbij, vermengen zich met het geluid van zijn razende hart.

Hill gaat met zijn zaklamp over de steenhoop. Er lijkt vlak bij het plafond een opening te zijn.

Stenen en gruis spatten om hem heen terwijl hij zo snel hij kan naar boven probeert te komen.

Als hij bij de opening boven op de hoop is, draait hij zich om en werpt een blik naar achteren.

Er is een rood schijnsel zichtbaar in het duister.

De aanblik doet zijn borstkas ineenkrimpen. Een ijzeren hand slaat zich om zijn longen, maakt het onmogelijk nog te bewegen, net als in zijn nachtmerrie. En door het duister komt het wezen met de rode ogen recht op hem afgestormd.

Hill perst een klein ademteugje in zijn longen en dan nog één.

De verlamming wijkt en hij draait zich razendsnel om en stort zich over de hoop naar de grond aan de andere kant.

Hij krijgt op de een of andere manier zijn benen opnieuw in beweging en begint weer te rennen.

Achter zich hoort hij het geluid van het wezen dat de rotsblokken aanvalt.

Het schijnsel is al bij het plafond te zien, alsof het wezen precies weet waar het zijn voeten moet zetten om zo onwerkelijk snel eroverheen te klauteren.

Hill probeert voor zich uit te schijnen terwijl hij doorrent.

Hij struikelt weer, valt voorover en slaat zijn handen uit om zich op te vangen.

Eén hand stoot ergens tegenaan en hij grijpt het in een reflex beet om overeind te blijven.

Het is de reling van een wenteltrap, net zo één als die naar Villa Arcturus.

Hill legt zijn hand op de reling en begint omhoog te rennen.

Als hij bij de tweede wenteling is voelt hij de trap plotseling schommelen. Hij werpt een snelle blik omlaag over de reling.

Het wezen met de rode ogen staart van onder aan de trap naar hem. De aanblik doet Hills gekwelde hart een paar slagen overslaan.

Hij krijgt zijn benen weer in beweging, dwingt ze trede voor trede omhoog, ook al giert de pijn en het melkzuur door zijn hele lijf.

De trap kraakt en schommelt wild onder het gewicht van hem en zijn enorme achtervolger samen. Heel even denkt Hill dat het metaal het zal begeven. Dat de trap met hen beiden erop zal neerstorten naar de bodem van de schacht.

Maar dan verlicht de zaklamp een overloop.

Hij is boven.

Hill strompelt verder een gang in die lijkt op die bij Villa Arcturus. Naast hem buizen van de afstandsverwarming en een stalen deur met een deurknop en -kruk.

Achter hem kermt de trap onder de bewegingen van zijn achtervolger. Hill laat de zaklamp vallen, werpt zich op de deur, draait de knop om en drukt tegelijk de kruk omlaag.

De deur zwaait open en hij stormt zo een washok in. De ruimte is donker, maar in het display van een wasmachine brandt ledlicht.

Hill draait zich om, gooit de stalen deur dicht en zoekt iets om die mee te blokkeren. Zijn blik blijft hangen bij een groot en ogenschijnlijk oud werktuig, met twee grote rollen en een draaiarm. Hij pakt bij een hoek beet en weet het toestel met onvermoede krachten over de vloer te slepen.

Op het moment dat hij het apparaat tegen de deur heeft gezet, dreunt zijn achtervolger daartegenaan met een knal die zo hard is dat het zware werktuig iets meegeeft.

Hill werpt zich erop en duwt uit alle macht.

De achtervolger beukt weer op de deur, nog harder deze keer.

De werktuig verschuift een paar centimeter waardoor de deur op een kier komt te staan. Hill probeert zich beter schrap te zetten met zijn voeten, maar die glijden weg op de gladde vloer.

Een derde beuk en de kier groeit tot een hele decimeter.

Door de spleet kan hij de zware ademhaling van zijn achtervolger horen.

'Help!' schreeuwt Hill. 'Maud!'

Hij gooit zijn hele gewicht weer tegen het werktuig en wacht op een vierde beuk.

Maar die komt niet.

In plaats daarvan hoort hij het geluid van zware voetstappen, daarna de wenteltrap die opnieuw begint te knarsen.

Hill duwt het apparaat strak tegen de deur en weet de kruk nu te blokkeren zodat de deur niet meer te openen is.

Dan gaat hij op zijn wankele benen de keldertrap op.

'Hallo?' roept hij het huis in. 'Maud? Elsa?'

Geen antwoord.

Hill loopt gebukt naar het raam. Aan de andere kant van de weg zijn bij Villa Arcturus koplampen te zien. Hij kan in het licht bewegingen onderscheiden en de lampen bij de ramen zien branden. Samuel en misschien nog iemand wachten daar op hem. Als zijn enorme achtervolger met hen samenwerkt, zullen ze snel genoeg weten waar hij is.

Hij zou moeten wegglippen, afsnijden door het bos. Maar de drone van laatst is vast op de uitkijk naar hem.

Bovendien is hij volkomen afgepeigerd en zijn knie en dijwond doen pijn. Hij betwijfelt of hij überhaupt de kracht heeft om de muur om het terrein te halen, laat staan eroverheen te komen.

Hij moet zich nodig oplappen, een beetje op krachten komen en een plan bedenken, het liefst met Leo weten te communiceren.

Maar hoe? Zijn telefoon ligt nog daar in Arcturus.

Misschien is ergens in huis nog een vaste telefoon?

Hill sluipt gebukt door de hal de keuken in, maar ziet geen telefoon.

De ruimte gaat heen en weer, zijn benen zijn zo gaan trillen dat ze hem amper nog dragen, dus zakt hij met zijn rug tegen een keukenkast omlaag om maar niet flauw te vallen.

Een lichtkegel die door de woonkamer gaat doet hem verstijven.

Een auto is net aan komen rijden en gestopt voor het buitentrapje.

De man van glas

Zijn laatste herinnering uit zijn tijd als mens is dat ze in zijn auto zitten.

Maud, Pontus en hijzelf.

De woorden van de Vader weergalmen nog door zijn hoofd: 'Je kunt nu gaan, Viggo.'

Niet prins Pollux, maar zijn gewone stervelingennaam.

Het definitieve teken dat niets ooit nog als vroeger zal worden, dat hij voor altijd verbannen, verstoten, vervangen is.

Maud en Pontus zijn licht aangeschoten en praten vrolijk, uit de radio klinkt luide muziek. In de achteruitkijkspiegel kan hij zien hoe Pontus naar Maud kijkt. Iets in die blik stoort hem. Hij rijdt de auto naar de berm en gaat vol op de rem staan.

'Moet pissen,' mompelt hij en smijt het portier open.

Hij staat tussen een paar boomstammen zijn blaas te legen. Ver beneden hem glinstert het zwarte water van het Miresjön en het Blockön laat zich vermoeden als een zwarte schaduw. Hij heeft net zijn gevoelens weer onder controle als Pontus onaangekondigd naast hem komt staan. Zijn piemel tevoorschijn haalt en ook gaat plassen. De straal is krachtig, spettert alle kanten op.

'Ik ben van plan Maud een aanzoek te doen,' zegt hij over zijn schouder.

Zijn ogen glinsteren in het donker en ze hebben iets heel bekends. Iets heel bekends en angstaanjagends.

'Ik heb net Gunnar gesproken en hij heeft mij zijn toestemming gegeven.'

Pas als hij de naam van de Vader hoort, beseft hij waar hij die blik eerder heeft gezien. Dat die hem zijn leven lang al achtervolgt. Hem in de gaten houdt, over hem oordeelt.

Er ligt een dikke tak vlak naast zijn voet en hij pakt hem op.

Pontus blijft doorkletsen alsof ze oude vrienden zijn, schept op over wat voor toekomst in het bedrijf Gunnar voor hem heeft gepland.

Zelf luistert hij niet meer. De honger verscheurt hem, laat zijn polsslag bonzen op zijn trommelvliezen. Samen met de stem van de Vader.

Je kunt gaan nu, Viggo.

Hij zwaait met de tak, mikt op Pontus' achterhoofd.

Het volgende moment zit hij schrijlings op Pontus' borstkas, heeft hij zijn duimen diep in zijn ogen gedrukt. Deze keer is het niet genoeg om hem te zien doodgaan. Want Pontus' blik is ook die van de Vader. De alziende, grimmige ogen waarvoor hij zich niet kan verbergen. De fragiele glaslichamen die hij moet verpletteren om zich te kunnen bevrijden.

Maud rukt en trekt aan hem, schreeuwt dat hij op moet houden, maar hij hoort haar niet.

Totdat ze de tak van de grond naar zich toe grist en hem op zijn hoofd slaat.

Hij valt opzij. De slag is niet hard genoeg om hem ernstig te verwonden, maar als hij overeind komt, heeft zij zich op Pontus' levenloze lichaam geworpen.

Huilt en snikt ze, schreeuwt ze dat ze hem moeten redden.

Haar tranen glinsteren als sterren in een nachthemel.

Hij houdt zijn handen voor zich. Die zitten onder het bloed.

En plotseling is het alsof hij ontwaakt uit een droom.

Hij begrijpt wat hij haar heeft aangedaan, zij die nooit uit zijn gedachten is. Zijn zuster, zij op wie hij bouwt.

Hij zet haar zachtjes aan de kant, tilt Pontus op en legt hem op de achterbank. Start de auto en rijdt zo snel hij kan naar het ziekenhuis.

Maud snikt luid, spoort hem aan haast te maken. Pontus kermt zachtjes op de achterbank en nog is het niet te laat.

Redding is binnen bereik.

Maar dan verandert de nacht tot dag.

Een lichtschijnsel zweeft boven de boomtoppen, net als in het verhaal van de Vader. Brandt zo zijn hoofd in, verlicht zijn donkerste hoeken. Doet zijn hart stilstaan van schrik.

Hij doet zijn handen omhoog om zijn ogen te beschermen, om aan de alziende blik van de Vader te ontkomen.

Hij hoort Maud gillen, voelt dat ze door de lucht zweven.

Een klap als de auto door het ijs het water in schiet en zijn hoofd op het stuur knalt.

Dan wordt hij verzwolgen door de zwarte diepte.

Zinkt hij het eeuwige duister in waaruit niemand terugkeert.

Daar had hij willen blijven.

Had hij moeten mogen blijven.

Hill

Hij hoort voetstappen op het grindpad buiten, dan een sleutel in de voordeur van Villa Canopus. Hill drukt zijn rug tegen de keukenkast. Hij kan zich nergens verbergen, er is geen uitweg.

De voordeur gaat open en de lampen gaan aan. Daarna klinkt een blaf van een hond.

'Wat is er, Orion?' zegt de stem van Elsa.

De hond blaft weer en Hill ademt uit.

'Ik ben het, wees maar niet bang!' roept hij terwijl hij overeind komt van de keukenvloer.

Elsa en Maud staan in de hal, nog met hun jassen aan. Beiden kijken verrast. De hond heeft zijn blik op Hill gericht, gromt en laat zijn tanden zien.

'Sorry als ik jullie heb laten schrikken,' zegt hij. 'Maar ik heb een beetje hulp nodig.'

De hond blaft weer, maar Elsa wijst hem terecht. 'Stil, Orion, het is Martin maar. Die is aardig, dat weet je.'

De hond zwijgt, maar blijft wantrouwig naar Hill staren.

Maud komt naar hem toe gelopen en neemt hem op van top tot teen. Hij beseft dat hij er wel behoorlijk haveloos uitziet. Hij is nat van het zweet, zijn kleren zijn vuil van viezigheid en steengruis en één broekspijp is kapot en bebloed.

'Wat heb je in godsnaam nu weer uitgevreten, Martin?' zegt Maud. 'Je ziet er zo mogelijk nog toegetakelder uit dan laatst.'

'Lang verhaal.' Hij wijst naar Elsa en maakt een afwerend gebaar. 'Ik ben op een steen gevallen en heb mijn knie flink geschaafd. Ik moet verbonden worden, vrees ik.'

'Dan ben je aan het juiste adres,' zegt het meisje. 'Mama is heel goed in mensen verbinden.'

'Precies, dat dacht ik ook,' reageert Hill.

'Ik loop even een rondje met Orion,' zegt Elsa nadrukkelijk. 'Dan kunnen jullie je volwassen dingen bespreken terwijl ik weg ben.'

Hill wacht totdat zij buiten gehoorafstand is.

'Ik heb iets ontdekt,' zegt hij dan zachtjes. 'Iets supergeheims. Gunnar en zijn handlangers zitten achter me aan.'

Hij wijst door het raam naar de brandende lampen in Villa Arcturus.

'Wat heb je dan ontdekt?' Mauds stem is sceptisch, haar gezichtsuitdrukking ook.

Hill begint voorzichtig. 'Hoe sterk ben jij betrokken bij Gunnars onderzoeksprojecten?'

Ze schokschoudert lichtjes. 'Helemaal niet. Gunnar is hoofd onderzoek en hield dat allemaal voor zich, zelfs in de tijd dat ik directeur was. En nu heb ik al helemaal geen inzicht meer in waar hij mee bezig is.'

'Het cryonicaproject, weet je daarvan?'

'Het is een van de vele onderzoeksgebieden waarin Gunnar geïnteresseerd is, maar ik ken geen details. Nu moet je toch echt vertellen waarover dit gaat.'

Hill haalt diep adem.

'Gunnar is bezig met een experiment waarbij hij mensen invriest. Hij heeft onder andere de lichamen van je opa en je broer laten invriezen. Maar ook een jongeman die een paar jaar geleden verdween op Blockön en van wie men dacht dat hij verdronken was.'

Mauds gezicht verbleekt. 'H-hoe weet je dit?'

'Ik kreeg eerlijk gezegd een tip van je moeder. Het laboratorium ligt beneden in de oude mijngangen onder Stjärneholm. Ik ben er gekomen via het afstandsverwarmingssysteem, maar dr. Schiller ontdekte me, dus durfde ik niet langs dezelfde weg terug. Bovendien was er iemand die me door de gangen achternazat. Ik ben gevallen en raakte gewond, zoals je ziet...'

'Oké, wacht even...' zegt Maud terwijl ze haar handen omhooghoudt alsof ze zich probeert te verweren. 'Mijn broer is niet dood. Viggo heeft veel zorg nodig en woont in een speciaal verzorgingstehuis…'

'… in het buitenland waar hij de best mogelijke zorg krijgt,' vult Hill aan. 'Dat zegt iedereen, maar hoe zeker weet je dat? Wanneer heb jij of je moeder Viggo voor het laatst bezocht?'

'Je kunt hem niet bezoeken,' antwoordt Maud. 'Daar is hij te slecht voor.'

'Zegt wie?'

'Gunnar.' Haar mond wordt een streep.

'Dit is allemaal Gunnars idee,' zegt Hill. 'Zijn plan is om zichzelf in te vriezen in de hoop dat zijn kanker in de toekomst te genezen zal zijn. En in zijn jacht naar eeuwig leven trekt hij zich kennelijk niets aan van wetten of regels. Elis, de urbexer die daarbeneden in een van die vriestanks ligt, heeft een familie die hem nog steeds niet heeft mogen begraven. Gunnar gebruikt zijn lichaam waarschijnlijk om medische experimenten op uit te voeren. Net als met Viggo en je opa. En ik moet hier zo snel mogelijk weg voordat ze mij beletten het iemand anders te laten weten.'

Maud schudt het hoofd, lijkt nog moeilijk te bevatten wat hij allemaal vertelt.

'Dit klinkt allemaal gestoord,' zegt ze. 'Ik heb geen idee wat je hebt gezien, of denkt te hebben gezien. Maar Stjärneholm is geen gevangenenkamp en wil je hier weg, dan help ik je natuurlijk. Maar eerst moeten we je oplappen, voordat je nog meer bloed verliest.'

Ze wijst naar zijn natte broekspijp. 'Wacht, ik ga even mijn doktersstas pakken.'

Ze laat Hill achter in de keuken en verdwijnt in het huis. Nu de lampen branden, neemt Hill de gelegenheid te baat om nog eens te zien of hij een vaste telefoon kan vinden.

Hij vindt er eentje op een naast de keukenbank verborgen tafeltje. Hill tilt de hoorn op en krijgt direct de kiestoon.

'Yes!' mompelt hij in zichzelf terwijl hij Leo's nummer intoetst.

Asker

Ze staat het circus op de Farm nu al een aardig tijdje gade te slaan door de verrekijker. Ziet hoe gefrustreerde politiemannen de barakken en bouwsels binnenstebuiten keren terwijl de helikopter rondwiekt en onrustig met zijn zoeklicht over het bos zwiept.

Zinloze handelingen. Per is daar niet.

Heeft haar telefoontje hem overtuigd om weg te gaan? Heeft dat hem voorbij Hellmans rechercheurs laten sluipen via een van zijn vluchttunnels? Ze wil het graag geloven.

Maar de waarheid is waarschijnlijk anders.

De camera's, de intercom, verlichting, geluiden en bewegingen – alle waarnemingen door Hellmans team – alles is op afstand te bedienen vanaf elke willekeurige plek waar je een internetverbinding hebt.

Per wilde dat ze zouden geloven dat hij daar zat.

Wilde dat zij zou bellen om nog een keer te proberen hem over te halen om zich over te geven. Wilde voor eens en voor altijd bewijzen dat hij nog steeds macht over haar had. En ze is regelrecht zijn val in gelopen, net als de rest.

Dat is de reden waarom ze niet hard staat te lachen om Hellmans mislukking.

Ze kijkt ondertussen door haar verrekijker naar hem. Hij en Eskil draven rond over het erf en praten beurtelings aan de telefoon en in de portofoon terwijl ze proberen te bevatten wat er is gebeurd. Hoe erg Per hen heeft belazerd.

Honderdduizenden kronen aan overheidsgeld zijn hieraan verkwist. In rook opgegaan in een even visueel indrukwekkende als zinloze vertoning: het vuurwerkkabaal dat net de bossen in licht deed baden.

Hoe erg ze het ook allemaal vindt, je kunt onmogelijk geen bewondering voor Per hebben. Hij heeft de wedkamp gewonnen en het gevierd zoals hij Hellman via de intercom heeft beloofd. Heeft hen zijn overwinning fijn ingewreven.

Hoop dat je van vuurwerk houdt.

En waar zit haar vader nu?

Nergens. Tenminste nergens waar ze hem kan vinden. Maar ze voelt aan haar water dat ze weer van hem zal horen.

En snel ook.

Haar telefoon gaat over en heel even denkt ze dat hij het is. Dat Per de verleiding niet kan weerstaan om op te scheppen.

Maar het nummer dat belt, is van een vaste lijn.

'Hallo?' zegt ze.

'Leo, met Martin.' Hij praat zacht, zijn stem klinkt gespannen en gejaagd. 'Ik heb Tord Korpi's ondergrondse bouwwerk gevonden. Dat is inderdaad een laboratorium, een lab waarin Gunnar Irving illegale experimenten uitvoert op dode mensen, onder wie zijn eigen zoon. Korpi moet beseft hebben waarvoor het gebruikt zou gaan worden, wroeging hebben gekregen en toen het zwijgen zijn opgelegd. En nu zitten ze achter mij aan. Ik durf mijn telefoon niet te gebruiken, die tracen ze.'

'Waar ben je nu?' vraagt ze snel.

'Nog op het terrein, in Villa Canopus waar Maud woont. Zij helpt me hier weg te komen.'

'Ik ben bij de Farm,' zegt ze. 'Ik rij meteen naar Stjärneholm. Ik ben er over een uurtje. Waar treffen we elkaar?'

'Bij het Ufo-café. Dat ligt –' Er klinkt en hoge zoemtoon op de lijn. Daarna niets meer.

'Hallo?' zegt ze. 'Martin?'

Ze belt het nummer weer, maar nu klinkt de ingesprektoon.

Asker start de auto, heeft nog maar een paar honderd meter gereden als de telefoon weer zoemt. Een bericht, niet van Martin zoals ze dacht, maar van Attila.

Die collega heeft eindelijk de oude observatiefoto gevonden van Korpi en die vrouw van Stjärneholm. Die is gemaakt in september 2006 en volgens de observatienotitie duurde de ontmoeting een klein halfuur.

Asker stopt langs de kant van de weg en opent de foto. Die is van veraf genomen met een flinke telelens en er staan twee mensen op die in een pick-up zitten. De auto heeft één portier met een afwijkende kleur. Korpi's auto, waar ze zelf onder lag toen ze zijn telefoongesprek afluisterde: 'Maak je geen zorgen, ik ben er binnen een uur.'

Ze zei zelf net iets dergelijks, toen ze met Martin sprak.

Het is eigenlijk ook haast net zo'n toon.

Ze is er de hele tijd van uitgegaan dat Korpi's gesprek met het werk te maken had, maar nu ze er nog eens over nadenkt, begint ze dat te betwijfelen.

Klonk hij niet persoonlijker? Alsof hij met iemand sprak om wie hij gaf. En Sundin en Danielsson dachten dat de vrouw die Korpi ontmoette zijn minnares was.

Ze zoomt in op de cabine. De twee in de auto zitten naar elkaar toe gedraaid, lijken verwikkeld te zijn in een ernstig gesprek.

Achter het stuur zit Tord Korpi. Hij ziet er bijna precies zo uit als Asker zich hem herinnert. Met baard, streng, nors.

Wanneer ze het gezicht van de vrouw naast hem kan onderscheiden, verstijft Asker. Ook haar kent ze. Ze hebben elkaar een paar dagen geleden ontmoet, in Villa Arcturus. Een opgewonden gezicht, een hand in de lucht.

Dat is niet Karin Irving.

Asker gooit de telefoon op de passagiersstoel, zet de auto in de versnelling en trapt het gas helemaal in.

Hill

'Hallo!' zegt hij in de hoorn. 'Hallo, Leo?'

Hij drukt de haak van de telefoon een paar keer in, maar krijgt geen kiestoon meer. Waarschijnlijk hebben ze alle uitgaande lijnen geblokkeerd. Misschien weten ze al dat hij Leo heeft gebeld.

Maud komt weer de keuken in met haar dokterstas in haar hand.

'Samuel heeft een waarschuwingsbericht laten uitgaan in de app,' zegt ze met een bezorgd gezicht. 'Blijkbaar zijn er weer indringers op het landgoed. De poort is voorlopig gesloten en iedereen wordt voor de eigen veiligheid gemaand binnenshuis te blijven. De bewakers patrouilleren over het hele terrein.'

'Ze zijn op zoek naar mij,' zegt Hill. 'De vaste telefoonlijnen zijn net verbroken. Check je eigen telefoon, daarmee kun je vast ook niet meer naar buiten Stjärneholm bellen.'

Maud pakt haar telefoon en drukt een paar keer op het scherm.

'Hm,' mompelt ze. 'Je hebt nog gelijk ook.'

Maud kijkt een paar tellen naar hem, loopt dan naar het raam.

'Er vliegt een drone daar,' zegt ze. 'En er staat een bewakingsauto op de weg.'

'En Villa Arcturus?' vraagt hij.

'De lampen branden nog steeds en er lijkt iemand binnen te zijn.'

Ze doet de gordijnen dicht, lijkt niet goed te weten wat ze moet geloven.

'Mijn vriendin Leo wacht bij het Ufo-café,' zegt Hill. 'Ze is van de politie. Ik hoef alleen maar een lift daarheen.'

Maud gaat in de weer met haar dokterstas.

'We moeten hier blijven totdat de poort weer opengaat, ze zullen mij er ook niet zomaar uitlaten. Maar je hoeft je geen zorgen te maken. Ik ben ondanks alles wel Gunnars dochter, ik geloof dat zelfs Samuel niet hier durft te komen. En al doet hij dat wel, dan laat ik hem niet binnen, oké?'

'Oké,' knikt Hill verbeten.

'Goed. Ga op de bank zitten en doe je been omhoog, dan kan ik naar je wond kijken.'

Hill doet wat ze zegt. Hij is hier voorlopig veilig, houdt hij zich voor, en Leo is op weg naar het Ufo-café. Hij kan zichzelf toestaan om te ontspannen en wat op krachten te komen.

Maud schuift de keukentafel aan de kant om erbij te kunnen en knipt zijn broekspijp open. 'Oei, dat ziet er akelig uit. Je moet gehecht worden. Maar ik heb geen verdovingsmiddel in huis. Red je 't als je even op je tanden bijt?'

'Ja, hoor,' zegt Hill.

Ze komt bij hem zitten en reinigt de wond, legt naald en draad klaar.

'Wacht even.' Ze staat op, frummelt met iets op het aanrecht. Komt even later terug met een glas whisky.

'Ouderwetse verdoving,' zegt ze. 'Ad fundum!'

Hill giet de drank naar binnen. De whisky brandt in zijn keel en doet hem een paar keer hoesten.

'Ben je er klaar voor?' vraagt Maud.

'Yes,' mompelt hij.

Ze steekt de naald in de zijkant van de wond. Hill kreunt.

'Volhouden,' zegt ze. Haar geoefende vingers werken verder met naald en draad.

Hill doet zijn ogen dicht, leunt achterover en probeert diep adem te halen.

Na een minuut of zo begint de sterke drank het scherpe randje van de pijn te halen.

'Je zei dat je met m'n moeder had gepraat,' zegt Maud zonder op te kijken.

'Mm.'

'Wat zei ze?'

'We hadden 't over Tord Korpi. Hij heeft hier in 2006 gewerkt. Herinner jij je hem?'

Maud stokt even in haar bewegingen. 'Jawel, maar alleen vagelijk.' Ze trekt de hechting aan op een manier die erop wijst dat ze klaar is.

'Karin zei dat Tord Korpi beloofd had haar en Viggo te helpen. Komt dat je bekend voor?'

Ze schudt het hoofd. 'Nee, helemaal niet.'

Ze bevestigt een verbandgaas over de wond.

'Zo, nu ben ik klaar. Wil je nog wat drinken? Ik ga een glas wijn nemen.'

'Dank je, ik hoef niet meer,' zegt hij. 'En als je mij gaat rijden, moet je misschien even wachten met...'

Maud luistert niet. Ze loopt naar de koelkast, opent een fles en vult haar glas tot de rand. Gaat naast hem op de bank zitten.

Haar gelaatsuitdrukking is deels ongerust deels sceptisch.

'Ik snap dat dit nogal veel is om te verteren,' zegt Hill. 'Maar wat ik zeg, is echt zo. Gunnar voert illegale experimenten op dode mensen uit daarbeneden in zijn laboratorium. Onder wie je broer.'

Ze giet een half glas wijn naar binnen.

'Mijn broer is niet dood,' zegt ze dan.

'Het spijt me heel erg voor je,' zegt Hill. 'Maar het lijkt erop dat hij al in 2006 is overleden.'

Maud schudt het hoofd. 'Viggo leeft,' mompelt ze.

Hill besluit even te zwijgen. Hij voelt zich plotseling niet zo lekker, vast omdat de combinatie van whisky en afnemende adrenaline niet erg gelukkig is.

'Ik ben het met je eens dat het lijkt alsof ik niet goed snip ben...' Hij schraapt zijn keel. 'Niet goed snik,' corrigeert hij zichzelf. 'Tord Korpi was mijnbouwingenieur. Hij zag erop toe dat het lab in het geheim werd gebouwd.'

Hij slikt. Hij voelt zich steeds beroerder. Draaierig ook. Zijn mond is kurkdroog.

'Hij en Karin zouden Viggo helpen. Maar Korpi...'

De zin blijft steken. Hij slikt, probeert het opnieuw.

'Korpi verdween...' Zijn mond wil niet echt gehoorzamen, zijn oogleden beginnen zwaar te worden. Zijn lijf zakt terug op de bank.

Maud staat op, zucht dan diep.

'Gunnar heeft Tord betaald voor zijn zwijgen,' zegt ze. 'Dat zal hij bij jou ook doen, Martin, je hoeft je niet ongerust te maken. Maar doe gewoon wat hij zegt.'

Hill schudt zijn hoofd heen en weer, probeert zich te bevrijden van de nevel die zijn gedachten verhult en zijn blik vertroebelt.

'Korpi... Korpi...' Hij spant zich tot het uiterste in, dwingt zijn lippen hem met een paar woorden tegelijk te gehoorzamen.

'Korpi is dood,' fluistert hij. 'Doodgeschoten...'

Zijn zicht vertroebelt nog meer, verglijdt naar zwart.

Hij neemt nog het geluid waar van de opengaande voordeur. Daarna Samuels schorre stem.

'Ah, daar hebben we hem. Gunnar zal tevreden zijn.'

Asker

Ze rijdt zo snel als ze durft naar Stjärneholm. Gooit de auto door krappe inhaalmanoeuvres, verhoogt de snelheid op de rechte stukken. Ze vindt het lastig haar gedachten te ordenen, weet alleen dat Martin aan Maud Irving heeft verteld wat hij in Gunnar Irvings laboratorium heeft ontdekt, in het geloof dat zij een bondgenoot is. Zestien jaar geleden heeft Tord Korpi iets dergelijks gedaan. Heeft hij op Maud vertrouwd en is hij recht voorover in een ondiep graf beland.

En bovendien heeft Asker zelf Martin het hol van de leeuw in gestuurd, zijn leven in de waagschaal gesteld.

Ze moet hem vinden, voor het te laat is.

Haar telefoon gaat over en Hellmans nummer verschijnt in de display van de auto.

Ze heeft veel zin om hem te negeren, maar drukt toch op het handsfreeknopje.

'Wist je het?' Hellman probeert zijn woede niet eens te verbergen.

'Wist ik wat?'

Ze gooit de auto in een volgende, scherpe bocht.

'Dat je vader zich niet op de Farm verborgen hield. Dat hij ons alleen maar liep te sarren?' Hellmans stem borrelt van razernij.

Asker scheert zo strak langs een oud Volvo-barrel dat een vrachtwagentegenligger met zijn groot licht naar haar seint.

'Nee, ik ben er net zo ingestonken als jij,' zegt ze, wat in ieder geval deels klopt. 'Ik heb je gewaarschuwd voor Per. Geprobeerd je uit te leggen dat hij denkt als een schaker. Hij is je altijd een paar zetten voor. Maar jij wilde niet luisteren, omdat je er zo op geilde hem én mij de bak in te laten draaien.'

Ze kan Hellman bijna horen tandenknarsen.

'Misschien krijg je een beter humeur als ik je vertel dat Per werkelijk niet Tord Korpi's moordenaar is. Ik ben nu op weg om de echte moordenaar op te pakken. Maar ik beloof je dat ik van me laat horen als ik hulp nodig heb.'

Ze hoort Hellman inademen, maar verbreekt de verbinding voordat hij iets heeft kunnen zeggen. Drukt dan het gaspedaal nog een paar centimeter verder in, waarna er een waarschuwingssignaal begint te knipperen op het dashboard.

Ze moet Martin Hill vinden.

Hill

Hij slaapt en tegelijk niet. Zijn lichaam is in diepe sluimer, maar een deel van zijn hersenen is nog wakker. Zien handen die hem beetpakken. Hem optillen, Villa Canopus uit dragen.

Buiten voor het huis zijn het een en al sterke lampen die recht door zijn oogleden zijn hersens in branden. Alle hoekjes in zijn schedel worden verblind, zelfs daar waar het altijd donker is.

De berg van de Bergkoning, vol ontzetting. De geur toen die zich over hem boog. Fluisterde dat hij hem daar in het duister zou houden.

Dan het wezen uit de nachtmerries van zijn jeugd dat met rood oplichtende ogen hem achtervolgt door een donkere mijngang.

En ten slotte Leo van zestien en haar krankzinnige vader in de roeiboot, de seconde voordat de bom ontploft. De bom die was bedoeld om haar te doden, wat hij zelf misschien had kunnen voorkomen als hij maar gebleven was. Haar niet had achtergelaten.

Die laatste herinnering kwelt hem het meest, ook al is het eigenlijk niet zijn eigen herinnering. Maar in het genadeloze licht is die niet achter te houden.

Hill probeert zijn ogen te beschutten, maar elke verbinding tussen zijn hersenen en zijn lichaam lijkt verbroken.

De stemmen rondom hem klinken tegelijk bars en ongerust.

Eentje huilt.

Dan wordt hij opgetild en op zijn rug gelegd. In de achterbak van een auto, dat denkt hij tenminste.

Heel even klaart zijn zicht op en ziet hij de sterrenhemel hard boven hem schitteren. Hij herkent de sterrenbeelden.

Ursa Major.
Cassiopeia.
Leo.
'Dubbel in de knoop,' denkt hij haar te horen fluisteren.
Dan gaat de achterklep dicht en doven de sterren.

Asker

Ze rijdt langs het Ufo-café, maar de parkeerplaats is leeg, zoals ze al had verwacht. Er is een uur verstreken sinds het telefoontje en Martin en Maud hadden er al lang moeten zijn.

Dus gaat ze door naar Stjärneholm, rijdt tot aan het hek en drukt op de bel.

'Beveiliging,' zegt een stem over de intercom.

'Asker, politie. Opendoen!'

'Wat komt u doen?'

'Die informatie ligt ver boven jouw loonschaal. Onmiddellijk het hek openmaken, dan hoef ik je niet te beschouwen als een medeplichtige'

Ze bespeurt de aarzeling van de beveiliger in de korte stilte die volgt.

'Nou, ik moet m'n chef even bellen…' begint hij.

'Heb je een gezin?' onderbreekt ze hem. 'Denk je dat die het fijn zullen vinden om jou op te zoeken in de gevangenis? Denk je dat je vrouw op je zal blijven wachten? Je vrienden contact zullen blijven houden? Als je mij blijft ophouden, dan krijg je sneller antwoord op die vragen dan je zou denken.'

Het blijft een paar tellen stil.

De twee hekhelften zwaaien open. Zodra de tussenruimte groot genoeg is, rijdt Asker het terrein op. De beveiliger is uit het wachthuis gekomen en gebaart haar te stoppen. Ze reageert met het indrukken van het gaspedaal en dwingt hem aan de kant te springen.

Een minuutje later is ze bij Villa Arcturus. De villa is donker, de voordeur niet op slot.

'Hallo?' roept ze in de deuropening. 'Martin!'

Ze stapt naar binnen, laat de deur openstaan en doet een paar lampen aan. De beveiliger heeft waarschijnlijk zijn chef al laten weten dat ze er is, dus heeft ze geen reden om niet op te vallen.

Ze kijkt rond. Alles ziet eruit zoals de vorige keer dat ze hier was.

Op een plank in de keuken ligt Martins telefoon. Die heeft geen bereik. Die van haar ook niet, ontdekt ze als ze daarnaar kijkt.

Ze loopt terug de woonkamer in. Midden op de salontafel staat een nieuw voorwerp dat haar blik naar zich toe trekt.

Een glazen cilinder met een kikkertje erin. Dat zweeft los in een soort vloeistof en heeft zo'n heldere kleur dat ze heel even denkt dat het nog leeft. Soortgelijke flessen heeft ze eerder in een museum gezien.

Een geconserveerd kikkertje. Ze schudt de rilling die over haar lijf loopt van zich af.

Ze hoort voetstappen op het grind buiten en loopt naar de hal.

'Hallo?'

Een meisje staat in de deuropening. Ze heeft een donkere bril op en een zwarte labrador in een leidtuigje.

'Hallo!' zegt Asker. 'Jij bent zeker Elsa? Ik heet Leo, ik ben een vriendin van Martin Hill en ik zoek hem en je moeder.'

'Dan ben je niet de enige,' antwoordt het meisje. 'Martin dook een poosje geleden bij ons thuis op en zei dat hij zich verwond had. Mama zou hem verzorgen, dus toen ben ik een stukje gaan wandelen. Toen ik thuiskwam waren ze weg. Ik hoorde een auto wegrijden, dus dacht ik dat ze misschien hierheen waren gereden.'

'Hoelang geleden was dit?'

'Drie kwartier misschien. Ik heb geprobeerd haar te bellen, maar mijn telefoon doet het niet.'

'Die van mij ook niet, er lijkt iets met het bereik te zijn.' Asker probeert geruststellend te klinken. 'Maar dat is vast gauw opgelost.'

De hond laat een vreemd geluid horen, een mengeling van gegrom en geblaf.

'Orion is onrustig,' zegt Elsa. 'Alles is vreemd vanavond. Er hangt iets in de lucht. Alsof er iets akeligs aan het gebeuren is.'

Asker heeft precies hetzelfde gevoel, maar zegt niets.

'Zal ik je terug naar huis rijden?' vraagt ze in plaats daarvan.

Het meisje schudt het hoofd. 'We lopen wel. Orion houdt niet van meerijden in onbekende auto's. Maar evengoed bedankt.'

Elsa draait zich om en verdwijnt in het duister.

Hill

Hij komt langzaam bij. Het kost hem meerdere seconden om zijn oogleden open te krijgen en als het hem dan lukt, ziet hij amper iets. Zijn hart gaat tekeer, hij probeert rechtop te gaan zitten in het bed, maar zijn armen en benen willen niet gehoorzamen.

Dan klaart zijn zicht op.

Hij bevindt zich in een klein vertrek met gedempte verlichting en zonder ramen. Hij is hier eerder geweest, maar kan er niet meer op komen wanneer.

Hoe is hij hier in godsnaam beland en wat is er met Maud gebeurd?

Hij probeert zijn brein dat uit te laten zoeken, maar zonder succes. Zijn mond smaakt naar metaal en alcohol.

De whisky. Maud heeft iets in de whisky gedaan. Een slaapmiddel, waarschijnlijk uit een van de potjes uit haar medicijnkastje. Hij herinnert zich dat ze iets over Tord Korpi zei. Maar in hoeverre is ze er zelf bij betrokken?

En hoelang is hij van de wereld geweest?

Met een zekere moeite lukt het hem om te gaan zitten. Hij weet het nu weer. De muren, de kasten, de potloodtekeningen van Blockön aan de muren. Hij bevindt zich in de onderzoekskamer op de medische faciliteit.

Naast hem staat een apparaat voor het monitoren van pols en bloeddruk. Snoeren met kleine elektrodes hangen aan de voorkant. Daarnaast staat een standaard met een infuuszak. Hill ontdekt dat er een pleister aan de binnenkant van een elleboog zit. Vermoedelijk heeft hij net nog aan het infuus en het apparaat gekoppeld gezeten. Waar hebben ze hem mee vol laten lopen?

Er komen voetstappen dichterbij op de gang, daarna klinkt het geluid van een deurkruk die neer wordt gedrukt.

Gunnar Irving staat met een meelevende blik in de deuropening.

'Mijn beste Martin,' zegt hij. 'Hoe voel je je?'

Hill bevochtigt zijn lippen.

'Oké...' zegt hij afwachtend.

'Ik moet beginnen met mijn excuses aanbieden voor al dit gedoe,' zegt hij. 'Maud heeft mijn instructies verkeerd begrepen. Het enige wat ik wilde was een kans krijgen met je te praten. Ik heb haar nooit gevraagd om...' Hij gebaart naar het onderzoeksbed en de ziekenhuisapparatuur en houdt zijn hoofd bezorgd scheef. 'Het spijt me werkelijk. We hebben ons best gedaan je weer op de been te krijgen, maar vertel me hoe we het vertrouwen tussen ons weer kunnen herstellen?'

'Kan ik hier vertrekken?' vraagt Hill.

'Natuurlijk.' Gunnar spreidt zijn handen uit. 'Maar voordat je gaat, zou ik graag willen dat we het uitpraten. Je hebt dingen gezien waarvoor je nog niet echt klaar was, en misschien heb je een aantal verkeerde conclusies getrokken. Dus stel me de vragen die je wilt stellen, Martin.'

Gunnar trekt er een stoel bij en gaat naast het bed zitten.

Hill probeert te bedenken hoe hij met de situatie moet omgaan.

Ondanks Gunnars verzekeringen en zijn vriendelijke optreden moet hij ongelooflijk voorzichtig zijn als hij niet net zo wil eindigen als Tord Korpi.

Tegelijkertijd moet hij ook niet bang of al te meegaand overkomen. Gunnar zag hem als een vertrouweling. Ziet hem nog zo, anders zouden ze dit gesprek niet hebben.

'Maud,' zegt Hill. 'Zij heeft jou gebeld voordat ze mij een slaapmiddel gaf.'

'Dat klopt.'

'Hoeveel weet zij dan van wat er speelt?'

'Gewoon precies zoveel als ze moet weten. Ik geef er de voorkeur aan de kring van vertrouwelingen zo klein mogelijk te houden.'

'En toch helpt ze je?'

Gunnar trekt een voldaan gezicht.

'Maud is altijd heel loyaal geweest. Een braaf meisje.'

'Ook al verbande je haar, Karin en Viggo naar Villa Canopus?'

'Een scheiding is natuurlijk betreurenswaardig,' antwoordt Gunnar. 'Maar ik heb altijd voor mijn familie gezorgd.'

'Zelfs voor de leden die gebreken vertoonden?'

'Ah,' zegt Gunnar op geïmponeerde toon. 'Je bent diep in de duistere geheimen van de familie gedoken. Wat heb je ontdekt, Martin? Vertel.'

Hill overweegt alles voor een laatste keer en begint voorzichtig. 'Bernhard had een verhouding met Karins moeder. Hij is haar biologische vader. Je bent dus getrouwd en hebt ook kinderen gekregen met je eigen halfzus, zonder dat je het wist. Toen je achter dat beschamende geheim kwam, verbande je je vrouw en kinderen en begon je een nieuw, beter gezin. Genetisch geschikter.'

'Dat was allemaal Bernhards fout,' zegt Gunnar. 'Ik heb alleen maar gedaan wat er moest gebeuren om zijn fout te herstellen.'

'Op dezelfde manier waarop je het ufoverhaal bij elkaar loog om controle over het bedrijf te krijgen.'

Gunnar zwijgt een paar seconden alsof hij nadenkt.

'Daar ben je iets op het spoor, Martin. Jawel, ik was het gewend om mijn vaders rommel op te ruimen. Om vooruit te komen met alle middelen die me ter beschikking stonden. Zo overleven wij, Irvings. Wij kijken vooruit.'

'Dus verstootte je je vrouw en kinderen, praatte je niet meer met je vader en liet je hem na zijn dood invriezen?'

Gunnar schudt het hoofd. 'Dat is Karins ongelukkige duiding. Bernhard en ik hadden onze onenigheden, maar hij heeft zijn lichaam vrijwillig ter beschikking van het onderzoek gesteld. Alles is nauwgezet gedocumenteerd. En wat mijn eerste gezin betreft, is het wel zo dat ik voor hen zorgde, hun werk en kansen gaf.'

'In ieder geval totdat Nova zover was om het over te nemen?'

'Ik verdeel de taken van mijn kinderen al naar gelang hun competentie, hun talenten en mogelijkheden een bijdrage te leveren,' zegt

Gunnar droogjes. 'Soms moet je een moeilijk besluit nemen, het geheel in ogenschouw nemen en niet alleen maar de afzonderlijke details.'

Hill slaat hem gade. De oude man lijkt haast te genieten van het gesprek.

'Zoals toen je besloot Viggo's lichaam in te vriezen?' vraagt Hill. 'Was dat zijn bijdrage? Dat je na zijn dood met hem zou mogen experimenteren?'

'M'n beste Martin, dat heb je nu net verkeerd begrepen,' grinnikt Gunnar. 'Viggo was zwaargewond na zijn verkeersongeluk. Hij was ruim een uur klinisch dood, maar overleefde het omdat hij ingevroren is geweest. De kou heeft zijn leven gered. Viggo heeft maanden in coma gelegen. Toen ze hem bijbrachten, was hij zeer verward en was er niet tot hem door te dringen. Dus zagen we ons gedwongen hem weer in coma te brengen. Hoe langer en dieper hij sliep, hoe beter hij zich voelde in de korte periodes dat hij wakker was.'

'Maar toen overleed hij in 2006 en in plaats van hem te begraven, legden jullie hem in een vriestank, net als Bernhard,' meldt Hill. 'Net als dat geconserveerde kikkertje dat je me hebt gegeven.'

Gunnars glimlach wordt nog breder. 'Als gezegd heb je Viggo's behandeling verkeerd begrepen. En het kikkertje ook trouwens. Weet je, Martin...' Gunnar praat nu zachter. 'Viggo is niet dood, hij leeft tot in de hoogste graad. Viggo is mijn meesterwerk. De authentieke man van glas.'

Asker

Wanneer Elsa weer vertrokken is, sluit Asker de voordeur en loopt ze terug naar de woonkamer. De cilinder met het kikkertje trekt haar aandacht. Het diertje lijkt op elk moment op te kunnen schrikken en te gaan rondzwemmen. Om te proberen een uitweg uit zijn glasgevangenis te vinden.

Elsa zei dat Martin en Maud allebei waren verdwenen, dat voorspelt weinig goeds.

Een lichtschijnsel doet haar uit het raam kijken.

Een grote zwarte Mercedes is voor de deur gestopt en er stappen twee mannen uit. De ene is het hoofd beveiliging dat ze laatst bij de poort heeft gezien. De andere is kort, rond en kaal.

De mannen kloppen niet aan, maar stappen gewoon zo naar binnen.

'Goedenavond,' zegt de kale. 'Jij bent zeker Leo Asker?'

De stem is nasaal, op zijn kale hoofd ligt ondanks de temperatuur buiten een laagje zweet. Onder zijn jas schemert een doktersjas.

'Ik ben dr. Schiller. Samuel heb je al eerder ontmoet, hè.' Hij maakt een gebaar over zijn schouder naar het hoofd beveiliging.

'Ik ben hier om Martin Hill op te halen,' zegt ze. 'Waar is hij?'

De arts glimlacht gespannen.

'Martin Hill kreeg bij vergissing een dosis slaapmiddel binnen. Hij bevindt zich op de medische faciliteit in het hoofdgebouw, waar hij wordt behandeld.'

Asker kijkt met een schuin oog naar Samuel. Net als vorige keer kijkt hij met een bijna geamuseerde blik naar haar. Zijn handen hangen over zijn riem, zijn jack is open. Ze twijfelt er geen seconde aan dat hij daaronder een wapen draagt.

'Fijn, dan wil ik dat jullie me bij hem brengen,' zegt ze. 'Ik neem hem meteen met me mee.'

'Martin is er helaas te slecht aan toe om te vervoeren,' werpt de arts tegen. 'Het beste is als hij de nacht doorbrengt op onze verpleegafdeling waar wij een oogje op hem kunnen houden. Morgen voelt hij zich vast beter. Ik zal hem vragen dan contact met je op te nemen.' Hij likt zijn lippen, perst er een meelevend grijnsje uit.

'Ik ga zonder Martin Hill nergens heen,' zegt ze. 'Zelfs al zou ik daarvoor elke deur hier moeten intrappen.'

Samuel doet een halve stap naar voren. 'Je bent hier niet in functie,' zegt hij met een lage stem. 'Je bent hier voor iets wat puur privé is en dus heb je hier geen enkele bevoegdheid. Het beste wat je kunt doen is in je auto stappen en wegrijden.'

'En als ik dat niet doe?' Asker trekt haar wenkbrauwen op.

'Dan zal ik je daarbij helpen,' zegt hij en trekt zijn wenkbrauwen omlaag waardoor zijn blik nog harder wordt.

'Nu gaan we kalm aan doen,' zegt de arts gehaast. 'Dit is gewoon een misverstand. Martin loopt geen enkel gevaar, dat kan ik je verzekeren.'

Asker en Samuel blijven elkaar aanstaren.

Hij is goed in het staarspel, lijkt niet noemenswaardig gestoord te worden door haar verschillend gekleurde ogen. Samuel is groter en sterker dan zij en weet absoluut hoe je moet vechten.

Maar dat betekent nog niet dat zij voor hem zal buigen. Zelfs grote, sterke mannen hebben hun zwakke punten.

De arts likt weer nerveus zijn lippen. Hij lijkt echter beduidend minder belust op een confrontatie dan het hoofd beveiliging.

'Zou het helpen als je Martin zelf even kunt spreken?' vraagt hij.

'Ik dacht dat je zei dat hij niet bij kennis was.'

'Neenee, hij is wakker, een beetje groggy alleen. Ik bel wel even.'

Hij pakt zijn telefoon en stapt door de open deur naar buiten. Ze kan het gemompel horen als hij iemand aan de lijn krijgt. Blijkbaar heeft hij wel bereik.

Samuel staat nog recht tegenover haar.

'Hoe is het met je vader?' vraagt hij. 'Ik hoorde dat hij problemen met justitie had.'

Asker blijft hem aanstaren. Ze gaat ervan uit dat hij een bron bij de politie heeft, dat is meestal zo bij beveiligingsmensen.

Tegelijk is het alsof dat geen afdoende verklaring is. Samuel kijkt al vanaf de eerste keer dat ze elkaar zagen vreemd naar haar. Grijnsde alsof hij wist wie zij was, alsof hij dingen over haar wist en kennelijk ook over haar vader.

Hoe langer ze hem gadeslaat, hoe meer ze ervan overtuigd raakt dat Samuel wel degelijk in staat zou zijn Korpi een kogel door het hoofd te jagen, maar ook op het idee zou kunnen komen het lijk bij de Farm te dumpen om de moord op haar vader af te schuiven. Zou hij Martin ook iets hebben aangedaan?

Van die gedachte krijgt ze het ijskoud.

Ze staat op het punt het hem te vragen, maar voordat ze eraan toekomt is dr. Schiller terug met de telefoon in zijn hand en onderbreekt hij hun staarwedstrijd.

'Hier heb je hem,' zegt hij iets te hard en houdt de telefoon omhoog. 'Je staat nu op de luidspreker, Martin.'

'Hallo?' hoort ze Martins stem zeggen. 'Leo?'

Askers hart maakt een opgeluchte salto.

'Ik ben hier in Villa Arcturus,' zegt ze. 'Hoe is 't met je?'

'Ik ben in orde.' Zijn stem klinkt moe. 'Ik heb iets verkeerds binnengekregen. Ze willen dat ik vannacht blijf voor observatie. Maar we kunnen morgen bellen.'

'Weet je het zeker? Je klonk eerder ongerust aan de telefoon.'

'Ja hoor, echt. Ik ben in orde. Heb per ongeluk een geneesmiddel binnengekregen, heb rare dingen gezegd. Sorry dat ik je voor niets heb laten komen.'

Asker kijkt schuins naar de arts die geestdriftig knikt. Samuel blijft naar haar staren.

'Ik wil je best komen ophalen als je nu direct wilt weggaan,' zegt ze.

'Fijn Leo, dat vind ik heel aardig van je. Maar ik blijf vannacht hier op de medische faciliteit. Mijn lijf is nog niet in topvorm. Ik heb hoofdpijn en m'n maag zit helemaal dubbel in de knoop.'

'Oké...' Ze talmt met haar reactie, voelt de blikken van beide mannen. 'Dan spreek ik je morgen. Beterschap!'

Dr. Schiller verbreekt de verbinding en stopt de telefoon weg.

'Zo,' zegt hij opgelucht. 'Dan is dit misverstandje wel opgehelderd, hoop ik?'

De arts kijkt Asker dringend aan.

'Ja, hoor,' zegt ze.

'Mooi! Samuel en ik rijden met je mee naar de poort zodat je er fatsoenlijk uit kunt.'

Dr. Schiller doet een stap opzij alsof hij haar vrijlaat.

Asker stopt haar handen in haar jaszakken en loopt tussen beide mannen door naar de deur.

Als ze langs Samuel loopt vindt ze dat hij er haast een beetje teleurgesteld uitziet.

Hill

'Bedankt, Martin,' zegt Gunnar en stopt zijn telefoon in zijn zak. 'Dr. Schiller en Samuel zorgen ervoor dat je vriendin er fatsoenlijk uit kan. Dan kunnen jij en ik de boel in alle rust uitpraten. Zo, waar was ik gebleven?' Hij pakt peinzend zijn kin beet.

'Je was aan het vertellen over Viggo en zijn cryobehandeling.'

Hill doet moeite om aandacht te veinzen, maar het enige waaraan hij kan denken is het telefoontje van daarnet. Heeft Leo doorgehad dat hij hun oude noodterm heeft gebruikt? Weet ze überhaupt nog dat ze er eentje hadden?

Het enige wat hij kan doen is daarop hopen en blijven doen alsof hij geïnteresseerd en meegaand is.

'O ja, het zat zo.' Gunnars ogen beginnen weer te glinsteren zoals voordat de telefoon hen onderbrak. 'Viggo was er slecht aan toe, had zwaar hersenletsel. Maar wij beseften dat hoe langer en dieper hij sliep, hoe beter het met hem ging als hij ontwaakte. Cryonica brengt de diepste slaap die je je kunt voorstellen. Dus sprak het voor zich om voort te gaan langs die weg.'

Hill probeert nog steeds te begrijpen wat Gunnar hem nu vertelt.

'Jullie hebben Viggo dus bevroren tot tweehonderd graden onder nul. Voorbij het punt waarop al het leven ophoudt? Hem gedood dus.'

'Dat klopt,' knikt Gunnar. 'Maar belangrijker is dat wij hem weer tot leven hebben laten komen. Weer hebben gewekt, zoals wij het liever noemen. En volledig functionerend.'

Hills hoofd is veranderd in een wild tollende centrifuge.

'Hebben jullie hem dat gevraagd?' weet hij uit zich te krijgen. 'Mocht Viggo zelf beslissen of hij levend ingevroren wilde worden?'

'Natuurlijk. Viggo is helemaal akkoord met zijn behandeling en neemt vrijwillig deel aan een reeks van verschillende proeven en behandelingen tijdens zijn wakkere periodes. Hij wordt op geen enkele manier gedwongen om eraan deel te nemen. En het feit wil dat hij grote vooruitgang boekt.'

Hill probeert zijn gedachten tot stilstand te brengen.

'Dus daarom liegen jullie over hem,' zegt hij. 'Beweren jullie dat hij in het buitenland verblijft. Omdat de experimenten die jullie met hem doen zowel onethisch als illegaal zijn.'

Gunnar maakt een nonchalante hoofdbeweging. 'Ethiek en wetten zijn aan verandering onderhevig. Over niet heel lang meer zullen Viggo en zijn behandeling als een mijlpaal voor de mensheid worden beschouwd. Maar nu nog niet. Viggo is nog niet klaar voor die soort aandacht. Hij is heel schuw en snel van slag. We geven er de voorkeur aan om hem hier op Stjärneholm te houden, in een veilige omgeving. Hij verblijft vaak op Blockön.'

Het beeld van het gezicht van de arme Elis in de cryotank flitst weer voor Hills ogen.

Gunnar lijkt dat te merken. 'Je wilt nog iets anders vragen, hè Martin? Voor de draad ermee!'

Hill weet niet hoe vrijmoedig hij durft te spreken. Maar hij moet wel iets zeggen.

'Die twee jonge mannen die bij het Blockön zijn verdronken. Ik zag een van de twee in een vriestank liggen in het laboratorium.'

Gunnar maakt een betreurend gebaar. 'Puur pech. Die twee drongen binnen op Blockön en overvielen Viggo. Hij kan mensen bang maken die hem niet kennen.'

Die woorden doen Hill denken aan de reus die hem achtervolgde in de mist en later in de mijngang.

'Wat is er dan gebeurd?'

'Die twee jonge mannen sloegen op de vlucht, kwamen in het water terecht. Een van hen wisten we boven te krijgen en hebben we naar de faciliteit hier op Stjärneholm gebracht, maar hij was helaas niet meer te redden.'

'Maar jullie hebben nooit alarm geslagen. Geen politie of ambulance laten komen.'

Gunnar schudt het hoofd. 'Daaraan wilden we Viggo niet blootstellen. Het was zijn fout immers niet. Gewoon twee indringers die spijtig genoeg in het water vielen, verdronken en overleden.'

'En waarom Elis invriezen? Zijn familie beroven van een lichaam om te begraven?'

Gunnar ademt in tussen zijn tanden door.

'Dat was mijn beslissing en geen eenvoudige. Bernhards lichaam werd in de jaren negentig ingevroren. In die tijd was ons onderzoek nog niet zover en het vriesproces beschadigde het weefsel. Bernhard zal helaas nooit meer gewekt kunnen worden. Maar we hebben veel geleerd van die fout, wat we vervolgens hebben toegepast op Viggo. Dat bracht ons er vooral toe om het proces te bestuderen bij de kikkers waar ik eerder over verteld heb. En om de methodes verder te kunnen ontwikkelen hebben we meer testmateriaal nodig.'

Hill doet zijn uiterste best om niet te tonen wat hij hier eigenlijk van vindt.

'Dus hebben jullie Elis' lichaam gehouden, voor de wetenschap,' zegt hij terwijl hij probeert te klinken alsof hij nadenkt. 'Ongeveer zoals het kikkertje in die glazen cilinder die je me hebt gegeven.'

'Precies,' knikt Gunnar. 'Soms moet je als gezegd moeilijke beslissingen nemen. De jonge man was dood, zijn familie had al om hem gerouwd en hij heeft een grote bijdrage aan de ontwikkeling van de mensheid geleverd.'

Hill zwijgt een paar seconden. Hij wil erop wijzen dat er in Gunnars verhaal zoveel voorbeelden zitten van grootheidswaanzin, zware criminaliteit, narcisme en onbehouwen meedogenloosheid dat hij de tel kwijt is.

Maar hij moet niet vergeten dat hij in handen is van een sociopaat. Dat de vorige die zo dicht bij het geheim kwam, Tord Korpi was en dat zijn eigen leven dus aan een zijden draadje hangt.

'En?' zegt Gunnar. 'Wat vind je ervan nu je het beeld compleet hebt, Martin? Denk je dat wij samen door kunnen gaan?'

Hill staat op van het bed en loopt langzaam naar het cryoapparaat waarmee dr. Schiller zijn been heeft behandeld.

Hij moet tijd zien te rekken, zijn woorden wegen op een goudschaaltje, het laten lijken alsof hij weliswaar zo zijn bedenkingen heeft, maar het toch met Gunnar eens is.

Voor zo'n waagstuk moet hij al zijn sociale superkrachten tot het uiterste zien te benutten.

'Viggo's behandeling is controversieel,' zegt hij peinzend. 'Niet iedereen zal die begrijpen. Een levende mens die wordt ingevroren en weer wordt opgewekt. Teruggekeerd van de doden, steeds maar weer. Dat is lastig te bevatten voor het grote publiek.'

Hij legt zijn hand op het apparaat, ziet vanuit zijn ooghoek dat ook Gunnar gaat staan.

'Ondertussen is het dankzij zulke opofferingen dat het medische onderzoek voortgang boekt. Nieuwe, effectievere behandelingen aan miljoenen mensen kan bieden. Zoals voor mijn wond, bijvoorbeeld.'

Het apparaat voelt koel aan onder zijn handpalm. Hij geeft er een paar klapjes op alsof hij er kracht uit put. 'De geschiedenis zit vol met dergelijke voorbeelden. Moedige mensen die voorop durfden te gaan. Risico's namen, zich opofferden voor de mensheid.'

Hij draait zich om en loopt naar Gunnar.

'Net als bij het obsidiaanglas zag jij een mogelijkheid in de tegenslag,' vervolgt hij ernstig. 'Die keer schiep je een mes van glas. Nu heb je een man van glas geschapen. Het boek over jou moet zich tussen die twee punten voltrekken. Laten zien dat die met elkaar zijn verbonden, haast door het lot zijn voorzien. En dan vervul je ten slotte je lotsbestemming door jezelf te laten invriezen. Een einde dat tegelijkertijd een nieuw begin is. Zo zie ik het verhaal voor me.'

Hill kijkt Gunnar aan en forceert een blik waarvan hij hoopt dat die serieus en overtuigend is. Gunnar neemt hem nauwlettend op. Een paar tellen staan ze zo te zwijgen.

Dan knikt Gunnar tevreden en klopt hij Hill op zijn schouder. 'Ik wist dat je het zou begrijpen, m'n beste Martin. Jij en ik hebben een bijzondere band, dat heb ik de hele tijd al geweten. Ik ben blij dat we de lucht hebben geklaard.'

Hij draait zich om en doet de deur open. 'Ik moet je vragen om hier nog even te wachten. Nova en ik moeten overleggen hoe we vanaf hier nu verdergaan. Een paar beslissingen nemen.'

Gunnar verdwijnt naar buiten en Hill hoort de deur in het slot klikken, wat betekent dat het hele verhaal dat hij vrij was om te gaan natuurlijk gewoon lulkoek was.

Maar wat bedoelde Gunnar met dat hij een paar beslissingen moest nemen?

Waarover?

Of misschien beter gezegd: over wie?

Asker

Ze rijdt de poort uit en blijft de buitenmuur volgen. Wacht totdat ze zo ver van de hoofdingang is dat ze geen lampen meer ziet branden, voordat ze afremt.

Mijn maag zit dubbel in de knoop. Dat Martin dat zei moet betekenen dat hij in gevaar is. Hij heeft haar hulp nodig en de rest was alleen maar gezwam.

Ze parkeert zo dicht bij de muur als ze kan, stapt uit en checkt wat er in de achterbak ligt. Een gevarendriehoek, een paar meter sleepkabel en een bandenlichter.

Meer heeft ze niet nodig om een eenvoudige, maar effectieve enterhaak te fabriceren, nog een vaardigheid die ze aan Prepper-Per heeft te danken.

Ze klimt op het dak van de auto. Vanaf daar is het niet heel moeilijk om de enterhaak op zijn plek over de bovenrand van de muur te krijgen. Ze trekt een paar keer aan de sleepkabel om die te testen, probeert haar gekwetste schouder los te maken. Dit zal pijn gaan doen.

Ze grijpt de kabel zo hoog mogelijk beet, klemt hem vast tussen haar voeten en begint te klimmen. De gekwetste schouder protesteert direct, maar ze probeert door de pijn heen te ademen.

Als ze boven komt, gooit ze haar benen over de rand, geeft ze de pijnlijke schouder een paar tellen rust terwijl ze met haar andere hand de enterhaak aan de andere kant plaatst en de sleepkabel aan de binnenkant neerlaat.

De maan en de sterren komen tussen de wolken door en geven haar precies genoeg licht.

Aan de andere kant van de muur is het stil. Alleen rechte boomstammen en donkere struiken, geen camera's of detectoren te bekennen.

Ze doet de holster aan haar riem goed voordat ze langzaam omlaag klimt. Het zweet loopt over haar rug, net zo goed van de pijn als de inspanning.

Martin zei dat hij in de medische faciliteit was en volgens de gespannen dokter zat die in het hoofdgebouw.

Maar ze wil daar niet blindelings op afstormen, zonder iets meer te weten. Het liefst bedenkt ze een manier om Martin weg te krijgen zonder Samuel het hoofd te hoeven bieden, want ze vermoedt dat dat wel met geweld gepaard zal gaan.

Gelukkig weet ze wie haar kan helpen.

Ze gaat stil tussen de bomen door, met soepele behoedzame bewegingen. Wanneer ze de hoofdweg van het terrein nadert houdt ze halt om te luisteren.

Heel even denkt ze het gonzen van een drone te horen en stapt ze onder een boom. Maar het geluid verdwijnt in de verte.

Ze steekt over, baant zich een weg door het bos totdat ze de achterkant van Villa Canopus nadert.

Wanneer ze er bijna is, komt het geluid van de drone weer dichterbij. Het klinkt nog ongeveer even ver als van de bosrand naar de schaduwen rond de romp van het huis, dus besluit ze direct de laatste meters naar het huis te spurten en daar tegen de muur weg te duiken.

De drone komt gonzend over de boomtoppen.

Asker weerstaat de verleiding omhoog te kijken en haar bleke gezicht te laten zien. Het enige wat ze kan doen is roerloos blijven staan en hopen dat de drone geen infraroodcamera heeft.

De drone houdt halt en blijft als een woedende wesp boven haar zoemen. Blijft daar nog een paar seconden hangen voordat het motortje nog hogere toeren gaat draaien en de drone wegvliegt richting de bewakingscentrale.

Ze ademt uit, kijkt een paar keer om zich heen voordat ze langs de huismuur naar de voordeur loopt. Ze gebruikt niet de zware deurklopper, maar klopt behoedzaam met haar vinger op de deur.

Ze hoort de hond binnen blaffen.

'Wie is daar?' hoort ze Elsa vragen.

Ze buigt naar de deur toe.

'Ik ben 't, Leo, Martins vriendin. Ik wil je een paar dingetjes vragen.'

Het slot klikt en het meisje doet open.

'Kom binnen,' zegt ze. 'Mama is nog steeds niet terug. Ik begin echt ongerust te worden.'

Asker doet de deur achter zich dicht. Haar oorspronkelijke theorie was dat Maud Martin aan Gunnar had overgedragen. Dat ze hem had verraden, net als Tord Korpi. Maar waar is ze dan? Zou ze haar dochter werkelijk alleen laten, zonder enige uitleg?

Dat klinkt niet heel logisch, wat erop duidt dat de situatie misschien complexer is dan ze eerst dacht.

De grote hond is tussen haar en het meisje gaan staan. Staart aandachtig naar haar alsof hij probeert te bepalen of ze een bedreiging vormt.

'Martin is blijkbaar in de medische faciliteit in het hoofdgebouw,' zegt ze. 'Hoe kom ik daar?'

'Er is een ingang in de oostvleugel, maar die zit op slot. Je hebt een pasje nodig om binnen te komen.'

'Heb jij er eentje?'

Het meisje schudt haar hoofd. 'Oma misschien wel, maar die is ook verdwenen. Er is iets heel vreemds aan de hand, hè?'

'Ja, dat is wel zo. Ik moet Martin te pakken krijgen, ik denk dat hij in gevaar kan zijn.'

'Hij klonk bang toen hij hier was,' vindt ook Elsa. 'En hij was ook gewond.'

'Hoe ging het precies, weet je dat nog?'

Elsa lijkt even na te denken.

'Martin zat hier in de keuken toen we thuiskwamen. Zei dat we niet bang hoefden te zijn, dat hij ons niet wilde laten schrikken. Ik weet eigenlijk niet hoe hij binnen is gekomen.'

'Hoe bedoel je?'

'Nou, mama moest de voordeur van het slot halen, dat herinner ik me nog duidelijk.' Ze tikt op een oor. 'Geluid is zeg maar mijn ding en ik hoorde het toen ze de sleutel omdraaide. Maar Martin was al binnen toen wij aankwamen. Hij zei dat hij gewond was, dat hij was gevallen en hulp nodig had, wat niet helemaal klonk alsof het klopte. Ik dacht dat het vast volwassenengedoe was, dus toen ben ik naar buiten gegaan om ze rustig te laten praten.'

'En dat was alles wat je ervan mee hebt gekregen?'

Elsa fronst haar voorhoofd alsof ze zich meer probeert te herinneren.

'Net voordat ik de deur achter me dichttrok, hoorde ik Martin iets zeggen over mijngangen en de afstandsverwarming.'

'De afstandsverwarming?'

'Ja, klopt. Er is een deur in het washok die daarheen gaat. Ik ben heel goed in deuren, ik ken elke deur in het hele huis. Wil je dat ik je die laat zien?'

Hill

Zodra Gunnar de kamer uit is, begint Hill het vertrek te onderzoeken. Hij trekt aan lades, zoekt naar een voorwerp dat hem van pas zou kunnen komen. Hij weet niet goed waarvoor, om zich te verdedigen misschien of om te vluchten?

Maar alle lades zitten op slot en hij vindt niets nuttigs.

Hij denkt aan wat Gunnar over Viggo vertelde. Hij moet het zijn geweest die hem door de mist en mijngangen achtervolgde.

De Viggo die ook verantwoordelijk is voor de dood van beide urbexers, en voor misschien meer sterfgevallen. Van de tuinman bijvoorbeeld of Mauds verloofde Pontus Ursvik.

Wat was er gebeurd als Viggo hem in had gehaald?

Hij komt niet veel verder met zijn gepeins voordat de deur opengaat en Gunnar weer terug is, deze keer vergezeld door Nova. Ze heeft dezelfde zwarte jas en pet op als laatst op Blockön. Haar jack hangt open en Hill krijgt de halsketting met het kikkertje in het oog die hem op Alfacents hoofdkantoor al was opgevallen. Nu begrijpt hij waar het symbool voor staat.

Maar hij vangt ook een glimp op van iets anders. Nova draagt een pistool in een schouderholster.

'Zo Martin, wat dacht je van een uitstapje?'

Ze reikt Hill een flesje water aan en na een tel van aarzeling klokt hij een deel van de inhoud naar binnen, terwijl hij tegelijkertijd probeert te achterhalen wat er staat te gebeuren.

'Nova en ik hebben een voorstel,' zegt Gunnar. 'Een manier om je voor eens en voor altijd op te nemen in onze kring van vertrouwelingen.'

Hij knikt aanmoedigend naar zijn dochter.

'We dachten je kennis te laten maken met Viggo,' zegt ze. 'Je onze vooruitgang met eigen ogen te laten aanschouwen. Maar daarvoor moeten we een wandelingetje maken. Lukt dat je nog na deze vreemde avond?'

Hill is er behoorlijk zeker van dat er maar één juist antwoord op die vraag is.

'Absoluut,' knikt hij en probeert zijn angst niet te laten doorschemeren.

'Mooi, doe het jack aan, dan gaan we op pad.'

Nova reikt hem een zwart jack aan met het logo van Alfacent op het borststuk.

Ze stappen de gang in naar de receptie en lopen richting de lift. Mevrouw Schiller komt om de hoek van een deur kijken, maar trekt zich snel terug wanneer ze hen ziet, alsof ze liever niet wil worden gezien. Of misschien er niet bij betrokken wil raken?

Hij werpt een blik naar de uitgang. Nova is vlak achter hem aangesloten en zelfs al zou hij voorbij haar weten te komen, dan zou hij nog steeds op het terrein zijn opgesloten.

Op het moment heeft hij de beste kansen door gewoon mee te spelen.

Ze stappen de lift in, Gunnar haalt een pasje langs de paslezer en drukt op de onderste knop.

De lift glijdt soepel omlaag.

Van zo dichtbij is duidelijk te zien dat Gunnar ziek is. Zijn vel staat strak over zijn neusbeen en voorhoofd, de ogen zijn ingevallen, het gebit lijkt een maatje te groot voor de bovenkaak, wat betekent dat het een prothese is. Maar Gunnars blik en uitstraling zijn nog even intens als eerder.

Hill kijkt weer schuin naar Nova. Ziet hoe ze de schouderholster goed doet, alsof ze makkelijk bij het pistool wil kunnen. Een duidelijke herinnering dat hij nu wel uit de onderzoekskamer heeft weten te komen, maar dat het gevaar nog lang niet voorbij is.

De lift stopt en de deuren gaan open. In de volgende ruimte is het donker met slechts een paar zwakke rode lampen in het plafond.

'Dat is voor Viggo,' legt Gunnar uit. 'Zijn ogen verdragen geen wit licht. Dat is lastig voor hem, hij kan alleen maar 's nachts naar buiten en zelfs dan alleen met een beschermende bril. Een neveneffect van zijn behandeling. We werken aan een oplossing.'

Hill denkt aan de rode ogen die hij in het duister heeft gezien.

Gunnar loopt naar een fikse branddeur en opent die met zijn pasje.

Aan de andere kant is een stalen trap. De lucht voelt koel, haast koud aan. Hill herkent de plek en de lucht. Het is de trap die omlaag loopt naar het cryolab, waar hij dr. Schiller nog niet zo lang geleden hoorde.

Ze gaan de trap af en passeren de cryokamers. De aanraakschermen zijn weer uit en Hill vermijdt een blik op de tank waarin Elis' lichaam ligt. Hij probeert om zich niet voor te stellen hoe de jonge man daarbinnen zweeft als een kikker in een glazen pot, gereduceerd tot materiaal voor medische proeven. Probeert om er niet aan te denken dat hij zelf op elk moment in net zo'n tank kan belanden, als hij het niet heel slim speelt.

Ze lopen verder door de achterdeur de grote uitgehouwen ruimte in. Gunnar en Nova doen allebei hun zaklamp aan.

'We moeten deze kant op,' zegt Gunnar en hij loopt naar de tunnelopening met het traliehek en de letters SG op de muur. 'Terug naar Blockön. Maar deze keer gaan we onder het water door.'

In elke andere situatie zou Hill in alle staten zijn geraakt. De onderaardse verbinding waarnaar hij heeft gezocht bestaat echt. Maar het enige waaraan hij nu kan denken is hoeveel tijd het Leo zal kosten om hem hier beneden te vinden.

Als ze al naar hem aan het zoeken is.

Asker

'Het is de deur rechts als je onder aan de keldertrap staat,' zegt Elsa. 'Ik probeer ondertussen weer mama te bellen.'

Ze loopt terug naar de woonkamer met de hond op haar hielen. Zonder schroom alsof ze elk hoekje kent.

Asker gaat de trap af en komt in een grote kelder terecht. Planken langs de wanden en een groot eiland met een werkblad boven dubbele wasmachines en droogtrommels.

Een oud soort werktuig staat schots en scheef voor de deur waar Elsa het over had. Is onder de deurkruk geklemd zodat die wordt geblokkeerd.

Als Asker het apparaat nader onderzoekt, ontdekt ze een bloedige handafdruk aan één kant. Ze gokt dat die van Martin is en dat hij dus gewond is, net als Elsa hem heeft horen zeggen.

Maar waarom heeft hij de deur naar de afstandsverwarming geblokkeerd?

Ze zet haar ongekwetste schouder tegen het werktuig en duwt hem aan de kant.

De deur gaat wat stroef en als ze hem goed open heeft, begrijpt ze waarom. Er zit een grote deuk in de plaat aan de andere kant, alsof iemand er met grote kracht tegenaan heeft gekleund.

De afstandsverwarmingsruimte blijkt een gang te zijn met lange buizen en kabels. Een lichtpunt een paar meter verder trekt haar aandacht.

Een zaklamp die nog steeds brandt.

Ze pakt de lamp op en bekijkt hem goed.

M. HILL staat er met een markeerstift op een kant geschreven.

Asker loopt een stukje verder de gang in, ontdekt een oude wenteltrap die recht omlaag het duister in gaat.

Ze blijft staan om haar observaties aan elkaar te knopen. Martin moet langs deze weg Villa Canopus zijn binnengekomen. Gewond en met iemand die hem op de hielen zat.

Hij is de zaklamp verloren of heeft hem weggegooid, is de kelder in gegaan en heeft de deur weten te blokkeren met het apparaat. Daarna is hij naar boven het huis in gelopen, op Elsa en Maud gestuit en toen heeft hij haar gebeld.

Ze schijnt met de zaklamp de wenteltrap af.

Die moet naar het ondergrondse laboratorium leiden waarover Martin vertelde, dat Tord Korpi heeft gebouwd. Maar op het moment is ze hier niet om bewijs te vinden voor de moord op Tord Korpi, maar om Martin te vinden.

Een geluid doet haar opschrikken. Het klonk als een blaf van een hond.

Asker doet de zaklamp uit en keert terug naar het washok.

'Elsa?' roept ze.

Ze loopt naar de keldertrap, gaat met haar hand naar haar holster.

Als ze precies halverwege het hok is, gaat de kelderdeur bovenaan de trap open en stapt Samuel de bovenste trede op.

Hij heeft een pistool met geluiddemper in zijn handen. Hij kijkt naar de open deur van de afstandsverwarming, dan naar haar. Brengt het pistool omhoog op het moment dat ze oogcontact maken.

Instinctief duikt ze opzij.

Samuels pistool gaat af. Asker kan de kogels langs voelen suizen als ze tien centimeter boven haar hoofd voorbijvliegen.

Ze buigt haar hoofd, steekt haar linkerelleboog uit om de klap op te vangen. Maakt een koprol die de pijn door haar gekwetste schouder doet snijden, voordat ze achter het eiland met de wasmachines belandt.

Ze trekt haar benen in, gaat op de betonnen vloer liggen.

Samuels pistool blijft vuren. De kogels raken de wasmachines. Sommige worden gestopt door het motorblok, andere slaan door het plaatstaal heen.

Een ricochet fluit veel te dichtbij langs.

Asker maakt zich zo plat als ze kan terwijl Samuel blijft schieten. Ze merkt hoe hij zijn schotpatroon aanpast om haar beschutting zo klein mogelijk te maken. Hij heeft het initiatief, bovendien het voordeel dat hij exact weet waar ze zich bevindt, terwijl zij hem niet kan zien vanaf haar schuilplaats.

Zij kan alleen maar beschutting zoeken, zich zo klein mogelijk maken terwijl ze naar haar eigen wapen tast.

Ze moet proberen zijn precieze positie te bepalen.

Een kogel doorboort het metaal op slechts een paar decimeter van haar. Scheurt er een scherp gerand gat in dat evengoed in haar schedel had kunnen zitten.

Dan hoort ze het geklik als Samuel zijn magazijn leeg heeft geschoten.

Tegen een amateur zou ze de kans hebben gegrepen om overeind te komen en een paar schoten af te vuren, maar Samuel is veel te professioneel.

Hij laat het magazijn vallen en heeft een nieuw geladen voordat het lege de grond heeft kunnen raken. Als ze was opgestaan, was ze nu dood geweest.

Maar ze heeft in ieder geval een paar seconden respijt van de kogelregen. Asker gaat iets opzij met haar hoofd om tussen de wasmachines door een glimp van Samuel op te vangen. Hij is nu halverwege de trap, dat kan ze wel zien. Hij beweegt haar kant op om het overwicht te houden, precies zoals hij is opgeleid.

Hij heeft herladen nu, begint weer te vuren terwijl hij verder de trap af komt. Het volgende schot treft dichterbij, alsof hij ook een glimp van haar heeft gezien. Ze drukt zich plat tegen de betonvloer. Nog een schot, zo dichtbij dat ze naar adem hapt. Deze keer redt de motor van de wasmachine haar.

In haar nieuwe positie valt haar op dat de machines op stevige rubberen klossen staan. De ruimte tussen vloer en machines is ruim een decimeter, groot genoeg om zicht te geven op de onderste traptrede.

Nog een kogel vliegt door de machines en suist vlak langs haar oor. Samuel begint nu haast in de roos te schieten. Zal haar elk moment raken.

Ze drukt zich tegen de vloer, steekt haar arm in de nauwe ruimte onder de wasmachines.

'Alle schutters richten instinctief op het bovenlichaam,' hoort ze de stem van Prepper-Per zeggen. 'Maar soms moet je het doelwit kiezen dat je krijgt.'

Weer schiet Samuel, het knalt door het metaal en iets scherps en warms brandt schuin boven haar oog in.

Asker forceert haar ogen om open te blijven, ook al voelt ze het bloed over haar voorhoofd lopen. Houdt haar vinger ondertussen op de trekker en wacht.

Dan verschijnt Samuels voet op de onderste traptrede.

Asker vuurt drie schoten af, zo dicht op elkaar dat de knallen één geluid worden in haar oren. Ze kan zien dat een van de kogels het zwarte goed gepoetste leer van zijn schoenen opensplijt.

Samuel brult van pijn als zijn voet onder hem wegschiet.

Hij haalt de trekker over, stuurt nieuwe kogels op haar af, maar deze keer zonder precisie. Tegelijkertijd probeert hij zijn evenwicht te hervinden.

Maar de val is niet tegen te houden. Zijn knie raakt de vloer en op hetzelfde ogenblik schiet Asker opnieuw. De kogel raakt de knieschijf, veegt het been opzij en Samuel dreunt neer op de vloer.

Zijn hoofd raakt het beton een meter verder en ze ziet de pijn en schok in zijn blik de seconde voordat hij haar ontdekt.

Ze volgt hoe dat overgaat in het besef dat haar pistool in de nauwe ruimte onder de machines recht op zijn gezicht is gericht. Het besef dat hij de controle kwijt is, dat er nog maar twee mogelijkheden zijn.

Het had op dat moment klaar kunnen zijn.

Maar mannen als Samuel geven zelden op, zo zijn ze niet opgeleid. Mannen zoals hij weigeren te geloven dat ze daadwerkelijk door iemand overwonnen kunnen worden, en al helemaal niet door een vrouw.

En daarom trekt Samuel zijn hand met het pistool naar zich toe in de overtuiging dat hij sneller is dan zij. Dat hij hier nog steeds de gevaarlijkste is.

Hij vergist zich.

Ze schiet hem midden in zijn voorhoofd.

Samuel schokt even en blijft dan met opengesperde ogen liggen alsof hij nog steeds niet echt gelooft wat er net heeft plaatsgevonden.

Hij ziet er haast verbaasd uit.

Asker klautert overeind en veegt het bloed uit haar gezicht met de mouw van haar jack. Haar hartslag dreunt tegen haar trommelvliezen en de adrenaline brandt in haar mond. In het washok hangt de scherpe stank van kruit.

Ze vult haar longen met lucht en probeert even bij te komen. Schopt uit gewoonte Samuels pistool weg wanneer ze langs zijn levenloze lijf loopt.

Daarna gaat ze de trap op.

'Elsa,' roept ze. 'Ben je daar?'

Ze hoort een hond blaffen, gaat op het geluid af naar een gesloten deur.

'Ik ben het, Leo,' zegt ze. 'Gaat het wel?'

Ze doet de deur op een kiertje open. Het meisje zit in een hoek achter het bed met haar armen om Orion. Ze ziet er bang uit.

De haren van de hond staan overeind en hij laat zijn tanden zien.

'Gaat het wel?' herhaalt Asker.

Het meisje knikt. 'Samuel maakte ons bang. Hij dreigde Orion neer te schieten als ik hem niet stil zou krijgen. Is hij er nog?'

Asker schudt het hoofd, houdt zich dan weer voor dat het meisje haar niet kan zien.

'Je hoeft niet meer bang te zijn voor Samuel, oké? Jij en Orion zijn veilig hierbinnen. Blijf hier, dan ga ik proberen uit te vinden wat er met Martin en je moeder is gebeurd.'

'Oké,' knikt Elsa. 'Dr. Schiller weet het misschien. Hij en Samuel kwamen met dezelfde auto, ik hoorde hun stemmen. De auto staat nog voor.'

Asker maakt voorzichtig een spleetje in de luxaflex. Elsa heeft gelijk, de zwarte Merc staat met gedoofde lampen schuin voor het huis. Daarbinnen flakkert het zwakke schijnsel van een telefoonscherm.

'Is er een achterdeur?' vraagt ze.

Ze sluipt naar de auto, blijft in de hoek waar ze niet zichtbaar is in de spiegels.

De dokter zit achter het stuur te praten aan de telefoon.

Als hij haar in de gaten krijgt, begint hij verschrikt te frummelen bij het contact. Asker slaat met de loop van haar pistool de zijruit stuk, wat het glas overal op hem doet vallen.

Hij gilt als een mager speenvarken, houdt pas op als zij haar wapen op zijn van zweet glimmende kale kop zet.

'Martin Hill,' zegt ze afgemeten. 'Breng me bij hem. Nu!'

Hill

De tunnel die ze betreden loopt naar beneden. In het begin bestaat de ondergrond uit mijngruis, net als in de andere tunnels, maar hij gaat over in looproosters.

De lucht wordt steeds vochtiger, her en der lopen er stroompjes water langs de wanden naar beneden. Hill kijkt omlaag. De looproosters moeten op palen liggen, want nu ziet hij onder zijn voeten zwart water glanzen.

Gunnar, die vooroploopt, houdt een behoorlijk hoog tempo aan. Voor iemand die haast tachtig en doodziek is, beweegt hij zich soepel en makkelijk.

Hill is zelf niet in topvorm, maar wat er ook in dat infuus op de medische faciliteit zat, het houdt hem in ieder geval op de been.

De mijngang blijft naar beneden lopen en wordt steeds breder. Het water spreidt zich uit naar de zijkanten, de looproosters krijgen relingen en na een poosje is het alsof ze over een steiger lopen.

De stralen van de zaklampen worden versterkt door het vocht in de lucht. Ze snijden als lichtzwaarden door het duister en laten het water onder hen glinsteren.

Gunnar blijft staan en schijnt om zich heen. 'Nou, wat vind je ervan?'

Hill haalt adem.

'Het is fantastisch,' hijgt hij. 'Een onderaards meer.'

Gunnar knikt. 'Het werd gevormd door het lek dat ook de tragische instorting veroorzaakte in de jaren zestig. We pompen het water constant weg, anders zou de gang onder water staan. Maar de schoonheid maakt het al dat werk waard, toch?'

'Zeker,' knikt Hill en deze keer meent hij het. Hij wou dat hij een paar foto's zou kunnen maken, maar zijn telefoon ligt nog in Villa Arcturus. Hij denkt weer aan Leo.

Hij heeft echt haar hulp nodig om zich uit deze nesten te werken. Maar hoe moet zij hem helemaal op Blockön vinden?

Hij kijkt voorzichtig over zijn schouder, maar Nova blokkeert zijn vluchtweg. Haar jack is open, de kolf van het pistool duidelijk zichtbaar.

'Zullen we verder?' zegt ze.

Hill knikt. Hij volgt Gunnars rug verder het duister in.

Asker

Ze gaat boven op de rem van de Mercedes staan voor de deur van de medische faciliteit. Springt uit de auto, opent de achterklep en trekt dr. Schiller eruit. Hij is nog steeds doodsbang, piept als een muis als ze hem naar de deur duwt.

'Openmaken,' beveelt ze en zwaait met haar pistool naar hem.

Hij hannest met een pasje, trilt zo erg dat hij het bijna laat vallen. De deur zwaait open naar een verlichte gang.

'Snel een beetje!' commandeert ze en maakt een beweging met haar hoofd. 'Breng me bij Martin Hill.'

De ogen van de arts schieten alle kanten op, maar hij doet wat hem gezegd wordt. Het is muisstil, er is niets te horen in de gang.

'J-je moet wel weten dat ik geprobeerd heb hem tegen te houden,' zegt dr. Schiller over zijn schouder. 'Samuel bedoel ik. Ik heb hem gesmeekt geen geweld te gebruiken.'

'O ja? En toch zat je daar te wachten om hem terug hierheen te mogen rijden zodra hij klaar was. Zodra hij mij door de kop had geschoten, net als hij bij Tord Korpi deed.'

Die bewering is vooral een beredeneerde gok, maar de reactie van de arts zegt Asker dat die juist is. Hij verstijft, pakt vervolgens zijn kale hoofd beet alsof hij het wil beschermen.

'D-daar weet ik niks van,' stamelt hij, maar ook al is zijn rug naar haar gewend, het is duidelijk dat hij liegt. 'Ik en mijn vrouw zijn tegen onze wil hierbij betrokken geraakt. Wij zijn geen gewelddadige mensen.'

Ze komen bij een hoek waar de gang naar rechts gaat.

'Hallo?' zegt een stem daarvandaan. 'Is daar iemand?'

Een oudere vrouw komt de hoek om. Ze schrikt als ze Asker en de angstige arts ziet.

Asker brengt haar pistool omhoog.

'O, lieveheer,' zegt de vrouw geschrokken.

De arts houdt zijn handen omhoog tussen hen in. 'Toe, dit is mijn vrouw. Zij weet ook niets van... Gunnars...' Hij weet zijn zin niet tot een einde te brengen.

Asker neemt de vrouw op. Ze is lang en elegant en heeft een zacht uiterlijk.

'Wat is er gebeurd?' vraagt ze haar man. 'Waar is Samuel?'

De arts schudt het hoofd lichtjes en werpt een ongeruste blik naar Asker.

'Deze vrouw wil Martin Hill te pakken krijgen. Wil jij haar alsjeblieft daarbij helpen?'

De vrouw staart naar haar echtgenoot, dan naar Asker, dan weer naar haar man.

'Maar Gunnar heeft gezegd...' stamelt ze met haar blik op het wapen gevestigd.

'Gunnar kan m'n rug op,' bijt Asker haar toe. 'Breng me bij Martin.'

Mevrouw Schiller slikt een paar keer, knikt dan.

'Deze kant op,' fluistert ze met een klein gebaartje.

Ze brengt hen naar een spreekkamer en haalt de deur van het slot met een sleutelbos die ze van haar riem haalt.

Asker duwt de arts naar binnen voordat ze hem volgt. Dr. Schiller hannest met het lichtknopje en wanneer de plafondlampen aangaan, wordt er een onderzoekskamer zichtbaar met een leeg onderzoeksbed dat pas nog lijkt te zijn gebruikt.

De arts draait zich met een verbouwereerde blik om naar Asker.

'Ik snap 't niet...' begint hij voordat hij over Askers schouders iets in het oog krijgt. Zijn ogen worden groter, van verbouwereerd is hij nu geschokt.

Asker draait zich razendsnel om, doet haar arm omhoog, maar komt maar tot halverwege als ze een klap op haar rechterschouder voelt, gevolgd door een ijzige pijn. Ze wankelt achteruit, probeert haar pistool omhoog te brengen, maar haar arm wil niet gehoorzamen.

Mevrouw Schiller komt recht op haar af. Haar zachte uitstraling is weggevaagd, haar gezicht is wit en verbeten, de blik hard. In haar hand houdt ze een scalpel.

Bloed begint omlaag te stromen van Askers schouder waar de vrouw haar net gestoken heeft.

'Pak haar!' schreeuwt mevrouw Schiller naar haar man.

De arts lijkt besluiteloos, heft dan zijn handen omhoog en doet een aarzelende stap richting Asker.

Ze schopt hem met volle kracht in het kruis. De arts maakt een gorgelend geluid, grijpt naar zijn familiejuwelen en valt op de grond.

Mevrouw Schiller stoot een verontwaardigde schreeuw uit. Ze stormt op Asker af en houwt opnieuw met het scalpel, deze keer richting haar gezicht. Asker springt opzij, ontwijkt het scherpe lemmet maar op een paar centimeter. De vrouw komt weer op haar af met het scalpel in de aanslag, maar struikelt over haar man op de vloer en verliest haar evenwicht.

Asker ziet de opening en ze zwaait haar onwillige arm op mevrouw Schiller af. Slaat haar vol met de pistoolloop op de bovenkant van haar neus. Ze raakt haar hard, voelt het helemaal door haar arm trekken.

Mevrouw Schillers ogen rollen naar achteren. Ze zakt door haar knieën en in elkaar, bijna boven op haar man.

Asker schopt het scalpel weg de gang op en slaagt erin haar pistool op het liggende stel te richten. De arts heeft zijn handen nog om zijn kruis en kermt zachtjes. Zijn echtgenoot heeft een flinke jaap op het voorhoofd en lijkt bewusteloos te zijn.

Ze gaat op haar hurken naast de liggende man zitten en pikt zijn telefoon in, veegt daarna de sleutelbos van zijn vrouw naar zich toe.

'Zeg, dokter,' zegt ze. 'Je vrouw moet verbonden worden. Wanneer je daarmee klaar bent, kunnen jullie aan je getuigenverklaringen gaan schaven. Dat hebben jullie wel nodig.'

Ze loopt achterwaarts de kamer uit en doet de deur op slot voor het echtpaar Schiller.

Haar hart pompt adrenaline rond waardoor ze amper de pijn van de messteek voelt. Nog niet in ieder geval. Maar het bloed stroomt overvloedig langs haar rechterarm en ze moet zo snel mogelijk iets vinden om de wond mee te verbinden.

Een bonzend geluid doet haar halthouden. Het klinkt alsof iemand op een van de deuren vlakbij staat te bonken.

'Hallo!' hoort ze een vrouwenstem roepen. 'Hallo, is daar iemand die me hoort?'

Hill

Ze lopen zeker tien minuten over het onderaardse meer voordat ze de looproosters achter zich laten en weer vaste grond onder de voeten krijgen.

Hill loopt te bibberen van de kou en de vochtige lucht, maar merkt het zelf amper. De gang waarin ze nu zijn gekomen, moet bij de Stjärngruvan horen, dus bevinden ze zich vermoedelijk ergens onder het Blockön.

Hierbeneden in het duister groeven Artur Nilsson en zijn mijnwerkers dus naar Bernhard Irvings meteoriet. Groeven ze dieper en dieper om de idee-fixe van een man te bewijzen, totdat het water de hele boel op hen liet neerkomen.

De mijngang loopt behoorlijk steil naar boven en al snel gaat Hills gebibber over in zweten.

'Wil je even op adem komen?' vraagt Gunnar.

Hill knikt. Hij zet zijn handen op zijn knieën en haalt een paar keer diep adem.

'Eén ding moet ik nog vragen,' zegt hij.

'Ga je gang.'

'Karin.'

'Ja?'

Hill probeert zijn hartslag ver genoeg omlaag te krijgen om goed te kunnen formuleren zonder al te amechtig te klinken.

'Weet ze van Viggo? Dat hij leeft, bedoel ik, dat hij deelneemt aan een... controversieel experiment?'

'Karin is niet toerekeningsvatbaar,' snuift Gunnar. 'Je hebt haar zelf ontmoet. Ze was altijd al een tere ziel en door de schok dat Bernhard haar vader bleek te zijn, verloor ze haar greep op de werkelijkheid min of meer. Toen kreeg Viggo dat ongeluk...'

'Maar wist ze van het experiment? Kon ze zich daarin vinden?'

Hij weet het antwoord al of vermoedt dat minstens. Karin heeft eerst Tord Korpi en toen hemzelf gevraagd om Viggo te helpen.

'We belasten Karin niet met zulke informatie,' onderbreekt Nova hen. 'Het enige wat ze weet is dat Viggo de best denkbare behandeling krijgt, wat volstrekt waar is. Hij heeft enorme vooruitgang geboekt. We zijn erg trots op hem.'

'Ik snap 't... En Maud, wat is er met haar gebeurd nadat jullie mij hadden opgehaald?'

Hill weet niet zeker waarom hij dat vraagt. Waarom het hem iets kan schelen, terwijl zij hem aan Gunnar heeft overgeleverd. Misschien omdat hij denkt dat zij het was die hij hoorde huilen toen hij in de auto werd geladen.

'Maud rust even wat uit op de medische faciliteit. Ze heeft een zware avond gehad.'

'En Elsa dan? Zit die helemaal alleen in de villa?'

Gunnar kijkt hem onderzoekend aan.

'Wat zou haar daar kunnen overkomen? Ze is volkomen veilig in Villa Canopus.'

'Jawel, maar ze is alleen. Haar moeder is weg, wordt ze niet ongerust? Ze is pas dertien?'

'Ze redt zich wel,' zegt Gunnar snuivend. 'Kinderen kunnen wel wat hebben.'

Zijn blik is geïrriteerd geworden. Hij bekijkt Hill van top tot teen, bijna alsof hij spijt begint te krijgen van dit uitstapje.

'Zullen we verder?' zegt hij en draait zich om.

De gang blijft nog een tijdje omhooglopen voordat hij afvlakt. Ze gaan in een gelijk tempo verder en met elke stap achter Gunnar Irving aan is het alsof Hills afschuw voor hem toeneemt. Zij allemaal, zelfs zijn eigen kinderen en kleinkinderen, worden slechts door de volkomen op zichzelf gerichte man geaccepteerd zolang ze van nut zijn en hem niet hinderen. Hij beneemt zijn zoon het leven, doet dat keer op keer en alleen maar om dat van hemzelf te verlengen.

En Hills lot hangt ook aan een zijden draadje. Er hoeft maar iets te gebeuren of Gunnar bedenkt zich.

Hij besluit over te stappen op het favoriete onderwerp van de oude man.

'Dus je bent van plan om jezelf levend te laten invriezen?' vraagt hij. 'Gebaseerd op wat jullie van het proces te weten zijn gekomen met Viggo. Om niet te wachten tot je dood bent.'

Gunnar blijft weer staan. 'Precies, Martin. Viggo heeft mij een groot geschenk gegeven. Misschien wel het grootste van allemaal.'

'Eeuwig leven,' mompelt Hill.

Gunnar kijkt hem lang aan.

'Ik ben blij dat je het begrijpt, m'n beste Martin. Nu is het niet ver meer.'

Na nog vijf minuten lopen komen ze bij een nieuwe stenen ruimte. Deze is kleiner en zichtbaar ouder dan die onder Stjärneholm. Het beton is aan het verweren en aan één kant staan een paar half kapotgeroeste mijnwagentjes.

Gunnar loopt naar een traliehek in de ene muur. Hij haalt een schakelaar over en er begint een elektrische motor te zoemen.

Een grote liftkooi zakt langzaam omlaag aan de andere kant van het hek en stopt met een knal.

Gunnar maakt het hek open en maakt een handgebaar naar de lift. 'Ga je gang.'

Ze stappen in. Hill bedenkt nog hoe oud de lift moet zijn en welk risico dat inhoudt als je ermee omhoog- of omlaaggaat. Maar hij concludeert dat het risico, vergeleken met de situatie waarin hij zich bevindt, waarschijnlijk te verwaarlozen is.

Gunnar sluit het hek en drukt op een knop die de lift langzaam omhoog doet rammelen.

'Omhoog uit het duister,' zegt Nova.

Ze wisselt een blik met Gunnar. Haar vinger gaat weer omhoog naar haar schouderholster. Hill slikt, perst er een glimlach uit.

De lift stopt met een klap waarvan Hills hart bijna hetzelfde doet.
'Dan zijn we er, Martin,' zegt Gunnar.
Zijn grijns doet Hill denken aan die van een doodshoofd.

Asker

Asker staat voor de deur waar het gebons vandaan komt.

'Hallo?' zegt de stem daarbinnen weer. 'Is daar iemand? Wat gebeurt er allemaal?'

Asker twijfelt. Wie daar ook staat te bonzen, diegene is opgesloten, wat zou moeten betekenen dat ze aan dezelfde kant staan.

Ze haalt de deur van het slot en schijnt met de zaklamp op de vrouw daarbinnen.

Ze heeft een rood gezicht van het huilen, beschut het tegen het licht van de zaklamp.

Het is Maud Irving.

Asker brengt het pistool omhoog zo ver als ze kan.

'Waar is Martin?' vraagt ze.

Maud doet haar handen angstig omhoog. 'Weet ik niet. Gunnar heeft hem ergens mee naartoe genomen.'

'Omdat jij hem in de val hebt laten lopen? Heb je hem aan Gunnar overgeleverd?'

Maud aarzelt even, maar knikt dan. 'Ik had geen keus. Gunnar had mijn moeder. Zij zit hier ook opgesloten. Mag ik haar zien?'

Asker antwoordt niet.

'Ik begrijp dat je me niet vertrouwt, maar ik moet mijn moeder zien.'

Maud ziet er verscheurd en oprecht uit en Asker weet nog wat Martin heeft verteld over Karins instorting.

'Ik weet niet waar Martin is,' zegt Maud weer, nu met klem. 'Maar het gaat niet goed met mijn moeder, ik moet haar zien. Je kunt me daarna weer opsluiten als het moet.'

Asker denkt na. Ze zou naar Martin moeten blijven zoeken.

Maar het is een enorm gebouw en elke deur proberen open te rukken gaat een eeuwigheid duren. Karin heeft dingen onthuld aan Martin, misschien kan ze ook meer vertellen over waar hij kan zijn?

Asker doet een paar passen achteruit en gebaart met het pistool dat Maud moet volgen. Op de gang werpt ze haar de sleutelbos toe, maar houdt ze zich op veilige afstand.

Maud haalt de deur ernaast van het slot. Op een onderzoeksbed ligt een oude vrouw vastgebonden met riemen.

'Mama!' roept Maud uit. 'Mama.'

Ze doet de lamp in de kamer aan, gaat op het bed zitten en maakt de riemen los. Begint dan met ervaren handen haar moeder te onderzoeken.

Karin Irvings oogleden knipperen open.

'Mama,' zegt Maud weer.

Deze keer opent Karin haar ogen. Een paar tellen ziet ze er verward uit, maar ze herstelt snel.

'Waar ben ik?' vraagt ze. 'Wat is er gebeurd?'

'Je bent op de medische faciliteit. Ik moest papa bellen. Hij beloofde me dat ik je weer mee naar huis zou mogen nemen, maar ze hebben mij iets kalmerends gegeven en ook opgesloten.'

Karin gaat rechtop zitten. 'En Viggo?'

'Ik weet 't niet, mama. Maar Elsa zit alleen thuis.'

Ze kijkt smekend naar Asker. 'Elsa is mijn dochter. Ze heeft een visuele beperking.'

'Ja, dat weet ik, ik ben haar daarnet tegengekomen. Ze was in orde, maar ze maakte zich zorgen over waar jij en Martin waren gebleven,' zegt Asker scherp. 'Wat hebben ze met hem gedaan?'

Maud slaat haar blik neer. 'Gunnar zei dat hij met Martin moest praten. Hij beloofde dat het allemaal goed zou komen.'

'Ging het net zo met Tord Korpi?'

Karin schrikt op.

'Tord?' zegt ze tegen haar dochter. 'Heb jij met Gunnar over hem gepraat?'

Maud blijft naar de vloer kijken.

'Ik heb een foto van jou en Tord samen gezien,' zegt Asker. 'Weet je wat er met hem is gebeurd, nadat jij hem bij Gunnar had verklikt?'

Maud knikt bedroefd. 'Martin heeft verteld dat Tord dood is, net voordat ze hem kwamen halen,' zegt ze. 'Ik had geen idee. Gunnar zei dat hij Tord zou betalen voor zijn zwijgen. En Martin ook. Ik kon me niet voorstellen dat Gunnar iemand zou...' Ze slikt.

'Samuel heeft hem vermoord en in een ondiep graf gedumpt,' zegt Asker bruusk. 'Omdat Tord jullie probeerde te helpen. En Martin dreigt hetzelfde lot te ondergaan als ik hem niet snel vind. Dus moet ik weten waar hij is.'

'Ik weet 't niet, ik zweer 't,' zegt Maud. 'Ik zag dat ze hem in de achterbak legden en toen wegreden, maar niet waarheen.'

Ze barst in snikken uit. Karin slaat haar armen om haar dochter en strijkt haar over het haar.

'Mauds enige tekortkoming is dat ze haar vader tevreden wil stemmen,' zegt ze met onverwacht heldere stem. 'Viggo is net zo, en Nova ook. Gunnar heeft ze betoverd, al vanaf dat ze klein waren.'

'En Viggo?' vraagt Asker. 'Hij is hier, hè? Beneden in het laboratorium?'

'Dat klopt,' zegt Karin. 'Ik probeer hem al jaren daar weg te krijgen. Maar Gunnar heeft me altijd tegengehouden. Me volgestopt met pillen, alsof ik gek ben. Misschien is dat ook zo. Wie zou dat niet worden als je bedenkt wat er allemaal is gebeurd?'

Ze schudt zachtjes haar hoofd. Dan wendt ze haar blik naar Asker.

'Viggo is ziek,' zegt ze. 'Dat is hij eigenlijk altijd al geweest. Maar hij is, ongeacht wat hij heeft gedaan, wel mijn zoon.'

'De voetballer?' vraagt Asker. 'De tuinman, Knudsen, en Mauds verloofde?'

Karin knikt bedroefd. 'Gunnar beweert dat het mijn fout is. Dat de vermenging van onze genen tot ziekte leidt. Viggo had een tweelingbroertje dat misvormd was en bij de geboorte stierf. We hadden misschien toen al moeten begrijpen dat ook Viggo iets ziekelijks in zich droeg, iets duisters en gewelddadigs. Maar het was Gunnar die dat uit hem naar boven haalde, daar ben ik zeker van. Viggo had zorg moeten krijgen. Maar Gunnar stopte alles in de doofpot en liet hem wegsturen. Hij was bang dat het hem en het bedrijf zou raken als de mensen te weten kwamen waartoe Viggo in staat was.'

'En toen kwam het ongeluk. Maud zat ook in de auto, hè, samen met haar vriend?'

Maud knikt, snikt weer.

'Viggo was net thuis uit de VS,' zegt Karin zachtjes. 'Hij dacht dat Gunnar hem zou verwelkomen. Eindelijk hem weer toe zou laten in de binnenste kring. Maar daar dacht Gunnar totaal niet aan. Het duister in Viggo kreeg weer de overhand en op weg naar huis heeft hij Pontus zwaar mishandeld. Maud wist Viggo ten slotte weer bij zinnen te laten komen. Ze legden Pontus in de auto en reden naar het ziekenhuis, maar toen kwam de meteoor. Door het lichtschijnsel verloor Viggo de macht over het stuur en reden ze het meer in.'

Maud gaat rechtop zitten, veegt de laatste tranen weg met de rug van haar hand.

'Ik wist uit de auto te komen en naar huis te rennen om alarm te slaan,' zegt ze met dikke stem. 'Gunnar zei dat ik niemand mocht vertellen dat ik ook in de auto zat. We deden alsof Viggo en Pontus gewoon een ongeluk hadden gehad.'

'Misschien was het beter geweest als het allemaal ermee was geëindigd dat Viggo had mogen doodgaan,' zegt Karin. 'Maar Gunnar wilde hem tot elke prijs weer tot leven wekken. Toen dacht ik dat het uit liefde was, pas later begreep ik dat hij voor God wilde spelen. En toen het Gunnar voor de eerste keer lukte om Viggo te laten verrijzen, kon niets hem meer tegenhouden.'

Ze schudt verdrietig het hoofd. 'Gunnar kwelt Viggo, behandelt hem als een proefkonijn. Zet zijn hart stil en start het weer op, pompt hem vol met anabolen, experimenteert met nieuwe medicijnen die nog niet zijn goedgekeurd. Viggo heeft verschrikkelijke dingen gedaan. Maar Gunnar... Gunnar is een monster.'

Hill

Nova schuift het lifthek aan de kant. Ze komen in een grote kelder uit, vol oude machineonderdelen. Aan het andere uiteinde zit een stalen deur. Gunnar opent die en gaat hen voor een stenen trap op.

De trap komt uit in een grote, donkere fabrieksruimte, vlak naast een grote machine. Gunnar blijft staan, laat de zaklamp door de ruimte glijden. Een paar duiven vliegen verschrikt op en maken een paar rondjes onder het dak voordat ze door een opening naar buiten glippen.

'Weet je waar we zijn, Martin?' vraagt Gunnar.

'Bij de Stjärngruvan,' zegt hij. 'In de grote hal met de kogelmolen.'

'Precies.'

'Houdt Viggo zich hier 's nachts op?' vraagt Hill.

'Als hij de kans krijgt, ja. Viggo is dol op het observatorium. Ik weet vrij zeker dat hij nu daarboven zit. Zullen we eens kijken?'

Hill ademt stilletjes uit, knikt dan.

Nick en Elis moeten hier ook zijn geweest. Moeten in het donker op Viggo zijn gestuit. En nu zijn ze dood, net als de tuinman, Pontus Ursvik en anderen in de omgeving van Viggo en Gunnar. Dood nadat het lijf met kracht en geweld is aangevallen.

Hij zou hier niet moeten zijn. Zich niet in het gezelschap moeten bevinden van deze gevaarlijke mensen op dit gevaarlijke eiland.

Maar hij moet het spel mee blijven spelen. Dat is zijn enige kans om het uit te houden totdat Leo hem vindt. Als ze hem vindt.

Gunnar loopt naar een deur, opent hem en leidt hen de plaats op tussen de gebouwen. Boven hen strekt de schachtbok zich naar de hemel.

'Viggo!' roept hij. 'Viggo, ben je daar?'

Dichter bij de bok knarst de grond onder hun voeten. Zwart, scherp obsidiaanglas, net als in Hills droom. Een rilling loopt over zijn rug.

Gunnar gebaart hen halt te houden.

Alles zwijgt. Het is windstil. Hill kan het geluid van zijn hartklep horen die voortraast in zijn borstkas.

Dan is er plotseling een zwak schijnsel van boven in de bok te zien. Het geluid van zware voetstappen echoot tussen de gebouwen.

En ineens staat hij daar op de rand. Het roodogige monster uit Hills jeugd, uit zijn nachtmerries. Het wezen dat hem door de mist en de mijngangen achtervolgde, dat hem nog steeds doet verstijven van angst.

Viggo Irving.

De moordenaar.

De man van glas.

Asker

Na aansporing van Karin naait Maud de snijwond in Askers schouder dicht met middelen uit de faciliteit. Mauds handen bewegen trefzeker als ze de wond uitwast en er een paar hechtingen in zet, maar ze ontwijkt oogcontact, werkt gefocust en zwijgend alsof ze alleen aan haar taak en aan niets anders wil denken. De wereld wil buitensluiten. Asker herkent het gedrag, heeft die tactiek zelf duizenden keren gebruikt.

'Ik...' begint ze. 'Ik weet hoe het is om een vader te hebben die...' Ze zoekt naar het juiste woord. '... gek is,' zegt ze ten slotte. 'Die van mij heeft geprobeerd ons allebei de lucht in te laten vliegen. Je kent zijn naam misschien wel, hij heet Per Asker en hij was bevriend met Tord Korpi. Precies bij zijn terrein heeft Samuel Tords lichaam gedumpt.'

Maud kijkt verbaasd op.

'Ik heb sinds die dag geen contact met mijn vader gehad,' vervolgt Asker. 'Maar toen hij mij laatst belde en zei dat hij de schuld zou krijgen van de moord op Tord Korpi, heb ik toch alles laten vallen om hem te helpen. Ik kan het niet uitleggen. Het is alsof hij zich in mijn hersenen heeft weten te nestelen. Mij nog steeds manipuleert, en ik onmogelijk van hem af kom.'

Maud knikt zachtjes.

'Maar hoe is het eigenlijk gegaan met Tord Korpi?' vraagt Asker.

De andere vrouw haalt diep adem.

'Mijn moeder heeft me verteld dat Tord erachter was gekomen wat voor plannen Gunnar met Viggo had, toen hij aan het laboratorium werkte. Hij beloofde dat hij haar zou helpen om Viggo daar weg te krijgen. Dus heb ik een paar keer met hem afgesproken. Ik mocht Tord wel, hij was aardig. Zorgzaam zelfs. Hij vertelde over de Farm. Dat we daarheen konden met Viggo voor in het begin. Dat zelfs Gunnar daar niet binnen kon komen.'

Ze kijkt de andere kant op. 'Maar Gunnar vermoedde dat er iets gaande was. Hij riep mij naar het hoofdgebouw. Sprak over mijn toekomst bij Alfacent, over het belang van loyaliteit. Dat hij bezig was om het directeurschap op te geven en wilde dat ik het over zou nemen...'

'En dus heb jij hem verteld over Korpi's plannen?'

'Ik dacht echt dat Gunnar hem zou betalen om te zwijgen. Dat had hij tegen mij gezegd.'

Maud slikt.

'Waarheen denk je dat ze Martin hebben gebracht?' vraagt Asker op het moment dat Maud de naald weglegt.

'Ik weet het.' Karin Irving is in de deuropening verschenen. 'Kom maar mee.'

Ze leidt hen door de gang naar een raam aan de achterkant. Doet de plafondlamp aan en wijst over het meer.

In het dichte duister op Blockön zijn ondertussen lichtstipjes zichtbaar geworden die zaklampen moeten zijn.

'Ze zijn daarheen gegaan om Viggo te ontmoeten,' mompelt Karin. 'Dit loopt niet goed af.'

'Hoe kom ik daar?' vraagt Asker.

'Er ligt een boot bij de steiger,' zegt Maud. 'Maar ik weet niet waar de sleutel is. En je moet een stuk door het bos. Bovendien heb je flink wat bloed verloren. Dat zul je niet halen.'

Asker heeft er hiervoor amper aan gedacht, maar nu de adrenaline is weggezakt, merkt ze hoe slap ze is. Allebei haar schouders zijn nu gekwetst en het is al moeilijk om haar pistool omhoog te houden. Ze kan daar in deze toestand niet in haar eentje heen gaan en heeft een nieuw plan nodig.

Nieuwe middelen. En ze weet wie daar bijna in omkomt. Wie er flink in de shit zit en een reddingsboei nodig heeft.

Haar telefoon heeft nog steeds geen bereik, maar die van dr. Schiller wel, precies zoals ze al hoopte. Ze toetst het nummer, krijgt na twee keer overgaan gehoor.

'Met Leo,' zegt ze. 'Ik heb een voorstel dat ons allebei kan helpen. Maar je moet wel bliksemsnel handelen.'

Hill

Ze klimmen de stalen trap aan de buitenkant van de bok op. Gunnar voorop, gevolgd door Hill en Nova. Over een paar tellen zal hij tegenover zijn ergste nachtmerrie komen te staan.

Gunnar doet zijn zaklamp uit en gebaart Hill om dichterbij te komen. Hill probeert zich schrap te zetten. Neemt de laatste treden die hem ten slotte op het dak brengen.

Viggo Irving staat nog aan de rand van de bok een paar meter verderop.

Hij is enorm, ruim twee meter lang en breedgeschouderd. Hij heeft lang haar en een baard, voor zijn ogen draagt hij een vizier met een cirkel van rode lampjes rond elk oog, wat hem eruit doet zien als een kruising tussen een trol en een cyberpunkmonster.

Hill slikt verkrampt. Dit is het wezen dat hem door de mist en mijngangen heeft achtervolgd. Dat hem bijna te pakken had.

'Indrukwekkend, hè?' zegt Gunnar en legt zijn hand op Hills schouder. 'Viggo, dit is mijn vriend Martin.'

Viggo's hoofd komt omhoog. 'Martin Hill,' zegt hij met een zware keelstem. 'De Vreemdeling.'

'Nee Viggo, hij is geen vreemdeling. Martin gaat een boek schrijven over mij, en ook over jou eigenlijk. Vertel eens hoe het gaat heten, Martin.'

Hill slikt weer.

'De man van glas,' zegt hij.

Viggo's hoofd komt nog iets verder omhoog. 'De man van glas?'

'Precies. Martin gaat ons beroemd maken. Onsterfelijk.'

Viggo staart Hill recht aan. Dan loopt hij op hem af. Zijn voetstappen zijn zwaar, laten de ondergrond trillen.

Vanuit een ooghoek ziet Hill dat Nova haar hand behoedzaam dichter bij haar holster brengt. En plotseling daagt het hem dat het pistool er niet vooral vanwege hem is. Maar vanwege Viggo.

Viggo blijft voor Hill staan. Torent als een reus boven hem uit. Hij staat zo dichtbij dat Hill zijn geur kan ruiken.

Vochtig, onderaards, duister.

Het gezicht is groot in het anabolenhoofd. De blik achter het vizier lijkt Hill recht aan te staren.

'Viggo en ik gaan de wereld veranderen,' zegt Gunnar. 'Met jouw hulp, Martin, natuurlijk. We hoeven alleen maar de juiste strategie te bedenken om onze geschiedenis te vertellen. Viggo is nu drie keer ingevroren geweest. Elke keer boeken we weer vooruitgang. Komen we nieuwe dingen te weten over het proces. Verfijnen we onze instrumenten.'

Hill kan zich niet langer inhouden. 'Je hebt je eigen kind opgeofferd,' zegt hij. 'Voor… voor…'

Gunnar geeft Viggo een klap op zijn schouder. 'Een kleine prijs als de beloning eeuwig leven is, toch Viggo?'

De gewelddadige man knikt traag.

'Wij zien het niet als een offer,' vervolgt Gunnar. Elk woord is zo vol van arrogante zelfvoldaanheid dat Hill zijn handen tot vuisten balt. 'Viggo is een brave jongen. Hij weet dat hij bijzonder is. Dat hij is uitverkoren om zijn vader te kunnen helpen. De wetenschap te helpen.'

Viggo staart Hill nog steeds recht aan. Dan gaan zijn handen plotseling omhoog en pakken ze het vizier beet.

Die beweging lijkt zowel Gunnar als Nova te verrassen.

Viggo tilt het vizier iets op en zet het op zijn voorhoofd.

'Mijn god,' hapt Hill naar adem.

Het vel rond Viggo's ogen is geschubd. De ogen zijn helemaal zwart. Er is geen oogwit, geen iris. De pupil is een gele verticale streep. De oogleden zijn zwaar waardoor elke knippering traag gaat. Het doet hem denken aan een amfibie.

En ineens wordt Hill overweldigd door een gevoel. Een overtuiging.

'De kikker,' fluistert hij zonder zich te kunnen inhouden. 'Viggo is de glaskikker.'

De man van glas

Hij weet nog steeds niet goed wat er nu gebeurde onder Villa Canopus. Martin Hill was weer aan hem ontkomen. Of verkoos hij zelf misschien de jacht af te breken?

De stalen deur was bijna open, er was alleen nog een laatste douw nodig.

Maar toen riep Martin haar naam, wat hem prompt deed ophouden.

Dat deed hem denken aan die nacht in het bos, aan zijn laatste momenten als mens. Toen hij feitelijk genade betoonde. Het goed probeerde te maken, voor haar.

Die herinnering verwarde hem. Maakte hem overstuur.

Dus keerde hij terug naar het duister. Zocht hij naar de geborgenheid die het hem altijd geeft, maar deze keer vergeefs.

Zijn voetstappen voerden hem naar Blockön, naar wat ooit zijn heiligdom was. De ruimte die hij had gevuld met wat hij had verzameld, wat hem geborgenheid bracht.

Maar ook hier vond hij geen rust.

En nu duikt de Vader plotseling op, samen met haar. Zij die hem heeft vervangen, die zijn nieuwe erfgenaam is. Nova, de nieuwe.

En tussen hen loopt Martin Hill.

Een verzoeningsgebaar.

De vader heeft Martin Hill hierheen gevoerd als een verzoeningsgebaar. Om hem te helpen zijn honger te stillen. Het idee maakt hem gelukkig.

Dan treedt hij tevoorschijn, torent hij boven Martin Hill uit.

De Vreemdeling is gewond, bang, hij kan het zien, ruiken.

Zijn angstige mechanische hart horen klikken.

'Viggo en ik gaan de wereld veranderen,' zegt de Vader en alles voelt weer goed. Hij is opnieuw prins Pollux. De uitverkorene.

Zijn vader heeft hem niet verlaten, verbannen.

Alles is zoals het moet zijn.

De Vader geeft hem een klapje op zijn schouder en die zachte aanraking sterkt zijn overtuiging dat Martin Hill werkelijk een geschenk is.

Dan wordt hij getroffen door een impuls, een overweldigende lust om Martin Hill recht in de ogen te zien, zonder een filter.

Zijn tocht van dichtbij te beleven.

Dus doet hij zijn vizier omhoog.

Ziet hij hoe de Vreemdeling beeft voor zijn blik. Alles is precies zoals hij zich heeft voorgesteld.

Totdat Martin Hill zijn mond opent. Die woorden spreekt. Niet uit valsheid, of kwaadwilligheid. Ook niet uit jaloezie of wrok.

Maar uit medelijden.

'Viggo is de glaskikker.'

Het inzicht snijdt als een glasmes door hem heen.

Hij heeft heel de tijd al begrepen dat Martin Hill bijzonder was, maar niet op wat voor manier.

Nu wel.

Martin Hills hart is anders. In staat om zelfs op een moment als dit medelijden te voelen. Martin Hill vreest hem, maar heeft ook met hem te doen.

En plotseling is het alsof zijn blik opklaart. Alsof een buitenaards lichtschijnsel zich boven de schachtbok openbaart en het duister verlicht.

Hij kan eindelijk helder zien, eindelijk de reikwijdte inzien van wat er gebeurt. Van wat hij al te lang vermoedt, maar niet heeft durven aanvaarden.

Dat hij niet prins Pollux is, de onsterfelijke tweelingbroer.

Dat hij dat nooit meer zal zijn.

Dat hij slechts een kikkertje is in een cilinder.

Een wezen dat alleen bestaat om door een ander te kunnen worden gadegeslagen. Die op het glas zal tikken en zijn hartje opnieuw zal laten kloppen.

Hem de afgrond in zal zenden en daarna terughalen, steeds maar weer, ongeacht wat die tocht met hem doet.

Binnen in hem begint iets te groeien. De honger verandert in iets anders.

Een gloeiende bol van woede die steeds sterker wordt.

Hij balt zijn vuisten.

'Viggo,' zegt de Vader ter waarschuwing en pakt hem bij zijn arm. 'Kalm aan nu.'

De stem is hard, liefdeloos, zonder medeleven. Misschien is die dat altijd al geweest. Want de Vader houdt alleen van zichzelf.

De bol in hem blijft groeien, gaat door zijn borst naar zijn stembanden.

Hij hapt naar adem, opent zijn mond.

De Vader grijpt zijn arm nog steviger beet.

'Kalm aan nu, Viggo, verdomme!' briest hij, net als hij vroeger deed toen hij en Maud nog kinderen waren. Als ze hem stoorden bij zijn belángrijke werk.

Hij wendt zich naar de Vader wiens ogen grauw en koud zijn.

Martin Hills blik is zachter. Vol sympathie. Het doet hem bijna evenveel pijn.

De Vreemdeling en de Vader staan voor hem.

Kwellen hem met hun blik, tonen hem geen genade.

Hij werpt zijn hoofd in zijn nek. De woede en het verdriet barsten ten slotte los uit zijn borst. Worden tot een brul uit de afgrond.

Hij spreidt zijn armen en doet waarnaar hij al zo lang hunkert.

Trekt het lichaam naar zich toe, tilt het op en omhelst het zo hard als hij kan. Tot de botten knappen als breekbaar glas.

Hill

Hij staat vastgevroren aan het beton. Viggo heeft zijn armen om Gunnar geslagen en hem in een innige brute omhelzing genomen. Zijn hoofd in zijn nek gegooid en een brul laten horen die zo krachtig en zwaar is dat hij hem in heel zijn lijf voelt.

Gunnar probeert los te komen, maar Viggo drukt hem steeds harder tegen zich aan. Tilt zijn vader omhoog en omhelst hem uit alle macht totdat het knapt in Gunnars lijf en hij ophoudt met spartelen.

Viggo draait zich om en loopt met zijn vader in zijn armen naar de rand van de toren.

'Viggo!' brult Nova. 'Staan blijven, Viggo!'

Het pistool is uit de schouderholster.

Er gaat één schot af, twee. Nova houdt het vuurwapen met beide handen vast. Staat wijdbeens met paniek in haar ogen schot na schot te lossen op de enorme brede rug van haar halfbroer. Viggo blijft doorlopen.

Hill ziet hoe de kogels in zijn rug slaan, hoe de geweldenaar wankelt en dan blijft staan.

Het is nog maar een meter naar de rand en Viggo lijkt haast door zijn knieën te zakken.

Nova schiet weer op hem en nog eens. Schreeuwt dat hij Gunnar moet loslaten.

Hill kan nog steeds geen vin verroeren.

Met een ogenschijnlijk onmenselijke inspanning recht Viggo zijn rug. Drukt hij Gunnar nog dichter tegen zich aan en springt hij zo recht de lucht in.

'Neeeh!' klinkt Nova's schreeuw. Afgebroken door de zware dreun van lichamen die tegen de grond slaan.

Ze stormt naar de rand van de toren, blijft daar staan terwijl ze friemelt aan de zaklamp.

Hill is eindelijk van de schrik bekomen.

Op trillende benen loopt ook hij naar de rand.

De kegel van Nova's zaklamp verlicht de twee lichamen daarbeneden. Ze zijn midden in het zwarte veld obsidiaanglas terechtgekomen.

Gunnar ligt op zijn rug met Viggo's enorme lijf boven op hem, verpletterd tussen het kolossale lijf en het scherpe glas.

Hill ziet helemaal van hierboven hoe de ogen leeg en recht de ruimte in staren. Naar de sterren.

Nova snikt, drukt de rug van haar hand tegen haar mond. Hill kan zijn ogen niet losrukken van de twee dode mannen.

Na een paar tellen herpakt Nova zich.

'Het is jouw schuld,' snauwt ze naar Hill. 'Door jou heeft Viggo dit gedaan.'

Hill houdt zijn handen omhoog. 'Viggo was ziek,' zegt hij. 'Hij had meerdere mensen vermoord. Gunnar wist dat heel goed. Toch hield hij Viggo hier. Zijn onderzoek was belangrijker dan gerechtigheid of Viggo's gezondheid.'

'Mijn vader was een groot man,' onderbreekt ze hem. 'Een genie!'

'Gunnar was een monster,' zegt Hill. 'Hij behandelde zijn kinderen als bezit. Jou ook, ook al besef je dat niet.'

Hij maakt een gebaar naar de grond. 'Onder andere omstandigheden had jij daar net zo goed kunnen liggen.'

'Hou je bek!' schreeuwt Nova.

Ondanks het donker ziet hij haar gezicht wit uitslaan van woede.

'Wat er net allemaal is gebeurd, was pure pech,' zegt ze. 'Niks anders. Gunnar en Viggo zijn gevallen. Een familietragedie, maar Alfacent overleeft dat. Vooropgesteld dat jij en ik het eens zijn over wat er net is gebeurd, oké?'

Hill zegt niets. Hij zou kunnen tegenwerpen dat Viggo minstens tien kogels in zijn lijf heeft zitten, maar hij laat het. Door de schok lijkt Nova het spoor bijster te zijn.

Ze staart hem aan, haar ogen vernauwen.

'Of...' zegt ze op lage toon. 'Of jullie zijn alle drie gevallen. Dat is misschien het beste. Viggo trok jullie allebei mee. Ik probeerde jullie te redden.' Ze knikt, alsof ze zichzelf aan het overtuigen is.

'Ja, dat wordt het. Simpeler, cleaner.' Ze richt het pistool op Hill. 'Springen.'

'Wacht,' zegt hij en doet zijn handen weer omhoog. 'Je hebt dit niet goed doordacht.'

Nova schudt alleen maar haar hoofd. 'Springen,' zegt ze weer. 'Dat of ik schiet gewoon.'

Haar ogen zijn opengesperd, de rode lippen teruggetrokken, doen hem denken aan een roofdier.

'Springen. Ik zeg het niet drie keer.'

Hill zet voorzichtig een stap naar de rand terwijl zijn hersenen wanhopig naar een manier tasten om weg te komen. Hij gluurt over de rand, eerst naar de dode lichamen, dan naar de verdieping onder hem. Maar die hoek is te scherp. Een sprong daarheen is gedoemd te mislukken.

In zijn ooghoek ziet hij Nova het pistool hoger houden. Hij knijpt zijn ogen dicht, wacht op de knal.

In plaats daarvan komt er een zwaar geluid over het meer aan galmen. Een pulserend gedreun dat steeds dichterbij komt. Gebulder wordt.

Een zwevend wit licht komt recht op de schachtbok af. Wordt steeds sterker, verblindt hen vanuit de lucht, net zoals het ruimteschip in Gunnars verhaal, zoals het licht dat hijzelf ooit als tiener dacht te hebben gezien. Hill hapt naar adem.

Nova wankelt, houdt haar hand voor haar ogen. Hill grijpt zijn kans.

Hij werpt zich op het pistool en probeert het uit haar handen te rukken. Maar Nova is sterk en de lange wandeltocht heeft het meeste van zijn krachten gevergd.

Het lichtschijnsel richt zich op hen, wordt een schijnwerper die hun worstelpartij verlicht. Een helikopter maakt zich los uit het duister en gaat met dreunende motoren boven hen hangen.

De rotor zwiept stof op van de vloer van de schachtbok.

Nova probeert hem een knietje in zijn kruis te geven, maar Hill weet opzij te draaien.

In plaats daarvan raakt de knie vol zijn wond en hij kreunt van de pijn, maar hij laat het wapen toch niet los.

Nova's gezicht zit vlak bij dat van hem. De ogen zijn opengesperd, de tanden ontbloot alsof ze hem wil bijten.

Hill beseft dat zijn krachten bijna op zijn en dat hij zich niet meer kan verweren. Hij moet iets doen, wat dan ook, om dit gevecht te beëindigen. Wat zou Leo doen in zo'n situatie?

Hill gooit zijn hoofd naar achteren, doet zijn ogen dicht en kleunt dan met zijn voorhoofd naar voren. Zijn schedel raakt Nova vol op haar mond, met zo'n kracht dat het zwart voor zijn ogen wordt.

Hij voelt het kraken, een tand in zijn voorhoofd snijden.

Ze tuimelen allebei naar achteren. Hill kan het pistool niet vasthouden, zakt door zijn knieën en valt voorover op het beton.

Nova weet daarentegen net op haar benen te blijven staan.

'Dit is de politie,' klinkt een luidsprekerstem. 'Leg dat wapen neer en ga op de grond liggen!'

Hill tilt zijn hoofd voorzichtig op.

Nova staat nog in het zoeklicht met het pistool in haar hand en bloed stromend uit haar mond.

Een rood stipje van een laservizier danst over haar borst.

Hill houdt zijn adem in.

Het laserstipje blijft over Nova's lijf dansen.

'Leg dat pistool neer!'

Nova staart nog steeds leeg de lucht in.

Heel even staat de tijd stil.

Dan lijkt Nova bij zinnen te komen. Ze legt het pistool neer en gaat eerst door de knieën en dan op haar buik liggen.

De helikopter komt dichterbij. Blijft met donderende motor en zwiepende rotorbladen een meter boven de toren hangen terwijl donkere schimmen eruit springen.

Een paar werpen zich direct op Nova.

Handen grijpen Hill beet. Een zaklamp verblindt hem.

'Gaat het?' vraagt iemand.

'Ja,' weet Hill uit te brengen.

'Hij is in orde,' roept dezelfde stem.

De helikopter stijgt op met dreunende motor en trekt weg over het meer.

De zaklamp in Hills gezicht gaat uit en hij wordt overeind gezet. Meer schimmen komen om hem heen staan.

'We moeten eens iets anders verzinnen voor een afspraakje, Martin,' zegt een welbekende stem.

Leo staat voor hem. Ze heeft een pleister op haar voorhoofd en heeft een veel te groot politiejack aan. Haar glimlach glinstert in het halfduister.

Hill slaat bijna zijn armen om haar heen, maar aangezien ze omringd zijn door serieuze politiemensen ziet hij ervanaf.

'Je herinnert je commissaris Hellman vast nog wel,' zegt Leo en ze wijst naar de man naast haar.

'Jonas leidt het onderzoek naar de moord op Tord Korpi en hij loopt een beetje achter. Zou goed zijn als je hem zo snel mogelijk kunt bijpraten.'

Hellman werpt Leo een donkere blik toe die zij volkomen negeert.

Hill knikt alleen maar sprakeloos.

Hij kan zijn ogen niet van haar losrukken.

Probeert het niet eens.

Twee dagen later

Asker

In de kleine briefingruimte achter in de gang op verdieping min één is het muisstil. Voor haar zitten de verloren zielen op de klapstoeltjes.

'En om door te gaan op wat er op de persconferentie is gezegd: Maud en Karin Irving hebben hun deel van de geschiedenis verteld. Nova heeft een hele batterij advocaten in de arm genomen, maar het wordt voor haar lastig om zich uit de poging tot moord op Martin Hill te kletsen. Om maar niet te spreken van het illegale en onethische onderzoek dat haar bedrijf heeft gedaan. Puur juridisch hebben ze de arme Viggo Irving meerdere keren vermoord.'

'Martin Hill komt heel aardig over,' laat Rosen weten. 'Maakte een goede indruk op de persconferentie.'

'Ja, hij deed dat prima.'

Asker houdt een glimlachje in.

'En de rest?' vraagt Attila.

'Het echtpaar Schiller heeft het een en ander toegegeven. Vooral de dokter was enorm spraakzaam. Mogelijk is Samuel, het hoofd beveiliging, in verband te brengen met de moord op Tord Korpi. Misschien is het bewijs niet hard genoeg om hem veroordeeld te krijgen, maar dat is ook niet nodig...'

'Aangezien iemand hem een welverdiende kogel door de kop heeft gejaagd,' vat Attila het met een grimmig lachje samen.

'Zoiets, ja,' knikt Asker. 'Alles bij elkaar genomen is het sowieso genoeg om Per vrij te pleiten van alle verdenkingen. En zoals jullie al weten is het in Zweden zo geweldig geregeld dat het niet strafbaar is om uit een huis van bewaring of de gevangenis te ontsnappen. Dus Per gaat vrijuit.'

'En wij dan?' vraagt Zafer. 'Wat houden wij hieraan over?'

'Een goeie vraag,' antwoordt Asker. 'Vooral het bevredigende idee dat jullie in nog geen vierentwintig uur een zaak hebben opgelost waar Zware Criminaliteit zich een week lang stuk op heeft gebeten.'

Haar vier medewerkers gaan wat ontevreden verzitten.

'Zonder jullie zou deze zaak nooit zijn opgelost, en ook al hebben Hellman en Zware Criminaliteit zich de meeste eer weer mogen toe-eigenen, hier in het bureau verspreidt zich al het gerucht wie de klus eigenlijk hebben geklaard.'

De vier zien er iets minder ontevreden uit.

'Bovendien trakteer ik op broodjes,' besluit ze het verhaal. 'Om jullie persoonlijk te bedanken voor jullie hulp.'

'Wat voor soort?' vraagt Virgilsson.

'Zalm en garnalen. Hij staat in de koffiekamer. Jullie mogen natuurlijk mee naar huis nemen wat er overblijft.'

De verloren zielen wisselen een blik, knikken dan tevreden voordat ze opstaan en verdwijnen richting de sandwichtaart.

Asker doet de lampen uit en volgt ze.

Het lijf doet nog pijn, maar ze is toch al aan het minderen met de pijnstillers.

'Pijn is slechts zwakte die het lichaam verlaat,' zei Prepper-Per vaak.

Lulkoek, zoals zoveel.

Net als ze de gang op loopt, gaat haar telefoon over. Martins naam knippert op het display.

'Hoe is het met onze held?' vraagt ze.

'Prima. Ik heb een goeie psychiater gevonden.'

Ze weet niet goed of hij nu een grapje maakt, dus begint ze over iets anders. 'En het boek, of de boeken?'

Hij lacht schamper. 'Op het moment wil ik het liefst de rest van mijn leven niet meer aan de familie Irving, Stjärneholm of het Blockön denken.'

'En het lichtschijnsel, ben je er nu achter gekomen wat je eigenlijk als tiener hebt gezien?'

Weer een schamper lachje. 'Nee, op sommige vragen komt nu eenmaal geen antwoord. Maar dat is oké.'

'De persconferentie ging in ieder geval goed,' zegt ze. 'Jij en Hellman zijn een perfect koppel.'

'Ja, hij is wel professioneel.'

De zin blijft in de lucht hangen.

'Maar?' zegt ze.

'Maar ik geloof niet dat hij mij mag.'

'Niet? Terwijl jij zo aardig bent.'

'Ja precies, mensen zijn meestal dol op me,' zegt hij schertsend. 'Maar Hellman niet. Ik kreeg zo het vermoeden dat het met jou te maken heeft. Zodra ik jouw naam laat vallen, krijgt hij iets vreemds in zijn blik en begint hij over iets anders.'

Asker glimlacht, maar reageert verder niet.

'En Samuel?' vraagt Martin op ernstiger toon. 'Krijgt het nog consequenties dat jij... omdat hij...?'

'Er loopt een intern onderzoek. Net als bij de Bergkoning. Dat is standaardprocedure, dus niet iets waar ik me zorgen over maak.'

'En hoe voel je je?'

'Prima,' zegt ze snel.

Ze snapt dat hij het goed bedoelt. De afgelopen twee zaken heeft ze twee mensen gedood en ze zou iets moeten voelen. Maar ze weet niet zeker of ze iets voelt. Misschien komt dat doordat de Bergkoning en Samuel moordenaars waren, slechte mensen. Of Per heeft al haar empathie weggeslepen. Wat het ook is, ze wil er niet over praten. Op de een of andere manier lijkt Martin het te begrijpen.

'Bedankt voor alles, Leo,' zegt hij. 'Je hebt me weer gered.'

Zijn warme stem maakt iets los in haar borst. Ze vindt het een fijn gevoel, ook al is ze het niet gewend. Misschien is er toch nog hoop voor haar?

'Ik moet jou bedanken,' zegt ze. 'Zonder jou was de jacht op Per nog steeds gaande. Jij hebt mij geholpen hem niet langer verdacht van moord te laten zijn.'

'Uh, ja.' Hij schraapt zijn keel. 'Eerlijk gezegd heb ik juist daar wat gemengde gevoelens over. Heeft hij iets van zich laten horen?'

'Nee.'

'Mooi. Als hij dat wel doet, wil ik dat je me dat vertelt, oké?'

'Oké,' zegt ze.

Ze wil nog iets meer zeggen. In slechts drie weken heeft ze hem teruggevonden én is ze hem twee keer weer bijna verloren.

Maar ze vindt de juiste woorden niet.

Virgilsson komt naar haar toe met een map in zijn hand en lijkt haar aandacht te willen.

'Martin, ik moet ophangen. Het werk roept. Maar zullen we elkaar snel spreken?'

'Zeker weten. Ik ben van plan een weekje weg te gaan. Ergens op een strand liggen bijkomen. Maar we bellen als ik terug ben.'

'Goed idee,' zegt ze, iets te flink. Ze staat ook op het punt om te vragen of Sofie ook met hem meegaat, maar weet zich in te houden.

'Fijne week, we spreken elkaar dan,' zegt ze in plaats daarvan.

'Dag, Leo.'

Ze verbreekt met tegenzin de verbinding.

'Zeg, chef,' zegt Virgilsson. 'We hebben eindelijk die auto boven water gekregen. Een zilverkleurige Toyota Camry. Die is van ene Helén Trolle, tweeënveertig, staat ingeschreven in Tyringe. Ze heeft geen strafblad, het enige interessante aan haar is dat ze voor de krijgsmacht heeft gewerkt en actief was op aardig wat forums voor legerfanaten. Dit is haar rijbewijsfoto.'

Hij reikt Asker de map aan.

De vrouw op de foto heeft kort haar en een alerte blik.

Asker herkent haar direct. De nieuwe receptioniste bij Lissander en partners. Per moet haar daar hebben geplaatst om Isabel in de gaten te houden. Omdat hij erop voorbereid wilde zijn als zij zijn belastingzaken openbaar zou maken. Of alleen voor de bevrediging een geheime informant bij zijn ex-vrouw te hebben.

Maar hoe kennen Per en Helén Trolle elkaar? Op die vraag zou ze graag een antwoord willen.

Ze opent de deur van haar kantoor.

Op haar bureau staat een pakje dat daar een halfuurtje geleden nog niet stond.

Bruin pakpapier, een touwtje met een strik.

Leonore Asker staat er op de voorkant geschreven in een handschrift dat haar midden in haar pas doet halthouden.

Prepper-Pers handschrift.

Ze zou nu achteruit de kamer uit moeten lopen. De explosievenafdeling moeten bellen, moeten uitzoeken hoe het hem in godsnaam is gelukt een pakje in het hart van de politiemacht te krijgen. Haar hersenen zich gek moeten laten piekeren over de inhoud.

Maar ze loopt naar het bureau en gaat zitten.

Per wil haar bang maken. Wil dat ze beseft dat hij overal bij haar kan komen. Dat hij nog altijd macht over haar heeft.

Ze kijkt weer naar de foto op het rijbewijs van Helén Trolle. Op hetzelfde vel staat het huisadres van de vrouw en bovendien het adres van een vakantiehuisje bij Växjö dat haar eigendom is. Asker zet de computer aan en opent een navigatieprogramma. Tikt het adres van het huisje in en opent een satellietfoto. Haar telefoon gaat over. Een anoniem nummer, maar ze weet wie er belt.

'Heb je mijn pakje gekregen?' vraagt haar vader. Zijn stem doet haar litteken onmiddellijk jeuken.

'Wat voor pakje?' reageert ze schamper.

'Dus je hebt het niet durven openen,' concludeert hij zelfverzekerd. 'Ben je bang dat er iets akeligs in zit?'

Het litteken kronkelt onder haar huid, probeert haar te verleiden om haar mouw op te rollen.

'Wat wil je, Per?' onderbreekt ze hem.

'In feite wil ik je alleen maar een klein teken van mijn waardering geven. Een bedankje voor je hulp. Is dat zo vreemd?'

'Was er verder nog iets?'

Zijn stem wordt barser. 'Alleen dat ik wou dat jij weet dat ik je voortaan in het oog houd, dochterlief. Voor het geval dat onze wegen elkaar weer kruisen. Want je hebt ondanks alles aangetoond dat je een goed hulpmiddel bent. En daar moet je, zoals je weet, zuinig op zijn.'

Het litteken doet haar huid gloeien.

Ze gaat met haar hand naar de muis en zoomt zo ver mogelijk in op de satellietfoto. Het huisje van Helén Trolle is een rood woonhuis met witte hoekdelen, midden in een sparrenbos en ver weg van de bewoonde wereld.

Op het erf staan twee schuurtjes en helemaal in de bosrand schemert iets wat de ingang van een ondergrondse kelder zou kunnen zijn.

Of een bunker. Een perfecte plek als je je verborgen wilt houden.

'En ik hou jou in het oog, Per,' zegt ze. 'Op meer manieren dan jij denkt.'

Ze verbreekt de verbinding voordat hij kan reageren.

Het volgende ogenblik klopt er iemand op haar deur. Het is Virgilsson. Hij heeft nu de spencer met de pianotoetsen en vioolsleutels aan.

'De koorrepetitie begint over tien minuten,' zegt hij blij. 'Ik zie je daar. Het wordt spannend om te horen welke zangstem bij jou hoort. Zorg maar dat je je stembanden goed opwarmt.'

Hij verdwijnt neuriënd om de hoek.

Asker slaakt stilletjes een zucht.

Ze staat op, pakt het pakketje van Per en houdt het een paar tellen in haar handen voordat ze het in de prullenmand laat vallen.

Merkt pas nu dat het litteken niet meer jeukt.

Veerkracht, denkt ze en loopt dan naar de deur.

Dankwoord

Bij een boek zijn veel mensen betrokken die allemaal een bedankje verdienen. Mijn steun en toeverlaat Annette, mijn diplomatische agent Federico, mijn geduldige uitgever Ebba, mijn onvermoeibare redacteur Caroline, mijn dynamische projectleider Eva, mijn gedreven Excelbroeder Göran, plus de rest van het team van Bokförlaget Forum.

Bovendien wil ik de inspreker bedanken voor de mooie voordracht die je misschien net hebt gehoord, en natuurlijk jullie allemaal die het boek lezen of ernaar luisteren. Dankzij jullie heb ik het allermooiste werk ter wereld.

Net als bij *De bergkoning* gaat mijn dank in het bijzonder uit naar de maker van de urbexsite *Tillträde förbjudet* (Verboden toegang), Calle Bergendorff, die ook het boek *Skånes glömda rum* (De vergeten ruimtes van Skåne) heeft geschreven. Boek en site staan vol met prachtige beelden van verlaten plekken. In deze bronnen heb ik veel ideeën opgedaan voor de decors van het boek.